敦煌本纪

叶舟 著 下卷

（全新修订版）

The Records of Dunhuang

浙江文艺出版社
Zhejiang Literature & Art Publishing House

下 卷

(卷三十一至卷四十五)

卷三十一

世兴堂的热闹是人人皆知的，但像这两天这么热闹，却也令人骇然。

天气寒了，敦煌开始结冰了，人们一张嘴说话，鼻脸前便站着一团白雾，话也很虚。来自灵台坊的边家三姊妹，索性将娘老子停尸在了世兴堂门口，扬言要讨个说法。除了二女子外，剩下的两个姊妹脑子有些瓜，一天至晚傻兮兮的，连鼻涕和口水也收不住。女婿们也强不到哪达去，一个是大脖子，一个是半脸汉，二女子的丈夫则是个蔫货，三棍子打不出一个屁来，全凭了女将做主。二女子扯了一块白布，去了秦川笔墨店，请人书了一颗锅盖大的墨字：冤。这颗墨字虽然张挂在世兴堂的门口，但像长了一双腿似的，让城里城外的人迅速周知了，比六合班搭台唱戏还要红火。事发在昨天，过了短短一个晚夕，人们沮丧地发现，边家人竟然驻扎了下来，不但搭了一座简易的灵棚，还架了煤炉子，支起了案板，开始就地吃喝。中午时，三姊妹围着开水锅，胳膊上挂着裤带长的面条，一边揪片子，一边跟人理论，好像这一群母鸡也会斗架。邻舍们说：沈先生是一个多好的人呀，这么糟践人家，分明是造孽，报应就在头顶上哪。二女子抢白道：不是你们的娘老子，你们不知道这一份剜心的痛，世兴堂不给个交代，我们就住到腊月里、正月里，反正这么个鬼天气，人也不会臭掉的。邻舍们又哀告说：行个善吧！你娘是六十九上殁的，虚上一岁也整七十了，这个高寿上应该是喜丧，宽人一步，自己也积德嘛。二女子忘了前头撒过盐，抓起盐罐子往锅里扔了一把，又扔了一把，横眉道：沈先生开错了方子，把我娘给吃死了，我何错之有呀？

很快，有关边家人的各路消息便爆发了，一个比一个刺激，几乎能惊掉人的下巴。沙州城的居民们不甘乡下人如此放肆，一边倒地站在了世兴堂的这面，抡起胳膊，纷纷上去数落，废掉了不少的唾沫星子，却仍然没有灭掉三姊妹的气焰。这么一闹，世兴堂关门歇业，前来投医看病的人立刻不干了，几个同样来自灵台坊的人泄露了天机。天哪，边家的这个娘老子，原先是光绪末年有名的窑姐，花名叫地达菜，赚够了银子后才从了良，嫁给了灵台坊的一个老光棍，一连下了三个扎花的。天哪，听说这个老窑姐以前染过脏病，还是沈先生一手治好后，才生养了后人，但姊妹们怨恨世兴堂没有治彻底，让她们的脑子瓜掉了，所以拿死人坑活人，来讹诈恩主了。天哪，这三个货也不是什么正经东西，奶子早让人揉松了，裤带也解惯了，尻子比磨盘还大，那一副淫浪的样子，绝对输不给门板上僵硬的娘老子，阴阳两界一个德行。吃罢了揪片子，边家人躺着嗓子，盘腿坐在了世兴堂的门槛上，既不哭，也不闹。二女子拿出了针线，一边纳鞋底，一边接话，似乎整个沙州城里她自己说了算。

整整一宿，沈破奴拒不开门，将自己反锁在了书房内，一直在翻箱倒柜。伙计们在外面守了一夜，眼睛红得像兔子，一方面忧心沈先生，另一方面愤愤不平，思谋着打出门去，将边家的泼妇们撵出沙州城，还一个清净。沈戴氏端着托盘进来，午饭是烫面饼，外加粉条豆腐、炒洋芋丝，安顿伙计们抓紧吃，别饿坏了肚子。伙计们跟了世兴堂这么久，替沈先生难过，谁也不愿意动筷子，碾药的碾药，晾晒的晾晒，一个个像抽了筋似的。沈戴氏一向主内，开口说：刚才你们的唾沫星子我全听见了，我可丑话说在前面，谁要是胆敢去欺负了门外的边家人，我第一个饶不了他，我销他的伙食账。眼泪哗地下来了，婆娑在鼻脸上，又道：从我世兴堂的牌子挂在敦煌的第一天起，一直是闪亮的、干净的，别说遭人啐唾沫了，就连一只苍蝇也站不上去。今个天是个坎，边家人声称治死了人，不光把尸身子、花圈和灵堂停在了门外，还吃吃喝喝地过起了日子。是这，先不论对错，毕竟边家人服着孝，还在丧事当中，就算人家攒了一肚子的恶痰，朝门匾上吐，那就先让人家吐吧。将来等事情了了，我扛着门匾去党河里洗，洗干净了，世兴堂还是发亮的、干净的。伙计们嚷喊说：那个贼婆子，自己的女儿们不孝，有好几次她被扔在店里头不管，还是沈先生免了全部的费用，白给抓了药，雇了马车送回灵台坊的。沈戴氏断喝道：快吃饭，莫非烫面饼还塞不住你们的嘴么？

　　门外的一切，沈破奴悉数入耳，可家里人越这样说，越是像抓起一把绣花针，扎在了他的心尖上。折腾了一夜，书架凌乱，抽屉倾覆，撕碎的纸屑像下了一场暴雪，沈破奴翻遍了书房内的每一页纸，将过去几年存档的方子逐一检查毕了，竟也没发现边家老太的。墙角里的火炉子早就死灭了，这个季节上，寒气慢慢渗出了地面，尤其在这间背阴的房子内，哈气成冰，连仰衬纸上的尘索也几乎冻结了。从医这么久，沈破奴养成了一个优良的习惯，每天开出去的各类方子，一定要誊抄一份，晚上复查完了，再分别归档，留下一个底子。蹊跷的是，边家老太也算世兴堂的常客了，两个月前的方子，竟然石沉大海，遍寻不获。沈破奴歇缓了片刻，打算从头再找，偏就不信这书房里闹了鬼，单单叼走了那一张纸。起身时，袖子带倒了一本线装书，书掉在地上后，吐出了一页纸。沈破奴俯身拾起来，展开一瞧，一阵醉酒般的快意迅速占据了表情，不是它，难道是谁，这真是骑驴找驴，一切都不曾枉费。沈破奴腾开了书案，用袖子擦了好几遍，拿来戒尺镇住了那一张纸，仔细研读开来。然而，瞭见那几个朱笔画下的圆圈时，沈破奴一下子坐不住了，脊背上立时孵出了一层鸡皮疙瘩。

　　按照他个人的习惯，凡朱笔圈定的内容，要么用药有疑，要么便是剂量不确，当然是因为把握不准，才在方子上留下了一言半句的批注。终于忆想起来了，边家老太患的是肝病，当初探摸时，沈破奴就发现对方的肝脏硬得像一块河石，除了下一味猛药，否则连一句的时间也活不过，于是便大胆地开出了方子。当日夜里，沈破奴在复查一沓方子时，单独将这一张择了出来，左斟酌，右分析，但也不知被什么打搅了，只敷衍地画上了几个红圈，没了下文。寒气紧锁着，沈破奴冻得发抖，潦草地披上了一条被单，越看越害怕，越害怕越看，一直看到了眼底里发黑，反而不再冷了，汗下如浆。天杀的，当时咋就昏了头，这红圈里的用药，这朱笔画出的剂量，用在一个精壮汉子的身上，恐怕也难以忍受，遑论边家老太那个连皮带瓤也没有几斤几两的婆子。自责了一番，悔恨了半天，沈破奴心有不甘，抱出来一大摞医书，对着古方仔细检查。半晌后，在一册一九一六年上海鸿宝斋书局印行，由一代名医吴毓昌校订的《校正本草纲目》上，沈破奴确认了错误在己，由于他个人的缘故，一手造成了边家老太殒命，便彻底地气馁了下来。沈破奴瘫坐在窗口下，一阵子冷，一阵子烫，那些朱笔的墨迹被汗水濡湿了，漫溢开来，好像从纸张中突然淌出来的血水，滴滴答答的，让他难以洗脱罪责。薄暗中，沈破奴抽了自己几个耳光，越抽，手上越湿，这才明白落泪了。沈破奴苦楚道：我是个罪人，我是敦煌最大的罪人，我没脸了，我的脸很快就要被剥开了，将来连一张臭狗皮也不如呀。

究其实，在这一刻，也唯有沈破奴才知道，这些年的如坐针毡，这些年的胆战心惊，到底是一种何等的滋味。世兴堂还没出过事，但目下一出事，竟然是天大的事，连人命都搭了进去。沈破奴掐指一算，自打端午节之后，自己就像沙州城里的一介游魂，世兴堂中的一尊傀儡，整天价地提不起精气神，头重脚轻，恍兮惚兮。白昼上，人虽然在坐堂问诊，有问有答，打发着病人，但心魂不在，一切都只是对付。入了夜，沈破奴每顿只吃一小碗，撂下筷子后，便将自己锁进了佛堂，念了啥经，磕了几个头，转身就忘光了。颓坐了许久，寒气业已攫取了沈破奴，让他双膝如木，打起了摆子。这么着，沈破奴终于对自己下了判语，归纳出了八个字：白昼为鬼，入夜做人。

门外，女儿性元的嗓子响起时，沈破奴慌了，明白克星来了。

性元是骑马赶来的，一头的汗，脸白得像一团新摘下来的棉花。沈戴氏一见性元从后门上闯了进来，骨头都快吓酥了，忙拽住了女儿，惊喊说：乖乖，你不在胡家坊里躺着，凑这个热闹干啥？快去睡房里躺下吧，外面的风大，小心吹坏了身子骨，落下个病。性元的第三胎没保住，刚开始显怀时，率着两个儿子在党河边玩耍，不小心跌了一跤，晚上就小产了。小产也要坐月子，但性元这回的月子，比前头诞下小党和小河时还要泼烦，身上始终不干净，恶露不断。沈戴氏天天炖老母鸡，汤里放了补品，虽说女儿圆了一截子，也有了双下巴，但整体上还是虚的，始终也没能缓过来。性元并未采纳母亲的建议，推了推书房的门扇，发现里头是反扣的，悄寂一片。沈戴氏低语道：从头天下午见过边家人之后，你爸就这样子，连一滴水也没喝，窗台上的饭食也没动。性元招来了一名伙计，贴耳说：你快去，去警察局对面的急递铺，将胡梵义喊过来，别癞蛤蟆避端午了，好像他不认识世兴堂，跟沈家没一点点关系似的。性元将马鞭递给了伙计，后者应命而走。沈戴氏慌乱道：性元，你这是唱的哪一出呀，他俩一个是水，一个是火，你这不是要把世兴堂点着，乱上添乱么？性元涨红了脸，笃定说：梵义毕竟是沈家的女婿，丑媳妇还要见公婆哪，他姓胡的总不能见死不救吧？一念及这个话题，沈戴氏便哑下了，拾起空碗，簌簌簌地走掉了，老半天才哭出了一两声。

伙计们也散了，忙着整理晾晒下的药草，空气中开始弥散着一幕幕颗粒状的粉尘。性元贴在窗棂上，哀恳说：爸，你不能这么作践自己，你把门开开，我给你沏一壶热茶、送一件棉袍吧？沈破奴瘫坐着，攥着那一纸朱红色的方子，并不接茬。爸，我已经打听过了，问过边家的二女子了，边家人就是来讹钱的，除了讹钱，还索要一口柏木棺材，让世兴堂将人抬埋掉，一了百了，从此不再纠葛。性元絮叨着，犹如小时候偎在父亲的怀里，不停地呱啦呱啦那样。爸，我其实已经答应了边家人，答应了二女子开出来的命价，三天之内一定会筹齐这一笔钱，打发掉她们的。闻听着窗外的声音，沈破奴知道，自从女儿出嫁后，做了人妇，当了人母，父女之间便再也没有像此刻这么亲昵过，性元也没有像目下这般乖顺过。性元小产后，沈破奴也曾开过方，抓过药，督促妻子去胡家监督女儿，一顿不落地全部服下了。吊诡的是，像这样再简单不过的小疾小灾，沈破奴一般是药到病除，可轮到了女儿，前后的几张方子却统统失了效，一点转机也不见。沈戴氏回家后，一描述性元的病况，沈破奴每每唉声叹气，心里急出了一场场火灾，干脆扑不灭。这么着，沈破奴的心思渐渐走偏了，将所有的不幸归罪在了自己的头上。沈破奴原本相信，自己的手是开过光的，灵异无比，所以才成就了世兴堂在关外三县的大好名声，也让一个异乡人踏实了下来，娶妻生子，有了这么一大家子人。真是一步错,步步错,现在灵光不再了,天老爷的眷顾没有了,上佛的赐赠也杳然无存,竟然连连失手,干出了一件又一件低劣而愚蠢的勾当。性元接续道:爸,人都不容易,人活在这个世上就是一桩孽障事,谁不摔跟头,谁不会走眼,谁又能保证自己顺风顺水呀?爸,你可能老了,老了就记不住方子了,难免会有差错,边家老太害的是绝症,早走晚走也是一个走,你千万不要大包大揽地惩罚自己,让女儿惜疼你。又道:边家人此番来停尸,来搭灵棚,来闹事,但他们并不是想砸世兴堂的牌子,也没一个哭天喊地,像孝子那样心碎的。二女子明说了,拿了钱之后,他们三姊妹想去口外,去新疆讨生活,再不回敦煌了。爸,知父莫如儿,我虽然是一个嫁走的人,但我清楚世兴堂这么些年没攒下几个钱,你慷慨,你公义,你的眼睛浅,见不得穷人叫苦,动不动就免了病人的费用,你自己垫上钱抓药送药。我合计了一下,梵义那达去年底在急递铺分了红,交给我保管了一笔钱,我再向婆家借上一笔,另外还将我出嫁时陪的首饰抵押在了典当铺,明日里便可以兑出一笔钱,这三项汇在一起的话,基本上就够了,你不必操心。沈破奴的身体弹了一下,站起来,手摸在了窗户的铁销子上,想了想,又松开了。性元继续道:也怪我,怪我粗心,我光顾着照料高房子上的公公,去经营两个娃娃了,却不知道自己的爹妈也着实老了,也需要我尽孝,我真是蠢透了。一窗之隔,咫尺之距,沈破奴听懂了女儿的哀伤,听见了这些心碎的肺腑之言,手复又按在了铁销子上,但已经迟了。

　　书房外,梵义沉吟道:沈先生,请你把门开开。

　　这一时,沈破奴突然惊现出了一份慌乱,顾盼中,一个箭步奔向了书案,将一摞书本抱在怀中,匆匆码在了书架上,又去抱另一摞。书的确太多了,扔在地上、椅子上、窗台和书案上,沈破奴只恨自己少长了几双手,想想便也作罢了。地上撒满了纸屑,可偏偏连一个笤帚头也不见,沈破奴用脚尖扒拉了一番,目中仍旧是一层白花花的雪。算了吧,倘若书房里连一点纸屑也没有,那就好比是进了灶房看不见面粉和盐那样,反倒有一丝怪异,沈破奴思忖道。梵义继续叩门,一味地嚷喊着沈先生,门扣子啪啪啪的,犹如一阵阵的急鼓。沈破奴差不多快忘了，忘了不知从哪一年哪一月开始，这个女婿彻底改了口，不再喊爸，而是客客气气地将外父称作沈先生，跟街上的人们一样，也跟病人们一样。沈先生，这个貌似尊敬的称谓，此刻从女婿的口中喊出来，不免有些冰冷，也有点隔膜，但沈破奴已经无暇去斟酌了。沈破奴跑到了脸盆架子上去洗脸，水太冰了，水里头藏着无数根针尖，蜇得颊脸生疼，皮肤好像也红了，一阵阵地烧烫。净完面，沈破奴用湿手巾擦了外套，擦了鞋尖，又将脖颈子下的一粒纽扣系牢了，款款站在了门端里。梵义的喊声刚落下，沈破奴便急迫地问：哦，是梵义来了吧？

见沈破奴开了门，露了面，梵义却后一步，躬身致礼：沈先生，梵义叨扰了。

性元冲了过来，一把攀住了父亲的胳膊，目光仿佛篦子一般，从头到脚地梳了几遍。性元的嘴噘下了，表情好像一张揉皱的纸，舒展不开。盯了半晌，见父亲囵囵着，气色尚好，无甚大碍，性元又凄楚地笑开了，撒娇道：爸，我刚才的话，其实也是梵义的意思，你不信的话，你最好当面问问梵义吧。梵义的眸子很亮，接过了女人的话茬，款然道：性元在当这个家，性元的主意，自然就是我的主意，沈先生不必多虑。梵义笃定的态度，助长了妻子的一腔热情，性元嘻然道：破财消灾，花钱免罪，既然边家三姊妹是冲着钱财来的，那就遂了人家的心愿吧，世兴堂绝对吃不垮，也不会让敲诈到山穷水尽的地步。梵义帮腔说：性元讲得在理，这个人世上最积德的事情一共有三样，第一是撒钱，第二是散财，第三便是施舍，这辈子边家人来向世兴堂伸手，等到了下一世里，连本带息的，我保证他们连一分钱也不敢少，统统会赔过来。性元更加高涨了，眼见着翁婿之间如此默契，如此投合，便道：等筹齐了这笔钱，我亲自出门去轰走她们，只当是肉包子打了狗。梵义沉声道：依我看，性元即便想给，边家人也未必敢拿，谅他们也不敢来薅我身上的羊毛。咦，你啥意思，你说出来呀？性元催问。梵义坦承道：头顶有神明，人世存王法，有些事情并不依赖人的意愿，而是滚滚的天意，是显而易见的天意说了算。这一过程中，沈破奴始终哑默着，但分明从两个后人的谈议中，窥见了彼此之间的罅隙，掂量出了双方的分歧。滚滚的天意，沈破奴品咂着这句话，突然生出了一种急迫的渴望，想让自己宽释一番，也想帮帮女儿。

"性元，你去忙吧，我跟少东主单独说说话。"

"嫌我了？"

"快去吧，少东主来一趟不容易，男人们说话，女人最好别添乱。"

门闭上了，梵义一时下不去脚，书房内的狼藉与荒凉，并不是沈破奴的风格，似乎惊恐还在，绝望仍不曾离场。沈破奴亢奋着，用袖子擦净了椅子，邀女婿落座，但梵义垂手肃立，目光焊在了外父的身上。真的，沈先生瘦了许多，肩膀塌了下去，衣裳单薄，凸起的颧骨上略有点擦伤，几绺胡子发黄，轮廓清癯。哦，少东主很久没来世兴堂了，今天光临，却碰见了这么不堪的场面，外头闹事，里面如此混乱，真是对不住了。沈破奴客客气气的，比对投医问药的人还耐心，先自矮下了身段。梵义道：沈先生不必内疚，我打听过了，那个边家老太的肝脏坏死了，腹中积水，肚子肿成了一只皮筏子，已经七八天水米不进，迟早的事。不管咋说，我脱不了干系，我真是有罪，我还从没有这样失过手，让世兴堂丢尽了脸，让性元替我揪心，也连累了少东主你，沈破奴哀恳道。沈先生，如果你还这么自责，熬煎自己，我倒有一个法子，可以让先生立刻解脱，从此不再芥蒂于心，梵义答复。咦，什么法子？追问道。梵义踌躇过去，盯视着对方，仔细道：除了赔一笔钱之外，我现在就打开大门，去给边家老太披麻戴孝，去哭丧，去抬埋了她。这一时，沈破奴突然慌了，扯拽住女婿的胳膊，哀告说：断断不可！罪在我，罪不在你，少东主你是何等的人物，你一旦低了头，敦煌人将来都将耻笑你，轻贱你。梵义凄楚一笑：我算什么人物，我只是胡家的长子，也是沈家的姑爷，我有尽孝的义务。闻听此言，沈破奴的内里，顿时潮起了一股感激的汁水，忙劝慰道：有你这句话就够了，少东主，这一世里你我翁婿一场，我真是知足了。

目光尽头，梵义瞭见书案上的一只长颈花瓶中，插着几枝干花，花叶硕大，颜色沉郁。

听说，入秋前少东主答应过文武和事老协会，要担任今年土地庙法会的主祭，城里头传遍了，二十三坊也尽人皆知，但这件事怎么就黄了，没了下文？沈破奴探问道，小心翼翼地。梵义反问说：沈先生，你信佛么，信土地爷么？沈破奴一怔，斟酌道：年轻时，我自然是不肯信的，那时候我有入世的心愿，觉得凭着我的本事，凭着一肚子的书本，便可以游走四方，可以齐家治国平天下。但是，天意莫测，命运弄人，人不过是地上的蝼蚁罢了，岂能违拗天老爷的差遣。而今，我也算攀过了几座山，渡过了几条河，迈过了一些坎，见识了人心的冷暖，现在便渐渐地信了，就像少东主刚才说过的那样，此乃滚滚的天意。梵义丢下对方，缓步踱到了书案旁，随手翻了翻那本吴毓昌校订的修正版《校正本草纲目》，又摸起一本小册子，瞭见封皮上印着一行颜体的书名：《丁氏家训》。梵义打开了首页，目光轻诵道：敦孝悌，睦宗族，饬伦纪，辨职业，择交游，安义命，尚勤俭，谨婚嫁，慎丧祭，训子孙。沈破奴偎了过来，不但没有阻止梵义的莽撞，相反却泯然一笑，似乎很欣赏对方的这种举动。梵义搁下书，接续了前头的话题，慨然道：沈先生，我之所以答应了文武和事老协会，答应了丰鼎文山长，滥竽充数地去当一回南郭处士，实在是因为他们慧眼识人，知道我不信，所以才来试探我，驯服我。或者说，那些耆老和乡绅也根本不信，但他们一个个老了，无力伸张，于是挑选了我，让我去撕破蒙在敦煌脸上的这一幕迷信的面纱。

自打在南门外，梵义接下了主祭一职后，情势的突变，连日来的参悟，让他终于在此刻一吐为快，激奋的心情，漾荡在了浑身上下，令沈破奴也感觉陌生。呃，我是想问，事情咋就黄了，土地庙的祭祀怎么就无果而终了？沈破奴嗫嚅道。梵义断然说：沙州城和二十三坊之间谣诼遍地，说李豆灯大人死了，秘不发丧，让人将骨灰撒在了大田小田里，施下了恶咒，所以上半年的庄稼全都毁了，下半年也没能补种回来。百姓们是短视的，这怨怪不了他们，可偏偏李豆灯活着不出来对质，死了也不见举丧，文武两家和事老协会就此瘫痪了，再去办一场法会的话，显然于事无补。沈破奴思忖道：少东主，你是怀疑文武协会的老夫子们别有用心，用迷信的手段，用一场设坛作法的祭祀，让百姓们认命和驯顺，将不公和罪愆归罪在一些泥像和神祇的身上，来麻痹大家吧？梵义咧笑：不，我恰巧另有怀疑。怀疑什么？追问道。梵义答：正如沈先生刚才讲的，年轻时，谁都想做一只天上的鹞鹰，搏击长空，牧野千里，可随着阅历的增长，人就慢慢地降落了下来，站在了地面上，看见了秩序、乡约和法度，以及一本本祖传的家训，恐怕这才是不变的天道，也是人世上的规范吧。在我看来，除过这些，剩下的皆是一些黑暗的力量。沈破奴讶异极了，失声道：黑暗的力量？少东主，你是说敦煌以及关外三县容不下天道与规范，必欲铲除之而后快吧？

梵义并未作答，绕过书案，从长颈的花瓶中，轻轻抽出了那几枝干花。

哦，这也叫百号，它在地里的生长期，大概在一百天左右，所以才这么叫。沈破奴追了过来，欲阻止时，却已经来不及了，便如此介绍道。可惜了，它要是现在活着的话，肯定很漂亮，恐怕是我见过的最漂亮的花吧，梵义赞道。沈破奴从女婿的手上接过了花，释解说：这还是性元带着娃娃们，从外面采来的，我见颜色漂亮，做了一番处理，竟然一直插到了现在，积满了灰尘。言毕，沈破奴扔掉了干花，又追上了一只脚，将其碾成了粉末。半晌后，梵义开腔道：它叫百号，也叫花花子，敦煌人一般称作罂粟花，当然也可以叫运三。运三是前清末期的一条典故，大人娃娃们都知道，想必沈先生也……这一刻，沈破奴摇曳了一下，眼底发黑，忙去扶书案，孰料却没有撑住身体，忽然间跌落在地。沈破奴忍着疼，滚爬了一番，伸手搂住了女婿的大腿，哀告道：

"老朽有一事相求，恳请少东主先答应了我吧！"

"沈先生，快起来说话，尽管吩咐就是了。"梵义拉拽了几次，均无果。

"是这，我不想给女婿添乱，更不打算给少东主抹黑。我在敦煌的日子到头了，我不愿意看见敦煌翻脸，让沙州城撵我走，我自己做一个了断吧。"沈破奴战栗着，不像是寒冷控制住了肉体，而是一种广漠的恐惧，自每一个毛孔中焕发了出来，"我已经老了，我想叶落归根，我打算带着性元她妈，回湖北老家去，赎了自己的罪，挽救这一世的清白。"

"先生出言太重，你究竟何罪之有？"

沈破奴冷笑一气，咆哮道："胡梵义，我真的受够了，也请你别再惺惺作态，你其实早就怀疑上我了，所以你我虽然名义上是翁婿，实则连路人也不如。你不想跨进世兴堂的门槛，我平时也甚少去隔壁胡家的院子里串门，哪怕我肩负着疗治老亲家的病，也只是女儿性元在中间来回撺掇，一个人给两头传话。哦，记得多年前，你跟着令尊大人来沈家做客，老东主当时就要挟过我，攥住了我的把柄。我一个外来户，慑于胡家父子的淫威，只好乖乖地依从了你们。我卖了房子，从城门外搬到了党河边，表面上看，好像胡家馈赠了一座宅子，恩义大如天，对我相当的礼遇，其实不然。没多久，胡家请印光法师来做媒，即便我心有芥蒂，但也不敢拂了大家的面子，性元还是嫁给了少东主你，并给胡家生养了两个后人。不，一切不该是这样的。这些年我始终输掉了这一口气，心如刀绞，我是怎么过来的，我何以会开错方子，治死了边家老太，恐怕唯有我自己才知道缘由。"诉说至此，沈破奴已经疲累不堪了，松开了梵义，开始捡拾地上的纸屑。白雪一般的纸屑，被沈破奴逐一拾了起来，哈一口气，在袖子上擦干净，死死地捏在了手中。又絮叨说："少东主，沈家的这些付出，世兴堂做出的这些牺牲，全美了胡家的今天，造就了你们如今的腾达，可我剩下了什么？获得过什么？这一切不为别的，只因我原本姓丁，我叫丁弥寒。"

"我只知道，我是沈家的半个儿子，其余的我一概不知。"强辩道。

呵呵，沈破奴的冷笑，显得怪异极了："胡家真是一把好榔头，在榔头的眼睛里，我这个姓丁的外乡人，只不过是一颗阴钉子。阴钉子钉在了党河边，先是锁住了胡家的风水，让你们这一门的好运势不再流失，从此节节攀高。而后，少东主你又借着一门姻缘，将自己那一颗男人的阳钉子，钉在了我女儿性元的身上，让丁家世代不得翻身，供养着你们。"沈破奴的手上，积攒了一大摞纸屑，拼命地攥住了，似乎生怕它们被一风吹去，寸纸不留。"我输了这一口气，我短了这一世的精神，只因为我原本姓丁。"

"这不是你的错，先生。"

"但这些错，偏偏被令尊大人利用了，所以来威胁我，逼迫我，让我抗拒不得。"

"外父，这些不堪的往事，不提也罢。"梵义荒凉一片，哀告道。

"不，我受够了，我非要说破。"

"其实，沈家跟胡家现在就是一根藤蔓上的瓜，一荣俱荣，一损俱损。既然已经过去了那么多年，就应该化毒为药，彼此宽谅，而不是纠葛于这一堆乱麻当中。"梵义已然猜中了对方的内心，但沈破奴狂泻出来的这些怨怼与愤怒，既让人生厌，也令自己难以辩白。实际上，那些冥冥当中的混沌意志，早就被梵义参悟透了，犹如它们是身后的尘土，一旦蹚过去了，便再也不可能回眸。况且，这些旧日的因果，乃是父辈一手缔结下的，于今无益，将来也于事无补。梵义道："沈先生，敦煌不曾撵你走，这沙州城就是你的家。"

"放我走吧，只求你答应我一件事！"

"请讲。"

"两个娃娃中，我要带走一个。"沈破奴突然凝重了起来，笃定道，"小党也好，小河也行，只要赐给我一个，跟着我远走高飞，我也就知足了。不过，这是我跟你男人之间的约定，千万不能让性元察觉。我知道，少东主你一定有手段，也有借口，因为性元爱你，相信你。"

梵义惊呆了："你一定是疯了。"

"的确，我真的疯了。"沈破奴将满把的纸屑抛在了空中，不一时，头顶和肩膀上落满了一层白雪，仿佛葬礼中的人，被死亡的气息席卷了。又道："两个娃娃，既是你们胡家的骨肉，但也有一半性元的血脉。我想带走其中的一个，以后姓丁，做我丁家的后人。"

"沈先生，胡家既然能钉住你，当然也可以拔掉你这一颗锈钉子。"沉郁道。

"可惜，一切晚矣，钉子烂了。"

这么着，沈破奴方掏出肺腑，释解了一番。沈破奴本名丁弥寒，原籍黄州府，自小生长在十万大山中一座叫鼎村的庄子里，三世单传，一脉所系。鼎村三面环山，其状若一尊巨鼎，读书人嫌笔画太繁，又加之村里人以丁姓为主，遂称之为丁山，或曰丁村。丁弥寒的父系世代为农，平时种植红苕，农闲时则挖掘草药，择其优质者，洗切和晾晒干净后，贩到山外一个叫尚方的镇子上，赚取一点银两，糊口度日。黄州一带，自古医学之风大炽，也是明朝文林郎李时珍的故里。每年清明前后，家家户户都要去祭扫李时珍的墓冢，并从坟头周围拔下一束青草，挂在自家的门楣上，以求去病祈福。在丁弥寒的记忆里，自己从小就生活在浓郁的药草气息中，跟着父亲辨识百草，品鉴万木，所以天生就对医学有好感，毫不陌生。这在丁弥寒日后的逃亡生涯中，起到了至为关键的作用，让他觅见了一条活路，端上了吃饭的碗。那些年，每到了去尚方镇卖药的日子，丁村人就成团结伙，一起出行，而母亲丁王氏也从整日价的昏睡中苏醒了过来，眉开眼笑。一般在三天之前，母亲会亲自动手摘下一种花叶，仔细捣碎了，捣成了一种草浆，然后卧在溪尾上洗头。洗毕，母亲还要晾晒上大半天，这让丁王氏的头发又黑又亮，仿佛一匹宽阔的缎子，散发出一股清冽的味道。贩药往往是男将们的勾当，丁弥寒家却是由女人出马，跟在马帮的后面，翻山越岭，一路上安危莫测。每次出发前，丁弥寒都会瞭见母亲的下巴扬得很高，衣冠无尘，五官上布满了一种清高的神色，好像她不是去下苦，而是去赶庙会，去寺观里上香。

鸡有鸡路，狗有狗道，丁弥寒家的药草一般卖给尚方镇有名的沈家药材铺。货物搬进去，人再空手出来，挎在肩胛上的包袱里，就传出了钱碰钱的声音。丁王氏每趟回来后，左手放下包袱，右手撕开点心纸，催喊儿子快来吃。父亲则打来一盆水，将麻钱全部浸泡在水中，一枚一枚地搓洗干净，擦拭完后，再用一根麻绳串起来，挂在夹墙内。在下一次出山前，丁王氏有一段漫长的懒散期，披头散发，满脸锈迹，不是在昏睡当中，就是坐在门前晒太阳，几乎与外人不说话。丁王氏甘心做哑巴，但挡不住丁村人的闲言碎语。渐渐地，这个家便成了众矢之的，天天飞进来石头瓦块，儿子一出门，时常遭到娃娃们的欺辱，要么脸破了，要么衣服撕了。丁王氏终于爆发了，挑了一个赶集的大场合，破口大骂道：我的药之所以能卖给沈家药材铺，只因为我没掺假，我没有昧过良心；我的药能卖大价钱，自然是托了沈家的福，沈家老财东是一个大善人，可怜我的缘故吧。又道：如果不是我男人害了惊死病，我一个妇道人家，才不稀罕抛头露面，坏了丁家的门风。这一顿泼妇般的大闹，顶多能维持上十天半个月的平静，但后续的唾沫渣子，比山洪来得更为凶烈。丁弥寒知道，父亲的头低下了，有时候低到了裤裆下边，再也没抬起来过。父亲的确害了惊死病，有一回上山挖药时，被林子里蹿出来的野猪拱下了崖壁，几乎摔了个半死。打那以后，父亲只要闻听了窸窸窣窣的动静，就会冒汗发颤，手脚冰冷，恨不得一头钻进窟窿眼中，与世隔绝。父亲可能是属老鼠的，白昼里躲着人，一入了晚夕，他自己便率先疯掉了。丁弥寒经常会在半夜里惊醒，听见皮带声、棍棒声、摔打声，母亲嗷嗷地哀叫着，嗓子里像藏下了一窝幼兽，叽里呱啦的，经久不息。天亮后，丁王氏颓坐在溪水边，颊脸上仿佛开了染房，青一块，紫一块，反正没有一点点囫囵的地方。丁弥寒尚小，一问母亲，丁王氏便夸张地答复：呃，红的是水里的鱼啄的，紫黑的是石头下的鳖咬的，不碍事，一点不碍事。地里的红苕熟了，慢慢烂光了，挖药的锄头生锈了，磨刀石也丢了，父亲开始像一介游魂，无所事事，将自己扔进了密林中，彻底漏了气。自此，这家人的日子陷入了困境，丁弥寒吃上了百家饭，今天讨一个饭团，明后天牙齿里没一粒米。倘若天老爷开眼，邻舍赏了一碗猪油饭，丁弥寒紧着抱回了家，母亲贪婪地吸上一鼻子，催喊说：你快吃，我干脆不饿嘛。

丁弥寒在十二岁上发了天花，高烧不退，浑身孵出了红色的丘疹，继而是疱疹。按丁村人的规矩，一旦出现了天花，患者不是被扔下山崖，喂了野兽，便是挖了坑活埋，以防病情蔓延。丁王氏吓得不敢喘气，封了大门二门，搂住儿子一遍遍地叫魂。待丈夫回来后，丁王氏央告再三，威胁说如果丁弥寒有个三长两短，她自己也不活了。那一夜，大雨如注，丈夫在溪畔的石头上磨刀，磨到了天空发白时，便消失在了雨雾中。这是个禁忌，采药人都清楚，大雨初歇时断然不可上山，因为动物们趁着这个机会出来觅食，经常会踩落一些滚石，险恶至极。等到了次日晌午，一个樵夫传来了噩讯，果然山崩了，砸死了几个采药人。天杀的,盼着他来救儿子,他反倒先死了,享福去了,我连活人都顾不过来,难道还在乎一个死人么?丁王氏詈骂完,打开了夹墙,从里头掏出来半生的积蓄,分成了两堆。一堆给了丁村的族长,磕头相告,请他做主去抬埋了丈夫,在屋后筑一座坟。另一堆则交给了过路的马帮,谎称儿子肚子疼,抱在马背上,连夜送入了尚方镇,叩开了沈家药材铺。

沈家的老掌柜沈念非,不愧是一个大善人,见娃娃烧成了一块火炭,抓紧延请了尚方镇里的几位名医,赶来家里会诊。虽说中间有几次反复,但烧毕竟退了下去,命也好歹保住了。唯一遗憾的是,有几粒疱疹变成了脓疹,结痂后,在丁弥寒的右颊上,留下了零星的麻子。病愈后,丁王氏打算返回丁村,却被沈念非执意挽留下了。老掌柜的理由有二:其一,孤儿寡母地回去,生活没有着落,指不定会受尽丁村人的欺辱,将来找不见活路;其二,丁弥寒进了尚方镇,看见了山外的花花世界,潜藏在这个山中少年身上的聪明与活泼,一下子焕发了出来,惹得沈念非刮目相看,天天将他拴在屁股后头,在镇子上见世面。这么着,母子俩应承下了,丁王氏开始在药材铺里当杂工,或者晒药,或者帮灶。天气好的时候,还要陪沈太太说话,讲一些大山里的逸闻趣事。其间,丁王氏回过一趟丁村,给丈夫上了坟,贱卖了屋子和院子,彻底拔掉了自己在山里的根,成了尚方镇的一员。沈念非膝下无子,唯一的女儿在武汉读书,一年半载才回来一趟,家里一直清清寡寡的。夫妇俩一合计,决定招丁弥寒为义子,遂说与了丁王氏。丁王氏表面上犹疑,心里却像吃了三碗蜜糖似的,知道自己攀上了高枝,赶紧去寺里烧了香,答应了东家。仪式很快就办了,沈念非请了三桌子亲戚,昭告了族人,并当场给丁弥寒改名换姓,从此叫作了沈破奴。沈念非宅心仁厚,对沈破奴视同己出,不仅供其上了尚方镇最好的私塾,还打算将来让义子先去上海,再去东洋留学。

更换了水土,丁王氏简直脱胎换骨了一般,妩媚写在鼻脸上,风骚也挂在腰身上,常常惹得小镇上的男将们来药材铺里围观。丁王氏是高傲的,不苟言笑,深知这一切都拜老东家所赐,不能坏了规矩,整个五官像一只被剥开的熟鸡蛋，布满了清冷。沈太太是个病胎子，日头一出，便在庭院中晒太阳，将这一切悉数看在了眼中。沈太太是过来人，知道像丁王氏这样的女人，正处于虎狼的年龄上，性欲像一大碗水，端不住的话，随时会洒下来，玷污了门风。这么着，沈太太率先对丈夫说：你干脆收了她吧，做个二房，也好白天陪我说说话，夜里替你揉揉腿。沈念非大喜过望，当即委托了沈太太，去探探丁王氏的意思。丁王氏闻听罢，既不笑，也不哭，而是打来了一盆热水，捧住了沈太太的三寸金莲，洗了又洗。眼泪掉在了脚盆里，丁王氏哀恳道：主子，你就是我这辈子的大恩人，也是儿子的贵人，我以后就这么伺候你吧。沈太太道：掌嘴，这里没主子，只有姐妹二人，我来做姐姐，你就当妹妹吧。当天夜里，这事便成了，沈念非跟丁王氏圆了房。这个女人放肆而汹涌的叫床声，一直缭绕到了天亮，让隔壁的沈太太未曾合过眼，半夜里摸黑爬起来，用剪子铰出了两个小纸人，在心口窝上扎满了密密麻麻的干针。

沈破奴念完私塾，又进入了一所初级学堂，继续深造。由于年岁相对大，加之山里娃娃特有的笃实与勤奋，各门功课一直优良，给沈念非长了不少的脸。仲春的一日，沈破奴独自在学堂外的林子里温书，一个乞丐冲过来，在他的怀里塞上一包东西，掉头跑了。沈破奴纳罕时，却被一种奇异的香气吸引住了，打开荷叶，发现竟是一碗热腾腾的猪油饭，如同小时候吃过的那样。这以后，无论在街上，还是在学堂门口，这个乞丐频频偷袭，不是塞来一包野果子，便是扔给沈破奴一两角钱，然后消失得比蚂蚱还快。沈破奴终于忍不住了，精心设计了一个圈套，故意站在一片河汊上背书，等待对方上钩。果然，乞丐上了当，刚给沈破奴扔下一兜酸枣，折身欲逃时，沈破奴撒出了一张破渔网，牢牢地罩住了他。乞丐缩着肩膀，蒙住脸，只露出一双眼睛盯看着沈破奴，泪水淌下来了很多。你是谁，你究竟想做什么，你认识我么？沈破奴连连发问。对方一语不发。沈破奴又哀告说：请你摘掉面巾，让我认识一下你吧？这一时，乞丐揭掉了面巾，沈破奴吓了一大跳，手中的绳子掉在地上。真的，那简直不是一张人的脸，更像是一块被击碎的面团，一根被焚烧过的木头，一张被揉烂了的皮革，充满了暴力的余声，充斥着刀劈斧凿的痕迹。沈破奴登时生出了一种巨大的怜悯心，央告说：你干脆跟我回家吧，我家里开了药材铺子，我义父也认识不少的名医，兴许可以给你疗治一番，起码不会像现在这样生疮化脓。乞丐摇头，拒绝了这一番好意，但他的泪水掉得更厉害了，悾惶至极。沈破奴探问说：学堂里那么多的人，你干么偏偏对我好，给这送那的，你究竟是什么目的？乞丐哑着嗓子，粗糙地说：我只想看看你，每次看一眼你，我就走，我不会伤害你的。沈破奴不再害怕了，款款上前，宽慰道：那好，那你现在多看我几眼吧。仔细看够了，你以后就别来骚扰我，我的课业很重，不能分心。岂料，乞丐突地矮下身子，挣脱了那一张渔网，一头扎进了河水中。半天后，对岸冒出了一个人，朝着沈破奴扬了扬手。

　　沈破奴找到了母亲，索要一笔钱，声称要去尚方镇的照相馆拍相片。那时候，照相是一件稀罕和时髦的事，价钱惊人，除了大户人家慷慨光临外，一般人鲜少问津。丁王氏愕然道：万万不可，听说照相时会劈下一道闪电，闪电要收走人的魂魄，人也就跟着傻掉了。沈念非一向开明，释解说：百闻不如一见，干脆咱们一道去，多拍一张全家福吧。择了一日，三个人穿上干净的礼服，打了发蜡，喧闹着去了照相馆，却独独落下了沈太太。给沈破奴单独拍完了一套个人照，又完成了一张全家福，三个异姓人被定格在了框子里。沈念非居左，丁王氏位右，沈破奴则站在他们身后，目光瞥向了别处，一副心事浩渺的样子。半个月后，相片送来了，沈念非将全家福装了镜框，端端正正地挂在了堂屋的墙上，天天掸一遍灰尘。沈破奴挑了一张自己的正面照，一连多日，假装在学堂外的林子里温书，等待着对方。果然，乞丐再次出现了，从肩膀上迅速卸下一根甘蔗，交给了沈破奴之后，打算开溜。沈破奴拦住了乞丐，将相片送给了对方，恳求说：你拿去好好看吧，以后千万别来骚扰我，我的课业很重，我还要考学深造，真的不能分心呀。乞丐摩挲着相片上的那一张面庞，又抬头盯视着沈破奴，似乎在对比，在印证。末了，乞丐哽咽说：少爷，你右脸上的这几粒碎麻子，用线连起来的话，真像一个字。什么字？沈破奴捂住了脸，慌忙问。乞丐笃定地说：丁，丁村的丁。言毕，乞丐仿佛一片叶子，迅速被风刮入了林子里，消失得一干二净。此后，这名乞丐再也没有出现过，一次也没有，这反倒成了沈破奴的一个心病，偶尔忆想起来，心里总是空落落的。

早出晚归中，沈破奴挎着书包，穿行在尚方镇的街巷里，目光变了，渐渐地储满了心事。童年的记忆复苏了，一根冥冥之中牵扯不断的丝线，将沈破奴的惦记和忧伤，投向了大山深处。在迎面而来的人群中，沈破奴时时告诫自己，脸上有一颗字，一颗丁字，擦不掉，剜不得，就这么大胆张挂着，谁都看见了，谁都知道底细，但没有一个人亲口告诉他。这个丁字，犹如一只秤砣似的，压得沈破奴几乎喘不过气来。可越是如此，沈破奴便越加沉默，外人很难知晓这个山中少年的内心，究竟出现了什么样的颠覆。

临近毕业的那一年春天，沈破奴正在街上喝豆浆，桌子对过的一个山里人忽然问：你是丁弥寒吧？我不姓丁，我姓沈，答复道。对方说：我认识你，你是丁村的，你母亲带着你改嫁了，攀上了高枝，从此翻脸不认婆家人了。我姓沈，我叫沈破奴，你恐怕认错人了吧，纠正道。孰料，这个山里人突然泪下如雨，哭诉说：我是你堂叔呀，我跟你父亲是一个爷爷的后人，我闻出了你的气味，你姓丁，你叫丁弥寒。春风吹荡，街上的玉兰花开遍了，但震惊的机密一桩接一桩地席卷而来，令这个单薄的少年难堪重负。沈破奴获知，丁村人一直在内讧，欺软怕硬，父亲并不是上山挖药时出的事，也不曾坠崖，而是被家族中的人施了私刑，活活干掉的。又听闻，母亲丁王氏回了一趟丁村，给丈夫上了坟，匆忙贱卖了那一座院子，偏偏买主就是仇家，就是一直觊觎着那一片宅基地的同门兄弟。让沈破奴色飞骨惊的话还在后头，那个仇家终于得手后，将旧院子推平了，打算起一座新宅，可邻舍们亲眼看见，当挖开那个坟包时，里面却是空的，一座空坟，连个骨头渣子也不见，遑论尸首了。讲述完毕，那个自称是堂叔的人拍案道：你老子还活着，你老子没脸见人，因为他在这个人世上的路全都断了，除了出家，就只能去讨饭了。沈破奴不吱声，离席而去，瞭见头顶上的玉兰花一朵一朵地灭了，自己心里的那一盏灯也彻底灭了。

临近毕业，但沈破奴已经无心于功课了，虽说仍旧是早出晚归，却没有去过一次学堂，而是将自己放逐在了尚方镇一带，天天在寻找那个神秘的乞丐。不错，那些意外获知的秘密，带着夏季的高温，在沈破奴的心中一再发酵着，让他渐渐地偏执起来，滋生出了一种强大的敌意。沈破奴理所当然地认为，这一切的肇事元凶就是沈念非，而母亲是一个帮凶，两个人事先筹谋好了，一步步实施了这个可耻的计划。入了夜，待整个药材铺里昏暝沉寂时，沈破奴偷偷溜出了睡房，要么游荨在各个房间内，要么藏匿在哪个犄角旮旯里，睁着一双发亮的眼睛，不眠不休。

忽然一夜，一道月白色的影子飘进了堂屋，从墙上摘下了那只镜框，对着照片上的全家福一顿针扎。沈破奴的脸上烧烫，好像那几粒麻子爆炸了，疼得差一点惊喊了出来。这样的事情隔三岔五，而镜框却是完好的，玻璃没碎，相片上也没有一粒针眼。这让沈破奴相信，沈太太一定身具法术，仿佛《聊斋》里的一介狐仙，无所不能。慢慢地，沈破奴找见了潜在的同盟军，将沈太太视为自己人，暗中偷窥着，一方面惊惧不已，另一方面又带着复仇者的快感。夏日漫长，尚方镇一连几个月都陷入了酷暑当中。沈念非养成了一个毛病，后半夜总要起来一趟，坐在庭院中喝一壶凉茶，接着去睡回笼觉。沈太太是不会错失这个机会的，悄悄踅了出来，打开一个纸包，用指甲尖挑出一点粉末，灌在了茶壶中。沈破奴猜度，粉末不会是别的，一定是砒霜，这个病胎子的女人，原先有一副蛇蝎心肠，在实施杀夫的勾当。沈破奴不想戳穿，戏越来越好看了，他自己连偷着笑的时间都不够，干么要坏人家的事哪。

旧历猴年，八月，大概是初三日，天微雨。

约莫子夜刚过，沈太太又从睡房里飘了出来，揭开窗台上的壶盖，摸出了一只纸包。偏巧，沈太太忽然鼻子发痒，忙跑进去打喷嚏了。趁着这个机会，沈破奴一下子冲了过去，将所有的粉末倒在了茶壶中，摇匀后，盖上了盖子，然后藏在假山后头，张看着好戏上演。吊诡的是，沈太太打完了喷嚏，再也没有出门，似乎根本不关心那一包砒霜的下落。沈念非口渴难耐，摇曳着出了门，随手端起了茶壶。

刚刚灌下了一口，沈念非突然喷了出来，表情煞是痛苦。这一时，沈破奴简直吓破了胆，唯恐东窗事发，赶紧抄起一块石头扑上前去，照准沈念非的脑袋一顿狂砸。直到后者哎哟了几声，像一个稻草人似的摔在了地上，气息奄奄，生死不明。沈破奴满手是血，匆匆打了一个包袱，连夜遁出了尚方镇，一路北上，开始踏上了逃亡之路。

自此，有关尚方镇那个雨夜里发生的一切，像一只黑暗之狼，追撵不停，迫使沈破奴专挑那些废弃了的茶马古道，辗转而行。沈破奴逃到了鄂西，穿过了长江三峡，进入了巴蜀之地，一边下苦力吃饭，一边研习医术。凭着个人的灵慧，也靠着他小时候耳濡目染的一切，几年之后，沈破奴居然干起了江湖郎中的营生，虽然大有招摇撞骗之嫌，却也提振了信心，慢慢地找见了将来吃饭的那一只金碗。但是，恐惧如影随形，像一个巨大的梦魇，时时揪住沈破奴不放，让其提早生出了浓密的胡须，让其老相，让其噤若寒蝉。沈破奴从来不敢在同一个地方待得过久，尤其是碰见口音相似的人，便如一只惊飞的麻雀，一眨眼就失去了影迹。后来，沈破奴越过了剑门关，一路穿过了成州、秦州和陇西，抵达了兰州。在兰州城飘零了半年后，又西渡黄河，过了乌鞘岭和古浪峡，隐没在了河西走廊的罡风与烟尘中。二十七岁那年，沈破奴跟着一支商团抵达了沙州城，休憩了几日，商团开拔时，他又打算尾随。商人们善意地告诉他，再走的话，就是口外了，生死由不得自己。沈破奴瞭看着脚下的沙丘和荒漠干滩，一时间收不住泪水了，喟叹道：天边了，我走到天边了。

在沙州城、在关外三县蛰伏了几年后，沈破奴凭靠着自己成熟起来的医术，渐渐赢得了敦煌人的好感与尊敬。沈破奴攒了钱，盘下了北门之外角楼下的一座旧院子，娶妻生子，还开了一家名曰世兴堂的医馆，慢慢地淡忘了尚方镇曾经的故事，也由一个当初的青年人，苍茫成了如今的一介老者、一位名医，性格上平和自在，礼待四邻，乡望素孚。而这美好的一切，直到胡家坊的老财东胡恩可前来拜访时，一切都被毁了，彻底毁了。

花开两朵，另表一枝。

话说时间流逝，尚方镇上的一切景物也随着朝代的更迭，逐渐地斑驳了起来，陆续有了物是人非的意思。多年后，沈家药材铺关了张，沈家夫妇也相继去世，冷清了一段后，丁王氏将家里的房舍腾出来，开了一家客栈。每个黄昏，当客人们坐在院子里吃饭乘凉时，丁王氏便捏着几张相片，挨个儿询问，央告说：诸位都是走南闯北的人，见过的人多，结交的也不少，究竟有没有碰见过这个娃娃，我的儿子？店客们看遍了，一律摇头，但丁王氏从不死心，从春天问到了冬天，也从晚上问到了白昼，好像开店只是一个幌子，寻人才是她这一世的正经营生。这一日，客栈里来了一个西北客，嗓门大，性格爽快，自称去中原、去江南云游了一趟，见了见世面，正打算返回故里。丁王氏照例递上了相片，说了一通车轱辘话，连眼睛也没湿。转瞬，丁王氏意外地发现，西北客的眸子闪了闪，一种迷糊的笑意掠过了颊脸，又迅即消失了。丁王氏的泪水终于淌了下来，知道菩萨显了灵，救苦救难来了。丁王氏赶忙切了一盆子肉，摆了一坛子酒，一面招待西北客吃喝，一面拿着扇子，替对方驱蚊打蝇，说了一桌子的好话。西北客蹙住眉头，打着饱嗝，坦承道，他自己的确见过这个相片上的人，但因为路途奔波，脑子分神，实在是忆想不出来。丁王氏整理出了一间干净的客房，换上了新被子新褥子，顿顿七碟子八碗，声言道：你尽管住，放开吃，我全都免了你的账，算我供着你，直到你想出个子丑寅卯来。相熟了之后，西北客询问道：既然你让我大海捞针，那你就不能瞒我，须将这一切底细如实告诉我，说不定会叫醒我的魂，让我突然想起一些线索。丁王氏喟叹道：那就让我说三天三夜吧，凡是我肚子里装着的，一根草，一根毛，我也不敢给恩人隐瞒。西北客听完了丁王氏连毛带草的话，记住了一些关键的成分，姓丁，名弥寒，老家在丁村，在尚方镇的学堂里念过书，忽然就走失了，失踪到了现在。出于母亲的善念，丁王氏并没有说出沈破奴这个名字，也不曾提及在一个雨夜中，儿子对义父痛下杀手的一幕。西北客是一个老练之人，走惯了江湖，认得各个码头，从这个女人的陈词中，窥出了一丝破绽，遂直言道：这丁弥寒失踪前一定发生过什么，否则的话，一个人绝难割舍下娘老子，去过背井离乡的生活。

无奈，丁王氏扬起了脖颈子，硬朗地说：反正也没杀死人，只不过是一场误会，儿子太畏惧了，天不亮就跑了。西北客问说：人真的没死么？究竟有多大的仇恨，让丁弥寒干下了这样令人不齿的事？丁王氏笃定道：人真的没死，人是后来老死的，当时只是擦破了头皮，流了不少的血。报官了么，衙门里来人了么？探问道。丁王氏不屑道：干么要报官，人家不仅原谅了我儿子，又去了几趟武汉，还在报纸上登了寻人启事。再说了，人家临咽气前，还一个劲地念叨着我儿子，说这是让他最割舍不下的一桩心事。

在尚方镇逗留的几天内，西北客挖空心思地想了又想，但最终记忆力不济，没有了下文。辞别前，西北客有点过意不去，询问说：如果你相信我，就给我一张相片吧，万一将来碰见了丁弥寒，我劝他回家，也好有一个凭据。丁王氏并不吝啬，挑出了一张正面免冠的，抱着一份微薄的信任，送给了对方。这西北客不是旁人，正是敦煌人氏胡恩可。

半年后，胡恩可拖着疲倦的身子，回到了沙州城。

到家不久，胡恩可就被一辆车轿送入了世兴堂，打算让沈破奴疗治一下肿胀流血的双脚。沈破奴蹲在地上，替胡恩可脱鞋时，仰面说起了闲章。这一霎，胡恩可分明辨识了出来，沈破奴的这张嘴脸，恰恰是自己怀中那一张相片上的五官，尤其是右颊上的那几粒碎麻子，相当确凿地印证了这个判断。丁弥寒，沈破奴，沈破奴，丁弥寒，胡恩可的脑子里，不停地闪烁着这两个毫不搭界的名字，一时间汗下如浆，难以自持。天老爷，沈先生是何等的人物呀，关外名医，杏林高手，一向以菩萨心肠示人，德高望隆，胡恩可暗自惊呼。而今，胡恩可变成了一具病体，横卧在胡家坊的高房子上，外人实难究问出他当时的心理。不过，可以确定的是那一刻，胡恩可决定保守这个秘密，将一切都烂在自己的肚子里。直到多年以后，为了修正自家的风水，胡恩可这才打破了缄默，率着两个儿子，找见了这个姓丁的人，用一根阳钉，一根阴钉，锁住了胡氏一门未来的好运势。

"钉子烂了，烂透了，谁也拔不出来了。"沈破奴绝望道。

"烂了不假，但要想拔掉它，祛除这一桩心魔，恐怕也只能靠你了。"说着话，梵义从怀中摸出了那一张发黄的相片，递给了沈破奴，

"先生，你现在就亲手撕了吧，过去的一切，断不能让它死灰复燃。敦煌没撵你走，两个娃娃，你也休想带走任何一个。"

"令尊真是沉得住气，让你一直保存着它。"

"但我一直不肯相信。"

"我说过了，我是个罪人。这一世的罪孽，我全都认了。"

沈破奴接在手上，只瞄了一眼，突然将相片塞入了嘴里，一番咀嚼后，硬吞了下去。梵义并不计较，脸上漾出了一种厌倦的表情，踏着满地的纸屑，意欲离开。这一时，沈破奴喊了一声留步，躬下身子，居然长长地揖了一礼，谦卑道：

"少东主，我治了一辈子的病，到头来，替我医心的却是你。"

"言重了。"回了一礼。

"真的，我现在彻底释然了，既然话都说破了，我的心上也没有了荆棘。我不走了，我的余生还长，将来我要终老敦煌，这一把老骨头还等着你和性元来抬埋哪。"沈破奴趋上前，掸落了女婿肩膀上的几片纸屑，仔细道，"我另有一些泼烦事，我自己去克服。我想叮嘱少东主一句，乱世当前，人心叵测，你千万不要强出头，更不可逞能，切记。"

点了点头。

"呃，尤其不要跟索家，跟义庄。"

梵义伸手，制止住了沈破奴。

门突然开了，日光像一场祁连山上的雪崩，翻滚进来，书房内登时一亮。性元慨然而入，后头跟着泪水盈盈的沈戴氏，世兴堂的大小伙计们也站在了门端里，翘望不已。梵义锁住了表情，依旧沉静如水，波澜不惊的样子。倒是沈破奴先绷不住了，喉咙中涌出了一阵阵笑声，好像他的面前站着的不是女儿，而是一位莫高窟壁画里走下来的香音神。性元一直兀立着，冷凝了目光，先从头到脚地审视了一遍父亲，又款款瞥望了过去，将梵义也翻箱倒柜地爬梳了一遍。末了，性元开口说：

"梵义，看看你干的好事，你干么不早说呢？"

"现在也不迟。"

"爸，你不必再担心了，你也别惩罚自己，边家三姊妹撤了，边家人统统滚蛋了。"性元跃上前去，一把搂住了沈破奴的脖子，哽咽道，"世兴堂没有赔钱，赔了人家也不敢拿，现在店门外干干净净的，你可以接着开张，继续坐堂问诊了。嗯，这都是梵义搞的鬼，你女婿找了急递铺的一个游击，将边家人全部轰走了，连个唾沫渣子也没留下。"

"当然了，昆莫姓边，昆莫是三姊妹的本家堂叔嘛。"梵义补充道。

但是，在这个无病无灾的日子里，世兴堂的故事并不曾了结，而是一股脑地爆发了。正当众人松了一口气，伙计们也嬉笑雀跃时，儿子性真从门端里挤了进来，一脸寒霜地拨开了人群，扑腾一下，跪在了沈破奴的面前。

性真自小体格弱，骨头软，虽说学业上颇有灵气，过目成诵，但沈破奴夫妇舍不得将其送入学堂，怕儿子受了欺负，引发别的什么病。性真嗜书，一天至晚，几乎书不离手。及长，沈破奴衔上自己的老面子，去了一趟陈家修书坊，恳请坊主收性真为徒，也算是遂了儿子的心愿。在陈家修书坊干了几年，性真终于花落莲出，技成出徒，可以独当一面了，每半年还有一小笔薪俸，吃不饱，只能由父母亲补贴，单纯为了混个心而已。性真跪着，脖颈子上还挂着一条皮围裙，皮围裙的中央有一枚大大的火印，镌着一颗字：陈。沈破奴一怔，当即猜出性真是从修书坊里跑出来的，一定发生了不测。果然，性真涨红了脸，认真磕下了三个头，语气萧瑟：

"爸，我是你们捡来的吧？"

哑默着。

"我就是你们捡来的。我的亲生父亲不是你。你开口说话呀！"性真尖叫了起来。

梵义瞥望过去，发现沈破奴的表情刹那间黑了，黑得像一方砚田，灌满了墨汁。

这天的主角不是李七斤，应该算李豆灯，但后者并不是李七斤的爹老子，而是一只狗。

冬深了，沙州城的颜色暗了下来，挂在半空中的柴烟，长短不一，有的青，有的黑，仿佛一片过火的山林，留下了嶙峋的迹象，将天色一再打毛，漫漶不清。前几日下过一场薄雪，雪粒闪躲着行人，蜷卧在了街道的旮旯里，半死不活。土地庙的瓦脊上，枯黄的蒿草成团结伙，好像一群群败兵，站在了危险的山崖边。早起时，连公子便差人在庙门前支了一张案子，坐北朝南，又用绳子隔出了三条孔道，逐一命了名，方便人们排队。喽啰们大多是沙州城里的二流子，按规律，这个季节上本应该躺在热炕上睡大觉，但连公子一声令下，他们纷纷爬将起来，眼屎也没有揩净。钱的话，谁都能听懂，况且是连公子的钱。二流子们私下里纷传，连公子目下阔了，背后有了大金主，将要干一番大事，所以连公子放下的屁，一定也是香的、是脆的。一辆掏粪的大车驶了过来，刚到了街角，车上的人不明不白地挨了一鞭子，吓得退了回去。也有几个挑担子卖吃食的，蹭到了庙门前，提防不住，一下子被哄抢完了，哭的心也有了。喽啰们吞吃着热腾腾的花卷馒头，劝告道：先记下，记在连公子的头上，将来补你一份赏钱吧。

　　连公子却是水米未进，肚子里一直清寡着，始终保持着一种尖锐的饥饿感。连公子知道，只有带着一份饥饿感，人的脑子才不混蛋，也才能清晰起来，将这一天过踏实。昨晚夕，连公子是吃了恶咒的，不仅灌下了一碗撒了香灰的供水，还借用了一句新式的话，盟誓道，不成功，则成仁。这些头等机密，连公子自然不会说与手下的喽啰们知道，但今天这一场典礼的紧迫性和重要性，容不得他自己有丝毫的马虎、半点的懈怠。天亮透了，连公子披着一件新做的羔子皮，款坐在了案子前，一个喽啰跑将过来，将一只木炭炉子支在了旁边。连公子一面瞭看着漠漠的天色，一面烤手，努了努下巴。很快，一只钱袋子被扛来了，搁在了左手，一方砚台摆正了，放在了右手。天气太寒，怕结冰，小喽啰在砚池中注了一道开水，又拿起墨锭，打算慢慢研墨。这一时，索朗挽起袖子出现了，抢过了墨锭，嚷喊说：让我来，我来给连公子打下手吧。哎呀，折煞我也，义庄的大少爷如此屈尊，连某人一个属鸡的，岂敢承受？连公子挤兑道。索朗并不在意，检讨说：我一个猫鬼神，亏死了自己的先人，现在跌到了这样鼻青脸肿的地步，真是活该。我如今能搭上连公子的肩膀，当然是一份荣幸呀。瞭看中，连公子发现索朗白了，也胖了，但他身上的衣裳毛里毛糙的，几块颜色不一的补丁煞是刺目。索朗研着墨，一口一口地喷吐着白雾，好像他的舌头在弹棉花，哼哧哼哧的。大少爷白了，最近的吃喝一定不错吧？问说。索朗的脸一红：虚的，整个身子骨全都虚了，被掏空了。连公子道：呃，少日弄些女人，色是刮骨的钢刀，酒是灌肠的毒药，别那么贪嘴呀。索朗汗颜道：连公子，旁人不知道，难道你还不清楚么，现在女人白给我，即便是西施躺在炕上，我也是有心无力了，自打吃上了那一口，我就猪嫌狗不爱了。连公子戏谑说：你看你，你干么说这些不打粮食的话，我想帮衬你，你却堵住了我的一番好意。是这，等一下介绍你认识一个人，你们一定投脾气。索朗开心道：这个好，人抬人，僧抬僧，但不知连公子介绍的是谁？连公子并不作答，问说：义庄呢，义庄盘掉了么？卖了个啥价钱？嗯，早就盘掉了，让老鼠、野狗和野狐子们盘下的，一分钱没给，反正义庄也快塌光了么，索朗嘻然不已。这一时，水墨恰到了火候，索朗膏了毛笔，双手一递。连公子接上，在一块笸篮大的牌子上，连书了三颗字：兑银处。

末了，连公子又在三张纸面上分别写下了豆、李、灯，吹干后，交给了喽啰们，催他们抓紧刷上糨糊。张贴前，连公子吼喊说：李字队归陇西坊，灯字队是平凉坊，剩下的豆字队就应该是天水坊了，今个天一定要秩序严明，你们看好三行队列，千万不能乱了阵脚。喽啰们手脚麻利，很快便贴好了墨字，一时间，土地庙前的小广场上井然有序，三根绳子笔挺挺的，仿佛要开张迎客。索朗哈腰问：这么轰动，这么板眼分明的，你究竟是干啥呢？连公子拧出了一记响指，释解说：

"收楔子。"

"楔子？"

"嗯，收木楔子，把李豆灯那个恶鬼的亡灵给钉住。"答复道。

几个月前，土地庙的那一场祈福祭祀流产了，闹得沙州城和城外二十三坊人心惶惶。果然，上半年的庄稼毁了之后，下半年也没能补回来，地里残剩的洋芋和胡萝卜几乎被挖尽了，树皮也被剥光了，乞丐们扑进了四个城门，屎尿遍地，赖着不走。尤为严重的是，北部戈壁大滩上的野狼饿极了，窜入了杂庄，先叼羊，后吃人，已经祸害了好几条人命，近日又出现在了西门外的灵台坊，吓得坊内人连夜去亲戚家里躲难了。法会之前，小道消息便甚嚣尘上，指认这天怒人怨的一幕，乃是文武两家和事老协会的阴谋，也是议事班子中，那几个七老八十的棺材瓢子下的蛊。口说无凭，消息就渐渐地变窄了，将矛头指向了文协会的首领李豆灯，断言其三年前便已经死了，一直秘不发丧，议事班子在用死人压活人，难怪天老爷降下了灾难。不几天，更加惊悚的消息传遍了坊内外，声称李豆灯的尸骸其实早就火化了，一支神秘的队伍举着灵旗，在后半夜里摸进了各个坊，这达一撮，那达几粒，将骨灰全部撒在了各家的大田小田中，无一幸免。或问：李大人殁了不入祖坟，干么要烧成灰，撒在他人的地里呀？答复道：你个瓜尿，那是来抢你家地里的三魂六魄，抢风水，抢肥力，让你以后去吃风拉屁的缘故。又或问：李大人他们一门的地里也是青黄不接，好不到哪达去，这又如何解释？对方詈骂道：瓜脑子，吃屎都没人给你拉热的，这腾笼换鸟地更改风水，一时半刻肯定看不见结果，结果在将来。

应了那句老话，人是一疙瘩肉，一辈子看不透。二十三坊的人们于是信了，心中腾起来的怒火连绵不绝，终于燎原开来。人们冲进了陇西坊，围堵在李家门口，后来又齐刷刷地跪下了，欲求见李豆灯大人一面。几个儿子苦劝未果，只好搬来了议事班子里的叔伯们，坐在门端里压阵。不承想，这几位耆老和乡绅的处境更差，白天受完了奚落，晚上还要挨别人的唾沫，前脚跟后脚地病倒了，有两个正在放命，后人们开始粉饰棺木了。李七斤一向在儿子辈里做主，横在了门口，一个劲地哀告说：家父病重，不便见客，大家看在过去的情分上，快快散了吧。领头者说：哪怕李大人睁不了眼，开不了口，用一扇门板给抬出来，让我们瞅上一眼，大家也就知足了。哭也没用，李七斤的眼泪淌了三缸，又淌了五脸盆，人们围聚在院子外头，像赶腊月里的庙会似的，谁也不松牙齿，谁也不吐口作罢。

终于，李家的这一方先垮了，道出了真相。

大概是夜饭刚毕，李七斤率着几个兄弟，迈出了大门，哇的一声，扯天漫地地嚎哭了出来。众人见状，场面顿时乱了，心像一块块石头，纷纷砸在了腔子里。李家儿子们披麻戴孝，一边举着哭丧棒和引魂幡，一边扬撒着冥亡钱，李七斤则捧着神主牌，向阶沿下的乡邻们躬身报丧，一直停不下来。殁了么，大人真的殁了么？众人嚷喊道。李七斤点头：家父魂归道山，驾鹤西游去了，这回应该遂了你们的心愿吧？闻听此语，人群登时悄寂了下来，一种入骨的负罪感攫取了每个人。一墙之隔呀，上百人闹腾了这么久，一定搅扰了李豆灯的病况，吵乱了大人的清修，加快了病程。这一刻，领头者站了上去，探问说：大人是刚刚殁的么，你们的孝服怎么看来有些年成了，不像是新做的？李七斤瞭看着乌泱泱的乡邻，率直地说：不，家父是三年前的秋上殁的，今天才公开发丧，请大家周知。又问：李家伯父的灵还停在家里头么，停灵三年再出殡，也倒是有过这样的先例？李七斤竹筒倒豆子，索性说：三年前就烧了，骨灰撒在了田里，这是家父的遗训，悖逆不得。如此一来，所有的传言都确凿了，洵不虚言。人群像洪水一般地泄走了，连一句安慰的话也不施舍。

本来，李七斤是接过父亲的衣钵，担任文和事老协会新一季首领的不二人选。李七斤一向干练，性子火急，眼里揉不得沙子，在弟兄们当中很出挑，也深得李豆灯的倚赖，口传心授了诸多做人做事的精髓。可刚刚，捧着神主牌的李七斤完全不似了过去，鸡皮蛙脸的，一副贼相，毫无乃父之风。长夜中，李七斤率着兄弟们烧了一大堆麦草，在党河畔叫了几声魂，草草地收了场，竟然没有一个外人去帮衬。这半年多来，有人曾看见李七斤在窑楼上吃花酒，在寺院里借酒撒疯，据说还在耍赌，常常一掷千金，于是大家便厌恶得紧。

灾难被坐实了，不是天老爷枉顾了人世上的哀苦，实在是人的罪孽，是李豆灯的邪祟在地上捣乱。正当沙州城和城外二十三坊皱紧了眉头、不知何去何从之际，连公子带着喽啰们，及时登场了。连公子有备而来，单单挑出了三个坊，作为强取的目标，其中天水坊和平凉坊人多地稠，且大多地力肥沃，毗邻党河水，有灌溉之便。陇西坊亦是如此，又因为它是李豆灯的老巢，关系勾连，亲房颇多，所以成了重中之重。连公子怕大家抹不开面子，于是亲自出马，凭着三寸不烂之舌，走完了东家，串西家，逐一安抚，各个攻取，最终全数收入了囊中。木楔子？天哪，难道木楔子还可以兑现钱么，我没做梦吧？乡邻们知道了对方的来意，惊呼道。每到了一家，连公子一不喝茶，二不寒暄，直接钻入了柴房，指着那些乱七八糟的劈柴，慨然说：对对的，赶紧削成楔子，越多越好，三日之后背到土地庙门口来兑钱，一根楔子两分钱。哎哟喂，一根楔子竟然值两分钱，天老爷下金钱雨了，不拾白不拾呀，众人雀跃着。这一时，连公子摸出来一根标准的木楔子，三棱形，头大尾小，约莫一尺左右，让大家看在眼里，记在心头。陇西坊的人当即开工了，砍刀起落，木屑横飞，又忍不住探问道：采购这么多的楔子，公子是要架桥，还是想结一架登天的梯子呀？连公子开示道：既不架桥，也不登天，只为了明年开春后，给大家一个好收成，让大田里铺满金子，小田上撒满了银子，从此家家富贵，人人荣华，再也不受过去的那些穷酸了。这一番描绘，令众人的脸色亮了许多，追问说：开春后，地里究竟要撒啥种子，公子你发一句话，我等照办就是了？临出门前，连公子叮嘱道：最好在你们制成的木楔子上做个记号，画上一个李字，否则的话，连两分钱也不认你们。

半个时辰后，土地庙前像一锅滚开的米汤，热气喧腾，人声鼎沸。

照着喽啰们的指引，天水坊的站在了豆字这一列，平凉坊的排在了灯字队，陇西坊的自然是李字队。除了人背肩扛，乡人们还吆喝着牲口，牲口的脊背上吊挂着大小麻袋，麻袋缝里飘溢出了一股股木屑的气息，让鼻子很混乱。事先，连公子已经培训过几名心腹，现在各就其位，各司其职，开始了验货、数数、兑钱等一系列的工序。气氛肃穆了下来，好像谁一吭声，钱就会被吓跑了似的。也不是没有人掺假，不过那些用红柳枝子、杂木疙瘩、板凳腿子临时凑数的行径，均被及时地发现和甄别了出来，扔在了一旁。有的楔子材质上乘，松木的，樱桃木的，核桃木的，可惜短了尺寸，也被陆续丢弃了。常言道，隔山的金子不如到手的铜，丢了就丢了，废了也便废了吧，千万不能惹怒了连公子。三个坊的人舔着舌头，不错眼珠子，盯看着连公子的人在算盘上拨拉几遍，敲定一个数字，而后打开了钱袋子，当场兑付。谁都清楚，钱是最真的菩萨，钱也是弥勒佛，一直能让人笑口常开。拿上一沓子角票，结完账的人便在喽啰们的指挥下，将木楔子倾倒在小广场上，层层叠叠地码放起来，形成了一座锥形的山丘。

天气冷，连公子手中的那一把扇子看着更冷，但这并不妨碍土地庙门前的一浪浪热情。远处的墙根下，乡邻们圪蹴着，一边蘸着口水数钱，一边将掏心挖肺的目光，投在了连公子的身上，确定他是一个信人、义人和善人，言行如一，吐一口唾沫是一根钉。这个关节上，连公子已然褪去了往日的骄慢与自负，虽说仍有一副绝佳的口舌，但也不再像一只鲁莽的小公鸡，只打鸣，不顾当前的天色。事实上，在这一刻，连公子不属鸡，应该是一只踞伏于枝头的夜隼，双目如电。连公子分明瞭见，丁荣猫率着汤世瓶和瓦姑娘，犹如一道道魅影，隐匿在了人群与骡马当中，自己的任何举动，无一例外地处于监视之下，自然不能惹恼了对方，更不可坏了大事。索朗尾在了连公子的身后，踱到了那一座楔子山下，人群忽然豁开了，纷纷礼让。索朗不解内情，也不知道自己其实早就被排除在外了，恍然道：这颗字是豆，那个是李，另一个是灯，合起来不就是李豆灯嘛。然也，正是李豆灯大人，连公子笑答。呃，李豆灯殁了有三年多，按说后人们也应该有个什么祭祀，在祠堂里正式供奉灵位了，但这些木楔子不像神主牌，倒像是一根根长钉子，难道李豆灯真是敦煌的一方邪祟，必须铲除干净么？连公子摇起扇子，笃定道：等一下收纳齐了，当着众人的面，要给李大人供上一把火，送他老人家上西天，让这个邪祟再也不可能转世。索朗狐疑地说：烧成了灰，又如何作法呢？这么着，连公子慨然道：等着瞧吧，这三个坊的上百号人，一定会将地上的柴灰统统带走，撒在自己家的地里，这些灰就是楔子，是钉子，够李大人的在天之灵喝一壶的了。

举火是在下半天，其他坊的人们也闻风而至，错失了这一个挣钱的机会，但没有人敢公开怨怼。连公子已经放出话来了，待条件成熟后，剩下的二十个坊也将照此办理。

天黑得早，日头挂在了南湖一带时，土地庙前便降下了一幕冬日的夜色。

突然间，喽啰们拽着一根牛皮绳子，从庙里奔了出来，一匹黑狗被门槛卡住了，动弹不得。黑狗已经老得不像样子了，骨头瑟缩着，好像披着一件松松垮垮的黑皮袄，牙齿锈黄。狗是有灵性的，或许嗅见了不祥，知道自己大限将至，所以一骨碌爬起来，四个蹄子钉在了地上，用尽最后的力气拼命抵抗着。喽啰们被惹毛了，一顿踢打，但谁也不敢上手去抓。黑狗的身上带着皮癣，皮癣溃烂了，一股恶臭就像夏天的馊饭。黑狗的口鼻中渗出了血水，发出气息时，一个个带血的气泡炸灭了，吓得喽啰们闪避不及。连公子见状，用扇子一指，叱令说：快请李七斤，李豆灯大人谁也不认，只认他自己的儿子。

李七斤出现了，满脸涨红，两只眼珠子暴凸，好像挂在树枝上的沙果子。一个时辰前，李七斤刚刚吸食完鸦片膏，过足了瘾，感觉这是有史以来最陶醉的一次，不仅烟味醇厚，还带着一股股战栗般的快感，绵延不息。李七斤忆想不出，自己究竟是怎么好上这一口的，但自打第一次拿起烟枪后，整个人便从陇西坊这个封闭而滞重的囚牢中逃脱了，也从丧父的悲哀中缓过了劲来。先时，李七斤喷出了最后一口烟，忽然瞭见眼前一派馨香，一班班仙女和香音神从云端里飘了下来，一边广撒花雨，一边跣足而舞。如此的款待，让李七斤对连公子愈加依赖，倍感信任，渐渐地滋生出了一份服属的心理。不承想，一只皮靴子踹了过来，将李七斤从幻觉中踢醒了，他赶紧穿衣戴帽，匆匆出场。

黑狗仍在挣扎着，扒住了门槛，抗命不从，绳子快被拉断了，竟也拖拽不出来。李七斤趋前，哈下了腰，一味地哀告说：爹，你就宽了心走吧，这阳世上已经没有了你，冷身子去了，你的热魂灵也应当跟着去，否则阎王爷那达也不认你。黑狗的蹄子紧绷着，形容猥琐，一根舌头像破布般吊在了嘴上，哈气成霜。爹，你跟文武两家协会的叔伯们，享世了那么多年，只手遮天，说一不二，连官府衙门都忌惮三分，全凭着你们做土皇帝，把持了沙州城和各个坊，真的够了，敦煌也该变一变天了。连公子摇扇，感觉一阵阵热风扑面，内里的亢奋席卷而来，身上孵出了密密匝匝的汗珠子，眼看着就要开了锅。李七斤接续道：爹，你们这一帮子老贼，活着活着就不清明了，也不慈悲了，到死了还不肯撒手，如今变成了邪祟来害人。走吧，快走吧，出了西门，出了玉门关往西走，西天上有好日子等着你哪。这一刻，索朗不干了，申斥道：你个二尿，说一千道一万，不如给上它几脚。李七斤翻了翻白眼，心生不舍，慢慢地趔了过去，一把揪住了狗脖子，夹在了腋下。黑狗瘦成了一张皮，蜷在胳膊下，好像娃娃们玩耍的一只沙包。李七斤下了阶沿，瞥见了坊上那一张张熟悉的脸，叨念说：来了，你们都来了，来了就好。

索朗笑问：公子，你刚才想给我介绍的不是人，恐怕是这一条狗吧？连公子用扇子敲了一下对方的脑壳，答复说：聪明。

进了小广场，站在木楔子山下后，李七斤将黑狗搁在了脚下，打开一只桶，舀了满满一大勺火油，仔细浇在了黑狗的身上。火油是从玉门油矿购来的，可能是天冷的缘故吧，简直像一团黏稠的糨糊，糊在了黑狗的皮毛上，只有狗嘴里的气息是白的。李七斤摸出来一盒子洋火，擦着一根，灭了，又擦着一根，也灭了。李七斤顿时恼下了，捏住了三根，打算一起举火。

岂料，瓦姑娘却从人群中冲了出来，扬起手，赠给了李七斤一记耳光。洋火灭了，李七斤也被打蒙了，跌坐在地，一脸的怔忡，发现对方竟是个女人后，耻辱感顿生。瓦姑娘臃肿极了，穿着一身新棉花做的大袄，头上裹着包巾，似乎跟沙州城里的女人们没有两样，但隆起的乳房，高挑的个子，尤其是那一张高鼻深目的五官，令李七斤心中没底，也就放弃了反击。瓦姑娘叱问：它仅仅是一条狗，老了的狗，它没有伤害你、伤害大家，你干么要点火烧了它？李七斤一笑，对这个愚蠢的问题充满了不屑，爬在地上，去拾洋火盒子。瓦姑娘又说：既然你没有勇气养它，那好吧，交给我算了，我来承担。言毕，瓦姑娘蹲了下来，将黑狗抱在了怀中，糨糊状的火油沾满了她的衣襟，她却毫不在乎。这一时，李七斤慌了，申辩道：你别动它，女人别动它，女人都不干净，我爹一向讲究，千万不可坏了他老人家的规矩。你爹？瓦姑娘诡笑开来，用了她自己有限的当地经验，反诘说：我明白了，你属狗，你小时候不顺，拜了这条狗当干爹。李七斤提不起劲来，那一块烟膏带来的余绪犹在，遂涣散地说：不是干爹，真是亲爹呀，不信了你去问问大家，李豆灯大人是谁。瓦姑娘仰首问天，一下子被这个问题难住了。

自始至终，连公子一直肃立着，手上的扇子也停下了，心里盘磨不已。连公子明白，丁荣猫和汤世瓶此刻就站在人墙当中，魅影重叠，而瓦姑娘的出现和这一番刁难，不过是一次偶发事件。一念至此，连公子急吼吼地跑将过去，就想把这个火给灭了，不，应当是把这一堆火给点着，再用扇子吹旺，让这一座木楔子山燎原起来，照亮整个沙州城。

不错，我可以做证，这条狗的确叫李豆灯，叫了多年了，连公子道。双方见过面，甚至不止一回，瓦姑娘忽然有了谈兴，莞尔道：叫李豆灯也行，但喊爹不可以的，一个是人，一个是狗，只有炼狱才这么混乱。这是一张生动的脸，俏丽而清晰，敦煌没有过，莫高窟的壁画上也不曾出现过。连公子的内里潮起了一股男人的欲望，感觉下体也醒了，答复说：李豆灯不仅是这条狗的名字，还是三少爷父亲的名讳，既然都是李豆灯，叫一声爹又何妨呢？呃，我简直被你们搞糊涂了。这是诡辩，毫无逻辑可言，反正狗当不了人的爹，人也不能喊狗是爹。瓦姑娘争辩着，抬了抬手，将黑狗搂紧了。瞭看中，黑狗服帖地趴在了瓦姑娘的怀里，犹如一摊烂泥，不问世事。不巧的是，一枚纽襻崩开了，瓦姑娘的胸脯猖獗地扑了出来，汹涌异常，但她本人却不在乎。连公子咽了咽唾沫，暗自举念道：狗日的李豆灯，你下来摇扇子吧，让我也做一回狗，我死在那一堆软肉下，我这辈子也值了。这个关节上，一只沙鸽子扑棱棱地掠过了头顶，飞得孤单极了。连公子悄语说：

"看见了吧，这只鸽子叫瓦莲娜，从北疆那边飞过来的。"

瓦姑娘愕然："你知道我？"

"咦，鸽子叫瓦莲娜，你竟然跟它同名，你也叫瓦莲娜呀？"连公子打开扇子，迅速编撰出了一幕说辞，仔细道，"上半年时，我去了一趟马鬃山北麓，碰见了两个白俄军官，据说他们正在搜捕一个叫瓦莲娜的女人，这女人杀了她自己的亲叔叔。"事实上，这些细节是连公子耳食来的，有一回汤世瓶醉酒后吹牛，但被有心人惦记上了。

黑狗从瓦姑娘的怀里掉了下来，照旧像一摊烂泥。瓦姑娘道："你开个条件吧！"

"呃，连某人没条件，我只懂得守秘。"

"我随时恭候。"

言毕，瓦姑娘摇曳着走了，隐没在了暮色中，像刚才的那只沙鸽子。

人群中有一阵骚乱，不是因为冷，而是不耐烦。连公子明白，三个坊的人在等着举火，等着作法，等着将这一座木楔子山焚为灰烬，将邪祟涤荡干净，方可罢休。这一夜，火才是主题，也是高潮。沮丧的是，李七斤这个货居然当场吐了，一些发绿的汁水从口腔里喷射出来，人也软成了一根面条。连公子将洋火盒子递给了对方，李七斤告饶说：我不能，我不能点我爹的天灯，否则我会被人看不起，我在敦煌从此抬不起头来。连公子劝慰道：你看你，这咋是点天灯么？这明明是送李大人升天享福，谁举了火，谁就沾了吉，道理简单得像一碗水。真的？李七斤接过了洋火，划着了，抬望着对方，见连公子笃定地点了点头。李七斤将火苗送过去，喂在了黑狗的尾巴上，先是嗅见了火油的味道，接着是一股皮毛焦煳的气息。黑狗耷拉着脑袋，舌头悬吊着，突然炸裂开来，瞬间变成了一团火球，完全被吞没了。

火球滚远了，张开了四只蹄子，在小广场上鼠窜，但弧形的人墙封锁住了各个生路，退无可退。火球被挡了回来，绕着中央的那一座木楔子山，足足兜了七八个圈子。焰火拖曳在身后，拉出了一匹刺目的红布，仿佛刚刚从染缸里捞出来似的。木楔子山是临时堆砌的，杂乱层叠，在最后的关头，黑狗觅见了一个罅隙，抱着火球，一头扎了进去。妥了，连公子叨念一声，打开了扇子，越扇，鼻脸上的火光便越加明亮，好像六合班的成员施了粉黛。连公子的脑海中响过了一阵弦索，弦索毕，不由得吟唱了几句《盗御马》：将酒宴摆置在聚义厅上，我与众贤弟叙一叙衷肠，窦尔敦在绿林谁不尊仰，河间府为寨主除暴安良。

这些干燥的木柴遇火即燃，迅速腾起了几丈高的火势，扶摇着，挂在了夜空中。木楔子山是空虚的，三烧两烧，慢慢地从内部开始了塌陷，轰的一声，像一个人做了噩梦，瘫在了地上。连公子眨了眨眼，蓦地发现李七斤不见了，这个鬼不见了，当即惊出了一身冷汗。但是，一切都为时已晚，那个栽倒的李七斤重又站了起来，张开双臂，冲向了火堆。罡风寒烈，火焰呼啸着，泼喇喇地响彻在夜空之下，逐渐擦掉了李七斤在这个人世上的影子，也抹去了陇西坊李豆灯一门在沙州城、在关外三县的良好名望，让文武两家和事老协会遭受了重创，从此一蹶不振，名存实亡，开启了另一幕可怖而漫长的历史。连公子不忍观望，李七斤的一厢情愿，三少爷的投火自焚，不过是这一出大戏当中的小小意外，待到天亮时，一切都会一风吹净，寸灰不留。连公子摇着扇子，踅进了人群当中，听见身后的火海中，李七斤吼喊道：

"爹，我替你点了天灯，我亮了。"

这一时，在土地庙东南角的巷口，梵义冷不丁跟人撞了个满怀，却后几步，双方同时一怔。梵义刚刚从酒泉城赶过来，手上牵拽着缰绳，一匹黑缎子似的快马喷着白雾，肌肉还在抽搐，显然快累瘫了。事发突然，卡利班命在旦夕，梵义在酒泉城里料理完毕，本打算逗留几日，陪一陪这名急递社的小兄弟，却意外地收到了孔执臣发来的一封急件，获知了沙州城的这一场妖魔法会。梵义喘息着，瞭看了几眼土地庙前的熊熊火光，忙侧下身子，让对方先行。岂想，这个人却伸手按住了梵义的肩膀，惊喊说：

"哎呀，好我的梵义，我找你很久了。"

梵义也同时认出了对方："占耳哥，原来是你呀。"

"听着，你来迟了，现在的一切全跟你无关，你千万别蹚这一道浑水。"占耳敛回了先时的喜悦，面色冷凝道，"你跟我走，我带你去见一个人，马上。"

"谁呀，这么火急的？"

"义庄的当家人，老掌柜索敞想见你一面。"

梵义钉住了。

卷三十二

斗马是西疆一带的飞行游击们常干的勾当，输赢在十几块钱，也是一条财路。

陈小喊提出来斗马，嚷了八九遍，却无人应和，气得拿出了锉刀，去修理鞍子上的一根铜条了。卡利班不忍，答应和陈小喊单挑，又问马院中的其他伴当，可否陪着一乐。蒋斧运刀，正在切削着马掌，打算换一副蹄铁，戏谑道：哎哟，我这个大姑娘可娇气了，指甲上刚刚涂上蔻丹，三天不能出门呀。卡利班恨上一眼，又去问昆莫。昆莫正在给坐骑编辫子，马颈子上一疙瘩一疙瘩的鬃毛，煞是累赘，回话说：我这一匹赤兔神驹，出门要坐八抬大轿的，除非你让轿子停在门口，否则我也请不动它。卡利班詈骂说：还赤兔哪，亏死你先人了，我瞅着顶多就是一只死旱獭，小心我掐死它。昆莫的拳头追了过来，卡利班一道烟地跑了，又去问李无亏。李无亏提了半桶子温水，举起刷子，正在给马洗澡，拒绝道：我刚从二百里外的哈尔腾回来，困得真想把整个炕都吃掉，饶了我吧，人对不住马一天，马耽搁人半年。剩下了最后一个项楚，正靠在马腿上丢盹，听懂意思后，蓦然大怒，咆哮说：老子刚梦见一个湖仙从水里出来，衣裳让我给偷掉了，还没看上一眼，你这个贼疙瘩却来捣蛋。碰壁后，卡利班踅到了陈小喊旁边，坦言道：小喊哥，这一回没让你赚上钱，算我对不住你，这帮贼娃子太诡了，骗不过他们。是这，干脆我借你一笔吧，你先花着？陈小喊快快道：的确，我最近手头紧，但是你的钱是什么路数上来的，在我知道之前，我自然不会开口借。你看你，你既想让自己的那三两糟肉舒坦，又想立一块贞节牌坊，天下哪有这么美的事呀？卡利班嘟哝道。见陈小喊举起了锉刀，卡利班又跑远了。

在急递社中，卡利班最服陈小喊了，心也贴得很近。眼见着明面上帮不了，卡利班还就一根筋，宣喻说：诸位，明日下午我跟小喊哥去都护府城堡外斗马，有钱的帮个钱场，没钱的捧个人场；假如有人想赌马，赢了归他自己，输了算在我个人的头上，我一总结付。天哪，卡利班真阔了，腰也粗了，这些连毛带草的话，说得牙齿很硬，居然还频频地拍腔子发誓。蒋斧诸人停下了手，表情上放射出一种吃大户、薅羊毛的态度，一律答应了。昆莫问：这意思就是我们占干股，费一下唾沫星子押宝，总之是只赚不赔吧？对，反正你们是干指头蘸盐，一根汗毛也不会损失，卡利班答复。呃，你总不会是画饼吧，让大家空欢喜一场？项楚问。卡利班不悦道：明天如果不是真金白银，就让恶鬼来绊住我的马蹄子，让佛祖割了我这一根口条吧。在游击们当中，此乃一句重誓，大家纷纷哑默了下来，去干各自的活了。

翌日，天朗气清，风沙歇止，距沙州城西北角二十里外的都护府城堡寂然而寐。

在关外三县的旷原上，类似的堡子屡见不鲜，但大多数已经被风沙剥离了，只剩下了倾圮的矮墙和土墩子充当路标。这座城堡兀立着，或许是北面的一道沙梁子拦住了罡风，所以筋骨犹在，墙体挺括，日光的经年照晒，使之像一块坚固的炼砖，敛尽了大地上的沧桑。城堡的整体格局犹如一只乌龟，头部是一座土夯的烽火台，竖着一根刁斗旗杆，麻雀在上头做了窝，杆子上鸟屎斑斑。四个蹄子乃是四道城门，如今门扇和门框早已失踪了，弧形的拱门豁着牙，残留着车马剐擦的痕迹。城堡是无主的，那些来往西东的商团和驼队，一旦遇上了不测的天气，便会长驱直入，躲在里头避灾消难。平素里，城堡是猎户、牧驼人和挡羊娃的领地，要么过夜，要么临时给牲口疗治急症，留下一地的粪疙瘩，晒干后，又成了后来者埋锅造饭的燃料。至今也厘不清城堡究竟是哪个朝代上砌筑的，说法各一，远的说在明洪武年间，近的则在清雍正时期，舌头像一堆缠麻，各有各的道理。都护府这个称谓或许是一个驼队留下的，叫着叫着，人们也就习惯了，可到了堡子前一瞧，却发现是一个空壳子，失望是难免的。

城堡的北侧是一块巴掌大的绿洲。这个季节不对，洼地上结出了一层蓝色的初冰，一丛丛芦苇瑟缩着，仿佛失家的人，断了心中的念想。群鸟翔集，一个个瘦成了娃娃们玩耍的沙包，土苍苍的。这时万一冲进来一只沙隼，天空立刻乱了，羽毛横飞，尖叫声起，日光中将滴下来一两点血水，掉在了地上，意思也不大。背风的南边可能是一座过去的演兵场吧，地势平阔，方方正正，布满了指头蛋大小的砾石。游击们策马踏过时，蹄子一般会拔出一缕缕矮小的尘烟，摇曳在身后，好像一簇簇沙子的火苗，迅速被马尾巴打灭了。

　　斗马和喝酒一样，也是三拳两胜。

　　在演兵场上，陈小喊跟卡利班站成了一条对角线，互相逼视着，气血冲顶。马已经亢奋开来，连连踢踏，咴咴地嘶叫着。另外的游击们则拢在了场边，一边倒地押注在了陈小喊的身上，谁都清楚，陈小喊才是整个关外三县最疯狂的骑手。卡利班虽然也不赖，但比起前者而言，毕竟太嫩了一点。卡利班灰败着，暗忖道，明明是给陈小喊输钱，却还要搭上面子，毁了自家的名誉，这才叫赔了夫人又折兵。不过，成人之美的心始终未改，卡利班虽然年岁小，但肚子里的鬼主意可能更多。蒋斧是判官，骑在坐骑上，见双方预备已定，便喊了一声开斗。卡利班把斜着，瞭见陈小喊已然启动，快马弯成了一张弓，矬住身子，几乎是擦着地皮掠了过来。陈小喊快接近中线时，卡利班夹住马肚子，甩出了鞭子，胯下突然腾起了一团飓风，迎面扑了过去。斗马讲究的是对顶，当两匹马相向而奔，快要撞击在一起前，看谁先厌，谁先拨转马头，谁便是输家。当然，撞击的事是不可能发生的，马是伴当，马是这一世里吃饭的金碗，马还是家里人，惜疼都惜疼不过来，岂敢让伴当们肝脑涂地，横尸旷野。斗马的要诀就在分寸之间，谁先拿捏住，间不容发的那一刻，才能高下立判。这一时，陈小喊越过了中线，马鬃炸开了，惊飞了头顶上的几只沙雀子。嘿，看把你日能的，卡利班吼喊了一声，伏在马脊上，端直地冲了上去。就在二马对顶，即将头骨炸碎、人翻马亡的一刹那，卡利班慌掉了，拽了拽缰绳，擦着陈小喊的铁镫子，一道烟地滑了出去，慢慢勒住了步伐。小喊哥，你个老贼娃子，你居然来真的，你不要命了呀？卡利班煞白着脸，断喝道。陈小喊拨马回来，反诘说：你个狗儿子，我姓陈的啥时候输过？你张罗着斗马，到头来自己又反悔，来，让我看看你裆里有没有那三两精肉，还是不是儿子娃娃？卡利班快冤枉死了，本想着帮衬一把陈小喊，滴水不漏地将真金白银奉上，不承想，这一轮输了钱不说，面子也折了，简直是人财两亏。哼，我当然是儿子娃娃了，你不过才赢了一拳，别那么嚣张，剩下的两局再来，天老爷在上面拿着判官笔哪！卡利班一下子发了狠，决绝道。假戏唱成了真剧，双方顿时红了脸，各不相让，胯下的坐骑也知道了好歹，不是刷擦，便是踢打了起来。蒋斧诸人不敢懈怠，拉的拉，拽的拽，终于分开了两厢，赔上了不少的好话。

　　突然间，城堡一侧传来了一声尖厉的呼哨，连打了几声，三长两短。

　　蒋斧惊道：苏食的，苏食叔咋在这达，这下子可唱乱了，真不知道谁动了这个阎王爷头上的土了？在急递社内部，苏食这个名字不是一杯敬酒，也不是一碗冰糖，而是一根令人心荆肉棘的鞭子，诸人莫敢不从。不料，呼哨声再次响起来，这次却是一道长音，从空气中滑了过来，让每个游击立刻穿上了一件肃穆的袍衣。项楚附和说：苏食叔来了不奇怪，少东主咋也来了，梵义不是跟孔大小姐去了莫高窟么？这一刻，谁也不想作答，苏食的呼哨就是一道金牌律令，明显是在召唤大家。蒋斧当即上了马，率先走了，直奔都护府城堡而去，剩下的伴当们也相率跟上，演兵场上马蹄杂沓，漾起了一股股细碎的尘烟。

　　陈小喊断后，衔着一张抱歉的脸，哀告说：兄弟，你的心意我领了，但是钱不能收，我穷是穷，穷也有规矩，总不能在兄弟你的身上剜肉吧！半晌后，卡利班从马上回过了头，婆娑着双眼，哽咽道：我知道，你是嫌我的钱不干净，怕脏了你的手，坏了你的名节。小喊哥，你做得对，无论将来如何，我一直都会认你的，不过现在么，我个人拉的屎，我必须自己舔干净，怨怪不了旁人。陈小喊再想问些什么时，却见卡利班纵马跑开了。

　　堡子内，三块砖石砌下的神仙灶上，架着一口大铁锅。

　　拴了马，游击们刚刚拥进了泥色的大拱门，鼻子一嗅，一股浓烈的羊肉香袭面而至。果然，汤锅沸腾，热气四溢，一块块羊肉浮沉着，颜色发紫，大概有六七成熟了。打平伙，大家冒出了同一个念头，不由得馋涎顿生，胃口大开，好像整个秋天带来的疲倦和乏气，要靠着这一碗肉，这一口汤，才能彻底解决。但是，喜悦像一根被掐断了的香头，迅速灭失了，因为梵义躺在墙角下的那一堆卧具中，正在看书，连眼睛也不曾抬一下。

苏食摊开了一张羊皮，抖了抖上面的血水，控干净之后，绷紧在了右手的土墙上，砸了几根长楔子，仔细钉牢靠了。显然，这是一只大羯羊，这个季节是吃肉的时候，不贴上一层秋膘，冬天就很难过。苏食抓起一把沙土，擦了擦血手，又搬过来一块胡杨木的枯桩，踩在脚下，一斧头下去，劈成了木柴。胡杨木耐烧，火力强劲，况且烟灰少，戈壁大滩上到处都有。填完了柴，火势一逼，汤锅更猛烈了。肉煮到了最后，还需要再催一下，才有嚼劲，才能烂香。末了，苏食从马褡子里掏出了一摞粗碗，逐一摆开，又摸出一把盐来，随手撒在了各个碗中，这是要分食的前兆。

打平伙讲究的是心肝肺、肉肠胃，各个均分，人人有份。苏食也不嫌烫，左手拎起了一根肠子，悬在碗上，右手攥着刀子，一截一截地切削了下去。又抓住了羊心，卡在虎口中，均匀地切分开了，每个碗里丢上一块。剩下的几个部位也是如此炮制，很快，每个碗都冒尖了，足够一个饿死鬼美美地咥上一顿的。苏食握住一把铁勺，将滚汤浇了下去，汤是奶白色的，挂着一层金黄色的油花花，在碗中漾荡着。干完了这些，苏食在裤腿上擦净了手，忙不迭地跑到了墙根下，去请少东主来开席。

岂料，连说了几趟，梵义哼也不哼一下，躺在一张生牛皮上，兀自翻书。

这么些年，在急递社秘密而谨严的运行中，当然也因为年岁的增大、经验的老道，梵义的身上，开始笼盖上了一种鲜明的精神优势。游击们如天上的沙鸽子，根据各项贸易的不同，忽而放了单飞，一骑远去，飘失得无影无踪，连个咳嗽也闻听不见；又忽而聚合在一起，干一票大的，一路上谁也没有闲心吃吃喝喝，遑论打平伙这样的热闹勾当。现在天凉下来了，恰是生意上的空档，急递社的成员们凑成一团，一个不落，相互间谁都惜疼对方，想让眼前的光阴慢一点流失，再慢一点。事实上，梵义也是这种心理，但作为一社之主，梵义的目光必须更远阔一些，心胸也需要更高迈一点，这正是精神优势的缘起与根据。苏食是叔父辈，哈着腰，抬着笑，一连说了好几声：少东主，肉烂了，你先动第一筷子吧？梵义没答复，心思也不在这一本书籍上，脑子里却盘磨着今天的议题。这一册发黄的书叫《新青年》，弟弟梵同捎回胡家坊的，声称书院的山长丰鼎文先生来了一位北平的故友，欲取道敦煌，前往口外的迪化城。梵同当时说：限你半天之内看完，今晚夕我要连夜抄录一遍，明日一早要璧还，千万别耽误了我呀。末了，弟弟又讥诮道：反正是狗看星星，你也看不出什么名堂。梵义哑默着，对这句话没表示出态度。

梵义深知，与弟弟的顽劣与不恭相比，身边的这些个游击和管家苏食，对自己抱持着一种敬仰，一份提心吊胆的拘束。但是，这种尊敬并不是梵义勒索来的，而是在年深日久的伴当生涯中，大家渐渐培养出来的一种习性。先时，这些独狼般的游击，过着零打碎敲的保商生意，有了上顿没下顿，仿佛在刀尖上讨生活。在寂寥的长路上，贫穷与恐惧，疾病和灾祸，往往在一瞬间判别出了生死。这种情状太可怕了，像一枚枚带刺的蒺藜，卡在了嗓眼中，令任何一个有骨气的人都难以忍受，不得不驯顺起来，向一种叫作命运的东西臣服。所以，他们信奉的是眼前，是肉体的欢愉，是现钱，是一手交钱一手交货，是今朝有酒今朝醉。可自打结社邑义后，这帮聪慧的家伙突然发现，原来自己并不是一个人上路，一个人孤行，在身后的敦煌，有一个沉默的社团，有一群换帖的兄弟，有一个首领般的少东主在翘首待归。于是，这些游击笃信，急递社比什么都重要，急递社的每一个成员，其实是家里人。一旦冒犯了它，亵渎了它，自己将堕入从前的轨迹，被销了户头，革除了资格，重又成为一个浪荡子，一朵飘萍，一蓬乱草。恰是带着这一份惊悚与不安，游击们迅速靠拢了急递社。如果说这是一种皈依，倒不如讲是一种新生的信仰，弥漫在了各自的心中，彼此互知，但从不轻易道出。

慢慢地，急递社的路开了，买卖兴隆，一幅贸易的图景在梵义的心中形成了轮廓，并逐渐清晰了起来。梵义清楚，这不仅仅是一批人、几群马，也不是一个隐秘的社团那么简单，它其实是自己这一世里的宿命，也是一座摆脱不了的坛场、一片修罗之地。一俟想法通透了，梵义便愉悦地接纳了这一种试探，披上了坚忍无畏的胄甲，迎难而上，性情变得沉静，处事开始老练，一切都调理得有板有眼，毫无挂碍。然而，信仰是相互的，水抬船高，现在的梵义则蕴藏着一种驾驭一切的威力，保有着一份精神优势，契合了少东主这一身份。在急递社内部，梵义需要的一是忠诚，二是可靠，决不允许有一丝一毫的闪失。

管家苏食再央请了一遍，梵义哦了一声，搁下书，一骨碌站了起来。

梵义蹲在锅前，端起了碗，示意大家一块来。游击们早就馋坏了，专拣肉疙瘩往嘴里塞，表情上登时布满了一层油光。梵义拨拉了几番，筷子夹出来一根肋条，放在了卡利班的碗中，又攮出了一块羊尾巴油，送给了陈小喊。谁也没落下，梵义将一碗肉转赠完了，自己只抿了一口汤，蓦地扔下了碗。少东主，你这是？苏食忙问。梵义道：饭没盐了赛过水，人没精神赛过鬼，今天的汤太甜了，你忘了撒盐。苏食暗忖，这不是盐的问题，这是话中有话，便也没了胃口，埋头去烧火了。咥完了第一碗，游击们又盛上一大碗，这才慢了下来，一边打饱嗝，一边说笑。项楚问说：苏食叔，这没时没节的，不在城里吃喝，怎么突然在都护府城堡里置办了这么一桌大席，够过瘾的呀？梵义接话道：大家劳碌了一秋，肚子里肯定缺油水，我让苏食叔操办的，给一个惊喜吧。昆莫说：这个平伙打得好，肉烂，汤浓，等一下平摊时，我第一个掏钱。梵义道：今天的这个大羯羊是我个人请的，你们尽管放开肚子吃，钱上就别操心了。诸人惊呼了一番，又拉开了架势饕餮起来。蒋斧嗅觉好，似乎知道味道不太对，嗫嚅说：少东主，也到了夜饭的时候了，你别饿肚子呀？梵义回说：我不饿，我让气给吃饱了，堵得慌。蒋斧愣怔道：少东主你不吃，那你干么煮这么一锅肉，究竟咋了？

"哼，吃散伙饭。"

蒋斧僵住了，瞭见其他的伴当也纷纷丢下了碗筷，失去了胃口。

"呃，好合好散吧，这是急递社的最后一顿，等吃罢了，各走各路，各顾各命，谁也别耽搁了谁。"梵义喟叹一番，苦笑道，"好歹结交了一场,如今恩义两断,不吃一顿饭的话,我心上也过不去。你们快吃吧,还有半锅肉哪,我看北面黑下了,估计来了强风沙。"

"少东主,你不给个明话,谁能咽得下去呀?"追问道。

梵义灰败道:"你们去问陈小喊吧。"

这一霎,所有的目光都锁在了陈小喊的身上,既是质问,也是鞭笞。大家都相信少东主的责难不会错。少东主怎么会有错,倘若没有一定的证据,他绝对不会如此的悲戚,连急递社都要拆散,让每个人变成失家的苦主。果然,半晌后,陈小喊踅了出来,立在梵义的面前,汗下如浆,口中嘟哝着,似乎在狡辩什么。梵义问:最近尊夫人辛仗和的裁缝店可好,是不是有大把的银子进项,遂了你的心愿?不,生意还那样,一天至晚冷冷清清的,没人下料子,也没人做衣裳,顶多有一两个缝缀补丁的,连吃醋的钱也挣不上,陈小喊答复。梵义一笑,讥讽道:你最好记住了,天底下只有技不如人的人,从没有怀才不遇的事,你那个婆娘辛仗和做做茶饭可以,一旦让她拿上了绣花针,和李逵绣花没啥两样,不是短尺少寸,便是针脚粗陋,干脆趁早关张吧,别在沙州城里丢人现眼了。一席话,令诸位游击噗嗤一下笑出了声,陈小喊尴尬极了,欲辩无词。梵义接续道:你一个堂堂的儿子娃娃,不走大道,不怀善心,经不住女人的一番挑唆,却将自己裁缝店的萧条,归咎于同行,矛头指向了徐尺子店,干出了如此下三烂的勾当,你以为天老爷死了,看不见地上的罪恶么?陈小喊一软,当即瘫坐在了一堆劈柴上,勾下头去,脑袋几乎要塞入裤裆里了。半个月前的一天夜里,徐尺子应约去秀井胡同,说好了给一个快放命的老财东测量体尺,做一套寿衣,不承想半路上遇了袭,遭了人的暗算。这件事沙州城里人尽皆知,我不必啰唆了,梵义停下了话头。蒋斧大骇,补充道:徐尺子的两只手被掰碎了,全部骨折,吃饭的本事也丢干净了,据说那几个歹人还想挑断徐尺子的手筋,幸亏路上来了人,吓跑了他们。这一时,陈小喊终于开了腔,哀告说:怪我,全都怪我,要不是那天我喝醉的话,我也不会找那几个二流子,干出这样丧尽天良的事。恓惶了半天,又申辩道:我只想吓唬吓唬徐尺子,但那几个二流子像放出去的疯狗,我控制不住他们,我造了孽。

你自作自受，你最好自己决断吧。梵义不为所动，背转过身子，瞭看着天上的黑云。

陈小喊苦楚一笑：我不怨怪旁人，这一切是我的嫉妒心在折磨，我毁了徐尺子，我也毁了自己。突然间，陈小喊豹子一般地扑了过去，右手抓住插在羊肉块上的刀子，左手平摊在一根木桩上，手起刀落，闪电似的砍了下去。蒋斧一矬身子，抢上前去，伸手欲夺刀子，但他终究迟了一步，刀子晃了晃，仍旧从斜刺里杀出，砍在了桩子上。两截指头，一截是小拇指，一截是无名指，齐刷刷地从手掌上断开了，像收秋时晒蔫的两根瓜条，黯然滚落在了脚下，沾满了柴灰。血水喷射着，陈小喊抱住左手，抽搐道：我赔给徐尺子了，我本来想赔一只手的，可蒋斧这狗日的不答应，害得我只赔了这两个小鸡巴，这下我让人看可笑了。蒋斧，你个老贼娃子，你个绝户的东西，你让老子丢了脸呀。渐渐地，陈小喊的声息弱了下去，好像旁边铁锅下的炉火，呈现出了一种灰烬般的表情。

管家苏食过来了，端着一只托盘，上面放着一只药囊，一卷崭新的缠布，另有一只拳头大小的木盒。这些东西好像是早就预备妥的，专门等着眼前的这一幕，令人心底一寒。蒋斧不敢多想，忙抓起了药囊，将创伤粉糊在了陈小喊的断指上，又用缠布勒住了腕子上的血管，仔细地包扎停当。陈小喊迷离着，咧笑着，低声叫骂不止，仿佛疼痛暂时消弭了，自己从黑暗的渊底中浮出了水面，得以生还。这一刻，苏食弯下腰，从地上拾起了那两截指头，搭在嘴上，吹了吹柴灰，而后款款地放入了木盒中。盒子掩上的一霎，蒋斧愕然瞭见上头有一行收邮的地址：

沙州城　徐尺子裁缝铺　徐树泽大人敬启

一股从北疆地带倾泻而下的罡风驶来了，沙石击打着堡子的外墙，犹如一阵阵的鼓点，越来越密集，但这并不曾破坏堡子内的肃杀气氛。梵义见差不多了，慢慢踱到了陈小喊的跟前，从怀里摸出来一个信囊，打开后，掏出一页画满了神符的金箔纸。梵义释解道：这是我今日里从关帝庙取回来的，不是别的，此乃当初结社邑义时，急递社替每个人填写下的金兰帖。这么些年来，我一直供在庙里头，逢年过节也要去捐香火，去磕头。小喊兄弟，你跟急递社，跟我胡梵义的这一世缘分，现在就了断了吧。不过，我本人负责你养伤，等你伤势痊愈后，你尽管走你的阳关道，我做我的小买卖，咱们一别两宽，各自安生为好。这个关口上，疼痛才真正爆发了，陈小喊的嚎叫声像一棵被伐倒的大树，轰地栽在了地上，腾起了无边的烟尘。陈小喊匍匐着，哀告说：少东主，罚了不打，打了不罚，我已经赔上了两根指头，干么还要这么狠心，羞辱我，革除我，让我去做一个孤魂野鬼呢？梵义不吱声，也不想作答，将那一页金箔纸喂在了铁锅下，看见一团明火追了过来，迅速吞噬了它。

陈小喊呻唤了一番，晕死过去了。蒋斧忙抱起这个不幸的伴当，放在了墙角下的卧具里。

实际上，事情还没完，今天的这一顿羊肉不是打平伙，应该叫鸿门宴。处置完了陈小喊，梵义的目光瞥过去，锁定了卡利班，但见这个瘦弱而机敏的小伴当一下子捂住了肚子，哇哇哇地几声，假装要拉屎，直往堡子外冲去。梵义蔑笑着，击了击掌，又从怀里摸出来一个信囊，掏出了一纸金兰帖。卡利班刚冲到了东南门上，忽然发现两个精短的汉子从天而降，抱着臂，横在了门口，像一堵山墙似的。此路不通，卡利班又折返回来，朝着东北门跑去，照例有两个铁塔般的青年当面拦截，让他遁逃不得。末了，东西门和西北门亦复如此。卡利班终于放弃了抵抗，又不想折了面子，给自己打圆场说：你看看，刚才肚子里还藏着鬼，现在鬼走了，我不想拉屎了，外头风沙大，小心吹坏了我的尻子。管家苏食端着一只托盘过来，讥讽说：不是鬼闹你，只怕你自己就是一个碎鬼，见不得人。

另一厢，蒋斧荒凉地站着，一阵阵心荆肉棘，寒意从脚上慢慢地蹿升，攫取了他的身体，也控制住了他的大脑。目光逡巡处，蒋斧发现四道门上守立着清一色的年轻后生，一律是青色夹袄，麻底布鞋，挽起的袖口上，箍着一圈白布的衬里，仿佛戴着一条孝布。后生们肩宽背厚，裸露出来的半截胳臂上，肌肉结成了疙瘩，犹如一根根刚从地里头刨出来的树桩，野蛮，敦实，充满了原始的暴力。敦煌就那么大，这些人似曾相识，蒋斧的脑子里快速运筹了一番，突然间醒悟了过来。这个答案令蒋斧的心底里一阵发麻，不由得趔趄，感觉自己站在了陡峭的崖顶，随时会被掀翻，被吹落下去，摔得个血肉横飞，尸骨无存。一种广漠而缠绵的畏惧，就像堡子外的滚滚罡风，虽说看不见，但它足以剥夺人们身上的一切。蒋斧决定闭嘴，哑口不提。

不错，这一批赳赳然的后生不是旁人，一定是文武和事老协会门下的干将，平时务农和经商，要紧三关时，才纷纷出列，用拳头说话，凭刀子论理，捍卫着关外三县那一种古老的秩序与法统，传袭了乡野民间的那一份血气和肝胆。蒋斧暗自思忖，少东主真是神通广大，一定悄悄联手了文武和事老协会，将这一群虎豹般的青年后生纳入了麾下，为其所用，也为急递社输入了一道道清洌的活水，此后锅就要开了，水就要沸了，何愁将来的日子哪。在心生景仰的同时，蒋斧也分明察觉到，眼前的梵义已不是过去的梵义了，这个人城府太深，心思缜密，手段凌厉，干下的每一桩事情从不拖泥带水，仿佛热刀子切酥油似的。蒋斧笃信，在急递社内部，陈小喊是功臣，卡利班也是功臣，而他自己也搏了这么多年的命，桩桩件件，流血落泪，才成就了如今的大业，梵义的心中应该有一本明账，但这个账又该如何清算呢？渐渐地，蒋斧不仅为伴当们抱屈，也替自己暗暗地鸣冤。

卡利班脸色煞白，乖乖接过了托盘，却不知道下面的戏文究竟如何。

苏食款然道：天寒了，也到了年末岁尾，先提前给兄弟你结算一下今年的分红吧。苏食掰着指头，细数说：一年下来，刨去你上下半年应得的年俸，你统共得了七块劝牌，吃了五块惩牌。急递铺的生意不赖，利润也好，一张劝牌奖励八十元，一张惩牌则视所犯错误的轻重，扣除的钱数也各有不同。是这，我跟孔执臣已经反复核对过了，少东主也签了字，答应发放给你，这个钱袋子就是你的年俸，你仔细保管好了，明年还要过日子哪。卡利班一直在发抖，不敢抬头，也不言谢。苏食叮嘱说：我知道兄弟你的毛病，你一向仗义疏财，也喜欢大手大脚，叫花子的肚子里搁不住酥油，你以后要学会精打细算，一分钱掰成两半花，千万别耽误了个人的前程，这是我掏心窝子的话。卡利班哑默着，偷窥过去，瞭见梵义的手中攥着那一张金箔纸的结义帖，料想陈小喊刚才的命运，即将在自己的身上重演，一时间慌乱了起来，眼泪像流沙似的，敷满了整个颊脸。见对方不语，苏食也来了气，厉声道：哼，你现在眼高了，荷包也肥了，人一阔脸就变，当然瞧不上急递铺的这些芝麻小钱了。依我看，这些零碎小钱还不够你去耍一次赌，也不够你张罗一帮子狐朋狗友吃一桌，因为你根本不穷，你在沙州城的兴裕隆票号里还存着一大笔钱哪。这一时，卡利班心知，纵然自己再如何狡辩，再怎样伶牙俐齿，包子已经破了，馅子也全都暴露了，只有和盘托出这一条路可走。

少东主，苏食叔，我真不是个人，我对不住你们的好。我实话说吧，我平时投邮时，每做完一单贸易后，便打着急递铺的幌子，私底下接一些见不得人的活。我思谋着，反正都是过路的钱，不挣白不挣，所以这一年里也攒下了不少。卡利班稳静了下来，悉数坦承了，再隐瞒下去的话，显然于己不利。苏食阴笑道：五天前，一个黄山的商团赴口外，半路上急需要将一份文件送达后方的安西县，你去了五丰客栈，接下了这个单。九天前的下午，当金山上下来了一名土匪，私购了几支土枪，一桶火药。土匪还长着脑子哪，就怕路上生事，可你连命也不顾了，打着急递铺的名义，一路护送着土匪过了苏干湖，到了青海一带才分的手。半个月前，一个英人在城隍庙里购得了一块泥板，这泥板是从千佛灵岩下的窟子里盗取的壁画，佛像和菩萨一应俱全，撒满了金银和珠粉，十分了得。你可好，你背着那一块泥板，偷拿了急递铺里的那一张黄金腰牌，一路通行，将洋大人送出了猩猩峡口，酬劳自然是不会少。卡利班惊讶极了，管家描述的这一系列行为，几乎将自己的龌龊勾当翻了个底朝天，忙哀恳说：叔，够了，别再说了。苏食犹在火头上，嗔骂说：好你个贼娃子，吃里爬外的东西，急递铺的活倘若只花一天的工夫，你却偏偏要用三两天的时间磨蹭，左一个借口，右一个难题，敷衍塞责，岂料原来你是跑单帮去了，还白拿了一份急递铺的津贴呀。卡利班哀嚎道：叔，你别讲了，我已经没脸了。

这一刻,梵义突然变色,探问说:急递铺刚开张时乱象纷纷,一连出了许多次事故,尤其是官府禁绝的东西,时常有人前来冒险投递,后来不是实行了保人制度,难道也是一纸空文么?这是一句问责。苏食忙垂下了手,肃然道:少东主,凡事都有利弊两个方面,从利的一面讲,这保人制度和锁子一样,只锁君子,不锁小人,所以来急递铺钻空子的小人也有,实属百密一疏罢了,不可细究。再从弊的一面说,恰恰是有了保人制度,加上急递铺本来的自律,那些心怀叵测的人见投邮无门,便去街面上寻找野游击了,卡利班自甘堕落,正好迎合了这些人的需求。哦,梵义沉吟一声,明白了事情的原委,也就不再作声。卡利班哈下了腰,趁机道:少东主,管家叔,我的确在兴裕隆存下了一笔钱,我干脆吐出来吧,我咋吃下去的,我情愿全都吐出来,只要不拾掇我,不革除我,我连今年的年俸也归公,一分钱也不拿了。苏食恢复了先前的霸气,抬了抬下巴,吩咐说:你掏出来看看,那是个啥!

搁下托盘,卡利班打开了一只袋子,将黄铜疙瘩、玻璃、螺丝和罗盘悉数拿出来,讶异道:这不是测绘仪么,咋会在叔的手上呀?叔,你去了一趟哈密吧?咦,这正是我想问你的,你倒反过来问我了?苏食答。叔,那你认识那个东洋人了,那狗儿子叫啥来着?卡利班拍着脑门子,搜肠刮肚了一番,终于咧笑道:想起来了,我叫他石妖精,大名是石井一雄。苏食笑说:我跟你一样,我也喊他石妖精,这个货诡得很,我起码有半年没照过他的面了。卡利班开怀道:石妖精诡个屁,他还不是被我涮来涮去的,没了我,这个货在关外三县就是一个瞎子,寸步难行。叔,你不知道,我送石妖精出了玉门关,临分手时,这个洋大人居然给我磕了头,哭成了一摊泥,我还从没享受过这么大的礼性呀。一番得意。

这么着,卡利班打开了话匣子,喋喋起来。

原来,在十九世纪下半叶至二十世纪初,游走在亚洲腹地的各国探险队,如走马灯一般地变换,探险只是个幌子,劫掠文物和未来的征服才是主题。这其中,欧洲探险队是清一色的基督徒,以斯坦因、华尔纳等人为代表，而日本方面派遣的队伍则以佛教徒自居，其首领和幕后金主是大谷光瑞。大谷光瑞者，日本国净土真宗本愿寺派（西本愿寺）第二十二世法主，大正天皇之连襟，承袭伯爵爵位，法号镜如。斯坦因诸人在中亚一带抢掠的文物于欧洲展出后，引发了极大的轰动，掀开了欧洲世界针对亚洲腹地的探险热潮。消息传至东瀛后，大谷光瑞不甘人后，自一九〇二年，也就是清光绪二十八年始，先后三次亲率或派遣了以渡边哲信、橘瑞超、野村荣三郎等人带领的大谷探险队，深入中国的西北地区，进行所谓的探险考察。这三次考察总计有一十八名队员，时间长达近六年，行程约一万八千多公里，横行无忌，所获颇丰，仅仅在新疆吐鲁番一地，就窃取了七十多箱文物。后来，大谷光瑞将这些佛典、经籍、史册、西域文书、绘画、雕塑、染织、刺绣、古钱、印本等公之于众，再次惊艳了整个世界。

一九一三年，由孙中山推荐，大谷光瑞出任了中华民国政府最高顾问，并长期驻留在中国。在日本军国主义甚嚣尘上，侵华气焰日益高涨之际，大谷光瑞利用自己在佛教界的地位与影响，积极支持军部的活动，极力主张扩大侵华战争，在上海、大连等地秘密设置电台，从事谍报工作。日本战败后，大谷光瑞被苏联红军扣押，滞留大连，后返回本国，于一九四八年示寂，终年七十三岁。

卡利班记得很真，夏末的一天，他在回返沙州城的路上，吃了附近庄子里一户人家的浆水面。浆水是馊的，肚子坏了，由不得他自己。拉第三趟时，卡利班听见身后的林子里好像有人，忙提上裤子，趓了进去。彼时，东洋人石井一雄正趴在一架测绘仪器上，一面调整镜头，一面描画草稿。草稿是用一种叫墨水笔的东西画下的。卡利班盯看了一番，很快就辨识出了山川地形，戈壁、荒滩、沙山、云朵以及地平线上的几座土墩子，一个不落，完整地落实在了纸面上，简直栩栩如生。石井一雄爱笑，也不嫌弃浑身汗臭的卡利班，主动邀请后者闭上一只眼睛，搭在仪器上瞭看了半天。卡利班吓了一大跳，天哪，世上的一切都从那个孔眼中扑了过来，有鼻子有眼的，就连天上的沙雀子也好像伸手可摘。卡利班说：你真是个妖精，你还会这一手呀？对方答：我不是妖精，我是日本国的考察队员，我叫石井一雄。

唉，太啰唆了，你姓石，我干脆叫你石妖精吧，卡利班慨然道。这下子开了眼，卡利班遂对石妖精和那一架测绘仪充满了好感，一整天都尾在了对方的尻子后头，不停地更换着地点。

天色昏暝后，石妖精终于收了工，拾了一堆干柴，架了火，开始吃喝起来。石妖精好客，也分给了卡利班一份。当食物塞入嘴里时，卡利班忽然慌了，又吐出来拿在手上，仔细盯看了半天。再次吞下后，卡利班几乎晕了，一疙瘩肉来不及咀嚼，竟然自己滑下了喉咙，化开后，漾起了一股子稀罕的味道。那是牛肉罐头，这个是压缩饼干，石妖精绍介着，又拨给了对方一份。卡利班这下学乖了，照着石妖精的样子，一次只咬一小牙儿，慢慢地品咂着，生怕人家笑话。吃了人的嘴软，夜色笼盖下来后，卡利班浑身上下出现了一种肉醉的状态，几乎有问必答，一副掏心挖肺的样子。嗯，我没爹没娘，自小就是个孤儿，喝的是风，吃的是沙子，糊里糊涂地长大了。我原先是一个保商游击，现在干的是飞行急递，走东闯西，没白没黑的。我的伴当只有这一匹六岁马，我喊它猴子，公的。有时候我走累了，趴在马背上睡着后，猴子就把我颠醒了，它不允许我快乐，它嫉妒我。这一时，石妖精打断了话，探问说：我知道急递，但游击是什么意思，我很费解？卡利班释解道：游击就是东一榔头，西一棒槌，天生是属鸡的，哪达有了麦粒子，就去哪达刨食，这好端端的人世不过就是一个鸡窝罢了。石妖精煞是费解，放弃了这个要命的话题，又问：这么说，敦煌你都跑遍了，没有比你更熟悉的人么？罐头吃空后，石妖精往里头注了水，滚开后便成了一碗不错的肉汤。卡利班啜着肉汤，吹牛道：这关外三县的天上地下，哪一只鸟掉了几根毛，哪一座山丘少了几颗沙子，哪一片林子里断了几根树枝，你不必去泼烦别人，你问我就知道了。石妖精一喜，邀约说：那你做我的向导吧，你带我完成这一项考察，我给你付钱？哎哟，钱是个狗日的屁，我根本不在乎，我跟着你主要图一个喜乐，要是再能天天吃上这样的罐头呀，那我就暂时不回沙州城了，卡利班快慰道。当日晚夕，两个人就睡在了一顶帐篷内，说了不少的肺腑话，甚至忘了给外头的马饮水喂草。

一连数日，卡利班骑在马上，在前面带路，感觉这是一种意外的生活，既刺激，又充斥着神秘。石妖精总计有三匹马，胯下的是跑马，另外的两匹皆是走马，一匹载着测绘仪器，一匹驮着帐篷和给养。天气像水洗过的一般，明镜高悬，这让石妖精的考察工作极为顺利。每天午时，石妖精都要歇工，因为日头直射，仪器的镜子里白花花一片，看不清晰。其余的时辰里，石妖精简直就是一个聋子，一个哑汉，一门心思地描描画画，对卡利班从不搭理。在东洋人忙碌时，卡利班策马去了下一个地点，找见了水源和宿营地，而后折返回来报信。有一天，石妖精早早收了工，兴致颇高，声言说：今晚上不吃罐头和压缩饼干了，我们来一顿烧烤吧。言毕，石妖精从行囊中抽出了一杆长枪，咔嚓一下上了膛，先自走了。卡利班尾在后头，兴奋坏了，觉得天下最喜乐的事情莫过于此。暮色垂降，两个人趴在一处山坳上，发现几只黄羊恰巧路过，便开枪撂翻了其中一个。卡利班自告奋勇，趁着黄羊还热，当即剥了皮，剁成了肉疙瘩，支在火堆上烤熟后，跟石妖精大快朵颐，还喝光了一皮囊的苞谷酒。那些天，卡利班早就忘掉了沙州城，忘掉了急递铺，但每日的津贴一分不少，煞是逍遥。

事情突然起了变化，一切都像是上天的捉弄。

在测绘莫高窟对面的三危山时，遇上了阴雨天，两个人躲在山洞中，除了睡觉，就是干瞪眼。卡利班绍介道：山后有一座老林子，听说祁连山上的麂子时常跑过来，不如干掉一只，吃一顿麂子肉吧？石妖精亦无异议，当即率着这一名精瘦的游击钻入了林子里，寻摸了半天，却连麂子的一根毛也没发现。山里的雨很疾，豆子一般大，正当两个人沮丧透顶之际，闻听到林子里传来了簌簌簌的响声。石妖精二话不说，砰砰砰地放了几枪，枪口上漾起了一股蓝烟。卡利班发足跑了过去，一下子吓傻了，瞧见地上躺着两个男将，一大一小，脊背上各有一个窟窿眼，血水喷射着，早就毙了命。石妖精也吓坏了，知道自己闯下了天祸，敦煌人一旦察觉，非将他大卸八块、撕了喂狗不可。那一刻，卡利班变了色，迅速做了东洋人的同谋，申斥道：怕个尿，反正天高皇帝远的，你我不说，天老爷也不会知道。卡利班找了一个坑，将两具尸体扔了下去，潦草地葬埋掉了，然后拽着石妖精一口气下了山。

但是，人算不如天算，天老爷的惩罚很快追了过来。半途中，石妖精发了急症，一忽儿高烧，一忽儿喊冷，身上打着摆子。无奈之下，卡利班背着东洋人，钻进了山脚下的一座庄子内，借宿在了一户人家。

家里只有一个妇人，正坐在廊檐下纳鞋底子，隔着雨幕喊问：他爹，你跟屎蛋子回来了么？快把柴火放下，饭都凉了。发现喊错了，妇人忙起身，相帮着将石妖精抬在了土炕上，又在炕洞里填了麦草，将炕面烧烫了。这妇人一定是菩萨转世来的，摆上了炕桌，拿来了一碟子腌韭菜、一碟子腌洋姜，给两位客人各端上一大碗洋芋搅团。卡利班撒了谎，说石妖精是公家人，政府要员，他自己一路上服侍过来的，打算去莫高窟视察。妇人也不多问，抽出了一根细麻绳，攥住石妖精的中指，上下捋了十几遍，将血液逼在了指尖上，又用麻绳缠紧了。石妖精惊愕地看见，妇人竟然用一根针挑破了他的指肚子，掉下来了一枚黄豆大的血滴，再用香灰抹住了针眼，一切无虞。长官，这是在给你放血排毒哪，敦煌人的土方子，卡利班释解道。也真就怪了，放了那么一滴血之后，石妖精顿时觉得身上轻省了许多，美美地哇完了一碗搅团。卡利班问说：姨娘，你家里还有啥人，看你做了三碗饭，其他的两个呢？妇人心直口快地说：前半天时，我跟他爹吵了一仗，他爹气坏了，拽上屎蛋子上山砍柴去了，哎呀，这么大的雨，我的屎蛋子只穿了一件坎肩。卡利班跑出了门，一边整理马背上的行囊，一边让雨下透了，偷着流下了眼泪。

本打算住一夜的，可庄子里的一个猎户，举着松明火进来，惊喊说：屎蛋子他娘，刚才走山了，一面崖塌了下来，好像把那爷父两个给埋了，快喊人来，你们跟着我走吧。妇人哇的一声，随着那一团火光，消失在了门外。石妖精听懂了，求助似的盯望着卡利班，从炕上摔了下来。卡利班詈骂说：你看你老子干么，反正祸已经闯下了，与其等着挨宰，让山里人把咱俩杀了剐了煮了，还不如现在就跑，赶紧上马吧。出了山口，两个人仓皇地奔逃了六十多里路，天麻麻亮前，人鬼不知地进入了沙州城内，躲在了胡杨客栈。

安顿下来后，卡利班方知，胡杨客栈里不止石妖精一个东洋人，另有两名。三个人是同一支考察队的，分头测绘，约定了在这里会合。因为一路上淋了雨，石妖精高烧不退，一直在说胡话。日本伴当检查完后，确定石井一雄患上了疟疾，拿出了一种叫金鸡纳霜的药物，让病人服下了，稳定住了病况。卡利班回了城，去急递铺里销了这一趟任务的手续，又向孔执臣告了假，声称要歇缓上几日。不料想，那一日，卡利班正在街道上闲逛，迎面碰见了县警察局的代理局长张喜群，忙打了一声招呼，欲请二棍子下马，去旁边的酒肆里小酌几杯。张喜群喟叹说：罢了罢了，我连个放屁的时间都没有，哪有心思去喝酒呀！三危山上有爷父两人被杀了，枪杀的，我现在急着要去封锁城门，捉拿混进沙州城里的凶手呐。棍子哥，你估计是谁杀的，这么歹毒，这么丧尽了天良？卡利班追问。张喜群对急递社的成员一向热情，答复说：恐怕是祁连山上下来的土匪吧，土匪的手上才有枪，这肯定不是一般人干的。分手后，卡利班不敢怠慢，一道烟地跑到了胡杨客栈，将情况说与了石妖精。三个东洋人立刻密谋了一番，赶紧备马，只装上了测绘仪器，将帐篷之类的累赘统统扔掉，趁着城门封锁之前，纷纷脱身了。

卡利班惦记着那一笔佣金，表面上是去送行，但一路上大吐苦水，声称自己被拖累了，万一县府将来查到了他的身上，不是被砍头，就是被枪决，终究难免一死。东洋人诡诈，知道沙州城一旦落锁封门，河西三郡也一定会风声鹤唳，当然不能去自投罗网。这么着，石井一雄决定西出猩猩峡，进入新疆境内，而后翻越天山冰大坂，南下喀什噶尔，再穿越帕米尔高原，抵达印度的加尔各答，最后乘坐海轮返回日本本土。卡利班不懂东洋话，也不操心，一直怏怏地跟过了废弃的玉门关关城，眼见着无着无落时，一下子动了气，伸手道：钱呢，老子的辛苦钱呢，不能这么日弄人吧？

石妖精见状，一骨碌从马鞍子上滚了下来，伏在地上，给卡利班磕了一个头。磕毕了，又从马褡子里拎出来一只钱袋子，郑重地交在了这个游击的手上。卡利班只掂了一下，便知道自己从此阔了，袋子里发出的银元声音，仿佛一大把明晃晃的钥匙，能打开沙州城里所有的门，谁也拦不住他。那一刻，卡利班有了投桃报李的心理，先是抱拳揖了一礼，而后摸出一块腰牌，赠给了对方。石妖精不解，摩挲着腰牌上的铭文与花饰，再次告别。卡利班夸张道：去吧，凭着这一张腰牌，猩猩峡东西两侧，谁都会给你面子，没人敢动你的一根汗毛。

三个东洋人撤走了，消失在了旷野的尽头。

卡利班摸出来一块银元，吹了吹，搭在耳眼上一听，果然是真货。忽然，卡利班失笑开来，简直笑疼了肚子，笑得东倒西歪，嚷骂道：石妖精，你真是个瓜怂，你上当去吧。胯下的坐骑似乎也受到了感染，兴奋地扬起了蹄子，咴咴地嘶叫了起来。

"但是，"陡然间，卡利班察觉出这是管家在诓话，自己刚才一吐为快，所有的孽行已是板上钉钉了，忙申辩道，"少东主，苏食叔，我发誓那一块腰牌是仿造的。我去了城隍庙，花了七角钱仿造的，只不过想骗一骗洋大人罢了。真正的黄金腰牌还在急递铺，小婶子掌管着它，不信了你们去查吧。"

苏食道："真假不重要了，要命的是急递社辜负了哈密兄弟们的信任。"

"可是，石妖精拿走的那一张假腰牌，不过是想借个道，又不会害人的命。"狡辩道。

"朽木脑子，这正是你的恶念。你们已经杀了两个人，虽说你不曾开枪，但你是共犯，你脱逃不了自己的罪孽。"这一霎，苏食抖落了身上的老气，一个箭步上前，抬手给了卡利班七八个耳光，打得他趔趄了一番，靠在了山墙上。又道："实话告诉你吧，石井一雄死了，一命抵两命，从此就是一介孤魂野鬼，回不了他的东洋老家了。"

卡利班捂住脸，一时间吓傻了："死了？石妖精死了？"

梵义踱了过来，当着蒋斧诸人的面，沉声道："关键的不是腰牌，也不是石井一雄赔了命，而是东洋人一直在打我们的算盘，在摸中华民国的脉。人一旦被摸了脉，被打了算盘，便说明自身病下了，软弱可欺，只有等着强人们来薅羊毛了。"梵义忆想起弟弟梵同在借阅《新青年》时讲的话，便照猫画虎地复述道："听鸣山书院的丰先生绍介，日本人最近开了一个东方会议，总理内阁大臣给皇帝上了一封折子，叫作田中奏折。这田中谏言说，如欲征服支那，必先征服满蒙，如欲征服世界，必先征服支那。支那者，不是旁人，指的就是中华民国，就是咱们脚下这一片埋着老先人灵骨的土地,就是供奉着佛祖和菩萨的莫高崖壁,也就是供养我们吃喝、赐给我们性命的庄稼地。"梵义终于道出了这一番慷慨之词,感喟道:"你瞧,东洋的这些贼娃子已经摸上门来了,开始杀人,开始放火。可你倒好,你不仅不给先人们尽孝,不替敦煌守节,反而助纣为虐,让急递社蒙羞,令一干弟兄颜面无光。实话说知道,从现在起,急递社没有你卡利班的位子了,急递社的庙太小,你另行高就吧。"言毕,梵义将那一张金兰帖递到了铁锅下,看见火舌缭绕着,慢慢追了过来。

"不,我死也不。"

卡利班咆哮一声,突然口吐鲜血,呸的一声,将半截舌头吐了出来,吐在了地上。苏食根本没料到这一幕,忙抱住了卡利班,一边叫魂,一边跟着哭将起来。蒋斧拾起了那一块肉,用衣襟兜住了,择掉了上面的沙子和麦草茬,惊作一团。梵义荒凉地站着,卡利班的激烈与强悍,实在是出乎他自己的预料,一种锥心的懊悔感几乎压垮了他。不能乱,不能慌了神,眼下的第一件要紧事就是救人。梵义思忖一番,吩咐道:

"快送人,抓紧将人送到酒泉城,务必托付给洪门的大掌柜,洪皮海认得海关的一个洋大夫,听说洋大夫能做外科手术,或许能将舌头给缝上。"

天暗黑了下来,罡风更烈,蒋斧诸人拾掇完之后,衔命而去。

"我随后就到。"梵义盯望着墙角下的陈小喊,补充道。

上半天时,天开始下了,不是雪花,而是雪渣子,大概有黄米大小。

按敦煌人的说法,头场雪一旦下成了渣渣子,这个冬天就难过了,一定酷寒。梵义穿着过膝的皮袄,戴着羊绒帽子,已经在街角立了许久。斜对过,义庄老管家的院门始终闭着,周围也杳无一人,这样的天气里,热炕才是最好的去处。半晌后,一辆拉粪车驶了过来,滴滴洒洒的,在路面上留下了一条龌龊的印迹,很快就结成了冰,气息恶劣。中途,驴子停下脚,拔长脖子嘶叫了一两声,又默然地走远了。这个关节上，一群寒鸦飞掠了过来，纷纷落在了老管家院中的那一棵大槐树上。寒鸦的鸣叫像一大把碎针，混杂在呼啸的雪渣子当中，打得人颊脸生疼。

一介少年策马而来，纵身跳下，冲着梵义抱了拳，急迫道：少东主，人已经出了西门外的沈家旧院，正朝这达走来，我们已经跟上了，你尽管宽心。梵义捋了捋袖子，问说：估计得多久？地上太滑，千万不能有一丝闪失，你们务必跟牢了，别让老人家察觉。少年答：大概半个时辰吧，但也说不定，人恐怕是废了，手脚不灵便，有一个女人搀着。梵义冷笑说：这个女人就是个妲己，安插在义庄老掌柜身边的祸害，她好像叫宫法麦，也叫娥娘吧。又如此这般地叮嘱了一番，催令少年抓紧回去。少年像鹞子一般地跃上了坐骑，衔命而逝。

不错，这一群英武而俊朗的少年不是旁人，乃是土生土长的敦煌子弟。自打李豆灯之死昭白于天下后，议事班子中剩下的几名耆老与乡绅也陆续下了世、作了古，文和事老协会彻底瘫痪了。文武两家，一向是焦不离孟，孟不离焦，一个被瓦解了，另一个也形同虚设。在这个巨变乍现、大难将至的关口上，梵义走村串户，逐一拜访，秘密地收编了这一支血勇犹在的人马，纳入了麾下，同时也独自扛起了一根悲深愿重的大梁，延续着敦煌和关外之地最后的一缕脉息。然而，在梵义的心目中，这些少年人只是外围的伴当，急递社才是整个核心。急递社的每一个成员，换过帖，盟过誓，饮过血酒，彼此间情如手足。这一点断然不能含糊，梵义也从不怀疑。

门开了，趔出来了一个人，身上臃肿不堪，但梵义从对方的步态上，迅速认出了占耳哥。占耳望了望天色，顺着主街，朝大十字一带簌簌而去。梵义尾在后头，保持住一段距离，生怕跟丢了对方。天气能冻死狗，但大十字附近的店铺全都开了张，蒸锅里冒着热气，铁匠铺中炉火嘹亮，卖柴火的，卖冰糖葫芦的，挑担子贩水的，兜售靴子和耳翅的，四处吆喝，一点也不比平素里冷清。占耳旁若无人，径自钻进了一家典当铺，落下了棉门帘。梵义取下了帽翅，遮护住鼻脸，也跟着进去了。这一刻，占耳站在柜台旁，将身上的衣裳脱下来一件，又脱下来一件，悉数搁在了台面上，他自己只剩下了一身薄衫。掌柜的问：全卖呀，卖掉了你穿啥？难道不怕发了寒热症么？不会的，我是个火人，我现在就热得慌，占耳道。掌柜的摩挲着几件皮袄，白雪雪的羊毛纤尘不染，令人看着心热，嘴上却说：毛色不错，但这是老手工了，押在我这达可以，能不能卖掉还是另一码事。这是杀价，一贯的把戏。占耳苦笑说：这是我爹留下的，我爹一辈子舍不得穿，你看着给吧，有少没多，我急等着用钱哪。掌柜的打了几遍算盘，数了钱，递在了客人手上。占耳撩开帘子，刚欲出门时，被梵义一把扯拽下了，喊了一声：占耳哥，等等。

孰料，脾气温和又性情木讷的占耳，一见是梵义，突然怒目开来，吼喊说：我不认得你，快把爪子丢开，小心我不客气。占耳哥，你听我说，小弟得罪了你，总是有原因的么，梵义一再哀告着，但无济于事。占耳满脸涨红，攒了一口痰，朝地上一吐，厉声说：真是狗眼看人低，你别以为索家现在败落了，谁都可以随便踏上一脚，谁都可以来欺辱。哼，只要有我这个老管家的儿子在，主子还是主子，安生着哪。梵义道：你误解小弟了，你且听我慢慢释解么！掌柜的不干了，抄起一根鸡毛掸子撑了过来，断喝两个人快点滚。占耳扬起了脖颈子，傲慢地走了。梵义一转身，将鸡毛掸子抢过来，在膝盖上一磕，当即撅成了两截子，随手一扔。稍事平静后，梵义扔下了一沓钱，叮嘱说：刚才典押的衣裳，一件也不能少，原给我叠起来，打个包袱，我这就带走。

唉，不能怪占耳，要怪就怪自己吧，梵义思忖道。

那日晚夕，在土地庙门前的冲天大火下，占耳一厢情愿地想带走梵义，去见义庄的索敞一面，却被后者回绝了。在那个特殊的情境下，震惊像一块嶙峋的巨石，压得梵义喘不过气来，也无所适从。一边是李豆灯的死讯被坐实了，亡灵被连公子诸人公然践踏着、诅咒着；另一边却又传来了令人错愕的消息，失踪了多年的老掌柜索敞竟然还活着，还在人世上，还在沙州城内。一道道惊天霹雳从脑子里渐次消失后，梵义这才缓过了劲来，迅速盘磨了一遍，将全部的头尾捋了个清晰。不错，死者已矣，亏欠下李豆灯大人的，以后再清算吧，眼下最要紧的乃是活人，是叔父辈的索敞。一念及这个熟知的名字，梵义不由得打了一个激灵，忽然间觉得这一切并不那么简单，一定有一座无底的深渊，笼盖在索敞的身上，诡异，无常，叵测。梵义当即拒绝了，找了一大堆理由，瞭见占耳的目光，慢慢地黯淡了下去，掉头走了。梵义不敢粗心，连夜召来了一批急递社的外围少年，跟上了占耳，不仅摸清了对方的住址，且另有所获。当得知囚禁了索敞的地点竟然是沈家旧院，也就是自己的外父多年前盘掉的那一座宅子时，梵义觉得牙齿上都布满了寒意，萧瑟不已。这些日子里，梵义藏住了好奇，将少年们统统撒了出去，从沈家旧院到占耳家，两点一线，昼夜布控，丝毫也不敢马虎。梵义猜度，索敞大人虽然死地生还，但迄今为止，这个人的性命一定像一根点燃的洋火头，随时都有被掐灭的危险。掌握了初步的线索后，梵义决定在这个下雪天，在面见索敞之前，先跟占耳消弭了此前的误会。

梵义拎着一包裌衣裳，隐在后头，瞭见占耳从这个店出来，又钻进了那个铺子。不一时，占耳的手上拎着各色点心、柿饼、葡萄干、桂圆和冰糖，斜起肩膀，战栗地走在了扯天漫地的雪渣子当中。燕兵汤锅子店门口，当街摆着七八只红铜锅子，燕掌柜拿着扇子，将木炭火扇得正旺。汤锅子和菜锅子相仿，也是敦煌当地的一种烩菜，里头码满了白菜、豆腐、豆芽、粉条、白肉和丸子，即便在逢年过节，也是一道稀罕的佳肴，专门用来款待贵客的。占耳付了钱，也交了押金，直接将滚沸的汤锅子端走了。梵义迟疑了一下，鬼使神差地掏出了钱，单独订了一份，又给燕掌柜叮咛了几句，催他赶紧办理。出了大十字，人群突然稀了，梵义瞭见占耳的头顶上漾起了一根蓝烟，肩上挂着点心包，双手抓住了锅耳朵，小心翼翼的，好像他的怀里抱着一个婴儿。不料想，刚走到了王必成酱油店门口时，占耳被一块碎冰滑倒了，人栽倒不说，手中的红铜锅子也飞了出去，连汤带水，稀里哗啦地泼了一地。占耳趴在地上，半天也起不来，抽搐了一番后，又冷不丁地嚎哭了出来，一边捶打着地上的冰碴子，一边咒骂。梵义有点心酸，忖度道，天底下最痛彻的事情之一，也莫过于主辱仆悲，像老管家爷父俩这样的忠义之辈，如今的人世上已经少之又少。一介堂堂的男将，竟然为了款待旧主子，为了一口吃食，哭成了一摊烂泥，这让梵义的心中，顿时栽上了一根疼痛的桩子，必须去扶助他，必须去遮护他。梵义抱住了占耳，将他挪到了路旁的廊檐下，靠在了墙根里。占耳一抬头，认清了是梵义，忽然攀住了对方的胳膊，哭得更痛了。

唉，前些日子里，老掌柜的脑子清醒过一阵，叨念说他想吃燕兵家的汤锅子了，我厾，我没个出息，我连一只锅也端不住呀，占耳自责道。雪渣子很大，像天上的沙子漏了下来，擦刮着空气，发出一种嘶哑的声音。又道：哎哟喂，老掌柜那么老了，瘦成了一把干骨头，随时都可能放命，随时都可能下世，我连老掌柜的这么一点点心愿也满足不了，我真是没用。这一时，一只黄狗跑将过来，不吃菜蔬，专拣地上的白肉和丸子，舌头一卷一卷的，吞进了肚子。占耳忽然笑开了，嚷喊说：想当年义庄是何等的风光，索门是多么的热闹呀！天天有汤锅子，顿顿吃肉拌面，老掌柜啐上一口唾沫，拿到典当行里也可以换银子。唉，天老爷瞎了眼，天老爷怪罪错了，竟然将怒气撒在了义庄的头上。又跑来了一只大花狗，黄狗蓦地龇出了牙齿，双方对峙了起来。占耳接续说：天作孽也就罢了，偏偏老掌柜家门不幸，生下了两个孽子，两条狗，前一个成了大烟鬼，恨不得将爹老子卖了换钱，后一个更是不孝，生不见人，死不见尸，任由老先人自生自灭，落难到了现在。

见占耳发泄够了，梵义劝慰道：哥，有我在哪，你尽管宽心吧，只要我胡梵义饿不死，老掌柜就是我的叔父，我来尽孝，我来供养，谁也不能插手。占耳狐疑地盯看着，半信半疑，探问说：梵义，你刚才讲的这些话，八成是可怜他吧？你给我听仔细了，假如你是可怜他，那你趁早滚远，老掌柜不需要你这样的施舍，至少他还有我这个穷亲戚在。梵义道：我不是可怜他，我这是要报恩。

"嗯，其实是老掌柜亲自点了你的名，他让我去找你的。"

梵义一惊："点我的名？"

"真的，老掌柜的脑子坏掉了，但在他清醒的一霎，亲口托付了这件事，让我带上你去见他。"占耳笃定道，"老掌柜相信，在沙州城，在整个关外三县，只有你梵义能救得了他。"

"我应承下了，占耳哥。"

两个人不敢多言，忙站起身来，相率而行，很快就到了家。占耳的女人拿着扫把，早已将门前的雪渣子打扫干净，又廓出来一条路，一直通到了街角上，以防客人们滑倒。梵义除下皮袄，摘掉帽子，一身刚刚浆洗好的新衣，显然是为了迎接贵客才穿上的。占耳催促再三，说气候太冷了，你干脆进去烤火，我在门口迎着吧。梵义没听，急吼吼地跑了，立在街角上，拔长了脖颈子，瞭看着远处。

这一时，天阴得更重了，雪渣子下成了雪花，形如一道道白牦牛似的帐幕。

一匹快马驰奔了过来，并未停足。闪身而过的一霎，马背上的少年冲着梵义点了点头，后者当即明白了。梵义疾步上前，瞭见眼前的这一幕时，登时僵住了，眼泪就像秋季的党河水，呼啸着淌了下来。经年未见，昔日的义庄老当家人已是面目皆非，寻不见一丝一毫当年的痕迹，穷寒、衰微、羸弱，浑身上下笼盖着一种绝望的气息。索敞扣着一顶瓜皮帽，破衣烂衫，一双鞋子也开裂了，脚趾头上积满了脏雪。索敞的身体像一张弯弓，一直朝前拱着，拄着拐杖的手上冻疮累累，走一步，停两步，喘息声犹如一只漏风的皮囊。宫法麦在一旁相搀着，时不时地掸一下索敞肩上的雪，女人的鼻脸上，同样弥漫着一份凄楚的表情。梵义不敢上前，怕惊吓了索敞，待对方慢慢地蹒跚过来后，忽然膝盖一软，訇地跪了下去。叔父，你终于来了，侄儿在这达接你，你受罪了，梵义哽咽道。索敞并不答话，抬了抬眼，目中的光芒早已熄灭干净了，仿佛往年的炭灰一般，寒凉而死寂。占耳追过来了，也跪在了旁侧，一味地哀告说：老东家，你不是想见梵义么，这就是梵义，梵义在给你磕头哪。磕完了三个头，梵义膝行过去，抱住了索敞的腿，恳求说：叔父，让我给你行一个礼性吧。言毕，梵义背起了索敞，脚步迅疾，朝着占耳家一路狂奔。长街上，宫法麦突然大放悲声，一屁股坐在了地上，半天也没能爬起来。这哭声像一场葬礼，但更可能是一次新生的喜悦。

"唉，你是谁？"索敞伏在梵义的脊背上，嘀咕道。

"梵义，我是胡家坊的梵义。"梵义一边跑，一边答复说，"多年前,有一个少年去义庄借马,你老人家眉头不皱,当即就给借了。叔父,我就是那个借马的少年,我来报恩了。"

索敞发出了一种古怪的笑声:"你没借过马,你现在就是一匹马。"

"对,我就是你的马,你骑稳当了。"

占耳家的房中院内,虽说也清洁干净,小门微户,但一种掩饰不住的穷酸,仍旧逼现眼前,令人心寒。占耳撩起门帘,让梵义先进了屋子,他自己却呆住了。炕桌上,一只汤锅子漾荡着蒸气,烟囱口里填满了木炭,呼呼呼地冒着火苗。锅子的周围,布了四只碟盘,照例是冰糖、桂圆、柿饼和葡萄干,一样不缺,一样不少。一坛苞谷酒也打开了,甘冽的气息羼杂着滚沸的肉香,似乎昭示着今天这个日子不同凡响。梵义将索敞卸在炕沿上,赶紧给他脱了鞋,除下了那一身腌臜的衣裳。占耳的女人打来了一盆开水,梵义淘了热手巾,给索敞揩了脸,洗了手,又用剩下的水,将那一双干瘪的脚刮洗干净,水一下子墨黑了。末了,梵义将索敞抱在了主席上,让他盘坐起来,俨然是一位主心骨。梵义做主,解开了从典当铺子里赎回来的那一件包袱,挑出一件无袖的羊毛坎肩,穿在了索敞的身上。这一时,索敞突然攥住了羊毛,仔细嗅闻了几遍,面色一变,探问说:你个贼疙瘩,这是你爹的衣裳,我闻见你老子的味道了。占耳捧住脸,泪水从指缝中淌了下来,如实道:老东家,你说得对,这个坎肩正是我爹在义庄当管家时,你老人家赐赠下的,我爹只穿过一回,后来又舍不得,一直压在了箱底子里。索敞嗔骂道:你爹那个老贼娃子,真不是个东西,他抢在我前头死了,他去享福了,将我一个人孽障地扔在了人世上,我咒他。

按规矩,女人是不能上炕的,更不可能跟男将们一桌同席。但经不住梵义和占耳的再三劝请,宫法麦还是坐在了炕上,伺候起了索敞的吃喝,没有人比这个女人更合适的了。宫法麦叮咛说:趁着老掌柜脑子好,你们想问啥,就抓紧问吧,等一下万一糊涂了,你们连他姓甚名谁也休想问出来一句。梵义停箸不食,目光盯看着索敞,发现一团铅黑的表情,慢慢地渗出了对方的颊脸,便知道索敞的脑子已经坏了。

被囚禁了多年的索敬，又如何死地生还，出现在了沙州城的街面上，只有占耳知道。

今年清明节的前一日，占耳去了他爹老子的坟前祭扫，每年一次的仪式，走个过场罢了。老管家是害上痨病死的，咳嗽了好些年，终于安歇下来了，不再泼烦人。占耳拔掉了坟头上的乱草，摆下了香烟烛火，各色供品。跪下叩头时，一个瘦得像狗一样的人，忽地从墓碑后闪了出来，抓起一把点心就往嘴里塞，吞下一块，又吞下了一块，完全将旁侧里的孝子不放在眼里。但是，占耳的怒火一刹那熄灭了，因为眼前的这条瘦狗不是别人，正是义庄的大少爷索朗。自打爹老子辞掉了义庄的管家后，占耳就再也没有去过那一座阔大而堂皇的宅院，跟着父亲小心翼翼地过日子，从不招摇。前几年，轮到年头岁尾时，义庄还会派人来，送一些年货和礼当，但被父亲频频拒收了，双方也最终断了联系，没了来往。占耳平时倒卖一些日用杂货，对外面的风吹草动并不陌生，关于索门的种种不幸与败落，关于索朗的各种传言，也时常灌在了他的耳朵中，但心里隔得很远，听罢就忘。现在，索朗沦落到了这一番抢吃抢喝的地步，彻底丢光了索门的颜面与威风，占耳一下子惊住了，不敢吱声。索朗吃饱了，也认出了老管家的儿子，不仅不羞臊，反而提出要将点心和干果全部带走，拿回去让女儿细君尝一尝。那一时，占耳忆想起了义庄曾经的好，哀求索朗，问老东家的龙穴在哪达，干脆一起去祭扫，了却一桩心愿吧。索朗也十分痛快：你不算外人，跟我走吧。

岂料，坟头没寻见，索朗却带着占耳，一口气跑到了沙州城外的西北角，钻进了角楼下的那一座旧院子里。青天白日的，索敬正抓住一根牛毛绳子，一截截拆解开，又一寸寸地编起来，乐得哈哈哈的，嘴角上挂满了口水。见了老当家人的面，占耳活见了鬼似的，知道沙州城里的传闻一半是真，一半为假。当时，索敬的脑子坏掉了，对占耳的请安和问候一概不理，一直在编牛毛绳子。然而，索朗的目的达到了，彻底甩掉了爹老子这个包袱。索朗阴笑道：占耳你不算外人，但你们以前是义庄的下人，索家对你们不薄，现在我养不活这个老货了，我连自己都养不活了，你接手的话，或许还能给这个老东西一点点寿数吧。

占耳当即答应了，不过就是家里多一口人，多添一副碗筷，多置办一套被褥而已。不承想，索朗攮着抽子，撑打着，从屋子里轰出来了一个妇人。妇人疲沓着，眼角上布满了一根根鱼尾纹，长期的饥饿所带来的晕眩感，令她像一片风中的枯叶，随时都有飘失的可能。索朗绍介说：这个娼妇叫宫法麦，也叫娥娘，以前是细君的奶妈子，要不是念在这么些年照顾老东西的情面上，我早就把她卖进窑子里去了。是这，你干脆一趟子带走吧，兴许还能帮衬一下你。宫法麦听懂了意思，蓦地从迷离中醒转了过来，仔细道：大少爷，你爸一旦出了这个门，就等于活杀了他，一定有人来灭口的，我们哪达也不去，宁可死在这个院子里。索朗被驳了面子，恼恨地抬起手，抽打了妇人一顿，咬牙说：灭口又如何，假如老东西被杀了，我第一个来取你的性命，将你们这一对狗男女葬在一个坑里，圆了你们的鸳鸯梦。一旁的索敞正在编绳子，忽然插嘴说：金窝银窝，不如这达的狗窝，我哪达也不去，我只跟着娥娘。那一刻，占耳似乎想起了什么，震惊之余，忙劝开了双方。占耳道：谁说了也不算，一切听这个姐姐的。

这么着，宫法麦笃定道：你把家里的门牌地址告诉我，倘若机会好，老掌柜能出去串门的话，我会提前告知你一声。索朗仿佛真的甩掉了这个包袱，问占耳借了三块钱，消失不见了。占耳特地出去了一趟，买了一袋子锅盔、花卷和酱菜，预备在了家中。在宫法麦的催攥下，占耳不敢逗留，急慌慌地回到了沙州城。一路上，占耳觉得头重脚轻，身子发飘，一再告诫自己，这不是活见了鬼，这是板上钉钉的事，义庄的当家人还在，从阎王殿里回来了。

后来，梵义介入了进来，将急递社的几名可靠少年，撒在了沈家旧院一带，偶尔购一些吃食，悄悄地放在门端里，接济着被囚禁的二人。情况出现在三天前，宫法麦来了一趟占耳家，约在了今日。少年们获知了这一异常，迅速通报给了梵义。梵义知道机不可失，决定面见这位义庄的老当家人，解开这个多年来的谜团。

事实上，不仅梵义未动筷子，占耳两口子也没有胃口，萧索一旁，偷偷地抹着眼泪。

索敞却饿坏了，也馋极了，囫囵吞枣地咽下了几只丸子，这才慢了下来。宫法麦摸出一件围脖，系在了索敞的胸前，哄唆道：乖，小心烫着，这都是你的，没人跟你抢。索敞含混道：娥娘，党河的水里头有鱼，鱼是焦色的，你快看，鱼还在游哪。汤锅子沸腾着，一片油汪汪的，让这个须发皆白的老人频频出现了幻觉。占耳的女人不忍，单独盛了一碗，打算先晾着。索敞忽然打落了她的筷子，变色道：你不是娥娘，我不认得你，你不准偷吃。宫法麦已经习惯了，舀了一勺子汤，款款喂将过去：乖，快听话，别噎着了。索敞张开嘴，吧嗒着舌头，汤汁洒在了胡须和衣裳上，简直狼尢极了。宫法麦耐性十足，仔细地揩净了他的胡子，擦完了颊脸，又照顾着吃喝起来。末了，索敞皱起眉头，探问说：娥娘，你也快吃，等吃完了，你带我去阳关和玉门关骑马吧，我听见马在喊我，喊了快一年了。好，只要你听话，乖乖地吃饭，娥娘不光让你骑马，还要给你买糖吃。答复道。

占耳端起了酒碗，也不相让，兀自饮了下去。梵义本不想喝，但心中装了一块开裂的石板似的，一些念想和祈望被彻底粉碎了，便也二话不讲，一口气灌了下去，重又添满了一碗。占耳的女人去擀面了，声称吃完了汤锅子，再来一碗酸汤面的话，老东家的心上肯定熨帖。直到此时，占耳才捧起酒碗，跟梵义碰了一下，灰败道：梵义你都看见了，这十几年的囚禁，即便是神仙也会发疯的，何况是老东家这个年岁的人，他现在能活下来，也算是索家的老先人们积下的福报，落在了他自己的身上。梵义听着，一些讯息，一些打探而来的鲜为人知的内幕，仿佛一团缠麻被渐渐地厘清了，拼出了一个大致的轮廓，了然在心。梵义端住酒，一语不发地敬给了占耳，双双干掉了。这个忠义的汉子，令梵义的内里潮起了一种钦敬的感激，自知说什么也是闲的，不如不说。岂料，占耳愤怒地将酒碗往炕桌上一蹾，啪的一声碎了，裂成了几瓣。手也被割破了，一股血水甩了出去，溅在了宫法麦的鼻脸上。

索敞哇的一下，好像他挨了一刀子似的，扑将过去，捧住了宫法麦的脸蛋。

血水被涂抹开来，宫法麦的鼻脸上血腥四溢，像一介女关公。索敞吓傻了，眼睛里皆是这种恐怖的颜色，仰衬红了，墙壁红了，炕桌红了，汤锅子红了，剩下的几只酒碗中，也盛满了新鲜的血液。索敞嗫嚅说：你们干么，这是杀头的饭么，辞阳的酒么？你们这是要送我上路吧？这一刻，潜藏在敦煌索氏一族血脉中的那种深刻的宿命，那种难以克制的悲情，突然间被揭开了疮疤，再次发作了。索敞惊颤着，像一只衰老的野兽，低低哀嚎，声嗓中发出了一种浑浊而寂灭的声音。梵义诸人怔忡不已，毕竟年龄上有沟壑，虽然对索门的历史也略知一二，但终究不能体悟其中那种锯齿般的疼痛。索敞泥塑着，带着满目的血色，眼神逡巡了几遍身旁的人，竟然发现一个也不认识，每一张脸上都是催命的表情。索敞的肩膀立时塌了下来，精神也颓败了，哀告说：官爷，我吃饱了，这杀头的饭真香，连我的饱嗝也是香的。思忖一番，又说：求求你们，等下一世我回来了，别再让我吃这杀头的饭，让我当一回牛、做一次马吧，我只吃麸皮草料，我不争，也不抢，我认命就是了。

嗯，老掌柜你真乖，乖娃娃听话，听话了才有糖吃，也有马骑。或许，宫法麦早就见怪不怪了，自有一套劝慰的法子，一再哄唆着。索敞抓住了女人的手，不舍地说：娥娘，你是来送我的吧？我知道你是来送我上路的，我没有交下一个伴当，敦煌人全都来了，站在法场上看我的可笑哪，这辈子索家再也抬不起头了。呃，外头的天快黑了，乖娃娃要听娥娘的话，早早上炕睡觉，要不然捣地鬼来了的话，会割舌头的，宫法麦诱引道。不，我不睡，等一下砍掉了头，我再好好睡一觉吧，我不想醒来。索敞执拗着，又接续说：娥娘，等一下你千万莫怕，我的头被砍下来后，你要么埋在沙山里，要么扔在党河水里，反正不要带进义庄，我不配，我怕老先人们瞧不起我，给我苦果子吃。宫法麦耐着性子，又怕旁边的人见笑，继续抚慰道：快点睡，倒下就能睡着，外面的雪很大，下了足足有一丈厚了，下雪天睡觉最香。

不料，这句话犹如烈火烹油，索敞一霎时慌了，攀住宫法麦的胳臂，央告说：娥娘，外头的雪有一丈厚了，你不能去，万一你滑倒了，摔伤了，那我死的心也就有了。宫法麦伴笑道：我不走，我舍不得走，我在给你牵马拽镫哪。索敞简直开心极了，摸着宫法麦的颊脸：娥娘，那你一定要陪着我上路，先砍了我的头，再砍你的头，咱们下一世里还在一起，让敦煌人瞧瞧，索家还有儿子娃娃，义庄还没有输惨。嗯，我答应你了，我陪着你，娥娘哪达也不去，娥娘就守在你旁边，看着你睡觉，宫法麦一番叮咛道。索敞的双目中，浮现出了一线星光，破笑道：那我就听娥娘的话，我要跟娥娘先生下一个索朗，再生下一个丁荣猫，而后生下了他，和他。索敞手指着梵义，又指着占耳，咯咯咯地激动开来，吼喊道：他们都是我的儿子，义庄的后人，我认得，谁也逃不脱的。宫法麦并不应答，一种难以启齿的羞涩，让她埋下了头，措手不及。这一刻，索敞突然醒转了，脑子里澄澈了起来，笃定说：

"你叫梵义，你在胡家坊，你就是那个河西司马。"

梵义伏下了身子。

"哦，当年你来义庄，向我借过一匹快马，你下了一趟河西。"

"正是。"

"不是借马，是义庄赠马，赠给了那个少年人。"索敞语气分明，不容置喙，接续说，"那你现在还给我吧，我不要马，我只要一样东西，你无论如何要还给我，就现在。"

"叔父，但说无妨。"

"我只要那一件血衣。"索敞眸子烁闪，决绝道，"义庄的血衣，也是索家的血衣。"

"只要梵义在，就没有什么血衣。"

"不，它还在，它就在天上挂着哪，你快还给我吧。"

言毕，索敞终于像一根绷断的弓弦，仰面倒下了，发出了一阵阵沉痛的鼾声。

下半天时，占耳和梵义站在院子里，泥塑着，一直在看下雪。也许是喝了酒的缘故吧，身上燥热，仿佛埋着一堆火。其实，谁也无心看雪，各自的内里当中在斟酌，在算筹，如何将索敞这一只烫手的山芋仔细安置好，不能让他再受到一点点的伤害。占耳为主，梵义是客，所以梵义始终等着对方先开口，提供一个良策。占耳也作如是想，暗忖道，梵义毕竟是沙州城以及关外三县声名显赫的青年才俊，又是急递铺的大掌柜，无论经见过的世面，抑或是待人接物上的经验，总比自己要老到吧。这么着，双方哑默了良久，占耳终于绷不住了，簌簌簌地跑进了睡房，找女人商议去了。

返回后，占耳绍介道，他的爹老子亡故后，那间屋子便一直空置着，女人现在去打扫，去烧炕了，老当家人和宫法麦从今日开始，就入住在这个院子里，由他们两口子来赡养。这些忠义坚贞之词，虽然令梵义感激，但他仍旧摇了摇头，断然否决了。占耳逼问说：那咋办？你想领回胡家坊去，还是登记在客栈里，要么寄养在哪一家寺庙中，你快下一个决断吧，天开始黑了。梵义笃定道：老当家人和宫法麦哪达也不去，等一下原回西门外的沈家旧院，像以前那样过活，包括占耳哥的这个家，以后再也不能来了，以免意外。

占耳咆哮说：“回去就是一个死，不会有别的出路。”

梵义答：“即便是死，那也得回去，至少可以像义庄的先人们那样，死得漂漂亮亮。”

"哼，你简直疯了。"

"我没有疯，我现在做的这些，只有一个目的，就是静等着那一帮人先惊掉，"梵义仰看着天空，伸手抓了一把雪，冷然道，"像一群畜生那样惊掉，能给我一个机会。"

恰在这时，院门咿呀一声开了，细君探着头，鬼祟地瞭看了一眼。占耳立刻忘了争执，抢了上去，一把将细君拽进来，搂在了怀中。细君的五官冻得像柿子，颧骨上结满了冻疮，两根鼻涕也挂在嘴唇上，吸溜吸溜的。梵义并不在意这个琐屑的场面，索敌才是难题，才是需要加紧去应对的，所以他慢慢地踅开了，继续仰首问天。占耳吆喝了一嗓子，女人从睡房里跑出来，接上了细君，返身回热炕上暖和去了。

孰料，院门又被一脚踢开了，义庄的大少爷索朗款然进来，左手提着一袋子银元，哐啷作响，右手往嘴里丢了几颗麻子，吥吥吥地嗑了起来。梵义实在不想见到此人，忙闪身进了灶房，隔着窗子，耳食着外面的一切。

老贼呢，我爸那个老东西在哪达，你快喊他出来，我有话要讲！索朗嚣张道。占耳忙释解说：老东家刚睡着，你别打扰了，他的身子骨那么弱。索朗将钱袋子扔在了雪地上，踹上一脚，阴笑说：快喊老东西起来，来听一下钱的声音，我保证我爸听罢了，身上的百病也就消了。的确，这是一大笔钱，占耳做了半辈子的买卖，也不曾挣到过。占耳问说：大少爷，你是偷的，还是抢的，你就不怕半路上遭了劫么？这么着，索朗停下了手中的麻子，开怀道：我把家产卖掉了，把索家那七八个临街的店铺统统卖掉了，价格上虽说便宜死了，但我起码可以过一个不错的春节，春节不是快到了嘛。你说啥？你把义庄的店铺全都卖掉了，那将来老东家吃什么，细君又吃什么？你呀，你真是个败家子，你绝了索家人的后路，占耳詈骂道。索朗觉得，这样的咆哮实属大惊小怪，不由得生出了一股骄横之气，慨然道：那七八个临街的店铺，将来要开平心定气烟馆，我在里头占一成，我从此不必发愁了，我躺着就能数钱。什么，开平心定气烟馆？你真的反了，你的孽罐子也快满了，等着瞧吧，占耳厉声道。索朗龇着紫黑色的牙花子，挑衅说：对，念在你是义庄下人的分上，等翻过年开了张，我一定带你去一趟平心定气烟馆，款待你一桌吧。

突然，占耳挥出了一拳，打在了索朗的鼻梁上。后者趔趄几下，栽倒在了雪地上，鼻血淌了下来，在雪地上凿出一大堆鲜红的筛眼，煞是瘆人。索朗却并不计较，哈哈哈地大笑起来，从怀中摸出来一封信，扬在手上说：

"再告诉你一个好消息吧，我弟弟回来了，这是索乘托人捎给义庄的信。"

索乘，梵义记得这个名字。

"呵呵，义庄是垮不掉的，索家人也将东山再起，明眼人谁都能看见。"索朗几乎忘了形，一边流着鼻血，一边打开了信瓤，"实话说知道吧，新县长即将就任，我弟弟已经是公家人了，中华民国敦煌县政府的书记长便是索乘。"

卷三十三

我讨厌碰见医官，尤其在庙里，一旦碰见了医官，我就疑心自己会得病，触了霉头，这种预感真是糟透了。丁荣猫背着手，在各个大殿中逛了一圈，终于踅到了财神殿外，不由得詈骂了出来。汤世瓶拎着一只食盒，宽慰说：先让大夫跟着吧，办完了头香的事情，再料理他也不迟。丁荣猫不再抱怨了，但知道身后有一双眼睛在盯梢着自己，脊背上一直火辣辣的。丁荣猫补充说：碰见了也好，我正想做一个了断哪。

大年三十的夜里，敦煌一带最热闹的去处，除了寺庙，便是道观。

平常的年景中，头香就是一件庄重之事。每逢大日子上的初一或十五，各个庙观都要提前发出一张张红帖，邀请沙州城和城外二十三坊的头面人物来开香。这样不仅颜面有光，还能带来坊上的香客们，诸寺之间暗中较劲，从不歇停。前一年天灾人祸，关外三县几近于绝收，虽说年味寡淡了许多，但上香拜神的心情却水涨船高。如此一来，头香的价码便一翻再翻，尤其是那些经停敦煌的外地商团，仗着财大气粗，出手阔绰，将价码飙升到了令人咋舌的地步。当地人闻声却步，只好去随了大流，草草地了个心愿。这座寺是清光绪末年开建的，一直断断续续，迄今也没有完工和悬匾，名头一般，香火平淡。可有一年，下了三天的透雨后，匠人们发现财神像的怀中，居然长出了无数的蘑菇。蘑菇层层叠叠的，状若元宝，堆砌在了财神爷的身上，让财神也笑美了。消息走漏后，简直轰动了城内外，一时间香火大炽，信徒稠密，连着换了好几根门槛。丁荣猫本不信佛，也不入庙观,但财神爷的面子大,明天的这一炷头香自然是势在必得。

候了半晌,一名执事拨开了香客们,从殿中出来了,冲着丁荣猫点了点头。

执事也不多言,在前头引路,穿过了昏黑的柱廊,一口气钻入了财神殿的后院。丁荣猫尾在后面,忽然轻快多了,脊背上也不再烧烫,知道那一双眼睛知难而退,灰败地走了。执事大多是俗家弟子,农忙时务田,冬闲后在寺庙中帮忙,因为勾连了寺内外的大小事务,所以两头见好,很是吃得开。走了不久,眼前蓦地黑透了,几个人陷在了一片阒寂中,听得见彼此的气息声。执事嘀咕说:连公子派人托付了,我本该去山门外迎接二位香客的,不巧的是住持忽然发了急症,我又要照顾城里城外的香客,真是抱歉呀。不必了,等就等了,多等一会儿,财神爷兴许也高兴,毕竟明天是个大日子,谁敢怨怪呀,汤世瓶答。执事也随意,裤裆里丢下来一个屁,又丢下来了一个屁,声音很寡瘦,好像他没来得及吃夜饭。又道:其实住持的病不打紧,可能是累着了,感冒发烧说胡话,世兴堂的沈先生一来,一服药下去,师父立马就稳定了,现在睡得像一只实心的木鱼,敲也敲不响。呃,沈先生来了,自然是手到病除,世兴堂的手艺当属一流,在关外三县也能坐头一把交椅呀,汤世瓶恭维说。执事回头,眸子一亮,意思似乎是你们也认识沈破奴呀,嘴上却道:连公子咋没来,这么热闹的,连公子就不眼馋么?这一刻,丁荣猫回说:连公子好事将近,一时脱不开身,我们就替他上香磕头吧。

到了禅房前,执事开了锁,点上灯。两名香客一进去,就被热炕内的火气包围了,浑身宽释了下来,各自落座。执事奉了茶,一直在搓手,终于忍不住说:今年头香的价格又涨了,本来就涨得离谱,不承想今日下半天时,来了几个岭南的买卖人,出了大价钱,将头香给抢走了,这些南方鬼居然求的是外地神,寺里也没办法。汤世瓶将食盒搁在了炕桌上,款笑道:不急,离子时还有好几个时辰哪,你抓紧吃饭吧,这是刚刚路过醉仙楼时订的,两菜一汤,快趁热吧。执事的确是饿坏了,依言上去,忙不迭地揭开了盒子,将三只盖碗端出来,放在了面前。揭开第一只盖碗后,执事一怔,见碗底里躺着一元钞票，第二碗有一盒洋火，最末一碗则是一只小皮囊，散发着火油的味道。执事并不畏惧，搓着手说：果然是醉仙楼的两菜一汤，我心领了，现在也饱了，二位就原提回去吧，恕不相送。汤世瓶道：你不过是个执事罢了，只见过香烟烛火，鲜花供果，那我实话告诉你吧，这两菜一汤并不是孝敬你的，而是给财神爷享用的。执事道：一块钱就想买头香，简直做梦去吧，有本事你们就把财神爷火化了，火烧财门开嘛。汤世瓶怒了：狗儿子，你这是不吃敬酒，偏要吃罚酒了？执事开开门，寒风倒灌了进来，慨然道：别说这两菜一汤，我昨日里还见过六菜一汤，八菜一汤，有本事，你们把老子裤裆里的肉咬下来，我便服属了你们。

丁荣猫冷笑，狐疑地说：也就怪了，这本来是一间禅房，按理说应该是青灯黄卷、素饭斋汤，但我咋就闻见了一股胭脂的味道呢？汤世瓶也嗅了几鼻子，跟说：莫非这间禅房挂羊头卖狗肉，明面上是念经打坐的所在，其实却干着诲淫诲盗的勾当，比街上的窑楼干净不了多少？执事冷峻着，并未翻脸，任由香客们一唱一和。丁荣猫道：倘若一个人要替住持经营大年初一的头香，一定要忙到后半夜，临走前，他一般会封了炕火，不至于这么热，好像炕里头填了一车煤似的。咦，莫非此前炕上有一个女人，听见有人来了，急忙钻进了炕柜，说不定这里也有另外的机关，可以藏污纳垢？说着话，汤世瓶开始叩墙，手像钉耙一般。执事迎着门外的罡风，一时间汗下如浆，慌了神。

嗯，你叫秦二观，是城外皋兰坊的人，你左右的邻居一个叫冯夸子，另一个叫海平。这些年来，你从寺里贪了不少的赃墨，所以管不住裆里的那三两糟肉了，居然勾搭上了自家后院里的那个妇人。你俩的奸情维持了一年零三个月，败露后，你将那一对可怜的夫妻，填在了一口枯井中，做得人鬼不知。要说这时候你收了手，也可以立地成佛，但你偏不。你摇身一变成了执事，混迹在寺院中，依旧淫性不改，勾引那些来烧香拜佛的女香客，屡屡得手。如果我没猜错的话，现在躲在夹墙中的这个妇人，应该是侯多磊家的吧？丁荣猫一口气讲完后，攥着那张一元的钞票，别在了执事的领口中。执事筛着糠，表情蜡白，这些暗无天日的履历，被对方通盘掌握了，显然是有备而来，绝了他个人的退路。丁荣猫微笑说：抱歉，我现在只出一块钱，要买大年初一的头香，只有你能帮我。执事笃定道：请二位慢慢用茶，子时之前，我一定会亲自来邀的，我这就去准备。言毕，执事簌簌而走，消失得比风还快。

悄寂了片刻，丁荣猫突然吼喊说：沈先生，进来烤火吧，别偷窥了。

一窗之隔，但分明听得见外面的罡风，带着一种金属呼啸的气息，切割着这个除夕之夜。门敞开着，但沈破奴并没有闻声入内，哑默了许久。丁荣猫说：沈先生病了这么久，我时常惦记着，要不是今天你来出诊，我来上香，也难见先生一面呀。对方的钳口，没有让丁荣猫不快，相反，在这么个荒凉等待的过程中，玩一趟猫捉耗子的把戏，或许更加刺激。呃，这真是一个天大的笑话，一位名冠敦煌的大夫，一辈子医好了数不清的病人，到头来，他却治不了个人的心病，我想请教一下沈先生，这算不算欺世盗名？丁荣猫挑衅道。汤世瓶拨亮了油灯，将灯盏挪移过来，用筷子吊着，插在了墙面上的一个窟窿眼里，附和说：也可能这个大夫故意不治，只想寻死呢？丁荣猫一怔：咦，这个我倒没想到，你的确比我聪明。

黢黑中，沈破奴肃立着，身上一阵阵发烫，思忖道：这是最后的机会，不可错失。

老话说，街市乱了，乱的是朝廷，寺庙乱了，乱的则是天下，丁掌柜不去侍弄谭家大院里的罂粟，月黑风高之夜却出现在了寺里，我相信敦煌将大乱一场。沈破奴带着晕眩，勉强提住了一口真气，攻讦道。丁荣猫喟叹说：快立春了，立春之后，这沙州城外、党河两岸，将要被我谭家大院里培植的花花子全部占领，所以我一点也不愁。我今晚夕来，只想抢一炷头香，图一个吉利，盼一个开门红。沈破奴抢白道：你我二人今天在这里见面，恐怕不仅仅是邂逅，你是来找我要将的，那我也给你一个结论吧。丁荣猫忽然大笑开来，笑得很坚硬，称誉说：沈先生果然是沈先生，关外三县无人可比，在下就是来催债的。

一连两月，世兴堂都是半天开门，半天歇业，挂出去的号很少。即便开了门，沈破奴也是躺在木榻上，一面把脉，一面口述方子，由伙计们抄录下来，再去抓药。对外，伙计们口径一致，声称掌柜的患上了眩晕症，实则都清楚内幕，这一场灾难是由性真带来的。那天，边家三姊妹撤离后，性真开始大闹世兴堂，从此永无宁日。在外受辱后，性真辞掉了陈家修书坊的那份工，大门不出，二门不迈，变成了一只惊掉的野兽，整天价摔碟子砸碗的，就差拿起镢头，刨了整个院子。说吧，我是不是沈家捡来的，我是不是你们生养的？性真堵住了父母，一遍遍地发问，恨不得吃了对方。任凭夫妇俩如何释解，如何宽慰，性真干脆不听，仿佛一个疑心很重的病人，怀疑别人打一个喷嚏，就会要了他自己的命。沈破奴终于躺倒了，惧怕应对。沈戴氏毕竟是母亲，一顿大包大揽，吃咒说：你就是我肚子里下下来的，我怀胎十月，倘若你是捡来的，那就让雷劈死我，马踩死我，水呛死我，这一世里再也没了我。性真执拗，从街上高价买了一块水银镜子回来，照完了沈破奴，照完了沈戴氏，又照了一遍姐姐性元。性真再次失控了，哭诉道：你们都是团脸，你们都是双眼皮，只有我的下巴是尖的，我是单眼皮，这难道不是证据么？我当初就是一只小狗，被沈家人从街上拾来的。

那一段，性元刚小产不久，身子虚弱得像一团撕裂的棉花。性元将弟弟哄进了屋子里，给钱，送吃喝，又做了一套漂亮的学生装，统统不管用。性元宽慰说：龙生九子，九子还各长着一张脸哪，总不会是一个模子里刻出来的吧？性真恼了，趁着姐姐不注意，忽地扑将上去，一口咬住了性元的胳膊，差一点撕下一坨子肉来。性元哭着走了，再也没露过一次面，恐怕心都伤烂了。可终究是放不下这一份牵扯，性元央求了梵义，让他以一个男将的身份，带弟弟去一趟祁连山，散散心，打打猎，或许能稀释一下性真的怨怼。岂料，梵义刚一开口，性真却冷笑道：快滚吧，你一个胡家坊的乡棒，少插手城里人的事，你别以为你睡了我姐，就觉得自己是世兴堂的半个儿子，这达没你说话的资格。

夜深了，一切都貌似消停了下来，沈破奴钻进了被窝，发现沈戴氏的眼泪淌了半炕，哭成了一摊软泥。沈破奴抱住女人，暗无天日地说：让性真闹吧，灯有枯尽的时候，狼也有疲沓的一刻，这不过是一个劫数，渡过去了，性真也就懂事了。

丁掌柜，沈某有一事不明，还望赐教！隔着门窗，沈破奴的声音拂了进来，半是质疑，半是祈求。这一刻，丁荣猫终于知道，这个已经踏上了末路的书呆子，可怜巴巴的，维持着身上那一点点卑微的尊严，不肯入内，也不愿与自己面对，似乎这样才充满了体面。丁荣猫早料到了，不仅事先准备了一肚子的说辞，还额外预备了一服猛药，静待这个时刻。沈先生，你我不必打开窗子，但话需要说亮堂，这样才能不辜负这一世的交情，你说吧，丁荣猫道。唉，我跟你没有交情，我只是被你裹挟了进来，一步错，步步错，如今身陷于泥淖之中，洗也洗不脱自己。沈破奴断然否认了，又沉声道：丁掌柜，这些年你在沈家旧院里试种罂粟花，你逼迫我相助，我作了孽，竟然跟你联手合作在了一起，现在每念及此事，我都五雷轰顶，知道这一辈子再难翻身了。但是事与愿违，一定是天老爷发现了，一定是天意公正，那些魔鬼释放出来的花草并没有成了气候，而是长成了一把把稗草，喂给牲口，牲口也懒得吃。窗外飘起了一阵阵笑声，开怀极了。丁荣猫的身上，立时燎起了一场火灾，但目下的丁荣猫，已是今非昔比，知道愤怒不过是一颗投湖的石子，无济于事。丁荣猫愧疚道：的确，先生让我浪费了十多年，原先我还是黑头发，现在好像也花了，我只想问一声，先生使了什么诈，用了何种手段，让那些罂粟花蔫头耷脑的，只开花，不挂果，几乎赔光了我？这么着，门外的沈破奴似乎移步上前，嘴巴搭在了窗缝上，悄语说：实话告诉你吧，我并不曾做手脚，只因为沈家旧院中的那一块田里，以前填埋过废弃的药渣和边角料，别忘了我是开世兴堂的，生意还不算冷清。哦，丁荣猫恍然道：原来那一块地已经被药材烧坏了，我真是错怪了你，对不住先生了。沈破奴笃定地说：在这一点上，至少我不是罪人，天老爷也不许罂粟花蔓延开来，让敦煌中毒，让整个关外三县从此万劫不复。

我另有一个难题，还望先生不吝赐教？丁荣猫蹒跚上去，站在了窗前，隔着一层薄薄的麻纸，仿佛能嗅见对方的鼻息，又探问说。当初先生答应与我合作，可你一向是正人君子，干么非要跟我这种毫无瓜葛的人勾结在一起呢？嫉妒，嫉妒和不平，让我跟你签订了城下之盟，一步一步地，我栽进了你挖好的陷阱中，窗外道。丁荣猫一时咧笑，因为就在此刻，另一个坑正在慢慢挖掘，掘到了沈破奴的脚下，而对方依旧浑然不知，只顾着逗口舌之能。丁荣猫于是道：嫉妒的确是个借口，我见过嫉妒钱财、嫉妒学问、嫉妒权力的，但我不相信一个人能嫉妒自己的女婿，倘若那样的话，当初干么要答应那一桩儿女姻缘，害了女儿呢？胡说！丁掌柜，你再胡说一句的话，那我就走了，我没必要跟你啰唆下去，沈破奴罕见地激动开来，威胁道。丁荣猫需要这个效果，对方脚下的土已经松了：先生，依我猜，性元下嫁给了胡梵义，沈家被迫迁移到了胡家坊，这一切并非你所愿，而是有一种难以启齿的缘故。哦，我是一个外人，我不便打听你们的家事，但我始终不解的是，我央求了你整整一年，让你去说服梵义和急递铺，跟我一趟子联手，与我合作，你是一个最好的保人，沙州城以及关外三县没有人比你更适合这个身份，可你偏偏枉费了我的一腔好意。沈破奴沉声道：丁掌柜，你休想吧，梵义纵然有千般不是，万般疏漏，但我的这个女婿至少行得正，走得端，堪称是他这一辈人里最优良的青年，我不想让梵义成为第二个沈破奴。

"如果我要让梵义去死，性元在大年初一当了寡妇，先生意下如何？"

沈破奴慌了，捶打着窗框。

"不错，杀了梵义之后，急递铺和那一票飞行游击，将由性元全盘接管在手，而性元又是一个孝顺的闺女，沈先生说东，性元自然不会往西。"丁荣猫终于摊开了底牌，心里头一下子释然了，接续道，"杀梵义的不会是旁人，只有世兴堂的大掌柜，梵义自己的外父。"

呵呵呵，窗外的笑声比哭丧还难听："狗儿子，我干么要杀梵义，害了我的女儿？"

"因为你不得不杀，你没有退路。"

"狗儿子，千万别打梵义的算盘，我奉劝你一句。梵义不但是一个优良的青年，他还是一个马蜂窝，谁敢动他一指头，我保证这个人将死无葬身之地。"临走前，沈破奴伸出指头一捅，窗户纸噗的一声，戳开了一个窟窿，"这是我替你开的方子，你最好记住了。"

"先生，最近令郎性真还乖吧？"

一种铁一般的死寂，笼盖在窗外，仿佛夜空泌下来的一幕幕酸辛，漫漶在了敦煌的头顶。

"对不住了，先生。因为你失约在前，我也不得不小人在后。我去了一趟陈家修书坊，点了一把火，买通了几个伙计，害得性真突然得了失心疯，如今将世兴堂闹得鸡犬不宁。"丁荣猫揉开了汤世瓶，将墙上的油灯拨亮了一截，瞭见一根油烟摇曳着，被那个窟窿眼悉数吞了进去，眼前的禅房内一点也不呛人。丁荣猫又道："令郎应该叫丁性真，而不是姓沈。"

窗外的人终于崩溃了，哀告说："求你了，在敦煌，性真姓沈，世兴堂也姓沈。"

"不，令郎叫丁性真。"

这么着，在昏黄的灯光下，丁荣猫踱到了窗边，瞭见自己的影子站在了墙上，好像另外一个人陷入了漆黑的过去，不可自拔似的。丁荣猫唏嘘一番，讲了如下的故事：

光绪年间，河南、陕西一带饿莩遍地，流民充塞于途，四散逃荒。这样的年景并不是因为天灾，而是兵乱频发，杀人无算，一拨子强人被剿杀了，另一拨子强人又竖起了反旗，占山为王。这名少年是关中人氏，父母遇害后，跟着一伙子乡党一路逃命，流落到了长武县境内，过了半年多的安生日子。那年秋上，少年和伴当们在山上挖野菜，夜黑后，就躲在了一座窑洞中睡觉。半夜时，人马喧腾，火炬围堵在了窑洞门前，一干人全部被抓了娃娃兵，像被一道洪水裹挟着跑了。少年不知道这是些什么人，身上穿的是什么衣裳，手里提的是什么矛子枪，可总算混饱了肚子，便也跟着喊杀了起来，慢慢地见惯了箭矢与刀枪，也见惯了尸体和血，哪怕枕着一颗龇牙咧嘴的人头，他也能打着呼噜入睡，毫不惧怕。这支队伍忽东忽西，上蹿下跳，吃的败仗多，打的胜仗少，最后只剩下了百十号男将，躲在了甘肃平凉的一座山坳中，开始躲避官军，伺机反扑。少年吃惊地发现，自己的伴当们死得一个不剩了,下一个恐怕就会轮到他,不由得慌了。恰巧,山里头长了一种野蒜,少年将蒜汁挤出来,抹在了眼睛上,眼睛一下子溃烂了,好像得上了一种恶疮。烂眼睛,队伍中的人这么喊他,又生恐恶疮会传染,三拳两脚的,便将少年驱逐出了山坳,自生自灭去了。或许是命不该绝,少年被一帮口音相似的麦客子搭救,收留了下来,从此拿起了镰刀,开始了后来的生涯。

陇右一带战火犹在,难以活命,麦客子们只好西渡黄河,翻过了乌鞘岭和古浪峡,进入了河西走廊。河西境内分布着四郡两关,绿洲蝉联,物产丰厚,由于仰赖了祁连山上的冰川雪水,小麦成了这里最主要的作物。加之河西一线特殊的地理,先是熟了武威,熟了张掖,而后酒泉和敦煌的麦子也就跟着熟透了。每一年,麦客子们像一群候鸟似的,从东边开始割起,到了七月末,才在敦煌一带停镰,大家慢慢地直起了腰身,开始歇缓。虽然一个个黑了,也瘦了,但毕竟腰里有了铜,谁也不会去冒怪声。天凉后,麦客子们大多驻留在敦煌,发现这里乃是东西要津,生意火热,仿佛地上扔满了大把大把的钱,单等着人们去捡。大宗贸易自然是染指不上,麦客子们只有凭着体力,挣一些零碎钱。这名从陕西来的少年心思活泛,渐渐地悟出了一个道理,靠脑筋挣钱,强似去当牛做马。数年过去了,这个少年长大了,也长高了,干脆脱离了乡党们的那一种苦难营生。因为一个天赐的机缘,少年投在了敦煌义庄的门下,幸运地做了一名管家。

不错,这个曾经的少年正是鄙人。丁荣猫喟叹一声,又自承道:我从不提起这一折子,因为一说就落泪,那些挨过的打、受过的饿、忍过的唾沫和白眼,才让我有了今天。我没有恩人,我的恩人是仇恨,是心中的疙瘩,它们像一块块磨盘似的,天天让我心碎。视野中,丁荣猫瞭见另一个自己贴在了墙上,瑟瑟发抖,好像这一面墙壁在晃动,在被一阵阵地叩响。末了,丁荣猫又接续说:

在义庄,这个管家夹起尾巴做人,凭着一身的聪明劲,很快就获得了老东家的信任和好感,放开了手脚,将所有的生意打理得一马平川,有板有眼。转过年,到了谈婚论嫁的年龄后,老东家也是心热,托了沙州城里的各路媒婆子,见天领来几个,连门槛都快踏破了,仍旧不见消停。但是，东家有东家的主张，下人有下人的盘算。管家最清楚不过，那些来相亲的人家，看好的并不是管家本人，而是盯住了义庄大门上的那一块金字牌匾，不过是想在大树底下好乘凉罢了。这么着，管家再三推脱，老东家也就将这件事不挂在嘴上了，双方相安无事，各谋其职。此后义庄和索门发生的事情，关外三县人人皆知，我现在也懒得费唾沫。

这一刻，挂着油灯的那一面泥墙，激烈地晃动开来，好像有一窝老鼠在里头啮咬，牙齿很硬的样子。油灯也跟着晃了，这让丁荣猫的影子支离了起来，仿佛敦煌六合班中的一名丑角，正在大出洋相。蓦地，丁荣猫伤感下了，哽咽道：

其实，那些年里，管家不是不找，也不是不想成家，而是管家已经有了一个妇人，一个下贱的女人。这个女人身世恓惶，命也太硬，天老爷可能看不上，她就好像一只失家的母狗那样，满地找食，遭尽了人世上的欺辱，对她来讲，活着只是一场虚妄和无奈。不过，这些都是后话，世上最轻巧的事情就是说后话，不提也罢。有一年，管家刚结算完了一笔买卖，路过沙州城的一条僻巷时，突然发现一个女人站在树下，头伸进了绳套中，踢翻了脚下的凳子，打算上吊。管家慌了，赶紧抱住了女人，将她款款解了下来，搭救了一命。再一瞧，原来两个人早就相识，口音也大概一致，曾经在同一个麦客子的小组里干过活，男将割麦，女人在灶房里做饭。这女人见了管家，像见到了亲人似的，哇的一下哭了出来，说自己刚刚被卖进了旁边的窑楼，老鸨让她去澡堂子里沐浴干净，晚上要破身，要接客。那个时辰上，澡堂子门前站着窑楼的几名打手，趁着换衣裳的空隙，女人从窗户里逃了出来，突然有了死的心。听罢了这些话，管家义薄云天，当即就带上女人跑出了街巷，雇了一辆车轿，驶出了沙州城，将她安置在了一个秘密的地点。

果然，那些天，沙州城内鸡飞狗跳，窑楼的打手们四处搜捕，一连误伤了好几个人。管家杂事缠身，忙得连个放屁的工夫也没有，只能隔三岔五地回去一趟，一方面送些吃食，另一方面安慰安慰女人。一天晚夕，管家从南湖回来，心血来潮地去看女人，事先也没打招呼。听见门响，女人以为是来抓自己的打手们，二话不讲，披头散发地投了井。管家也拽着绳子跳了下去，将女人捞了上来，掐住人中，好歹掐醒了，又救了她一命。管家知道，即便是天老爷，也拦不住一个故意寻死的人，除非让这个人吃上一颗定心丸，才能继续活在这一幕光阴中。这么着，管家生出了慈悲心，决定施舍了自己，给这个女人一门今世的姻缘。当日夜里，管家供了佛像，献上了香烟烛火，又率着女人一拜天地，二拜爹娘老子的在天之灵，夫妻对拜，终于结成了连理。新婚不久，这个女人果然变了样子，体贴，心细，大方，做得了一手好茶饭，对丈夫也言听计从，彼此十分和睦。真的，如今回想起来，那一段日子就像喝了一大碗蜂蜜水，嘴是甜的，心也是甜的，一切都过瘾极了。可是，世上的好日子大多是哄骗人的，因为归根结底，人的命是苦的，心也不得不苦。

灯花蓦地炸裂了，突然一亮，又慢慢恢复了安静。

炸开的那一霎，丁荣猫发现自己的影子，差一点就从墙面上滑脱下来。幸亏机灵，影子攀住了一道裂缝，挂在了上面，简直虚惊一场。裂缝张着嘴，吞噬着那一根摇曳的油烟，吃不够，也吃不饱似的。丁荣猫顿了顿，开腔道：

半年后，女人终于怀上了，夫妻俩还没来得及高兴，结果流产了，原来是葡萄胎。又怀了一次，还是葡萄胎。女人休养了整整一年，吃下去的药比饭多，整个身子骨都糠了。管家偷偷去拜送子观音，菩萨开了眼，这一次让女人挂了果，前后怀了十个月，安全地下下来了一个儿子娃娃。不孝有三，无后为大，管家听见月娃子的第一声哭喊时，心都快醉了，趴在窗户上哭了半天，眼泪能填满三大缸。不承想，天老爷作了孽，惩罚跟着就来了。管家还没有高兴上几声，就被产婆子喊了进去，将月娃子一把塞在了他的手上。管家一瞧，当时就吓傻了，手里的月娃子简直不像个人，顶多就是一块肉，虽说也有鼻子有眼，可连皮带肉的全都黄透了，就像一张熟坏了的牛皮，一文不值。按着产婆子的意思，这个月娃子患上了黄疸病，骨头也是脆的，一碰就碎，就算养活下来的话，也活不过三四岁，倘若到了那个时候再看着他死掉，才是真正的造孽。管家没经验，毕竟是自己身上掉下来的一坨肉，无论如何也割舍不掉。那一时，产婆子掐住了月娃子，不管怎么掐，那块肉始终都像是死的，再也没有了哭喊。产婆子催促说：留下也是晦气，赶紧趁着女人没醒来，要么填埋在戈壁大滩里，要么扔在粪坑中沤肥，万一让女人看上一眼的话，那这辈子就再也拔不出来了。

那天晚夕，管家抱着头生子，抱着那一块肉，没去戈壁大滩，而是进了城，在沙州城里转磨一般，连转了三趟，眼泪也淌干了。天不绝人，管家后来路过一家中医堂时，看见门窗里漏出了灯光，好像开开了一条生路。管家盘磨再三，觉得将月娃子托付给中医堂，或许是一个办法，或许有救。这么着，管家将娃娃搁在了门槛上，敲了三下门，又敲了两下，转身就跑掉了。管家藏在街角上，瞭见中医堂的门开了，掌柜的出来，拾起了娃娃，惜疼地抱在了怀里。呃，那是旧历九月十三，天麻麻亮了，天亮时还下过一阵雨，响过几声干雷。

城门打开后，管家是红着眼睛回去的，那时候女人已经醒来了，一点也没哭。产婆子有手段，产婆子还给女人讲了迷信，吓唬住了她。不过，这一切都像是一场虚火，貌似灭了，但只要有一口气吹过去，火还会烧起来，还要吃人。几年后，女人再次怀上了，可下下的仍是一个死胎，埋在了葵花地里，从此她便断了念想，不敢去奢求了。阳世是假的，人也是假的，这个世上的光阴是经不住过的。就在今年，大概在六七月间，女人进了一趟城，路过陈家修书坊时，忽然看见了一个后生，当即断定对方就是自己丢失了的儿子。那个后生单眼皮，尖下巴，简直跟她的丈夫就像一个模子里刻出来的。女人又问了这个后生的属相与八字，问了他的官名和家里的情况，还盯梢到了那一座中医堂，摸清了一切。面对女人的哭闹和撒疯，管家实在无奈，于是将当年的情形悉数招供了，一点也不曾隐瞒。

哎哟，风水轮转，世道弄人。今晚夕是除夕夜，天亮之后便是大年初一，敦煌就开始过年了，家家团聚，户户和美，只可怜我那个女人。我前头说过了，这个女人一根筋，始终有一个寻死的毛病，稍不如意的话，病就犯了。这不，今天下半天时，我见她准备了一截绳子，一把菜刀，打算明天去中医堂里领人。我估计，假如她不能当面滴血认亲,我就得去一趟寿材店,提前预订上一口棺木,等着收尸吧。"

言毕,丁荣猫不再吱声,捧起茶,吹了吹浮沫,饮下了一口。茶是凉的,在这个冷寂的天气中,茶当然是凉的。汤世瓶打算续开水,却被丁荣猫一把拦住了,遂恭顺地立在了旁侧。这一刻,丁荣猫投在墙上的影子稳静无比,好像这家伙掏出了肺腑之后,内里也波澜不惊了。

"先生,令郎应该叫丁性真。"

"不错,犬子本就姓丁,丁家的后人,自然姓丁了。"窗外,沈破奴枯萎的语气中,尚带着一份欣快,一种宿命的满足。半晌后,又探问说:"丁掌柜,你处心积虑地做了这些龌龊事,那我如何才能封住你的嘴,让性真有一个干净的将来,心里落不下阴影?"

"是这,按着敦煌的习俗,初二那天,性元一家要回娘家,梵义也将去探望外父外母。"丁荣猫早就揣着一卷腹稿,决绝地说,"我需要梵义死,由性元全盘接管急递铺,辖制了所有的游击,与我联手合作。"

"唉,我什么也赶不上,如今喊天天不应,叫地地不灵。"沈破奴绝望至极,哀告说,"我曾经冒昧地给国民革命军驻甘总指挥、代理甘肃督办刘郁芬阁下写过一封信,我还送了他一件莫高窟藏经洞里发现的卷轴,王圆箓道长当初赠予我的。我乞求刘郁芬阁下金口一开,招录了我,让我去做一名随军大夫,哪怕战死在沙场,也能落下一个优良的名声,总比在沙州城里受辱的好。只可惜,我太一厢情愿了,我一直未曾收到他的片言寸纸。"

"先生,你相信一名军阀,倒不如去党河里洗白一块煤。"讥讽道。

沈破奴问:"你想让梵义如何死?"

"抱歉了,这简直是孔门面前念经,鲁班眼前弄斧,我竟然斗胆给世兴堂的当家人准备了一服药,这真让我脸红。"丁荣猫从兜里摸出来一只药囊,拳头捣破了窗户纸上的那个窟窿眼,递给了外面的人,"有劳先生,这不必我教你了,你是用药的高手嘛。"

"马钱子?"沈破奴惊愕道。

"不送。"

这回的茶是烫的，丁荣猫喝到了第三水时，执事从门外头热气腾腾地跑将进来，哈下腰说：快子时了，头香已经准备妥了，请二位整理衣冠，前去执礼进香吧。丁荣猫立起身，掸了掸袖子上的灰，忽然摸出来一沓子钱，塞在了执事的手上。丁荣猫道：头香就免了吧，我从前不信，其实现在也不信。执事翻了一阵子白眼，不明就里。

临出门前，丁荣猫从墙上取下那一盏油灯，拔出筷子，撬开了那一条裂缝。轰的一声，泥质的墙皮整体塌陷下来，一扇门开了，原来这是一堵夹墙。夹墙内滚落出了一个赤条条的女子，下身白雪雪的，上半身却像从张芝墨池里捞出来的样子，已经死了，硬了。丁荣猫跨出了门，又回头叮嘱道：善哉，八成是让油灯给熏死的，你快去买一口棺木，趁黑抬埋掉吧。否则，你这个年肯定过不好。

关外名医沈破奴，殁于丁卯年，旧历大年初二。

一大早，沈戴氏的眼皮子在跳，预感不好，便推辞掉了伙计们的好意，搭上一辆临时雇来的骡马车轿，亲自进了城，打算喊沈破奴回胡家坊一趟，跟女儿女婿和外孙们吃个团圆饭。跫进了世兴堂，打开书房后，沈戴氏却发现丈夫仰躺在床榻上，早已遍体冰凉，脉息全无。沈破奴知道自己该怎么走，所以须发洁净，仪容端正，身穿一套春节前刚刚做下的新衣新裤。在榻旁的一张几案上，沈破奴留下了一页纸，上书一行凌乱的墨字：心绞痛，切勿举丧，从速简葬。

隔日，沈破奴的遗骸在北门外的化人场，炼成了一坛子骨灰。其中一半埋在了敦煌，另一半由性元和梵义护送，长驱南下，撒在了湖北黄州十万大山深处的丁村。梵义和性元是清明节之前动的身，待返回沙州城后，已是当年的深秋之际，敦煌的天彻底变了，人心也碎了，一切都将是覆水难收。

需要补记的是，在沙州城正月十五的庙会上，沈性真跟着一支从河西走廊过来的社火队，从此消失了，再也没有了下落。解放后，新政权在重新核对身份、登记户口时，一封寄自兰州市七里河区红旗完全小学的询问公函，抵达了中共敦煌县委。时任县委副书记的叶惟元同志，依稀忆起了世兴堂，想起了沈性真这个名字，遂捉住了墨水笔，在阶级成分一栏中，认真地填写下了三颗字：小商人。又款款地盖上了一枚鲜红的公章。

连公子双喜临门，这在整个敦煌，引起了极大的轰动。

浪荡了半生，不惑之年后，连公子一朝梦醒，幡然醒悟，像换了一个人似的，开始频频发力，洗白自己。谷雨前后，抢在大小田地开播之际，连公子要成婚了。成婚并不稀罕，令人诧异的是连公子的新娘，竟然是他自己从张掖领回来的一介寡妇，寡妇的尻子后面还拖着一个油瓶。那个没爹的瓜儿子出生时，被产婆子捏扁了头颅，天生就傻，大概有七八岁，天天吞吃嘴上的鼻涕，好像他的鼻涕是热酥油。敦煌人在惋惜之余，不得不对连公子心生敬意，大呼善人。因为据连公子称，他碰见这一对母子时，一大一小正打算跳河寻死，娃娃回头喊了他一声叔，连公子便将他们搭救下来了。喏，缘分来了，人不得不认命，我被这个女人收了，我甘心。在讲完这句话后，连公子往往还补充道：瞧瞧，我在这个女人的肚皮上没使过劲，就得了这么大的一个儿子娃娃，这跟拾了钱一样嘛。在整个婚宴过程中，再醮的寡妇始终没露过面，一直安坐在睡房内，顶着一块红盖头，呸呸呸地偷嗑着麻子，听说嗑掉了满满一脸盆。倒是那个瓜儿子兴奋异常，穿着一件开裆裤，穿梭在喜客们当中，好像一只吃醉了酒的小老鼠，时不时地掀起一些高潮。此为一喜。

实际上，第二喜才是今日的真正主题。

头一场霜下在了敦煌后，城外的二十三坊便进入了冬闲阶段。来自陇西坊的李天雷率先提议，欲重组文和事老协会，并提前串联了另外各个坊，公推了一些人选，形成了一个议事班子。议事班子总计有七名乡贤和耆老，均为大坊的地主或族长，平均岁数七十有三，一个个吭吭哈哈的，好像嗓眼中塞满了浓痰，舍不得吐出来似的。经过几番研磨，几场推敲，文和事老协会的会长一职，出现了两名竞争者，一个是李天雷，另一个则是连公子。李天雷，乃故会长李豆灯大人的五公子，李七斤最小的弟弟。

开票当日，议事班子的七名成员去了土地庙，执了礼，献了供，上了香，而后在众目睽睽之下公开遴选会长。李天雷的票是豌豆，连公子的则是黄豆。投票结束后，香案上的那一只青花碗里，只有齐刷刷的七颗黄豆，连一颗豌豆也不见。李天雷派出了一名信使，快马入城，第一时间通报给了连公子，并以他个人的名义，馈赠了整整三坛子野蜂蜜，沙枣花香型的，向这个勇敢而令人钦佩的对手表示了祝贺。连公子果然是一位谦逊涵养之人，闻听之后，一连给议事班子修书三趟，坚辞不就。连公子辩称，他自己身无所长，平时就靠着卖嘴混日子，除了口才不错外，的确难堪大任，祈望二十三坊的父老百姓多多宽谅，另择贤才吧。不过，连公子又补缀道，他自己饮的是党河水，吃的是敦煌饭，一直以来怀揣着报效之心，倘若能出任敦煌县初级中学的校董一职，必当全力以赴，极尽犬马之劳。议事班子的七名成员心明眼亮，听出了话外之音，于是就坡下驴，买一送一，不仅将文和事老协会的会长冠冕戴在了连公子的头上，还另外送达了一纸聘书，邀其出任第一校董。

连公子煞是痛快，上任伊始，便召集了各门课业的先生们，一边烤火，一边发表了就职演讲，声称他自己好歹也算一个文化人，圣人门下，倾心学问，祈盼各位同行勠力同心，培育英才，共襄敦煌教育之盛举。会毕，连公子发现自己的裤腿和鞋面上，落满了浓痰，但出于公心，他并没有追查下去。连公子还让人摘下了校门口的旧匾，他亲自捉起了墨笔，题写了一行校名，刻制在一块枣木板上，半夜里偷偷地张挂了上去。翌日，上课之前，学生们围挤在了牌匾下，开始逐一辨识，有的说像行书，有的说是隶书，最后不一而终，笼而统之地归纳在了所谓的敦煌书派中。

然而，这些都是预演，连公子知道，大日子快来了。

连公子风流浪荡，常年晃悠在沙州城内，一直居无定所。议事班子经过一番商议，决定动用公币，替连公子赁一座上好的宅院，安顿下来，以期不辱没本协会的威仪。在李豆灯时代，二十三坊每年都要向协会缴纳年金，李豆灯生性吝啬，甚少花销，这一笔钱便越滚越大，现在该到了放血的时候了。连公子的府邸位于沙州城的东南角，毗邻原先的草场。这一带是大户人家的地盘，闹中取静，风水上佳。入住的第一夜，瞭看着眼前偌大的庭院，连公子倍感凄凉，觉得尻子下面的热炕都是冰的。这么着，连公子急需要塑造出一个成熟而稳重的形象，遂领来了两个人，一个寡妇、一个瓜儿子，声称要一锅烩，两件事一块办。议事班子被挟持了，不得不让步，又拨出了一笔现款，首先举办连公子的就任典礼，而后迎请新娘子的八抬大轿入门。李天雷证婚完毕，席开三十六桌，大宴各个坊上的头面人物和社会贤达。盛况空前，一时无两，仅仅是弦乐吹手这一项，就请了三大班。敦煌六合班的戏子们也在抓紧涂脂抹粉，等着夜黑了开唱。碎红铺满了整个院子，几乎快淹没了每个人的脚脖子。

下半天开始时，筵席接近了尾声，连公子邀请主桌上的宾客们，前往正厅里茶叙。

主桌上的人皆是乡望素孚者，除了议事班子的成员外，另有城内的几位族长和大财东，丁荣猫、汤世瓶和瓦姑娘也夹杂其中。此前，有几个眼尖的，觉得丁荣猫似曾相识，拐弯抹角地探问过去时，后者一味地伴笑，偏不作答。连公子在前头引路，瞭见瓦姑娘一身新衣裳，胸前累累，臀部就像一只吹足了气体的皮囊，棱角分明，又飘过来些许香水的味道，简直令人陶醉。到了正厅，下人们撩起了花布帘子，宾客们相拥入内，纷纷落座，陆续捧起了茶碗，吸溜吸溜地啜饮开来，一方面解渴，另一方面洗刷着肠子里的油腻。丁荣猫是最后一个进入的。他突然拨开了丫鬟和伙计，闯上前去，惊喊一声，扑腾跪在了厅堂上：

"老东主，你老人家终于出世了！"

众人瞭看过去，但见靠窗的墙角下，坐着三个乞丐状的家伙。当中的一位鹤发鸠面，表情痉挛着，目光呆滞。左侧是一个包着头巾的妇人，神色哀戚，正拿着手巾，擦拭老者嘴角上的口水。右边的这个贼，分明就是败家子索朗，正将花卷掰碎了，泡在一碗头肴中，连汤带水的，吃得煞是过瘾，对周围的喧哗声一概不理。丁荣猫膝行几步，跪在了那一张方桌前，结结实实地磕了三个头，哀告说：

"义庄命不该绝，索门终于有救了。老东主，你老人家肯出世，猫子我也就有了靠山，我继续服属你，我伺候你吧。"丁荣猫当即哭下了，哭得揪心扯肺，眼睛里能淌出血水来。又哀恳道："老东主，这些年你受苦了，你遭罪了，人世上的全部心酸和苦辣几乎都被你吃了个遍。我猫子只是一个寒碜的下人，我看在眼里，记在心中，却又帮不上你一把。今个天你老人家终于出世了，我的腰杆子也直了，我再也不怕了。"

"的确，索敞大人健在，活着出世了，这是天大的喜事。今天也不知咋了，天老爷开眼，喜事频发，在这么个日子里，谁也不准哭，哪个也不许走，诸位务必要陪着义庄的当家人，一起欢乐欢乐。"连公子已然履新，谈吐不凡，身上俨然有了一种权威的架子，"等一下，由敦煌文和事老协会出面，给索敞大人挂红，恭祝他老人家福寿安康，重新出山。"

"不，在挂红之前，必然要还索敞大人这一世的清白，也要给义庄一个圆满的交代，否则……"丁荣猫抢先一步宣示，定下了调子。连公子即刻会意，击了击掌，迅速唤来了一帮子手下，断喝道："快去，快把索朗这个逆子绑了，将占耳那个狗日的给我捆进来。谁敢抗拒，你们就挑断他的脚筋，剁了他的爪子，总之要跪在索敞大人的跟前，一个个地谢罪。"

眨眼的工夫，索朗和占耳二人被五花大绑，扔在了厅堂中。

占耳被拖进来时，浑身是血，颊脸上布满了暴力的痕迹，一个胳膊早被打断了，像一根树枝似的，吊在肩膀上，甩来甩去。此刻，占耳趴在了地上，奄奄一息，这个人世上的种种看法和声音，开始与他渐渐地划清了界限，失去了瓜葛。旁边的索朗却不这样，一面吼喊着，一面张开了牙齿，见人就咬。显然，索朗的挣扎和谩骂，破坏了这一天的喜气与祥瑞，引发了众人的不快。蓦然间，几名喽啰扑将上去，叉住了索朗，另一个人举起尖头铁锤，朝着索朗的左右膝盖骨，各敲了几下。索朗立刻瘫软了，颓坐在地上，好像嗓子里没了油，想喊也喊不出来。在一阵阵乌烟瘴气的混乱中，重新现世的义庄当家人却睁开了眸子，盯看了一圈，忽然偎在了女人的身上，央告说：娥娘，饿，肚子饿，快去烧饭。宫法麦拿起筷子，将头肴里的豆腐和面筋揪了出来，慢慢地喂在了索敞的舌头上，害怕他呛着。索敞吧嗒着嘴，仿佛疲倦至极，吃上几口，打一下盹，又张开了眸子，嚷喊着肚子饿。地上的索朗挨过了第一阵疼痛，每一个汗毛孔里都渗出了深刻的恐惧，狗一般地爬将过去，抱住了连公子的腿。连公子打开扇子，兀自摇晃着，对索朗的央告充耳不闻。

"公子，原先说好的戏不是这么唱的。我带我爸来，应该是吃席的呀？"

连公子答复说："不错，你吃的是专席，刚才的那一碗头肴，只是开开胃罢了。"

"猫哥，你我结拜一场，至少还算是阳世上的弟兄，你替我说说话，饶过我吧？"索朗拖着面条状的两腿，一寸一寸地爬过去，复又抱住了丁荣猫，泣下如雨，"这一切并不是我故意的，我被蒙骗了，我让人薅光了身上的羊毛，猫哥你最清楚不过的。"

"事到如今，大少爷你就认命吧。"丁荣猫冷寂道。

"我犯了杀头的罪么？我今天要死么？"

"还有活剐了你的罪。"

闻听此话，索朗一下子僵住了，抬望着角落里的那一张方桌，瞭看了几眼爹老子和宫法麦。此刻，在这一座簇新而热闹的厅堂内，在一群鲜衣华服的宾客当中，唯有义庄的爷父俩丢人现眼，显得失败透顶，一文不名，仿佛一桌精美的筵席上，端来了一泡热狗屎，令人呕吐。剐罪，索朗懂得这个词，这个词寒光凛冽，让他一时间心荆肉棘，只要叨念上一遍，便会晕厥过去的。在清朝，剐罪就是凌迟处死，用一把锋利的小刀子，将囚犯割上三千多刀，片成一堆白花花的肉泥，趁着新鲜，抛撒在戈壁大滩上，喂了老鹰，喂了狐狼。索朗另外知道，在沙州城以及关外三县，剐罪另有一层含义，涉及奸淫和不伦，但索朗怔怔着，根本来不及细想。目光尽头，那个戴着头巾的女人叫宫法麦，或者叫娥娘，这么多年过去了，她仍旧像一只静谧的瓷器，敛目沉心，逆来顺受，其实内里当中早已布满了裂痕、泪水和心酸。眼下，连公子和丁荣猫更换了一套陌生的唱本，其中的起承转合，包括朝霞暮云、寒潭鹤影，也唯有他们二人谙熟，索朗被彻底地排除在外了。念想至此，索朗忽然苦楚了一番，咧笑道：

"我弟弟就要回来了，索乘如今是县政府的书记长，实话告诉你们吧。"

"没错，索乘书记长在来敦煌的路上，今天正陪着新任县长李肖鹏在酒泉考察，估计还得一半个月。"连公子合上了扇子，款然道，"鄙人计划出资，雇一支施工队，即将重新修缮义庄。书记长荣归故里，总不能连个家也没有吧？不过，在书记长莅临敦煌之前，义庄的一些陈年旧账也该核算清楚了，绝对不能劳烦了公家人，让索乘书记长分心呀。"

丁荣猫附和道："诸位，义庄东山再起之前，必须先清理门户，攘除败类。"

"猫哥。"索朗哀求。

自始至终，一种巨大的震惊与后怕，笼盖在了议事班子和所有宾客的身上，好像每个人的嗓眼中卡了一枚蒺藜，听不见自己的心跳了。天哪，真是活见了鬼，即便活见了鬼，也绝对抵不过眼前的这一幕。义庄的老掌柜，索门的当家人，曾经煊赫一时、名动关外的索敞，竟然死地生还，带着一具热身子回来了，堂皇地坐在那达，一声不吭。老了，头发白透了，傻了，衔不住口水了。人们拔长了脖颈子，瞭看着那一个佝偻的身影，一时间眼角湿下了，手脚战栗了，脑子里奔跑着一只只破牛皮鼓，嗡嗡营营的，难以自持。这是个虚妄的时刻，人世上的前一幕光阴过去了那么久，索敞居然掉头，硬生生地挤了回来，幽灵似的，复现在了这一辈人的面前，简直骇人一跳。死是一辆快散了架的马车么，丢三落四的，竟让索敞掉了下来？死难道是一只漏风的麻袋么，让索敞一道烟地泄了出来，乖顺地坐在同一个屋檐下，好像他从来不曾飘失过？事实上，人们在盯视着墙角下的索敞时，忽然生出了一种铁石般的窒息感，似乎马上就要轮到了他自己，不久也将尾随着索敞的那一双脚，踏上同一条路，而后一脚踩空，跌入漆黑的深渊中去。这些七老八十的宾客，舌头冰凉，腿脚发抖，仿佛已经尝到了一种叫命运的东西所散发出来的特殊味道。人们深信，噩运并不曾离开，噩运就在房前屋后，就在上面的大梁和檩条上伺伏着，头上长角，口中喷火，随时会扑将下来，将一切都碾成齑粉。

与此同时，人们莫名地想到了前任的李豆灯。正是这个老贼，一眼洞穿了人世上的机密，以及义庄的天命、索门的不堪，所以他在生前独执一念，至死也不准更换索门的当家人，似乎料定了索敌还在，还在这一幕荒凉的光阴中苟活，迟早会回来。但是，这个老匹夫撒手走了，将敦煌最麻缠的一件事抛给了在座的众人，让大家去判别，去论理，去主持公道。哦，死多好呀！死就是无事一身轻，死就是解脱，一了百了，从此袖手旁观，不问世事。这么着，人们暗自钦佩着李豆灯的精明与老练，又一个个钳口禁声，决定将这一场戏继续看下去，好给自己昏聩的暮年，增加一点点意外之喜。这个关节上，一个叫汤世瓶的家伙跳将出来，自报家门，忽然间泪雨滂沱，冲着索敌躬身一揖：

"老东主，你老人家遭罪了，受辱了。晚辈恰巧知道一些内情，出于对老东主的惜疼，对义庄的景仰，我现在不吐不快。晚辈下面的话虽多有不敬，但句句是实，字字为真，如果有一半点的隐瞒，就让雷霆劈了我，让马车撞死我，让公家毙了我。"

连公子探问说："你下面说的话，可有保人？"

"哼，我根本不需要保人。假如非要请保人的话，那么头顶上的天老爷，莫高窟里的十万神佛和菩萨，统统都知道我的这一颗心，单单为了还义庄一个清白，给索敌大人一幕真相罢了。"汤世瓶挂着一副轻蔑的表情，踱了一圈，又道，"况且，我下面要讲的话里，每一个当事人均在现场，我汤某人没必要做手脚，我也不打算讨好谁。"

"求你了，天色不早了，快别说那些不打粮食的啰唆话，尽量简短一点吧。"央告道。

于是，汤世瓶喋喋开来，好像他拿着一把小弧刀，在削洋芋似的，剐下来了一根长长的表皮，粘连在手上，不曾断裂。汤世瓶说，早年间，我们这些从陕西过来的麦客子，提着镰刀，凭着一股子力气，在河西沿线上讨生活，吃的是百家饭，挣的是劳碌钱，虽说也遭罪，但心里实在受活。比起人稠地寡的老家来，河西四郡这一带就好像天老爷偏了心，故意降赐的那样，大田小田望不到边，还都是水浇地。祁连山上的冰川水白花花的，一道道地漫灌了下来，似乎种上一把草，到了秋上时，也能填满粮仓一般。麦子是从东边开始黄的，一路熟到了西面，我们就跟着黄熟了的麦季，一直割到关外三县，这一年的收入也就够吃够喝了。鸡一多，就斗架，狗一多，便撕咬，陕西来的乡党们为了揽活和抢价，于是抱团结伙，分成了大大小小的组别，相互使绊子，说坏话。接手的活计也不同，有的雇主家人多，只让麦客子割了粮食，捆扎停当，结算了走人。但大多数雇主因为兼顾别的买卖，懒得去侍弄庄稼，不仅让麦客子们割了，还要晾晒干爽，在场上脱了麦衣，以便装在麻包里储存。我们喜欢后一种，来钱来得多嘛。

渐渐地，麦客子们发现，在河西四郡上，凉州人倔，甘州人精，肃州人火大，沙州一带的人最善，给钱也痛快。麦季临近结束前，敦煌的雇主们惜疼这些下苦人，顿顿吃干饭，罐罐茶和苞谷酒管够，一个个大方得像财主。刚开始，我在王彪两口子的组里，分家是后来的事，我后来拉起了一票人马，单独结算了。对了，人活一个良心，良心才是道理。我不能因为后来自己做了领头雁，就抹杀了王彪两口子对我的恩义，是这两个人带我走出了陕西，给我指了一条活路。这是闲话。

事情就发生在敦煌，在党河岸边靠近天水坊的那一片麦地里。

那一年，雇下王彪这个组的是左太爷，左家的几个儿子去了张掖开店，难得回来一趟，自然也照顾不上家里的那七十多亩田。左太爷当时眼麻了，分不清白日和晚夕，天天拄着拐杖摸到地头边，吆喝说：悠着点，悠着点，别那么下死力气，我比麻雀吃得还少，打下的粮食太多了，小心我胀死。常言道，人让我一尺，我须还人一丈。既然左太爷这么友善，麦客子们于是仔细了起来，连掉在地上的半棵穗子也要捡起来，不能辜负了。可是，偏偏天老爷作践，割到第三天的时候，敦煌一连下了两天半的雨，党河发了大水，堤岸垮塌了不说，还淹了对面岸上的那一片墓地和义园。麦季时，最怕的就是这种烂场雨，晒在晾架上的麦捆子湿透了，割倒还来不及捆扎的也湿透了，长在地里的早趴下了，再不抓紧烤火的话，麦粒发了芽事小，主要是对不住左太爷的一番情义。王彪腾出了一间大房，挖了坑，里头点了火，大家各自抱住一个麦捆子，一边小心翻烤，一边烘干，昼夜无明地这么干。我那时还小，麦客子里岁数最小，烤火没我的份，我一趟趟地进出，冒着雨替大家运输麦捆子。

　　大概是前半夜吧，天上打了雷，闪电划开了几道发亮的口子，我瞧见一个戴草帽的人从麦茬地里过来了，端直地站在了我跟前，巴兮兮地央求，让我借给他一把镰头。镰头不值钱，我当场借给了，又去忙自己的活计了。约莫半个时辰后，镰头还回来时，我发现舌头上干干净净的，连一块泥也不见，于是便起了疑心。趁着闪电，我看见草帽下的那一张脸水淋淋的，应该不是雨水，应该是哭下的眼泪。我刚要开口问，那人慌忙掏出了一把麻钱，想堵住我的嘴。我不爱钱，打小就不爱钱，我发誓。我抓住那个人的胳膊，盘问说：你刚才提着一只背篓，现在背篓呢？哭了半晌，那个人才告诉我说：小兄弟，背篓让菩萨拿走了，菩萨就在附近，等一下你就能看见菩萨的。我那时候小，十五六岁的样子，我从来也没见过菩萨，于是便信了他，放脱了他，让他走了。

　　等我再出来干活时，妈呀，我闻听到了地埂旁的晾架下，传来了一个碎娃娃的哭声，哭得那么亮，那么实在。我跑过去一瞧，正是那只背篓，上头盖着一只草帽，恰恰就是刚才那个人头上的。我一下子慌了神，揭开背篓，伸手一摸，果然摸见了一个肉乎乎的娃娃，摸着像柿子那么软。我朝左太爷的院子里喊：姨娘，姨娘你快来看，土里长出了一个肉娃娃。不一时，王彪家的就跑了出来，从背篓里掏出了那个娃娃，扯开大襟，塞了进去。坐在火坑边，大家都停下了手，围过来看稀罕。王彪家的解开了娃娃身上的一件小褥子，从头到脚地捋了三遍，有胳膊有腿，有鼻子有眼，也没发现有豁豁嘴，完全是一个囫囵人，当场就奇怪了，谁会这么害命，大雨天里扔掉一个娃娃呢？王彪家的有主见，判断这个娃娃不是刚生下来的，起码长了有三两个月。后来，王彪家的掰开了娃娃的腿，没发现裆里的那三两肉，便揣测说：女的，一个扎花的，将来长大了是赔钱的货，难怪人家不要嘛。又问我：看没看见那个丢娃娃的人，哪个坊，哪个街道的，家里姓个啥？我捏着兜里的那一把麻钱，如实说：我认下了他的长相，其他的一概没打问，不过他留下话来，说娃娃会被菩萨抱走的，姨娘你现在就是菩萨。王彪家的一下子就欢乐了，去庄子里买了一碗羊奶，喂饱后，搂着娃娃钻进了被窝，从此不再干活了，专门当起了菩萨娘娘。

天晴后，麦客子们接着干活，干欢实了。因为抢收了左太爷家的粮食，损失很小，坊上邻舍们纷纷来请，价钱也涨了。那一段，我们一直逗留在天水坊，别的组干脆插不上手。或许是女人的天性吧，王彪家的自从有了那个娃娃后，干脆当起了甩手掌柜，一不做饭，二不洗衣，整天价抱着娃娃，在麦地里转悠，一大一小腻在了一起。有一日，王彪家的要去沙州城，说给娃娃买一些红糖，买些尿褯子，还单单挑出了我，让我去跟班，从此我就解脱了，见上了世面。夏天时，沙州城就像一座烤炉，烤炉上盖着太阳这个大锅盖，狗也在吐舌头。在城里逛了大半天，采买完了东西，王彪家的带我去一家馆子里喝杏皮水。这个间隙里，我瞭见后窗的阴影下，站着一个人，一个男将，始终在淌眼泪，在盯看着我们，盯得人心里发毛。我悄悄出去了一趟，质问对方，干么如此鬼祟。但是，还没来得及开口，我便一眼认出了他。这家伙长着一撮胡子，焦糖色的胡子，正是那个雨夜里扔娃娃的人。我撒腿要跑，却被这家伙一把薅住了，伏在我的肩膀上，央告说：小哥，你去问问女东家，让我看一眼娃娃吧，就看一眼？我见这家伙不坏，也就答应了，叮嘱对方相机行事，千万不可鲁莽。

这么着，焦糖胡子坐在一旁，假装在喝杏皮水，三言两语就搭上了话。看娃娃时，焦糖胡子看得很仔细，连尻蛋子上的一片胎记也看了半天。当着王彪家的面，这个大男人吞着眼泪，心里头哭得很恓惶，简直收不住他自己了。临走前，焦糖胡子竟然摸出一坨银子，塞给了王彪家的，哄唆说：这个钱是给娃娃喝奶的，我见了娃娃欢喜，没别的意思。我追出了门，也改了口，究问说：叔，你实话说给我知道吧，你到底是谁，你既然扔掉了这个女娃，咋就又这么的不舍？焦糖胡子没答复我，像上一回那样，摸出了一把麻钱，声称要买我头上的草帽。我没有得到答案，但钱的话，谁都能听懂，我也不例外，虽然我一向不爱财。不过，焦糖胡子当时的一句话，让我记在了心里。这家伙掸了掸草帽，扣在了他自己头上，嘀咕说：这帽子你戴不起，一般人都戴不起。的确，帽檐上印着一颗字，等我后来识了字以后，我才想起来，那颗字是：义。

真的，这个女娃子是一介喜神，自打来了以后，王彪组接下的活计干也干不完，除了割麦之外，还收别的庄稼。麦客子们歇缓下来后，逗娃娃说：发麦，发麦，快发一些麦子来，让大家发财吧。嘴上一喊惯，发麦就成了这个娃娃的名字，谁都这么叫。王彪的女人姓宫，别看这婆娘心直口快，其实肚子里弯弯绕，经过这一回之后，突然发现了另外的生财之路，从此就不安生了，经常带着我去沙州城里逛。每回，王彪家的一坐在杏皮水店里，焦糖胡子一定会来，也绝不空手，不是赏一坨银子，便是买一堆吃喝，十分大方。焦糖胡子也不再哭了，逗完娃娃后，开心得像喝下了一大碗蜂蜜水，含着笑就走了。王彪家的也很满意，银子是额外得来的，属于私房钱，由着她个人开销。等我大了，我才悟出了门道，其实王彪家的和焦糖胡子有一种默契，一个愿打，另一个愿挨，一个施舍，另一个受纳罢了。收秋后，结算完了敦煌的工钱，王彪组就下了河西过冬，等着下一年卷土重来。

那些年里，每到了麦季，沙州城里便会上演这样的折子戏，好像王彪家的率着闺女，来串门，来走亲戚似的。闺女一直跟在王彪的婆娘身边，不光学会了陕西话，还能擀长面，蒸花卷，有一门上好的茶饭手艺。在组里，谁也没拿那个闺女当外人，谁胆敢泄露她是拾来的，恐怕先过不了王彪家的这一关，那女人非拿上剪刀，铰了他裆里的三两糟肉不可。

哎呀，我的舌头太啰唆了，我尽量短些，再短一些。

我记得很清，那是闺女八岁那年的事，因为翻过年，我就离开了王彪组，自己拉起了一支队伍。麦熟时，我们又开进了敦煌，挣新一年的汗水钱。奇怪的是，我们在卖杏皮水的店里坐了快一个月，焦糖胡子竟然一次也没露面，好像他老人家是去年吹过去的风沙，今年不打算回来了。王彪家的预感不好,怀疑说,要么是他死了,要么是他病了,否则不会不来照面的。有天晚夕,天刚麻麻黑,我们刚要抬屁股走人,焦糖胡子忽然进来了,拉我们坐在了墙角里,道出了他自己的心事。那时候,老人家瘦得像一根劈柴,不停地咳嗽,说自己得了痨病,阎王爷就在前头等着哪,恐怕这是最后一次见面了。王彪家的当即哭开了,发咒说:你老人家是贵人,你好好活着,但万一,万一你升了天的话,不管路多远,也不管啥时节,我一定带着闺女来,让闺女给你披麻戴孝,给你守灵。老人家拱手作揖,忙拒绝说:不敢当,不敢当,这闺女可是人小骨头贵,论主次的话,她还是我的主子,我只是一个下人罢了。这句话像一声炸雷,王彪家的傻了,我也一头雾水。

　　见说漏了嘴,老人家再也没有了隐瞒的必要,坦言相告说:这闺女原本是敦煌一户大财东家的长女,这辈子理应荣华富贵,做一个人上人,但可惜的是,闺女命里犯冲,带着克父的苗头。这个关口上,闺女正在门外玩,老人家也不避讳,索性扯开了说:这闺女刚生下来不久,她的爹老子就病倒了,昼夜无明地在说胡话,关外三县的名医们看了个遍,可谁也不知道患的是哪个病。后来就讲了迷信,在那个下雨天的晚夕,东家让我用背篓背上三个月大的娃娃,去党河边悄悄活埋掉。唉,也就怪了,迷信也可能是真的,等我下半夜回去复命时,老掌柜忽然好了,一骨碌从炕上爬了起来,连吃带喝的,好像啥事也没有发生过。

　　列位爷,各位叔,你们是敦煌人,你们最知道这个习俗了。假如家里的头胎是女的,是扎花的,碰巧跟爹老子一个属相,又不幸和爹老子生在了同一个月份里,这叫克父,这怨怪不了旁人,只能怪她自己心太急,命里没有阳寿。这样的女娃子不是被活埋了,便是沤成了肥水,浇在庄稼地里使用。

　　当时,王彪家的疯了,质问说:你是不是后悔了,现在要把闺女领回去,去成人之美?老人家心酸地说:只怕是出了那个门,就再也回不去了,这个阳世上的人呀,千万别投胎在帝王家,也别去给有钱人舔尻子了,这条路没有福报。王彪家的仍不饶,发咒说:呃,我可告诉你，我跟王彪没生养过，我拉扯了整整八年，这闺女就是我心头的肉，谁敢剜我的肉，除非点了我的天灯，要了我的小命。老人家忽然落了泪，叨念说：我早知道，我早知道你是个菩萨，娃娃在你的手上，如今长得这么十全十美，我死了也能闭上眼睛。王彪家的一向精明，料知这里头一定埋伏着机密，探问说：你讲了大半天，那你的主子究竟是谁，谁这么作孽，我也好有个防备？老人家含混道：你别问了，你知道的越详细，将来对你越不利，我也一样，我这么多年伴君如伴虎，真是干不动了，我现在得了痨病，已经给东家请了辞。末了，老人家又说：从今而后，我不能跟你们碰面了，这一世的光阴上，你们千万走好。王彪家的开始忌惮了，怕鸡飞蛋打，忙拽上了闺女，跳上一辆马车出了沙州城。从此，王彪的婆娘再也不敢进城了，哪怕你在红门楼摆上一桌酒席，打死也请不来。

但是，鸡有鸡路，马有马道，我跟老人家的缘分还没断，这就有了后来的故事。

有一日，王彪让我去沙州城，到孟大辉铁匠铺子里取一批新订的镰刀。半路上，我碰见老人家从世兴堂出来，儿子搀着他，刚刚看完病，开了药。见了我，老人家一下子精神了，带我去了胡锅子店，好吃好喝好招待，完全拿我当平辈人一样对待。老人家说：娃，我一直在找你哪，我看中了你，我想给你谋一份好差使，你往后就不必那么下苦了。我当时就哭下了，知道天老爷惜疼没娘的娃，我的福报可能来了。我问说：叔，我一个孽障人，你究竟看上了我的哪一点？老人家夸赞说：你实诚，你心善，你也机灵，你天生就是一个好管家的料子，凭着你在那个下雨天的晚夕里救了一条命，你就该有这样的回报。我听得脸红，但知道对方没有恶意。详问之后，我才明白，老人家原先是一户大财东的老管家，请辞了以后，东家不舍，又让他绍介一名新手，填上这个缺。东家是有门槛的，开出了几个条件：第一，遴选出来的这个人不能是本地人，在关外三县不沾亲带故；第二，这个人对东家的身世一概不知，也不能打听，只需干好自己分内的活计，擅长经营，嘴巴牢靠；第三，当然是年轻一些的最佳，拄惯的拐杖，使惯的丫鬟，等将来培养起来后，可以长期倚赖，不至于中途断了情分，一别两宽。这么着，老人家拿着一根尺子，在沙州城里踅摸了半天，最后量到了我的头上，一下子看中了我。老管家说：娃，你就接了我的班吧，你只要点一点头，我现在就去举荐你，领你去见东家。

唉，我当时可能糊涂了，我经常糊涂，轻率地答应了他老人家。吃喝完，一辆骡马车轿带上了我和老管家，穿过了县衙和火神庙，出了西门，直接去见东家。一路上，我的脑子里很乱，心里盘磨着，将利害关系统统梳理了一遍。其实，那时候我已经跟王彪见生了，有了隔阂，那个狗日的克扣工钱不说，还喜欢打我，经常将我揍个半死。私下里，我早就想分家了，我想拉起一支队伍，跟王彪抢着干，我偏就不信自己是一捆烂柴，当不了人间的橡子。车轿停在了东家的门口，望着那一块金字门匾，瞭看着那一座有钱人家的宽大宅院，我忽然反悔了，我不想这辈子伺候人了，哪怕是做一个管家。我说出了个人的想法，他老人家一下子失望透顶了，劝我说：娃，你知道这是谁家么？这可不是一户俗常人家，这是一只蜜罐子，你千万不要错失了，否则将来没有后悔药可吃呀。你有你的意见，我有我的主张，我刚要跳下车时，老人家的眼泪哗地淌了下来，惋惜说：你这个瓜娃子呀，你真是不懂得惜福，我揣着一颗报答的心，你却当成了驴肝肺。

我这人心软，见不得旁人落怜，况且是善待我的一位老人家哪。事有三说，虽说我拿定了主意，但我不想让老人家太失望，便另外举荐了一个伴当。这个人跟我一样是麦客子，陕西乡党，我们一块干过一段时间的活。每天干完活后，他就跟我睡在一个炕上，虽说不是一母所生，但也等于是换帖的弟兄。老人家听罢，开始了审核，说你保的这个人比你如何，你已经是我这辈子见过的优良人才了，我相信你的论断。我打比方说，我是河里的蛤蟆豆子，这个人是天上的鹞鹰，我是田里的一棵稗草，这个人则是祁连山上的雪松。人就是一个怪东西，人一旦信上了人，连对方的唾沫渣子都是发光的金子。照着老人家的叮嘱，第二天晌午，我便将这个伴当领了过去，当面交给了老管家，让他亲自去调教了。列位爷，各位叔，这个伴当不是别人，正是我旁边的猫子，大名丁荣猫，当年义庄的总管。

嘘，悄静些，大家都悄静些。我知道你们一听这话就炸了，容我再絮叨几句吧。

当时，猫子被老管家领了进去，从此扔掉了镰刀，摆脱了下苦的命运，过上了称心如意的日子。人一旦信上了人，真是没办法的事，义庄的索老掌柜是一个何等高贵的大人物呀，可见了猫子的面，一下子有了眼缘，当即就首肯了，让老管家赶紧歇缓，让猫子挑起了索门的担子，里里外外，上上下下，开始打理得有板有眼，清风明月一般。我替伴当高兴，猫子出息了，好像我自己一河的水也开了。不几天，我就跟王彪翻了脸，自己做起了扛把子，干到了后来。我记得很清，那一天，当猫子被领进了义庄的院门，大门闭上的那一刻，我瞭见义庄的那一块牌匾像金子铸的，简直亮瞎了人的眼睛。我当年戴过的那顶草帽上有一颗字，索门的匾额上也有一颗字，它们都是同一颗字：义。

这一时，整个厅堂内乱了，乱得像一个麻雀窝似的，唾沫横飞，叽叽喳喳。事涉大名鼎鼎的义庄，人们在震惊之余，又生出了更多的好奇，一时间相互盘磨着，剖析着，逐一甄别真伪。因为在关外三县，活埋掉一个克父的女婴并不稀罕，但眼前这个麦客子出身的家伙，似乎懒洋洋了起来，语焉不详，这反倒勾起了大家一致的热情，纷纷张开了耳朵。汤世瓶瞭了一眼丁荣猫，见后者点了点头，便宽释了下来，仿佛肩上的一副担子终于卸下了，戏没有唱砸。索朗还在地上挣扎着，已经发不出一丝声音了，抱住膝盖，好像在数里头的碎骨头渣子。占耳也醒来了，蠕动着，但身上的绳子是牛皮的，捆死一匹骡子都绰绰有余，何况像他这样的瘦猴哪。目光尽头，义庄的老掌柜索敞正伏在桌沿上，鼾声阵阵，绕梁三匝，这个人世上的一切苦楚与辛酸，似乎都与其无关，再也唤不醒他的一点点生趣了。

蓦地，丁荣猫发现了一块头巾，头巾扔在了桌下，宫法麦却不见了踪影。丁荣猫心中一疼，疼痛像一根细长的丝线那么抽搐着，让他几乎快晕厥了过去。丁荣猫不停地默念说：娥娘，对不住了，倘若还有另外的出路，我不会拿你开刀，将你杀生，把你这么一个无辜而良善的女人祭献在众人的面前。又哀告道：娥娘，这辈子亏欠下你的太多了，多得已经报偿不完了，索性也就不还了，如果有下一世，我猫子给你当牛，为你做马，永世不再投胎为人。丁荣猫的眼角刚挂上了一滴泪，还来不及大面积感伤时，却见李天雷从人群中挤了出来，向汤世瓶探问说：

"你说了大半天，那个老管家是谁呀？"

"占耳他爹。"

李天雷再问："那个索家的大闺女，可就是索朗这个狗儿子的亲姐姐？"

"唉，野鸡无名，草鞋无号，这个闺女不姓索，她也不在义庄的户头上。又经过了几年，王彪的组里内讧，他突然暴死了，王彪的婆娘伤心过度，也很快下了世。或许，女人的心思真是一针一线缝下的，比男人们要细密，要周全。王彪家的知道自己快不行了，所以找了个机会，将闺女送了出去，偷偷地安置下了，这才保住了一命。"汤世瓶的角色业已完成，款款作结道，"我快活到半百了，实话说，我从没见过被噩运如此诅咒的人，这闺女也许不该生在这个人世上，因为这个人世是给天罡地煞和鸡鸣狗盗之徒预备的。对了，闺女后来一直姓宫，官名叫法麦，乳名是娥娘。咦，她刚刚还坐在索敢大人的身旁，现在咋不见了？"汤世瓶的嘴已经说干了，脸上的悲戚却十分逼真。

丁荣猫站了出来，朗声道："在下是当事人之一，我也有一肚子的机密话。"

"管家，你究竟要指证何人？"连公子问。

"喏，就是这个贼。"抬手一指。

"占耳？"

"正是他。诸位叔伯，列位兄弟，这些年义庄发生的所有不堪和邪祟，幕后的主使就是占耳这个贼，而内应恰恰是大少爷索朗。由于这两个败类的里勾外连，义庄才有了今天，索门也快到了崩塌的地步。"丁荣猫撸起袖子，目光逡巡了一趟，笃定道，"鄙人身为义庄的管家，虽说一人之下，万人之上，可我实在是回天无术，既没有为老东主尽忠，也不能给义庄报效，我实在有愧于索门的恩遇。但是，这一切都缘于占耳和索朗的蛇蝎心肠。没有了这两个贼的歹毒，我丁某人现在也不会这么肝肠寸断，恨不得替老东主去死，去受罪，泼出这一腔子的血和眼泪，洗刷义庄的不白之冤。呃，今日敦煌的天开了，且让我慢慢说来吧。"

这个关节上，新娘子的瓜儿子跑了进来，拖着黏稠的鼻涕，上去揪住了索敞的耳朵。索敞醒了，咧嘴嚷喊了起来，一口锈黄色的牙齿参差不齐，口水也挂在了胡须上，龌龊极了。索敞被揪疼了，忽然开始了反击，伸手摸进了瓜儿子的开裆裤里，一把攥住了那一坨肉。来，让爷爷吃个小牛牛，让爷爷吃一口吧？索敞吓唬道。瓜儿子疼了，随手丢出了一只沙包，恰巧掉在了丁荣猫的脚下，提议道：走，咱们去捡沙包吧。言毕，一老一少同时松开了手，咕噜一声爬在了地上，一直朝前拱，追撵着沙包，好像两只旱獭似的，全然无视厅堂里的众人。

丁荣猫抬起一脚，将沙包踢远了，方开腔道：

其实，说句公道话，我不怨怪占耳，一点也不怨怪。如果我是老管家的后人，爹老子得了病，干不动了，那么子承父业，义庄的那个肥缺也绝不会旁落给他人，况且还是一个外乡来的混蛋。索敞大人器重我，老管家对我也恩重如山，调教了半年之后，我渐渐地上了道，将老管家的全套本事学了个大概，所以心气很足，悉心地打理着索门的方方面面，不敢有丝毫的懈怠。老管家辞了，身子骨一天比一天弱，闭门在家，吃的五谷少，灌的汤药多，咳嗽上一声的话，半个沙州城都能听见。真的，一有了空闲，我便提上点心包包去看望老管家，陪着他说说话，讨教一些技巧，哄他开开心。在鄙人的心目中，老管家就是我的亲爹，我的天，我在敦煌的佛爷，占耳当然也就是我的哥，我在这一世里的好伴当。

但是，我太一厢情愿了，我想给占耳打伞，占耳却在我的头上泼粪。

那些年里，占耳的腔子里装满了嫉妒，嫉妒一旦发酵，就变成了仇恨，仇恨我，仇恨他自己的父亲。但慑于老管家的威严，当然也是在等待时机，占耳一直不曾发作，就像一只狐狼似的，蹲在你的身后，磨着牙齿和爪子。汤大哥方才说了，时隔多年之后，王彪的麦客子组发生了内讧，几个伙计联手，将王彪一顿镢头，砸成了肉泥，还控制了王彪的婆娘。王彪家的虽伤心欲绝，几次三番地去寻短见，但冷静下来一想，自己死也就死了，可闺女咋办，闺女不是要落入那一帮歹人之手么？那时候，宫法麦已经大了，要脸蛋有脸蛋，要身材有身材，简直像是从莫高窟的壁画上走下来的仙女一般。王彪家的有城府，表面上臣服，可暗地里筹谋着一切步骤。终于，王彪的周年到了，女人借口要去濬源寺祭奠，率上了宫法麦，一头扎进了沙州城，去找老管家了。

并不难打听，三问，两问，王彪家的便敲开了占耳家的门。进了门，王彪家的当即跪倒了，磕了一地的头，央告说：老人家呀，解铃还须系铃人，当初你交给了我一个月娃子，如今我养大了，我原给你还回来吧，我一分钱也不要，我只图宫法麦有一条命，能活在这个人世上。不料想，千算万算，终有一失，那时候的老管家早就糊涂掉了，大半个身子进了阎王殿，对这些话无动于衷。但是，占耳听懂了，他将前因后果又问了一遍，摸清了线索，当场答应收留下宫法麦，挑一个日子领进义庄去，让索家人滴血认亲，让闺女从此有一个好的归宿。眼见着心愿了了，王彪家的说去上茅厕，一个人偷偷地走掉了，半年之后就下了世，苦命的女人呀。

诸位，这占耳虽说披着一张人皮，说着人话，但实则是一介畜生转世的，是一个大大的淫贼。头一次见面，占耳便贪恋上了宫法麦的美貌，另有他图。占耳撒了谎，不曾兑现诺言，没有将闺女领去义庄认亲，而是留置在了他自己的家里，一味地欺骗和哄唆。人呀，人一旦被邪祟吞噬了，哪怕是九头牛也拉不出那一片泥淖。不久后，占耳找了个茬，将自己的女人撵回了娘家，趁着酒醉，将宫法麦奸淫了。而这只是占耳罪恶的第一步，谁也不会料到，后来的事情一幕比一幕惨烈，以至于到了现在。你们瞧瞧吧，索敞大人如今居然像一只猪狗那样趴在地上，在舔这个瓜儿子的鼻涕，舔得那么香。

丁荣猫顿了顿，待索敞舔完了瓜儿子的鼻涕，众人哑默如石时，又接续道：

占耳有一张个人的算盘，他一直打得很响，外人是看不懂的。后来，占耳瞄准的下一个目标便是在下，想拉我下水，一起干背主的勾当，但被我严词拒绝了。我后悔当时没能上报给老掌柜，结果酿成了如今的局面，可当初我只想保全老管家的一点点颜面，所以将机密吞在了肚子里，无人知晓。记得有一回，我提着点心去看老管家，一进院子，冷不丁看见了宫法麦，我吃惊不少。占耳见状，一把将我拽进了房子，关上门说：猫子，你只知其一，不知其二，这闺女是王彪家的不错，但根本上是义庄的少女主，是索敌大人的长女，只不过天生没有福报，让我这个下人的儿子给睡了，给日弄了。我当时可能让雷打了，半天也缓不过劲来，不相信眼前的事实。占耳威胁说：猫子，你现在的位子，是从我手中抢过去的，我可以不要，但你必须帮我办一件事，否则我就害了你，让你空欢喜一场，将你轰出沙州城去。我真的害怕了，问究竟是啥事，我能帮则帮。岂料，占耳这个毫无廉耻的家伙说：我打算讹一大笔钱，义庄不答应我，我就将这个闺女交给文和事老协会去处置，索家人最爱面子了，佛面剥金的事情，想必老掌柜自有分寸吧。占耳又交代说：我这达有一封匿名信，将事情的原委和款项都写清楚了，托你捎给老掌柜，让索敌大人当面拆读。半个月之后，在马王庙门前交钱，只准你一人来，要是多出一个的话，义庄最好再准备一口棺材吧。占耳还许诺，等讹上这一大笔钱后，他九成，我抽一，双方皆大欢喜，以后老死不相往来。我揣上信走了，我没有别的路，我只能当一只鞋子，被占耳穿在脚上。

　　呃，人被一泡屎憋住的话，屎就是主子，可一旦拉了下来，屎便是大粪。到了交钱的那天，我准时去了马王庙，在我的眼里，占耳就是一泡屎，刚拉下来的一泡屎。我忍住臭说：那封信我撕了，我丁某人既然捧上了义庄的饭碗，我就不能刨索门的锅头，人是靠良心活着的，不能那么无情无义。说完，我就离开了，鼻子里一下清净了不少。这以后，我便留了一个心眼，替义庄时时提防着这个贼。可我万万没有想到，占耳在大少爷索朗的身上打开了缺口，也让老掌柜一脚踩空了，到现在还趴在地上，瞧瞧吧。

　　霸占了宫法麦之后，占耳这个淫贼的防范也就松了，兴趣大减，这跟吃冰糖一样,吃得多了,反而不觉得甜。有一日,大少爷索朗去占耳家串门,照例是一顿吃喝,主子的习气不改,依旧发号施令,砸碟子摔碗的。双方酩酊之后,索朗便大吐苦水,数落自己的爹老子,指责老掌柜恋栈,不肯将义庄禅让给后人,由他来把持。大家知道,索朗的女人死得早,睡在了一口薄皮棺材里,索敞大人一时心衰,还曾经哭错过丧,跪错过灵堂。但这些鸡零狗碎的家务事,后来被索朗当成了暗箭,一根一根地钉在了老掌柜的身上。在沙州城,大少爷索朗的不忠不孝,好吃懒做,嫖风打浪,乃人尽皆知的确凿事实,不必我啰唆了。可偏偏,占耳这个贼窥出了破绽,嗅见了腥味,于是生出了一个歹毒的计策。占耳提议说,只要索朗听他的,照他的谋划一步步实施,老掌柜要么不明不白地死掉,要么不得不让贤,大少爷很快就会登基,一统索门的全部事务,让索敞大人乖乖地去做太上皇。唉,索朗是个没主见的人,在这一辈的子弟当中,索朗的脑子里灌了屎,连一头猪也不如。听罢了占耳的撺掇和诱骗,索朗竟然一口气答应了,将占耳这个贼引为知己,就差割头换帖、缔结金兰了。占耳也开出了他的条件,待索朗做了当家人之后,由他担任义庄的总管,将我丁某人逐出沙州城,逐出敦煌,否则就打断我的腿,挑烂我的筋。这么着,两个狗儿子沉瀣在了一起,达成了契约,当场就高兴坏了,不知道自己算老几。酒呀,酒真是不要脸的水,只要灌上了那一口黄汤,人的底线就破了。

当时,宫法麦伺候着这两个贼吃喝,闺女的姿色,让索朗淫心大开,不停地动手动脚。占耳清楚,舍不得孩子,套不来狼,于是佯装酒醉,借故离开了。宫法麦进门上菜时,索朗一把抱住了闺女,扔在了炕上,霸王硬上弓,活生生地将闺女糟蹋了,又在他邪恶的户头上,新添了一笔罪孽的账。后来的日子里,索朗几乎快将占耳家的门槛踏破了,每一回去,必定要发泄一番兽欲,才肯罢休。可怜了宫法麦,求生无门,求死不得,只有乖乖地承受着,像一块用烂了的抹布,被这两个公狗拖累着,身心俱伤,暗无天日。占耳藏在暗处,占耳其实十分清楚,索朗和宫法麦乃是一母所生,一个为姐,一个是弟。这是天打雷劈的败坏纲常,这是杀人剜心的悖逆人伦,这也是诅天咒地的人间恶行。但占耳需要这么个结果，这个结果就是义庄的七寸，也是整个索门的命穴，一指头就能让其垮塌，彻底倾覆。

诸位，我丁某一个人说了不算，好在还有连公子做证，也有占耳本人的招供和签字画押，已经是板上钉钉、不容置辩的铁证。前些日子，见事情败露，占耳便有些狗急跳墙，打算逃出沙州城，去口外讨一条活路。幸亏连公子神勇，算筹有方，当即派人拿获了占耳这个贼，又将索敞大人和宫法麦，从长达十几载的囚禁中解救了出来，重见天日。这不单单是索门的喜讯，同样也是沙州城以及关外三县的幸事，天老爷没有瞎，天老爷的手上有一本账册，谁也欺瞒不了三尺头上的神灵。丁荣猫喟叹道。

连公子哗的一下打开扇子，扇子骨像一排小人似的，跳将出来。

依我看，今日的敦煌世风日下，人心不古，犹如一个人正在卧病，病入膏肓，难以为继下去了。在这么一个卧病的阶段，新一届文和事老协会的诞生，完全是顺应了天意，契合了众位乡邻的心声，于千钧一发之际，荷担了救亡的使命。我连某人在此发誓，等今年开春后，一定要让沙州城的各项贸易红火鼎盛，家家挣钱，户户赢利，也要让党河两岸的大田小田里，种满了有利植物，从此摆脱看天吃饭的局面，不再为生计发愁。诸位爷，各位叔，连某不才，倘若信得过我的话，给我七八年的光阴，我一定率着敦煌，打一个翻身仗，让酒泉眼热，让张掖嫉恨，让整个武威全境也比不过咱们的一个坊。连公子踌躇满志，一口气将此前的就任演说重复了一遍，语惊四座。

李天雷的掌声像一只领头雁，后面跟着乌压压的雁群，栖满了厅堂上下。

连公子盯视着李天雷，蓦地黯然了下来，唏嘘道：此时此刻，我的心在痛，我的心在淌血，我不由得想起了一位大人，李豆灯大人，我的前任。呃，不必为尊者讳，李豆灯就是连某人的殷鉴，我唯恐重蹈覆辙，辜负了敦煌，也对不住诸位。在李豆灯的年代，沙州城和二十三坊开始涣散，因了他的一手遮天，他的刚愎自用，他的任人唯亲，敦煌成了一盘散沙，纲纪凋敝，乡约虚设，民风败坏，哪一条街巷中没有父子成仇的事例，哪一座坊上没有夫妻反目的勾当，对上不敬,对下不尊,敦煌俨然是一片修罗之地,令人痛惜。现在好了,可终于好了,李豆灯这个罪人就像昨天的一碟子剩菜,可以倒掉了,卧病也可以结束了,需要翻开新的一页历史,记下从今而后的喜乐。诸位,我公开说知道吧,凡李豆灯生前签下的条陈与规章,一律作废,凡李豆灯制定的乡约和法纪,自今日起,一概解禁。言毕,连公子合上了扇子,那一排小人又蜷缩了回去,藏住了身子。

这个关节上,李天雷呼应了连公子的倡议,从身上掏出了一块神主牌,掷在地下,又踏上了几脚,踩成了劈柴。神主牌是临时定制的,油漆未干,上面印刻着李豆灯的名讳。瓜儿子先爬了过来,抓住半块木头,开始用嘴啃。一旁的索敞见状,忙丢下了沙包,也爬将过来,抓起剩下的半截,喂在了嘴里。半晌后,索敞皱起了眉头,嘟哝说:苦,太苦了。

这一幕插曲完毕,丁荣猫接续了刚才的话题,又道:

照着占耳本人的供述,自打他控制了索朗后,两个贼便时常伙在一起,筹谋着罪恶的勾当。起先,索朗天天跟老掌柜淘气,莫名其妙地发火,就是想激起索敞大人的不快,生出恶疾,早早地下世。这一招失灵后,索朗在爹老子的饭碗里下过毒,幸亏我有预感,每顿饭之前必定要先尝几口,这才堵住了这个漏洞。实话说,我也差一点丢了命,有一次我中了毒,整整昏迷了两天,醒来后,大半个身子又麻了半年。我学乖了,以后我不再亲口去尝了,而是交给了义庄的狗。死了三条狗之后,索朗便换了另外的手段,继续针对着他爹老子。比如,老掌柜在院子里转达时,刚走到了窖口,索朗会冷不丁地上去,撞上一肩膀,试图把他推进地窖里。比如,大冬天的,索朗在半夜里偷偷出来,将烟囱堵死了,打算让煤烟熏死老掌柜。再比如,索朗找了一个裁缝,缝了几只老掌柜的布偶,不是扎针,便是施咒,完全丧失了一名人子的秉性,将自己归入了畜生的行列。还比如,为了败坏老掌柜的清誉,索朗放出风去,声称他爹老子要纳妾,要分义庄的财产。这种谣言从大少爷的嘴里讲出来,显然有了可信度,也属于佛头泼粪,以至于李豆灯这样颇负名望的乡绅也就信了,提着一哨人马,敲锣打鼓地去了义庄,又是弦索,又是贤孝,好一顿折腾,让索敞大人蒙上了不白之冤，有口难辩。好了，我怕脏了我的口舌，我怕玷污了诸位的耳朵，因为这些下贱的手段，君子不为，本就是宵小之徒的猖狂狂吠，不值一提。

书归正传。在占耳的唆使下，索朗无计可施，只有铤而走险这一条道了。那一段，纵然老掌柜有所察觉，即便猫子我百般遮护，防备着冷枪暗箭，却也是顾得了头、顾不上尾，我这一具热身子斗不过群狼，我真是有负于索敬大人的恩遇。

事发在秋末，天开始寒了，索朗先知会了我，由我通报给老掌柜，说细君已经一岁了，到了抓周的时候，这无论如何都是一个不错的借口。老掌柜一向惜疼这个孙女，细君是索门下下一世的后人，干脆没有拒绝的理由。抓周的那天，我骑马跟在索敬大人的车轿后，心提到了嗓子眼上，预感不祥。唉，我蠢，我愚钝，我眼瞎了，我跟着主子一步一步地踏进了他们早就设计好了的陷坑，最终酿成了天祸。当时心急，索朗也在故意激我，所以我跟这个大少爷发生了口角，吃了索朗的一鞭子。喏，我脸上的这个疤，大家瞧瞧吧，至今还留着，还没有刓圆起来，这就是那一鞭子的证据。索朗打了我以后，见我血流不止，皮开肉绽，便趁势支走了我，让我去世兴堂里包扎，他们则继续护送老掌柜，去找郊外的一个灵婆子抓周。但是，等我从世兴堂返回以后，灾难已经发生了，那一辆车轿栽进了党河水中，牲口溺亡，车辆散架，还淹死了占耳雇来的那两个帮凶。天黑时，我站在党河边，喊天天不应，喊地地不灵，我的主子不见了，他连一声咳嗽也没留下，干脆失踪了。

义庄的惨祸，很快就传遍了关外三县，人尽皆知。那日晚夕，站在党河边看热闹的人成千上万，至今记忆犹新，不必我多费口舌了。事实上，我被蒙在了鼓里，沙州城和二十三坊也一样，整个敦煌被欺骗了，相信了索朗和占耳编织出来的谎言。但是，天老爷看见了，天老爷一声不吭，因为索敬大人根本没死，他的热身子还在，就被这两个丧尽天良的狗儿子，圈禁在了西门外的沈家旧院中，无人知晓，没人涉足。那是一片旧坟地，时常闹鬼。

义庄空了，没有了主子，也没有了魂灵，自此踏上了衰败的末路。到了今日，义庄的人死的死，走的走，散的散，整个一座宅子成了城狐社鼠的天下，蒿草成堆，屎尿遍地，塌成了一座废墟。唉，不过义庄门头上的那一块牌匾还在，还张挂着，却已经成了沙州城里的一个笑柄。大人们训斥娃娃时，经常指着那一块门匾说，瞧吧，这就是亏下先人的结果，这就是不忠不义的下场。

索朗的目的达到了，占耳的计谋完成了，但是这两个贼的算盘打得再响、再精明，也比不过天老爷手上的那一架天平，比不过佛祖心中的那一卷法旨。活该索朗命薄，这一世里的罪孽太重，所以他再怎么挣扎，又如何下作，也始终当不了义庄的家，主不了索门的事，而今却堕落成了这么一介泼皮无赖，令人不齿。占耳这个狗儿子费尽了心机，到头来也不过是黄粱一梦，空欢喜了一场，现在只有乖乖地招供，等着文和事老协会和诸位叔伯的发落，认罪伏法，去领他自己的那一件血衣吧。

事发后，我的心中搭起了一座灵堂，刚开始我一直在哭，可哭了好几年之后，我才发现不知道在哭谁。是的，我相信老掌柜根本没死，我的主子还在这个人世上，我的父亲索敞就在沙州城里，哪达也没去。我一闭上眼睛，好像就能听见老掌柜的呼吸，可以听见索敞大人召唤我的声音。白昼也就罢了，一入了黑天，我就变成了一只猫，流窜在沙州城内，搜遍了每一条街巷，每一个犄角旮旯，每一户人家，也包括了寺庙和县衙，店铺与澡堂，连附近的草场也没有落下，每一根麦草也不放过。义庄败落后，我被连根拔除，我辞掉了管家的身份，又开始凭力气吃饭了。我天亮了下苦，入夜后做猫，越来越相信我个人的预感，我知道自己离主子越来越近了。真的，我始终有一个念头，待老掌柜生还后，我要把心里的那一座灵堂拆除，然后再搭建一座漂漂亮亮的厅堂，让索敞大人继续享福，我服属着，我伺候着，就像现在这样牵马拽镫。诸位，尤其值得庆幸的是，二少爷索乘即将回来了，索乘如今是中华民国敦煌县政府的书记长，大权在握，老掌柜的好日子就要到了。

丁荣猫搡起了索敞，掏出来一块手巾，揩了揩后者嘴角上的口水，又道：

好我的敦煌，真是一片灵异之地，上佛坐镇，菩萨护佑，金刚发力，好像缝下了一件宽宽大大的法衣，十几年来披在了索敞大人的身上，热身子没有变成冷身子，他一直吃着黄连饭，喝着苦胆汤，苟活到了现在。天命，一切都是天命。在圈禁了老掌柜之后，占耳也将宫法麦投进了沈家旧院，一趟子质押了。不承想，索敞大人得到了天老爷的开示，认出了这一股血脉，双方前嫌尽弃，从此后父女俩相依为命，苦寒度日，就像当年的苏武牧羊一般，终于回归了汉廷。诸位，大概在半个月前，初七日，宫法麦觅得了一个逃生的机会，从西门外的沈家旧院中跑了出来，按老掌柜所托，去了陇西坊文和事老协会的旧址上喊冤。李天雷出于公心，速报给了连公子。获知了这一惊天的消息后，连公子不敢怠慢，率人去了西门外，当即将索敞大人解救了出来，也将占耳和索朗这两个贼一体锁拿了，问出了全部口供。

"撒谎。这不是真相，我被冤枉了。"

李天雷一脚踩住了占耳的脖颈子："你狗日的，你受活吧。"

"我冤枉，我没……"

占耳从昏迷中短暂地醒了过来，扯起了声嗓尖叫，但没有一个人在乎他这种野兽般的哀鸣。占耳瘫在地上，身上的牛皮绳子越来越紧，当然是浸了水的缘故。李天雷招了招手，跑过去两个喽啰，用锥子在占耳的颊脸上各扎了一个窟窿，穿上了麻绳，左右一勒，占耳立刻哑默了，昏死了过去。李天雷亢奋不已，探问说：

"这个贼咋处理么？"

"按规矩办。"连公子背转过身子，似乎不忍看地上的血腥。

"沉河。那就沉到党河水里去，喂了王八。"

"嗯，别忘了，让占耳背上一块磨石，那样痛快点。"交代道。

丁荣猫不计较这些琐事，一边搀扶着索敞，一边往门外走去。索敞依旧迷瞪着，捧着那半截子神主牌，咬了半天，结果咬在了指头上，表情痛楚。丁荣猫哀恳道：老掌柜，你尽管宽心吧，索朗没事，大少爷是被蒙骗的，现在也迷途知返了，这是千金不换的喜事。呃，过些日子，等索乘书记长到了沙州城之后，你们爷父团圆，兄弟见面，我一定仔细地置办上一桌酒席，还要放上大半天的鞭炮，好好红火一下吧。丁荣猫不必回头，知道所有的宾客全都拢了过来，尾在了身后，争相瞭看着这一幕人间奇迹。临到了门槛下，丁荣猫蹲了下去，将索敞款款地放在了自己的脊背上，忽的一下背了起来，跨过了门槛：

"老东主，咱们回家，回义庄去吧。"

先时，连公子的痔疮犯了，觉得裤裆里湿乎乎的，好像是血。连公子抛下了喜客们，悄悄退了出来，钻进了后院中。半晌后，连公子在茅厕里收拾停当，想去隔壁的马院里净手，遂穿过了门廊，拐进了另一道门。那一霎，连公子被眼前的一幕吓住了，但见宫法麦的脑袋扎在水缸中，腿脚踢踏，就像一只濒临死亡的母兽，极力挣扎着。突然，宫法麦拔出了头颅，喘息了一阵子，又将鼻脸埋在了水缸里，一时间泛起了殷红的水花。连公子觑了一眼旁边的喽啰们，打开了扇子，似乎不悦。一名手下释解道：

"这位客人想不通，刚才吞下了一块红炭。"

连公子反诘道："哎呀，那是因为上错了菜，你们招待不周吧？"

"她倒也没说啥，反正也说不出来话了，彻底哑巴了。"

"的确，谁吃了这个菜，谁都会闭嘴的。"补充道。

约莫一年半之后，一个五官被毁的女哑巴，在位于武威北郊的扪月庵，正式剃度为尼，法名苦根。没有人清楚苦根的来历，也不知道她的那一张容颜，遭遇过什么样的劫数。宫法麦殁于一九五三年夏季。在一本《凉州区文史资料选辑》中，宫法麦另有一个绰号：鬼脸婆婆。

这是个大喜的日子，宾朋云集，厅堂内的谈议仍在热烈地进行中，火候正旺。连公子惦记着他的职责，匆匆趱出了马院，往前院里赶去。不料想，路过自己那一间附庸风雅的书房时，连公子却意外地瞭见瓦姑娘坐在里头，正在翻看着一本杂志。杂志叫《新男女交合之道论编》，时风书店印行，是连公子不久前从一个上海商人的手里购来的，图文掺杂，令人悦目。瓦姑娘正看得入迷，一点也没察觉出附近的动静。连公子悄悄站定了，目光落在了瓦姑娘弧形的胸脯上，一下子觉得裆里起了火，一场火灾蔓延开来，几乎要将自己烧成了灰。

这么着，连公子再也控制不住自己了，扔掉扇子，一个巴掌扣了过去，像抓旱獭似的，将瓦姑娘的一只乳房捉在了手中，慢慢解开了纽襻，剥开了衣裳。连公子贴住瓦姑娘的尖鼻子，一边揉搓，一边兴奋道：

"这就是我开出的条件。"

"嗯，价码不错。"瓦姑娘道。

"等开了春，城外的罂粟花要是像你的奶头这么大才好咧。"

"当然喽。"附和道。

"真好，眼看就要开春了。"连公子笃定道。

恰在这个关节上，新娘子带来的瓜儿子竟然从桌子下面爬了出来，吮着嘴上的长鼻涕，抠着脸蛋，笑话说：羞死了，哎呀羞死了，白奶子羞死了。连公子扫兴至极，只好灰溜溜地将脱了一半的裤子原提起来，慢慢地缠紧了腰带，往外轰：快去，快找那个爷爷玩去，爷爷的脑子没瓜，他主要是怕羞，所以才装疯卖傻来着。

卷三十四

　　罂粟花开放后，整个党河两岸的味道都变了，香氛习习，波澜有序。

　　以前，夏天的风是焦干的、枯涩的，呈颗粒状，席卷着沙山和戈壁大滩上的火苗，迎头碰面，一瞬间便将地上的水分抽取干净。人也恍惚变成了一页页纸，内里空白，忽然就打蔫了。那些火苗是看不见的，平时长在石缝和沙窝窝里，密密匝匝的。风起兮，风提着一把大号的镰刀，将这些火苗逐一伐倒，晾晒，捆扎，而后运进了二十三坊和沙州城，遍地燎原了起来。敦煌人称之为火风。现在好了，风刮过成片的罂粟花田后，一下子就平和了，连汤带汁的，将酥软的花香吹在人的颊脸上，仿佛膏了油，抹上了蜂蜜水一般。这些日子，整个敦煌都陷入了一种浓烈的迷醉当中，开始昼夜颠倒，开始说胡话。

　　入夜前，一道广漠的天光，从新疆和青海的方向上洒下来，笼盖在了罂粟花田上。这狗日的光线有魔法，划着了一根火柴，将所有的花朵点亮了，摇曳在风中，让天上地下布满了一种猩红色的气息，萦回不去。往年，党河水在这个季节上仿佛一匹野马，泥沙呼啸，难以驯服，淹死几个河工与河长也在所难免。可今年就稀罕了，堤岸牢固，河水稳静，连水中的大小鱼群，也像一个个打坐入定的僧侣，置身界外，闭目禅修。傍晚时，天气凉快，各个坊的乡邻，以及城内的居民们蜂拥而来，立在花田旁，纷纷拔长了脖颈子，贪婪地吸吮起了醉人的味道，心慢慢地落在了腔子里，肉体也随之沉沦。近些年，文和事老协会停办了一年一度的望果节，但罂粟花的神秘气息，撩起了男将和妇人们交媾的欲望，似乎只有大汗淋漓地干上一场，肉体方可苏醒，罂粟花也才能挂满累累的浆果，彼此不再辜负。一般到了后半夜，人群就渐渐稀了，有的回家上炕去咥办，也有些性子太急，直接仆倒在了花田中，肉体的声音像拉风箱，又像打夯。那一时，月亮站在了三危山上，月亮的脸也是猩红色的，亢奋无比。

　　静养了几个月，索朗的膝盖骨基本愈合了，又像一个人那样站了起来。或许应了那句老话，好了伤疤忘了痛，现在的索朗就想奔跑，就想在这一阵阵猩红色的风中飞起来，飞在半空中，让地上的傻瓜们记住自己，知道索朗还在，没被别人当成一口恶痰，吐在地上，然后再踏上一只脚。迎着一朵朵妖冶而发光的罂粟花，索朗奔跑起来，越跑越快，瞧见这些有利植物从腋下，从胯下，从头顶上，一掠而过，纷纷伏下了身子，对自己顶礼膜拜，臣服至极。索朗一边跑，一边吹着铁哨子，哨声中带着一丝铁锈的气息。但吹久了，铁锈就像被一张砂纸打磨过，声音明亮了许多，也阔气了不少。索朗早就忘了哨子的来历。前两天在家里发呆时，索朗发现一堆刚刚屙下来的鸡屎有情况，忙捧住了鸡屎，花了半桶子清水才淘洗干净，居然洗出来了一只铁锈斑斑的哨子。索朗兴奋坏了，逢人便说：瞧一下，快瞧一下，这就是公鸡的嗓子，公鸡就是用这个来打鸣的。见对方撇嘴，索朗又道：我吹一下，天就亮了，我再吹一下的话，天保证就黑了，骗你我就是一根鼻涕。

　　事实上，这只铁哨子是胡家坊的梵义馈赠的。当年，梵义向义庄借马，下了一趟河西，去给爹老子寻医问药，回返敦煌后，给索家的每个人送了一件礼物，索朗得到的就是这只铁哨子。奔跑中，索朗吹响了哨子，大朵大朵的罂粟花果然烁烨开来，明亮非凡，赛过了西天上的落日与晚霞。一旦跑累了，索朗接着吹上一声，人栽倒在地上，眼前蓦地一黑，人世上也就入了夜，阴阳之间没有了界限。索朗简直被这种奇异的发现惊呆了，欢喜莫名，尤其在哨子响起的那一霎，罂粟花田里扑棱棱地腾起了一群又一群的雀子，让天光妖娆了起来，仿佛空中掉下来了一块块的烂银，白白赏赐了似的。索朗喜欢跑，喜欢穿行在稀稠不一的有利植物中间，验证个人手中的魔法，让自己一次次大吃一惊。这么着，索朗跑完了平凉坊，跑完了陇西坊，这几天跑到了人口最多、地力最肥的天水坊，惹得男女老幼齐刷刷地站在党河边的田埂上，呼啦啦地笑，又哎哟喂地惋惜，生怕索朗摔坏了零件，看不上可笑了。

后来，索朗不是一个人在跑，而是收了一个信徒，跟在尻子后头，跑得比索朗还欢实。信徒是瓜儿子，一边跑，一边举起裆里的小牛牛，扯出一根尿绳，追喊说：狼叔，狼叔你慢一些呀。听见这样的央告，索朗不仅不慢，反而高傲地抬起了步子，好像穿上了一双登云靴，哨子声也更明亮了。瓜儿子吃着鼻涕，唱着口诀，吆喊说：狼叔好，狼叔俏，狼叔是祁连山上的树梢子，更是人里头的人尖子；狼叔好，狼叔俏，狼叔是东海上的龙儿子，也是沙州城里的大王子。索朗听美了，心里潮起了一股蜂蜜水，忽地漫延开来，浑身的每一个骨节都像膏上了酥油似的，轻捷无比，跑得更疯狂了。不一时，索朗觉得自己真的飞了起来，凌空疾行，下界里的党河水、坊上与罂粟花田，下界里的城墙、寺观与车马，一下子都变得指甲盖大小，不值一提。餍足之后，索朗突然收住了脚，折转过身子，对着追撵过来的瓜儿子，款款张开了胳膊，邀约说：你摸一下，摸一下我的胳肢窝，看看你摸见了啥。瓜儿子摸完了，摇了摇头。索朗詈骂说：二尿，我胳膊下头长了这么多的羽毛，你瞎了么，你怎么就摸不见哪？瓜儿子又摸了一趟，依旧两手空空。索朗笑了，露出了白牙花子，提议说：走，咱们一起去问问廖掌柜，让他说说看。

廖掌柜正趴在地头上，哭得恓惶不堪，谁也劝不住。

廖明洗染店开在了沙州城内，已经开了三辈子人了，声誉颇佳。七天前，敦煌六合班派人来，还捎来了一匹素料子，让掌柜的抓紧洗染一下，弄成罂粟花的颜色，打算交给裁缝店，做几件别出心裁的戏服。来人介绍说，新任县长李肖鹏已经就任两个多月了，县府开门办公，一天至晚忙得四脚朝天，文和事老协会过意不去，经初步拟定，打算开一笔钱，让六合班在戏楼上连演三天的大戏，一方面慰问天台大人，另一方面加强双方的关系。廖掌柜接下了这个单，不料连着试染了几大缸，均没有达到满意的效果，花出去的开销早就超出了预算，但也无计可施。礼失求诸野，颜色亦如是。傍晚前，廖掌柜簌簌簌地出了城，来到了罂粟花最为繁茂的天水坊一带，蹲在地头上，详察这种神秘的颜色。可越看，廖掌柜的心中越发没了底，一时间失了控，泪水打湿了膝盖。廖掌柜深知，这一次失手的话，不但辜负了文和事老协会的重托，拂了连公子的面子，廖家的牌子也必定会砸了，将毁在他的手上，所以哭得像嚎丧。

索朗拽着瓜儿子，趄到了廖掌柜的跟前，照旧张开了胳膊，邀请对方摸一下自己的羽毛。廖掌柜狐疑，探摸了一番，坚决否认了。索朗咧笑道：究竟是天鹅的羽毛呀，还是老鹰的披风，总之我会飞了，你实话说给我知道吧？廖掌柜不愿纠缠，呸的一声，又捉住一大朵罂粟花，目光迷离了起来。索朗被对方的这种傲慢激怒了，一拳挥将过去，端直地砸在了对方的鼻脸上，直接开了一间染坊。廖掌柜捧住了鼻子，发现血流如注，自己像一眼泉那么坏掉了。索朗嗔怪道：你个半脸汉，你真是有眼无珠，专门来吃打的，老子现在明明是一只飞禽，浑身长满了羽毛，偏偏你看不见。廖掌柜摊开了手心，盯看着那一摊鲜血，慢慢地笑开了，笃定道：天哪，我找见了，终于找见了！罂粟花的颜色其实就是血，血就是六合班的戏子们穿的衣裳颜色，开戏喽，现在开戏喽。

言毕，廖掌柜返身跑掉了，掉下来一只鞋子，竟也顾不上拾。这种狼狈，让花田里的两个人失笑了半天，肚子也笑疼了。瓜儿子道：疯了，这个傻瓜疯了。索朗蔼然道：咱们不疯，咱们飞上天去，你听我吹哨子吧。这一时，天色暗沉了下来，但最后的余晖泼在了花田上，让罂粟花漾荡来去，散发出碎金烂银似的光斑。索朗张开了无形的翅膀，在前头奔逐，哨子的声音越吹越亮，照着自己脚下的路。瓜儿子一边追撵着，一边念起了口诀：狼叔好，狼叔俏，狼叔是酥油碗里的奶皮子，也是紫禁城门上的银钉子。

"喏，那两个疯子，这下子玩美了。"连公子讥笑道。

"火已经烧了起来，谁也别想逃避。等挂满了浆果之后，整个敦煌会更疯狂的，这是意料之中的事。"丁荣猫诸人站在一块台地上，目光逡巡着党河之畔，这一片属于天水坊的沃野，嗅闻着空气中浓烈而神秘的气息，既有一种空前的宽释感，同时也带着一份大战将临的紧张与不安。丁荣猫道:"《火烧纪信》这一折子戏不错,我许久也没听了。"

"丁掌柜,在下献丑了,你将就着听吧。"连公子恭敬一揖,清了清嗓子。

韩信北伐燕赵内,千里不能够救燃眉,困的坑洼如死水,张良陈平无计策,他观我与高皇面貌相对,他叫我头戴王帽,身穿黄袍,腰系玉带,足踏朝靴,假扮高皇哄骗项羽贼,君叫臣死臣难违,为国尽忠理当为……连公子陶然地唱了一段,感觉甚好,却只看见汤世瓶一个人在喝彩,而丁荣猫萧然兀立,闭着眼,五官蹙成了一块咸菜疙瘩的样子。连公子心猜,丁荣猫一定在替李肖鹏的那件事犯愁。的确棘手,一帮人商议再三,也跑遍了敦煌的每一个犄角旮旯,至今没有下文,这免不了让丁荣猫天天耗神。悄寂了片刻,连公子窥见对方松开了表情,嘴角上漾出了一丝诡笑,忙问:丁掌柜,你一定有了主张了,如果我猜得不错,我想舞会的地点应该是……丁荣猫突然睁开了眼,目射精光,逼视着连公子,吓得后者忙捂住了口舌。连公子畏惧了,一再歉疚道:怪罪怪罪,我这一张逼嘴不是人养的,我知道杨修是咋死的了。丁荣猫忽而又笑了,戳了连公子一指头,假嗔说:你狗日的想着法子在骂老子,你愿意当杨修,可老子不想做曹阿瞒,你也少给老子的鼻头上搽白粉。这些话等于戏谑。玩笑毕了,丁荣猫立时肃穆了下来,叮嘱道:

"尽快吧,你以文和事老协会的名义,抓紧上报给李肖鹏县长,舞会就在天水坊,就在这一片花田里办。"

连公子果真料到了:"丁掌柜放心,天一亮,红帖便会呈递在县长的案头。"

"哼,这个吃酸菜拉洋屎的货,真让人开了眼。"汤世瓶不悦。

"这样最好,只要李肖鹏有一个癖好,便有了攻下他的法子。怕的就是这个洋派人物水米不进,满口道德,那样才会碰壁。"丁荣猫忽而喟叹一声,唏嘘道,"其实,国民政府派遣的这个班子里,索乘才是个大麻烦。这个贼一点也不像索门的后人,身上干净,但六亲不认。"

"还好吧。至少,李肖鹏是索乘的顶头上司,翻不了天。"连公子又做了一回杨修。

中华民国第十七任敦煌县县长李肖鹏，于立夏前一日，率部抵达了沙州城内的公署，正式接管了这一座塞外重镇，开始了自己诡谲而短暂的革命生涯。自民国元年始，县长（或曰行政长）一职犹如雨天里的蚂蚱，一个飞了，又一个蹦来了，另外几个递补者蝉联在路上，让人干脆记不住他们的相貌与名讳，索性也就忘光了。其中，在民国二年，先后有两人履职，没干满一年就溜了。民国八年，先有安徽人余春普，后有陕西人刘吕炬，再有安康人张存恺相继就职；这三个人在敦煌逗留的天数，刚巧凑够了九个月，便杳然东归了。更令人错愕的是，其中一名来自湖南湘乡的黄焕章，上任第六日，便投井而亡，创下了最短的纪录，简直连一只蚂蚱也算不上。在李肖鹏赴任之前，虽说也有县警察局在勉力运作，维持着社会的表象，但整个地方政权形同虚设，出现了一个漫长而沉闷的空荒期，孤悬于中华民国版图之一隅，几乎与中原彻底脱了钩，断绝了政治上的一切瓜葛，形成了一块标准的锈带，无人问津。恰是在这样的情势下，发轫于沙州城和敦煌二十三坊，并绵延一百多年的文武两家和事老协会，先后遭遇了灭顶之灾，一时间落花流水春去也，不复当年。讽刺的事情发生了，李肖鹏开署办公的第一日，接到的第一份公文，便是由连公子签字，以新一届文和事老协会之名发来的红帖，邀约天台大人当晚在红门楼一聚，与敦煌各界的贤达和乡绅们把盏言欢，其主题是为李肖鹏接风洗尘，扫除疲累，以尽地主之谊。李肖鹏念了一遍，当着书记长索乘的面，慢慢撕碎了，没给予一个字的答复。

李肖鹏者，浙江龙泉人氏，世家子弟，祖上一直在南洋经营橡胶，积累了巨大的财富。早年间，李肖鹏报考了三年的上海交通大学，考试科目有国文、英文、三民主义、化学和物理，考期三天。除了国文和三民主义之外，李肖鹏每年都交了白卷。名落孙山之后，李肖鹏逗留在了上海，经常去国际饭店里跳舞，混迹在上流社会的交际场所中。一个偶然的机会，李肖鹏从一位厌学的高官公子手中，买了一套密歇根大学的入学许可证书，登上了前往美国的海轮。当时，一块银元合三块美金，一年的留学费用大概在一千五百多美金。李肖鹏的父亲得意于儿子的出息，一股脑地打来了两万银元，等于是整整四年的全部开销。俗话说，一碗饭救饿人，一石米养仇人，即便是父子之间，也概莫能外。在密歇根大学时，李肖鹏先念了化学工程研究所，被辞退后，又去了俄克拉荷马大学浪迹了半年，同样丢掉了学籍。在求学无果的情况下，李肖鹏便拿着那一大笔钱，周游各地，吃喝玩乐，对流行的交际舞产生了浓厚的兴趣，到处寻访舞手，切磋技艺。在钱财即将告罄前，李肖鹏买了一张文凭归国，又在父亲的关照下，在政府内谋得了一席职位，继续浪打浪，热衷于舞蹈和风花雪月。北伐胜利之后，中央政府急需要大量的人才，不料在这个关节上，父亲终于窥破了李肖鹏的种种谎言，从马六甲赶到了南京，打算治儿子的罪。李肖鹏三十六计走为上，挑了一个穷寒的省份甘肃，又在甘肃版图最荒凉的一片锈带上，择出了敦煌。于是一路西行，心情怏怏地坐在了县署的衙门中，感觉自己被流放了，被彻底抛弃了。

第一封帖子泥牛入海后，连公子并不沮丧，再次发去了一封红帖，陈情道，由文和事老协会出资，邀请敦煌六合班上演他们的经典保留节目，恳请县长大人拨冗出席，给台上的演员们披红，与民同乐，共迎中华民国之盛世。李肖鹏乃浙人，此番路经陕西时，也曾听过一场西安易俗社的《火焰驹》，可从头至尾，愣是没听懂一个字，遂心生嫌怨。看罢红帖，李肖鹏拧开了自动墨水笔，批了一行字：宁听驴放屁，不听秦腔戏。红帖退到了书记长索乘手上时，索乘觉得煞是不妥，这不但会伤及敦煌百姓的一番热情，也恐将损害双方的关系，对县政权以后的运作不利。索乘是李肖鹏亲自挑选的，甚为倚赖，当左膀右臂一样使用。当初在兰州向省府报到后，开始配备班子和随员，李肖鹏翻看了一下花名册，发现了敦煌籍的索乘，便当即圈定了。在西去赴任的途中，李肖鹏渐渐发现，自己终于干了一件正事，这个毕业于新式武校的索乘，不仅禀赋了军人的果敢与无畏，而且兼具了文人的缜密与逻辑。索乘性格内敛，平时言辞不多，但一俟李肖鹏有了疑惑，必定是有问必答，十分详备，几无缺失。索乘将自己的意见坦承给了李肖鹏，后者仔细斟酌了一番，采取了一个折中方案，敦请文和事老协会撤销了六合班的演出，改办一场露天的舞会。

舞会？索乘闻听了这个词，突然一反常态，哈哈哈地失笑了半天，肚子都笑疼了。索乘见识过这种所谓的文明舞，揶揄说：沙州城和城外的小脚女人们，怕是连路都走不稳，让她们去跳舞，还不如搬上一块煤，去党河水里洗刷，肯定也能洗白。李肖鹏反诘道：大谬矣，美利坚能跳，欧洲能跳，为何偏偏我中华民国就跳不得？文明之肇起，恰恰就是从这种细枝末节上萌芽的，我愿意开风气之先。至于跳舞的人选，李肖鹏很快就敲定了两条线。其一，发文给酒泉，请酒泉海关的那几位洋大人一定莅临指导，来往费用，均由敦煌方面支付。其二，由警察局代理局长张喜群酌办，扣下几个天津、上海、杭州和广州一带来的商团，贸易团队中携带了女眷者尤佳，待舞会结束后再放行。对于上峰的这种特殊癖好，索乘觉得既无利，却也无害，也就放弃了个人的主见，迅速向文和事老协会发出了回执。

连公子拿到了回执后，也像索乘那样狂笑了大半天，知道这事成了。丁荣猫不解，探问说：这驴日的想跳舞，跳啥舞？还不是出难题么？沙州城里谁懂得这种鸡巴东西，我看这条路堵死了，李肖鹏不想跟咱们联手合作。连公子一番佯笑，透露说：丁掌柜，我敢当面打赌，李肖鹏绝对会对一个人入迷的，一旦迷上，咱们一河的水就开了，不愁打不到粮食。

近些天，由文和事老协会出面，先后在陇西坊、平凉坊和天水坊主办了巡回讲习，瓦姑娘担任主讲，分别给种植了罂粟的农户们讲解挂果时期的植物维护，以及后续的切果与收浆等工艺，简直忙得马不停蹄，一天也没在谭家大院里待过。连公子拽上丁荣猫，策马跑去了平凉坊，刚巧碰见瓦姑娘授课完毕，正跟汤世瓶从郭家祠堂里出来。天气太大了，空气中都是火焰的味道，连公子拦住了瓦姑娘，鼻子在对方的身上嗅闻了一圈，讶异道：乖乖，咋不香了呢？你本来是一个香美人，看看让臭汗给熏的，真是辜负了天老爷赏赐的这一副白雪雪的好身材呀。顾不上一旁汤世瓶的白眼，连公子从马褡子里摸出了一只玻璃瓶，赠予了瓦姑娘。后者大惊，拔出塞子闻了一鼻子，脸上突然绽出了一朵牡丹花。连，你这个坏家伙，你是怎么搞到香水的？瓦姑娘由衷地探问道。连公子款然说：因为你要跟县长去跳舞，倘若没有这么一瓶子香水，岂不是连某人的失职，也让在下神伤和难堪嘛。跳舞？这个双重的喜悦简直让瓦姑娘快慰极了，当场使唤着一双修长的大腿，用脚尖在地上拧出了几个花子，妩媚而动人。汤世瓶忍不住了，詈骂说：你个坏屄，你这明明是把羊往狼窝里送，你当瓦莲娜是什么人了？狗杂种，你这是把瓦姑娘当婊子一样对待嘛。连公子恍然一乐，嚷喊说：对了对了，最近凤仙楼还真来了几个新婊子，听说是江南一带的，八成也会跳舞，让她们去陪衬一下瓦姑娘吧。丁荣猫一说好，叮嘱按这个办，汤世瓶也就闭上了嘴，只在肚子里仇恨去了。在讨论弦乐班子的问题上，还是丁荣猫一锤定音，截铁道：不能请红白喜事上的吹鼓手们，让六合班的去吹拉弹唱吧，务必要舍得花这个钱。只要能将李肖鹏和索乘争取过来，我们便可以开门见喜，一顺百顺了。

现在，关于舞会的一切细节都敲定了下来，心情自然是放松的。

暮色沉降下来，成片的罂粟花田渐渐喑哑了，不再发光，但党河边的沃野依旧充斥着白昼里那种猩红色的刺激味道。瓜儿子还在念口诀，追撵着索朗。索朗继续张开了臂膀，奔逐在田野中，飞的欲念攫取了这个家伙，但不幸的是他的肚子里装着一泡屎，始终也无法腾跃起来，摸见天空的屋檐。一不小心，索朗冲撞了花丛下野合的男女们，惹得男将在叫骂，女人在寻摸丢弃了的衣裳，胡乱遮护住私处，哭得胆量也没了。跑到后来时，索朗摔了个仰八叉，突然惊起了一群夜鸟，扑棱棱地散开了。索朗顾不上疼，又开始吹哨子。哨子的声音像一伙索命鬼，吓得夜鸟们反过来攻击人。

台地上，丁荣猫诸人哈腰低头，发了一顿怒火，好歹将鸟群驱开了，方出了一口长气。这一时，党河畔的地埂上，出现了十几只嘹亮的羊皮灯笼，从夜色中浮游而来，鱼贯地上了坡子，立在了大家的面前。连公子迅速严肃起来，拿出了会首的派头，用目光审视了一番。原来，这都是另外各个坊的当家人，有大坊，也有小坊的，此番联袂而至，似乎是来集体问罪的。果然，灵台坊的站了出来，拱手一揖，气呼呼地说：文和事老协会一定要一碗水端平，如今只热络了平凉、天水和陇西三个坊，剩下的二十个坊莫非是后娘养的，不遭待见么？

连公子知道缘由，偏偏忍住不发，故意探问说：这话咋讲？自鄙人就任后，始终心系众位父老，夙夜在公，勤勉不辍，我到底洒了哪一家的水，亏了哪一个坊的福？皋兰坊的接住了话茬，怨怼说：连公子你自己瞧吧，今年天水等三个坊的地里虽然没种庄稼，但这些罂粟花全都长疯了，这哪里是花花草草呀，这简直种的就是真金白银嘛。哎哟，我们又没有瞎掉，大家知道这就是大烟膏，运到中原内地的话，一块烟土值一坨银子哪。临洮坊的又附和道：也怪我们愚钝，脑子里吃了屎，上半年开播前，协会只给天水这三个坊发放了花花子，当时我们就应该争，应该抢，反正饿死胆小的，撑死胆大的。连公子哑默着，待这些人撒完了气，嘴里的唾沫渣子干了之后，方释解说：各位神仙，列位叔伯，我手上的这碗水一直端得很平，不偏不倚，当初之所以单单发放了三个坊，原因不外乎两个，其一，这仅仅是开始，是头一年，是试种，先蹚开了这一条发财的路，将来每个坊都有份，一个也不会落下；其二，这些花花子的种子，可都是从北疆的俄境一带获得的，现在俄境的天也变了，一场十月革命，竟然将沙皇全家当牲口一样宰了，苏维埃的骑兵们天天守在边境线上，但凡发现了走私种子者，一律枪毙。连公子的话在情在理，一帮当家人哦的一声，明白了大概的脉络，理解了协会的苦衷，也就不便再追究下去了。不过，临走前，甘谷坊的非要连公子吐一句实话，将来如何筹谋，如何将各个坊摆在同一个桌面上，一视同仁。

连公子当即吃了咒，笃定道：等今年割完果、收了浆、熬完了烟膏之后，将率先填补这二十个坊的空白，先期分发明年的罂粟种子，倘若食言，诸位尽可以提着镢头和铁锨来，砸了文和事老协会的牌子，撕了我连某人的嘴。甘谷坊的攀住了连公子的胳膊，喟叹道：一步错，步步错呀，我们今年可亏大了，后悔得要把胸脯拍成了乌鸡肉。旁边的人纷纷帮腔道：看明年吧，明年我们啥也不种，只种罂粟苗子，一定要回报协会，给连公子好好长一长脸。连公子殷殷劝慰了半天，一行人方逐渐散去，走得一干二净了。

目送着那些影影绰绰的羊皮灯笼，丁荣猫感慨道：多好的衣食父母呀，咱们该磕头的。

收了秋再说吧，到时候，我不光要磕头，我还要杀猪宰羊，供上三牲，每个坊里走一趟。连公子阴笑着，从旁边的马褡子里摸出了一把戥秤，展示说：丁掌柜，收尾的事已经安排妥定了，统一收购，当场兑付现金，一分一厘也不含糊。

汤世瓶道：如果老天开眼，再过九天，罂粟花就满百日了，咱们也将大功告成。

干脆是这，李肖鹏的舞会就定在割果收浆的前一天吧，权当是县长大人在替这些有利植物加持，在给罂粟浆果披红。舞会的次日，天水、陇西和平凉三个坊统一行动，正式收割。丁荣猫下达了指令，又叮嘱道：诸位一定仔细了，千万不可马虎，不能辜负了咱们的半生心血，咱们输不起，也不能输。

言毕，丁荣猫跳上了坐骑，率先下了坡地。暗中，丁荣猫揩了揩眼角，竟然是湿的。

从去岁的端午节算起，或者不，应该从更早的沈家旧院中一连串的失败计起，丁荣猫觉得自己其实也是一棵罂粟，历经了破土、萌芽、生长、开花的逐个阶段，个中的心酸与劳苦，失败和茫然，难以与外人诉说。转圜来了，自打汤世瓶带着瓦莲娜，以毡博士的身份进入了沙州城之后，一切都像是命运打完了瞌睡，慢慢醒转过来，开始向丁荣猫布施，开始慷慨地馈赠。在谭家大院内，来自俄境的花花子不仅没有水土不服，相反却肆意生长，猩红遍地，好像敦煌才是它们根本的泥壤，原始的宿命。先时，丁荣猫亦不能例外，被那一院子奇异的芳香致醉了，从魂魄到肉体，一度疯癫，一度迷狂，一直延续到了百日来临，直到看见挂满了无数的浆果后，灵魂才慢慢归仓。瓦莲娜不愧是农学院的高材生，用一把专门从俄境带过来的小眉刀，款款地割开了浆果，让汁液缓缓渗流了出来，收集在了一只洁净的汤瓶中。刀头是弧形的，仿佛瓦莲娜的眉毛，后来一打听，瓦姑娘果然叫它眉刀。刀身上还镌着一行字，俄文字，意思大概是：邪恶之果。汤世瓶介绍说，别听这瞎话，这是他们的上帝老子讲的，当不得真。哼，倘若这果子是邪恶的，上帝干么要造花花子，这不是打他自己的脸嘛。上帝，丁荣猫对这个词很陌生，求教了一番后，方才明白上帝便是俄人的佛祖和太上老君，也就噤了声，不敢乱语三千。当时，瓦莲娜用指尖掭了一点点浆液，让丁荣猫嗅闻，问是什么味道。丁荣猫咂巴着嘴，恍惚了半晌，答复说：腥的，嗓子里想吐。瓦莲娜又掭了一滴，让对方尝尝。丁荣猫干脆将她的指头吞在了嘴里，吮得一干二净，闭目徜徉了一阵后，沮丧道：这鸡巴是苦的。

那几日，瓦莲娜昼夜无明地割着浆果，收集浆液，汤世瓶也没闲着，打起了下手，彼此配合得十分默契。丁荣猫摆脱了前期的迷醉，带着怀疑的态度，寸步不离地跟在左右，就想看看这种根本不起眼的浆液，究竟使了什么法术，何以变成了贵如黄金的烟膏。不料想，等到了熬烟的这个工序上，汤世瓶却使了狠，将丁荣猫从作坊里逐了出来，还在门窗上挂起了黑账，不许偷窥。汤世瓶坦承说：猫子，我得留一手才是，否则你全都学了去，将来我咋死的，我自己也不知道。丁荣猫苦笑道：对，我本来就是猫，当初我没给老虎教爬树的本领，就是想给自己留一个退路。你个驴日的，你这是从我这里悟到的。

烟膏熬制出来了，新鲜而亮泽，足足有三大块，被瓦莲娜仔细地包裹在了油纸中，搁在阴凉下，以防晒化了变质。那一段时间，丁荣猫觉得整个谭家大院都无足轻重了，唯有这些烟膏，才是他个人的性命，也是他自己这一生的出路，所以天天守在阴凉下，不敢松懈。瓦莲娜擦净了眉刀，汤世瓶买来了烧酒，双双歇缓下了，将后续的事情和盘交给了丁荣猫。一对狗男女，就等着坐地分赃了。烟膏变现，只有将这些焦糊色的东西，兑换成真金白银，方可获得一个全美的结局。但是，丁荣猫简直愁苦死了，上火不说，还掉了不少的头发，急得团团乱转。放眼望去，沙州城内的县府一直空荒着，几近瘫痪，而北疆马鬃山和龙首山一带的各路土匪呼啸来去，愈发猖獗，其中尤以黑喇嘛的那一支队伍最为嚣张，杀人无算。南部的祁连山两麓，包括青海境内的大小柴旦，随着季节的更替，时常漂移着一些游牧部落，因为信仰和习俗的缘故，他们不嗜烟土，这条线也是不可推敲。西路的新疆，于不久前刚刚发生了兵变，主政者杨增新被当场刺杀，金树仁因平乱有功，由南京政府认命为新疆省主席兼总司令。甫一上任，金树仁便采取了闭锁政策，从猩猩峡和巴里坤一线布防了重兵，基本上切断了东西通道。三面被困，于是只剩下了东向的酒泉、张掖和武威三郡。虽说现在的河西走廊地广人稠，富庶繁盛，但丁荣猫一向不谙此道，岂能说走便走，轻而易举地打开这个潜在市场的缺口，而这恰恰是要命的关节。

要命的还在于，路是死的，但人是活的，人才是世上唯一的路。丁荣猫深知，梵义和急递铺就是这样的路，恐怕也是沙州城乃至关外三县仅有的一条活路。这么些年来，梵义秘密经营着急递铺，自有一整套隐蔽的管道，一不声张，二不喧哗，慢慢地开疆斥土，渐渐坐大，业已形成了一方气候，外人实在难以窥破。丁荣猫不是不想结盟，利益共享，但自己屡次三番带着巴结的心态去靠拢时，均被梵义冷漠地拒绝了，甚至连沈破奴也一样，干脆一死了之，也不肯援手。对急递铺久攻不下时，梵义的孤傲与清高，在丁荣猫的内里埋下了一堆暗火，只待一场罡风吹起，便会彻底爆炸。

岂料，就在这个关节上，连公子前来毛遂自荐，一时间解开了丁荣猫心里的疙瘩。丁荣猫惊诧道：你去兜卖，你去哪达兜卖，又卖给什么人？连公子神秘道：我以前替你跑过腿，也算蹚过这条路，好歹认识几个这方面的人。我不去别的地方，我偏偏想往北走，专门将这些烟膏卖给土匪们，我说话算数。丁荣猫怀疑有诈，却也没有别的计策，焦灼不已。连公子看破了对方，开出了条件说：是这，倘若我这一趟能活着回来，脑袋还长在肩膀上的话，我一手给你烟土钱，你一手保我坐上文和事老协会的位子，以后你我内外呼应，我继续服属你。丁荣猫瞪大了眼睛：狗儿子，原来你谋算着要做第二个李豆灯呀，你胆子可真野了。连公子肃然道：我属鸡，但我再也不想从地里头刨食吃了，我打算做一个正经人，有一个体面的身份，我知道你能办到，你想办的一定能办到。

连公子跟着一帮贩水缸的商人走了，出了玉门关，一直往马迷兔的方向上而去。其中一只水缸打了个假底子，三块烟膏隐藏得很好。此后的一个半月里，丁荣猫坐卧不宁，天天去西门外打探，急出了满嘴的燎泡，可每一次都是空手回来。有个后半夜，谭家大院的门被砸响了，丁荣猫率着汤世瓶打开了门，发现连公子一头栽在地上，旁边的坐骑几乎散了架，蹄子上的马铁也快磨光了。连公子醒来后，撕开了牛皮靴子，掏出来两根黄澄澄的小金条，扔在了炕上，销了这一趟的手续。丁荣猫还来不及兴奋，便听见连公子发咒说：我只干这一趟，这种杀头的活计，以后千万别泼烦我了。临走前，连公子不忘叮嘱道：我现在兑现了自己的话，你们最好也抓紧吧，李豆灯的那个椅子冷了许久了，我需要去坐热。

在连公子北上的那一段，谭家大院内的罂粟花结荚了。一只只椭圆形的干荚被陆续摘取下来，开始收集花籽了。汤世瓶旧戏重演，从城隍庙里买来了一张白毡，铺在庭院中。瓦莲娜每捉住一只，玉指一掰，干荚便碎了，从里面淌下来上百颗深褐色的花籽，犹如蚕子一般。丁荣猫大呼过瘾，赶紧腾出了一间晾房，将白毡慢慢地挪移了进去，挂上锁，钥匙别在了自己的腰带上，上了炕睡觉也不肯脱衣裳。整个冬天，丁荣猫天天绕着那一座晾房转悠，恨不得摆上一张供桌，跪下自己的膝盖，当先人一样祭拜。汤世瓶见状，时常揶揄说：丁掌柜，心急吃不了热豆腐，一生二，二生三，三生万物，等明年收了秋之后，这些花花子将多得铺天盖地，到时候你就懒得惜疼它们了。不错，这句话戳到了丁荣猫的软处，恰是因为今年的罂粟花籽有限，所以只圈定了天水、陇西和平凉三个坊去种植。丁荣猫嘀咕说：狼吃的，如果身上阔，谁不乐意在敦煌张灯结彩、炫耀一场呀。

翻过年，在临近开播的前几日，连公子率着自己的喽啰们，星夜驰往上述的三个坊，挨家挨户，按人头和田亩，分发完了所有的花籽，一粒不剩。党河解冻后，在透迤的春风中，这些世代务农的庄稼把式，吆着牲口，犁开了大大小小的耕田，先用舌尖抿一下花籽，蘸上一星唾沫，然后款款地压在了泥壤的表层，神情庄重，礼数周到，仿佛押下了全家老少的性命一般。这一季，河水安澜，田畴广阔，一眼望不到边际，丁荣猫诸人立在一处坡顶上，听见所有的把式在风中吆喊着，诵念着，快意着，齐刷刷地传来了运三、运三、运三的声音，缭绕不绝。丁荣猫不解，回问说：运三是个什么口诀呀，喊得人耳朵快破了？连公子唰的一下抖开了扇子，简略地讲述了一番运三的故事，最后作结说：让大家喊去吧，这是在去咒哪。丁荣猫咧笑开来：去咒好，去了运三这个咒，今年敦煌的事就成了。

也真就邪乎了，三个坊的庄稼把式们喊完了口诀，去完了咒，天老爷一下子精神了，要风得风，要雨给雨。整个敦煌从来不曾像今年这么和顺过，没下过一场冷子，也没刮过一次沙尘，让罂粟花像紫禁城里的贵妃和娘娘们那样，一株株地玉立在大田小田中，摇曳到了现在。目下，收割在即，丁荣猫的重心开始转移在了销路上，这才是命门。

夜色浓黑，几乎看不见前路，但是胯下的坐骑凭着本事，飞也般地疾驰着。

丁荣猫感伤已毕，鼻脸上的泪水也风干了，一面仰看着天上黯淡的星宿，一面听见身后的马匹追撵了上来。过了灵台坊，过了古浪坊和榆中坊，猛然间，一座透出了灯光的高房子出现在了视野中，沉静而孤立。丁荣猫略一斟酌，蓦然清醒了过来，不错，胡家坊到了，而那一座高房子，恰是老掌柜胡恩可养病的所在。据丁荣猫掌握，少东主胡梵义携着夫人，早在上半年便南下去了湖北黄州，专门安葬沈破奴的骨灰去了，时至今日，也没有归返的迹象。现在的胡家，病的病，老的老，只剩下了一个次子梵同，性格顽劣，独木难支。丁荣猫突然勒住了缰绳，一骨碌翻身下马，扑腾跪在了地上，朝着不远处的高房子，仔细地磕了三个头。

连公子、汤世瓶和几名亲信见状，也纷纷跳下了马，迅速拢了过来。丁荣猫叨念着，却不知道在哀告些什么，但口气怆惶，两个肩胛也在战栗不止。末了，丁荣猫抬起了头，瞭看着高房子上的灯光，忏悔说：

"胡恩可大人，晚生有罪，这一切都是迫不得已，求你老人家宽恕吧。"

连公子问："丁掌柜，下一折子开始了？"

"胡梵同现在是一个缺口，要么让他迅速接管急递铺和全部游击，与我们合作，要么他就死。"答复道。

大概半个时辰后，胡家坊外的这一条碎石小路上，再次出现了一匹高马，蹒跚而来。横在马脊上的人烂醉如泥，搂住了马颈子，就像一只瘫软的麻袋。

这个人不是旁人，正是被急递社除了名的游击陈小喊。

好感就像一块新鲜的酥油，尝过第一口之后，便有了信任。

隔着窗户，瞭见那个青年军官又出现了，从街道对面走过来时，孔执臣赶紧收拾完了乱七八糟的包裹，用鸡毛掸子拭净了柜台。收秋前，来急递铺里投邮的顾客颇多，货架上、柜台下、窗台上码满了各式各样的邮品。按着流程，需要逐一地分发出去，送达目的地。孔执臣拿出了水银镜子，拢了拢头发，揩掉了鼻头上的一点点尘灰，才满意了下来。这时，门帘撩开了，青年军官款然入内，立正了身子，两脚一磕，啪地敬上了一记军礼。孔执臣觉得受用不起，赶紧搬出来一只凳子，又沏了一杯热茶，送在对方手上，让其随意。这么着，青年军官宽释了下来，解开风纪扣，赳赳然地坐下了。

掌柜的，看样子，我的邮包还没到吧？青年军官一边吹着茶汤，一边探问。孔执臣望了一眼窗外的天色，歉疚道：长官，应该快到了，或许路上出了什么问题，耽误了你，实在是对不住了。青年军官摆了摆手，匆忙否认说：不必道歉呀，反正我时间多，可以慢慢等，出门在外，路上的事情谁也说不准的。一来二去，双方脱却了先时的拘谨与客套，迅速热络了起来。哦，我敢打赌，现在沙州城内肯定空了，完全空了，只剩下了两个人，一位男将，一位太太，一个是你，另一个便是我。青年军官面目清秀，胡子也刮干净了，牙齿白得像是一块象牙雕下的，戏谑道。这种孤男寡女之间的玩笑话，不免令人脸红，但孔执臣是经见过世面的，并不局促。孔执臣反诘道：长官，你的话未必确凿，恐怕也太武断了吧？这沙州城里除了你我，还应该有不少的人，只不过你没看见罢了。青年军官咦了一声，登时来了兴趣，似乎被对方的这种主见和伶俐吸引住了，忙探问再三。孔执臣手也不闲，拿出了一团凌乱的羊毛线，一面缠疙瘩，一面抿笑道：其实，除了你我二人，寺庙里还坐着佛陀、菩萨和金刚，道观里还有玉皇与太上老君，土地庙里另有土地公公，所以你太自以为是了吧？

青年军官呵呵一笑，摘下了帽子，自惭道：我的确太独裁了，我收回我刚才的谬论。嘘，我好像还真听见了庙里的钟声，钟声很凉快，沙州城今天这么悄静的。张耳谛听了半晌，钟声消泯了之后，青年军官又道：你怎么没去天水坊看舞会呀，全城的人都出动了，只你一个人还在忙碌？孔执臣道：我对庙会没兴趣，我从来不赶庙会，鸡飞狗跳、骡马喧腾的，倒不如我自己图个清静。一时间，青年军官简直笑喷了，擦着下巴上的茶汤，释解说：哎呀，我说的是东门上的楼子，你说的却是西门上的猴子，那个叫舞会，可不是赶庙会。孔执臣漠然道：反正一样，肯定是扎伙成堆的，我见了热闹就头痛。青年军官放下了茶杯，一把捉住了孔执臣的手腕，喜悦道：来来来，我教你吧，这个简单，你一学就会。孔执臣抗拒着，但拗不过男人的手劲，面色一下子彤红绯赤了起来。哦，我早就看出来了，你思想开放，整个沙州城的女人们当中，恐怕就你一个人是天足，天足才是跳舞的料子，青年军官执拗道。孔执臣突地恼了，一把打落了对方的手，断喝说：

"索乘，你放规矩一点，这可不是在义庄，也不是在你们的衙门里。"

"你认得我？"立时松开了手。

"长官，快喝茶吧，你的邮包也快到了。"孔执臣敛住了不快。

敦煌县政府开署办公后，沙州城的人们并未感觉到有什么异常，油饼照吃，麻子照嗑，墙根下晒日头的人一个也不少。唯一的变化，便是县署的门头上，插上了一面青天白日的旗帜，仿佛刚从染缸里捞出来的一般，色彩鲜艳，干干净净，在风中时起时落。孔执臣在急递铺里一直忙碌着，又是接收邮品包裹，又是安排寄达线路。游击们也像陀螺似的，干脆不停歇，星夜奔波在路上。一连数日，孔执臣发现了一张陌生的脸，夹杂在人群中，既不申领包裹，也不投寄什么，目光审慎地观望着店内的一切。这个人刻意伪装了自己，前天是长衫，昨天是学生装，改日又穿上了一件羊皮夹袄，戴着一顶毡帽，遮住了鼻脸。那一段，少东主梵义携着妻子性元去了湖北举丧，大半年了，竟然没托人捎来过一封信。丈夫苏食不是在胡家坊，便是在外面打理着胡家的各项买卖，十几个店面够他一个人操心的了。孔执臣渐渐胆怯了，脖颈子后面发凉，忙传话给了急递铺对面的警察局，让代理局长张喜群过来一趟，帮着查探。择了一日，张喜群揣着一件包裹进了门，佯装投邮，朝墙角里瞄了一眼。事后，张喜群相告道：那个人不是旁人，正是敦煌县政府的书记长，县长李肖鹏跟前的大红人，也是义庄的二少爷，姓索名乘。末了，张喜群又不忘叮嘱说：小婶子，你尽管把心搁在腔子里吧，索乘这个人在县署里很公正，口碑甚佳，但他却是一只闷瓜蛋子，不苟言笑，谅他也没有什么别的企图。又诡谲道：是这，索乘是我的上峰，人家天天提着我的脖领子哪，我以后就不便出面了。

转过几天，孔执臣跟索乘正式见了第一面，顿生好感，好比品尝了一块新鲜酥油似的。

索乘是穿着一身军装进来的，脊梁骨直得像一根椽子，两脚一磕，咔嚓敬了一记军礼。索乘称呼孔执臣是掌柜的，孔执臣只好喊长官，将一切藏在了肚子里，以静制动。奉了茶，让了座，索乘表情肃穆，甚至有一些刻板地说：掌柜的，我现在是代表敦煌县政府，也可以说代表李肖鹏县长跟你见面，下面的谈话没有记录，也不应该外传，必须守秘，这一点你能做到么？这些连毛带草的话，令孔执臣一头雾水，僵硬地点了点头。索乘道：你的身世很干净，你来自焉支山下的凉灯村，在沙州城内一不沾亲，二不带故，没有什么复杂的关系。令尊是一代名医，也是孔圣人的后裔，虽已过世，但至今令人景仰。至于，至于这一家急递铺么，这些年你经营有方，在父老乡邻们眼中，老少无欺，属于一块金字招牌，这不必我赘述了，这里天天人满为患，便是一个佐证。孔执臣的脖子后面又发凉了，思忖道：谁说这个货是闷瓜蛋子，瞧瞧他的这一副口舌，简直像是佛爷开过光的。索乘终于絮叨完了，做了一幕漫长的铺垫，而后切入了主题：

"现在，你们急递铺不但要挣个人的钱，还要为革命效力。"

"革命？"

"对，革命就是要建设一个新式中国，去实现国父的遗训，三民主义一统河山。"索乘的左胸上，别着一枚圆形的青天白日徽章，亮闪闪的。又接续道："千万别误会，这可不是征召急递铺，解散你们。

所谓为革命效力，首义就是效忠国家，效忠领袖，而后在自己力所能及的情况下，为地方服务，为长官分忧解难，同进共退，共襄未来。"

这些陌生的辞藻，好像擦过了水面的一颗颗石子，在孔执臣的心中留不下一丝痕迹。

"好了，现在需要你和急递铺，替政府做一些秘密工作。"

言毕，索乘从口袋里摸出了一张字条，款款放在了柜台上。孔执臣一瞧，分明是两处地址，一东一西，东面的在酒泉城内，西边的则远在猩猩峡之外，详细到了门牌和姓名。索乘叮嘱说：是这，急递铺先派一名快马游击，明日一早就去酒泉城，按着指定的地点拿到了邮包后，争取后天晚夕准时回来，不能耽误了。孔执臣申辩说：你这是放鹞鹰么，鹞鹰才能这么快，人和马是绝对办不到的，路上的事情，谁能说得清呀？不行，必须得赶回来，这是革命的要求，也是长官的意志，如果算酒资，县府可以出双倍，索乘笃定道。孔执臣明白对方曲解了自己的意思，反问说：这么火急的，到底是什么东西，偏不能宽限一两天么？索乘断然道：既然效忠了革命，就不能讨价还价，这毕竟是你我之间的第一笔贸易，信任便是这样建立起来的。呃，至于是什么东西，此乃秘密，不在你的考虑之中，你只管干好个人的分内事吧。反正是买卖，挣钱的事，孔执臣喊来了茹老二，如此这般地叮嘱了一番。茹老二更干脆，当日夜里就上了路。

到了取货的那天，索乘掂量着手上的包裹，满意极了。当着孔执臣的面，索乘拆开了针线，将里面的东西掏了出来，仔细检查了一番。在一包棉花中，掖着一只玻璃瓶，上面一行是三颗字：抑咳水。下面则是一行外文：ＰＨＥＸ。玻璃瓶背面的商标上，书了一行广告语：止咳圣药，药到病除。这一时，索乘方说：李肖鹏县长为了革命，积劳成疾，多年来罹患了一种莫名的暗疾，咳嗽不止，只有这种药才能平息症状，但这种药是从海外进来的，安全期有限，不能一次性购买太多，只能让人一瓶一瓶地从上海捎过来，走的是军邮，酒泉郊外恰巧有一个驻防团的独立营，所以需要派人去取。孔执臣揶揄说：人吃五谷杂粮，难免会有一些头痛脑热，不过像你这么神神秘秘的，大可不必吧？不，话不能这么讲，李肖鹏县长就是革命的化身，所有关于长官的任何讯息，包括身体方面的，皆属于秘密，必须守口如瓶，不能外泄。索乘又叮嘱说：现在急递铺已经成了革命的一条秘密管道，一条看不见的战线，只有我代表县府跟你单线联系，没有第二个人，这个你务必要切记。孔执臣探问道：听说武威、张掖新开了邮所，酒泉的也即将开张，县府是不是也要在沙州城内筹办一所？索乘答：这个不假，省府的确划拨了一笔专款，要在河西三地设置邮所，但敦煌是后娘养的，入不了兰州城里那些大员的法眼，偏偏被遗漏掉了。此次赴任时，我跟李肖鹏县长从兰州背回来了一套电台，但是电台只办理公务，不向地方开放，况且那套机器是二手货，三天两头地出毛病，聋子的耳朵罢了。谈议完，索乘果然放下了两倍的酒资。孔执臣也不客气，签在了账簿上。

"抱歉，我刚才可能太粗鲁了，还请你宽谅。"索乘涨红了脸，凄凉道，"我以为我离家太久，容貌早就变了，却不想还是被你这样的一个外乡人给认了出来。"

孔执臣道："索门的二少爷荣归故里，沙州城内外谁人不知，哪个不晓呀。"

"够了，打住吧，请你以后别在我跟前提什么索家，说什么义庄。我早就厌倦了，我以义庄为耻，我为这个姓氏感到丢人。我跟那几个人，跟那一座腐朽的庄院断绝了关系，划清了界限，我回来之后，至今也没有去过一趟。"索乘像一堆烧到了末尾的火，灰败道，"我如今是革命的人，国家的人，也是领袖的人。我发誓，我不能让那些肮脏的血脉关系和所谓的亲情玷污了自己，决不能。"

孔执臣续了茶水，让给了对方，瞭见索乘的眼眶中敷着一层泪光，恓惶极了。

出于对这个青年军人的好感，孔执臣踅出了后门，舀了一脸盆水，淘了手巾，打算让索乘擦擦脸。这一时，眼前的天空上挂着一根浓黑的烟柱，摇曳着，经久不散。孔执臣仰看了一番，知道黑烟是从天水坊的方向上燃起的，估计是庙会，不，像索乘讲的那样，应该是舞会开始了。孔执臣也不多想，撩起帘子进了门，突然惊叫了一声，完全僵住了。

眼前，索乘正站在柜台内，轻易地摸见了机关，将靠墙的那一排货架子搬开了，露出了伽蓝密室的入口。索乘正探下身子，朝里头窥伺了一番，全然不理睬身后的惊叫声。孔执臣戳在地上，知道一切已为时太晚，只好沮丧地盯看着，连脚也抬不动了。查勘完毕，索乘带着一丝诡谲的笑，一边用抹布擦手，一边得意道：掌柜的，别忘了我是个军人，我在军校时干的就是这一门职业，我刚才一眼就发现了这个密道，抱歉，我太失礼了。孔执臣瞠目结舌道：唉，这只不过是一间地下库房罢了，你瞧瞧，这么多的邮品，万一丢失了，赔钱事小，辜负了客人们的信任，就等于砸了自家的牌子。索乘喝着茶，咧笑说：恐怕也没这么简单吧，下面有灯光，也一定有人，我猜，这急递铺只是个幌子，明面上在挣钱，可暗地里却有别的目的。孔执臣板住脸，喝问说：你究竟是来谈买卖的，还是来抄家的？天色不早了，我该上门板了。索乘皮厚，自己续了茶水，坐着不走，又道：让我猜猜看，这地下的密室内或许藏着整个敦煌最大的机密，我好像闻见了纸张的味道，水墨的味道，难道这脚下是一座秘窟，是你们偷偷开凿的？孔执臣拎起鸡毛掸子，抽了一下柜台，吼喊说：快滚，快滚吧。不承想，索乘笃定道：没错，这下头一定是一座藏经洞，你们秘密开挖的，只为了窝藏急递铺经手的一些宝物，我相信自己的直觉。

　　真是人倒霉，鬼吹灯，放屁也砸脚后跟。这个关节上，许岩楷竟然也来凑热闹，从密道的梯子上浮现了出来，探头问：执臣，你刚才在喊我么？孔执臣沮丧透顶，一屁股坐在了门槛上，死的心也有了。这些天，孔执臣从太清宫的王圆箓那里又借了一批经书宝卷，许岩楷没白没黑，一直待在伽蓝密室里作伪，吃饭也很少上来。天哪，许岩楷上来也就上来吧，可偏偏手上拿着一张卷子，卷子誊抄到了一半，墨字还未干。索乘见状，忙跑上前去，一把抢了过来，打开在眼前，好奇地欣赏了起来。看了半晌，索乘评价道：开元圣文神武皇帝，这应该是唐明皇时期的一份契约，借贷用的。咦，这一张唐纸不错，笔墨也见功夫，只可惜这里头有一个别字，露出了马脚。许岩楷争辩说：你是谁呀？这本来就是一张作废的，我刚打算另抄一份哪。索乘诡笑说：掌柜的，我一时好奇，反正现在也闲着，你难道不请我去密室里参观一下么？孔执臣心慌极了，瞠目道：你……

这一刻，街上传来了一阵杂沓的马蹄声，停在了急递铺的门口。

听见马蹄声时，孔执臣以为索乘的邮品到了，有人前来解围，顺手关闭了墙上的机关。不料想，这根本不是来解围的，却是更大的灾难降临。门帘一挑，蒋斧和卡利班相继进来，脸色煞白，踉跄不已。蒋斧惊叫说：小婶子，出大事了，梵同出事了。冷不丁，瞥见索乘这个陌生人在场，蒋斧忙将后面的话咽了回去。卡利班丢掉了半截子舌头，和哑巴没有什么两样，越想说，嘴里却越含混，急得他身上开了锅，淌下了满头的汗水。孔执臣知道事急，也抱着对这个青年军官的最后一丝好感，反而冷静了下来，笃定道：这里没外人，你尽管说，梵同出了啥事，梵同人呢？蒋斧的眼睛一红，哀告说：不得了了，有人去警察局告状，专门检举梵同，说梵同犯下了奸淫罪，糟蹋了一个女娃子。天哪，这怎么可能？梵同是一个教书先生，又是鸣山书院的学子，一向规矩本分，孔执臣吓坏了，靠在了墙上。蒋斧道：小婶子，梵同下午时进了沙州城，去秦川笔墨店里采买，田虎子率着一支警察局的步班，将笔墨店一带团团围住了，眼下还在搜捕当中，幸亏……人呢？我问的是梵同现在在哪达，我要见到梵同？孔执臣一再吼喊道。蒋斧的牙齿很硬，依旧保持着对索乘的警觉，始终也不吐口。孔执臣问急了，卡利班便用半截子舌头嘟囔说：在，在哪，人还活着哪。孔执臣失声说：快，你们带我去见梵同，马上走。

不可！索乘横插了一杠子，开腔道：按警察局的规定，既然是全城搜捕，这时候应该是四门落锁，街道宵禁，再说现在沙州城内空空如也，你们这样火急火燎地跑出去，太招摇了，无异于自投罗网。蒋斧抢白说：等搜查完街道，也就轮到张芝墨池旁边的那一片林子了，再迟的话，恐怕梵同就被下了大牢，走，快走。闻听此言，索乘笑开了，令旁边的人立时孵出了一层鸡皮疙瘩。索乘道：诸位真是《三侠五义》里的人物，大闹沙州城，胡梵同竟然还从田虎子的手心里脱逃了，可见不简单呀。是这，我恰巧住在县署后门外，离张芝墨池也很近，你们先带上梵同去我的寓所里避一避，我那里或许保险，估计也没有人敢去搜查。说着话，索乘递上了钥匙，又说了门牌地址。孔执臣逼视着索乘,见对方的眼睛里有一份镇定,一种鼓舞而坚毅的神情,便慨然接了过来。这么着,孔执臣委派蒋斧赶紧走,去张芝墨池那里搭救梵同,稍后一点大家再会合。索乘也戴上了军帽,借了卡利班的快马,声称要去见田虎子一趟。临走前,孔执臣哀恳说:长官,我可能算不上梵同的小婶子,我就这么一个弟弟,如果能保下来,我啥都听你的,我决不反悔。索乘潦草地敬了一记军礼,回说:掌柜的,别忘了我跟你的约定,我这样做,也不单单是为了梵同和急递铺,这是为了革命。

听见门外的马蹄声消失后,孔执臣的精神一下子垮了,扑在卡利班的肩膀上,终于嚎哭了出来。孔执臣叨念说:天哪,梵同要是有个三长两短,我怎么给梵义交代,我又如何向胡家坊的老东主交代?怪我,这全都怪我,少东主临下河西之前,还千言万语地托付了,让我盯着梵同,督促梵同好学上进,但是现在出了这么大的事,我真是该死,死了也不能宽谅我。卡利班也陪着哭,用半截子舌头,含混地安慰着。天老爷,梵同的确有些顽劣,一贯调皮捣蛋,身上也有不少的毛病,但梵同本性善良,说到底他还是一个长不大的娃娃,我宁愿死,也决不相信梵同会干下如此伤天害理的事,不会,绝对不会。孔执臣一边申辩,一边软了下去,瘫坐在凳子上。卡利班嘟哝说:幸亏呀,幸亏我跟蒋斧哥在半路上撞见了梵同,要不他就没命了。半晌后,孔执臣快哭不动了,忽然收住了泪水,定睛问:

"说了半天,谁去警察局状告了梵同?"

"索朗,义庄的大少爷。"

孔执臣愕然:"咦,那索朗说的那个被糟蹋了的女娃子是谁?"

"叫索梅。"

"细君?!"

孔执臣犹如被雷电劈中了一般,脑子里轰鸣不堪,提不上气来。一个亲若弟弟,另一个则是被自己收留、悉心庇护了许久的小乞丐,义庄唯一的后人。这两个八竿子打不着的人,梵同好比是天上的云霓,细君等于是地下的蝼蚁,何以搅在了一起,又怎么会发生奸淫之类的勾当哪?孔执臣迅速冷静了下来,心里盘磨着,但始终理不出一个正当的头绪。门外,暮色沉降,一种叫黑夜的东西张开了帐幕,将整个沙州城以及敦煌团团围住,无路遁逃。这一刻,孔执臣笃信,一场秘而不宣的阴谋,正在逼近急递社,也逼近了梵义和诸位游击,而梵同只不过是第一个祭品,灾难即将发生。孔执臣突然清醒了,也肃穆了起来,知道自己该干些什么了。孔执臣支开了卡利班,下了一趟伽蓝密室,待上来后,将一排货架靠在了墙根下,恢复了原貌。

项楚也到了,赶在城门闭锁之前,从酒泉城里匆匆返回,进入了急递铺。项楚将取回来的一包邮品交给了孔执臣,后者掖在了胳膊下,叮嘱二人道:项楚你务必守在铺子里,以防万一;卡利班你抓紧去秦川笔墨店一带打探,倘若发现了细君,务必要带回来,好生安置下,等我回来了再澄清也不迟。安顿毕,孔执臣跑进了马院,挑了一匹快马,转瞬而去。

薄暗中,整个沙州城空荒一片,悄寂无人。骑在马上,孔执臣这个来自焉支山下皇家马场的女子,迅速找见了驰骋的感觉,伏下身子,低声吆喊着。马也有灵性,仿佛知道这一刻的珍贵,放开了蹄子,犹如一团滚云似的,掠过了八贤王街,掠过了铁帽子胡同,也掠过了王母娘娘庙。孔执臣没走大路,专挑了一些僻静的小巷,朝城中心奔去。但是,越接近县署时,孔执臣越发嗅见了危险,似乎每一个街角上,都站着一两个荷枪实弹的警察,拉动枪栓,瞄准了自己。不错,一幕密实的大网已经张开了,只等着猎物上钩,当场拿获。这种令人窒息的空气,让孔执臣的舌头发麻,开始尝到了死亡将临的味道。但是在内心当中,孔执臣再次确凿了先前的看法,这是一场事先筹谋已定的阴谋,梵同是无辜的,梵同只不过是一个借口,刀子已经出了鞘,架在了急递社的脖子上。忆想起梵义当初的嘱托,孔执臣一再告诫自己,不能慌,也不能乱了方寸,这时候下错一步棋的话,将满盘皆输,彻底断了梵义的归路。

掠过张芝墨池时,孔执臣抽了一鞭子,快马奔了出去,而人已经翩然落在了地上。不出所料,前头的街角上突然闪出来了几条人影,一道烟地簇拥了上去,左右拦挡,但快马腾起了蹄子,一眨眼便脱逃了。孔执臣躲在树后,待四下里阒寂时,忙跑向了对过的巷口,依着门牌号码，找见了索乘的寓所，叩响了门环。蒋斧低声喝问了一句，听见孔执臣的咳嗽后，方打开了门，引着对方匆匆入内。

灯光下，梵同浑身是土，惊魂未定，瞭见孔执臣进来后，竟也没站起来问候一句。

蒋斧打来一盆水，孔执臣淘了手巾，蹲下来，替梵同仔细揩着颊脸上的灰土。梵同苦楚地笑着，鸡皮蛙脸的，始终也不敢正视孔执臣一眼。手巾又擦拭了几遍头发，捋整齐了，孔执臣掸了掸梵同的衣裳，这才停下了手，转头问：你的马呢？蒋斧答：拴在了巷子背后，刚才过来时没碰见人。孔执臣催说：现在就走，你带着梵同赶紧走，此地不宜久留，快走。蒋斧面呈难色。孔执臣怒了：你想吃惩牌么？别问原因，反正这里比县牢也强不到哪达去，或许更坏，现在走还来得及。言毕，孔执臣摸出来一封信，交给了蒋斧，让他仔细收好，郑重道：这是鸣山书院的丰鼎文先生替梵同开的举荐信，本想让梵同去北平求学，可这一年多来家里乱糟糟的，少东主也就马虎了，梵义临下河西之前，托我一定将此事办掉，现在正巧是个机会，再不能错失了。蒋斧躬身一揖：小婶子，你还有托付的么，我蒋某这一趟万死不辞，你尽管宽心吧？孔执臣仰看着，声嗓滞涩地说：倘若天老爷开眼，你们两个今晚夕能顺利出了沙州城的话，一定记住不要回头，直接去酒泉城内，找见洪门的当家人洪皮海，避上几日。洪门跟少东主有换帖之谊，事发突然，相信他们一定会援手的。另外，我随后会派人追撵上你们，给你们捎去一笔盘缠，然后你再带着梵同去兰州城，去西安城，去北平城，总之离敦煌越远越好，最好永远不要回来了，除非……话已至此，孔执臣几乎枯竭了，哪怕是一滴眼泪，竟也淌不下来了。

岂料，梵同语气灰败地说：你们别费心了，我哪达也不去，我只想回胡家坊。蒋斧一下子来了火，叱问说：回胡家坊，你回得去么？你现在能走出沙州城的门，那就是你命大。梵同嗫嚅道：梵义几时回来，性元哪天回来？这么久了，他们两个在长路上一定遭了不少的罪。这是个荒凉的问题，谁也无法作答，纷纷哑默着。我想我哥了，我也想性元姐了，我啥都没干，我是无辜的，只有见了我哥，我当面实话告诉了梵义，我才肯走。梵同的孩子气上来了，当然也包含了恐惧与懦弱，以及对兄长的依恋。蒋斧道：好我的梵同弟弟，现在不是谈冤枉的时候，现在最紧要的是保命，让你能活着逃出沙州城，逃出敦煌去。听着，你的这些委屈，简直跟老婆娘们的裹脚布一样，又臭又长。梵同也被激怒了，嚷喊说：我只干了教书先生的分内事，我是清白的，我不能逃避，让警察来抓我好了，我将来大闹公堂，也不能给胡家坊，给我爹娘老子抹黑。蒋斧实在无奈了，一面巴望着孔执臣，一面申斥说：贼疙瘩，你的书真是白念了，你不走也行，但你恐怕将陷大家于不义，谁也洗脱不了责任。

自始至终，孔执臣都没有开口发问，触及今晚夕的这一桩突发事件，更不曾怨怼梵同。这倒不是碍于小婶子的身份，而是诸如那些奸淫、糟蹋之类的辞藻，孔执臣实在难以吐出口，想一想便能让她心荆肉棘，脸上臊得慌。眼下，一个的态度顽固至极，另一个在喋喋地劝服，双方的言辞中电光石火，对峙开来。孔执臣蓦然产生了一种苍凉的无力感，一种惶惑与自疑，闪身踅出了门，只想透一透气。

昏暝中，孔执臣发现这是县署背后的一座小别院，独门独户，煞是幽闭。院子刚刚粉饰过，空气中弥漫着一股石灰水的味道。大门两端的白墙上，各悬着一块圆形靶，插着几根箭矢，尾羽摇曳着，猎猎不已。门咿呀开了，一条人影闪了进来。孔执臣瞭见那一顶军帽后，知道索乘来了，忙堵了上去。索乘摘下帽子，额头上漾起了一股蒸气，一边掏出手巾擦汗，一边说：你刚才骑马来的吧，你的马被击毙了，田虎子已经开了杀戒，正在全城搜捕胡梵同，情势危急，我来就想告诉你这个。又道：你们商量得如何了，怎么打算的？孔执臣捧住了脸，声音从指缝中流泻了出来，哀告道：你说吧，你是不是想公事公办，要将胡梵同交出去，让一个优良的青年、一个教书先生上法场，去吃枪子？索乘回说：关于胡梵同奸淫了那个女子的事，这里头大有蹊跷，我刚才去见了田虎子，目前警察局掌握的只是一张字条，一张可疑的字条。什么内容，谁的字条？追问道。索乘简略地说：我尚未看见那一张字条，不过据田虎子讲，根据状告人索朗的具名检举，警察局是从一堵墙上起获的，内容大概是胡梵同在勾引这个女娃子，时间也不短了，交往颇深。孔执臣疑窦丛生，质问道：从一堵墙上起获的，交往了许久，这怎么可能？梵同一直在学校里教书，一直在丰鼎文先生门下求学，他虽然调皮，但从来没有过劣迹。索乘断然道：掌柜的，目下并不是辩白的时候，这里也不该是你偏袒的地方，最要紧的是保命，让胡梵同连夜出城，其他的再论。孔执臣冰雪聪明，立时窥见了一线生机，赶忙抓住了：出得了城么，什么时辰？索乘掏出一块怀表，看了看时间，笃定道：就现在，舞会马上快结束了，只有西门开启，只准进，不许出。那好吧，我跟蒋爷一趟去，护送梵同安全出了城，我才能放心，孔执臣快意道。索乘苦笑说：胡闹，简直是匹夫之勇，你们谁也别添乱，我单独去送。

"你？"

"我好歹是军人，身上还有这一张老虎皮，谅他田虎子的人也不敢造次。"索乘忽然焕发出了一份干练，狡黠道，"梵同再笨，想必也能扮演好一个跟班的角色吧？"

孔执臣央告道："长官，我想问你一句，你刚才说状告人是索朗，义庄的索朗？"

"据称，索朗的女儿索梅便是受害者。"

"长官，这一个是你的亲哥哥，一个是你的侄女，难道？"

"放肆！我好像已经说过了，在下跟义庄没有瓜葛，也跟索门毫无关系。我现在是中华民国的子孙，是革命的仆人，也是领袖的信徒，我不允许你这样影射和揣测。"索乘撩开帘子入内，又回头叮咛道，"我可不希望你再问我，这是最后一次，记住了。"

这人世上的诸事，或许真是一物降一物，各有各的法术。孔执臣跟进了房内，瞧见索乘二话不讲，打开皮带上的枪套，摸出来一把手枪，啪的一声拍在了桌子上。先前还面红耳赤、冥顽不化的梵同，慢慢地站了起来，目光惊悚，贴在了墙根下。索乘从衣架上取下来一套制服，扔给了梵同，喝令说：换上，快换。梵同乖顺得就像一只兔子，俯首帖耳，忙除下了身上的旧衣裳，将制服潦草地穿上了，还不忘将一顶军帽戴端正，巴望着对方。索乘踱了过去，抬手扳住了梵同的双肩，盯视着对方，肃然道：胡梵同，你现在听仔细了，我今晚夕带你出城,给你指一条生路。我这样做并非你我有同窗之谊,也不是因为我相信你有不白之冤,值此国家用人之际,我宁肯你死在战场上,像个儿子娃娃那样,也不愿看见你去吃枪子,背负上这一世的骂名,此乃我的初衷。梵同喏嚅着,却连一个字也发不出声,汗水敷在了鼻脸上。索乘收回了枪,刚要出门,却被孔执臣喊住了:

"长官,这是你的邮品,刚从酒泉城急递过来的,请你收好。"

索乘接住了:"哦,这次的是书,不是抑咳水。"

"拜托你了。你是胡家的菩萨,也是急递铺的大恩人。"哀恳道。

吹了灯,一行人趁黑走出了别院,来到了张芝墨池一带。这一时,沙州城内开始了喧闹与骚动,去天水坊看完了舞会的邻舍们,带着一种莫名的兴奋与雀跃,乌泱泱地从西门上挤进来,各回各家,各说各话。索乘率着梵同徒步走了,连头也不回一下,很快消失在了街角。蒋斧则从巷道中跑了出来,一手拽着自己的马,又将索乘骑来的那一匹卡利班的坐骑交给了孔执臣。孔执臣没接,两手捧住了梵同刚才脱下来的那件旧衣裳,突然泪下如雨,哭诉道:

"天哪,这让我怎么给少东主交代,我有何颜面去见梵义呀。"

蒋斧断然道:"干脆我去,我护送梵同出城,陪着梵同下一趟河西。"

"那就快去,千万别弄丢了梵同。"催喊道。

天麻麻亮时,沙州城里下起了一阵小雨。先是卡利班回到了急递铺,绍介说,警察局在找索梅,义庄的人也在寻细君,但这个女娃子就像一只惊鸟似的,不知道飞去了哪达,大搜捕仍在进行中。不一时,蒋斧也狼亢地进来了,浑身精湿地坐在了廊檐下,一个劲地摇头。

少顷,蒋斧从怀中摸出了丰鼎文先生的那一封举荐信。孔执臣没接住,信掉在了地上,很快就被雨水打湿了,上面的墨字也开始漫漶不清。

卷三十五

因为身戴热孝，加之传言不明，梵义没敢贸然回家，滞留在了安西县。

安西即瓜州，往西是敦煌，东向则是嘉峪关与酒泉，属于关外三县之一。早起时，性元离开了客栈，去隔壁的法雨寺供香了。从湖北黄州回返的千里路上，性元见庙就拜，遇佛便叩，几乎将天下的寺门都踏遍了，只为了祭奠亡父，求得一个内心的慰藉吧。梵义看在眼中，疼在心上，所以并不拦挡。上半天时，刮起了一股强劲的秋风，一些枯黄的叶子在天空吹卷着，漾荡着，经久不落。这么一个焦山渴水的所在，竟不知道树叶来自何方，或许是天老爷也在悲戚，撒下来的黄表与眼泪吧。也难怪，在这个干得冒烟的地方，寺曰法雨，不过是庶民百姓的一份冀望罢了，一切还是上天说了算。梵义在街角上徘徊了几趟，一下子走热了，身上好像开了锅，一直瞭看着城门一带，不免着急。

一支庞大的骆驼队首尾蝉联，臃肿地蹒跚了过去，在街面上拉下来一堆堆热粪。驼峰上挂着麻袋，麻袋里装满了木炭，撒下来一些粉屑，擦黑了空气。是呀，秋深了，临到了寒冬，人世上的光阴又少了一年，却不见得悲伤有所退却。这么想时，梵义忽然觉得身后有异，猛一回头，瞭见张喜群牵着马奔了过来，人和马的口鼻中喷着白雾，显然是从长路上赶来的。张喜群丢下了缰绳，抱拳一揖：少东主，我紧赶慢赶的，难为你受冻了。梵义本打算接上了人，一同去客栈里说话的，不料想张喜群却称，自己只有半个时辰的工夫，面见完了梵义，还要返回沙州城，当晚他要值更。久未晤面，此时见到了故人，梵义的内里潮起了一股澎湃的感念,仿佛生还人间,再世为人了似的。梵义攥住了对方的手,攥得很紧,步行了一段,在法雨寺的门前拴下了坐骑,支起了料兜,让马慢慢去歇缓。入了寺门,梵义抓紧登记了一间居士们使用的禅房,拎来一只火炉,这才掩上了门,有了一方机密的天地。

张喜群灌下了一碗凉开水,忙不迭地说:少东主,一接到你捎来的口信,我就立刻出了沙州城,你总算回来了,家里头那一河滩的大小事,还等着你发话和决断哪。梵义沉吟道:是这,前几日路过酒泉城时,我已经从洪门的嘴里听说了不少,不管是咸的淡的,也不论是甜的辣的,我已经有了一个大概,你只管实话说给我知道,千万不要瞒我。张喜群道:小婶子先让我问你一声,你在洪门见到梵同了么,急递社的弟兄们最揪心这个。梵义摇头:梵同根本就没进酒泉城,洪门的人马撒开了一路,至今也不曾截获这个贼疙瘩,完全失踪了似的。张喜群长叹一声:也好,留得青山在,不怕没柴烧,只要梵同不回沙州城,不落在田虎子那个疯子的手上,咱们急递社迟早会扳回来的。话中有话,梵义的目光询问过去时,张喜群的拳头捏得嘎巴乱响,自惭道:少东主,二棍子对不住你,第一没能保护好梵同,第二个,我已经被县长李肖鹏撤了职,现在只是马警队的普通一员,所以我要连夜赶回去值更,给那个狗儿子站岗。梵义对此并不意外,面色紧锁,起身打开了窗子,发现妻子性元和一帮女香客,正坐在庭院中,一人一只木盆子,在给寺里的和尚们洗衣裳,干得欢实极了。张喜群一介粗人,满腹的话,此刻竟不知从何说起,只有切齿道:少东主,俗话说明枪易躲,暗箭难防,但这些暗箭究竟是谁发的,谁在打咱们急递社的算盘呀?请你告诉我一个名字,我豁出去这一具热身子,也要讨一个公理。岂料,梵义并未答复,反问说:

"陈小喊呢,那个贼在做啥?"

张喜群不屑道:"酒鬼。他快让不要脸的水给淹死了,辛仗和不许他回家。"

"卡利班的舌头好些了吧?"

"你放心吧,给上一个猪肘子,他保证比狗啃得还干净。"张喜群絮叨了半天，闻听法雨寺的钟声开始敲响了，方觉得时间尴尬，遂探问说，"少东主，你咋就不问问沙州城的事，你走了这么久，你就不想知道么？"

"不必了。你快喝水，随便给我讲讲警察局和索乘书记长的事，我最想听这个。"

事实上，先于张喜群一步，在昨日晚夕，急递社的老大哥蒋斧，已经被梵义秘密召见过了，相谈了大半夜，天亮前才离开。蒋斧也捎来了孔执臣所探查到的各种线索，基本上交了底，促请梵义以静制动，待这一阵风过去之后，再做大的盘算，去彻底洗脱梵同的不白之冤。另外，因为生意的关系，如今的酒泉洪门，早已在沙州城乃至关外三县一带，悄悄地安插了大量的眼线，任何的风吹草动，几乎很难逃过洪门的掌握。路经酒泉时，洪皮海将一大堆琐屑而庞杂的消息，悉数说与了兄弟般的梵义。梵义又将这些凌乱的细节，去芜存菁，爬梳了好几遍，渐渐地拼贴出来了一个大概，还原了事件的粗陋原貌。

事发后，也就是舞会当夜，田虎子接到了状告人索朗的检举后，下令四门落锁，封街闭巷，又率着自己所辖的全部步警，在沙州城内疯狂缉拿嫌犯胡梵同，打算抢一件头功。自打李肖鹏就任县长后，便一味地倚赖代理局长张喜群，平时言听计从，即便微服出行时，也是可恶的二棍子牵马拽镫，服侍左右。在天水坊的罂粟花田中举办舞会，这是李肖鹏最心仪最在乎的一桩事，也是轰动了整个敦煌的一幕盛举，但不出意料，田虎子被彻底排除在外了。所有关于警戒和治安的大小事务，一体交由了张喜群的马警队去执行，只给田虎子留下了一座空空如也的城池，好像一条看家狗似的，别人吃肉，他自己喝不上一口汤。

步警队搜捕了好几个时辰，挖地三尺，但是嫌犯胡梵同却像一粒风中的沙子，一没了音讯，二没了踪影，令田虎子沮丧极了，却也无计可施。舞会完毕后，李肖鹏意犹未尽，在县署里张灯结彩，大宴宾客，重点款待这一场舞会上最光彩动人的舞伴瓦莲娜，包括县府邀请来的酒泉海关的洋大人，以及被临时扣留的来自上海、广州和北平的几个商团领袖和各自的女眷。田虎子心知，倘若再延误下去，拿不到李肖鹏的一纸手谕，那么一切都将前功尽弃，自己也将彻底完蛋，下场是明摆着的。田虎子生性剽悍，且喜欢冒险，硬着头皮去了一趟县署门口，决定面见李肖鹏，将事情的原委和重要性陈述一番。岂料，田虎子身穿制服，大摇大摆地进门时，却被几个马警当场拦下了，不许入内。田虎子火了，上了拳头，扇了耳光，却猛地发现那个受辱的马警突然抬起了枪口，瞄准了自己。这个关节上，二棍子出现了，这个货一再阴笑着，告知同僚说，这一场筵席由马警队全面负责警戒，除非有特别通行证，否则一概拒绝。田虎子碰了钉子，无功而返，刚走到县署后门口时，发现醉仙楼的伙计们提着食盒，在往里面送菜。情急之下，田虎子也未多想，偷偷撂翻了一名伙计，换上衣裳，混进了县署大院。那一刻，宴会刚刚进入了高潮，李肖鹏正在慷慨演讲，发表答谢致辞。田虎子茫然张望时，瞥见文和事老协会的连公子蹁跹了过来，好像一根救命稻草似的，令自己心头一热。连公子向对方递了一个眼神，催其去外头说话。到了花园后的阴暗处，田虎子将搜捕的经过简略地述说了一番，连公子突然变色，将手上的一杯酒，泼在了田虎子的鼻脸上，而后哑默不语。田虎子不愿申辩，更不敢反驳，捂住脸，悻悻地站在一旁。思忖了一番，连公子蓦地笑开了，自语道：可能还有救，只要这个家伙出了面，才能挽回败局，也才能将你田虎子尻子上的屎擦干净。

半晌后，连公子牵着一个秃顶男人的手，趔趄着回来了，对田虎子介绍说：这是今晚夕的嘉宾，国际观察家，你不妨仔细说说事件的始末，好让齐先生有个权衡，给个评判，然后通报给县长大人，赶紧做一个对策吧。田虎子不知何为国际观察家，但见齐先生刚才落座在了李肖鹏的身畔，料想他一定是个大人物，遂不由分说，一番添油加醋，直到把嘴里的唾沫渣子讲干了，这才停下。齐先生略带醉意，闻听了这一席骇人的话，倏忽间醒转了，用了一口上海话，惊异道：这还了得，一个教书先生奸淫女学生，实属滔天之恶行，如果不就地法办，我便枉顾了国际观察家这一神圣的职责。又道：敦煌再远，即便甘肃是中华民国版图上的一块锈带，少人问津，但毕竟不是法外之地。我不走了，我必须见证这一桩案件，还法律一个公道。在连公子的一再唆使下，国际观察家单独约见了县长李肖鹏，很快就讨来了一张查抄令，递给了田虎子。田虎子离开县署后，率着自己的那一支步警，连夜查抄了胡家坊、县初级中学和鸣山书院这三处地点，将梵同遗留下的所有物品，包括一些字纸和碎片也带了回来。用田虎子的话说，案件已告破，继续缉拿嫌犯，直至胡梵同落网为止。

由于熬了夜，县长李肖鹏直到次日午后，才从卧房中惺忪而出，忆想起了国际观察家所追查的那件事，当即心下大骇，生怕捅出了什么篓子，被那些人扩散到中原，传播到内地，于己不利。询问时，书记长索乘一头的雾水，声称自己昨夜并不在现场，一概不知。很快，张喜群和田虎子二人被招入了县署，开始当面鼓对面锣地争执了起来，各不相让，一时间脸红脖子粗的，几乎动起了手。田虎子以一副胜利者的姿态，拿出来一沓字条和短札，再三判定，这就是胡梵同借教书先生之名，一步步勾引和欺骗女方，最终实施奸淫的证据。张喜群反诘，这不过是一些你来我往的问候与道谢，一个开列了书目，另一个愿意借书，一个提问，另一个在释疑解惑，倘若这算是证据，那么鸣山书院和初级中学里的人都该抓了，只怕整个县牢装也装不下。田张二人素来不和，钩心斗角了许多年，这早已是警察局公开的秘密了，但李肖鹏初来乍到，对此并不掌握。田虎子另外准备了一记重锤，再三暗示，国际观察家昨晚夕扬言，他要撰写一篇有关此案的通讯文章，投书给内地的报章，欲将案件的始末公之于众。这句话等于压死骆驼的最后一根稻草，李肖鹏当即拍板，将张喜群撤职，降为普通的一员马警，由田虎子充任代理局长，马警队和步警队一肩挑，直接向县长本人负责。田虎子甫一就位，下达的第一道命令，便是在沙州城和城外二十三坊张贴布告，公开通缉胡梵同，赏金一百大洋。另外，敦煌县警察局还紧急通报了河西三地，画影图形，吁请各地予以严密布控，力争早日拿获人犯，押解到沙州城公开审判。

田张二人走后，李肖鹏又对索乘交代，县署里的那一台电报机就地封存，以防国际观察家借此大做文章，将这一件腌臜之事拍了电报，引致省府和南京方面的追责。李肖鹏又唯恐国际观察家的文稿从地面上外泄出去，一方面下令严查东去的商团和零客，另一方面又派人去盯梢那个秃顶的家伙。事实上,这日下午,国际观察家在连公子的殷勤陪同下,已经翻过了当金山口的苏干湖,前往大小柴旦视察去了。这是一条事先计划好的单行线,目的地是湟中一带的塔尔寺,不再回返。

身畔,张喜群喋喋道:少东主,这胯下之辱我能够担当,二棍子之所以还愿意穿着这身老虎皮,只想替咱们急递社继续卖力,在警察局里埋下一颗钉子,让狗日的们以后翻不了天。梵义却说:你记住,等一会走的话,一定要饮一下马,回去的路上水站少,别出意外。张喜群流连着,又说:前一向,我在城隍庙里碰见了郭弦子,弦子叔从莫高窟下来,采买了一些颜料和矿石粉,当天下午就回千佛灵岩下的窟子里去了。梵义不语,一个人悄静地立在窗前,瞭见法雨寺的庭院中,一根根横七竖八的晾绳上,挂满了湿漉漉的袈裟,空气中也弥漫着一股土胰子的味道。性元仍不歇息,一边搓洗着和尚们的脏衣裳,一边跟旁侧里的女香客们说笑着,似乎丧父的悲哀,像搓板上的那些泡沫,一个个地破灭了,心情逐渐地爽快了起来。

掉转身子时,梵义冷不丁发现二棍子不见了,刚才竟没有听见门开的声音。

张喜群被撤职后,书记长索乘从田虎子的手中,借阅了从胡家坊、县初级中学和鸣山书院三处地点查抄而来的那一包袱证据,声称要核实一番,但于当晚悄悄带回到了个人的寓所。孔执臣接获了口信,一道烟地赶来了,与这个青年军官一起,打开了包袱卷,将一张张字条与短札,悉数铺在了灯光下,逐一检视。

一张撕下来的纸页上,梵同设谜:添水可以养鱼,添土可种庄稼,添人不是你我,请你猜一个字。很快,索梅的那一张答复被挑了出来,上面只有一个指甲盖大小的汉字,样子怯生生的,但笔画周正:也。索梅也发问了一张,求教说:小先生,请问你最喜欢的一首诗词是啥,并抄写一遍。梵同的这张答卷足足有三张纸,顶天立地地誊写了一遍李白的《侠客行》,十步杀一人,千里不留行,事了拂衣去,深藏身与名。云云。索梅就此回复:哎哟,比起李太白,小女子更喜欢杜子美,朱门酒肉臭,路有冻死骨,只有讨过饭的人,才知道让人施舍的滋味。梵同批驳道：浅陋，愚钝，小女子乱语三千，实属不可教也。李太白乃天上的谪仙人，杜子美不过是地上的一介寒士，这就好比李太白是月牙泉，天赐的，而杜子美类似于莫高窟，人工开凿的，不可同日而语。就这一问题，梵同跟索梅打了不少的笔墨官司，大大小小的纸头，凌乱纷呈，占据了大半个桌面。其实，更多的话题仍停留在了书籍上，一个央求借书，另一个应约拿来，一个如期归还，另一个则频频提问，追问阅读心得，规矩得就像在学校的课堂上，从不逾矩。索梅毕竟还是十几岁的女娃子，性格中带着颠顸与天真。比如，索梅的一张字条说：小先生，前日午后在新知书店的门口看见了你，你跟着一帮老夫子去挑书，我想喊你，但也没敢喊，怕你脸红。又比如，索梅的一封短札调侃说：小先生，听说你是沙州城里最有名的光棍汉，你嫂子领着你四处去相亲，母鸡见了你也飞远了，难道整个敦煌就没你中意的一个么？梵同答复道：不错，我的心在高高的天上，我的眼睛在蓝蓝的云彩之上，我是自由翱翔的雄鹰，岂能看得上一只刨食的花母鸡。再比如，索梅的另一张字条说：今天上佛保佑，学校的大黄狗不在，我溜了进去，站在窗台下听你讲课。你后来惩罚学生，打了他几戒尺，这个习惯不好，希望你尽快改正，有道是君子动口不动手嘛。分门别类，孔执臣又仔细地过滤了几遍，从字里行间中，分明看出了一种清白的交往，干净的口气。梵同诲人不倦，热心辣肠，而索梅也由一个平时疯疯癫癫的女娃子，碰见了她自己的冤家那般，一下子变得低眉顺目，虚心乖巧。看毕，孔执臣依旧茫然无解，叹息道：唉，真是欲加之罪，何患无辞，田虎子如此中伤梵同弟弟，事情越搞越大，竟然是因为这些纸条，上哪达去找公理呀。

这一时，索乘又从兜里摸出来一个信皮，犹豫了再三，最后还是递给了孔执臣：嗻，你想看就看吧，不过你最好有个精神准备。孔执臣掏出了信瓤，探问说：什么东西呀，让你这么神秘的？索乘道：这就是状告人索朗起获的证据，只有这个才是最致命的，梵同头上的所有罪名，全部因它而起。信纸打开后，孔执臣只瞄了一眼，突然攥在了手心里，脸上挂了一块红布似的，心慌得就像筛子上的一颗沙粒，上下翻腾。但是，孔执臣毕竟是世家之女，名医之后，早就见惯了这种男女身体上的不同隐秘。停了半晌，待心慌渐渐地平复下来后，孔执臣背转过身子，仔细地研读开来。

线索慢慢地串联了起来，事情的大致脉络也开始清晰。

月前，梵同再一次进城家访，顺道去了跟细君约定的那个街头，打开围墙上的砖洞时，发现不久前搁在里头的书仍在，后者未曾拿走。梵同一时担心，当即留下了一张条子，询问细君咋了。几日后，细君过来取了书，也同样留下了一封短札，言自己最近一直身体不适，小肚子疼，所以拖宕了，祈请小先生宽谅之类的。梵同接获了此信，凭着一个青年教员的学问与敏感，猜想这个女娃子一定是来了月信，顿时好为人师了起来。梵同向另一位讲授科学的同事，借了一本上海鸿明书局出品的有关人体生理方面的书籍，将其中一部分涉及女性的文字，大段大段地抄录了下来，写满了七页纸。这还不算，梵同又用小楷墨笔，照葫芦画瓢地线描了一幅解剖图，将女性的生理构造描摹在了纸面上，以供对方参阅。在最后一页的末尾，梵同落上了自己的名姓，以及年月日。隔了没几天，细君照例去了那一处街头，刚打开砖洞时，却被跟踪而来的爹老子堵住了。细君趁乱跑掉了，但梵同的这些可疑文字，落在了义庄大少爷的手上。蹊跷的是，索朗并没有去鸣山书院或县初级中学，找梵同当面对质，而是一道烟地跑进了警察局，将这封信检举给了田虎子。当日晚夕，天水坊罂粟花田中的舞会举办在即，整个马警队前去警戒和维持治安了，沙州城内只剩下了田虎子所辖的步警队。田虎子更是干脆，当即下令四门落锁，开始搜捕刚刚进入了秦川笔墨店的嫌犯胡梵同。

孔执臣觉得疑点重重，探问说：干么先前的那些来往信件都很顺畅，偏偏到了这一封时，就被索朗截获了，抓住了把柄？索乘道：这个很好解释，说明墙上的那个砖洞早就被人盯上了，螳螂捕蝉，黄雀在后，单等着梵同的言辞出格，然后一击致命。孔执臣一直瑟瑟着，深感无力：假如梵同被捕获，将会如何处置，你尽管讲，我不怕的？索乘道：倘若梵同落在了田虎子的手上，依我对李肖鹏的了解，绝对是死路一条，公开枪决。你想想，新县长就任不久，急需要树立他个人的权威，杀一儆百，立竿见影，没有比梵同的这个例子更合他胃口的了。但这是科学，梵同他并不过分，听说李肖鹏还是留洋回来的，应该开明和包容才是吧？孔执臣天真道。索乘唎笑一番，黯然道：你别忘了，这可是在敦煌，在关外三县。如果梵同被文和事老协会抓获，栽上一个奸淫的罪名，要么被乱石砸死，要么装在麻袋里，沉入党河，就这么简单。

时候不早了，张芝墨池一带传来了更夫的梆子声。临走前，孔执臣突然站定，朝着索乘弯下了腰，深深鞠了一躬，饮泣道：大恩不言谢，昨晚夕真是劳碌了你，将梵同带出了沙州城，离开了这个樊笼、这一片焦心之地，我代表胡家，代表他哥哥梵义，给你鞠躬了。岂料，索乘并未接受，抬手回了一记军礼，扯平了。索乘截铁道：我这样做，不是为了胡家和你们急递铺子，我这是为了敦煌，为了整个国家，为了革命，也为了你。

出了门，孔执臣迎着浩瀚的夜风，特地绕了一个圈子，去了一趟临近集市口的街头，只想看看那一堵几乎令梵同身败名裂的砖墙。垃圾堆仍在，气味恶劣，一群野狗吠叫着，孔执臣深一脚浅一脚地踩过去时，竟发现砖墙早就被推倒了，只有一地的烂砖碎瓦，在暗夜中嶙峋不堪。孔执臣左挑右拣，挑中了一块完整的炼砖，抱回到了急递铺，洗刷得干干净净，天天摆在柜台上，就好像梵同并不曾离开过似的。

上述的这些情节，乃是蒋斧昨晚夕捎来的，絮叨了大半夜，后来又匆匆撤了，去跟孔执臣一道支撑危局。梵义之所以召见张喜群，其实也没有特别的目的，就是想在这个紧要三关时，给对方吃下一颗定心丸，千万别乱了方寸，全线崩溃。但二棍子做得很好，忍辱负重，梵义也就无须多言了。蒋斧转达了孔执臣最重要的一句叮咛，劝告梵义和性元驻留在安西县，暂时不必返回沙州城，以免掉入那一片疯狂的旋涡中，招致更大的恶果。隔着中间人，话虽没有说透，点到为止，但梵义心知，自己跟孔执臣已经对目下的局势了然在心，这是一份天然的默契，外人难以测知。

窗外，性元换了一盆热水，接着在洗，脚下堆满了僧衣、僧裤和僧袜。这些和尚真够呛，好像身上长满了懒肉，专等着这个机会。梵义窥见，性元虽然跟女香客们谈笑着，但清癯的面庞上，依旧带着一丝挥之不去的哀伤，一种落寞的伤感。梵义的心揪扯着，渐渐地，泌出了一种深深的歉疚，脑子里忽然出现了胡家坊，出现了那一座高房子，以及爹娘老子和弟弟的面容。梵义料想，田虎子率着一群饿狼似的步警前去抄家，又抄了鸣山书院和县初级中学内梵同的寓所，这等于将胡家掀翻在了马下，又踩上几只脚，让其陷入万劫不复的境地。无疑，胡家几辈子的先人们积攒下的声望，爹老子用尽一生筑梁架椽，细心经营下的这一片家业，如今天塌了，地陷了，还将被千夫所指，从此背上难以洗脱的骂名。在这种连绵而至的痛彻与悔过中，唯一让梵义觉得安慰的是，幸亏，幸亏爹老子玉山颓倒，无知无觉，对这些人世上的中伤与谤言一概不知。

梵义返身过来，坐在火炉旁烤手时，不经意地抬头，瞭见了一张庞大的蛛网，挂在客房的屋角上。那些发光的蛛丝，好像是用一根灵巧的绣花针织下的，严密，宽阔，环环相扣，犹如戈壁大滩上的一条条小路，呈放射状。再仔细看时，梵义发现，即便其中扯断了几根线，绝了几条路，但整个一张蛛网沉静着，肃穆着，渗透出一种可怖而威严的力量。炉子上漾荡着热气，热气袅娜上去后，那一张蛛网缓慢地摇曳着，但伺伏在中央的那一只指头蛋大小的褐色蜘蛛，不为所动，像钉子一般牢固，钉在了目光尽头。梵义突然抱拳，朝着上方的那一只蜘蛛，躬身一揖，哀告说：索家大大，快让侄儿给你行一个礼性吧。

这一刻，梵义兀自笑出了声，仿佛看见了上佛的开示，天道的秘语。像所有活在这一幕光阴中的生命那样，梵义也曾年少，也曾轻狂，也曾经不可一世，但是命运一定会在一个恰当的时候，替每个人打开他们的那一扇秘门，找见各自的佛龛，让他伏拜下去，安放魂魄，各归其位。此时，在梵义的脑海中，一个复仇的计划已经生成了。这一场复仇不是用恫吓，不是用威胁，也不是以血洗血、以命换命，而是去重振圣地敦煌旧日的秩序、往昔的风貌，让二十三坊风清气朗，让整个沙州城涤净污浊，接续西东，让千佛灵岩上的般般诸神，无负于往世和今生的猎猎声名。念想至此，梵义忽然有了一种宽释感，拎上小火炉，踅出了客房。

在法雨寺门口，梵义刚退了房，站在街上，突见一匹快马疾驰而来，在自己跟前勒住了缰绳。快马人立而起，卡利班却已经跳将下来，一身风尘地跑了过来。惊见卡利班的出现，梵义心里咯噔一下，料知一定是灾难来了。倘若不是灾难，这个咬断了半截子舌头的游击也不至于如此狼狈，如此惊魂不定。的确，卡利班是奉了孔执臣的嘱托，前来安西县寻找梵义的。或许是苍天不负，偏巧在城外碰见了二棍子，得知梵义正在法雨寺，所以径直找来了。卡利班抱拳一揖，含混道：少东主，小婶子带话给你。梵义忙攀住了卡利班的肩，让对方歇缓一下，不必慌乱。

"义庄要杀索梅，已经放出风来了。"

梵义大骇："索朗干的吧？"

"嗯，除了这个狗日的，不会有旁人。"卡利班一边点头，一边失神道，"索朗扬言，这一切都是为了义庄的荣誉，这是荣誉谋杀。按照规矩，这属于他们索门的家务，外人也干涉不得，根本插不了手。索朗还说，谁如果杀了索梅，将尸首扛进了义庄，谁就能戴上索家的那一枚玉石扳指，接管整个庄院和田产。"

"细君呢？索梅人呢？"追问道。

"目前下落不明。"

"你快喂马，咱们抓紧回家，一刻也不能耽误。"灾难来了，比预期的还要坏，还要危险上百倍千倍。梵义笃定道："万一索梅有个三长两短，那么梵同头上的罪名就被彻底坐实了，他这辈子将再也翻不了身，今生也就无望回到敦煌了。"

"小婶子正是这个意思，等着少东主你回去决断哪。"

梵义丢下卡利班，跑进了法雨寺，去喊妻子性元。性元刚刚又洗毕了一件袈裟，正在拧干。梵义去捉性元的胳膊时，冷不丁瞭见一个和尚走过来，将手上的脏衣裳递给了性元。梵义猛一抬头，发现这个和尚突地愣住了，表情惊愕，戳在了地上。半晌后，和尚方从震惊中醒转了过来，咧嘴一笑：

"施主应该是胡梵义,那个名声在外的河西司马吧?"

梵义一凛:"法师是?"

"你自然不认识贫僧,但贫僧见过你,你忘了。"言毕,和尚带着脏衣裳迅速走开了。

陈小喊趴在柜台上,浑身已经软塌了,但仍没有停手。柜台上码放着几只酒坛子,是用锁阳、枸杞、沙蝎子、鸽子血、沙蛇和藏红花分别泡制的,样样大补。左手不利索,陈小喊只好用右手抓住酒提子,将酒水从坛子里挼个儿舀上来,倒在每一只碗中,逐个喝光。客栈的掌柜拿着一只羊骨头纺锤,坐在灯下纺羊毛,并不多嘴,反正客人事先预付了一笔钱,足够将他这个货淹死在酒缸里了。不一时,客栈的伙计拎着食盒进了门,揭开盖子,将一碗热气腾腾的酸汤面捧出来,又拿出两样小菜,一发摆在了陈小喊的面前,催他趁热。陈小喊闭目,贪婪地嗅了一鼻子,果真是辛仗和面庄的味道,脸上登时乐开了花。陈小喊抄起筷子,将长面捞出来,停在半空中,吹了吹凉,而后长鲸饮水似的,一股脑地吸食了下去,这才觉得魂魄归位了,安妥了,心无挂碍了。汤面上漂浮着一层芫荽和葱花,这个不必急着去喝,酸汤解酒,越喝越有,一般的酒鬼也懂得这个道理。

旁侧里,伙计拿出来一块狗皮膏药,贴在了小臂上,揉搓着。掌柜的问:狼日的,你肯定下害了,挨打了不是?伙计嘿的一声:也没下啥害,我刚才去替客人买饭时,忍不住摸了一下辛仗和的尻子,这婆娘反手给了我一记擀面杖,疼死我了。掌柜的答:该,活该,没把你这个小贼给阉了,就算是你的造化吧,再这样下去,总有你好受的一天。伙计反诘道:真不能怪我,要怪就怪我的手吧,我对辛仗和的肥尻子没兴趣,但我的这只手实在没忍住,上去抓了一把,结果惹恼了那个母夜叉。掌柜的讥笑:你这个狼日的真长了一副猪口条,照你的说法,不怪你,只怪你的手,那辛仗和就应该剁了你的爪子。这个关节上,掌柜的瞭见了陈小喊的残指,蓦地停住了话头,找了个借口,打着哈欠去后院里睡觉了。当然,不能在孤儿跟前喊爹,在寡妇门口骂男人,这也是常人懂得的道理。

阒寂中，陈小喊从迷醉中醒转了，接过了话头，探问道：听你的话，你的手刚才没忍住，莫非那个辛仗和的尻子上抹了蜂蜜水，涂了冰糖膏，你想去舔上几嘴了？掌柜的不在，伙计立时放肆了起来，回说：客官不知，这辛仗和的尻子既没抹蜂蜜水，也不涂冰糖膏，但又实在让人忍不住淌口水，打个比方说吧，它就好比一碗粉蒸肉，也好比一笼羊肉包子，我恨不得活吞了这个婆娘，也不枉自己这一世里做了男人。陈小喊煞是费解，又道：你个碎鬼，你的嗓子像一根筷子那么细，如何能活吞了一个婆娘，仔细噎死你呀？伙计浪笑说：这个不关你的事，客官只管喝酒，反正打是疼，骂是爱，辛仗和的这一擀杖，说明她对我上了心，我以后天天要去吃面。陈小喊越发糊涂了，哪怕喝上一口酸汤，也难以解开眼前的这一道迷障：咦，那你说说看，辛仗和风骚不风骚，或许我能帮上忙，替你算筹一番？伙计如遇知音，将凳子搬了过来，坐在了客人的对面，跷起二郎腿，剖析道：哎呀，怎一个骚字能说得清呀！要说是吧，这个辛仗和的家里有男将，虽然丈夫跟死了没啥区别，长年累月的在外面打秋风，扔下自己的婆娘娃娃不管，但辛仗和毕竟是有户头的，人也本分，只专心挣钱，门风端正。可要说不骚吧，辛仗和的面庄简直红火极了，天天人挤人、人挨人的，买一碗饭比抢一炷头香还困难。我怀疑，男人们去吃一碗面不过是个幌子，多半是去盯辛仗和擀面的时候撅起的大尻子，看来尻子也是一个幌子，专门招徕客人的。陈小喊竖起了大拇指，深表赞同，又献策道：但凡人世上的女人，没有一个不爱钱的，眼睛里头只认钱，所以对付这个辛仗和吧，你只有使钱了，钱的话，谁都能听懂。

这么一讲，伙计登时蔫了，手捂在了口袋上，没听见钱响。陈小喊摸出来几块钱，款款搁在柜台上，送给了对方。伙计见状，一把将钱抓在了手上，眉开眼笑，忙沏上几大碗酒，奉给了客人。这一时，陈小喊却道：无功不受禄，这钱也不是你能白拿的，你得替我办一件要紧事。伙计点头答应，询问：什么事？陈小喊截铁道：拜托，你现在打我一顿吧，美美地打，打不出一个遭罪的样子，老子就把钱没收了，让你空欢喜一场。伙计像吞下了一枚带刺的蒺藜，半天也说不出话来。陈小喊宽慰道：对，你想得没错，老子就是疯了，就是辛仗和店里的一团面，甘心让你揉搓的。呃，你快去找一根绳子来，把老子给绑了，只准你打我的软肉，不许伤筋动骨，这就要看你下手的分寸了。

伙计依言，拿出来一根牛皮绳，将客人绑在了凳子上，动弹不得。陈小喊干脆放弃了挣扎，反倒笑呵呵地再三叮嘱：记住了，你先打我的左脸，打三拳，打出淤紫来，然后再用鞋底子抽我的右脸，必须抽肿了，像嘴里塞了一颗鸡蛋那样，最后再给我的鼻子上来一拳，鼻血淌下来后，你抹在我的脸上，画成一副关公的红脸。伙计照办了，打得陈小喊眼冒金星、东摇西晃，鼻脸上顿时开了一座染坊似的，终于知道自己疼了，肿了，样子彻底变了。陈小喊犹不罢手，催喊说：狼日的，再加三块钱，你给我的鼻子上再来一拳，快打。鼻血是热的，洋洋洒洒地落满了整个前襟，左右颊脸也像蒸锅上的馒头和花卷，一寸寸地膨胀了起来，有了理想的效果。

打毕，伙计解开了牛皮绳，还拿来了一包创伤药，打算敷给陈小喊。陈小喊不许，只逼视着伙计，坏笑道：你快瞧瞧，我像鬼，还是像金刚？伙计思忖说：两样均沾吧，客官一半像鬼，另一半又怒目人世，像一尊金刚法王。这么着，陈小喊出手如电，一拳头砸在了伙计的鼻脸上，将对方撂翻在地，昏死了过去。狗儿子，只怪你嘴上没挂锁，你打老子尚可，但你骂我的女人却万万不行，辛仗和的身子骨跟娘娘的一样金贵，岂是你们这一帮杂碎能说三道四的，喷骂道。陈小喊捡起地上的两颗门牙，连同三块钱，一趟子放在了伙计的胸口上，算是销了这一笔恩怨。末了，陈小喊戴上一顶烂草帽，披上一件油腻腻的光板皮袄，趁着伤势未愈，仓啷啷地出了客栈的门。

到了前院，陈小喊从马厩中牵出来自己的那一匹雪花豹，拽至墙根下，套在了一辆马车的辕架内。雪花豹咳咳地低吼着，甩着长鬃，见到了主子，竟然兴奋得像一头野兽。陈小喊从车底下抽出了一根哭丧棒，插在了车头上，吆喊一声，扬长而去。

天气已经凉透了，在这样的时辰，沙州城里连一个鬼也看不见，可能都去烤火了。风从玉门关的方向上刮来，一些细小的沙粒落在了街面上，让靴子打滑。幸亏地面上吹卷着一层枯叶和麦草茬，好像抹布似的，将马蹄子的声音全部擦干净了，蹄铁上也没有火花。绕过了几条街，陈小喊如愿地停在了辛仗和面庄前，忙跳将下来，一道烟地趑了过去。

门板严实，内外悄寂，门端里放着一只拴了铁链子的炉子，已经封了火，漾着热气。陈小喊贴住耳朵，听了半晌，方知妻儿都已睡熟了，遂叨念了一声阿弥陀佛。待眼睛适应之后，陈小喊瞭见其中的一扇门板上，用石粉画了一个圆圈，这是辛仗和留下的记号，意思全在里头了。一阵宽慰过后，陈小喊也摸出来一疙瘩石粉，在圆圈的下边仔细画上了一横。一横者，平安也，这是夫妻之间的暗语。临走前，陈小喊从窗台上抓了几根晒干的沙葱，喂在嘴巴里咀嚼了一番，嚼完又吐掉了。沙葱味道大，可以掩盖恶劣的酒气。实话说，这家客栈的酒并不太好，主要是药性太足，不过瘾。

子夜时分，陈小喊吆喝着马车，停在了谭家大院门前。

薄暗中，索朗正骑坐在大门右侧的一只石鼓上，闻听到动静时，突的一下，拔出了一把杀猪刀，明晃晃地砍戳了几下，力竭之后，又将刀子横在了怀中。待认清是一介无名之卒时，索朗轻蔑一笑，喊骂说：狗儿子们，我原先吃的是细粮，你们吃的是杂粮和狗食，现在倒好了，我连杂粮也吃不上一顿，你们大家见了我都绕着走，好像我是一泡臭大粪，谁也不理我。陈小喊踱了过去，答复说：的确，你以前吃的是细粮，而今却连狗屎也不如，我当初吃的是狗食，但我现在不一样了，你得听我的。索朗并不愠怒，丧气地说：我知道，义庄和索门落败了，你们都在下坡里追乏兔，撵着追打，但我千思万想，怎么也料不到梵义的兄弟们，竟然跟猫子那个恶鬼伙在了一搭里，联手做起了鸦片贸易，也难怪我被卸磨杀驴，连这个门也不让进。哼，当然了，人情寡薄，世事无常，这个人世上多的是落井下石、嫌贫爱富的家伙，少有掏心挖肺、替你雪中送炭的人。不过哪，我早就不是梵义的伴当了，我高攀不起，我被急递铺除名了，还砍下了这两根手指头，所以我得四处找食吃，替猫子卖命，不能饿死了这一具爹娘老子给下的热身子，陈小喊答。索朗凄楚道：猫子和连公子已经发了话，倘若我再进这个门，他们一定会打断我的腿，敲碎我的膝盖骨，让我真的去做一只癞皮狗。陈小喊讥讽说：所以你的路断了，你走投无路，只有把腔子里的那一团怒火，撒在自己闺女的身上，你想杀了索梅，买一张进入谭家大院的门票，遂了你个人的恶念。索朗阴笑道：我杀细君，杀的是自己生养下的娃娃，又没杀旁人，再说了，杀一个扎花的，跟杀死一只母狗没有什么两样，我保证说到做到。陈小喊哀恳道：哎哟，能不能不杀，给我一次机会，就当是我的一桩无上功德，我来赎下索梅的这一条命吧？咦，那就看你的价钱了，你如果给一个好价钱，我兴许也可以考虑考虑的，索朗并不客气。这么着，陈小喊从怀里摸出来一只小皮囊，悬在了手上，相告说：我恰巧有一包粮草，但究竟是细粮，还是杂粮，你自己去试试吧，这就是我开出的价钱。

这一霎，索朗的眼神涣散了，痴呆了，一如夏末时在罂粟花田中的那样，迷幻开来。索朗一把抢走了小皮囊，解开绳带，探着鼻子嗅闻了半天，忽然间失了三魂，丢了六魄。索朗嘀咕道：细粮，真是细粮，这一定是从天水坊的地里打出来的细粮，比平凉坊的好，也比陇西坊的醇，我懂得门道，我的鼻子比狗还灵，嘿嘿。转瞬，索朗像狗一样汪汪汪地吼喊了几声，詈骂道：驴日的连公子，你以前给我吃的可都是杂粮，是麸皮，是糟糠，我现在终于吃上了细粮，我解馋了。事实上，疯魔就在方寸之间，索朗的病立刻犯了，盯视着陈小喊，喝问说：你是鬼呀，你想抢我的口粮么，我啐你一口唾沫吧？果真，索朗张口就啐，陈小喊紧着闪避开了。趁着这个空隙，索朗撒丫子跑掉了，一眨眼便没了踪迹。

一墙之隔，在谭家大院的游廊上，丁荣猫瞥望了一眼连公子，发现后者的脸是灰黑的。

耳食了围墙外的动静，两个人分明知道，那一名落拓不羁的游击回来了，像事先许诺的那样，就在今晚夕，在子夜前后，准时前来践约。虽说尚不知道具体的结果，但丁荣猫的紧张与激动却是由衷的，将手心里的一把汗，偷偷地抹在了衣服上。连公子沮丧道：丁掌柜，你听听，我被索朗这个贼日塌的，他在四处败坏我的名声，我现在真是百口莫辩、负谤难明呀。丁荣猫暗笑：的确，你现在是谤随名高，有道是欲戴其冠，必承其重，在敦煌的这个地盘上，除了县长李肖鹏，你连公子便是第一等的角色，你不当别人的靶子，谁还敢来与虎谋皮呀？这句话既是一番赞美，也是一种讥讽。哎哟，我现在的一切，都是拜丁掌柜所赐，我连某人掂得清个人的斤两，我心甘情愿地服属你，从不敢有二心，连公子表白道。灯油不多了，柱子上的羊皮灯笼暗沉了下去，令院子里的一切渐渐地浮出了轮廓。丁荣猫道：前不久，南湖一带的沙山走山了，人们从沙子里刨出来了两具干尸，让临洮坊的一户财主家认领了去，却原来是他家里的长子和一名伙计。幸亏账本还揣在身上，注明他们是刚刚借了高利贷，打算返回沙州城的，人死了不说，又偏偏丢了几根小金条，人财两空呀。闻听此言，连公子立时寒战不已，抱拳道：丁掌柜，你心里装着一块明镜似的，啥也逃不脱你的法眼，我当初之所以去杀人，只为了讨得你的欢心，坐上李豆灯的位子，让我这么一个穷寒人，从此有一个体面的身份。丁荣猫探问说：烟膏呢，去年的那些烟膏呢？你呀，你其实根本就没有出手，只是佯装藏在了一只水缸里，走了一趟马迷兔，我却成全了你，将文和事老协会的头一把交椅给了你。连公子的脸色由灰黑转为了赤红，巴夕夕地说：丁掌柜，我真心服属你，可我自己也养了一群狗，狗不光要叫，狗还要吃肉的，所以那些烟膏被我零打碎敲地喂了狗，我认罚，等这一趟事情成了，你从我的份额中扣除吧。这个关节上，丁荣猫说类似的话，打这样的牌，其实是已经猜到了陈小喊带来的结果。阒寂中，墙外的那一匹雪花豹嚼吃着干豆子，嘎巴作响，牙齿的声音很亮。不错，只有得了手的人，才会心绪稳静地在暗夜的街头，掏出预备好的干豆子，耐心地喂给自己的牲口伴当，却见不到他的一点点火气。丁荣猫笑道：你差一点骗了我，现在看来，你身上并没有路，就像我没有，汤世瓶也没有一样，我们都是受制于人，所以罂粟花种得再好，还是要仰人鼻息，被切走一部分的利润。连公子一向是乐观主义者，宽释说：丁掌柜，陈小喊虽然单枪匹马，但他现在就是一只开路的蝼蚁，俗话说千里之堤，毁于蚁穴，一旦这家伙打开了一个口子，外面的鸦片商人们便会闻风而来，乌泱泱地扑向敦煌。

丁荣猫不想偏离主题，矮下身，在游廊的护栏外拎出来一只包袱，递给了对方，叮嘱道：喏，这是你当初带来的几根小金条，原还给你，你拿去喂狗吧，不过你记住，祁连山里有一帮金客子专门做这个生意，外面镀一层金，里头却灌了铅，一般人难以辨识，你以后最好多长一双眼睛，别只顾着卖嘴。这一时，羊皮灯笼终于油尽灯枯了，黑夜笼盖了下来。连公子接住了包袱，一点也不犹豫，随手扔在了身后的花园中，尴尬道：哎哟喂，抓了一辈子的鸟，到头来，我的眼珠子却被鸟啄掉了，这怨怪不了旁人，只能怪我蠢。事后，连公子一再追忆，那只包袱当时有没有发出过黄金的声音，他对此完全没有把握。

有人在叩门，应和着街上打更的梆子声，子时到了。

丁连二人趑出了游廊，并没有奔向前院，去应门，去迎候那一名游击，而是拐过了茶房，钻进了一墙之隔的偏院。连公子自作聪明地说：丁掌柜，我明白了你的意思，再熬他一下，就像熬鹰那样，先把陈小喊的锐气和不羁给灭了，让他落架，落架的老鹰不如鸡嘛。见对方不发一语，连公子又道：丁掌柜，你这次给陈小喊配的这个方子真管用，一个原本目中无人的游击，居然这么服服帖帖的，做了咱们的开路先锋，太不易了。丁荣猫停下脚，仔细道：不，这个方子是咱们一起开的，我不能贪功。连公子抬起巴掌，扇了自己几个耳光，自责道：亏先人的，杨修是怎么死的，你这张破嘴难道忘了么？唉，我终究要剜了你这根口条，我可不想犯忌，惹来杀身之祸。且慢，别忙着自毁志气，今晚夕我还要借你的这一副口舌，把这一桌席吃好。丁荣猫掸了掸灰尘，理冠整衣，吩咐道：你快去，将咱们的客人胡梵同请来吧。

游廊蜿蜒，一直贯通在了偏院内。

在游廊尽头的一座凉亭内，丫鬟们早就布好了一桌子菜，烫好了苞谷酒，单等着主宾们入席，半夜开宴。瞭见丁荣猫踱步进来，一个伙计捧着红铜锅子，款款放在了桌子当中，汤汁滚沸，羊肉的气息弥散开来，仿佛在空气中撒了一把胡椒和芫荽。望着炉口上燃烧的红炭，丁荣猫忽地松了一口气，身上的寒意迅速褪去了，忙撸起了袖子。丫鬟端来一碗温水，丁荣猫漱了漱口，刚吐了一半，瞥见连公子率着客人到了跟前,便将剩下的另一半咽在了肚子里。双方谦让了一番,丁荣猫实在拗不过,坐在了主席,右首是客人,左侧则是连公子,彼此都挂着一副浓酽而热烈的表情。按敦煌当地的规矩,在动筷子之前,酒必须走过三巡。丁荣猫先自捧起了酒,朗声道:

"梵同兄弟,这第一碗替你压惊,这些日子可真让你遭罪了。"率先一饮而尽。

"不敢。梵同只是一个念书人,一粒草芥角色,无德无能,岂能承受得起这么大的恩遇呀。"梵同战栗着,声嗓哽咽不止,洒下来的酒水掉在了炉口上,溅起了一片火星子。又道:"丁掌柜,大恩不言谢,此番你救了我的命,等我哥哥梵义从中原归来后,一定举胡家坊和急递铺全部之力,来报答你的这一份恩德。"

"梵同你错了,我之所以救你,当初并不曾想施恩望报,等着你们胡家将我供在祠堂上,当先人一样伺候。"丁荣猫拦下了丫鬟,亲自添了酒,笃定道,"我这回搭你一把手,完全是因为对河西司马的敬意,对令兄梵义的一番景仰,除此无他。"

"可是,就算梵义是河西司马,是急递铺的当家人,但他毕竟是我哥哥,他没有理由不报答你,梵义他并不是一个薄情寡义的汉子。等着瞧吧,只要我安全出了这个门,我就去城外迎梵义,我会把这些天你对我的好,悉数告诉给他。"争辩道。

丁荣猫面色一沉:"放肆。实话说给你知道吧,你出不了这个门,你出去就是死。"

"我不信。"梵同执拗道。

"梵同兄弟,你记住,你只有一颗头,两个胳膊两条腿,但沙州城的四个城门楼子下,起码有几十名步警和马警,哪怕飞过去一只麻雀,也会被拔光了毛,何况你这么个大活人哪。"丁荣猫绍介完了局势,又道出了第二碗酒的主题,慨然说,"梵同,那天晚夕你走投无路了,敲开了谭家大院的门,我很荣幸地接纳了你,这么些天来与你朝夕共处,我喜欢上了你这个兄弟。是这,丁某不才,但也有一个做人的准则,不管是谁,一旦开口央求到了我,我一定会倾尽全力,哪怕赔上这一具热身子,我也要跟着他在生死的光阴里闯上一趟,大不了弄出一个天大的响声来。"

"丁掌柜，你已经庇护了我，我知道。"胡梵同的眼中敷着一片泪光，吞下了酒。

"这才是开始，好我的兄弟，以后的日子将是一盘磨石。"丁荣猫自如地掌握着这一幕的节奏，似乎他的心中装着一册腹稿，"梵同，喝了这第三碗，咱们干脆就结成一伙子人，在阳世上哭，在阳世上闹，将来洗清你头上的不白之冤，还你一个清白吧。"

孰料，胡梵同哇的一声嚎哭了出来："怪我，只怪我一时糊涂，犯下了杀头的罪。"

"你没罪。"断喝道。

"不，我有罪，我罪不可恕。索梅还那么小，一直对我执弟子礼，称呼我为小先生，对我充满了信任与依赖，可我竟然兽性大发，糟践了她，强暴了她，我和一只畜生有啥区别呀。"胡梵同的哭声既撕心，又裂肺，拳头捶打着桌案，"真的，我对不住义庄，我有愧于索家，更是辜负了爹娘老子和哥哥嫂子对我的期望。这么些天来，一想起家里、学校和鸣山书院被田虎子带着人马给查抄了，掘地三尺，我就心如刀绞，恨不得用一根绳子勒死自己，赎了这一份罪孽，一了百了。"

丁荣猫失笑开来，讥讽道："真是妇人之见，小心我看扁了你，将你亲手交给田虎子。"

"那也好，死了就销账了。"

"哼，死是一件太简单的事，四蹄一蹬，赴了黄泉，但你胡梵同这么一死，至少连累了在下，毁了我的一世清誉。我刚才说过了，谁投到了我的门上，谁便是我的座上宾，我舍了这一腔子血，也要让他毫发无伤，包括你。"丁荣猫言说至此，给连公子递了一个眼色，再道，"梵同兄弟，我的这些话，已经征求了敦煌文和事老协会的意见，连公子也有他个人的一番主张，你不妨听听他怎么说吧。"

连公子腾身而起，果决道："梵同兄弟，你不必自责，你也无罪，这便是文协会和本人的结论。"

"可我知道，我罪孽在身，我再也洗不清自己了。"

"哼，什么屁话。这个人世上，哪个男将的裤裆下没骑过几个女人呀？可唯独梵同你，睡了一个败落的义庄的女娃子，日弄了一个街上乱跑的女乞丐，居然就哭天喊地，恓惶得像一个没见过世面的婆娘。"这一时，连公子的口舌经过了酒水的滋润，也因为先前的钳口禁言，仿佛一只刚刚从洞穴里出来的老鼠，忽然间兴奋开来，"梵同，丁掌柜刚才说的没错，你的这一桩事马上就要了结了。我保证，等你洗清了自己污名的那一天，我连某人一定亲自陪着你，走出这个谭家大院，送你去胡家坊。"

梵同愕然道："纸是包不住火的，我犯下的那些罪孽，田虎子的手上有一本明账。"

"哼，谁说纸包不住火，万一是一堆死火的话，别说是纸，一口唾沫也能包住它。"连公子被自己的聪明陶醉了，笑得浑身的肉也在发颤，笃定道，"梵同，你刚才可都听见了，义庄的大少爷在门外头叫唤，像一条失了家的野狗那么落怜，但丁掌柜的这一扇门不会轻易向他打开，除非索朗答应一个条件。"

"条件？"梵同狐疑。

"嗯，在沙州城，在整个关外三县，义庄是最在乎名声的家族，索家是最要面子的豪门，虽说现在败落了，凋敝了，债主们打上了门去，老的傻了，小的疯了，但门头上的那一块金匾还在。"连公子铺垫毕了，方说，"如今，索梅就是义庄身上的一块烂疮，他们索家人不去剜掉，难道还指望着旁人割肉供养、起死回生么？"

梵同探问说："什么剜掉？"

"这叫荣誉谋杀。一个家门内部的事务，外人根本插不上手，也不愿插手。"连公子仰首盯望着夜空，仔细道，"索梅一旦被杀了，那这个闺女的血也没有白流，至少洗净了义庄的那一块匾额，半年之后，没人会记住她的长相。生是义庄的人，死是索家的鬼，这或许是索梅最好的去处，总比在人世上吃糠咽菜的强。"

"求你了，我已经让索梅死过一回，不能再死第二回，干脆连命也搭上吧！"哀告道。

"糊涂匠，你真是朽木一根。"连公子瞥望一眼，瞭见丁荣猫早就不耐烦了，遂说，"梵同你记住，现在只有杀了索梅，掐断她这一根线，才能死无对证，你也才能解脱出来，然后再去田虎子那里，反告她一个诬陷之罪。总之到了那时候，索梅躺在了坟坑里，她并不会跑出来撕你的嘴。倘若你现在逞妇人之仁，你将来如何面对鸣山书院的同窗们，你有何颜面站在学校的讲堂上，你又让丁掌柜和我，怎么给梵义一个交代呀？"

梵同膝盖一软，跪在了地上："二位义人，让我给你们磕三个头吧。"

"不必了，快起来吧。"

"等梵义回来，我一定会给他说知道的，我发誓。"

瞭见胡梵同抱住了连公子的大腿，絮叨不休，泪下如雨，哭得好像死了爹、丧了娘似的，丁荣猫的耐心终于耗光了，抬脚便走。丫鬟递来了一只羊皮灯笼，丁荣猫伸出手，并没有去接，而是抚在了连公子的肩头，叮嘱说：哎呀，梵同可能太激动了，激动也是难免的，你好生劝一劝他吧，千万别哭坏了身子。连公子瞭看着丁荣猫走远的背影，一时间牙疼了起来，恨不得啃上梵同几口，方可解恨。

前院内，却是另一番情状，如果掉下来一根针，恐怕也会惊起一群夜鸟。

四下里悄寂一片，汤世瓶见陈小喊不吱声，双手袖在皮袄内，泥塑着，一直在打瞌睡，便也放弃了追问，猜想对方可能在拿主意，需要一点时间吧。廊檐下另有一桌席，与偏院中的毫无二致，或许出自同一个厨子的手。只不过，这里的红铜锅子早就熄了火，汤面上浮起了一层羊油，板结着，犹如冬天的党河封了冰。汤世瓶饿极了，搛了一筷子干豆角炒肉丁，塞在嘴中，突然停止了咀嚼，五官蹙成了一块抹布的样子。半晌后，舌头找见了异物，汤世瓶拈在指尖上一瞧，原来是一粒黄豆大小的粗盐，一下子弹飞了。这么着，汤世瓶觑见这名游击的表情抽搐着，仿佛疼痛攫取了他，一时间难以自拔，鼻脸上的血迹也像一块红布，皱巴巴的。汤世瓶去拉拽对方时，陈小喊闪电般地出手，从皮袄下抽出了一根哭丧棒，顶在了前者的下颌上，示意他闭嘴。汤世瓶诡笑一番，又拿起了筷子，兀自吃喝起来，等待着答复。

旁边的矮墙外，偏院内的声音清晰可闻，犹在眼前。

先前听见叩门时，汤世瓶正在一块磨石上忙碌，打磨着几把小眉刀。傍晚左右，瓦莲娜收拾停当，在脖子和腋窝下洒了香水，打算去县署里切磋舞姿，瞭见了窗台上扔着的小眉刀，一个个锈迹斑驳的，便吩咐了此事。不是一般的眉刀，这可是瓦莲娜从俄境带过来的一套专有工具，据称是当年农学院的毕业礼物，她只肯在城外几个坊的讲习所里拿出来，用于示范割浆和大规模的仿造。叩门的节奏显然不是瓦姑娘，自打天水坊罂粟花田中的首场舞会成功举办后，县长李肖鹏便频频邀请这位洋女人，要么跳舞，要么对饮，今天回忆一番巴黎塞纳河两岸的风光，明天再刻画一下伦敦西敏寺广场上的鸽群，时常让瓦姑娘开怀大笑，惊诧莫名。渐渐地，李肖鹏也发现了，对面这个高鼻深目、金发如瀑的洋女人不过是一介土包子，见识有限，但虚荣心颇强，喜欢这一种似是而非的浪漫情调。然而，恰恰是这一点，撩拨起了李肖鹏的兴致，觉得流落至今，这关外的敦煌已不再是苦寒之地，伤心之所，至少目下有了一位可以说说话的知音。瓦莲娜声称，自己是一名大财主的女儿，俄国境内的红色政权建立后，家庭崩溃，亲人失散，她跟着一伙白军一路南下，一直滞留在了关外三县，目前寄居在一个曾经的贸易联手家中，叫谭家大院。李肖鹏采信了这个说法，但在内里深处，实则对瓦莲娜的身世了无兴趣，懒得探究。李肖鹏心知，自己其实也像一名挂单的和尚，敲完了今天的钟，明天究竟栖身何方，两眼茫然。除了切磋舞蹈的技艺外，李肖鹏忽然提出，打算拜瓦莲娜为师，学习俄罗斯语，后者痛快地答应下了。这么着，每日晚夕，只要谭家大院的门端外，响起一阵前来接人的铃声时，瓦姑娘便开始洒香水，而后摇曳着柳枝一般的身材，钻进那一辆蓝呢子的车轿内，款然而去。关上门后，汤世瓶总是气不过，抄起一根大扫把，抽打着空气中的香水味，好像他是一名新科的武举似的。这个关节上，丁荣猫心生不忍，往往安慰说：别那么小气，你只当瓦姑娘不是一个人，是一炷供香，供在了天台大人的桌案上，替你我在施舍罢了。

娼妇，洋婊子，汤世瓶叱骂了一句，丢下手中的小眉刀，簌簌簌地跑去开门。果然，立在门口的并不是瓦姑娘，却是那一名鼻青脸肿的醉鬼游击，一手举着哭丧棒，一手拽住了缰绳。汤世瓶赶忙拆开了门槛上的挡板，吆喝着马车进来，停在了院子当中，又相帮着卸下了全套马具，将雪花豹拴在了围墙下，丢下了水盆和一堆饲料。落座后，汤世瓶注满了两大碗烫酒，率先捧给了陈小喊，催他驱驱寒，暖暖身子。汤世瓶恭维说：哎呀，你真是一位信人，说今个天到，就今个天到，说子时来，真的就踏着梆子声进来了。陈小喊并未接茬，目光逡巡了一圈，见廊檐之外的庭院中一片黢黑，唯有矮墙后面的偏院内布满了灯光。汤世瓶释解说：真不巧，丁掌柜来了客人，兴致太好，一直喝到了现在，咱们别等了，你快请。陈小喊嗅了一鼻子，料定这是特等的苞谷酒，先咂了一口，而后一饮而尽，笑得难看极了。自始至终，陈小喊只是一味地狂饮，对菜肴和羊肉锅子不瞧一眼，嘴里的饱嗝却一个接一个的，让汤世瓶嗅见了一股酸腐的气息，竟不知道它恰是来自辛仗和面庄。

哑默了一阵子，汤世瓶觉得机会来了，开始了他的独角戏，声嗓一变，恓惶道：哎哟，你刚才进门时，我心里一阵酸楚，恍惚间，我还以为十九年不见的苏武回来了，身穿羊皮袄，手执旌节。此刻灯下一看，你比那苏武英迈，也比那苏武更加豪气干云。好话谁都爱听，陈小喊自然亦不例外，耻笑说：你呀，你肯定是看多了敦煌六合班的戏，不过你认清了，这并不是什么旌节，这是一根哭丧棒，我一路上杀鬼打魔，九死一生，这才回到了沙州城。汤世瓶骇然一惊，逼问说：你失手了？货呢，交给你的那些烟膏呢？陈小喊讥讽道：呵，你也算是在北疆闯荡过的人，你难道不知货在人在、货失人亡的法则么？如果这一趟失手，躺在那一口棺材里的应该是我。这一刻，汤世瓶获知了确凿的答案，心下一喜，恭维道：陈小喊不愧是关外三县的第一条好汉，足智多谋，文武双全！这四郡两关的路貌似开放着，实际上现在全部堵死了，革命军各自为阵，互相打冷枪，除了搜刮当地百姓外，还对过路的使团与商贾剥皮抽筋，极尽侮辱。可偏偏在这么个密不透风的条件下，陈小喊千里走单骑，如入无人之境，押运着半车鸦片，来去自由，俨然是一位盖世英雄。陈小喊回说：你呀，你的嘴快撵上连公子的了，你们都长着一根开过光的口条，其实没那么风光，我被揍坏了，还差一点丢了这条小命。汤世瓶盯看着游击脸上的伤势，知道对方所言不虚，这一趟的代价清晰地写在了上面，谁知道那一件皮袄下另有多少惨烈的故事呀。陈小喊却不居功，对自己的遭际一笔带过，恳切道：我这么干，只为了报答丁掌柜，报答你和连公子，报答谭家大院，我就像一条丧家的狗，只有你们拿我当人。汤世瓶不想毁了这一顿酒，不想陷入伤情，于是盯看着庭院中的车架，发现车身沉重，遂道：咦，让我猜猜看，陈小喊押着半车特等的鸦片，去了一趟北疆，兑换了一大笔金钱。有时候，钱多了可能也是一个灾难，尤其在路上，所以陈小喊心生一计，扮演了一名孝子，假装替爹娘老子迁坟，一路护送着棺木，将这一笔钱偷偷运进了沙州城内。陈小喊碰了一下对方的酒碗，似乎首肯了这个说法。汤世瓶又道：看这一辆马车分量不轻，我估摸，棺材里至少有上千块大洋，白花花的大洋，我现在都能听见大洋的响声，这可能是人世上最好听的声音吧。

这一时，矮墙外突然传来了一阵嚎哭声，时断时续的，并不很真切。陈小喊攥住了酒碗，骨节嘎巴，几乎快将其捏碎了。这样的反应，早就在汤世瓶的预料当中，但他毫不在意，因为汤世瓶另有一套唱本，心知眼前的这个机会一旦错失，就如风中的沙子，将再也难以收拾。小喊兄弟，其实这两天我一直在北门外等着迎你，等你的目的，只想跟你单独说几句话，汤世瓶添了酒，低语道。你知道的，河西一带包括关外三县，已经禁绝了几十年鸦片种植，几乎是一片空白，没有人敢拿自己的脑袋去冒险，也就我们几个外来鬼才敢豁出了性命，斗胆试上一遭。呃，好在上佛保佑，这一次的罂粟花长得格外繁茂，秆子比胳膊粗，果子比拳头还大，割下来的简直不是浆液，看着就像是黄澄澄的金子呀。小喊兄弟，问题在于这些烟膏有市无价，价格全凭着你的这一张嘴，你说一元，没有人敢叫八毛，你既设了坛，又作了法，丁掌柜和整个谭家大院的人也插不上手。陈小喊的心思并不在对方的絮叨上，张着耳，一直在盯望着矮墙后面的灯光。汤世瓶接续道：我出了城，就想把你截停在半路上，掏心挖肺地给你说一声，你根本没必要将这一趟兑现回来的大洋全部拉回来，悉数交给姓丁的，你至少应该截留下一半，丁掌柜只能听你的，我也可以替你敲敲边鼓，站在你的立场上帮帮腔。陈小喊终于听懂了，痛楚地一笑：哦，我明白了，你是想跟我联手，每一次兑换鸦片之前，事先将丁掌柜心里的尺码告诉我，然后独吞下其中的一块，做你我二人的赃墨。汤世瓶舒了一口气，快慰道：果然，聪明人不可细提，现在捅破了这一层窗户纸，小喊你便是我的亲兄弟，以后我做你的内应，丁掌柜肚子里的那几根肠子只要一动，我提前就会说给你知道的。陈小喊探问道：你说吧，你想抽几成？汤世瓶第一次伸出了四根指头，一眨眼，少了一根。我拿三成吧，毕竟我只动嘴不动手，坐享其成，一切都得仰赖你，劳碌你。偏院中的嚎哭声再次尖厉了起来，一种熟悉的嗓音汹涌而至，其间还夹杂着辩解与诉苦。陈小喊忽然袖起手，身子一缩，躲在了那一件光板皮袄下，双目紧闭，五官也蹙成了一块咸菜疙瘩的样子，对汤世瓶的提议充耳不闻。

汤世瓶走了眼，以为这是个艰难的时刻，对方需要盘磨，算筹一下其中的利弊。毕竟，汤世瓶属于空手套白狼，无根无由的，薅别人的羊毛，抢他人的吃食，不管轮到谁，这都是一个难以跨过去的坎。围墙下，那一匹满身斑点的骏马吃毕了饲料，饮完了水，哝哝地雀跃开来，鼻门上喷着一团白气，腾云驾雾似的。汤世瓶哀伤地说：小喊兄弟，我早就看出来了，你不是平地里久卧的人，你虽然被急递铺子革除了，还丢掉了两根指头，但你照旧是关外三县的第一号游击，无人可以取代你。你沦落到了如今的这个地步，只因为你被怨气、仇恨和不满裹挟着，只恨自己生不逢时罢了。事实上，汤世瓶并不需要对方的呼应，心知自己的这些话，字字是针，句句似锥，已经给这个游击点了穴，灌了药，只等着药性发作了。这么着，汤世瓶又添了一把柴，黯然道：小喊，你其实就是这一匹雪花豹，它本来应该像关云长的赤兔、张翼德的玉追、常山赵子龙的夜照玉狮子、曹操的绝影和刘玄德的的卢，去建功立业，去一马平川的，可偏偏时运不济，倒了大霉，现在居然只配当一匹辕马，拉着破车，拉着一口棺材穿州过府，让世人耻笑不尽。闻听了雪花豹这个伴当的名字，陈小喊再也控制不住自己了，一时间热泪狂下，战栗不止。汤世瓶内里一喜，心知这一丸药有了结果，便及时地闭上了嘴，不再连毛带草地聒噪了。

偏院内，磕头的声音犹如在打夯，磕了不止三个，实际上磕了一地的头。

谭家大院收服了著名的游击陈小喊，这一幕看似是无心之举，但真实的细节，旁人却无法测知。自从被急递社扫地出门后，陈小喊摇身一变，成了沙州城内最显赫的酒鬼，要么沿街讨酒，要么站在几家酒楼的垃圾堆上，抱着扔掉的空酒坛子，舌头在里面吮来擦去，让周围的路人失笑死了。慢慢地，陈小喊当掉了身上所有值钱的东西，靴子、棉袍、鞍子、笼辔什么的，一天至晚，醉死一般地趴在光溜溜的马背上，一任雪花豹散漫地游荡着，在大街小巷出没。陈小喊倒不担心自己被饿死，因为胯下的那一匹雪花豹年岁大了，应了老马识途的那句古话，一天两顿的饭口上，总会捎着主子奔向八贤王街，乖巧地停在辛仗和面庄前，打一阵响鼻，知会一声里面的掌柜和伙计们。刚开始，辛仗和根本不搭理，哪怕雪花豹叫来叫去，把下巴喊掉又能怎样。但是，一匹牲口驮着一个醉鬼，横在了店门前，不免会影响生意。辛仗和的头上一下子起了火灾，拎着擀面杖，一道烟地杀了出来。辛仗和并不打算干架，一丈长的棍子也只是一个幌子，连哭带闹才是女人最有力的武器。这么着，辛仗和瘫坐在地上，一边抹眼泪，一边撕扯着自己的头发，哭得心快烂了，詈骂说：喝吧，美美地喝吧，喝死了就升天了，大不了我送你一具棺材，再施舍上一套老衣，将你抬埋在戈壁干滩上，我也就省心了。越哭越受伤，越受伤越哭，辛仗和的嗓子里塞上了一团悲痛的乱麻，简直要背过气去了。又道：哎哟喂，你摸着心口窝想想呀，别人家的男将一个个都是狐狼，干干散散的，只知道往家里搬钱，可你倒好，天天灌上一肚子不要脸的水，丢下婆娘娃娃不管，你究竟是绝户头呀，还是干脆把我们母女当牲口一样对待？伙计们不落忍，连劝带哄的，将辛仗和抬进了店铺后面的院子里，生怕毁了当天的买卖，让她一个人磨牙去了。骂归骂，骂完了之后，面庄里照例会端出来一碗饭，要么是拉条子，要么是炒炮仗子，还顿顿带了肉臊子。在邻舍们不屑的目光中，陈小喊翻身下马，蹲在地上咥完了饭，丢下碗筷，一脸鬼祟地走掉了，好像他的脸皮比城墙拐子还要厚。哀莫大于心死，辛仗和后来也就疲了，懒得去费唾沫，让伙计们按着饭点，在外面的窗台上扔下一碗吃食，即便泡了，烂了，落满了灰土，也不会有人去惜疼这名游击，只当他是一个乞丐罢了。

　　白昼里喝烂酒，一入了晚夕，陈小喊便栖身在寺庙里，几乎将城内的大小庙宇都睡遍了。一个月前，陈小喊牵着马，刚走到了火神庙门口时，酒瘾忽然犯了，便坐在了廊檐下，打望着暮色中的沙州城，寻思着该去哪达蹭一顿。酒瘾是一种空荒的感觉，好像世上的人们都去觥筹交错了，偏偏抛下了你，你却踟蹰在酒坊一带，等着伙计去找钥匙。正在陈小喊抓耳挠腮之际，一位腿脚不便的老叟恰巧路过，一眼认出了游击，大喜过望。老叟将一只包袱递给了陈小喊，声称他正要去急递铺投邮，既然碰上了，也就免了后面的脚程，有劳这名游击了。陈小喊干脆不接，也没道出其中的缘由，折身跳上了马，抽了一鞭子。被急递社革除以来，别说去那家铺子里故地重游了，就连警察局门前的那一条街，陈小喊也鲜少涉足，只在另外的半个城区活动，一别两宽，各生欢喜。孰料，雪花豹刚跑出去了一段，陈小喊的狗鼻子便嗅见了一股浓烈的酒香，不由得勒住了缰绳，拨转马头，乖乖地回过了身子。老叟握着一只酒囊，刚饮下了一口，浑身的寒气不见了，面色红润。陈小喊问说：也罢，我正巧闲荒着，可以替你跑一趟腿，但不知你的包袱往哪达投寄，你给一个地址吧？老叟答：不远，就在鸣沙山下的南湖一带，记住是绳庄的魏龙家，绳子的绳，委鬼魏，龙马的龙。闻听是南湖，陈小喊立时轻松多了，这一夜一趟来回，天亮后回来再睡也不迟。老叟摸出来一把碎钱，询问酒资时，陈小喊也不客气，指了指酒囊，面色羞臊地接在了手中。

　　天已经亮透了，陈小喊神疲力竭地从南湖一带回来了，没走官道，打算绕过天水坊，节省下半个时辰的路。那一段，两侧的罂粟花田上香氛习习，人烟稠密，割浆的工作进入了尾声，谁也不想丢掉一枚浆果，哪怕是瘪烂的。刚拐过了水渠边的地埂，陈小喊迎面碰上了三匹马，瞭了一眼，便将雪花豹退至一旁，礼让对方。岂料，对面之人纷纷跳将下来，火急火燎地奔了过来，指着陈小喊胯下的坐骑，一脸的惊愕。连公子吼喊说：蹄子烂了，你的伴当一直在流血，陈小喊你瞎了么？汤世瓶也附和道：不光在流血，这匹马好像也得了寒症，天老爷呀，这摆子打得像一面破鼓。陈小喊吓坏了，一个跟头摔在了地上，仔细看去，雪花豹的蹄子上果然鲜血如注，打湿了泥壤，皮毛也如同一张剧烈晃动的筛子，激颤不止。这种闻所未闻的惨状，令陈小喊一时间失了三魂，丢了六魄，哇的一声，尖嚎了出来，扑上去抱住了马头，牙齿也快咬碎了。不承想，这仅仅是一场戏的响板，更大的灾难让在场的诸人骇然万分，觉得山摇地动。雪花豹急遽地喘息了一阵子，鼻门中突然喷射出了一股股滚烫的血水，好像泉塌了，也好像党河决了堤。一眨眼的工夫，跟随了陈小喊十几载的这一匹异域快马，这一位哑默的老伴当，仿佛一块被伐倒的山石，訇然栽落下去，立时毙命。

丁荣猫拦下了连公子，不许他去劝陈小喊，让这名游击趴在了雪花豹的尸骸上，一把鼻涕，一把泪水，放肆地大哭了一场。眼泪淌下了三缸，哭毕，陈小喊自责不已，怨怪说自打他丢了两根手指头后，商团和行旅们特别忌讳这一点，怕带来厄运，自己再也没有接过任何一桩保商的生意，雪花豹也跟着主子，一天到晚好吃懒做，缺乏历练，这一趟八成是累死的。喋喋了半天，陈小喊猛然警觉了，对另外的三个人绍介说，南湖一带根本就没有所谓的绳庄，也没有一户人家姓魏，这里头大有蹊跷。陈小喊恐惧极了，一个激灵爬将起来，赶紧打开了那一个投邮的包袱，却只发现了一根盘绳。丁荣猫将盘绳捧在手上，仔细地审视了一番，惊讶道：哎呀，不好了，你被作了法，施了咒，这可不是普通的绳子，这是给你和雪花豹下的绊马索，你上了当。陈小喊瞠目道：你，你是咋看出来的？丁荣猫剖析说：你自己瞧吧，这一根麻绳中间还拧上了一些神符，绳子又在猪血里浸泡过，想必来者不善呀。陈小喊晃了晃，一屁股坐在了地上，连死的心也有了。

雪花豹死了，等于陈小喊的半个魂魄丢了，但游击并没有继续抚尸痛哭，而是被更大的仇恨所攫取，揣着一把刀子，打算去沙州城内寻仇。辞别前，陈小喊依次给三个人作了揖，央请他们搭一把手，就地葬埋了雪花豹，千万别让游窜的狐狼们给啃吃了。雪花豹本来就高大健硕，此刻横躺在地上，恍惚有半亩地那么大。四下里阒寂后，丁荣猫说开始吧，汤世瓶拔出了一把剔骨刀，趁着雪花豹的身子还烫，只用了半个时辰的工夫，便将皮子完整地割了下来，打包成捆，架在了另一匹马的脊背上。连公子急不可耐，按着事先的计划，翻身上马，准备绕开沙州城，一路向东。丁荣猫将一大笔钱交给了对方，叮嘱说：成败在此一举，我可不希望你空手回来。连公子笑说：丁掌柜，你就放宽心吧，我此行有两件法器，想必玉门镇的左家不会不给我这个面子。见丁荣猫费解，连公子释解说：一件是我的这张嘴，另一件则是文和事老协会，我这个新科的当家人亲自去筹办，没有空手回来的道理吧？

　　汤世瓶喊来了附近的农户们，让他们切分了雪花豹，将现场收拾得一干二净。不逢年、不过节的，但有了这一顿马肉的伺候，农户们割浆的力气就更大了。

　　陈小喊在火神庙附近徘徊了两天，手中的刀子握得很烫，但那个腿脚不便的老叟再也不曾出现过，仿佛这个季节的早霜，天一亮就化了。陈小喊过惯了马背上的生涯，目下失去了伴当，简直连路也不会走了，直觉得脚下不稳，大街小巷陡峭了起来，一点也踩不踏实。后来，陈小喊索性坐在了火神庙的廊檐下，目光如筐子，让街上的行人一个个发毛，煞是不安。到了第三天的午饭时，一辆麻布车轿驶停在了庙门前，汤世瓶撩开帘子，相邀道：快上车，丁掌柜有请。陈小喊木然道：我跟你们不熟，也没有交往，实在是没这个必要。汤世瓶却说：的确，你跟我们不熟，但有一个伴当你务必要见一下的。陈小喊的好奇心被勾了起来，移驾在了车轿上，不一时便瞭见了谭家大院的门楼子。

　　双方也顾不上谦辞，更没有奉茶和落座。丁荣猫率着游击，站在了花园旁，从泥地上拔出了一根烧火的扦子，展示给对方。陈小喊发现，铁扦子上串着两疙瘩烧焦的东西，实难辨识，好像刚刚从炉膛中取出来似的，半生不熟的样子。呃，这是一对爪子，谭家大院给你的一个交代，丁荣猫将扦子扔远了，一匹黄狗从围墙下扑将出来，叼上便跑了。又道：小喊兄弟，那个给你作法的棺材瓢子，原本就是盗马团伙里的一名法官，昨日晚夕被我拿获了。按规矩，本来要撬下他的牙齿，却发现嘴里是空的，只好砍下了他的一双手，给你一个见证。陈小喊悚然道：人呢，那个老畜生在哪达？丁荣猫怅然道：哎哟，实在经不住折腾，几鞭子下去后，人就一命呜呼了，可惜了他那一把岁数，估计现在已经在化人场炼成了一堆油渣。游击的失望是显而易见的，表情像一块粉碎的石头，令丁荣猫一下子失笑了起来。丁荣猫带着陈小喊立在了宽阔的庭院中，含住指头，打了一声呼哨。

这个关节上，一匹雪花豹仿佛一阵席卷而来的罡风，从天而降。

陈小喊忽地蹲在了地上，呜咽上几句，又突然咯咯咯地笑出了声：你个狗儿子，你吓死老子了，阎王爷不要你，打发你回来了吧？仰看中，雪花豹赳赳然地挺立着，甩打着尾巴，犹如半堵山墙似的，肌肉成团，筋含怒脉，皮毛上斑点横陈，好像在风雪长夜中投向水泊梁山的一介好汉。连公子也尾了过来，刚要开口介绍，却被游击拦住了。陈小喊挣扎着站起来，喟叹道：哎呀，这的确是天赐的良驹，但它只不过是一匹儿马，大概四岁左右的牙口，以后活命的光阴还长，路还很宽。汤世瓶瞅准了时机，将陈小喊原先的那一套鞍具和笼辔抱过来，完整地披挂在了雪花豹的身上，陈小喊一下子就僵住了。僵了半晌，陈小喊噙着泪，将颊脸贴在了雪花豹的鼻门上，惜疼地抚爱了一番。雪花豹也懂得这个意思，用舌头舔舐着游击的脸蛋，口鼻里含混不清。丁荣猫截铁道：小喊兄弟，像雪花豹这样的神骏良驹，放眼沙州城，乃至整个关外三县，也就只能抬衬一个人，这个人就是你，其他的一概不配。话已至此，陈小喊再也无法抗拒了，蓦地抱拳，冲着三个人依次揖了一礼。

在这名游击弯腰的那一霎，丁荣猫心知，这张研磨了许久的方子，开始见效了。

临别前，陈小喊一扫阴霾，喜悦像天上的云，人人都看见了。陈小喊道：这匹儿马现在唯独缺乏见识，也缺少历练，目前北疆一带正是秋草枯黄、路面硬朗的季节，我必须立刻去一趟马迷兔，试一试它的蹄子，练一练它的胆气。到了门端里，陈小喊拦下了诸人，不许再送，慨然道：丁掌柜，你对我的赏识，令在下铭记于心，等我此番回来后，我再替你牵马拽镫，再回报谭家大院也不迟。闻听此言，丁荣猫突然一拍大腿，恍然道：哎哟喂，你看我这个死脑子，我差一点就忘了，小喊兄弟，你既然是去马迷兔一带，不妨捎上一批货，倘若能出手，也不枉了你这一趟的辛苦。陈小喊眉头不皱，痛快地答应下了。汤世瓶去了后院，牵出来了一匹走马，已然将货物捆扎在了马脊上，外面遮护了一张生牛皮，分明像是驮着十天半个月的给养。咦，你怎么也不问问什么货，万一我是在诓你呢？丁荣猫探问道。陈小喊一笑：游击是从不打问秘密的，游击只负责保商，一旦上了路，游击们也没有舌头，只盯着方向。哦，但这一趟并非保商那么简单，而是请你去开一条路，试一试水，你得知道这是什么货吧？丁荣猫问。陈小喊笃定道：当然是鸦片了，你们把天水坊、平凉坊和陇西坊闹得那么红火，那么热闹，党河一带全都疯了，我可没有瞎掉。丁荣猫揖上一礼，款然道：果然，聪明人不可细提，小喊兄弟，劳碌你了。

目下，陈小喊的泪水，不仅仅来自对雪花豹的感伤，更缘于对矮墙外另一个生死伴当的牵挂。不必再扪心谛听了，陈小喊已然确认，那个乞求连连的人，那个满地磕头的人，那个哭噎的人，必定是梵同弟弟。陈小喊的靴子内，左右各插着一把刀子，半肘长，双开刃，这是一名游击出行时的配置。这一时，陈小喊分明感觉到，刀子醒了，也渴了，只有用一个人身上滚烫的鲜血，才能止住它们的狂躁，饮血饮醉，最终悄静下来。念想至此，陈小喊腾地站起来，冲向了偏院。

孰料，汤世瓶早有防备，一个蹦子扑上来，封住了这条路，搂住了对方的脖颈。汤世瓶没有等来答案，本来就怨气满腹，更不想因为游击的鲁莽和草率，暴露了自己的叛逆，算盘让别人给打了。游廊上传来了一阵靴子的声音，无疑是丁荣猫。汤世瓶须臾不敢耽搁，忙趴在了陈小喊的肩头上，悄语说：笨蛋，敦煌六合班的戏你看得还少么？瞭见丁荣猫已经走了过来，陈小喊立时恍悟了，蓦地松开了表情，夸张道：后来呢，那个寡妇后来咋样了？汤世瓶再也控制不住了，笑得捂住肚子，靠在了墙上：你猜，你猜猜看？这么着，陈小喊伸出了左手，冲着对方晃了晃仅有的三根指头，给出了答案。汤世瓶暗自思忖说：狗儿子，你要是用右手的话，我能喊你一声爹。

本来，丁荣猫见两个男将搂在了一起，心下一凛，脚不沾尘地过来了。现在耳食了这些话，便猜想他们在说男女间的床笫之事，忽然间宽释了许多。丁荣猫咳嗽了一声，汤世瓶忽地直起了身子，垂手肃立。陈小喊立刻抱拳，躬身揖了一礼。丁荣猫攀住了游击的胳膊，忙说：小喊兄弟，你终于到了，你果真是一位信人，踩着更声进门的。陈小喊辞让说：丁掌柜，托了你的福，这一趟我勉强回来了，当面来给你复命，销了这一笔账。呀，小喊你这是咋了，脸上像开了花，伤得这么严重，究竟哪个狗日的冒犯了你？丁荣猫愕然道。陈小喊苦楚一笑：哎哟，现在的人世上，想扮演一名孝子也不行，不过哪，这个罪遭得值得，我总算有惊无险地回来了，守住了我的诺言。有了这句话，丁荣猫好像吃下了一颗定心丸，对这名游击的好感与信任，仿佛一锅滚沸的开水，漾起了牡丹花一般的涟漪。陈小喊折身走了，率着谭家大院的人，站在了那一辆马车跟前。

陈小喊解开绳扣，掀掉了上面蒙覆的一匹油布，露出了一具黝黑的棺木。汤世瓶目射精光，手按在了木楔子上，打算开棺。丁荣猫的身上跑过了一股强劲的电流，一时间难以自禁，仰看了一番敦煌广大而深沉的夜空，一股温热的泪水下来了，不是挂在脸上，而是漫流在了心中。丁荣猫暗忖，自己这一生的漂泊、流浪和闯荡，如今已接近了尾声，结局是喜是悲，只隔着一层薄薄的棺材板，就可以见到真章。同时，作为一个狂野的异乡人，丁荣猫拼尽全力，押下了这辈子最大的一笔赌注，成败也只在一眨眼之间。汤世瓶见状，料知丁荣猫有点讲究，跑了一趟上房，赶紧带来了一只几案，摆上了香炉和净水，点了三根燃香，交给了对方。丁荣猫叨念了几句，声嗓小得像蚊子，而后供上了香火，又当场磕了头。临拔开木楔子时，丁荣猫对着虚空的夜色，哀告说：得罪了，假如我惊扰了敦煌的大小法驾，我日后再加倍报偿吧。

木楔子打开了，陈小喊相帮着，和汤世瓶一前一后，将棺盖卸了下来。汤世瓶早就等不及了，猜想在那一堆覆盖的麦草下，一定装满了白花花的大洋，没有上千，少说也有八百吧。岂料，麦草被拾掇干净后，却看不见一块银元的影子，汤世瓶趴在棺木上，探摸了大半天，竟然只抓到了一些乱七八糟的铁零件。丁荣猫灰败地合上了眼，感觉这么些日子的焦灼与等待，像一根风中的燃香，突然就被掐灭了，身子也飘忽了起来。汤世瓶冲到了游击的跟前，一把薅住了对方的领口，叱问说：你个贼娃子，你是来销账呀，还是专门来找死的？货呢，交给你的那么多的鸦片在哪？妈的，小心你出不了这个院子！陈小喊毫无惧色，不喜，亦不怒，让人看不清他的表情，因为他伤痕累累，根本就没有表情，冷然道：哎哟，这个人世上还有比银元和金条更值钱的东西，可惜了，你们真是让我错看了，枉费了我这一趟的奔波。事实上，汤世瓶的手中攥着一把小眉刀，只要这个游击敢动弹一下，刀子一定会戳进他的下颌，然后再捅烂他的脑浆。汤世瓶几乎快疯了，逼问说：

"狗屁的话，金是天，银是地，还有什么能比天和地更值钱的呀？"

"的确有一样。"

"小喊，你的牙齿太硬了。"

"呃，是这，"陈小喊拨开了汤世瓶，一屁股坐在了车帮子上，释解道，"西疆的路断了，北疆今年也冷得早，大雪提前封了山，我这一趟无门无路，只好往河西的方向上去。鸦片不是皮毛，也不是车马挽具，只有人多的地方，才有烟客子和热闹的生意。不料想，我千盘算，万琢磨，刚刚靠近了嘉峪关的小西梁一带时，就被革命军的驻防团给扣下了，还差一点被枪毙。实话说吧，我栽在了鸦片手上，但也是鸦片保住了我的小命，因为驻防团的那些兵士一个个都是大烟鬼，瓜分完了鸦片，赏给了我半棺材的这个东西。"

丁荣猫蓦地开口："究竟是什么？"

"长枪。"

"哼，这不过是一堆废铁罢了。"

"整整九支长枪，另有一些子弹，差不多就是鸦片的价钱。"陈小喊俯身，挑拣了几样铁疙瘩和零件，手上像变戏法似的，迅速组装出了一杆枪，递给了丁荣猫。又道："丁掌柜，你让我去一趟马迷兔和北疆，将那些鸦片统统出手，但你当初并没有吩咐过我，究竟是卖成金条和银元，还是珠宝与枪支，我私下里做了主，所以带着这些东西来销账了。"

丁荣猫懊恼极了，但表面上平静："小喊，这些玩意送进铁匠铺子里，也不够一顿饭钱。"

"咦，那就要看你想吃什么样的饭了。"

"你这是窝里反。"汤世瓶呵斥道。

"我习惯单干，一个人来，一个人去，一个人生，最后一个人死。对不住了，我从来就没跟诸位结伙成团，我也不是谭家大院的人，我之所以提着脑袋下河西，只为了报答丁掌柜对我的一番知遇之恩。"陈小喊吆喝了一声，围墙下的雪花豹突破夜色，抖擞而来。陈小喊起身，分别虚了一礼，而后跃上马背，一下子高大又端阔了起来："丁掌柜，这一趟的酬劳，包括你馈赠的这一匹雪花豹的价钱，全都包括在了这九支长枪当中，你我彼此两讫，后会有期。告辞了。"言毕，拨马出门。

汤世瓶扑将过去，拽住了缰绳，哀告说："小喊兄弟，你可不能撂挑子呀。"

"是呀，你这一走，倒把难题留给了我。"丁荣猫追问。

"也罢，我干脆好人做到底、送佛送到西吧。"陈小喊策马，回转过身子，矮墙外的一切突然间尽收眼底。不错，在昏蒙的灯光中，连公子摇着一把夏天的扇子，态度倨傲，鼻脸朝天。而地上趴着的那个人瑟瑟发抖，抱住连公子的大腿，一再地哀求。陈小喊吐口说："丁掌柜，这九支长枪可比鸦片金贵，一旦出手的话，利润应该是那些鸦片的三四倍。我当初答应了驻防团，恰恰是冲着这一点来的，你别误解了我。"

丁荣猫眸子一亮，探问说："小喊兄弟，可我现在提着猪头，找不见庙门呀？"

"卖给土匪。"

"哎呀，好我的小喊兄弟，"这一刻，丁荣猫的态度有所松动，苦涩地说，"我丁某一介良民，规矩做人，土匪究竟是光脸，还是麻子，我一概不知。不过哪,我现在仍算是东家,你来销这一笔贸易账,我并不接受,我还得继续仰赖你,去开一条跟土匪买卖枪支的路。"

"让我去开路?"惊讶道。

丁荣猫款然一笑:"所以,你还是谭家大院的一员,大家有福共享嘛。"

"哼,倘若我被土匪剥了皮,点了天灯,我划不来。"

"那我就在净土寺供你,替你披麻戴孝。"

"好吧,一个游击去给东家销账,东家却并不认领,那也是推脱不掉的义务,还得一条道走到黑,这个老规矩不能变。丁掌柜,我试试看,你们等我的口信吧。"陈小喊耸立在马背上,瞭看了一眼偏院中的情状,那个人伏在了连公子的脚下,磕头如捣蒜,依旧诉说不止。陈小喊从汤世瓶的手中揽过了缰绳,探问说:"伙计,你前头说我像谁来着?"

"苏武。"

"对,像苏武,像那个海上看羊十九春、人间化鹤三千年的汉臣苏武。"陈小喊快慰极了,放开缰绳,让雪花豹在庭院中纵情地兜了几圈,马蹄轰鸣,不可一世。靠近矮墙时,陈小喊又扯开了声嗓,尖声诵念说:"单车欲问边,属国过居延。征蓬出汉塞,归雁入胡天。大漠孤烟直,长河落日圆……"陈小喊留下了最末的两句,等待着自己的伴当从偏门中滚出来,应和一番,但终究还是失望了。然而,这种失望没有荆棘,没有泪水,相反却带着一种幸福的战栗,因为陈小喊料定,胡家坊的胡梵同不曾奴颜,也没有下跪,墙外的一切只是一场戏。于是,这名游击伏在了马颈上,冲出了谭家大院的门,抛下了最后的吟唱:"萧关逢候骑,都护在燕然。"

丁荣猫追了一段路,停在了门端里,瞭见雪花豹遁入了茫茫夜色中。

半晌后,另外两个人尾了过来,不是互相埋怨,便是唉声叹气的。汤世瓶剖析说:我刚才脑子里捋了一遍,先是用鸦片换枪支,再用枪支去兑换现钱,这个说法毫无破绽,也经得起推敲呀。丁荣猫苦笑说:不错,假如陈小喊今晚夕真的拉来了一棺材的银元,那反而让人怀疑了，鸦片兑成了枪支和子弹，咱们也不算吃亏。汤世瓶抱拳，掩饰地说：丁掌柜，你是当家人，你在全盘算筹，可千万不能让陈小喊这个贼娃子使诈呀，我总觉得他的眼睛里有鬼，他心虚。丁荣猫咧笑说：这个不必担心，陈小喊是一条丧家之狗，我这里有的是干骨头，他一定会来啃；况且，一个人只要成心盯上另外一个，就不怕对方不出错，比如胡梵同给义庄的索梅写了那么多的信，但只要有一句话出了错，他便在劫难逃，杀无赦。汤世瓶瞥见，丁荣猫的眼底里摆着一座狗头铡，铡刀现在是合上的，因为王朝马汉还在路上。

虽然天气寒凉，夜色如铁，连公子的身上却开了锅似的，热汗蒸腾。连公子闭上了扇子，邀功说：哎哟，这个六合班的戏子，真是入戏太深，还真以为他自己就是胡梵义的弟弟，折腾死我了。丁荣猫变色道：记住，杀了灭口，不要见血，干脆就埋在花园中，膏了我的那一株芍药吧，今年的芍药花开得不旺，我一直很内疚。连公子应承下来，又探问说：丁掌柜，刚才演的那一折子，陈小喊那个贼能相信么？丁荣猫掉头走了，反问说：你觉得呢？

"梵义回来了，傍晚时进了沙州城的东门，我刚才给忘了。"

连公子追撵了上去。

"哦，来了就好，回家最好。"

说着话，丁荣猫抓起了那一杆长枪，慢慢地瞄准了连公子。

沙州城中，在急递铺地下的那一座伽蓝密室内，梵义和孔执臣已经谈说了好几个时辰，仍旧兴趣不减，四目炯炯。桌案上，茶凉了许久，一碟子菜拌面早就坨住了，一筷子也没动。忽然间，灯苗晃了晃，软弱地栽在了灯油中，显然烧到了末尾。借着最后的微光，孔执臣起身，作结道：少东主，情况就是这样，大概后半夜了，你也该上去歇息了。梵义长出了一口气，喟叹说：执臣，一切比我料想的要好。梵同毕竟是儿子娃娃，一旦出了城，全凭他个人的机智与造化吧，索梅虽然也身陷危难当中，但只要义庄的人尚未寻获她，说明她暂时无虞，那我一定还有机会的。其实，这一路上最让我扯心的是你和伽蓝密室，我第一怕你受到伤害，第二，也怕田虎子发现了这达，毁了你我这么多年的心血，幸亏上佛护佑，菩萨睁开了眼。

孔执臣莞尔一笑，打开了墙上的机关，回避了这一敏感的话题，探问说：这一趟去了那么久，你和性元都顺利吧？梵义道：整个南方都在闹红，各处在打仗，这一趟太不平静了，我跟性元可谓是九死一生，现在好歹囫囵着回来了。孔执臣疑惑道：闹红，闹什么红？梵义答复说：哦，听说是共产党，他们是一批结社盟誓的英雄好汉，扯起了红颜色的大旗，上面一绣了镰刀，二绣了铁锤，打算将来要做天下的主人。孔执臣问说：你见过他们么？未及回答，油灯哗的一下枯灭了，两个人陷落在了幽深而浓密的黢黑中，彼此声息可闻，触手可及。

梵义，你怕么？孔执臣悄声问。梵义朗声道：呵呵，这是一座兰扎经卷堆起来的佛窟与赞堂，我又身披着一件印光法师用了无上慈悲馈赠的坚忍甲胄，我的旁边还有一位你这样的金刚伙伴，你说说看，我何惧之有？难道我有了怔忡之相？孔执臣颔首，叮嘱道：梵义，现在是艰难的时候，但是你一定记住，哪怕在最黑暗的时候，你也要找到力量，开一条光明的生路。执臣，你放心吧，我一定会找见一条彩缎和豆蔻之路，你先前相信过我，以后我也不会辜负你。梵义答。

密道里有一只羊皮灯笼，孔执臣用洋火点亮后，护送着梵义，踅出柜台，站在了院子里。

快去，今晚夕你跟性元睡在我的卧房吧，性元恐怕都等急了，孔执臣催赶。梵义立时急了，争辩说：那可不行，这不合礼数，你和苏食叔原睡在你们的卧房，给我一条褥子，我跟性元在柜台上将就一夜吧，反正也后半夜了。光晕中，孔执臣的颊脸唰的一下红透了，仿佛搽了满满一盒子胭脂，忙掉转身子，朝伽蓝密室里走去，蔼然道：哦，还有三份藏经洞的佛卷，我务必要在公鸡打鸣前誊抄完毕。

卷三十六

寒冰结在了鼻脸上，好像一块白铁皮，遮住了本相，这恰是张喜群需要的结果。

天是后半夜阴下的，到了麻麻亮时，张喜群睁开眼，吃了一惊，发现祁连山竟然长在了头顶上，堆云砌雾，气象连绵，随时会垮塌下来，淹了整个沙州城似的。俄境一带的寒流酝酿了许久，第一场雪提前来临之际，牲口停下了咀嚼，狗也不敢吠叫了，人们往往幻觉丛生，张喜群自然亦不例外。罡风擦着地皮，将人世上的火气和热情，一寸一寸地刈除干净了，荒凉像一座无边的帐幕，笼盖了下来。按着值更的班次，张喜群早饭后就该交枪离岗，回去睡觉了，但他一连数日，借口家里来了亲戚，懒得去伺候，不如这么连轴转地干，好歹还能解个心慌。同僚们心知，这个被县长李肖鹏一撸到底的前代理局长，肯定一肚子的苦水，心里头全是疙瘩，也就答应了对方的请求，自己也落了个自在。张喜群并非是生铁铸成的，一样吃的是五谷杂粮，喝的是党河水，也瞌睡，也内急，也头重脚轻，之所以如此地折磨自己，不是为了缓解从高位上摔落下来的痛苦，更不是恋栈这个差事。张喜群知道，急递社现在群狼环伺，四处冒火，急需要一堵墙，横在警察局的门口，将街道对过的店铺和孔执臣远远地隔开，求一个防备和稳妥。

暗中，张喜群发了愿，吃了咒，自己就是那一堵热身子筑成的墙，舍我其谁。

打了个盹，一个寒战惊醒后，张喜群发现鼻脸上罩了一块白铁皮，天色粗糙，沙州城影影绰绰了起来。白铁皮也叫洋铁皮，只是个夸张的说法，事实上，不过是哈气成霜，在嘴巴、眉毛和帽翅子一带结满了寒冰，好像整个人被困在了翻毛大衣中。张喜群喜欢这种效果，不仅个人的五官被混淆了，少有同僚跑过来安慰与打扰，要紧的是这一扇白铁皮似的小天窗，让他开始目光如炬，身心抖擞，觉得自己藏在了暗处，人世上的一切都在明处。张喜群暗忖：来吧，驴日的们，来一个，杀一个，来两个，老子灭一双。

雪下开了，不是沙子状的颗粒，反倒像棉花铺子里弓弦下的碎絮，下得轻浮又孟浪，三心二意的。刚才丢盹的那一霎，街上的情况已经大变，除了零星的行人外，急递铺的东西两端，此刻出现了两个生意摊子。张喜群瞭见，西侧的一抹廊檐下，钉鞋匠铺开了各种皮革和麻绳，烂鞋子一地。他用一块生牛皮苫在了膝头上，穿针引线，埋下了头开始缝补。东侧的岔路口上，火炉匠站在露天中，仔细地削完了一大堆洋芋的泥皮，依次装进了炉膛，盖上了铁箅子，在慢慢烤制。炉火不能浪费，所以铁箅子上又摆满了秋后的老苞谷，裙衣忽的一下烧焦了。干完了这些，火炉匠袖起手，鹅立在风雪中，头顶和两个肩胛渐渐地白了。张喜群泥塑着，蓦地失笑了出来，暗骂道：呵呵，你们两个狗儿子，想得可真美呀，一个捏住了头，另一个掐住了尾，东西策应，你们以为急递铺是一只猪尿脬，你们只等着听响嘛。钉鞋匠和火炉匠是前日午饭后同时出现的，张喜群进院子撒了一泡尿，回来接着站岗时，忽然觉得眼睛里飘进了两粒沙子，一时间硌得慌，待认清对方后，便仇恨上了。

下雪天不冷，化雪天才冻死牛。到了上半天时，街上的小商小贩逐渐多了起来，顶风冒雪，扯起了声嗓吆喊，各自在讨生活。急递铺的烟囱里漾起了一股黑烟，黑烟变淡后，孔执臣踅出了院门，卸下了店铺的门板，挂上了棉布门帘。观察了几日，张喜群发现，今年不比往年，目下已经快入冬了，但沙州城内外前来投邮的人很少，生意萧条，有一半的游击窝在马院内睡大觉。天晴的时候，孔执臣偶尔会搬出一只马扎，坐在墙根下晒太阳，手上攥着一个麻绳团，绕来绕去的，好像永远也绕不完。麻绳是专门用来捆扎邮品的，如今买卖撂了荒，竟成了小婶子的玩伴。忆想起小婶子平日里的不苟言笑，一本正经，张喜群便觉得还是眼前的她最可爱，巴不得孔执臣一直这么玩下去，千万别抄起鸡毛掸子吓唬人，动不动就赏别人一块惩牌。昨日晚夕，张喜群抽空去了附近的面馆，咥了一碗扁豆面，擦着油嘴回来时，碰见孔执臣端着一簸箕煤灰，去前面的垃圾堆。张喜群忧虑地谈了个人的看法，恳切说：小婶子，再这么下去，急递铺饿也饿死了，关张是迟早的问题，你和少东主总得想一个另外的办法吧？孔执臣反问：咦，你有什么门子？快说出来听听。趁着小婶子心情好，张喜群献计说：咱们急递社干脆放粮吧，去城外的二十三坊里放高利贷的粮，今天我借他两斤麦子，明年秋收后，他就得还我一斗粮食。孔执臣停下脚，上下打量了一番对方，讶异道：哎哟，你二棍子是扛枪吃皇粮的，你居然还操这一门子的心呀，干么忽然想起了放粮？张喜群笃定道：小婶子，你在城里，你有所不知，如今这天水坊、陇西坊和平凉坊的人快要造反了，这一年家家户户的地里没长一根麦子，一棵苞谷，全都种上了花花子，就算罂粟花开得繁茂，浆果熬成了烟膏，可至今也没有兑付成现钱，三个坊都断了柴烟，大多数人已经疏散，去投亲靠友了，只剩下一帮子不怕死的男将，天天围堵在连公子的家门前，扬言要点了宅子，砸了文和事老协会的牌匾。孔执臣闻听着，表情平淡，似乎对这个消息并不惊讶。张喜群迫切道：小婶子，民以食为天，在这个关口上，急递社出面去放粮的话，一者，可以让三个坊的百姓渡过难关，替急递社挣一个好名声，二者，这里头的利润总比蒋斧他们辛苦跑上一年的要强，何乐而不为，求你去跟少东主算筹一下吧？孔执臣笑而不答，端着簸箕径自走了。煤灰漾起了一大股烟尘，弥漫开来，仿佛张喜群刚才的那些废话，不值得一听。

　　倏忽间，张喜群瞭见在急递铺的门外，一个小贩圪蹴在了窗户下，铺开一张生牛皮，摆上了狗皮膏药和跌打损伤丸，一边打着响板叫卖，一边鬼祟地盯视着急递铺周遭的动静。这个贼有点面熟，沙州城的口音，但张喜群一时间想不起来在哪达见过对方，也或许是自己当年捕获过的一名人犯，如今走出了县牢，重新做人吧。张喜群一番暗喜，嗔骂说：狗儿子，就算你想装一坨屎，你起码也要给自己的身上撒一点姜黄，变个颜色吧？你现在来卖药，真应了那句老话，在孔门面前辩经，在鲁班跟前弄斧，枉费了你的一腔心机，你知不知道，我小婶子是何许人物？呵呵，说出来让你屁淌，让你撞墙，我小婶子可是一代名医孔大先生的女公子，如今乃急递铺的女掌柜，赶紧夹上你的包袱卷滚蛋吧，千万别惹她生气，否则老子也不是吃素的。视野中，纷扬下来的雪花犹如一块湿抹布，擦毛了人们的目光。寒冷却像一个愚蠢的木匠，又在人们的身上开榫凿卯，糟蹋一气。张喜群一直喋喋着，知道只有这样，自己才不会被冻僵，不会变成一根祁连山上伐下来的木头。渐渐地，张喜群发现味道不对，这一张臭嘴絮叨了半天，险些误了大事，酿成祸端。一个贩子，一个钉鞋匠，一个火炉匠，这三个来路不明的货，如今扎在了急递铺门前的岔路口上，分明呈犄角之势，截住了所有的退路，显然是经过精心算筹的。一念至此，张喜群的身上立时开了锅，汗下如浆，叨念说：糟了，完蛋了，今天的事情就交给天老爷，听凭天老爷的发落吧。末了，又自责道：二棍子呀，二棍子，人家都说你是一员福将，可你的脑子里总是缺一根弦，你不蒸馒头，今天至少争一口气吧，求你了。

争气的机会终于来了，却是另外的插曲。

瞭见东侧的路口上出现了一对父子，白头白衣的，径直往警察局走来，张喜群摘下肩膀上的长枪，迅速迎了上去，将对方逼停在了马路中间。张喜群指着身后说：这半幅路不能走，这一片地上的雪花也不能踩，因为它是公家的，没有道理可讲。父子二人扑腾跪下了，哭诉一番。张喜群听明白了，原先他们来自城外的皋兰坊，昨晚夕去喂牛时，却发现家里的两头牛不见了，寻了整整一夜，连一根牛毛也不曾捡到，便怀疑是邻家的二流子牵走的，所以来喊冤。张喜群思忖一番，呵斥说：哼，真是屁眼太大，把心都屙掉了，牛是人们家里的顶梁柱子，就算丢了爹娘老子，也不能丢了牛呀。又笃定道：你们知道去杂庄的路么？知道一个叫王坎肩的人么？快去吧，去找杂庄的王坎肩，趁早把你们的先人领回去，王坎肩早上来报称，说他拾到了两头牛。父子俩起身，千恩万谢地走了，张喜群噗嗤一笑，因为王坎肩具体是谁，连他自己也不清楚。啧啧，丢牲口也就罢了，紧接着来了一宗丢人的案件。报案人乃是敦煌六合班的班头，红发龙须，脚穿登云靴，身着鸭蛋黄，头顶三山黄金镶，为了今晚夕给一位老财东过寿唱堂会，鼻脸上的妆容刚画了一半，却发现事情不妙，便率着戏子们紧急来警察局求情了，一时间将张喜群围了个水泄不通，七嘴八舌的。班头气喘吁吁，拖曳着哭腔道：为江山下仙山忘食寝废，眼看着今日里大功告成，六合班多亏了众位效命，赞忠良骂奸贼安抚苍生，不料想浪里马……张喜群也算一个戏迷，听过不少六合班的经典，一直对班头仰慕良久，但今个天四目相对，喜从天降，却仍旧缘分不够，只好按捺下内里的激动，粗暴地打断了对方的陈词，探问说：究竟谁丢了？你就直说嘛。班头道：艺名叫浪里马，我自小带大的，是本班的台柱子，前不久他说要去渥洼池一带游秋，指定前天午饭之前回来，看这个坏天气，怕是他出了意外呀。张喜群戏谑道：浪里马不在，那你换一个人替他，难道离了张屠夫，就要吃带毛的猪么？班头苦楚一笑，回说：今晚夕演的是《摘星楼》，除了浪里马，谁也扮不了哪吒，否则……

哪吒？闻听了这个名字，张喜群心里的苦胆一刹那破了，强忍着泪水，嘀咕道：我也认得他，屎哪吒，该死的屎哪吒，他那一天出了沙州城，就再也没有回来过，一个人去人世上浪荡了，只把眼泪丢给了旁人，疼破了伴当们的热肝肠，望麻了弟兄们的千里眼。班头不明所以，一时怔忡，就好像正在哭丧的人，半路上邂逅了另一家的送葬队伍，悲伤一下子抵消了，各安其命。班头率着一群衣饰斑斓的戏子，消遁在了下雪天里，只留下了一地杂沓的脚印。张喜群兀立着，依旧沉浸在先时的情绪中，哀恳道：梵同弟弟，你就快回来了，不过在你回来之前，有人要为你打扫街道，有人要替你开一扇生门，也有人要给你洗脱罪名，让你一身清白，像当初那个精良而纯明的少年一样，我发誓，我骗你不是人，我是杂碎。

警察局门前的那一片区域，洁白如素笺，雪地上连一个脚印也没有。

瞥见南春山从门端里趔了出来，张喜群忙敛住了泪水，提着枪迎了上去。南春山也是一件正规的翻毛大衣，帽翅子系在下巴上，遮住了半个鼻脸，手上握着一根大扫把。喂，你个猫鬼神，说好的午饭时分，你咋现在就开始造次了？张喜群喝问道。南春山埋下了头，挥着大扫把，哼哧哼哧地清扫过来，雪泥四溅，令张喜群步步退却，一直退到了偏僻的墙根下。见四下里无人，南春山骇然道：棍子哥，大事不妙，我刚听说的，田虎子那个贼娃子率着步警和马警，今个天根本没出城，没去城外的任何一个坊抓捕闹事的人，他其实就在城内的几座寺院，重点是搜捕义庄的索梅，那个女乞丐。张喜群自负的毛病又犯了，申斥道：狗屁，老子站了这么久，连一只惊掉的麻雀也没看见，田虎子用兵一向虚张声势，麻雀又不是他爹，还能替他打埋伏呀？南春山仔细道：天气突然变了，田虎子料定街上的那些乞丐去了寺庙里烤火，没准还能吃上一碗舍饭，所以他打算一网打尽。张喜群觉得这话在理，惊慌道：你是在哪达获知的，消息可靠么？哎哟喂，你抽空进去看看吧，田虎子的几个亲信昨晚夕给县长站了一夜的岗，天亮时，县长才跳完了舞，他们回来补瞌睡，我碰巧偷听到了，千真万确的，南春山释解道。张喜群突然扇了自己一耳光，鼻脸上的寒冰碎了，白铁皮不见了，脑子登时醒转了过来：这么说，田虎子随时会杀回来，院子里又有他的人，恐怕这是个陷阱吧，他们想关门打狗？南春山恼了，抡起扫把，抽了一顿张喜群的大腿，愤怒道：仔细你的舌头，少说那些不打粮食的话，什么狗，你这不是犯上作乱么？张喜群跳开了，数落说：好你个贼娃子，没有我，哪有你的今日，你还得靠老子引荐哪，别掂量不住自己的斤两。南春山攻评道：棍子哥，你现在不比当初了，落架的凤凰不如鸡，哼，今个天的事情倘若有个三长两短，我发誓，我一定要带着你去下一世里投胎，我饶不过你。说着话，南春山哽咽了起来，埋下头去，又接着扫雪。眼泪是男人最好的法器之一，张喜群见状，便也没了奈何，探问说：门外是虎，院子里有狼，你实话告诉我，哥哥我该咋办么？南春山不屑道：你本来就是一条看门狗，现在去拴好你的链子，这么好的一大片雪地，等一下还有用哪，我讨厌你的蹄子，快滚开吧。张喜群依言，规矩地站在了岗哨上，瞥见南春山扫到了警察局另一侧的墙根下，慢慢地直起了腰身。

　　南春山是马警队的老人手，在代理局长期间，张喜群将其抽调了过来，事实上是勤务兵的角色。后来被一撸到底，张喜群成了孤家寡人，做了一条看门狗，当初的那些白眼狼伴当，不仅纷纷投靠了田虎子，还反过来落井下石，进出大门时，嘴里头往往攒着一口痰，朝二棍子的身上练习打靶。南春山则是一个例外，挣着胆子，半路上堵住了田虎子，也要求去站岗。田虎子破例答应了，夸赞了他一番，说这是陪绑，这才叫莫逆之交。除了值更，警察局院子里的几间茅厕以及地面上的卫生，统统划归在了南春山的名下，他摇身一变，成了这座威冷而可怖的大院中最忙碌的一员。寒食节的晚夕，两个人碰在了街上，转身进了一家酒馆。张喜群忍不住发问：哎呀，你这是何苦来着？我当初因为嚣张，惹完了世上的人，现在掉在了井底里，我活该，你又何必陪绑，我真是生受不起呀？南春山恐怕是醉了，没大没小的，揶揄道：你以前的确嚣张，如今更是癫狂，你看你，你站在门口当狗，腰杆子挺得比李肖鹏还直，眼睛里头干脆不装人，好像比代理局长的时候更威风。张喜群一怔，判别不出这究竟是一种恭维，还是一次挖苦。南春山道：唉，我知道，你有门子，你的身后有人，所以你的脊梁骨才那么直，我最钦佩的就是这一点。张喜群许久没有这么开心过了，究问缘故。南春山笃定道：你的靠山是急递社，你们结社邑义了，跟田虎子是两股道上的车，所以你不惧。闻听此言，张喜群忽然扑将上去，一下子捂住了对方的嘴，生怕周围的人耳食了去。

眼前，雪下得缓慢而稠密，刚刚清扫干净的地皮，又开始发白了。

余光中，张喜群瞥见，南春山从另一侧的胡同口出来了，拾起地上的大扫把，勾下头，不再大面积地清理了，只扫出了一条丈余宽的小径，煞是清爽。张喜群吆喊：春山呀，快去歇息吧，顺便把田长官屋子里的炉子捅旺，天老爷把你当猴耍，你还真没完没了呀？嗯，我这就去，南春山一边答复，一边提着扫把，跨进了警察局的大门，传事室门口的岗哨也不曾过问。这一时，张喜群再次忆想起了南春山的赞美，忽的一下拔直了腰杆，戳得像一根橡子。街面上依旧，钉鞋匠和火炉匠正忙着招呼客人，但急递铺门口的那个贼娃子却不见了，狗皮膏药上覆盖了厚厚的一层雪。张喜群突然着了火，浑身的火焰升腾上来，几乎快急成了一捧灰，揪心着孔执臣的安危。

恰在这时，急递铺的棉布门帘飞上了天，一个人被扔了出来，好像一块炼砖砸在了地上，恐怕他的筋骨都断了，声息全无。活该，张喜群一声喝彩，料定这个该死的家伙便是刚才的那个小贩。但是，张喜群的喜悦像一枚脱手的鸡蛋，掉在了地上，快得来不及眨眼，因为更大的震惊与错愕发生了。这一刻，敦煌县府书记长索乘踅出了急递铺的店门，弯下腰，拾起了地上的棉布门帘，挂在钉子上，恢复了原貌。索乘抓起一把雪，擦净了手，而后迈着标准的军人步伐，蹚过了半条街，立定在了岔路口的中央。

在零星而狼亢的行人中，索乘的一身戎装，显得夺目而严肃。

身上的火灾消失后，张喜群又像是掉在了冰窟中，寒冷攫取了他，瑟瑟发抖。索乘伫立在街头上，高大威武，纹丝不动，即便是一个瞎子，也知道大事将临，所以路人们纷纷避让开，石头大了绕着走。张喜群隐隐觉得，自己裆里的那三两肉，刚开始还是烫的，现在收缩了，冻成了核桃般大小，一阵强烈的尿意冲决而来，但两腿灌满了铅，又不能拔脚离开。张喜群一再哀告：滚吧，索乘你快滚吧，你爹老子还在猪圈里撒欢，你哥索朗发了疯，四处扬言要杀人，求你别在这达碍事了，我抽了空，一定去庙里给你供香。瞭见对方毫无动静，张喜群简直绝望极了。

这些无妄的絮叨，索乘自然是听不见的，手一伸，摸出来一块怀表，看了看时间。这么着，索乘打开了腰间的枪套，拔出了枪，咔嚓一声上了膛，瞄准了对面的街口。

田虎子骑在马背上，走得小心翼翼，这么湿滑的路面，就算前面有一只烤火的炉子，他也不会放肆地纵马。田虎子的身后，步警们用一根绳子押解着七八名乞丐，破衣烂衫，满头狼藉，谁也辨不清他们究竟是男是女。乞丐们反正也不在乎，一边踢踏着，一边龇牙咧嘴地发笑，好像今天要去警察局吃席。听见了同僚的叫骂声，又望见了那一匹熟悉的黑马，张喜群简直吓坏了。田虎子果真突然杀了回来，一切都将完蛋，就像这脚下的落雪，经不住一泡尿的打击。张喜群低下头去，发现自己居然快尿完了，热辣辣的尿水顺着裤管，将周围的一大片雪地，变成了一张黄表纸，他此刻连死的心都有了。渐渐地，田虎子骑到了街口中央，透过一幕幕纷乱的雪花，惊见一支乌黑的枪口瞄准了自己，慌忙勒住了缰绳，失声道：

"书记长，你这是？"

"别下马，你坐着说话。"喝令道。

田虎子苦笑："上面的目标大，你闭着眼就可以一枪崩了我。"

"嗯，那就看你如何答复我了。"

自从县长李肖鹏率着敦煌人索乘就任后，田虎子便留了意，挖空心思地寻找一切机会，打算攀上这个实权人物。书记长是一个崭新的角色，县署里的人刚开始还觉得拗口，后来渐渐叫惯了，才知道了对方一人之下、万人之上的分量，也就礼貌和尊崇了起来。田虎子的确获得过几次机会，可刚一贴上去，索乘便警觉了，严眉肃目，表情寡冷，将他自己的内心封闭得严严实实，冷热不吃，外人实在难以窥出这个人的水深水浅。张喜群被撤职后，田虎子双喜临门，一是被擢升为局长，在警察局内部独揽一切，颇受李肖鹏的倚重，再一个则是迎来了母亲的六十大寿。过寿前，田虎子带着两封红帖，一份呈给了县长，另一份邀请了书记长。不巧的是，寿宴当日，李肖鹏的咳喘病又犯了，合二为一，将两封红帖统统交给了索乘，委托他去醉仙楼致辞。田虎子虽然失望，感觉被驳了面子，但借着这个私人的机会，能跟书记长有一次亲近，也不失为一桩幸事。仪式开始后，当着警察局众多的属下和田家的亲房们，索乘慷慨激昂了一通，夸赞了寿星实乃革命的母亲，为国家和民族生养下了田虎子这么一员骁将，堪称敦煌之典范，女性之楷模。致辞毕，田虎子噙着泪水，按照本地的风俗，上去给主宾索乘敬了一台六杯酒，六六大顺。不承想，索乘当即翻了脸，怒斥一番，詈骂道：混账，山河支离，统一未定，四万万同胞犹在一片惊魂和流离当中，岂有前方将士流血捐躯，后方官兵宴饮无度的道理？那一刻，醉仙楼上死寂而荒凉，好像吃的不是寿宴，而是杀头饭。或许，索乘也觉得自己太过分了，遂和缓下来，要了一杯白开水，轻啜了一口，甚至连筷子也没动一下，便匆匆罢席，扬长而去。田虎子终于号准了这位义庄二少爷的脉，也掂量出了这个所谓的革命军人，其实是一个油盐不进、荤素不分的货色，心里一下子有了沟壑。从此便敬而远之，你宣喻你的主义，我膜拜我的神仙，井水和河水，两不侵犯。

事实上，寿宴一共举办了两次。隔日晚夕，在悦宾楼的单独一桌上，田虎子的不快发作了，将事情说与了几位嘉宾。汤世瓶劝慰道：呵呵，索乘的那些古怪，大不了就是鸡尻子里的闪电，屁也不是！我保证他在敦煌掀不起什么风浪，党河水照样在淌，鸣沙山上的沙子一颗不少，你尽管放宽心吧。连公子多贪了几杯酒，喟叹说：也难怪，麻雀还有三两的气哪，况且索乘贵为书记长，又是关外三县第一豪门的二少爷，眼见着义庄破败到了这么个地步，爹老子傻了，哥哥疯了，亲侄女也下落不明，肚子里肯定像一座夏天的茅厕，臭气熏天呀。连公子还绍介，前不久，他以敦煌文和事老协会的名义打了报告，打算出一笔资金，尽快重修义庄，却被索乘连夜喊进了县署，日娘搞老子地唾骂了一顿，那件事也就不了了之了。丁荣猫带来了十块大洋的贺礼，白花花地摆在了桌子上，毕恭毕敬，当面尊称寿星为十全老人，惹得田虎子涕泪涟涟，肝胆俱热。针对这一话题，丁荣猫却有另外的见解，剖析道：唉，蝙蝠再飞也不是鸟，新鞋再好也跟不上脚，索乘离开了敦煌十几年，虽然扛起了枪，吃起了皇粮，穿上了那一身老虎皮，但他终究是水土不服了，一泡稀屎就可以让他现出原形来。连公子咥了一块肥肉，探问说：咦，索乘这个货水米不进的，他会拉什么稀屎呀？丁荣猫笃定道：诸位记住了，蔫人才会咥大活，别小看了他不吭不哈的，平时像一个哑汉，但他实际上是一颗炸雷，就等着旁人去点火了，你们仔细为妙吧。末了，又补充说：不过哪，即便不去点火，索乘也一定会炸的，因为他在跟自己的命闹别扭，这谁也没办法。

此刻，田虎子僵在了马背上，视野苍冷，打在鼻脸上的每一片雪花，像是针尖，又像是麦芒，令他一阵阵地心荆肉棘，浑身虚弱。田虎子赶紧点了点头，哀告说：书记长，属下一定知无不言，长官尽管发问吧。

那就好，我来问你，这一条狗是你派来的吧？索乘指了指旁边，那个刚才被扔出了门的小贩，恰巧从地上爬了起来，咧笑着，似乎下巴骨掉了。田虎子断然道：属下并不养狗，这一条狗拴的是谁家的链子，待属下查实清楚后，自然会给你一个结论的。索乘被抢白了一顿，释解说：在下奉了县长之命，来急递铺里申领邮品，也无非是一些抑咳水之类的东西，但这条狗盯上了我，盯了一路。田虎子牙齿很硬，他知道，这八成是谭家大院里豢养的畜生，惹谁不好，偏偏在索乘的头上动土，丁荣猫也太放肆了。索乘见对方根本不认领，一下子恼怒了，断喝道：哼，原来是一只野狗，那我就不客气了。

索乘掉转枪口，扣响了扳机，一粒子弹飞了出去，射在了小贩的心口上，后者像一麻袋麦麸子，软弱地栽在了地上。在清冽的空气中，张喜群嗅闻到了一股发甜的血腥味，瞧见小贩身上的伤口，仿佛一只蛤蟆嘴，咕哝咕哝的，慢慢地不再言传了。

这个关节上，索乘一挥胳膊，枪口中漾出了一缕淡烟，对准了田虎子：第二件事，我来问你，县署内封存的那一部电台，可是你启用的，一共启用了几次？田虎子一怔，料知事情败露了，尴尬一笑：书记长，这件事你不该问我，属下只是奉命行事，我也是迫不得已。索乘并不意外，接着问：想必你也不懂电台，但懂电台的人一定是你撺掇来的，除了你，我想不出第二个人选。田虎子难过地闭上了眼睛，暗忖道，这个义庄的二少爷真是一疙瘩生铁，眼里揉不进沙子，万一风气犯心、迷了心窍，枪膛里的一颗子弹随时会抓住自己，销了他这一世的户头。这么一想，田虎子索性彻底放弃了：不错，电报员是我私下里从驻防营借来的，一共启用了两次电台，一次是拍发，另一次是接收电文。索乘握紧了手枪，知道答案来了，逼问说：拍给了哪里，又从何处获得了电文，你最好一吐为快！田虎子道：电报是拍给上海的，不过是由河西一线和兰州城中转，三天后才得到了对方的答复，此后，电台再也不曾启用过，就地封存在了县署内，我个人根本用不着它。索乘追问说：什么内容？田虎子苦涩道：书记长，你恐怕在县长面前碰了壁吧？你不该柿子拣软的捏，在我这达软处取土，我说过的，我只是奉命行事罢了。

一声枪响，子弹射入了天幕。好像天破了，震落下来了无数的雪花，缭乱无比。

快说，什么内容？索乘似乎打定了主意，要么鱼死，要么网破，根本没有讨价还价的余地。疯了，这个货一定疯掉了，田虎子的心里哀叫着，相告说：电报是拍给上海的，县长的父亲抱病从南洋回来了，打算叶落归根，辞世前只想见儿子一面，捎来了口信，所以才紧急启用了电台。闻听此话，索乘忽然凉了大半截，一拳打在了棉花垛上似的，强辩道：不可能，县长为了革命，他早就和南洋的家庭断绝了一切关系，岂有死灰复燃的道理。这一定是你怂恿的，教唆的，这是对革命肌体的侵蚀，也是对誓言的背叛。田虎子对这些话了无兴趣，天远地偏的，如此高邈而深奥的辞藻，让他形不成任何概念。田虎子仰看了一眼灰白的天幕，笃定道：这么坏的天气，路上一定煎熬，县长到了安西县的话，天恐怕也就黑下了。索乘一怔，仿佛一块滚石掉在了心中，震惊无比，愕然道：怎么，李肖鹏跑了，离开了沙州城？田虎子答复说：县长说了，他这是休假，去上海省亲，等翻过年天气热了，他自然会回来的。索乘激愤道：哼，这不过是一派谎言，李肖鹏现在是革命的逃兵，令人不齿，我一定会给省府写信，将他截停在兰州城，让他迷途知返，掉头回来的。话虽如此，但索乘的脊背上早已惊出了一层鸡皮疙瘩，很显然，李肖鹏暗中绕开了他，架空了他，直接和警察局局长勾结在了一起，已然下了河西，一走了之。

事实上，在这一趟短暂的任期内，李肖鹏对关外三县这一片寒凉之地从无好感，除了浪荡的个性，以及上海拍来的父亲病危的电报外，副手索乘的刻板、强势和我行我素，也是加剧了他离开的原因之一。田虎子阴笑道：哎哟，县长究竟是不是逃兵，属下无权判断，但在我看来，李肖鹏一个人千里路上去行孝，至少说明他还是热肝辣肠，还是一介硬汉子，总比某些人无父无母，无兄无亲，迄今连家门都懒得进去的强。这些话充斥着荆棘与轻蔑，一时间，令索乘的内里布满了一股酸楚的汁液，泪水也敷在了视线上，模糊一片。

田虎子明白，只有激怒了对方，自己才能找见活命的机会。千钧一发之际，田虎子一个鹞子翻身，从马背上跃了下来，胳膊箍住了一名女乞丐的脖颈子，拔出了枪，顶住对方的太阳穴，绑为了人质：

"书记长，你看清了，这是谁？"

索乘收住了酸楚，厉声道："田虎子，我只吃你这一次的当，绝不会有第二次，我发誓。"

"呃，我差点忘了，你离开敦煌十几年了，此番回来高就，你也不曾去义庄认亲，你当然不知道这个女娃子姓甚名谁。"女乞丐吸溜着嘴上的鼻涕，一味地傻笑，似乎印证了今日索门的不堪境遇。田虎子瞭见索乘的枪口追了过来，忙矮下身，藏在了人质的后头，快慰道："她叫索梅，也叫细君，她是大少爷索朗的后人，你的亲侄女。"

"田虎子，你这是抗命不遵。"

"抗命也不是杀头之罪，我好歹保住了人证，留下了一条破案的线索。"反诘道。

索乘沮丧地说："笑话，堂堂警察局养了将近一百来号人，如今城外的平凉坊、陇西坊和天水坊预谋着闹事，大有冲击沙州城和县署的危险苗头，整个敦煌就像一只快要爆炸了的蒸锅，你不带队去弹压，却丢了西瓜捡芝麻，你企图何在？"这一刻，在索乘的眼中，人质不过是一粒草芥，准星上锁定的只有这一员剽悍而不羁的部下。索乘十分清楚，倘若今天手软，制服不了对方，那么李肖鹏擅离之后，局面将彻底失衡，权力也将沦落在田虎子的手中。索乘接续道："其实，所谓胡梵同奸淫了索梅，那不过是状告人索朗的一面之词，一桩无头案罢了。哼，一群赳赳武夫，将沙州城掘地三尺，大动干戈，竟然只捕获了这么几个可怜的小女人，这岂是壮士所为？这难道就是革命的果实么？"

"书记长，她可跟你一样，你们的身上流着索家的血，供着一样的先人。"

"不，我已经献身革命了，我从不服属于一家一姓，我的头顶上只有国家和领袖，我只效忠这两样。"索乘的决绝，犹如这天际上铅灰色的重云，覆压了下来，截铁道，"革命需要纯粹，不容二心，革命也必须铁面无私，所以你抗命不遵，我现在就可以毙了你。"

"但你永远姓索，你是从义庄走出去的，连你的口音里也带着敦煌的水土。"讥讽道。

"闭嘴吧。"

"书记长,老话说,千里为官,只为吃穿,你别再假惺惺地声称革命了,革命也不过是为了一碗可口的饭食罢了。"见索乘进逼了上来,像一头公牛似的,完全疯掉了,田虎子的防线开始崩溃,勒住了人质的头颅,咆哮道,"也好,我一命换两尸,死两个义庄索门的人,我太值了。"

索乘慢慢踱了上去,枪口晃动着,一时间丢失了目标。突然,人质惨叫了一声,跌落在地上,生死不知。声音未落,街口的东西两侧扑过来了两条人影,身上裹挟着寒风冷雪,其中一个钳住了田虎子,另一个则抱起了地上的人质,撒腿便跑。一切都像电光石火一般,快得来不及眨眼。

本来,张喜群饶有兴趣地观望着两个人的攻讦和理论,见索乘年轻气盛,口舌刁钻,田虎子渐渐地落在了下风,他心里头着实解恨极了,长久以来的仇恨和苦闷一扫而光。那一霎,张喜群也不免有些失落,恨天恨地,恨不得立刻变成索乘的一根食指,咯噔一下,将扳机扣响,将一枚黄铜的子弹钉在田虎子的鼻脸上,开成一座染坊。后来,听戏听入了迷,张喜群扔下了肩上的长枪,腿脚擅自做主,率着他,慢慢地蹒跚到了岔路口的中央。不承想,事情突然起了一幕惊人的变化,张喜群瞭见西头的钉鞋匠和东侧的火炉匠,犹如鹞鹰一般扑将过来,目标明确,动作迅疾,分明是来抢人的,而索梅恰是他们下手的对象。这个关节上,张喜群也惦记着人质,腾身而起,一下子抖落寒意,扑跃了过去,不料却扑空了,索梅竟被火炉匠一把抄走了。

庆幸的是,两个来劫法场的家伙并没有得逞。火炉匠抱着人质,刚跑到了街角前,索乘手里的枪响了,一粒子弹追撵了上去,打穿了他的心脏,当即毙了命。另一厢,田虎子和钉鞋匠扭打在雪地上,滚出去了几丈远。索乘上前,一脚踩住了钉鞋匠的颊脸,喝令田虎子闪开,而后开了一枪,击碎了钉鞋匠的脊梁骨。田虎子不甘,揪住钉鞋匠的头发,喝问了几句,但后者嘟哝了一番,被涌上来的一口血水呛死了。

半晌后，张喜群疼痛地睁开了眼，发现肚子上插着一把尖刀，好像自己的下水已经淌了出来，裤裆里完全湿透了。索乘率着田虎子，以及警察局的同僚们围拢在了张喜群身边，一边呼救，一边在替他叫魂，雪花纷飞，场面凌乱。蓦地，田虎子两脚一磕，姿势立定，先朝着索乘郑重地行了一记标准的军礼，而后抬手，向地上的张喜群也敬了一礼：

"多谢二位的救命之恩，田虎子记下了。"

索乘问说："刺客是什么路子？"

"刚听了口音，应该是酒泉城过来的人手。"田虎子经此一劫，脑子忽然格外冷静，仔细道，"书记长，如果属下没猜错的话，酒泉的洪门已经渗透进了沙州城。"

"索梅呢？"

"死了，只怪我下手太重，脖子断了。"田虎子顿了顿，又道，"但死的人并不是索梅，只是一个讨饭的闺女。属下刚才一时性急，冒犯了长官，还请赐罪。"

这一时，躺在地上的张喜群挣了挣身子，从索乘的裤裆下面，瞭看了一眼警察局的门口。巧的是，南春山穿着那一件标准的翻毛大衣，刚刚踅出了门，将手上的扫把扔在地下，快步拐进了旁边的胡同里，消失了踪迹。张喜群知道，过不了一阵子，真正的南春山还会返回来，拾起扫把，接着将门前打扫得干干净净。

梵义安全了，少东主的事终于成了。这么一念想，张喜群便发出了杀猪般的嚎叫声。

或许，索朗的出发点在于，闹得越欢，围观的人越多，可能越有效果吧。

俄境一带的寒流止息了，头一场雪给关外三县来了一记下马威，接着不了了之，天空连续放晴了多日。傍晚前，索朗骑坐在半截山墙上，挥着手里的一根拂尘，一边抽打着空气，一边瞭看着义庄内外前来争睹的人群，偶尔接一下旁人的话茬，但更多的时候则是跟异见人士对骂，口舌上绝不吃亏。连公子家的瓜儿子像一根烂裤带，甩也甩不掉，天天尾在了索朗的尻子后头，好歹也算是一个伴当，总比跟着一只不说话的狗要强。索朗撇头，呵斥说：念呀，咋不念口诀了？仔细我剜了你的口条！瓜儿子踩在山墙上玩平衡，听见了托付，遂一屁股坐下来，收住了鼻涕，吼喊说：头场雪，打灯笼；二场雪，掀翻瓦；三场雪，烂了路；四场雪，下破天；五场雪，冻掉人的嘴下巴；六场雪，窟子里的神仙买柴火。索朗喊了一声停，煞是不满，只好亲自上马，撩拨起了瓜儿子：你说说看，你那个后老子如今又有权，又有势，回到草场边的家里后，是不是像先前的皇上那样，想吃麻花炸麻花，想吃油糕炸油糕呀？瓜儿子点头：一般是老三样，猪头肉，热粉汤，外加一壶苞谷酒。索朗不悦，踢了对方一脚：吃饱了，喝足了，你后老子肯定要去骑你妈，一骑一晚夕，直到把连公子骑成了一只空皮囊，才能从寡妇的身上摔下来吧？瓜儿子回说：哎哟喂，偏偏昨晚夕没骑，因为昨晚夕我后老子的头破了，流了半夜的血，天明时才止住的。索朗一喜，探问说：头破了，那个贼娃子的鸡巴脑壳怎么破的？瓜儿子舔着白鼻涕，痴笑道：嘿嘿，天水坊、平凉坊和陇西坊的人们来催债，一颗石头飞了进来，连大大喊了一声妈呀，头就破了。索朗大笑道：脑浆出来了么？脑浆，我在问脑浆出来了没？见对方懵懂着，又释解道：你个小瓜尿，脑浆就是糊窗户纸的面糊子，就是脑壳里装的一碗徽饭和搅团。瓜儿子摇头，嘟囔说：我不爱吃搅团和徽饭，我只想吃羊肋巴。

　　索朗简直开心极了，丢下了瓜儿子，拎着拂尘，在义庄的山墙上走来转去，对着乌泱泱的看客们喊说：诸位，听见了吧，这可是连公子的后儿子亲口讲的，文和事老协会的会长昨晚夕头被打破了，从里头淌出来了一大堆稀屎，臭了半个沙州城呀。喊了半天，竟无人应和，索朗发现这些死秧子一个个黑着脸，对自己怒目而视。终于，一个老叟忍不住了，烟杆子挥过来，敲了一下索朗的脚孤拐，詈骂道：逆子，你真是义庄的逆子，亏先人了，这么寒天冻日的，你把你爹老子扔在了猪圈里，你的良心让狗叼走了么？索朗疼得蹲在了半墙上，申辩说：我爸属猪，我爸大清早就坐在了猪圈里，等着他的那些亲兄热弟哪，只可惜快过年了，家家户户都在杀猪，我爸自然就落了单嘛。另一个塾师模样的潸然泪下，哀叹道：天哪，这可是关外三县的头号人家，大名鼎鼎的义庄，门楼子上的金匾还挂着，但物是人非，也不知道天老爷动了什么脾气，降下了什么罪孽，让索门遭此一劫，凋敝到了这么个地步。

对这些乱语三千的陈词，索朗基本上持蔑视的态度，不予追究。

索朗立起身，兀立在半截残破的山墙上，仰看了一番天色，自语道：书记长是上半天率着人马离开沙州城的，听人讲，他今个天先要去一趟陇西坊，安抚一下种罂粟花的乡邻们，下半天还要赶往榆中坊，榆中坊开始修水渠了，结果打死了两个人，书记长不出面不行呀。索朗欣慰地说：哎呀，天色也迟了，真是劳苦了书记长，不过哪，从榆中坊返回沙州城的话，义庄门前的这条路是必经之道，说不定，书记长会停车下马，进来问候一声家父的。索朗的独角戏本来也没有唱本，大多是从世面上耳食过来的一些马路消息，现在说到了高潮处，也就放肆开来，顾忌不再：列位叔伯兄弟，自打县长李肖鹏告假，前往上海省亲之后，书记长便按照天台大人留下的命令，全盘接管了敦煌境内的大小事务，不管是沙州城，还是城外的二十三坊，统统让他一肩挑上了，真可谓关外三县的第一能人呀。末了，索朗又强调说：书记长姓索，义庄的索，索朗的索，不信就等着瞧吧。

落日熔金，一道广漠的天光沉降下来，铺在了义庄门外向西的那一条碎石路上，光斑烁闪。索朗的话音未落，路的尽头果然漾起了一大股烟尘，有人来了。索朗一时鼓舞，在手心里啐了一口唾沫，擦净了自己的颊脸，预备待客。索朗吩咐说：瓜儿子，快去炕洞里掏上一簸箕热炕灰，抓紧撒在猪圈里，别把那个老棺材瓢子给冻死了。

若干年前，也就是在当家人索敞突然失踪，太老奶索佟氏以及女掌柜索柳氏陆续下世后，丁荣猫辞掉了管家的身份，伙计和丫鬟们也作鸟兽散，义庄的这一盘棋终于下成了死局，逐渐淡出了人们的话题。然而，作为索门的长子，义庄的大少爷，索朗却格外留了一份心眼，从此白日为人，入夜做鬼，折腾了大概七八年之久。每日晚夕，在沙州城内打完了秋风，索朗拖着疲倦的身子骨，回到这座空旷而荒凉的庄院之后，便一下子醒转了过来。马院内有的是工具，铁锨、镢头、斧头、凿子、洋镐和铁钎子什么的，让索朗有了一幕秘密的天地，开始施展自己的才华。这么些年来，索朗深信，依了爹老子的秉性，他在这一世的光阴中积攒下的金银钱财，一定就埋在脚下的家院中，砌在了一堵堵墙内，架在了不同的房梁上，藏在了每一片瓦叶子下面。无疑，索朗的首选目标是义庄的大堂屋，爹老子一贯深居简出，昼夜无明地待在这一座显赫而高大的建筑中，像一头祁连山上下来的豹子似的，寸步不离，一定有其不可告人的底细。于是，差不多有大半年的时间，索朗天天夜里点上一盏油灯，撬开一块地砖，掏出了下层里的土，又用铁钎子拼命地戳弄一番，发现没有结果后，便回填了这个大窟窿，再去撬另一块。很快，堂屋里彻底更改了样子，崎岖不平了起来，一旦脚踩上去，便感觉走在了三危山的砾石路上，脑子里晕眩不已。每当公鸡打鸣时，索朗赶紧踅出了堂屋，生怕有人会上门，窥破了自己的秘密。那一段，索朗的颊脸总是黑的，落满了一层厚厚的油灰，走在沙州城的街道上，迎面的人戏谑说：大少爷，你掉进了染缸么？索朗一笑，露出了锈黄色的牙齿和鸡血似的牙花子，一般答复说：不，我倒了大霉，我刚让阎王爷给捞出来，从张芝墨池里捞出来。

搜查完了地面，索朗抬头，瞭见了惨白的四壁，不由得相信，一定有一堵夹墙，一扇暗门，通向了埋藏着金银财宝的所在。索朗仔细了起来，用刮刀和凿子，将墙皮一寸一寸地剔除干净，露出了里面的砖石和墙缝。索朗还拿来了一根擀面杖，一头搭在了墙面上，一头捂在耳朵上，敲击着砖块，听风辨音，试图找见一块声音空虚的地方。只有空虚的声音，才能指认出一条秘径，这是一个浅显的常识。终于，整个堂屋内的墙皮被彻底剥离了，寒气和水滴渗了出来，表情狰狞。索朗沮丧透顶，又盯住了头顶上的仰衬纸，像一只猴子似的，蹿上了梯子，统统撕扯下来，然后翻身骑在了屋梁上，摸遍了每一个犄角旮旯，却只摸出了满把的灰尘和蛛网，连一件发光的东西也没寻见。上房揭瓦自然也免不了，索朗撬开了每一块瓦叶子，收获颇丰，但不过是一些鸟蛋、草茎和乱羽，至于金条和元宝什么的，其实连一根汗毛也没有。那时候，索佟氏还活着，跐着一双小脚出了睡房的门,问孙子说:鸡呢,我养下的鸡呢?阎王爷咋在院子里抓鸡哪,他明明告诉过我,他是一个吃素的货呀?索朗懒得理睬这些胡话,灵光乍现,觉得母子连心这句话十分在理,爹老子的宝贝,肯定就藏在了太老奶的睡房中。这么着,索朗举起镢头,刨掉了那一面热炕,拆毁了炕柜和炕桌,同样撕碎了仰衬纸,终究一无所获。此后,索佟氏睡在了地上,身子下面连一张皮革也没有,她是半夜里阴死的。直到索朗发现一只老鼠叼着一片袖子乱跑,这才打开了睡房的门,太老奶早已被老鼠啃成了一堆骨头架子。

义庄内大大小小的三十几间房舍,包括下人们居住的马院,基本上都留下了索朗敲打和挖掘的痕迹,墙体倾圮,椽梁支离,夜里能望见星宿,下雨天便成了一片泽国。搜罗完了屋子,索朗又盯住了偌大的庭院,首先是父亲先前最喜爱的那几株牡丹树,被连根拔除了,接着是几辆不同料子装饰的车轿,统统被拆毁了。索朗也不吝体力,带着洋镐和镢头,将前庭后院深耕了一遍,泥浆翻卷,拳石裸露,居然连一枚麻钱的味道也没嗅见。母亲索柳氏总爱摔跤,也不能怪地不平,主要是她的眼睛麻掉了,一旦出了睡房的门,深一脚浅一脚的,然后便栽在了地上,啃上一嘴的烂泥,简直让索朗失笑死了。那一段,索朗的疑心颇重,感觉索柳氏的嫌疑最大,毕竟她跟爹老子睡在一个炕上,睡了几十年,不可能不知悉秘密。索朗揪住了娘老子的头发,往墙角上撞,喝问再三。不承想,索柳氏摸出来一把剪子,不去捅儿子,而是戳在了她自己的身上,一个个窟窿眼里冒着血,嚷喊着苍天什么的。天气太大,伤口很快就感染了,生出了一堆密密麻麻的白蛆,脓血泛滥。偶尔,索柳氏坐在睡房的门槛上,一边晒日头,一边捉住身上的白蛆,丢在了嘴里头解馋。吧唧吧唧的声音,吓得索朗远远地跑开了,一吐大半天,几乎能把肠子吐出来。索柳氏的血差不多淌光了,死了之后,变成了一张丑陋的皮子。索朗一手拎着皮子,一手打开了院门,交给了化人场的伙计们,一再央告,烧完了撒在干滩上,一风吹净吧。伙计们也不会白帮忙,顺便带走了一辆胶皮轱辘的马车,彼此两讫。

日子渐渐困顿了,好像一颗从树上掉下来的杏子,开始发黑,开始腐烂，最后连一日两餐也成了难题。不过，饭可以不吃，但鸦片不能不吸，饭没盐了赛过水，人没烟膏赛过鬼，索朗做鬼的生涯，就此进入了一个突飞猛进的新阶段。马院里彻底空了，义庄的一大批骡子和马，以惨烈的低价，不出半个时辰，就被买家们陆续牵走了。沙州城的王炳福木匠坊盯上了义庄的门窗，当初索家的先人们筑造宅院时，相邀了河州城里著名的雕刻师，镂刻了这些分布着花卉与吉兽的门窗，仅仅材质一项，便相传是寸木寸金，十分稀罕。索朗点了头，惊异地发现整个义庄洞开了，无数双残破的眸子在盯视着自己，如芒刺在背，如一根根绳鞭。罡风来去穿梭，毫无挂碍，仿佛它们才是主子似的。在顺利地挥霍完了这一大笔钱财后，索朗又兜售了义庄名下的油坊、田产、店铺和果园，最终只剩下了这一座孤零零的庄院。索朗不是没打过义庄的主意，但当他带着那一枚索门当家人的玉石扳指，四处哀告、八方叫卖时，那个该死的李豆灯以及文和事老协会，犹如鬼打墙一般，让他连连碰壁，死了这份心。后来，玉石扳指也被这个败家子送进了当铺，换了三顿烟膏。

每天晚夕，沙州城内油灯初上、万户和美之际，索朗便像一条魅影似的，跃过了坍塌的矮墙，跳进了义庄，将就着过上一夜。迎接索朗的，往往是一群群的野鸽子、麻雀、蝙蝠和乌鸦，地上跑着黄鼠狼、狐狸和一只只惊飞的野鸡，煞是热闹。偶尔，半夜里也会出现一个怪物，窸窸窣窣的，在索朗的头前脚后一带活动。不用问，那肯定是女儿细君，从城里撒完疯回来了。细君已经懂事了，有时候掐起了声嗓，要么说快来，我带了一个糖油糕，要么说趁热吧，这是两个热蒸馍。索朗不想在女儿面前露怯，也不会喊饿，一脚踢开了细君，继续拱在了破被子烂棉絮当中，偷偷落泪。后来，爹老子现身人世，重归义庄，索朗腾出了那一间废墟般的房舍，将其寄养在了里面，有一顿没一顿的，全凭自己在外面坑蒙拐骗。幸亏，经过了那么多年的囚禁，爹老子傻掉了，呆掉了，老掉了，对这个苍冷的人世再也提不出一句索求的话，索朗的麻木也就变成了一种习惯，不怕沙州城内外的人戳自己的脊梁骨了。

索朗站在山墙上，拔长了脖颈子，瞭见那一道烟尘越来越高，越来越近。夕光下，打头的那个人骑在一匹耸动的骏马上，身子摇曳，肩膀上披满了一层辉煌的落霞，以至于影影绰绰的，令索朗一时间辨识不清。一辆麻布装饰的车轿冲出了烟幕，追了上来，一骑，一车，双双驶停在了义庄的门匾下。周遭的乡邻们呼啦一下拢了过去，围住了车马，知道一场新热闹来了，不看就会吃亏。索朗跳下了山墙，掸了掸衣服上的灰尘，拨拉开人群，径自往门口踱去。索朗纠结不已，暗忖道，究竟喊弟弟呀，还是尊称一声书记长？这么着，索朗迅速打定了主意，在大门外面，索乘是公家人，自然要称呼他书记长，可一旦进了义庄的门，索乘便是弟弟，他跑不了。岂料，索朗一抬头，突然愣住了，钉在了地上。

梵义滚鞍下马，趋前几步，抱起了双拳，揖上一礼，热络地喊道：索朗哥哥，你还好吧？

旁边，管家苏食也跳下了马车，支起了下马凳，撩开了轿厢的帘子。索朗心中不悦，知道又是老一折子戏，但碍于梵义的面，自然不能发作出来。果然，性元下了车，一手提着食盒，另一个胳膊上挎着包袱卷，表情上风清月白，丝毫也没有前些天被驱逐被辱骂的那种尴尬与不快。性元拢了过来，随着丈夫的口吻，也喊了一声哥哥。索朗无奈，哎了一声，慌忙还上一礼，顺便问候了胡家坊的老掌柜，礼数周全。

一连两天，总是在夜饭前后，胡家坊的沈性元坐着一辆伙计吆赶的马车，从沙州城的西门上出来，路经义庄。性元下了车，拨开看热闹的人群，将一只食盒递给了索朗，声称她买了双份，这是悦宾楼的粉蒸羊羔肉，务请索家的父子俩尝一尝。索朗傲慢着，只是努了努下巴，示意对方搁在了地上。可性元还没有走出门去，索朗便冒骂道：贼日的，真是狗眼看人低，义庄的院子里现在闻不惯羊肉，以前我吃吐了，吃恶心了，你们干脆打扫了吧。看客们依言，一人抓了一把肉，碗就碎了。第二回，性元仍然递上了一只食盒，又称买了双份的，这次是醉仙楼的扣肘子，带了热花卷，最好趁热。索朗心知，所谓双份之类的说辞，不过是对方在替他打掩护，着实给足了面子。但既然前一次翻了脸，现在去赔笑的话，这口气也输不起。索朗呵斥道：你个贼婆娘，说话连毛带草的，你瞎了么？你抬头看看门楼子上的金匾，这可是索家，这是义庄，从来都是我们给别人放舍饭，没有我们吃外人赏饭的道理，快拿走，拿去了喂你们胡家坊的狗吧。在咆哮的唾沫星子下，性元不恼不怒，坐上车兀自走了。那一晚夕，索朗将扣肘子全部咥光了，只给爹老子扔了一个花卷，意思了一下。

事不过三，索朗干脆没料到，性元将前两次的遭际根本不当一回事，竟然搬动了梵义的大驾，还跟了一位手握绳鞭的管家，又来聒噪。这一时，索朗表面上敷衍着，却仍惦记着县署的那一支队伍，即将从义庄门前驶过的盛况，遂拦下了胡家坊的人，嘻然道：梵义，整个敦煌境内，属你最公平了，你来评评理，还我一个公道吧？见对方点头，索朗探问说：我疯了么？沙州城和二十三坊的人们乱嚼舌头，说我疯了，说我是一名逆子，你给我一个结论吧？这个头疼的问题，令梵义左右莫是，苦笑道：大少爷，伸手不打上门的客，我都走到了义庄的门口，我想进去给叔父行个礼性，问候一声，你咋就做了拦路虎呀？话音未毕，索朗仿佛闻听到了一阵银元的声音，不是一枚，而是一大堆，恰巧来自梵义腰带上拴着的那一只钱袋子。一听见钱的动静，索朗的鸦片瘾立时犯了，鼻涕和涎水挂在了鼻脸上，哈欠四起。临放行前，索朗瞭了一眼远处的大路，夕光中干净得连一粒灰尘也不见，遑论一支浩浩荡荡的马队了。

"索朗哥哥，我要借令尊一个月。"

"借人？"讶异道。

"嗯，是这，"梵义一边往院子里去，一边绍介说，"你是知道的，家父缠绵病榻十几年，与世隔绝，可天老爷好歹给他留下了一口气，没有走掉，让我这个做儿子的丝毫不敢慢待，只有头顶孝义，想方设法了。"地面上坑坑洼洼的，要么泥浆，要么砾石，梵义趔趄地向前，接续道："眼看着就到了腊月里，紧接着又要过年了，我打算将家父以前的几位故友邀到家里去，趁着春节，让他们这些老辈子人团聚一下。唉，草木一秋，人生一世，如今掰着指头数，咱们爹老子这一辈的人剩不下几个了，再不抓紧的话，以后只有去坟头上哭了。"梵义知道，这是个无法拒绝的理由，即便像索朗这样的忤逆之人，也挑不出一点毛病。又道:"等一下我就把老掌柜接走,车轿上有炉子,性元还单另带了一套棉衣。大少爷,你可千万别怨怪我自私呀,其实手心手背都是肉,我供养了,也就等于你的功德。令尊和我的爹老子,他们可都是家里的天呀,天不能塌下来。"

索朗心中盘磨着,古怪道:"也好,狗有狗的窝,羊有羊的圈,各有各的热闹嘛。"

"哥哥不愧是索门的长子,这么通情达理的。"

"唉,你梵义的面子大,谁叫你是河西司马哪。"索朗的重点并不在爹老子的去留上,再多的夸赞,也抵不上一角现钱,"沙州城和二十三坊的人们纷传,等到了将来,河西司马肯定就是敦煌的主宰,就是县署里的天台大人。现在口诀也出来了,口诀说,李肖鹏的天花乱坠,抵不上河西司马的一个屁。"

"大少爷,我这一趟带走了老掌柜,只怕是冷清了你和索梅。"梵义不想纠缠,解开了腰带上的钱袋子,递给了索朗,"快过年了,你抓紧置办一些年货,然后给自己和索梅扯上一身衣服吧。有空的话,我会来接你们父女俩,去胡家坊做客的。"

"嗯,你这是买命的钱么?"

"索朗哥哥?"

"我猜,你河西司马如此客气,放下了身段,又馈赠了这一包大洋,一定是想赎回胡梵同的命。毕竟,民不举,官不究,这是自古而来的法则。你是打算让我闭嘴,撤了当初的状告吧?"索朗接住了钱袋子,分量不轻,内里漾开了一阵阵涟漪般的笑意,但是义庄大少爷的架子不能丢,即便这是一碗嗟来之食,也得有一套沾沾自喜的说辞。索朗又诡谲道:"要么,梵义你是来投石问路的?可惜索梅不在,你见不到她。"

梵义苦涩道:"大少爷,你误会我了,梵义是一码事,梵同却是另一码。"

"实话说给你知道吧,索梅带来的耻辱,用钱是洗不干净的。"

"那用什么?"

"用血,用她的命。"

"也好,那就让天老爷去惩罚吧。"答复道。

两个人谈议着,争辩着,暗中较劲,一直走到了灶房后的墙根下。性元相跟着,旁边的苏食却大动肝火,在半空中抽了几鞭子,试图驱散左邻右舍的看客们。乡邻们才不吃这一套,乌泱泱地尾了过来,站满了墙头地角,仿佛义庄上演的大戏,永远有一种惊人的结局,错失不得。在关外三县,猪圈一般都砌在了灶房的附近,方便人们将泔水和剩饭倒进去,豢养上几头年猪,争取在腊月和正月里增添一点点油水,解解馋。义庄败落后,这一座石头垒砌的猪圈本来空下了,可近一两年,周围庄子里散养的猪嗅着味道来了,拉家带口的,拉下的粪水足足有一尺多厚,相当可观。

天寒地凉,从马鬃山和万里墙城一带刮来的罡风,在义庄的院子里打着旋子,盘桓不去。索敌早就冻僵了,满身的冻疮,一直坐在日光下盯望。下半天时,几头猪陆续松开了尻子,一坨坨热腾腾的粪疙瘩,铺在了地上,蒸气缭乱。一入冬,索敌的老寒腿便开始犯病了,站不住,走不动,只好一骨碌趴在地上,双臂支撑着,一寸一寸地拱向了猪圈。

猪群跑掉了,索敌挣扎着坐起来,一时间眉开眼笑,开始独享这一份特殊的礼遇。羊肉要吃烫的,馍馍要吃热的,人跟人之间也得交往心热的,所以猪粪也是刚刚拉下来的最好。索敌一点也不敢耽搁,抓起粪球,糊在了颊脸,糊在了前心后背,糊在了大腿和膝盖上,而后将两只手插在了粪疙瘩当中,登时咧笑了出来,简直快活得要发抖。那一刻,在索敌的眼中,自己穿戴起来的并不是黑糊糊的粪水,而是一件羔子皮,是雪白的羊绒,是以前纺下的那些细羊毛线编织出来的夹袄和背心。这么一念想,索敌浑身就热了,腋窝和裤裆里淌下了不少的汗,被一团热气包裹着,活似一尊神仙。每当这时,邻居们便来了,争相围观,七嘴八舌地说起了义庄昔日的威仪,又感喟命运的不测,对老财东的境遇纷纷掬上了一捧同情的眼泪。人上一百,形形色色,对那些言行不逊的人,索敌一般也会反击。索敌的武器就是猪粪,趁着对方得意时,甩过去湿乎乎的一坨,炸开在他的脸上,天女散花似的。遭了殃的人也不计较,谁也不愿意冲进猪圈,跟一个半人半兽的家伙去争短长。

但是，猪粪也靠不住。索敞发现，随着天光黯淡了下去，地上的粪疙瘩冻硬了，浑身的粪水也板结了起来，犹如一件冰冷的胄甲，寒冷来得更加凶烈了。熬吧，索敞活到了这一把岁数上，已经看透了炎凉，人世上再大的事情，也抵不过一个熬字。天黑之后，索敞终于麻木了，这才挣脱了那一层外壳，爬进了屋子里去睡觉。不料想，这个天大的难题，后来竟被儿子索朗解决了。前日晚夕，也不知索朗发了什么烧，反正太阳从西边出来了，他端来了几簸箕滚烫的炕灰，撒在了猪圈里。炕灰带着大量的火星子，消融了猪粪，腾起了一股股滞重的雾气，令索敞觉得自己可能是一只肉包子，正坐在笼屉中，惬意极了。

瞭见义庄的当家人瘫坐在猪圈时，梵义的头皮一下子麻掉了。

碰巧，瓜儿子刚撒完了簸箕里的炕灰，吸溜着鼻涕，趑出了猪圈。梵义不明就里，反手一个耳光，瓜儿子像一块烂抹布似的，直接飞了出去，连一声惊叫也没有。索朗扯拽住了梵义，释解说：他是个瓜娃子，不能怪他，主要是我爸现在脑子坏掉了，天天坐在猪圈里，一门心思地念佛哪。这个关节上，梵义突然忆想起了那个昏蒙而凄清的早上，一介少年忐忑而至，向义庄借马，东下河西，生平头一次出门的全部情景。往事般般，一切却又物是人非，梵义觉得自己的嗓眼中卡上了一块嶙峋的东西，稍一回忆，这东西就破了、消失了，强行带走了身上全部的精气神，乏力不堪。万幸的是，眼泪还在，眼泪还是烫的，依然认出了这一位当年慷慨赐马的恩人。

梵义双腿一软，跪在了地上，膝行几步，爬到了猪圈的门栏下，哭喧说：叔父，你老人家遭罪了，侄儿来迟了，天老爷这么亏待你，天老爷也会有报应的。性元赶紧搁下了手上的东西，和管家苏食一道，尾在了梵义身后，一趟子跪下了。梵义道：侄儿给你磕头了，磕完了头，再给你行一个微薄的礼性吧。墙头地角上，前来围观的乡邻们里三层外三层的，一个个提悬了心，莫名不已，实在猜解不出这三个胡家坊的外姓人，八竿子打不着的，何以当场下跪磕头，行了一整套孝子的仪礼。讽刺的是，那个真正的孝子，索门的大少爷索朗却事不关己，打了一连串的哈欠，后来竟然拎着一只钱袋子，踅出了人群，连个鬼影子也不见了。磕毕，梵义直起身子，从口袋里掏出了一封红帖，规矩地捧在手上，呈给了义庄的当家人，哀恳道：大大，这是家父的请帖，侄儿这一趟奉命来打扰，务必要请你老人家移驾到胡家坊去，你们老兄弟一辈子不易，最好能见个面，说说闲章，再仔细地过一个年吧。炕灰持续散发着热力，似乎比前两天更来劲，更火烫。索敞恍惚觉得，自己坐在了一面大炕上，新褥子新被子压身，身上突然间开了锅似的，简直能拧出来三大缸的汗水。索敞痴呆地发笑着，牙齿锈黄，舌头灰白，喷吐出来的气息并不比地上的猪粪清冽多少，一直哑默着，不曾答复。这一时，性元哇的一声哭下了，冲进了猪圈，跪在粪土上，捉住了索敞的手，哀嚎道：天哪，这是手么？这是指头么？天老爷，你就算收人的话，你也不能这么降罪，麻雀还有两只爪子，牛马还有四个蹄子哪。性元一边责难，一边撩起了衣襟，里里外外，揩拭着索敞的手。那些冻伤的血痂和裂口，一下子苏醒了，纷纷张开了嘴，血水渗流了出来，好像给索敞戴上了两只红手套。很快，性元的身上沾满了猪粪和汁水，空气恶臭，她依旧在喋喋着，指天骂地，心里头悢惶坏了。梵义瞥见，索敞的颊脸一直在抽搐，一种苍老的疼痛，携带着这些年鲜为人知的磨难、困厄和不甘，九死一生地浮现了出来。梵义立在一旁，腿肚子哆嗦不停。

"你是谁呀？王母，还是菩萨娘娘？"索敞突然发问。

"大大，我是世兴堂的沈性元，也是胡家坊……"

索敞伸手，蓦地托住了性元的双腮，截停了她的话，开心道："呃，我知道你，你就是那个小裁缝，前一世里，我给你下过订单。呵呵，这一趟你是来给我送衣裳的吧？"

"嗯，正是。"性元哄唆着，打开了地上的包袱。

这一霎，整个废墟般的义庄，沦陷在了寒冰似的薄暮中，黑暗像一只巨大的车轮，正在碾压而来。墙头上，有人举着松明，火油劈剥着，送来了一幕幕血红色的光亮。索敞瘫坐在猪圈中，抓起一把把炕灰，扬在了头顶上，呼号说：天老爷，你这个贼娃子，你食言了，你亏欠了我，你早就应该兑现的，而不是现在才送来这一身衣裳！我等了你那么久，我快熬干了，我也穿不动了。炕灰纷扬下来，索敞又撒出去了几把，呛人鼻息，视线中一片模糊。性元小心翼翼地脱掉了索敞的外罩，拿出来一件新棉袄，试探着去给他穿。索敞僵硬着，抗拒着，扯开了声嗓：天老爷，你在哪达呀？你藏在了狗窝里，还是躲在了神仙洞？你大胆出来吧，你来跟我当面对质几句，你再也不要欺瞒我了，你给我实话说知道吧？索敞张着脸，仰看着灰尘密布的头顶，吼喊说：天老爷，你究竟有几条命？你到底活过了多少辈子的人？你还能端住自己的饭碗么？你是男将，还是一个妇人？你什么嘴脸，你露上一面，让我认得你呀？你吃的是五谷杂粮，还是山珍海味？你喝的是党河水，还是天上的银河水？你有没有头痛脑热，你发不发烧？你服的是金丹雨露，还是下界里的药草丸散？你是一个人的绝户头，还是有一大家子老小？你自己生养过么，你有后人么，你的后人们都是知书达理的栋梁之才么？你咳嗽么，你难受么，到了最后你死不死？哦，天老爷，你知道在世间的这一幕幕大光阴中，人是怎么走过来的，人的难肠有几斤，人的心碎有几两么？顿了顿，声嗓干了，索敞又咆哮道：贼娃子，我看见你了，你就藏在天上，你故意躲着不见我，因为你有愧，你也辜负了地上的大小生灵，你实在是没有脸皮降落凡间，跟我理论上一番，我说中了你吧？呵呵，你个贼眉鼠眼的货，你个吃里爬外的东西，你个不计恩仇的小人，你心里最清楚不过了，这下界里的劳苦人和穷寒人，哪一个不替你点灯？哪一个不为你献供？又有哪一个不给你磕头，撞破了脑袋，跪烂了膝盖？可偏偏，越是向你示好，越是对你亲近，你的那一张狗脸翻得就越快，快得就像鸡尻子里的闪电，你知道这个么，你了解自己么？天老爷，说到底，你的那一颗心终究是石头长的，是生铁铸的，也是核桃木雕下的。这一幕幕光阴中的人们，其实就是你的猪狗，你的牛羊，你的蝼蚁，你的板凳和拐杖，你的香火，你脱下的破鞋子，你扔下的筷子和碗，你砸烂的水缸，你烧掉的梯子和马车，你拆掉的院墙，你毁掉的瓦，你抽掉的椽子和梁木，你挖断的路，你撒掉的沙子，你砍断的树，那么到了今个天，你难道还不满意么？眼泪淌了下来，眼泪一般是湿的，助长了这一种激愤和不平。索敞古怪一笑：天贼，我听见你了，你可没闲着，你一刻也不消停，你在翻看你手上的那一本名录，你在找我，你想用一根朱笔把我删掉，对吧？呵呵，我正等着哪，我的脖子洗干净了，你快把那一具狗头铡抬出来吧，给老子痛快一点，我求你了。你哑了么？实话说吧，你的那一根朱笔不疼，你勾掉了印光法师，勾掉了李豆灯大人，勾掉了我的一辈辈的先人们，你还勾掉了三皇五帝，勾掉了唐宗宋祖，也勾掉了康熙爷、雍正爷和乾隆爷，我没听见一个人喊疼的，你来吧！

梵义战栗着，却后几步，猛一回眸，突然间发现了一丝异常。

性元挣出了一身汗，刚刚将袖子套在了索敌的胳膊上，却被后者粗暴地扯拽了下来，三两下，便撕成了碎片，撕出了一地的棉花。索敌收住了眼泪，抢白道：小裁缝，这不是我的衣裳，我的衣裳是红颜色的，我穿错的话，那个贼就不认识我了，他也就不领我回去了。性元酸楚极了，哀告说：大大，没有旁人，梵义和我这一趟专门来领你，请你去胡家坊做客，你就别固执了。索敌一味地撕扯着，急迫道：哎呀，这不是我的衣裳，小裁缝，我也不瞒你了，你最好抬头看一眼，我早就预备好了，我的衣裳在天上，就挂在那一只老鹰身上，我等一下穿上登云靴，上去穿戴完了，再给你看看吧。这些迷离的胡话，令性元左右失措，只有顺着意思说：对，你上你的天，我给你扶住梯子，你把衣裳抱回来，我再帮你仔细穿上吧。索敌咧笑开来，傲慢道：其实呀，你有所不知，我的衣裳是云彩的料子做的，流星缝的线，衣服上都是星宿砸下的针脚，又把一块月亮掰碎了，缝成了扣子。做完后，又在银河水里浆洗了三遍，一直挂在老鹰的身上，晾了许多年了。等我穿的时候，还要用太阳这一块烙铁熨烫上一下，不能皱巴巴的，必须得体面才是。性元附和了一阵子，终于犯了错，探问道：大大，你说了大半天，那你的裁缝究竟是谁呀？谁给你做了这么漂亮的一件衣裳，挂在了天上？索敌一怔，反诘道：瓜女子，天老爷就是我的裁缝呀，那个贼做好了让我穿，我还敢推脱么？性元噗嗤一笑：哎哟喂，你这些不打粮食的话，你刚才可在咒骂天上的裁缝哪，仔细让天老爷听了去。

一时惊惧，索敌赶紧捂住了嘴，仰看着义庄头顶上陡峭的夜空。

这个关节上，星宿们从漆黑的天幕中渗透了出来，带着原始的光芒，要么悬停着，要么游弋着，仿佛一群群幼兽，将天庭深处闹腾得乌烟瘴气，不可开交。月亮不干了，月亮从三危山上站了出来，背着手，白衣白袍，断喝了一嗓子，天庭里立刻悄静了下来，星宿们各归其位。这么着，那些长短不一的光芒连缀成线，变幻着图案。索敬瞭见了一只灯台，一盏灯笼，又望见了一座麦草垛，一辆拉水车。宿命是迟早的，宿命一直潜伏在暗处。索敬眨了一下眼，发现一件血衣飘在天上，突然滑脱了下来，冲向了自己。

"不，我不穿。"索敬惊叫。

性元不明就里，眼见着义庄的当家人像中了邪似的，一下子跌倒在地，一边哀嚎，一边抓起了泥浆状的猪粪，抹在了鼻脸上，抹在了头发上，又糊住了浑身上下。性元叉住了索敬，但拗不过对方的牙齿，忙松开了手，哭的心也有了。索敬趴在粪堆上，埋下头去，不敢张看，不停地叨念说：我可不认得你，你别来找我，你快走吧，我已经孽障死了，我不配，我穿不起你的那一身衣裳，你去找旁人吧。梵义再也看不下去了，使了个眼色，管家苏食迅速提来了一桶子清水，相帮着性元，替索敬擦洗了起来。这一时，梵义恰好瞥见，左侧的人群脚下，那一双标准的军靴悄悄地退了出去，隐匿在了庭院中。

梵义不敢懈怠，一口气追出了义庄的大门，冷不丁瞭见，前头的那个人停了下来。

索乘弟弟，看见你脚上的这一双靴子，我就知道是你来了，梵义快慰道。门外的土路上，阒无人迹，除了一个侍卫模样的人牵着两匹马，在寒风中静候着。索乘身着便服，戴着一顶礼帽，将整个脊背呈现给了梵义，答复道：唉，我不过是路经此地，方便了一下，告辞了。梵义煞是不甘，追喊说：换做我，如果我是索门的儿子娃娃，我刚才就不应该混在人群中，一无声息、二无态度，我至少会跑过去给爹老子磕头，将他老人家从猪圈里搭救出来，安顿在高堂明屋里，弥补自己这十多年不曾尽孝的亏欠。索乘的脊背寂寥而空旷，令人无法窥见他内里的波澜，以及深井一般的心理。索乘答：可惜了，可惜你不是我，你捧的是帖子，我拿的是枪，你可以随时下跪磕头，但我的膝盖骨有信仰，这就是你我的差别。梵义表情寂然，淡淡地说：不错，你说得对，可是我的帖子和膝盖是热的，你的枪口、你的信仰却是冷的，无情的。索乘反诘道：少东主，你的话是指责呀，还是奉劝？梵义抱起了拳，释解说：索乘弟弟，你是见过大世面的人，子欲养而亲不待，这恐怕是人世上最悲辛的一件事。你我身为人子，我好歹也虚长了几岁，就算我的这句话是一个提醒吧。索乘讥诮道：少东主，自从我决定献身革命之后，我的眼中只有国家和领袖，什么家族，什么血脉，什么儿女情长，在我看来那不过是裁缝铺里的一堆边角料，根本就不足挂齿。

梵义被点着了，身上突然起了一场火灾，吼喊说：革命，你口口声声地嚷叫着革命，革命是你刚才的冷漠么？革命是你绝情无义的借口么？难道，革命就应该无父无母，无兄无弟，无家无室，你们一个个都是这当今世上的绝户头么？梵义的咆哮，犹如一阵乱拳打在了棉花垛上，自弹自唱，虚弱无力。索乘挑衅道：正是，革命就必须冷酷，也必须纯粹，任何夹带了个人私情与恩怨的行为，都是对革命的不尊，也是对信仰的玷污，我的眼睛里容不下这样的败类，我必须彻底剔除干净。

一个是火油，另一个则是寒冰，彼此之间的沟壑显而易见，但梵义已经被撩拨了起来，再想熄灭下去，也是一桩难心的事情。梵义忆想道：呃，我去过一趟南方，南方正在闹红，那些穷苦人活不下去了，开始结社邑义，开始起事了，工人和农夫，锤子和镰刀，我从他们的身上看见了热情、勇敢和无惧，看见了少年之气，但不曾发现一丝一毫的冷酷，也没有任何一个人像你。这一席话如同锥子，离弦而去，钉在了索乘的脊背上，令其一颤。索乘突然掉头，面色暗沉，逼视着梵义，笃定说：少东主，你被赤化了，你的这些话真是灾难，我今天不予以追究，权当是我离开了十几年之后，给仁兄的一个见面礼吧。梵义却在火候上，不依不饶地说：在南方时，假如不是性元惦记着家里的两个娃娃，如果不是千里奔丧，身上戴着沈先生的热孝，指不定我也会盟了誓，吃了咒，喝了闹红的酒。这个关节上，索乘恼怒地一挥臂，打断了对方的喋喋之词，顿了顿，忽然冲上前来，一把揽住梵义,搂在了怀里。

"梵义哥,胡家大大还好吧?"

"好着哪,还是老样子,一切都好。"答复道。

"嗯,那就好,抽了空,烦请你代我,给他老人家端上一碗开水吧。"索乘的头伏在了梵义的肩膀上,声音悲戚,悄语说,"河西司马,你和你的急递铺,你的那些游击,尽管去挣钱,去慢慢坐大,但千万别挡我的路。我刚才交代过了,我是革命的犬马,革命必须是冷酷的,六亲不认。"索乘使劲,贴住了梵义的胸膛,接续说:"但愿吧,但愿这一世里你我不要红脸,不要结仇,不要势不两立。"言毕,索乘松开了双臂,掉头跃上了坐骑。

梵义的怀里一下子空虚了,仿佛一块寒冰碎在了脚下。

卷三十七

冬闲时节，关外三县的农户们也不得消停，趁着党河的枯水季，筑渠、固堤、疏浚水道，便成了目下最紧迫的事情。皋兰坊的几家人成立了互助社，男将们在工地上忙碌，婆娘娃娃们则拉着架子车，在北大湖的清水坑子一带采沙。虽说毗邻鸣沙山，但鸣沙山上的沙子太粉，党河上下二十里之内的沙子又被采挖殆尽，于是瞄准了清水坑子。干完了上半天，娃娃们开始喊饿，几个女人便升起了半截子帐幕，用石头支起铁锅，点着了柴火。旗花面是前一天擀下的，女人们洗净了洋芋和萝卜，切成了疙瘩状，扔在沸水中。面叶子快熟时，又抱来了一只坛子，丢进去了咸韭菜和腌洋姜。今天没有肉臊子，肉臊子留给了正月里，下苦出汗时吃肉臊子，好像太过分了吧。娃娃们拖着白生生的鼻涕，筷子敲打着碗，挤在了帐幕周围。旗花面比拨鱼子、搅团和馓饭好吃，空气里的味道说明了这一点，傻子也明白这个道理。

倏忽间，一阵响铃传来，一辆麻布装饰的车轿，驶停在了路上。

天寒地冻的，这一带鲜有行人，挖出来的沙子就堆砌在路当中，阻绝了交通。瞭见来了生人，女人们赶紧熄掉火，扣上了锅盖，哄开了饿死鬼们，跑上前去处置。岂料，沙子带水，一眨眼的工夫就被冻实了，镢头刨开后，里头是白色的冰碴子。越急，手里头便越发昏聩，好像对付的不是沙子，而是一块铁板似的。赶车的小伙计跳下来，宽释说：不急，等中午日头大了，自然就晒化了，你们抓紧吃喝吧。让人一尺，心宽一丈，小伙计如此客气，女人们更是不敢怠慢了。车轿的帘子撩起后，一个戴着头巾、系着羊毛围脖的小妇人挪下了车，呵斥道：一点眼色也没有，咱们退回去吧，从前面的庄子里绕一下，别打扰了人家。小伙计牙齿很硬，申辩说：这么大冷的天，冻坏了两个公子，我可担待不起。妇人一刹那恼了，解下了头巾，詈骂道：坏天良的，有你这么弹牙的么？我养的是儿子娃娃，可不是什么太子和公子，往后少说这样的屁话。这个关节上，一个挖沙的女人丢下了铁锹，冲了上去，惊问说：天哪，你是性元吧？你是世兴堂沈先生的大千金，我认得你。性元踟蹰着，不说是，也不答否，眼前这么个荒天野地的所在，似乎并不是一个攀亲认旧的场合。这女人应该是火性子，呼哧一下蹲在地上，抱住了性元的腰，哽咽道：哎哟喂，听说沈先生下世了，我知道得太晚，没能去他老人家的灵堂上点一炷香，烧一张纸，愧疚到了现在，天老爷开眼，今个天碰见了沈先生的后人，我的眼泪刚刚攒足了一腔子，谁也别劝我。原来，这个女人几年前坐完了月子后，患上了一种奇异的怪症，不管何时何地，一直在打逆嗝，嘴巴时刻洞张着，昼夜无明地呻唤，连死的心也有了。吃了几十服药草，症状加剧时，婆家人抱着最后一线希望，将她送进了世兴堂。沈破奴仔细诊断完，断定病灶不在脏腑，而是在血液上，需要放血。这么着，女人在世兴堂内住了七八天，每日晚夕，沈破奴在她的指尖上放了血，滴在了一脸盆开水中，又拿着手巾浣洗几个主要的穴位。沈破奴是何等的人物，居然亲力亲为，大汗淋漓的，让病人一方面心里踏实，另一方面又坐卧不宁。吊诡的是，女人的逆嗝倏忽间消失了，像窗户上的霜花，晒了一下午的太阳，颊脸也滑润了许多，仿佛一指头能掐出水来。闻听了对方的哭诉，性元也陪着哀戚不已，仰看了一眼冷凝的天空，真是为父亲生前行下的那一桩桩善功骄傲连连。女人扇了自己一记耳光，自责道：哎呀，我这个贼婆娘，今个天素着手出门的，想给性元行一个礼性吧，兜兜里竟然连一颗瓜子也没装。

偏偏这时，两个儿子从车上下来了，小党喊饿，小河喊渴，拉拽住性元，嚷嚷着不想去南湖了，还是回胡家坊过年吧。挖沙的女人见状，忙揽住了两个清清爽爽的娃娃，带到了帐幕跟前，揭开锅盖，当即舀上了两大碗稠饭，一家一碗。饭是别人家的香，小党和小河端上了碗，吸溜吸溜的，在一大帮拖鼻涕的娃娃当中，不管不顾，咥得十分欢喜。女人又舀了一大碗，递给了性元。性元拍着肚子，声称早饭吃饱了，现在还没消食哪。女人拉下脸来，不悦道：庄户人的甜饭，没肉没油水，瓜子不饱是人的心么，你就权当我行了一个礼性吧，当年我住在世兴堂里，可没少吃你们沈家的饭呀。性元接住了，给两个儿子拨了一半，招呼大家一趟子来吃。见有了生人在场，又是坐着车轿来的，挖沙的女人们纷纷避开，娃娃们也跑去对岸滑冰了。性元的这半碗饭吃得难心极了，一味地赔着笑，但旁边的女人消停不下来，不是攥来了腌洋姜和咸韭菜，就是再添一勺子汤，慷慨得紧。

远处的土路上，响起了一阵子锣鼓和铙钹的声音。日光下，一支车队首尾相衔，从党河右岸的方向上驶了过来，慢慢地停在了胡家坊的麻布车轿附近。

性元瞭看了一眼，见车队中间的一辆马车上，驮运着一件三四米高的物体，一根根绳子上下捆扎着，勒在了车帮子上，稳住了平衡。物体的表面，先垫了一层棉胎，又用几条棉絮敷上了，头顶上挂着一条大红色的被面，十分喜乐。不用问，这一定是一尊新塑的佛像，要么去安置，要么去开光，敦煌一带时常有类似的车队，见怪不怪的。这一时，车上下来了几个人，穿着同样的羊皮袄，腰间系着颜色一致的束带，棉帽子遮住了鼻脸，开始跺脚，太冷的缘故吧。偏巧，其中一人滑倒了，栽下去的那一霎，性元发现对方的皮袄下穿的是灰色的袈裟，便料定他们是僧侣团，身上一定有秘密，不由得警觉起来。果然，一个肩膀宽大的汉子疾步走了过来，俨然是头领，冲着拿勺子的女人摊开了巴掌，央求道：

"这位嫂子，舍给我一口吃的吧？"

女人讶异道："乖乖，那么一大伙子人，全给了你们，只怕也不够填牙缝的。"

"呃，给我三根面叶子就够了。"哀求道。

"你看你，好端端的一个人，你就不能仔细说话么？"

性元抬起头，喟叹道："哎哟，可惜我已经动了筷子，不能唐突了佛事，这下亏欠大了。"又转向了女人，温和地说："嫂子，你就给他三根面叶子吧，不多不少，三根就够了。嗯，他们是僧侣团的，一路上要托钵祈福，三根面叶子便是三炷高香，佛法僧也就齐全了。"

"不，我们是还愿团的，并非僧侣团。"对方纠正道。

"反正都是和尚。"性元思忖，明明穿的是袈裟，却不肯承认，这里头一定大有文章。

"咦，这位小嫂子，你吃下枪药了？"

"你瞧，我吃的是旗花面呀。"

也不知咋了，性元的心中腾起了一股无名火，将碗递过去，筷子搅达了半天，邀请对方认清其中的内容。这名汉子解开了腰带，撩开皮袄的两翼，蹲了下来，盯视着性元，蓦地问：敢问，你是胡家坊的沈性元，你家掌柜的官名叫胡梵义吧？性元被当场认了出来，颊脸唰的一下红了。汉子审视了一番，又道：倘若没有猜错的话，这两个娃娃一个叫小党，一个叫小河，双双娃，一胎生下的。性元的表情忽地煞白了，抢下了儿子们手中的碗，一左一右，将他们揽在了胳膊下，遮护起来。汉子咧笑说：真是贵人多忘事呀，前不久，我还在安西县的法雨寺见过你和梵义，你当时正在给僧人们洗衣裳，你恐怕忘了？性元答：那不叫洗衣裳，那是供养。汉子点了点头，首肯了对方的说法，再道：哎呀，我跟梵义也算相识，虽不常见面，但我对他钦佩得紧，整个关外三县，包括这一条河西走廊上，谁不知道大名鼎鼎的河西司马呀。性元灰败极了，反诘道：我家梵义是一介俗人，靠着两条腿养家糊口，从不跟佛门中的人来往，他连一句阿弥陀佛都念不好，怎么敢去攀你这样一位高枝呀？汉子倒也磊落，从手腕上除下了两串念珠，分别戴给了小党和小河，哀恳道：乖乖，如此俊朗的两个侄儿，快让我行上一个粗陋的礼性吧，千万不要嫌弃了。如此一来，性元便不好意思夹枪带棒了，但是走又走不脱，横亘在道路当中的那几堆沙子尚未融化，拦路虎似的。

汉子探问说：嫂子，冰天寒地的，你这是带着两个侄儿去哪达？没准咱们还是一路，相互能结个伴，顺便送你一程呢。性元虽然讨厌对方鸡皮蛙脸的表情，嘴上却敷衍说：哎哟，你喊我嫂子，真是折煞了我，我这一趟只走牙长的那么一段路，肯定跟你们搭不上伴的，你们这是去哪达？汉子释解说：是这，我们要下河西，去一趟张掖城。当年我剃度出家的地方，正是张掖的金兰寺，我先前许过一个愿，将来一定要供奉一尊金身，现在好歹要兑现上，否则会遭天谴的。性元终于窥见了机会，喜悦道：呵呵，你们是向东的鹞子，我却是往西的麻雀，咱们不在一条线上，你们抓紧上路吧，别耽搁了佛事。咦，你们怕是要去南湖吧，去南湖的话，咋就绕到北大湖来了？汉子一时蹊跷，擅自决断道：嫂子，像你这么个走法，恐怕走到天黑，才能摸到南湖一带，不如这样，我派两个人骑马，先将侄儿们送去目的地，别冻坏了娃娃们。说着话，汉子伸出手去，拽住了小党和小河。这一霎，性元疯了，完全疯了，抓起屁股下的沙子，一把掷在了对方的鼻脸上，狂怒道：别碰娃，丢开你的爪子。汉子捂住了眼睛，嘀咕说：你看你，你看看你。

前日下午，性元在婆家的明屋里，监督着两个儿子温习完了课业，又各自默写了一篇诗词。小党和小河已经升入了县级初小，虽说成绩不赖，但放了寒假后，性元也不曾放松过他们。批完了卷子，居然没发现一个错别字，性元便有些欣慰，统共给了一角钱，让他们去坊口的担子货郎那达买两根冰糖葫芦吃，算是嘉奖吧。不巧，胡家坊的一个远房堂弟进来串门，寒暄了几句后，便拽上两个小侄儿，跑去党河边的冰面上打猴去了。打猴就是打陀螺，堂弟自然姓胡，又不是外人，性元也就痛快地答应下了，在胡同里追撵了一段路，再三叮嘱，一定要当心，别在河中央戏耍，就在岸边的水冰上意思一下。返回时，性元嗅闻到了娘家的院子里飘出了一股葱花和猪油的香气，便知道母亲又在灶房里忙碌，在烙娃娃们最爱吃的猪油盒子。性元冷不丁地钻进了灶房，吓了沈戴氏一大跳，滚沸的猪油溅在了她的胳膊上，疼得龇牙咧嘴。性元接过了锅铲和围裙，相帮着母亲，一边翻烙，一边说着闲章。

自从沈破奴下世，弟弟沈性真离家出走之后，沈戴氏几乎一夜白头，话也寡少了许多，总是喜欢一个人发呆。世兴堂虽然还在城内开着，但已无人坐堂，只对外抓药，仰仗的仍是以前的那几名老伙计，利润浅薄，刚刚维持住平衡，无非留下一个念想罢了。偶尔，也有病人寻上了胡家坊的门，央求沈先生开一张方子，沈戴氏尚未开腔，眼泪先流下了一缸，慢慢地，来的人也就稀了。瞭见母亲歇下手，坐在灶房门口晒太阳，性元夸赞说：妈，性真的确是一只慢熟的瓜，现在到底长大了，我已经托了好几个媒婆子，留心着给他说一门亲事哪。沈戴氏哦了一下，随即哑默了。性元又道：前些日子，我还碰见了陈家修书坊的老掌柜，对你的性真直竖大拇指，夸他天生就是一个修补书籍的好坯子，如今性真都带上徒弟了。沈戴氏哀怨道：兰州城那么远，修书坊的陈掌柜干么派性真去了这么久，他难道不知，性真是我心尖尖上的一根独苗么？性元明白，母亲的思念病又犯了，撒谎说：不急，等性真修完了兰州城肃王府拂云楼上的古籍善本，人也就该回来了，所以我得事先说下一门亲事，你就等着将来抱孙子吧。沈戴氏忽然一惊，鬼使神差地问：我的两个碎娃娃，小党和小河在哪达？性元妈呀一声，扔掉了锅铲，拔脚跑出了大门。

那一时，党河两岸罡风肆虐，天地肃杀，天上连一只沙雀子也不见。

因为冰面上落满了一层沙子，猴子打不成了，堂弟又惦记着沙州城里的一桩买卖，便将侄儿们送到了胡同口，叮嘱他们赶紧回家去，他自己则趸上了一条便道。禁闭了大半天，小党和小河这下子撒开了野，又跑回党河边，终于玩疯了，浑身汗津津的，也不觉得冷。不料想，两个娃娃用石头敲击着冰面，打算捉住一条小鱼时，突然间，头顶上飞过来了两只麻袋，兜头罩住了他们。小党和小河分别被扛在了陌生的肩膀上，一时间傻掉了，连喊的力气也没有，只感觉到自己轻飘飘的，往一派昏蒙里飞去。幸运的是，其中一个家伙摔倒了，麻袋也破了。小河懵懂地钻了出来，哇地尖嚎了几声，吓跑了扛他的那个人。小河瘫坐在地上，瞭见了哥哥，哥哥还在麻袋中，还在前头那个坏蛋的肩膀上，越来越远，越来越小。

性元恰是这时候出现的，闻听了小河的话，又顺着儿子手指的方向上一瞭，头发登时乍开了，身上燎起了一幕火灾。性元发足，拼命地追撵了上去，扯开了声嗓，呼唤着附近庄子里的人，以求援手。这个天气里，性元的哀嚎不过是脚下的落叶，无人在意，也无人赏识。

那一刻，性元知道，自己不得活了，万一小党有个闪失的话，今年的春节上，胡家的院子里挂的不再是红灯笼，将是一对引魂幡。天老爷在上，天老爷仁慈，天老爷总是在人们最绝望的一瞬，扔下来一根搭救的绳子，一架活命的梯子。不久后，装着小党的麻袋也被扔掉了，前头狂奔的两个人突然折身，跑上了党河的冰面，一道烟地跑到了对岸，消失不见。不因别的，只缘于这个关节上，平凉坊的路口出现了一支警察局的步警，沿河巡查着各个坊内护堤修渠的人们，生怕闹出人命来。性元跪在地上，解开了麻袋，浑身上下地检查了一遍儿子，一样不缺，一件不少，这才把心放在了腔子里。性元吞下一口生气，蓦地嚎哭了出来，一边哭，一边叫骂道：你们两个是我的小先人，我干脆供着吧，我当牛做马吧，求你们不要再吓唬我了，胡家顶门立户的杠子，将来还指望着你们来扛，千万别对不起高房子上的太老子。

梵义是前半夜回来的，瞭见女人一直在发抖。

性元一点也不客气，冷下鼻脸，扔了几个凉馒头，又伺候了一碗开水。梵义探问道：不舒服呀，今个天没开灶么？性元答：呵，你这么大的一个男将，早上走得比鸡叫还早，夜里回来得比鬼还迟，混了一整天，连自己的肚皮也填不饱，居然还口口声声地叫什么河西司马，真是糟践了这么个高贵的名字。梵义兀自嚼吃着，咧笑说：咋了，你跟那两个小贼淘气了？我告诉过你的，不听话就打，棍棒之下出孝子，这是千古而来的真理。性元哀怨着，不停地揪着自己胳膊上的肉，相告说：你仔细听着，你今个天差一点就见不到两个儿子了，幸亏……梵义大咧咧的：究竟咋了么，你看你哭丧个脸，好像娃娃们丢了，割了你这个当妈的心头肉似的。性元的眼泪下来了，哀告道：天哪，两个娃娃下午被歹人绑走了，幸亏没有得逞，胡家遭了恶咒，这以后要是被贼惦记上，肯定就像一团缠麻，将没完没了的。什么，被绑了？梵义愕然一惊，手上的碗碎在了地下。听见碗碎裂的声音，性元知道问题大了。

吹了灯，夫妻俩上炕歇息时，性元踹了几脚，不让梵义挨近。

其实，谁也无法入睡，在黑暗中瞪大了眼睛，盯望着仰衬纸，心悸不已。性元开腔道：你可别忘了我爸的教训，以前沈家的院子里怪事迭出，便是不好的苗头，现在世兴堂垮了，有名无实了，我怀疑这其中是有因果的。梵义劝慰道：外父已经升天成佛了，你别口无遮拦，惊动了沈先生的清净，照我看，这大不了就是野孩子们的闹剧，快过年了，性子都疯了，玩起来也没个规矩。怔忡一番，性元突然坐了起来，撕扯着头发，惊呼道：这会不会是歹人们绑肉票，请财神，瞄上了我胡家，盯上了两个娃娃呀？妈呀，梵海的那一折子戏，该不会重演吧？事实上，梵义早就内里不安了，但目下女人的忧心，又仿佛在他的肉体中灌了一桶子水银，沉甸甸的。梵义尽量稳静着，宽慰道：瞎说，净是些不打粮食的话，肉票轮不到咱们，财神也指定不是胡家，城里的大财东们拥金坐银，一个个明晃晃的，你别吓唬自己了。性元犹不罢休，拷问说：梵义，你是不是在外面结了仇，找下了冤家，他们惹不过大的，便要拿小的出气？梵义的头皮麻了，敷衍道：哎哟，我一个规矩的买卖人，我的鞋子穿得正，我才不怕哪。性元怨怼道：哼，我早就疑心你那个急递铺子，你跟孔大小姐一定有勾当，别以为我嗅不出来味道，要不是我被高房子上的病人拴死的话，我有心拆了你们的那个窝子。闻听此语，梵义勃然大怒：放肆，快睡你的囫囵觉吧，别像一个老鸹似的。谈崩了，加之疲累了一整天，性元很快发出了轻微的鼾声，声音煞是无辜。

后半夜，性元被摇醒了，油灯光明，丈夫笑眯眯地偎了过来。

梵义捧着一匹料子，绍介道：看我忘性大的，忘了给你说，是这，城里的天平街上新开了一家百货局，进的料子都是江南产的，也是上海目下最时兴的，我专门给你扯了一身，你过年穿吧。性元丢在了一旁，抿笑道：你个大贼，你这是给我灌米汤呀，还是在笼络我，你开门见山吧？梵义释解说：你看，这马上就要过年了，我真是腾不出手来，提前去南湖给舅舅行个礼性，问候他一声，你干脆代劳一趟吧？性元冰雪聪明，一下子豁然了，笃定道：我单独不去，要去也得带上两个娃娃，让他们去给舅爷爷磕头，去挣舅爷爷的压岁钱。这一份冥冥当中的默契，源自十多年以来炕头桌角上的滋润，来自夫妻之间的广大信任，彼此不挑破，也不摊牌，只需要一个眼神、一句字词、一种口气就足矣。梵义道：等天明了，我让苏食叔跑一趟南湖，去给舅舅事先知会上一声，给你们母子打扫出一间睡房来。性元果决地说：不必，我拿定主意了，我收拾上一天，后天赶早就出发，我也不打算走老路，我绕一趟北大湖，避开人们的注意，让两个娃娃把这个腊月和正月仔细过完，剩下的等开了学再议。梵义愧疚道：我不能送你们了，莫高窟那达还有一桩要紧的贸易，非我不行，我得过去一阵子，等元宵节之后，我亲自去南湖看你们。性元哑默着，一种失落的笑意，挂在了表情上。

　　一旦念及分别在即，梵义便再也忍不住了，一把将女人搂在了怀中，翻过身去，鼻脸埋在了性元的胸脯上。后半夜，梵义使足了力气，下足了功夫，让女人淌下了满满一炕的汗，欣快无比。这是长久未有的体验了，夫妻俩也感觉十分陌生。梵义刚刚睡着，胡家坊的公鸡们便开始陆续打鸣了，又赶紧穿衣下炕，趁早去打理沙州城的那几家店铺了。

　　此刻，性元犹如一只惊弓之鸟，急迫地问：你的眼睛咋了，你不会瞎吧？天哪，我的手太贱了，我真该剁了它。汉子揉摸着双眼，大度地说：小嫂子，你赐了我一场眼泪，我已经好些年没这样过了，你放宽心吧，问题不大，眼泪一洗，沙子也就洗干净了。

　　性元格外清楚，今个天的这一趟奔行，其实是逃亡之旅，容不得一丝半点的闪失。眼前，日挂中天，温度升了上来，但距离道路中央那几座沙堆的解冻，大概还要半个多时辰。这么着，性元的胆气再次膨胀了，天花乱坠地说：哎呀，你的这一番菩萨心肠我十足地领下了，娃娃们也领下了，下一次再报答你吧，真的不用送了，不劳诸位的大驾，再走上一段牙长的路，亲戚们就在路头上等着接人哪。性元眼眸一转，夸张地说：我那个亲戚呀，脾气暴得很，在十里八乡的地方简直就是一个恶霸，动不动就用拳头说话，吃牢饭吃惯了，县牢就是他的另一个家，我本来不让他来接的，可他偏偏不。汉子眨着眼皮，似乎沙子还没洗干净。性元迅速捕获了这个机会，质问道：咋了，你挤什么眼睛，你不信呀？不骗你，我那个亲戚可是猎户出身，早些年在当金山口抓过雪豹，在祁连山里杀过黑熊，至于擒个狐狼、打个黄羊什么的，等于他随便嗑了几个瓜子。咦，你可别瞪眼睛了，信不信由你，我那个亲戚的拳头比一只葵花盘子还大，铁匠用锤子，木匠使刨子，他只会用自己的拳头，一拳头砸下去的话，磨盘就碎了，石碑就裂了，如果是一个人的脑袋瓜，肯定会变成一锅浆糊。蓦地，性元被自己的虚张声势给惹笑了，故作镇定道：哎哟，罪过，真是罪过呀，关公面前耍大刀，鲁班门口弄斧锯，我在你们僧侣团的跟前这么说杀生，菩萨要给我降罪的。汉子肃穆着表情，呵斥道：呸，再说一遍，我们是还愿团，可不是什么僧侣团，你别乱嚼舌头。性元面露难色，探问说：这一个是手心，一个是手背，我一个妇道人家，哪能分得那么清楚呀。汉子忽地立起身，裹住了皮袄，系上了束带，打算离开的样子，讥讽说：呵，梵义是堂堂的河西司马，嫂子你也是念过书的文明人，分不清这两样，岂不怪哉？末了，又不忘释解说：你这次记住了，还愿团请的是佛，僧侣团带的是钵，还愿团一路上受人礼遇，僧侣团只能遭人白眼，这便是区别。言毕，折身而走。

这个关节上，从北面的方向上传来了一阵急遽的马蹄声。

刹那间，一头一尾，两匹快马疾驰了过来，人立在了沙堆前，被当场拦挡下了。性元怔忡地发现，蒋斧和卡利班双双跃下了马背，蓬头垢面，浑身狼狈，正打算跟还愿团的人理论几句，请对方让开一条孔道。性元急了，一个蹦子冲了上去，搡开了前面的那个汉子，直接站在了自家的车轿旁。胡家坊的小伙计蹲在车轮下，嘴里正啃着一只冬果梨，沮丧地看见，女掌柜的巴掌扇了过来，一把打掉了果子，撕住了他的嘴。性元尖叫说：哎呀，你个不争气的货，这一路上你到底偷吃了多少，不是点心，便是果子，这都是走亲戚的礼当，你让我的脸往哪达搁么？小伙计无辜极了，又争辩不得，不明白女主子的这一股邪火所为何来。蒋斧见状，一道烟地跑了过来，未及开口，却闻听性元压低了声嗓，交代说：别吱声，你和卡利班将这一帮贼和尚尽量拖住，我跟娃娃们先走，等拐过了前头的岔路口，也就万事大吉了。性元佯装大怒，继续扯住了小伙计，教他怎样做人，如何才能地道，唾沫星子几乎快干了。蒋斧一时间警觉了起来，也不敢懈怠，忙率上了卡利班，只用了一袋烟的工夫，就将那几座沙堆迅速刨开，廓出了一条车马道。蒋斧丢下了铁锨，又跑过来劝架，好歹分开了彼此。蒋斧悄声问：少女主，你们这是去哪达，我们两个护送一程吧？性元抱着小党和小河，先后上了车，答复说：放宽心吧，我手里还攥着一把沙子哪，谁不顺眼，我就不客气。帘子落下后，蒋斧一头的雾水，嘀咕说：沙子？

另一厢，卡利班已然获知了蒋斧的意图，待胡家坊的车轿驶离后，忽然打了一声呼哨。吊诡的是，呼哨一响，卡利班的那一匹坐骑仿佛接到了令旗，筋脉抖擞，扬鬃曳尾，居然像一面宽大的山墙似的，慢慢地卧在了车马道的中央，再一次断绝了通行。其实也不必着急，还愿团有他们自己的一套独特仪礼，那个挖沙的女人开了心窍，终于施舍出了三根面叶子，被那伙人供奉在了外表模糊的佛像前，当成了三炷高香，集体诵念了一段经文。

蒋斧瞭见，少女主性元的那一辆车轿拐过了北大湖，掉头南下，彻底消失后，这才安下心来。蒋斧吆喊着卡利班，准备策马离开时，却见还愿团的头领径自走了过来，冲着自己一抱拳，探问道：二位兄台，你们这是回沙州城吧？蒋斧点头，闻听对方说：恰好，我这达有一封急信，能否烦请兄台，顺路捎给城东的谭家大院？蒋斧接在了手里，反问道：

"听口音，你也是敦煌人？"

"正是。贫僧竺法歌，来自莫高窟的开元寺。"

状告信一式两封，索乘换了好几种字体，誊抄了一下午，终于结束了。

写废的纸张扔了一地，指头上全是墨，索乘刚要去洗手，却改了主意，全部拾了起来。炉火正旺，索乘揭开炉盖子，一页一页，慢慢地将这些字纸喂入了火舌，发现它们蜷曲成了一卷卷白灰，沉在了炉膛中。在焚烧的过程中，一颗颗墨字先后失踪了，跨进了幽冥之境，无迹可寻，这恰是索乘需要的结果。或许，这是索乘迄今为止最大的秘密，不足与外人道，自然也不能泄露出去。两封状告信内容大体一致，只换了抬头，一封寄往甘肃省府，另一封致南京中央政府，检举敦煌现任县长李肖鹏擅离职守，理想灭失，抛下了数万敦煌百姓，辜负了国家和领袖的冀望，实在有违一个革命者应有的行为规范和道德良知。

李肖鹏的不告而辞，完全出乎索乘的意料，也让他感觉到了一种被背叛的耻辱。为了惩罚自己，索乘饿了三天，粒米未进，只想在越饿越清醒的状态下，寻获对方叛逃前的一些蛛丝马迹。但是，索乘搜肠刮肚了三天，不曾确定任何一条实质性的内容，李肖鹏竟然像敦煌六合班的一名头牌，唱念做打，起承转合，一切都做得行云流水，找不出一丝破绽。这么着，索乘深信，李肖鹏自打就任的第一日起，便做好了东归的筹谋，早一天、晚一天，又有什么差别呀。索乘差人打开了县长的办公套间和寓所，凡是私人物品，一概被李肖鹏带走了，包括墙上的那一只镜框。李肖鹏曾说过，那一张全家福是在南洋的热带雨林里照的，无论他走到世界的哪个角落，一直都随身携带着，以期慰藉身心。索乘抚摸着墙上的那一块白斑，渐渐地笃信，这个花花公子不会回来了，敦煌只是他散心的一个所在，沙州城如今就像一只穿破的袜子，扔了也就扔了，毫不惜疼。在坚定的革命者索乘的眼中，李肖鹏的这一行为，首先是对自己的不信任，是对书记长的戒备与打击，其次才能上升到对革命的叛变。索乘暗自惊魂，李肖鹏彻底绕开了书记长，只知会了田虎子一人，让警察局派员，将其一路护送至张掖城。在这个过程中，索乘始终被蒙在了鼓里，一念及此，他的牙齿都快咬碎了。

事实上，县长李肖鹏并未席卷一空，连夜遁逃，而是留下了一封信、一双新靴子和一截绳子。敦煌今年下第一场雪的当日晚夕，索乘一共接获了两封信，一封就摆在案头上，是李肖鹏致书记长的，另一封则走了军邮，由当地的驻防营转来的。瞭见是公函，索乘赶紧拆开了，得知一个各界新疆慰问团将于开春时节取道敦煌，进入猩猩峡以西，甘肃省府责令敦煌，务必要尽最大的善意，做好此次接待事宜，以全新的社会风貌，争取给每一位团员留下美好之记忆。相较于公函，李肖鹏的信件却显得轻松俏皮了许多，私相授受，将一切公务悉数移交给了书记长，由索乘全权代理县长一职。在信的末尾，李肖鹏幽默地写道：君住瀚海头，我住长江尾，日夜思君不见君，共沐一轮共和之清辉。索乘打开了抽屉，拿出来印把子，哈了哈气，直接盖在了李肖鹏的信纸上，并捉住墨水笔，额外增加了一款落尾：准奏。

但是，当索乘获知，李肖鹏此番东归，还带走了那一部公家的电台时，便感觉一个厨子被砸掉了锅灶，一个画匠被收走了墨笔似的，内里腾起了一阵阵怒火。这种怨怼上升到了仇视，又慢慢地尖锐成针，终于不可遏止之后，索乘遂落实在了纸面上，推敲再三，分别撰写了致兰州和南京两地的状告信。草稿焚化后，索乘净完手，将两封信塞入了信皮，仔细地装在了口袋中，打算出门一趟。索乘决定，为了防止万一，如此重要的内容绝不能走军邮，急递铺恐怕是唯一的选择了。

这一时，门口的卫兵喊报告进来，提醒书记长，敦煌文和事老协会会长连公子一行，已经在县府内静候多时，可否一见。索乘斟酌一番，蓦地想起了一件事，立马松开了风纪扣，决定见。索乘暗说，在下正想吃肉呢，结果送来了一桌满汉全席，那索某也就不客气了。

连公子并不是单独来的，身后还跟着汤世瓶，分别站在了索乘书记长的面前，依次致礼。寒暄了几句，连公子使了个眼色，汤世瓶忽然攀住了索乘的胳膊，拖曳着哭腔：长官，在下不得活了，这一具热身子就捐给县府吧，是杀是剐，全凭你一句话。索乘大为不悦，挣脱开来，脸色像一块墓碑。连公子帮腔道：长官，这汤世瓶现在就像一桶子火油，谁也劝不住，我只好领到了你面前，交给你，你拾掇他一顿吧，只有你的话权威。索乘哑默着，又听连公子说：这个贼，如今赔了夫人又折兵，人财两空，他居然扬言要在县府的门口自焚，给书记长你一个难堪，所以……索乘愕然极了，这才注意起了表情猥琐的汤世瓶，忙探问缘由。

"长官，瓦姑娘跑了，我的心快塌了。"哭诉道。

"谁？"

"瓦莲娜，那个爱喷香水的洋婆子，当初是汤世瓶从俄境那边领回来的，这些年来他俩一直举案齐眉，相敬如宾，这下子跑了，留下一张字条就跑掉了。"见索乘犹在狐疑，连公子释解说，"瓦姑娘就是在罂粟花田的舞会上，大出风头的那一位，长官。"

索乘答复道："人口失踪，那是警察局的事呀？"

"长官，瓦姑娘可是被县长拐跑的，李肖鹏那个贼娃子带着瓦莲娜去了上海，这一定是事先筹谋好的。"汤世瓶泪水敷面，一种深刻的屈辱感攫取了他，悲哀地说，"身为天台大人，一县之长，李肖鹏竟然抢夺人妻，霸占民女，我这一世的路断了，我干脆点了自己的天灯吧。"

"你姓汤，你点不着的。"

索乘幽默道，内里忽然打开了一扇明窗，窗口内笑声盈盈，难以自禁。索乘立时明白，这两个家伙不是来点天灯的，实则是来送礼的，这个礼其实是一颗致命的子弹，足以将李肖鹏击毙，葬送了他的一切。索乘窥见了一线机会，机会仿佛那一扇明窗，随时可能关闭。这么着，索乘喊了肃静，令卫兵拿来了一件包裹，当场打开，将一双新靴子、一截绳子搁在了桌面上，探问说：县长临走之前，收到了这个，我思想了多日，这明明是他订购的靴子，干么不穿上它出门，这一截绳子又意味着什么？书记长不耻下问，连公子便不敢怠慢，捧住靴子，上下左右查看了一遍。靴子是牛皮的，散发着一种硝石味，针脚细密，做工精致，缺憾的是一无工坊的名号，二无任何店铺的徽章，真所谓野鸡无名，草鞋无号。末了，查看到了鞋底子时，连公子瞧见了两枚火印，顿时开了窍，忙指给了书记长瞧。索乘发现，左脚的这枚火印有四颗字：敦煌百姓；右脚的则是：莫高禅林。索乘一时难解，忙询问说：唉，兄弟我少小离家，在外漂泊了十几年，对敦煌的一切已经淡忘了许多，这到底什么意思呀？连公子款然一笑：滚蛋，寄这一双靴子的意思就是让他滚蛋，越远越好。索乘再问：绳子呢？这一刻，旁边的卫兵插嘴说：简单，不滚就吊死他。

上了盖碗茶，索乘心绪大好，分别给客人们的碗中各丢了一块冰糖，又绍介，此乃云南下关发来的新春尖，最好趁热。连公子说：长官，这一文一武的两件礼物，足以代表了敦煌全境与僧俗两界的共同心声，可见李肖鹏在他的这一任上，早已是人神共愤，天怒人怨。索乘暗忖，李肖鹏之所以率着那个洋婆子连夜遁逃，一定是受到了这一根绳子的惊吓，那么对方蒙蔽自己，也便有了合适的理由。念想起那个花花公子，那个毫无作为的顶头上司惶惶而走的场景，索乘清楚，敦煌的这个戏台子，业已清扫干净了，只等着自己去粉墨登场。但索乘是一个革命者，早期的颠沛，仕途的坎坷，已经磨砺出了他沉静和老练的秉性，神挡杀神，佛挡杀佛，自然成了他目下所恪守的信条。

索乘反诘道：难道，这两件礼物不是你文和事老协会在背后撺掇的结果么？我身为书记长，倘若连这一点也勘不破的话，岂不是枉费了我的革命生涯？连公子更干脆，一手捂住了心口，另一只手指天盟誓：长官，这都是敦煌百姓、僧俗两界的自发行为，与本协会一概无关。假如当初由本协会做主，就不是寄一双破鞋这么简单了，我至少要杀进兰州城去，闹出一个天大的动静不可。索乘哄唆说：呵呵，据称你是沙州城，乃至关外三县最著名的一只喇叭，你的话，兰州和南京两地能听得见么？连公子拍着腔子，慨然道：长官，你可别小觑了在下，连某人的身后，站着敦煌二十三坊的头面人物，也站着整个沙州城内的各家行商坐贾。我决定了，本协会将联名具状，向省府和中央状告李肖鹏，请求将其截停在半路上，一则押解回敦煌受审，二者，敦促李肖鹏从速归还瓦莲娜，尽快让那个洋婆子囫囵着回来，以免败坏本地的声誉。炉子上的那一壶水开了，索乘续了茶，亲自端给了连公子：

"不过，眼下倒是有一个不错的机会。"

客人们巴望着。

"是这，时间大概在开春前后，将有一个各界新疆慰问团从河西过来，在敦煌休整十天半月，然后再去迪化。这是中央和省府殊为重视的一个特别代表团，团员都是当今社会各界的门脸之士，大多是领袖的信徒，天子之门生。这个机会千载难逢，不仅是我，也包括你和贵协会，一定不能错失了它。"这一刻，在索乘的心中，已然出现了一盘缜密而成熟的棋局，笃定道，"索某不才，我想借着这一场东风，让沙州城革心换面，以良好之风气、清吉之面貌，呈现于世人的面前，令整个中华民国刮目相看，让敦煌不再沦为一片废土之地。"

连公子嘻然："长官，你的这一番拳拳之心，令在下钦佩不已。"

"可惜呀，我的这个说法，只是一番空想罢了。"

"怎么？"

"唉，我的手被打住了，实在是有心栽花、无力买苗呀。也不瞒你说，省府拨付的经费迟迟不到位，整个县府和警察局的薪饷也拖欠了两个多月，我刚才的话只怕是自弹自唱了。"索乘蓦地抬头，盯视着对方，直率道，"或许，贵协会和连公子可以助我一臂之力？"

连公子一怔："长官的意思是？"

"我需要三千大洋，至少。"

苦笑着。

"连公子，我还记得贵协会今年开风气之先，率先倡议，在陇西、平凉和天水三个坊大规模地种植了罂粟，产量颇丰。我又听李肖鹏多次介绍，浆液成膏后，鸦片上乘，想必你们也是盆满钵满、金银满仓，这个春节肥实得一塌糊涂吧？"索乘清楚，只有使劲拧，手巾里才能拧出水分来。又道："不过，按照中华民国的律法，以及敦煌本地的规章，罂粟属于禁绝植物，也是一种披上了恶咒的草木。等过完年，开了春之后，城外二十三坊的田地里能否再长出一棵罂粟来，恐怕还两说吧。"

"长官，你不愧是义庄的后人，你太谦逊了。"

"这话怎么讲？"

连公子慷慨道："我以文和事老协会的名义，捐助县府五千块大洋，以正月底为限。"

"那我以茶代酒，先谢过了。"索乘道。

将近一个时辰后，连公子终于咥饱了，满头大汗，但桌上的胡锅子还剩下一半。窥见对面的汤世瓶始终停箸未动，鸡皮蛙脸的，连公子也不想搭理，又拿起几根麻花，打算掰碎在汤汁中，再吃一碗。这是临近草场的尚老西胡锅子店，鸡汤浓，粉条多，每根麻花大概有胳膊肘那么长，尤其是店主舍得放胡椒，在这样寒凉的天气中，深受顾客们的赞誉。两个人要的是单间，只有一张桌子，门一关，避开了大堂内的喧嚣。因为烟气太重，连公子打开了窗户，不仅通风透气，还可以瞭见冬日黄昏下的一幕幕街景。东侧的巷道尽头，便是他自己的家，如今引人注目的连府。

连公子刚要掰麻花,汤世瓶忽然伸手拦住了他,发问说:咥饱了吧?对方点头:咥饱了,我这是在伺候你。哼,你咥饱了就好,脑子里也有劲了,那我要问你几句话,汤世瓶蹙紧了表情,哀告说。你个驴日的,刚才索家的那个贼明明在给你上螺丝,在讹诈你,在戏耍你,你不但没识破,还蹬鼻子上脸地答应了,将大家全部装在了枷锁中,你究竟安的啥心么?连公子搁下麻花,打出了一串肥腻腻的饱嗝,答复说:伙计,你要不是一个麻眼,你刚才一定瞅见了,人为刀俎,我为鱼肉,我当时有申辩的余地么?如此深奥的话,令汤世瓶一时费解,啪地一拍桌子,怒斥道:狗儿子,你我这一趟去县府里哭庙,本来是向索乘那个贼娃子要人的,李肖鹏拐走了瓦姑娘,公家输了理,可你倒好,人不但没要到手,反过来还千承诺万答应的,你以为你开了钱庄,你挖了金矿么?连公子抓起窗台上的一只笤帚疙瘩,掰下一根草秸,一边剔着牙齿,一边冷笑,煞是不屑。

瓦姑娘的失踪,在谭家大院内引发了一场歧义,至今难以定论。

事发的前一日晚夕,县府派来的一辆车轿照例停在了门端里。响铃传来后,瓦姑娘来回奔波了几趟,将大包小包的装在了车上,好像在搬家。一只板凳的腿三长一短,汤世瓶找见了锯子,将板凳踩在了脚下,打算取平,恰巧嗅闻到了一股香水味。瓦姑娘喷完了香水,随手将瓶子递给了汤世瓶,叮嘱说:快帮我扔了,小心别让狗吞下去。汤世瓶掂了掂瓶子,果然空了,当即一甩手,隔墙抛了出去,揶揄道:我也是一个瓶子,你将来把我用光了,我的下场恐怕也不妙吧?瓦姑娘揪住了对方的颊脸,宽慰说:当然不会,那个是玻璃的,而你是肉身的,就好比我叫瓦莲娜,可我也并不是一块屋顶上的瓦。汤世瓶简直被这种生动而妩媚的说法陶醉了,越发觉出了瓦姑娘的成熟,手一扣,捂在了对方的胸脯上,款然道:吃了好些天的素了,你这个家伙都小了,过一会我去买只烧鸡,等你回来后,咱们喝一点苞谷酒吧?瓦姑娘道:不行,最近县府里来了好几个商团,听说每一个都大有来头,县长要分别款待,邀请我去作陪,光衣裳就带了好几身哪。汤世瓶拍了拍女人丰硕的尻子,督促说:快去吧,李肖鹏既然好这一口,你就得听丁掌柜的话,多给他灌一些米汤,一定要将他攥在手心里。

　　后来，汤世瓶抓住板凳、开动锯子时，忽然发现，其实瓦姑娘的腰身和尻子，像极了这一个四四方方的板凳，有棱有角，宽厚踏实。意外发生了，汤世瓶锯了若干次，四条腿始终也取不平，最后竟彻底报废了，用斧子将板凳砍成了一堆烂劈柴。那一刻，汤世瓶也未曾料到，这是一个不祥之兆。

　　次日黄昏，县府的车轿又来了，却没有捎来瓦姑娘，整个宽大的轿厢内空空荡荡，残留着一丝若有若无的香水味。车夫从怀里摸出来一封信，声称这是瓦姑娘临走前亲口交代的，让他务必在这个时辰上，送达汤世瓶的手中。料知有变，汤世瓶一时惊魂，探问说：你实话告诉我，我那个洋婆子是被土匪请了财神，还是被敦煌一带的白军绑了肉票？是让我掏钱赎人，还是等着我去收尸？车夫倒也不隐瞒，相告说：昨日晚夕，我从谭家大院接上瓦姑娘之后，实际上并没有去县府，直接送她到了东门外，与县长会合了，听说他们连夜下了河西。打开了那一页纸，汤世瓶看见了几行漂亮的墨字，瓦姑娘说：汤，很久以来，俄罗斯太冷了，敦煌也太冷了，我现在想变成一只天鹅，飞向温暖的南方，再见。车夫告辞时，忽然想起了什么，又从口袋里摸出了一卷布，声称这是瓦姑娘赠送的，让他留作纪念。汤世瓶解开了束绳，瞭见是一把小眉刀，恰是瓦莲娜当年从俄境带过来的，依旧寒光烁闪，锋利异常。

　　跑去通报时，丁荣猫和连公子正在热炕上喝酒，扔了一地的羊骨头。

　　这些日子，连公子也是有家难回，一肚子的苦水。城外三个坊的农户们昼夜更替，围住了他的府邸，要求兑现鸦片钱，否则就上演一场武戏，拿人抢财。连公子知道，自己不过是一介傀儡，真正的主心骨仍是丁荣猫，所以他一直避难在谭家大院内，盘桓不去。喝酒的间隙，连公子悉心观察，丁荣猫既无焦躁，也不哀叹，一直沉稳如磨盘，便料定对方一定在下一盘很大的棋，真应了那一句老话：宁可十年不要将，不能一日不拱卒。既然皇上不急，太监急了也白搭。这么一思想，连公子便宽释无比了，将整个谭家大院当成了一座酒肆。连公子抓住了那一页纸，瞄上一眼，蓦地大笑了起来，夸赞说：好一个司马相如，好一个卓文君，单凭着他俩的这一份胆气，敦煌六合班简直可以散伙了，各逃性命去吧。这一时，瞥见汤世瓶手里的小眉刀明晃晃的，连公子又改口道：的确，这个洋婆子变了心，肯定回不来了，这分明就是县长李肖鹏的手迹，一对狗男女双飞双宿，等到了江南，恰好又是烟花三月的季节，真美死了他们。连公子添满了一碗酒，劝慰道：哎哟，再好的女人也不过是一件衣裳，破了烂了，你再去扯一匹料子吧，只有弟兄们才是一条船上的伴当，生死的光阴中，一搭里挽着手，你千万别跟死了爹丧了娘的那样，让我的心里头起鸡皮疙瘩。汤世瓶忆想起了瓦姑娘曾经的一句话，她当时说，我未必会拴在你的裤带上，我随时会喜欢上别的男人。这个洋婆子，如今终于兑现了。汤世瓶恓惶道：母狗，我维她维了十几年，结果维出了一肚子的苦楚，现在指甲和肉分开了，我也就不疼了。三碗之后，汤世瓶果真收住了眼泪，截铁道：只要这一把眉刀在，啥也难不倒我，我去伺候城外的那些罂粟先人吧。

呵呵，这下子妥了，咱们终于在眉毛里蹚开了一条路。丁荣猫兀自鼓掌，一幕喜悦的表情挂在了鼻脸上，又吩咐说：你们抓紧去县府，去找书记长要人，一个以文和事老协会的名义，另一个以绝户头的身份，讨要洋婆子只是个幌子，主要去给义庄的二少爷一个难堪。汤世瓶不解：瓦姑娘是县长拐走的，李家的欠账，你现在却问索家追要，这明明就是两条道上的车呀？丁荣猫嘻然道：瓜尿，这根本不是谁家的事，这是公家的欠债，公家亏了人，公家愧对天良，公家输了天理人伦，你们这一去，恰好给了索乘一个台阶，一个亮相的借口，顺便也就开出了一条路。连公子异议说：哼，索乘那个贼水米不进，六亲不认，一向以革命者自居，只怕是去了，连县府的门也不让进。丁荣猫揶揄道：你记住，那些越想干净的人，越好面子，心里头也就越难为情，革命者尤其如此，千万别被那些贼的天花乱坠给迷惑了。连公子附和道：丁掌柜说的在理，我们准备一番就去哭庙，探一探虚实。末了，丁荣猫再次叮嘱说：是这，先让他吃一点甜头，甜头和罂粟花一样，会让人上瘾的。

此刻，汤世瓶终究是气不过，埋怨说：五千块大洋呀，整整五千块，你长的是嘴，还是鸡尻子，一吐口便许诺了一座金山银山？妈的，现在就算拿上十把镢头，把谭家大院翻个底朝天，把你我和丁掌柜大卸八块，也凑不够这其中的一成。剔完了牙，又漱了口，连公子说：这就叫甜头，索乘今天尝到了这个甜头，将来就会把他的户头，主动挂在谭家大院的伙食账上，你等着瞧吧。哼，我等着哪，我等着你被那一只猫剥了皮，抽了筋，沤成了粪肥，汤世瓶反诘道。连公子立起身，掸了掸身上的灰，朝门外吆喝了一声，又快慰地说：我呀，我现在好歹知道了杨修是咋死的，在这个人世上，光卖嘴还不行，卖嘴也得靠本钱，否则你的牙齿不硬，话也没人信。这么着，连公子抽出了一把白扇子，唰地打开，哼唱了一段《空城计》：我本是卧龙岗散淡之人，在茅屋苦钻研博读古今，刘皇叔顾茅庐御驾三聘，我断定汉家业鼎足三分，闲无事在城楼饮酒奉琴，我面前缺少个知音之人。

瞭见掌柜的闪身入内，连公子停下了哼唱，吩咐说：尚老西，我这位伴当今个天胃口不佳，有劳你辛苦一趟，将这半锅热鸡汤，这半碟子麻花，一趟子送到我府上去，可怜了我那个婆娘，还有那个瓜儿子，一定饿了许多天了。尚老西摇头，咧笑说：哎哟，这个腿我不能跑，我上有老，下有小，我还想多活几年哪。咋了，你以前不是一直想结交连府么，我说话成唾沫了？连公子质问。尚老西躬身一揖，答复说：别误会，小的确实没这个意思。我发个慈悲心，也奉劝连公子最好别在这一带露面，从草场到连府门前，全部都是向你讨债的人，倘若被发现的话，他们十有八九会当场撕了你，快走吧，我带你去后门。走了一截，连公子心生感激，央告说：真是对不住，今个天的这顿饭也得挂在账上了，等我将来……

"呃，账结了，以前的也全部结清了。"

连公子讶异道："太稀罕了，谁施舍的？"

"是这，店里刚才来了一个醉醺醺的游击，说在窗户上看见了你，自称是你的联手。他很大方，二话不说，掏出一大堆现钱来，统统结清了，你就放宽心吧。"尚老西推开了后门，礼让客人们出去，又补充道，"连公子，那个游击特地让我转告你，二月二龙抬头的那一天，你们带上家什,去北疆的查干淖尔会面。"

查干淖尔,连公子哑摸着这个陌生的地名。

卡利班牵着两匹马,刚进入岔路口,发现蒋斧独自站在急递铺的门前,嘴里嘟哝着。

薄暮沉降下来,落在了蒋斧的脊背和肩膀上,显得骨骼陡峭,身形瘦削。本来,游击们办完每一桩贸易,返回沙州城后,一般会将坐骑送入急递铺后面的马院内,先伺候哑巴伴当,然后再料理个人的吃喝。这是一套古老的章法,人可以被慢待,但牲口是活命的本钱,你如果焐不热它,它也就三心二意了。一个时辰前,两个人策马进入了西门,卡利班的懒病忽然犯了,不准备再去照料牲口,打算去一趟洗马房,花钱来替换一下自己。蒋斧痛快答应了,支了钱,将胯下的坐骑交给了对方,便单独去了急递铺交割手续。这一趟真是一言难尽,蒋斧觉得身上起码掉了十斤的肉,卡利班也好不到哪达去,脖子像一根鹅颈,颧骨凸出,眼窝塌陷,跟一只白骨骷髅没什么两样。在洗马房,两匹马更换了铁掌,梳洗一新,又各自吃下了一大堆草料和豌豆,饮了一肚子的水,现在打着饱嗝过来了。

卡利班将缰绳递上,挣扎着半截子舌头,喜悦道:哎呀,你见到少东主了吧?小婶子呢,她还好么?我快想死她了,我不想别的,就想听她当面骂我一顿,我的皮肉就舒坦了。蒋斧接住了缰绳,回说:唉,改天吧,只怕今个天你是见不到了,少东主和执臣好像要出一趟远门,三言两语就把我打发了出来,我连一碗开水也没喝上。卡利班问说:那项楚呢,昆莫呢,茹老二和李无亏呢?他们在不在马院里,咱们干脆去吹牛吧,坐在热炕上吹一夜的牛!岂料,蒋斧抚着坐骑的鼻门,哀戚道:他们还在路上哪,这么冷的天气,一定遭罪不少,这就是游击的命,是命躲不过,谁也没办法,只有接过来扛在肩上,一辈子扛到死。闻听语气不对,卡利班失笑道:老鬼,你刚才吃惩牌了吧?蒋斧苦笑:你个碎尿,这一趟的贸易折了,全赔进去了,倘若不吃惩牌,那么急递铺就乱了章法,也早该关张了。唉,折上一桩贸易,当事人必须吃十张惩牌,这一年的辛苦也就全砸进去了。卡利班摊开手，直率道：有我一份，我也不能瞌睡装死，你干脆匀给我五张吧，兄弟我担待得起。如此激越的伴当，慷慨的义气，让蒋斧的内里登时生起了一堆肆意的篝火，感觉不再寒彻。蒋斧戏谑说：算了，惩牌你就不吃了，小心你的舌头，本来就短了一截，万一被硌坏了，我于心何忍呀。见对方仍在执拗，蒋斧便说：惩牌不好消化，我干脆请你吃一碗羊肉臊子面，咱们去辛仗和面庄吧？卡利班大喜：哎哟，馋死我了，我的口水快掉在鞋面上了。蒋斧随顺道：你尽管咥。

拨马离开前，蒋斧特意回眸，盯看了一眼急递铺，院门紧闭着，店铺的门板也上得严严实实，一派悄寂。门框上悬了一块牌子，上书一行白粉字：歇业十五日。

其实，在蒋斧到来之前，另一个客人刚刚走出了院门，穿过了岔路口，直奔警察局而去。蒋斧钉在了地上，惊愕地发现，那家伙居然是田虎子。店铺关着，田虎子并非去投邮，多半是去做客。一念及此，蒋斧的身上便开了锅，疾步跑上去，开始砸门。梵义刚送走了田虎子，还来不及喜悦，听见门响，又折转回去，抬起了门杠。蒋斧冲了进来，怒容满面，一把将梵义拽到了墙角下，喝问说：少东主，我刚才看见了田虎子，你简直太大意了，你这不是开门揖盗、摆酒请贼么？梵义懵懂着，回说：田虎子是来过，只不过喝了一碗茶，闲章了几句罢了，他最近时常跑过来，那我总不能装聋作哑，一点礼性也没有吧？蒋斧一下子觉得问题大了，声调陡升：少东主，你可以谋天，可以谋地，也可以谋万贯家财，但你偏偏不能去打官府的算盘，因为你不是你，你是整个急递社的化身。这么一盆子凉水兜头泼来，梵义愈发地不解了。蒋斧逼问说：当年咱们结社邑义时，就已经盟过誓，吃过咒，急递社的这一本账，绝不能跟官府的搅达在一起，车走车道，马走马路，莫非你忘光了？梵义一时难以申辩，遂苦楚一笑：田虎子是来串门的，病人还在炕上躺着，再说二棍子不也是公家人么，总不能因为他端着警察局的饭碗，小婶子就不救他的命，让他横尸街头、死无下落吧？蒋斧气坏了，怨怼说：哼，你少在茶碗里倒醋，这原本就是两回事，二棍子是生死兄弟，是左右手的伴当，可田虎子却是笑面虎，将来一定是仇人，你就等着印证吧。

双方的口舌中都灌满了火油，各不相让，眼看着这一通抢白势必会燎原起来。这个关节上，孔执臣闻声出来，跟蒋斧打了一声招呼，后者却并不应答，气呼呼地扯下了墙上的一条手巾，钻进马院里洗漱去了。孔执臣假嗔道：你看你，人家刚从远路上回来，一口水也没喝，这一趟肯定遭了罪，脸色像一沓子黄表似的。梵义面呈愧疚，赶紧抱起一捆子劈柴，跑进灶房里烧水去了。

孔执臣跟了进来，拾了一碟子花卷，拿出一碗剩菜，煨在了灶火旁。梵义哀告说：我现在就像风箱里的一只老鼠，两头受气，这边不能给急递社的自己人明说，那一边又得小心翼翼，掩人耳目，尽快将伽蓝密室中这么些年积攒下来的宝物运输出去，真是犯难呀。孔执臣附和说：的确，这下面成千上万的佛经、文书和卷子，每一页纸，每一根笔画，每一个包袱卷，都浸满了你和我的心血，但也成了我的一大心病，惶惶难安，心惊肉跳。稳静了一下情绪，又道：毕竟，佛陀的要还给佛陀，菩萨的要交给菩萨，莫高窟的一切宝物，最好由千佛灵岩去珍藏最好，其他任何人、任何的地方都不配。现在的这一座伽蓝密室，虽说也是咱们的供养之所，但可惜的是开在了沙州城这个红尘凡世的脚下，如若再不抢运出去，或许也有大不敬之罪。梵义点头称是，突然开怀大笑了起来：

"执臣，一定的，一定是上佛听见了你刚才的话，所以提前派了田虎子来，给咱们开了一扇小门，指了一条秘径，这几天将会全美了咱们的心愿。"

"不，上佛固然慈悲，但我更相信人心，也相信一个人在困境之中的追取。"

梵义道："这伽蓝密室，几乎是半个藏经洞呀，没有了佛祖保佑，如何能抢救下来？"

"不错，这恰好印证了那句老话，可以照佛的话去听，但不能照佛的话去做，虽然这听起来有点大逆不道。"孔执臣的这一番言辞，带着她长久以来的肃穆与隐忍，充斥着一种悲凉而哀苦的气息，"少东主，这脚下的半个藏经洞，当然是你和我倾尽全力，昼夜无明，一点一滴地保全下来的，但现在回头去看，我真怀疑。"

"执臣,你究竟疑心什么?"追问道。

"嗯,我怀疑上佛是嗜血的,冷漠的,成心故意的,对人间大地上的生死悲苦早就闭上了眼睛。他无力普度,也根本不打算救赎,他只不过是一番惺惺作态罢了。"孔执臣抬起右手,疼得抽搐了一下,又道,"是它告诉我的。这只手知道,因为它几乎誊抄完了半个藏经洞的所有秘密,它最有资格,也最有自己的觉悟。"

梵义抄起斧头,劈开了一根木柴:"打住吧,权当我聋了。"

"但你在听,你也格外明白,这蝼蚁成群的大地上所谓的供养,只讲究一生服属,一幕祭献,一个个装聋作哑,天老爷又从不允许人们发问,了无答案。"孔执臣积攒下的这些话,突然像开春之后的党河水,山崩海立,惊涛拍岸,奔逐而来,"所以,上佛喜欢血,偏爱那些白花花的眼泪。他需要膝盖下跪,他也巴望着人们一次次地去求请,去哀告,去舍离,但又让人一脚一脚地踩空。就像今个天的这个机会,不是上佛赐赠的,也不是田虎子带来的,它是二棍子,不,是张喜群用了自己的命,用血,九死一生才换来的。"

"执臣,你的话很灾难。"

劈柴填进了炉膛,一蓬火星子从炉口喷溅了出来,漾荡在眼前,却又迅即熄灭了,快得来不及眨一下眼睛。这一刻,梵义突然忆想起了弟弟以前的话,在那个久远的年份,两个清冷而纯明的少年人,曾经带着火烫的心肠,就此展开的一番辩论。念想至此,梵义旧话重提:

"只有爱,爱才能定义执臣你,没有别的。"

孔执臣蔑笑:"爱?"

"正是。只有爱,一个人才能去信,去服属。"

"可惜呀,我已经没有力气了,我关在下面的这一座窟子里太久,我也与世隔绝了许多年,我疲劳够了,我也老了。"蓦地,孔执臣慌乱开来,掸了掸肩上的灰尘,局促道,"少东主,张喜群刚刚吃完了药,先让他踏实地睡吧。哦,我要去伽蓝密室一趟,时间太紧急了,我还要仔细收拾一下的。"言毕,孔执臣簌簌而去,也不曾留下答案。

锅里的水烧干了,梵义泼灭了火,颓坐在半截胡杨枯木上,一时间空落落的。

入冬之后的第一场雪还算吉祥，因为那一日诸事顺遂，除了一桩突发的意外。前一天傍晚，急递铺上了门板，歇息下来后，梵义去了隔壁的马院，打算过一夜。苏食回家后，闻听了这个消息，便急吼吼地闯过来，质问梵义，是不是和性元吵了架，红了脸，不敢回胡家坊去。梵义的心上搁着一桩大事，不便言说，遂敷衍一气，什么天气变坏了，什么腰酸背疼的。孔执臣也追了过来，劝住了两个男将的斗嘴，当场发话，既然快下雪了，不如你们两个去喝一点酒吧，我给大家包饺子，饺子就酒，越吃越有。这一顿，梵义风卷残云地吞下了三碟子，停下筷子后，才呷摸出来是酸菜猪肉馅的，直夸孔执臣的茶饭手艺顶呱呱。当事人不接茬，苏食却像灌下了一碗蜂蜜水似的，眉开眼笑，不一会儿，舌头就大了。夜饭毕，孔执臣用土胰子洗了头，又兑了一壶温水，让丈夫兜头浇下，准备清洗一遍。苏食趔趄着，手脚已不是他自己的了，越帮越乱。梵义看不过眼，将管家扔在了热炕上，仔细安顿好，转身提起了水壶，相帮起来。

目光中，孔执臣的长发犹如一匹轻盈的黑纱，不像是用土胰子洗的，更像是墨锭染过的那样，黝黑，透亮，漂泊着一层细碎的光泽。孔执臣探问：梵义，你实话说，你和性元吵没吵架？梵义冷笑道：小婶子，你和苏食叔咋了，嫌天下还不太平呀？天气坏了，我懒病犯了，所以不回家嘛。孔执臣埋下头，揉搓着泡沫，讥讽道：一听就在撒谎，你可从没这样过，堂堂一个少东主钻进马院里过夜，幸亏游击们都不在，否则牙都失笑掉了。一边浇水，梵义一边盯看着对方那一截象牙白的脖颈子，心里忽然跳出了一句敦煌的谣曲：我拿上一块昆仑的白玉，雕出一个你，就像我这一世里供养的观音。这个关节上，孔执臣嘻然道：也好，你不回家也好，我本来就想叮嘱你，明日上午你务必要早点来，让你亲眼见证一下。咦，见证什么？梵义一时好奇，丢下了空水壶，急迫再三。孔执臣思忖片刻，进了睡房梳头去了，只留下了一声：少东主，明天是一个大日子呀。

一灯破夜。梵义点亮了灯笼，挂在廊檐下，静待着答案。

半响后，孔执臣出来了，梵义一愣，忽地立了起来。光晕中，孔执臣的鬓发虚笼着，已然换上了另一套穿戴，上身是一件斜襟的红布棉袄，盘扣系在了下颌边，挽起的袖口上带了一圈白布的里衬，裤子是捃裆式的青色面料，略显肥大，脚上则是一双新纳的布鞋。诧异的是，天色早就黑透了，孔执臣却精心梳妆了一番，不仅搽了粉，抹了胭脂，勾了眉毛，还在脖子里挂了一串佛珠。梵义认得，佛珠恰是开元寺的印光法师当年赐赠的，在佛头的位置，多了一枚羊脂玉的平安扣，显得殊为独特。梵义不想开口，也不愿探究，因为一种灵犀互通的依靠与赏识，犹如沙州城外的党河水一般，金沙深埋，悲深愿重，在这一世的斑驳光阴中，早已砥砺成了一份宽广的默契，一种疼痛的信赖。果然，孔执臣踱步上来，凝视着梵义的双眼，忽然鼻子一酸，款笑道：

"这是最后一夜了，终于熬到了头。"

梵义哑默着，不明所以。

"是这，从藏经洞借来的最后一批佛经和文书，我全部誊抄完毕了，只剩下了今晚夕的这一件，最难的一件，看来我得熬上一个通宵了。"孔执臣松开了表情，恬淡地说，"明天是个大日子，假如一切顺利，公鸡打鸣的时辰上，你下到伽蓝密室里来吧，我让你见证一眼。梵义，这是你和我多少年的课业，如今可以交卷子了。"

"我现在就下去，这一夜，我给你点灯添油。"抢白道。

"不，我不想被打扰。"

"执臣，既然有我的一半，那我必须在，我不能贪天之功。"

孔执臣截铁道："最难的一件，自然由我来荷担。"

卷三十八

孰料，次日一早，沙州城的公鸡们纷纷钳口噤声，因为雪下来了。

抄完了最后一件卷子，晾了片刻，孔执臣抓紧整理了一番伽蓝密室。灯苗矮了下去，视野昏蒙，这一夜用光了整整一大碗灯油，但天遂人愿，一切都告毕了。四壁间，那些来自莫高窟藏经洞的原版典籍层叠着、堆砌着、缭绕着，墨气四溢，香氛浓烈，仿佛验证了印光法师当年的一份愿心：在兰扎经卷堆砌的山上，一定有佛尊的宝座。而在案头上，最后一批借自下寺王圆箓道长的佛经、卷子和文书，已经被逐一仿制成功，天衣无缝。这些赝品现在被打了包，结了捆，只需要按期归还回去，销个账罢了。

在将近十七年的光阴中，这一座深嵌于沙州城地下的秘窟，这一座隐藏在红尘凡世脚下的赞堂，这一间鲜为人知的秘密工坊，几乎凭一己之力，截留下了从莫高窟藏经洞里遗失出来的一部分宝物，不许它们跨出敦煌半步，仍然驻留在了这一片上佛嘉许过的福田圣土之上，不曾飘失，也不曾湮灭。古旧的唐纸，原始的墨锭，尤其缘于抄经人孔执臣、彩绘匠许岩楷，加之一整套缜密而非凡的作假工艺，让两份内容一致的宝卷，仿佛出自当年的同一个匠人之手，实在难以辨识真迹与伪作。在这个山河破碎、万象狰狞的末法时代，梵义和孔执臣用了自己天才的想象，惊人的胆量，差不多搬空了藏经洞中的大部分遗存，复制出了每一片纸头、每一个字词、每一颗句读、每一幅图志，并陆续回填在了千佛灵岩之上，一切都像鸣沙山上的沙子，风过之后，了无痕迹。事实上，此乃辛亥之后，整个莫高窟，整个敦煌，包括关外三县和河西走廊上最重要的机密之一，迄今也幽深难测，一团迷雾，无人可以破解。突然，一阵晕眩掠过了脑海，孔执臣赶紧扶住了桌案，艰难地坐了下来。

原本，孔执臣猜想，当最后一笔落墨时，自己或许会有两种截然不同的心情，要么雀跃一番，大笑一场，要么嚎哭一顿，将这些年的疲倦和压抑一吐为快，从此放手。但是目下，什么也不曾发生，只有一阵阵猖獗的晕眩袭来，好像一大把干针撒在了脑子里，天旋地转。灯苗矮了下去，伽蓝密室在慢慢地沉降，四壁间昏黑了下来，轮廓模糊。孔执臣断定，这是一种刻骨的空虚，清凉，广大，无处不在，无时不有，从空气中渗透出来，裹挟了自己。油枯了，灯尽了，天可能亮了，公鸡没有叫，梵义也食了言，并没有下来一趟，亲眼见证这个大日子，这个特殊的时辰。薄暗中，孔执臣瞥见了那一只空油碗，它本来是满的，充斥着力量与光明，可一旦空了的话，竟显得如此卑微，精疲力竭，其貌不扬，像极了此刻的自己。孔执臣伸手去抓时，碗突然掉在了地上，摔了个粉碎，好像梵义在不远处惊叫了一声，求援似的。这么着，孔执臣一下子醒转了，内里惶恐，赶紧拿起了晾晒完毕的最后一件抄经，打开了墙上的密道。

印光法师曾经在生前说过，于黄金的仙途上，让我们结成金刚伙伴的关系吧。原来，在这一世的光阴中，知交稀少，同伴零落，而真正的金刚伙伴，如今就在头顶的地面上，却不知为何，他竟然像掉下来的一只碗，惊叫不已。一时间，孔执臣慌了。

天空中银屑飞舞，庭院和屋脊上落满了今年的头一场雪。

去了睡房，丈夫苏食早就走了，一到了年底，胡家的那些店铺开始紧锣密鼓，进入了热销的阶段。在马院内，孔执臣没发现梵义，摸了摸炕面，居然冰透了，他显然没在此过夜。掉头离开时，孔执臣忽然发现了异常，前两天从木柴贩子手里买来的七八车胡杨枯木，原本乱扔着，现在却被劈成了一肘左右的木柴棒子，整齐地码在了围墙下，仿佛一堵新砌的木头墙。周遭干干净净的，几把大斧头闪着寒光，带着明显的豁牙。胡杨木耐烧，火力强，但质地坚硬，梵义恐怕花了一整夜，出了好几身臭汗，才有了这么个成绩吧。孔执臣宽释了下来，洗漱完毕，抓紧卸下了急递铺的门板，挂上棉门帘，掸净了柜台上的灰尘。年末了，前来投邮的人只会多，绝不会比平时少，这是个规律。即便天阴下雪，生意会萧条，但这是孔执臣平时的作息习惯，街坊们也清楚。

一语成谶，果然像孔执臣昨晚夕说的那样，今天确是一个大日子。

炉台上烤着一只花卷，外表焦脆，孔执臣掰下来一块，刚喂在了嘴里，便听见门外头打起了一阵响板，一名小贩在兜售着跌打丸和狗皮膏药。未及眨眼，门帘突然一扬，一个人被踹进了门内，蜷在地上，哀叫不止。紧接着，一身戎装的书记长索乘满脸怒容地跨进了门槛，上前一脚踩住了对方。孔执臣不想听，也不愿意张看这一幕血腥，忙在货架上搜腾一气，寻找书记长的邮品。隐约中，索乘审问完了，又从对方的身上拿获了一件证据，而后拎起了那个可怜的小贩，猿臂一舒，竟然将其扔出了门，连棉布门帘都被掀掉了一半。

索乘恢复了平静，将一封白帖搁在柜台上，淡然道：你的，我刚刚搜出来，八成是那个混蛋在门口捡的。孔执臣瞭见了白帖，头皮一麻，喏嚅道：刚才这是？你怎么能这样呀？索乘捋了一下领口，答复说：别害怕，他们是冲着我来的，我今天非要开一次杀戒了，否则，我以后在敦煌难有立锥之地。如此无头无脑的话，令孔执臣心荆肉棘，骇然不已，赶紧将对方的包裹递了过去：抑咳水，前两天就到了，你仔细一点。索乘并不伸手，切齿地说：改日吧，那个纨绔子弟哪怕咳死，天也不会塌下来的，我保证。索乘挺身踅出了急递铺的门，拾起了地上的门帘，挂在了钉子上，孔执臣的耳朵立时清静了下来。

盯看着那一封白帖，孔执臣不敢去碰，思忖道，自己孑然一身，在关外三县无亲无故，怎么会有人追上门来报丧呀？当然不会是丈夫的，苏食的那一脉凋零殆尽，背景简单。也不可能是梵义的，城外的胡家坊才是少东主的地址。心乱如麻了一番后，孔执臣终于狠硬下来，拆开了信皮，摸出了瓤子，却发现并不是一封报丧的帖子，而是一纸短笺。

许岩楷的,孔执臣只瞄了一眼墨迹,便断定它出自伽蓝密室之内的那个老伴当之手。

随着地下的这一桩秘密工作接近了尾声,年迈的彩绘匠逐渐退了出去,结束了自己的供养。这些年来,许岩楷伏身砚田,躬耕笔墨,将藏经洞原版典籍上的所有图志和肖像全部描画了出来,粗略估算,竟达上千张之多,以假乱真,其技艺已达到了炉火纯青的地步。在棺材铺的火灾事件之后,许岩楷彻底断绝了对尘世的指望,当众被辱,吞吃马粪,财产灭失,尤其是弟子们的纷纷星散,让这个关外三县人人称道的丹青高手一次次地幻灭,成了寂寂无名的一介鼠辈。许岩楷不敢出门,也不愿露面,料定自己已然是沙州城内外的一个笑料,人们一定积攒下了足够的恶痰与蹄子,瞄准了他的鼻脸和脊背,打算再来一次。恰在这时,梵义出现了,急递社向他伸出了援手,打开了一扇生门,辟开了一条活路,仿佛将一条离岸的鱼,重新放回到了党河水中,从此获得了生气与胆量。许岩楷沉迷于这种鼹鼠一般的日子,在幽深的伽蓝密室内,只要抓起一支墨笔,只要面对一堆堆从祁连山伐来的矿物颜料时,他便摒弃了这个人世上的一切关联,变得六亲不认,昼夜无明地勾勒描绘着,扪心不语。自始至终,许岩楷都将这一种生涯当作了一场捐献,一份义务,分文不取。梵义和孔执臣曾经试探过几次,变着法子开工钱,让他补贴家用,但许岩楷的答复更简单,不是当面呵斥一番,便是将银两捐给了寺庙,不留名姓,全部当成了香火钱。

半个月前,画毕了最后一幅线描的菩萨供养图后,许岩楷照例默不作声,踅出了急递铺的门。连着画了好几个昼夜,许岩楷头重脚轻的,又因为心急,摔倒在了街道上,幸亏被管家苏食碰见了,忙用车轿送回了家。苏食回来后,对孔执臣凄楚地说,这个许岩楷真是心硬,老伴下世了,灵堂在家里搭了七八天之久,偏偏不让儿女们发丧,他自己却在这达忙碌,今个天才去烧了纸。苏食小心翼翼的,规避着这个敏感的话题,尽量不涉及伽蓝密室中的一切,就怕引起误会。苏食又相告说,许岩楷骨折了,伤得很重,恐怕一年半载的也不会来急递铺了。孔执臣伤心了许久,但始终没能腾出身子,去登门看望一下。孰料,这封信却到了。

孔执臣带着负罪的心理,展开了那一页纸,手抖得像一对寒天里的麻雀。

在信上,许岩楷大概这样说:执臣女侄,倘若我估计得不错,今个天应该是你沐手抄完了最后一件卷子的日子,可喜,可贺。惜乎老朽无缘亲见,亦无法沾吉,抱憾至深。老朽突发恶疾,病体支离,目下业已离开了沙州城,归隐乡下,来日无多。专此致函,唯愿将来,伽蓝密室中的一应宝卷,回归莫高窟并安放于圣土佛龛之际,拜请你和梵义贤侄,顺手将老朽的骨灰扬撒在千佛灵岩之下,让岩楷从此伏首,日夜修习,匍匐于佛祖和菩萨的脚下,继续下一世有情的业行吧。岩楷泣告。

白帖,这分明是一封提前寄达的白帖,许岩楷率先替自己做了这一世的道别。孔执臣看了三遍,眼泪也淌满了一地,忽然觉得脚下不实,好像伽蓝密室这一座机密的赞堂开始空了,凉了,冷了。孔执臣打着寒战,将这一页纸喂在了炉子里,慢慢焚化了,身上却始终也没有暖和过来,跌跌撞撞了一番,赶紧靠在了墙上。

门外,几声冰冷的枪响刺破了苍穹,血腥的一幕终究还是来了。

隔着棉布门帘,孔执臣闻听见,这一带的岔路口上马蹄杂沓,人声恐慌。不一时,有几个警察跑了过来,冲着急递铺大呼小叫。孔执臣提住一口气,趔出了门,却瞭见索乘迎面而来,急切道:借你的门板用一下,过后再还你。孔执臣一怔,对方又释解说:有人受了伤,情况危急,需要马上抬到医馆里去,再迟一会儿,恐怕会出人命的。孔执臣点头。索乘随即一挥手,警察们动作凌厉,很快就拆开了一圈捆扎的绳子,挑出了一块厚实的门板,奔向了街道中央。风雪凄厉,罡风刺骨,地上横着几具尸体,漫流的血水很快就被冻住了,血迹仿佛一棵棵大树的根须,张牙舞爪的。毕竟是一代名医孔祥鹤的后人,救死扶伤,慈心于世,一种本能的反应催迫着孔执臣,一道烟地追了过去,拨开了人群。

这个关节上,张喜群已经昏厥了,但腹部的伤口还醒着,咧开了嘴,咕嘟咕嘟地冒着血水。田虎子捉住了张喜群的手,二棍子,二棍子你醒醒，一个劲地在叫魂。索乘不耐烦了，叫停了田虎子，一帮警察七手八脚地拢上前去，将张喜群挪移在了门板上，前后脚地抬了起来。孔执臣出现了，当即拦下了众人，忧心道：不行，这样颠簸过去的话，分明是在送死，最近的一家医馆也在火神庙附近，隔着三四条街道呢，况且这天气……头顶上，一阵缟素般的雪幕狂飙下来，更加重了眼前的这一种危难。索乘惊讶地发现，这个急递铺的女掌柜，今天竟然搽了粉，抹了胭脂，头发虚笼着，云鬟巍峨，与往日判若两人。索乘暗忖，如此精致的五官，如此妩媚与大方，又带着一丝不经意的倦意，真好似一只高天上栖落而来的天鹅，掉在了红尘俗世的泥涂中，难怪镇住了周围的这些男将。孔执臣挽起袖子，先是把了一番张喜群的脉息，又撕开了他的棉袄，伸手探摸了进去，笃定道：快抬进去，我来试试。田虎子立时不干了，抢白道：你算老几呀，你一个开铺子的，别妄图向皇上借马，给神仙看病。孔执臣冷然道：你听着，他顶多还有半个时辰，你多一句嘴，他离阎王爷就近一步。索乘劝开了双方，探问说：孔掌柜，你到底有几成的把握，这可是刀伤呀？孔执臣答复说：没有，我连一成的把握也没有，但我就想试一试。索乘横下了一条心，冒险地说：快，快抬进去，照她说的办。

很快，岔路口一带就恢复了秩序，尸体被拖走了，警察们拥进了局里，纷纷烤火去了。一个走了霉运的伴当，活着是一杆枪，死了裹一匹布，谁都明白这个道理，所以惊不起任何的喧哗。但是，其中也有两个人例外。孔执臣需要一名帮手，南春山开口答应了，喜滋滋地跑进了院子，不料却被田虎子喊住了。田虎子接住了南春山的长枪，扛在自己的肩膀上，笔直地挺立在了急递铺的门外，决定知恩图报，站上一整天的岗。

到了下半天时，这场雪终于泄了气，融化完了，不曾在地面上留下明显的痕迹，收敛住了自己。天放晴了一段，空气冰冷，孔执臣从睡房里踅了出来，擦着额头上的汗，将一团沾满了血水的棉花和白布，随手搁在了窗台上。南春山刚烧了一桶子热水，拎在手里，仰首张看着天上的云朵，一时间出了神。天空深邃，平白无故地挂着几疙瘩云朵，还是老样子。孔执臣感念这个年轻警察的帮衬，遂问：看见什么了，你抓紧歇息去吧？南春山原来一直在落泪，哽咽说：小婶子，你瞧，一群麒麟。孔执臣抬头，仰看了半天，一无所获，但嘴上附和道：哎呀，真是一群麒麟，披金挂甲的，就在咱们头顶上。这么一讲，南春山哇的一声哭下了，嘟哝说：这是吉兆，天老爷派来的祥云，棍子哥命不该绝，棍子哥这下有救了。孔执臣也被感染了，宽释说：伤口已经缝合了，血止住了，二棍子现在昏迷着，主要是刚才失血过多，身体太虚。闻听此言，南春山丢下了水桶，僵硬地蹒跚过来：小婶子，你是菩萨，你是大贵人，我替棍子哥给你磕三个头吧。言毕，南春山扑腾下跪，额头撞在了地上，当即兑现了。孔执臣生受不起，拉拽住了对方，赧然道：你咋也喊小婶子呀，你不必这样拘礼，叫我掌柜的就行了。这一时，南春山傲然说：棍子哥喊你小婶子，我自然也得称呼你小婶子了，我懂这个礼数。

后来，孔执臣蹲在树坑旁，用土胰子搓洗着手，南春山则拿着水瓢，一边浇淋，一边絮叨：小婶子，棍子哥啥时候能醒来呀？孔执臣笃定道：不出意外的话，至迟明日午饭前后，他一定会睁开眼睛的，我保证。南春山一喜，快慰道：那就好，等棍子哥醒来后，我就告诉他，要不是小婶子的这一番劳碌，他没这样的好命。蓦地，一丝疼痛袭来，孔执臣抽搐着表情：唉，即便醒来了，他也一时半会下不了地，恐怕要在这个院子里休养上十天半月，才能出门的。水浇了下去，胰子泡沫是红的，八成是血。南春山怅然道：我得抽空去一趟灵台坊，去给棍子哥的爹妈撒个谎，就说他出远门了。前不久，两个老人搬到了城外，实在是住不惯沙州城，儿子发了孝心，在那达赁了一座小院子。一连洗了四五遍手，浇下去的水仍然鲜红，孔执臣的左手好像戴上了一只红手套，十分可疑。这么着，南春山愕然道：小婶子，你的指头在流血，你究竟咋了么？疼痛攫取了孔执臣，皱着眉头说：哎哟，不要紧的，这是旧伤，你快去柜台旁，给我抓一把香灰来吧。

香灰是最好的止血药，孔执臣敷了几遍，立时轻松多了，将左手藏在了身后。南春山犹在困惑中，嘀咕道：一滴血，十碗饭，小婶子你千万不能马虎呀，看你的脸色就很差。孔执臣唡笑道：咦，你的话提醒了我，像二棍子目前的状况，吃三红汤最好不过了，不仅补血，还可以补气。见对方愣怔，又补充道：红枣、红枸杞，加上红糖，文火慢炖就成了，这也是一张民间的偏方，只可惜家里只有前两样，唯独缺了一斤红糖。南春山一拍胸膛，慷慨道：小婶子稍候，我这就去买，耽搁不了的。言毕，年轻的警察埋下头，径直朝马院的后门里奔去，却在半路上突然停下，戳在了地上。

眼前，梵义背着手，静默地站着，挂了一副满意的笑容。

南春山一阵局促，垂手肃立，忐忑道：少东主。梵义说：今个天辛苦你了，外面风大，你最好把帽子戴上，别着凉了。一时间，南春山心头发热，斗胆地盯看着梵义，截铁道：少东主也穿得这么单薄，我自然不觉得冷了，有福同享，有难同当嘛。梵义颔首，探问说：你是南湖的南家吧？据我所知，你上有一位老母，下有两个妹子，一个嫁给了当地的倪家，另一个嫁给了沙州城里的马车匠毛俊。我还知道，毛俊有一次试大车时颠覆了，伤得很重，你这个舅子哥不惜借了高利贷，硬是救活了他，但是利滚利，你现在背的债是当初的六倍，就算你不吃不喝，也得还上两三个年头吧？南春山骇然极了，一味地点头，认领了这些话。这么着，梵义踱了过来，款然道：春山，今个天你替我打了一回伞，又给张喜群点了一盏灯，让他活了过来，这些我都记住了。从今而后，但凡你需要梵义牵马拽镫的地方，你尽管咳嗽一声，我决不推辞，请你放宽心吧。南春山战栗开来，忽然躬下了身子，抱拳一揖：少东主，春山岂敢。梵义接续道：是这，一切都是你自己挣来的，急递社应该奖励你三张劝牌，有了这三张劝牌，你身上的债务也将一风吹净，一个麻钱也不欠旁人的了。南春山一番怔忡，双拳抬得更高了，哭噎说：少东主，急递社收留我了么，我终于够格了么？梵义不说是，也不言否，只催促道：快去吧，再迟的话，杂货铺子就该打烊了。

南春山挥着泪，像一匹快乐的儿马，脚不沾尘地跑掉了。

庭院内悄寂了下来，孔执臣拿着一个笸箩，一只敞口罐子，蹲在了廊檐下。罐子里装的是枸杞和红枣，少不了有沙粒和霉变的，孔执臣倒在了笸箩中，认真筛选着。梵义踮起脚尖，从槐树那边闪了出来，窜到了孔执臣的身后，冷不丁地伸出了手，将一摞子纸张递在了她的眼前。孔执臣哎呀一声，吓死了，一屁股坐在了地上。

梵义慌忙捂住了对方的嘴，示意门外有人，悄语说：女秀才，快打开看看呀。孔执臣喘了一口气，好歹收回了神，恼怒地打掉了梵义的手，接住了那些纸页。梵义今天换了个人似的，有点轻佻，也有些张狂，下巴高扬着，简直目中无人。孔执臣将东西摊在膝头上，指尖蘸上了唾沫，一页一页地查看着，越翻越快，越看越害怕，突然间停了下来，低吼道：少东主，这是警察局的秘密档案，也是梵同弟弟涉案的第一手材料，你是从哪达得来的？秀才不愧是秀才，果然眼睛里有水，哪怕她是一介女流。梵义不免得意，学着戏台上六合班的老生那样，一撩髯须，猖狂地踱了几个方步，念白道：胡梵义造了反逆礼作乱，大雪天巧装扮豹心虎胆，警察局掌握间来去周全，立逼得田虎子跪在了门端，哎呀呀，孔将军，从今后我与你重整朝班。

孔执臣悲哀地捧住了颊脸，瑟瑟不已：梵义，你太大意了，你这是拿自己、拿家人、拿整个急递社的兄弟们在玩火，这不仅救不了梵同弟弟，恐怕也将引起田虎子诸人的警觉，从此这个院子里没有了宁日。梵义不以为然，切齿地说：那又如何？我现在亲眼见了这个，我就相信弟弟是无辜的，这不过是一份赃墨文字、一桩诬告之罪罢了，我烧了它，将来也就死无对证，梵同便可以安全回家了。孔执臣冷然道：听吧，你的话简直太幼稚了，时至今日，难道你还没看明白么？梵同和索梅，只怕是一个幌子，背后的黑手，其实是冲着急递社，冲着河西司马来的。梵义轻蔑道：黑手？那就让它来吧，来一只，我砍一只，来两只，我剁一双。孔执臣抢白道：少东主，你太骄傲了！你离家那么久，对这一年敦煌的底细生熟不知，可千万不要为你的这一种鲁莽付出代价。

一个是针尖，另一个则是麦芒，两不相让。

孔执臣忽然厌倦了，翻开了其中的一页，递给了对方。这是整套卷宗的首页，在敦煌县警察局的抬头下，县长李肖鹏，书记长索乘，局长田虎子，三个人分别阅示后，竟然口径一致地签下了结论：一俟拿获胡氏梵同，就地枪决。梵义早就烂熟于心了，态度相当轻蔑，当即将其撕成了碎片。孔执臣一直哑默着,瞭见梵义摸出了一盒洋火,蹲在树坑旁,仔细地将每一页纸烧毁后,又泼上了一瓢子水,迅速渗得一干二净。干完了这些,一种巨大的宽释感降临了,梵义抓起一把枸杞,开始帮忙。

"梵义,我该回家了。"

一怔。

"唉,我想我该回焉支山,回凉灯村去了。在敦煌我已经待够了,这十几年来,我几乎快忘了老家,忘了去给爹妈上坟,心里的歉疚就像一块石头,时时压得我喘不过气来。"孔执臣斟酌着,仿佛内里有一条激越的河流,让她无法安澜下来,"既然急递铺一切向好,各位伴当也都和睦,这马上就要过年了,少东主不如宽谅了执臣,准许我下一趟河西吧!"

梵义木然着,吞下了一颗红枣,生硬地说:"谁给你脸色了,你实话告诉我?"

"昨晚夕我就说过,今天是个大日子。"苦涩道。

"对,大日子没看见喜鹊,倒是听见了一只老鸹来报丧。"

孔执臣哀恳道:"谁也没有给过我脸色,包括你。整个急递社就像我的家,伴当们也都是亲兄热弟,我过得很好,这是我一生中最快乐的一段光阴,只是……"蓦地,许岩楷的那一封白帖浮现在了脑海中,那一幕道别,那一种倔强,似乎也勾起了孔执臣的共鸣。又道:"梵义,我在敦煌的供养恐怕也该结束了,伽蓝密室内截留的那些原版宝卷,足足有半个藏经洞之多,这是你和我替千佛灵岩保存下来的魂魄。很显然,我跟许岩楷伪造出来的另一套卷子,这么些年来流传于世,以假乱真,竟无人质疑,也算是有惊无险吧。"孔执臣取来了一卷唐纸,递给梵义:"喏,这是我连夜誊抄的最后一件,现在终于可以封笔了。"

"所以,你才说今个天是大日子?"反诘道。

"你打开看看吧。"

"不,我不看,我宁可撕了它,也不愿意听见你刚才说的那些绝情断义的话。"梵义负气而起,扔掉了手里的枸杞,意欲离开,"执臣,你刚才的话很灾难，你这是在撂挑子，你想打住我的手，让我前功尽弃。"

孔执臣忐忑道："唉，我不知道我做得对不对，这一件卷子让我心慌万分。"

"怎么了？"

"我，我抄到了最后，抄完了最后一个字，脑子忽然不听使唤了，我竟然突发奇想，在落尾上填写了你和我的名字，胡氏梵义，孔氏执臣，沐手敬录。"孔执臣的慌乱带着夜晚的痕迹，仿佛这一夜是砾石密布的荒滩大漠，一双脚已经走得遍体鳞伤、残破不堪了。又哀戚道："这还不算，我后来竟然斗胆盖了印，盖上了河西司马这四个字。"

"这没啥，执臣你有资格这么做，我却不配。"

"不，我犯了忌，我不该这样。"

"规矩也是人定的，你不必自责。"

"呃，供养人不应该这样。我誊抄了满满一窟子的宝卷，也没发现任何一位抄经人的名姓，可我不知咋了，脑子一热。"孔执臣的慌乱显得如此真实，如果不一吐为快，似乎也过不了这一道难关，"梵义，这是最后一件，我却开始怀疑自己了，怀疑这些年的……"

在这样的境遇下，梵义被迫接住了那一卷唐纸，缓慢打开后，突然惊呼道：

"血经！"

"原件如此，原件就是用血抄录的，我也就……"答复道。

"执臣，你这样干，你征求过我的意见么？"唐纸约莫丈二宽，半尺高，有些残旧，也有一点点破损，上面落满了指头蛋大小的墨字，分明是用血水写就的，已然晾干了，殷红刺目，斑驳深沉。这是一篇《驱傩愿文》，内容大致为：驱傩圣法，自古有之。今夜扫除，荡尽不吉，万庆新年。长使千秋万岁，百姓猛富足钱。长作大唐节度，无心恋慕膻腥。司马敦煌太守，能使父子团圆。今岁加官进爵，入夏便是貂蝉。云云。这一时，梵义的眼睛立刻湿了，将唐纸折叠起来，揣在了怀中，又忽然捉住了孔执臣的右手："让我瞧瞧，你一定淌了不少的血，你这是在摧残自己。"

孔执臣挣扎着，却拗不过对方："原件就是一份血经，我只能这样干。"

"哼，满嘴的炉灰渣子，原件如果是用海水写下的，莫非你还要去东海的龙宫里做客么？"执笔的右手无恙，梵义强行掰开了对方的左手，发现几根指尖上血肉模糊，惨白异常。无疑，孔执臣刺破了指肚，从这里取血，蘸写出了这一份卷子。目下，伤口尚未愈合，加之刚才的那一番角力，血水滴滴答答的，令人揪心。梵义取来了香灰和棉花，简单地处理了一下，这才松了一口气："哎哟，我这是咋了，我流眼泪了么？"

"少东主，你可是儿子娃娃，你别忘了。"警告道。

"执臣，你要好好的，好好活着。"梵义再次捧住了对方的那一只残手，哀恳道，"你千万别作践自己，伤害自己。你记住，在我的心目中，这伽蓝密室中所有的宝卷，甚至都比不上你的一根手指头重要，我可以将它建起来，我同样可以毁掉它。"

孔执臣惊愕道："你乱语三千。"

"不错，经书和宝卷是死的，但人的肉身子却是发烫的。孰轻孰重，你去问一个呆子，他也会告诉你答案。"暮色垂降，今年的第一场雪带来的骤寒，让这个夜晚格外清冷。梵义脱下了罩衣，披在了孔执臣的脊背上，笃定道："执臣，你说得对，今天真是一个大日子，但这并不是最后一天，一切才刚刚开始。"

"少东主，你的意思是？"

"嗯，这一件血经不合格，我现在没收了。或许，你和我应该去一趟莫高窟，烧在大佛的脚下。"梵义叮嘱说，"等二棍子稳定后，你抓紧收拾收拾，急递铺也要歇业半个月。"

"不合格？"

孔执臣刚要发难，却见南春山捧着一包红糖进来了，遂将怒火和疑问埋在了心中。

此后，也就是张喜群在急递铺养伤的这一段日子里，这个院子竟然成了警察局的热门地点，不时有人窥探，也有同僚送来慰问品，将蕨麻、红枣、枸杞、红糖、酥油和茶叶等堆在了门端里，聊表心意。

遗憾的是，田虎子特意在这里设了岗，安排了哨兵轮流值守，昼夜无歇地伺立着，禁绝闲杂人等入内，谁也无缘得见张喜群一面。果如所料，张喜群在那个飞雪的天气下，在千钧一发之际，纵身扑将过去，硬生生地替田虎子挨下了那致命的一刀，肚子破了，肠子烂了，鲜血淌下了三大缸。这样的情节口口相传，一下子就成了天大的事情。同僚们忧心如焚，一方面惦念着伴当的生死，另一方面又暗自羞愧，觉得先前对张喜群的态度实在太过分了，谁没有跌跤的时候，谁不会落难，谁又能保证自己摔倒了碰不在一堆狗屎上。消息走漏出去后，张喜群一跃成为这个腊月的天气里，沙州城内外最火热的话题，有的人竖起了大拇指，有的人称其为义人。认识的人甚至猜想，那个貌似痴呆和滑稽的二棍子，脑子里并不缺什么弦，这下子他鸿运当头了，他一河的水即将开了。一天中午，文和事老协会的连公子路过大十字，恰巧耳食了这些闲言碎语，当即打开了一把扇子，冷嗖嗖地扇着自己的鼻脸，一针见血地说：诸位别忘了，二棍子可是我当初亲手塑造的，没有了我的那一次说书，也就鞭策不了他取得今天的功名呀。路人们啧啧称是，这倒也是实情吧。

对书记长索乘而言，张喜群的这一种英烈行为，至少带来了三大意想不到的好处。其一，在那个险象环生的局面下，索乘连开三枪，击杀了火炉匠、钉鞋匠和小贩，从枪口中漾荡出来的一缕缕青烟，告诫了在场的同僚，索乘并不仅仅是一介书生，也不是吃素的，相反却是一位标准的革命者，素质第一，枪法超群。其二，在张喜群生死一线的关口上，恰恰是索乘力排众议，当场拍板，相信了急递铺的孔执臣，将病人的这条命交给了她。或许，革命也是一种供养，自然有上佛的庇护，孔执臣不曾辜负了书记长，事发次日，张喜群竟然奇迹般地苏醒了过来，无疑给索乘长了不少的脸，田虎子的服帖与殷勤，便是最佳的例证。第三，县长李肖鹏类似于挂印辞官，带着洋婆子瓦莲娜仓皇遁逃的这一桩特大丑闻，终于没有彻底爆发，进而引致一场海内外舆论的广泛谴责，归根结底，在于张喜群用他自己的肉身子做了盾牌，将一切都消泯在了无形当中。张喜群的肉体倒下了，成了一个持久喧闹的话题，但在这个过程中，索乘悄悄地上了位，坐在了李肖鹏的位置上，开始执掌关外要塞，整肃敦煌。这一幕猝然来临的局面，连他这个当事人也措手不及。这么着，出于革命者本能的反应，索乘知道，将张喜群这个典范抬得越高，敦煌的这一大锅水就越容易滚沸，民心便可以凝聚，而这恰恰是革命的第一要义。

　　于是，索乘率着田虎子等骨干分子，亲自前往急递铺，慰问了伤员。

　　热炕烧得很烫，炕桌上搁着一只药锅和海碗，头顶的一根绳子上挂着棉布的绷带，完全没有了当初睡房的样子。张喜群挣扎着坐起来，靠在了一摞被褥上，抬手敬礼。索乘趋前一步，脚后跟一磕，郑重地回了礼，后面的田虎子诸人自然也不敢怠慢，抬起的胳膊久久不曾放下。索乘夸赞不止，几乎将人世上的溢美之词都转赠给了伤病员，害得张喜群汗下如浆，左右莫是。孔执臣绍介了一遍伤情，对自己冒险搭救的经过却轻描淡写，这更加博得了索乘的好感，当着田虎子等人的面，指示说：在此期间，孔掌柜要人给人，要钱给钱，不管她提出什么样的要求，一律不得敷衍，必须当即兑现。革命者已经流了血，倘若再让他流泪，这是国家之耻辱，敦煌之悲哀。也许，正是因为索乘的这一番慷慨陈词，孔执臣的内里，登时出现了一个大胆的想法。此乃后话，暂且按下不表。

　　末了，索乘摘下了左胸口上的一枚像章，俯下身去，仔细地别在了张喜群的领口上。张喜群又想起身，怎奈气力不逮，被书记长一把摁在了被褥上。索乘道：这是以我个人的名义，送给你的一件礼物，这一枚领袖像章跟随了我多年，走南闯北，五湖四海，一直挂在我的心口上，须臾不离，我像珍惜自己的眼睛一般对待它，除非这一颗心脏停止了跳动。嗯，切盼你以后也如我一样，效忠国家，效忠蒋主席，我对你的期望有目共睹，大家都可以见证。言毕，索乘再次立定，郑重地行了一记军礼，也不知是敬给像章的，还是送给张喜群的。

　　离开前，孔执臣追了上来，将几件邮品交给了索乘，其中一件是上次落下的抑咳水。索乘煞是干脆，随手将瓶子扔在了门后的垃圾堆上。孔执臣瞭见，另外的几件邮品全是书籍，散发着一股浓郁的油墨气息。

这以后，索乘公务缠身，无暇前来，田虎子便代替了他的角色，三天两头，冷不丁就出现在了急递铺的院子里，嘘寒问暖一番，仿佛他跟张喜群之间从无芥蒂。每次进了院子，田虎子绝不空手，小到吃喝和营养品之类的，大到一些奇怪的赠礼，总之是挖空了心思，想让病人高兴，尽快地康复起来。有一回，张喜群无意中叨念，他这两天噩梦连连，梦见索命鬼们带着镣铐和锁链，夜里来拿自己，常常吓得半死，伤口也被挣破了。隔日，田虎子便扛着一把鬼头刀进了睡房，在墙壁、炕头和地面，又在张喜群的头顶上乱砍一气，作法驱邪。见病人狐疑，田虎子绍介说，这可不是一把普通的刀，此乃宣统年间的刽子手冯证吃饭的家什，我花了四块大洋，专门请来消邪灭祟的，当年这个冯证每砍一颗头，县衙支付的报酬也就是四块大洋。张喜群虽然害怕，但吊诡的是，此后再也没做过类似的噩梦，一觉能睡到自然醒。另一回，张喜群又开始呻唤，声称自己躺得太久了，脊椎骨冰寒，好像天天卧在了冬天的党河上一样。田虎子二话不说，派人进了一趟祁连山南麓，寻遍了猎户们，高价采买了一张雪豹皮，又让郑记皮革坊缝成了一条暄软的褥子，铺在了病人的身下，张喜群再也没有了抱怨。田虎子的内疚是确凿的，仿佛只有加倍的报答，才能让自己赎罪，心安下来。孔执臣劝慰过，让他不必如此，所谓病去如抽丝，一切都在渐渐向好，比预料中的要理想很多。孰料，田虎子脖子一梗，当即搬出了索乘的那一套理论，急递铺要钱给钱，要人给人，这一点杂毛般的琐事，孔掌柜不必扯心，只管照料好病人便是了。

今天的这一幕，更是让大家跳脚，几乎惊掉了下巴，包括梵义。

在马院内，梵义分别送走了两个批次，一组是昆莫和项楚，另一组则是茹老二与李无亏，这两桩贸易虽然路途比较短，但货物量大，好在每个游击的手下各有一把子人，算是急递铺的外围成员吧，早已训练有素，各成体系了。干完了这些，梵义到了前院，突然瞭见田虎子率着南春山，急吼吼地跑了进来，央请孔执臣赶紧倒一碗开水来，马上要让张喜群服药。开水端来了，南春山也扶着病人踅出了睡房，田虎子在窗台上打开了一只药囊，舀了满满一勺子药粉，直接往张喜群的嘴里灌。张喜群牙关紧咬，目光瞥向了梵义和孔执臣，求援似的。

这个关节上，孔执臣再也看不下去了，探问说：长官，你这是从哪达请来的仙药，是太上老君炼的丹，还是佛祖的太医殿里制的丸？田虎子正在兴头上，捏住了病人的下巴，一点也不妥协，神秘道：先吃了再说，总之是一味良药，益气补血，愈合伤口，有百利而无一弊，听话，快张嘴吧。孔执臣觉得被小看了，打乱了自己的治疗，告诫说：哎哟，是药三分毒，他今早上已经喝了两碗汤药，万一跟你的这个相克了，岂不是枉费了前一段时间的心血么？田虎子性子固执，绝不是一个通融的人，咧笑道：快张嘴，把这个吃下去后，你很快就会活蹦乱跳的，我已经给你二棍子安排了一个岗位，鉴于你的身子太虚，又遭了这么大的罪，以后你就在警察局的传事室谋职吧，图一个清闲最好了，何必出去卖命。传事室？张喜群闻听了这句话，错愕不已，知道自己的血白流了，苦白受了，竹篮打水一场空，不由得张开了嘴巴，将一勺子药粉吞了进去，又灌下了半碗水。

这么着，田虎子终于如释重负了，释解说：其实也不是药，没有毒性，就是紫河车罢了。梵义不谙门道，发问说：紫河车，这是？田虎子瞄了一眼孔执臣，推辞说：孔掌柜是医官，又是女人，你最好请教她吧。孔执臣的脸腾的一下红透了，局促地说：呃，我不大清楚，我只是在医书上见过这三个字，我实在不知。梵义没料到，孔执臣的反应竟然如此激烈，便越发好奇了起来，追问不休。田虎子恍然道：嗯，也难怪，听说孔掌柜嫁为人妻已经十多年了，始终也不曾生养，自然会相当隔膜，其实紫河车就是女人生产时留下的胎盘，本是废弃之物，却被民间推崇为上佳的补品，真是一件难求呀。原来如此，梵义忖度，孔执臣的脸红是有道理的，她和苏食叔这么久，膝下至今没个一男半女，不免遗憾，但这又是对方的隐疾，旁人不便探问，一问便是冒犯。

田虎子一番自得，绍介说，他派出去的探子们打听再三，最近的这十天半月，沙州城内外总计有三名婴儿出世，留下了两副胎盘，另一件被产妇当场吃掉了。探子们花钱买了回来，田虎子亲自提着血淋淋的胎盘，找见了一名退隐多年的制药师，声称病人危在旦夕，让他抓紧做成一味药。制药师也不含糊，当即拉开了架势，先用针尖剔除了胎盘上的血管和筋线，用清水浣洗了几遍，开始放在汤锅里炖煮，另外还加了花椒和黄酒，用于去腥。炖煮一番后，制药师将胎盘搁在一块瓦片上，下面生起了一堆文火，慢慢焙干。过了两三个时辰，胎盘已经酥脆了，待晾凉后，制药师又用擀面杖将其碾压成粉，便成了现在的这个样子。田虎子笃定道：真的，也没啥味道，我亲自尝了一口，和平时吃的青稞炒面一个样。

孰料，听说是女人的胎盘，张喜群一下子发作了，翻江倒海，吐天哇地的。

吐了半晌，张喜群瘫坐在垃圾堆旁，一边抹眼泪，一边语无伦次。南春山敲着病人的脊背，逼问说：你哭个尿呀，长官在这达，医官也在，谁都会惜疼你的，你现在心里有了苦楚，不妨直接说出来，大家来替你分担。张喜群停下了眼泪，哽咽道：哎哟，我不过就是挨了一刀子，却躺在城里头，躺在热乎乎的炕上享福哪，也不知道这些日子里，我爹吃的是啥，我娘喝的是啥，头痛有没有找上门，脑热是不是缠了身。悲伤是可以传染的，南春山的情绪突然垮了，哭噎说：棍子哥，我也不瞒你了，前两天，张家大大从灵台坊走了三四个时辰，跑来警察局看你，幸亏被我截住了，我怕露了馅，便撒谎说你出了远门，去了猩猩峡一带办案，后来我雇了一辆马车，将老人家送回家去了。张喜群顾不上疼，攀住了伴当的胳膊，打算行礼，却听南春山又道：昨日晚夕，我听几个灵台坊的菜贩子讲，你爹听见了传闻，知道你受了重伤，哭天抢地地求告了坊上的当家人，当家人也不落忍，打算派出上百号男将，坐着马车进城，发誓要把你抢回去。张喜群一时错愕，断然道：千万不可，聚众是犯法的，那些乡下人和泥腿子岂能随随便便地进出沙州城，万一担上了罪名，连累的就是我。思想了一番，张喜群叮嘱说：春山，烦请你现在就跑一趟灵台坊，将我的话转告给他们，倘若灵台坊的人敢轻举妄动，警察局一定会格杀勿论的。南春山蓦地一笑：呵呵，棍子哥，你这些不打粮食的话，根本就吓唬不了人，他们又不是聚众谋反，他们是来接你回家的，谁叫你现在成了义士,闹出了一个天大的名声哪。我不去,我专门陪着你。话不投机,双方一下子僵住了。

廊檐下,田虎子动了心,感喟道:唉,这人心都是肉长的,谁没有父母双亲呀,眼看着快过年了,倘若他们膝下空空,指不定会胡思乱想。梵义点头,附和道:的确,二棍子真是一个孝子,天天念叨着爹娘老子,再这样下去,恐怕对他的伤势也不利。田虎子探问说:孔掌柜,我看他的脸色好多了,也能动了,按你的判断,将他送回灵台坊去休养,继续吃你开的药,这个法子是否可行?孔执臣答复说:据我观察,他的身体已经基本无碍,问题主要在心里,他的心上有了疙瘩,毕竟在鬼门关里闯了一遭么,情绪实在太低落了。田虎子一拍腔子,慨然道:这个好办,我来给他点一把火,添一堆柴吧。

这么着,田虎子踅上前去,一语破的,给两个警察解了围。

田虎子笑说:二棍子,我可警告你,你以后不许乱开方子,也不许信口开河,我身为局长,啥时候说过要对灵台坊动武,要格杀勿论了?哼,我非但不会这么干,我还要让沙州城四门开启,清水泼街,让坊上的父老兄弟们敲锣打鼓,一路上将你抬回家去。南春山讶异道:妈呀,以前的天台大人出城,才开一道门,如今居然给棍子哥你开了四道,你就知足吧。张喜群的伤口作疼,一直抽搐着表情,哀恳道:肉多了嚼不烂,债多了还不完,我不要那么多,一个南门就够了,我从南门出城。南春山不解:你脑子是糨糊呀,灵台坊在西门外,你何必舍近求远?张喜群捂住肚子,趔趄了起来,对着上司笃定道:是这,天地父母,自古而来都有一个确凿的排序,我这一回大难不死,实在是仰赖了上佛和菩萨的护佑,所以在见爹娘老子之前,我务必要先去一趟莫高窟,磕个头,还个愿,报偿了这一份恩赐。部下的诚恳与谦逊,博得了田虎子极大的信任。田虎子对南春山耳语了一番,后者衔命而走,掉头出了门。田虎子搀住了病人,当着梵义和孔执臣的面,郑重许诺道:

"那就依了张喜群的意见吧,从南门上走,去往莫高窟的沿途上,警察局的各个哨卡一律放行,不得盘查。我刚刚交代了,让春山马上去开一张特别通行证。"

梵义抱拳:"仁兄,你真是大仁大义,二棍子有福了。"

"不,少东主,他救了我一命,我理该如此。"田虎子的这把火越烧越旺,截铁道,"后天吧,你们后天就上路,争取快去快回,不要再折腾病人了。另外,我还想再派一支马警,替你们保驾护航,路上也好有个照应。"

"万万不可。"

"怎么?"

"你忘了吧,莫高窟可是佛国圣土,千佛灵岩上坐着佛祖、菩萨和度母,一向禁绝凶器,否则便是大不敬。"张喜群的语气不容置辩,肃然道,"我这一趟是去还愿,只带香火和供品,其余的并不在我的念想之内。"

"抱歉,我刚才多嘴了。"

送走了田虎子,梵义和孔执臣相视而笑,不承想,覆压在心头多年的重轭,竟然四两拨千斤,就这么轻易地化解了。张喜群也笑了,笑得岔了气,引发了伤口的剧烈反应,孔执臣搀扶着他去了睡房。梵义没料到,这个关节上,蒋斧从北疆回来了,一进门便劈头盖脸,数落了一顿少东主。

现在,梵义颓坐在一根胡杨枯木上,懈怠,沮丧,不被人理解,种种不良的情绪席卷过来,让他感觉身心俱疲。胡杨木是从北大湖以北的沙河湾子一带伐来的,这是冬天最好的烧柴,比煤火旺盛,也比其他的材质更持久。这种神奇的树木号称有三千年的在世光阴,即便倒下了,死了,也将三千年不朽不腐。梵义思忖,其实这些木头不该称之为树,它们从佛陀的那一世光阴里走来,也说不定,它们恰是佛陀撒下的种子长成的,曾经见识过佛尊的修习、笃信、证悟、布道和涅槃成佛。它们如今虽然寂灭了,却仍旧用一己之躯,为世人捧出了最后的火,降赐了暖意。梵义感念着,心里湿漉漉的,手刚抚在了木头上,瞭见蒋斧洗完了脸,从马院里踅了出来,便赶紧恢复了肃穆的样子。

少东主,我是来领惩牌的,蒋斧无能,这一趟贸易折了,全栽进去了。蒋斧垂手肃立着,既没有抱拳,也不曾躬身,牙齿一直很硬,似乎肚子里装满了委屈。在急递社中，蒋斧一贯以老练沉稳著称，十几年来，从没失过任何一次手，此刻一经说出，不啻于一道冬雷，劈在了这个庭院中。梵义虽然震惊，但表情上依然如故，淡笑道：哎哟，折了便折了吧，有赚就有赔，这就是买卖场，谁还能保证自己一辈子稳赚不赔呀，快别放在心上，早点回去歇息吧。半晌后，蒋斧仍然钉在面前，不为所动，沉郁道：少东主，劫了我和卡利班的这一哨人马来路不明，但手段毒辣，目的相当明确，直接打在了我的七寸上，让我连个咳嗽也没发出来。听风辨音，梵义料知蒋斧话里有话，遂问：咦，你的意思是，对方掌握了咱们急递社的路线，也清楚大家在沿线上的各种作息与防备，所以来了一个突然袭击？蒋斧点头，低语道：少东主，我从不怀疑陈小喊是咱急递社的伴当，就算他现在被革除了，流落在外，但是事发的当夜，我的确嗅见了陈小喊的味道，一定是他干的。

梵义哑默着，渐渐地锁住了表情，目光落在了这一名游击苍冷而疲倦的鼻脸上。蒋斧不甘，又道：少东主，除了陈小喊，我敢用这一具热身子发誓，酒泉城里的杂碎们也来了，开始浑水摸鱼，插手关外三县的生意了，你不能不防呀。梵义狐疑道：酒泉城的，你的意思是？洪门来了，他们早就来了，少东主你一直被蒙在鼓里，你轻信了洪皮海。蒋斧笃定道。

滚，快滚！梵义突然咆哮开来。

吃面是不分季节的，不论寒暑，那些从长路上赶脚进城的人，心上一律焦干焦干的，第一件事情便是捧上一碗汤面，解一下内里的旱田。尤其在天冷之后，几碗热腾腾的面食下了肚，似乎给身上多穿了一件羊皮袄。辛仗和的面庄里人满为患，反正也忙惯了，在女掌柜的眼中，来的不仅仅是人，还是白花花的银子，谁也跟钱没有仇，所以她的脸上笑开了花。又一锅拉条子煮熟了，面盛在了海碗中，伙计将卤汁浇在上头，再泼上了一层红油辣子。排队的人实在太多，辛仗和伸手抢过来两碗，各添了一勺子羊肉臊子，顾不得周围的异议，径自端出了门，递给了蒋斧和卡利班。

在店里头吃简直没意思，两名游击蹲在廊檐下，一边解除饥饿，另一边自然是看人。在戈壁大滩上奔波久了，一下子见到这么多的生人，就觉得人太稀罕了，每一个都看不够。辛仗和叮嘱说：先吃拉条子，等一下还有炮仗子和揪面片，别像个饿死鬼转世的，慢慢来，吃不穷我，你们尽管放开了咥。卡利班道：嫂子，快忙你的去吧，牲口上了槽，你不管也会放开了肚子的。临进门时，辛仗和瞥望了一眼墙上，瞭见了一个熟悉的记号，顺便用袖子擦掉了。这一幕，恰巧被卡利班窥见了。

　　暮色四合，各家各户的烟囱里漾出来的柴烟，几乎淹没了整条街。烟雾一起，路人的鼻脸便模糊了，游击们只好埋下头吃饭。蒋斧道：唉，端起饭碗我就想起了陈小喊，放着这么攒劲的女人，一不愁吃，二不愁喝，他偏偏把自己弄成了一个酒鬼，一个落怜人，划来了个啥？卡利班的舌头短了半截子，吃得慢，释解说：命吧，一个人摊上了那样的命，谁也没办法。蒋斧气恼了，用筷头戳了一下对方，申斥道：碎屄，你这是孔门面前诵经，鲁班跟前弄斧，老子和你仔细说话哪，你倒天圆地方的，不好好说人话。卡利班挨了一顿教训，低语说：是这，我刚才听里头的食客们嘀咕，这个婆娘太辣了，居然休了陈小喊，你听清楚了，是休了，几擀杖撵出了门，不许他进家。啥，女人休了男将，有这样的邪性事？蒋斧惊呆了，跌坐在地上。卡利班悄声说：所以么，这馆子里吃饭的人，一半是来填饱肚子的，另一半是来看笑话的，沙州城的人们都想亲眼看看这个休了自己男将的女人。顿了顿，又道：听说辛仗和给县府递了一道状子，要求和陈小喊革除夫妻关系，书记长索乘如获至宝，一时间脑子发烫，打算将辛仗和标榜成关外三县的妇女典范，准备在这个店铺的门头上挂一块匾额，大肆鼓吹一番。蒋斧搁下了海碗，沉吟道：瓜娃子，那不叫状子，也不叫休书，用他们新式的说法，这是离婚，陈小喊从此被扫地出门，再也没脸回来了。卡利班停下筷子，对蒋斧的头头是道露出了钦佩的神色，绍介道：唉，这件事也不能全怪辛仗和，她上了当，她或许是被人挑唆的。听说，事发的那天，陈小喊又喝醉了，找上门来想吃一碗酸汤面，结果栽倒在了门槛上，惹得女人嚎啕大哭，开始当众诉冤枉，恰巧有一桌食客听见了，替女掌柜打抱不平，其中一个人掏出了笔墨，当场拟了一份状子，辛仗和拿上后，便撒腿去了县府。蒋斧警觉道：你听清楚了么，这是啥时候的事？卡利班笃定道：昨个天的事，消息是从城北的蒯鹏举牌匾坊传出来的，县府在那个店里定制了一块牌子，错不了的。蒋斧狐疑道：咦，这么巧，他比咱们早回来了一天，按理说不可能呀。

辛仗和再次出了门，端来了两碗炮仗子，让游击们继续。

不巧的是，街道对过有几个乞丐，瞄准了地上的饭碗，乌泱泱地奔了过来。辛仗和习惯了这种袭扰，随手抄起墙根下的一个扫把，迎面冲了上去，像轰麻雀一样，轰跑了对方。蒋斧突然扔下筷子，捶了一拳自己的脑门，愤懑道：娘的，不吃了，再吃的话，猪都比我强。卡利班揶揄道：哼，你最近古怪得很，不像以前的你了，总是一惊一乍的，好像邪祟上了你的身，这么好的饭，你就忍心撂筷子？蒋斧气血攻心，恼恨道：我不饿，我的脑子里揣满了屎，我差一点就上了当。瞭见辛仗和折身回来，蒋斧一个蹦子跑上前去，拦住了对方，哀恳道：弟妹，你找一个僻静的地方，我有话要讲。思忖了一番，辛仗和努了努嘴，待街道上冷清下来后，两个人蝉联着钻进了旁边的偏门。

面庄的生意红火了之后，辛仗和盘下了隔壁的小院子，一来让伙计们入住，二者，囤积了成吨的麦粉和调料，有备无患。院中悄寂极了，只有墙根下的一排酸菜缸正在发酵，咕噜咕噜地冒着泡，仿佛埋伏了一群癞蛤蟆。蒋斧站定后，抓住空中的一根晾衣绳，盯视着女掌柜，直脱脱地说：我要见小喊兄弟，越快越好，你快告诉我，他在哪达？辛仗和答复说：死了，那个贼死了，这个店姓辛，并不姓陈。蒋斧哀恳说：听着，我没时间和你磨牙齿，你多耽搁一阵子，小喊就多一分危险，他的命就在你的一念之间。辛仗和的手上攥着一沓子零钱，丝毫也不在乎，蘸了一指头唾沫，仔细地点数起来。蒋斧释解说：你瞒不住我，小喊兄弟是昨天回来的，他去了北疆一趟，他试图暗中保护我和卡利班，但他失算了，所以才狼狈地返回到了沙州城，专门来传烽火警报的。辛仗和不快道：哼，姓陈的就是一条死狗，一个醉鬼，这么些年来，他枉担了一个丈夫和父亲的名声。我一个正当的买卖人，他来传什么烽火警报，我的醋酸了，还是饭甜了？闻听了这样的口气，蒋斧的内里立时起了一场火灾，申斥道：哼，那你们演的哪一出折子戏，是《白袍救驾》，还是《单刀赴会》？辛仗和的牙齿很硬，反诘道：哎哟喂，你眼睛最好放亮一点，我手里拿的是擀面杖，可不是孙猴子的金箍棒，我不想演戏，也演不了。蒋斧轻蔑一笑：我错了，你们演的应该是《逼上梁山》，你只有一遍遍地用擀面杖将陈小喊撵出去，他才有机会当林冲，才能兑现自己的筹谋。

这么一讲，好像击中了辛仗和的软肋，手里的零钱掉在了地上，遂弯下腰去拾。蒋斧催逼说：擀面杖倒也罢了，你还会诛心，央人写了一纸诉状，将陈小喊告到了县府，将自己的男将直接休掉。哼，这可是关外三县的头一例，丈夫无家可归，你却做了妇女典范，简直让人刮目相看呀！辛仗和的泪水唰地下来了，嗫嚅道：嗯，我就知道，我的名声坏了，臭了，就像搁了三天三夜的剩菜，狗也不吃，难怪店里来了这么多的顾客，其实都是来看我的热闹，升我的血压的。蒋斧心知，目下的情状犹如油坊中的榨机，不逼到最后一刻，这个女人是不会吐口的。又道：擀杖折了可以换，名声坏了不过是身外之事，陈小喊只有这样，才能让女人和娃娃们活命，仇家才不会找上门来，这个店半夜才不会着火。辛仗和苦楚一笑：快滚，你这个饿死鬼，滚出去上你的槽吧，你跟那个醉鬼是一路货色，没一个好东西。这是蒋斧一天之内听见的第二声滚，他不仅不恼，相反却笑了，答复说：的确，我和小喊是换帖的兄弟，过命的交情，也是这一世里的左右手，谁也离不开谁，我既然嗅见了味道不对，我就不能看着他一个人去扛，去送死。辛仗和用袖子擦着眼泪，迟疑道：呃，那你实话让我知道，这一趟很危险么，是不是有去无回？蒋斧哑默着，仰看了一番战栗的天空，发现冬天的星星们很瘦，也很干，一点点水分也没有。半晌后，蒋斧话中带泪，感喟道：实话说吧，在河西走廊一线，在四郡两关南北，小喊兄弟肯定是第一号的保商游击，也是这几十年来难得一见的天才，我嫉妒过他，我挖苦过他，我也使过一些小绊子，但那是舌头和牙齿的误会，现在不一样了，他现在站在了生死的崖顶上，他踏上了绝路，我得把他领回来。辛仗和忽然从围裙的口袋里抓出来一把钱，塞给了对方：不，你这些不打粮食的话不对，不是小喊一个人回来，你们两个都得乖乖地听话，回来了我给你们做一顿羊肉捞面。蒋斧探问说：小喊在哪达，他哪一天出远门？辛仗和宽释了许多，回说：可能后天吧，他留下的记号是这么说的，估计今晚夕不在沙州城的客栈，那就睡在了寺庙和道观里。蒋斧点头，又问：小喊这一趟是南下，还是北上？辛仗和忆想了半天，斟酌道：当时看热闹的人太多，他嘀咕说查干，查干啥的。震惊像头顶上的那一根晾衣绳，啪的一下断了，摔在了地上。蒋斧忽然大笑，开怀道：这个贼娃子，原先是去享福了，哦，查干是靠近蒙古草海一带的地方，那达有一座大昭，听说正月里有一场时轮金刚大法会，我陪着他去吧。辛仗和不知这是一句安慰话，喜悦道：这就好，小喊他终于有了你这么个伴当，你们相互照应着吧。

挂在晾衣绳上的衣裳已经干透了，辛仗和逐一拾起来，掸了掸灰，挂在了臂弯里。薄暗中，蒋斧瞭见一顶毡帽也滚落在地上，没有多想，捡起来便戴在了自己的头上，又趁机将刚才的那一把钱塞在了女掌柜的口袋里，物归原主。临出门前，蒋斧抱拳一揖，央告说：我单另走了，你把门口的那个小贼绊住，卡利班真是个讨厌鬼，我最怕他缠磨我了，陈小喊也怕。辛仗和瞭见这一名游击大哥闪出了偏门，一时鼻酸，觉得愧对了蒋斧的一番情义。

这种愧对也是沙州城至深的机密之一，难以与外人道。这么些日子里，面庄仿佛一座六合班的戏台，女人唱红脸，男将则是一介白脸奸臣的角色，夫妻俩几乎把戏文唱完了，声嗓唱哑了，力气唱尽了，但危险与不测仍旧像幕后的一个弦索班子，轰轰烈烈，始终也停不下来，催逼着他们继续唱下去，不得懈怠。辛仗和知道自己支撑不住了，快要垮了，倘若不是惦记着少东主梵义的恩情，生怕辜负的话，这个铺子早就关张大吉了。鼻酸化成了泪水，辛仗和屹蹴在一片阴暗中，后悔不迭，刚才她撒了谎，至少对蒋斧没有坦诚相告，竟然让这个赤肝烈胆的游击萧索地上了路。但是，这是有分工的，一个主内，另一个则在外围打援，彼此呼应，这是丈夫当初定下的铁律。除此之外，陈小喊还下达了一条沉默法则，即便少东主质问，哪怕孔执臣呵斥，这一幕机密必须烂在夫妻二人的肚子里，直到危机化解、天开云散的那一日。这么一思想，辛仗和忽然宽释了下来，轻松无比，蓦地发现自己已经将那一沓子钱撕碎了，撕成了粉末。辛仗和随手一扬，头顶上登时下了一阵雨，欣慰道：钱是个狗的屁，只要我的男将在，我以后喝西北风，我也自在。

店门外，卡利班咥完了自己的，又将蒋斧的那一碗炮仗子送进了肚子里。瞭见辛仗和出来了，卡利班刚想问问蒋斧在哪达，却见女掌柜扔过来了一件围裙，蔼然道：贼疙瘩，你吃也吃了，喝也喝了，快去帮我拾碗抹桌子吧，今晚夕沙州城的人全都疯了，好像我这达设了坛场似的。卡利班当即答应了，系上围裙，吆喊了一嗓子，闪进了店内。

果然，这个坛场开得热闹极了，十几张桌案上坐满了食客，一个个也不着急，一边嗑着免费的麻子，一边灌着面汤，等待叫号。事实上，一碗饭只不过是借口，沙州城的男将们蜂拥而至，就想瞧瞧眼前这个开了天辟了地，震惊了关外三县，竟然用一纸休书，将自己的丈夫彻底辞掉的女掌柜。暗中，大家都心知肚明的，纷纷攒足了劲，一直期盼着门外头铙钹一响，锣鼓一震，县府的书记长索乘率着一帮子乡绅与贤达，亲临辛仗和面庄，将一块崭新的牌匾颁赠而至，当场张挂在门头上，以示慰问，着意标榜。具体到了牌匾上的题字，大家猜解不断，意见各异，始终也达不成一个共识。或曰，天下第一面，又或曰，关外第一碗，但这些大而无当的辞藻，立刻招致了众人的反对。有的说，应该是妇女典范，有的说八成是辛门女将，还有人说可能是第一擀杖。一提及擀面杖，大家的脑海中便出现了辛仗和英武飒爽的身姿，仿佛女武松一般，三碗不过冈，将自己的男将当成了一只吊睛白额的大虫，三拳两棍，直接逐出了家门。食客们私下里感喟再三，真够辣的，也真够毒的，这娘们的前世不是天罡，便是地煞，如今落脚在了敦煌，现身在了沙州城内，指不定还要闹出多大的动静来。吵嚷归吵嚷，但店内的秩序十分井然，君子动口不动手，没有人敢对女掌柜急赤白脸。等饭的过程颇有些熬煎，一个出身于六合班的老戏子耐不住技痒，哼唱起了一段《进骊姬》：年长一十七，胸藏虎豹力，习就文共武，与主保社稷。号炮雷声定，干戈日月宁，阵头分八卦，北斗按七星。筷子打碗，响了一阵子节奏后，调门忽然攀高了，又道：生在胡地长在番，身上穿的羊毛毡，公子有令把兵点，飞野岭上走一番……

辛仗和一边蘸着唾沫数钱，一边放号，眼观六路，耳听八方。

周围那些飞短流长的老婆舌，悉数灌进了她的耳朵里，但目下辛仗和的心中，俨然坐着一块巨大的磐石，纹丝不动，甘之若饴。不错，就像先时蒋斧猜测的那样，这个店里的笑话越多，吃麻子的看客们越杂，后堂里的那一桩机密便越发安全，人神不知。这不是苦肉计，哪怕陈小喊丢掉了两根指头，辛仗和弄脏了自己的名声，夫妻两个其实只图谋着一件事，将来的一天，或许能够山高月小、水落石出，让胡家坊的胡梵同，让那个心高气傲的教书先生，让那个会念诗的弟弟，终究洗刷了他头上的污名，衣锦而归，堂皇地穿过沙州城，立在敦煌的这一片土地上。陈小喊曾经仔细地交代过，灶台上的碗破得越多，说明生意越好，你我二人背的黑锅越重，证明梵同弟弟回家的日子便掐指可数。辛仗和一直忘不掉那个酒鬼的话，惦记着自己一贯哑默如石的丈夫罕见的托付，不料想，这一幕刚才险些被蒋斧窥破，于是撒了谎，只好交出了另一半秘密，让游击大哥离开了这个是非之地，去跟陈小喊搭伴，去帮衬一下丈夫。但是，今晚夕也真的邪性了，该来的终究来了。

进门右手的桌案后，靠墙的灶台上栽着两口大铁锅，汤水沸腾，蒸气如烟。伙计们的胳膊上搭着软塌塌的面剂子，手指拂动，面片子像一阵阵雪花似的飞进了滚汤中。另一口锅里下的是把子面，一把一碗，伙计正拿着笊篱，边吹边捞。这一时，卡利班从里头跑了出来，吆喊说：切两个肘把子，半个猪脸，账挂在单间喽。经营冷盘的大师傅答应了一声，开始照单下菜。卡利班假了过去，悄声道：嫂子，单间里的那一帮杂碎恐怕醉了，我去对付，我怕他们闹事。辛仗和不屑道：呸，你提个擀杖过去，谁敢撒酒疯，你就敲他的脑门子。卡利班说：听口音是酒泉城来的，面孔很生，但从衣服料子上判断，八成是一群少爷羔子。哼，羔子又咋了，我天天夜里要煮四五只羊羔子肉哪，女掌柜轻蔑道。卡利班的舌头短，一向词不达意，但这回终于道出了真章：他，他们，带着枪哪。

辛仗和撇了撇嘴，暗骂了一声，便听见后堂一带传来了女人的尖叫声。

后堂内宽敞明亮，墙壁上的一排子灯台灌满了豆油，光芒烁烨。这里没有锅台，也不沾油腥，靠墙一圈，砌了七八张门扇大的案板，空气中充斥着新麦子的味道。因为生意太好，辛仗和从城外的二十三坊里，陆续遴选出了一帮茶饭手艺顶尖的尕媳妇，两班倒，专门在这里擀长面和把子面。她们稍一偷懒，外面就断了顿，还会引起食客们的不快，只能降格以求，去吃拉条子或炮仗子之类的。千搋的长面，百揉的把子面，一个靠筋道，另一个凭的则是盐和水的诀窍。往往，食客们吃完了手擀面，弹着牙齿，喜欢去后堂里转一转，欣赏一下操作的过程。辛仗和颇有头脑，不仅将后堂拾掇得窗明几净，一尘不染，还给尕媳妇们买了清一色的头巾，做了统一的衣裳。辛仗和开过裁缝店，虽然倒闭了，但这个瘾还在，衣服样子就是她亲自敲定的。这么着，尕媳妇们就像一胎生下的小娘子，五官标致，身材俊俏，肩是肩，腰是腰的，难分彼此。擀面时，有的撅着尻子，有的绷紧腰身，一个个姿态生动，让进门来探望新鲜的食客们大呼过瘾。这是辛仗和的一个策略，别的店家学不去。

后堂斜对过是一个特设的单间，专供沙州城内的门面人物和重要的商团用餐，面是同样的面，但坐在单间里咥上一碗，便有了另外的待遇。今晚夕预订单间的是杜元，事先就告知了女掌柜，这一桌客人是酒泉城来的，指头戳了戳天空，意思是上峰的主意。杜元是警察局局长田虎子的亲信。辛仗和不敢怠慢，照着吩咐，连夜卤了一大锅猪脸和肘子，显然是专门下酒的。这帮子人和陈小喊属于一个料槽上的牲口，面没吃上几嘴，苞谷酒却喝光了三大坛子，仍旧没有歇停的迹象。

一喜敬你，八仙过海，十满大堂，在喧嚣的划拳声中，单间的门开开了，一位衣饰鲜亮的少爷摇曳着，慢慢地踅了出来，扶住了对面的墙。解了半天腰带，好歹解开了，少爷掏出了裆里的家什，开闸放水，直接尿在了粉白的墙上。一边打着尿颤，少爷一边往后堂里张看，瞭见一群妖娆的尕媳妇说笑着，正在各自的案板上忙碌。醉眼迷离中，这些头脚肩膀上落满了一层雪白麦粉的女人，犹如从莫高窟的壁画上下凡的仙女，让少爷的心里打了鼓，响了锣，突然间燎起了一场重大的火灾。这个关节上，后堂里奔出来一个瘦女子，冷不丁和少爷撞了个满怀，互相钉住了。

"索梅？"

"哎。"瘦女子应答。

"你是索梅，义庄的索梅。"

少爷刚刚尿毕，咧着笑，将那一件男人的东西款款地放进去，束紧了腰带。愣怔了半晌，瘦女子这才从惊愕中缓过了神，尖叫了一嗓子。少爷是经见过世面的，并不在乎附近的动静，抓起袖子，擦拭起了对方的颊脸。少爷惜疼地说：哎哟，你看你，你好像是刚从面缸里捞出来的，掸下来的这些麦粉，足够我吃半年的了。瘦女子浑身僵硬，瞭见这个客人揩净了自己的五官，掸完了肩胛和胸脯，又解开了她颌下的布疙瘩，揭掉了头上的包巾。不一时，单间里的醉鬼们陆续涌了出来，女掌柜和一个伙计模样的碎鬼也闻声而至。少爷端详了片刻，冲着自己的伴当们问说：咦，铁鞋踏遍什么来着？杜元答复：是这，踏破铁鞋无觅处，得来全不费工夫。少爷从口袋里摸出了一张纸，打开后，却是一幅笔墨勾勒的画像，展示了一圈：喏，像不像？你们仔细看，一个在纸上，一个在地上，像不像？

登时，伴当们的酒醒转了，一面附和，一面暗中撸起了袖子，锁住了几个方向。

少爷阴笑着，喟叹道：哎哟，真是没料到呀，沙州城内四门严查，挖地三尺，警察局撒出去的密探和线人不计其数，东在安西县，西至猩猩峡，缉拿凶犯的告示快让风吹破了，竟是一无所获。呵呵，事发了这么久，谁又能想到，当事人索梅居然就在大家的眼皮子底下，在这个面庄里耍枪弄棒，天天在当擀面丫头哪。一席话，惹得伴当们兴奋不已，仿佛抢了一桩头功。杜元反诘说：屏风，你的话连毛带草的，我的耳朵可受不住呀，这实际上是虎哥本人的筹谋，念在书记长的面子上，不好伤索门的脸，更不能大张旗鼓地搜捕，只能外松内紧，佯装这件事过去了，但私底下的秘密调查没松过一天的劲。少爷有一个锦绣的名字，叫屏风，加之天性凶悍，态度自负，为人行事一向摧枯拉朽。屏风讥诮道：呵，你真是一条好狗，这么护主心切，可惜你那个主子也是个草包罢了，居然连凶犯胡梵同的调查档案都丢失了，证据灭失，要不是前两天我来这达吃面，碰巧发现了索梅，就算田虎子和你穿上登云靴，你们连这个擀面丫头的一根汗毛也瞭不见。杜元还想犟嘴，屏风在他的脑门上凿了一记栗子，于是乖乖地拴住了口舌。

自始至终，辛仗和站在一尺之距的地方，大家笑，她也笑，旁人怒，她也跟着怒，完全不像一个女掌柜的样子。辛仗和嗅见了，单间里的这一帮客人中，唯有屏风这个少爷羔子没喝酒，先时的佯醉，只为了这一刻的逞能和威风。辛仗和左手拿着一根半臂长的擀杖，右手抓着一张粗砂纸，不停地打磨着。一时间，腾起来的木屑灰四面飞溅，令屏风煞是不悦，但因为对方是掌柜的，所以也就没脾气。卡利班在一旁呆立着，表情木讷，噪眼中叨念着阿弥陀佛，一块破抹布几乎被他攥出了油，桌子上的油。

"是这，快告诉我，胡家坊的胡梵同藏在了哪达？"

"认不得。"女子寡瘦极了。按理说，在一家面庄里谋事，管吃管喝，一个人不该瘦到如此的地步。她就像一根拉长的牛皮筋，随时会绷断似的。又道："少爷，你的话我听不懂。"

屏风笑道："你的小先生，他以前是乡学里的教员，给你借书的那个人。"

"我不识字。我自小到大没碰过书本。"

"你撒谎，你们还书信来往过哪。"愤怒道。

"少爷，我认得，"女子吓坏了，恐惧和战栗像一根根盘绳，当场捆住了她，"我认得字，我只认识一颗字。"

"你说！"

"佛。我只认识佛这个字，别的都不会。"女子被盘绳越缠越紧，几乎喘不过气来,"每次逢年过节,我跟着我爹去莫高窟,去城里的各个寺庙朝佛,每个寺的山门和照壁上都有一颗字,见得多了,我便记住了,知道那就是佛。"

"的确,你识字不多,所以胡梵同才钻了空子,当了你的小先生。"

哑默着。

"咦,那我提醒你一下,原先的守备署,现在的警察局对面有一家急递铺,大掌柜叫胡梵义,胡梵同正是他的弟弟,兄弟俩的家就在城外的胡家坊。"屏风感觉自己用尽了这一天的力气,就像两股道上的车,一鞭子下去,妄想归拢在一起。又道:"假如你想不起来,我可以带你去急递铺一趟,你只要看见他哥哥的鼻脸,便会想起那一位小先生。毕竟,他们兄弟俩是一母所生,模样差不多,举止上也神似。"屏风是有备而来的,早就算筹好了一切,诡谲道:"退一万步讲,即便弟弟失踪了,你也可以指认他哥哥,就说你当初认错了人,真正糟蹋了你的那个坏家伙,其实是胡梵义。"

女子听明白了,啐了一口唾沫,啐在了屏风的颊脸上。

"哼,我这是为你好,你别不识抬举。"屏风揩净了脸,又从口袋里摸出来一张纸,旁边的伴当拿出了一盒印泥,"我知道你害羞,一个被奸淫过的女娃子,难免会提心吊胆,觉得天底下的男人都是虎狼之辈。我代劳吧,我替你拟了一份状子,你只要当着大家的面,摁一下手印,你的冤屈自然会有人申辩,从此洗清你身上的污名。"杜元立功心切,抢上前来,捉住了女子的手,掰开了她的食指。

辛伏和突然出手了,一擀杖敲在了杜元的额头上,声音很脆。辛伏和詈骂道:"哼,老娘看了半晌了,实在看不过眼。你们这一帮子裆里挂肉的男将,欺不过天,欺不过地,欺不过官府衙门,却偏偏跟一个擀面的丫头过不去,我真是高看了你们。"掉转了头,辛伏和冲着瘦女子呵斥道:"冯桂藻,别让我跟着你天天淘气,你的腰带松了,还是窟窿眼大了,咋就时时想撒尿呀?快去擀面,擀完了趁早回家,你爹在门外头等着接你哪,别死眉耷眼的了。我早就知道,杂庄的人雇不得,杂庄的人毛病太多。"

"慢着，你们谁也走不脱。"

屏风简直沮丧透顶了，拔出来一支短枪，顶在了辛仗和的心口上。

"少爷，刚才的肘把子不烂，还是猪脸不香，你尽管撂一句话吧！"辛仗和盯视着枪口，瞭见自己的奶子塌了下去，塌成了一个窝窝，揶揄道，"少爷，如果你想吃奶，你找错了东家。哎哟，我生养过一大堆娃娃，我快熬干了，熬成了一张皮子，比不上红袖楼和温翠堂的窑姐们。我不磨牙齿了，你们自便吧，这顿饭算我辛仗和请客，不送。"

枪口抬起来，戳在了女掌柜的太阳穴上："索梅呢？"

"你尽管搜，少爷。"

"索梅呢？我再问最后一遍！"枪口又戳了上去。

"狼吃的，你自己搜吧。"

杜元捂住额头，赶紧贴了过来，对屏风耳语了一番。杜元叮嘱道，千万不能开枪，不能伤人，这个死婆娘乃是书记长索乘新近标榜的妇女典范，嘉奖令已经张贴在了四个城门口，牌匾也在抓紧制作当中，绝对不能因小失大，鸡飞蛋打了。屏风并不是一个有耐心的人，子弹既然上了膛，他自己便没有了台阶可下。屏风扣响了扳机，一声轰响，头顶上的仰衬纸突然塌落了下来，沉重的积尘仿佛一股股黑色的麦粉，夺面袭来。趁着这一阵腌臜，屏风和杜元等人早已消失在了门外，包括外面吃喝的顾客们，也走得一干二净了。

辛仗和的面庄内冷清了下来，杯盘狼藉，一地的垃圾。

卡利班系着一件油腻腻的围裙，一边拾碗，一边嘟囔。陈小喊不在，蒋斧太贼，偷偷地躲开了，卡利班感觉独木难支，自己刚才没使上劲，没帮上一句腔，于是心中愧怍，只有抓紧当一当伙计，弥补过失。辛仗和倒也不在乎，鼻脸上挂着笑，正在用砂纸打磨着那一根小擀杖，越磨越亮，越擦越光滑，简直就像打了一层蜡似的。事实上，这根小擀杖是索梅的，那个死丫头自从事发之日起，便潜藏在了辛仗和的面庄内，混迹在了一群尕媳妇当中，大门不出，二门不迈，一门心思地在学习茶饭手艺。失笑的是，索梅终究还是义庄的后人,大千金的命,从娘胎里出来时,天老爷不曾赐予她这一门本事。没了奈何,也根本指望不上,辛仗和专门买了一根小擀杖,丢给了索梅,只求她混个心,千万别抛头露面,一定将身份封锁严密罢了。下半天时,索梅的手破了,还流了血,辛仗和抓起小擀杖一瞧,居然发现了几根毛刺。这么着,索梅找见了偷懒的借口,辛仗和则拿着一张砂纸,仔细地打磨开来,口鼻里吃进了不少木屑,木屑好像来自一棵枣树。

卡利班将十几只碗碟搂在了怀里,几乎抵在了下颌上,款款地端起来,朝灶台那边趔去。临到了门口时,卡利班突然瞭见一个熟悉的身影闪了进来,一下子钉在了地上,动弹不得。这个人穿着皮袄,戴着棉帽子,耳翅子系在了下颌里,一个劲地搓着手。迎着对方裹挟进来的一阵寒风,卡利班嗫嚅道:少东主,你,你咋来了?急递社的伴当们最清楚不过,梵义很少光顾这种地方,他捧起饭碗时,多半是在爹娘老子的面前。卡利班的问候一脚踩空了,对方并不曾作答,径自走向了对过的女掌柜。辛仗和听见动静后,一个蹦子跳将起来,丢下手里的东西,赶紧摆正了一把凳子,用袖子擦了擦桌沿。

咦,我先前的那一碗面汤呢?来人落了座,探问道。辛仗和打趣说:你看你,我开这么大的个店,破烂货一大堆,但最不值钱的就是面汤了,你尽管吩咐。不一时,辛仗和亲自端来了一大碗热腾腾的面汤,递上了一双筷子。来人也很干脆,从身上掏出来了半块鏊饼,仔细掰开了,掰成了枣子大小,全部泡在了面汤中。门端里,卡利班吃力地搁下了那一摞碗碟,解下了围裙,头也不回地跑了出去。卡利班心猜,少东主破例来到了辛仗和面庄,又对自己爱搭不理的,一定是有要事商量,自己这样的秃舌子,能不打搅的话,最好别去泼烦梵义。

一口气吃下了半碗,来人这才抬起头,冲着辛仗和神秘一笑。女掌柜端坐着,忽然擦了擦泪水,叨念了几声阿弥陀佛。情绪稳静后,辛仗和免不了刨根问底,探问说:人呢,人是不是送进了急递铺,我可揪心到了现在呀?对方点了点头,做了肯定的回答。又问:交给谁了,小婶子见到她了么?你别光顾着笑,你快说呀。来人摸出了一块手巾，擦了擦嘴角，似乎吃毕了：嗯，交给孔执臣了，她让我传话给你，感谢你的功德。辛仗和好奇极了，指头扣了扣桌案，逼问道：那你快说说，小婶子见到了索梅，小婶子咋了么？来人并没有正面作答，而是举了一个例子：你想想看，假设你有一个珍稀的玉石坠子，结果丢了，丢了一年半载之后，有人突然送上了门来，毫发无损，那你究竟是哭么，还是笑？辛仗和反问说：小婶子呢，她哭了，还是笑了？来人斟酌了一番，似乎很难判断，最后才说：悲欣交集吧，孔执臣一边笑，一边淌着眼泪。辛仗和撇了撇嘴，嘟囔道：哎哟喂，这个功德我可扛不起，这是天老爷开了眼，这是佛祖保佑，我也算沾了大吉，我有福了。闻听此语，来人蓦地双手合十，埋下了头去，哀恳道：善哉，善哉。

其实，天刚擦黑时，这个人就来过一趟，挑了一张安静的桌子，只点了一碗面汤。怪人见多了，但像这样的怪人，辛仗和却是头一次碰见，不免多盯了几眼，突然间愣住了。恰在这时，警察局的杜元进了门，一定是来打前站的，逡巡了一遍大堂，又检查了单间，还钻进了后堂内，瞅了瞅那一帮擀面的孬媳妇，出门去接酒泉城的客人了。从杜元异样的眼神中，辛仗和料知有变，忙撂下了那一碗热腾腾的面汤，扭头而去。辛仗和拉拽上索梅，一道烟地跑到了后门口，瞭见这个面孔熟悉的人横在了眼前，笃定道：交给我吧，我来护送她，你原样回去，否则就要生变。辛仗和松开了手，信赖地说：嗯，泼烦你了，这闺女命太苦，你千万把她安全送到急递铺去，亲手交在小婶子的手里。辛仗和一直心存忌惮，不敢直呼其名，害怕冒犯了当初的恩人，这是丈夫陈小喊一再交代过的。掩上门板后，辛仗和的心里揣了一只兔子，半天也悄静不下来，身上像开了锅似的。

"天哪，你不是少东主，你不姓胡，你也不是梵义。"瞭见对方合十祷告的姿态，辛仗和立时醒转了，头皮发麻地说，"你到底是谁？索梅呢，我的那个闺女呢？"

"贫僧拖音。"答复道。

辛仗和连死的心都有了，浑身像磨盘那么沉重："你刚才骗了我，我上当了。"

"喏，这是急递铺的女掌柜让我捎给你的，请你抽了空转交给陈小喊吧，年终了可以结算。"拖音立起身，摸出来一只小布囊，款款搁在了桌面上，打算掉头出门，"孔执臣说了，这是颁奖给陈小喊和你的，二位辛苦了。"

布囊打开后，竟是三块漆色沉敛、分量十足的木牌，上书两颗金色的汉字：劝牌。无疑，这些劝牌的到来，意味着敦煌急递社对陈小喊发出了召唤，促其尽快归队，也表明了这一群结社邑义的生死伴当，重新接纳了一名流落在外的著名游击。但是，后来的事实证明，陈小喊从未悖逆过这个神秘的团体，他一天也不曾离开过。

"法师，天黑了，你这是去？"

"呃，多谢一饭之恩，施主不必担心，贫僧告辞了。"拖音躬身合十，虔敬地一揖，坦承道，"贫僧从莫高窟的开元寺专程赶来，只为了敦煌这百十年来最重大的一场法事，我是来迎接上佛，护送兰扎经卷回家的，所以耽误不得呀。"

大概子夜时分，更夫的梆子声刚刚落幕，蒋斧策马拐过了铁麒麟胡同，朝下一条主街走去。整个上半夜，蒋斧查遍了大大小小的客栈、驿馆、寺庙和道观，连门口架了炉子的每家店铺廊檐下也没放过，凡是在这个季节里能睡人的地方，均没有发现陈小喊的踪迹。蒋斧并不心寒，一再猜度，可能是自己后知后觉，迟了一步，所以陈小喊早就出了城，打马去了北疆。目下，还剩下最后一条主街待查，蒋斧打定了主意，倘若再次无果，等城门开启后，他自己也将迎着冬日的第一缕霞光，直扑查干淖尔了。

如此巡查了大半夜，蒋斧瞭见整个沙州城荒凉凋敝，毫无生气，一片破败之相。从种种迹象上判断，整个旧历的春节恐怕将要报废了，王老二过年，今年将是最苦寒的一次。

孰料，前路不通，将蒋斧挡在了半道上。

在夜色如铁的沙州城内，这一片地带却灯火如昼，人马喧嚣。蒋斧骑坐在快马上，瞭见旁边是一座深门豪宅，门头巍峨，张挂着一块牌匾：谭家大院。门前的场地上，停着一辆雕梁画栋的六马车轿，不是布匹和料子质地的，而是用祁连山里的雪豹皮精心装饰而成，起码用了有十七八张，奢华至极，但一般人难以辨识。车轿的四周，分布着一些短靠打扮的精干后生，有的手执松明火，有的夹枪带棒，一个个赳赳然的样子，跃跃欲试。这一时，院门打开了，几个人款款踱了出来，作揖的作揖，辞谢的辞谢，纷纷礼尚往来。消停之后，丁荣猫攀住了客人的胳膊，喜悦道：

"当家人，劳苦你从酒泉城赶来，下了这么大的一笔定金，那咱们就按约定的办。"

"在下应该的，这一笔定金，只略表我的诚意。"客人再次抱拳一揖，笃定道，"后续的资金正在路上，到了交割的那一天，我带走全部的货，你留下足额的银两，咱们皆大欢喜。"

丁荣猫郑重还礼："不送了，保重。"

"哦，皮海告辞了，诸位留步。"

客人掉转身子，踩住了上马凳，闪身进入了那一座轿厢，扬长而去。

半晌后，谭家大院的门口悄寂了下来，几个同样精干矫捷的后生蜂拥出来，提着羊皮灯笼，将一片光亮笼盖在了丁荣猫诸人的身上。丁荣猫意犹未尽，支起了耳朵，仿佛仍在探听着那六匹大马留下的响铃声。连公子脱下自己身上的夹袄，披给了丁荣猫，忽然抚掌大笑：这下好了，咱们一河的水全开了，这些年所下的力气和心血没有枉费呀。汤世瓶揶揄道：丁掌柜，你不该看洪皮海的空马车，拉来的大洋已经卸在了院子里，咱们快回去用银子烤火吧？丁荣猫一下子伤感了起来，仰看着夜空，略带哽咽地说：嗯，天老爷总算没辜负大家，这敦煌的水土也成全了诸位。不过，这些白花花的大洋谁也不许动，明天就抓紧放钱，先让天水坊、陇西坊和平凉坊的父老们过一个肥实的春节吧。汤世瓶虽然沮丧，面带不悦，却也无话可讲。连公子由衷地说：如此便好，我那个院子外面的危机终于可以解除了，明天我得回家换一身衣裳，我养了一身的虱子和虮子，我快被吃干了。丁荣猫冷静了下来，叮嘱左右：诸位，先别高兴得太早，酒泉城的洪门虽然势力大，但他们毕竟是远路上来的外人，洪皮海能不能啃下河西司马那一根硬骨头，还在两可之间，我最忧心的就是这个。连公子插话：哼，他洪皮海刚才吹了牛，声称自己跟急递铺和梵义有这一世的交情，现在的担子全在洪皮海的肩上，咱们不必急。丁荣猫呵斥道：蠢话，这可不是去借一枚顶针，这是去问河西司马借一条路，没有路，我们照样无法翻身，鸦片都会报废。借路，这句话一经说出口，就像一根柱梁似的塌了下来，令谭家大院的诸人喘息不得。

　　冷不丁，丁荣猫跪了下来，朝着那辆六马车轿驶离的方向，认真地叩了三个头，央告了一番。连公子和汤世瓶也尾在了身后，如法炮制，祈求再三。丁荣猫刚抬起了头，瞭见一匹健硕的骏马从阴暗一带款步而来，马蹄声碎，上面坐着一名表情沉寂的游击，缓缓停在了自己的眼前。蒋斧也算是谦和之人，但此刻并不想下马，更不打算和对方虚与委蛇。他仔细地瞥望了一眼门头上的牌匾，再次确认了谭家大院这个地址。这么着，蒋斧俯下身子，从马褡子里掏出了一封信，递给了丁荣猫。不巧的是，头上的毡帽掉了，滚出去了一段路，被汤世瓶拾在了手中。

　　"半路上捎来的，幸不辱使命。告辞了。"蒋斧道。

　　丁荣猫颔首："多谢，走好。"

　　"慢着。"待游击拨马离开，走出去了三丈之远，汤世瓶似乎想起了什么，忙追撵上去。盯视着蒋斧那一张冷峻的五官，汤世瓶掸了掸毡帽上的灰尘，交给了对方，悄语道："伙计，这是查干淖尔一带的毡帽，你刚才差点露了馅，仔细点。"

　　蒋斧哑默着，将毡帽戴在了头上，松开了缰绳，径自走掉了。

　　羊皮灯笼照了过来，丁荣猫拿着信，刚拆了一半，却改变了主意，突然间撕成了碎末，一把扔在了脚下。连公子狐疑道：谁的呀，你咋不看一眼哪？丁荣猫道：那个贼和尚的，无非是想再讹一笔钱罢了。连公子问说：丁掌柜，竺法歌也是你派出去开路的一支人马，那尊佛像的肚子里装满了鸦片，想必不会有人冒犯天颜，敢去劫一尊佛像吧？丁荣猫接过来一只灯笼，一边往谭家大院里走去，一边笑说：你错了，那个贼和尚不过是我投出去的一颗棋子，在下信佛，我也不敢亵渎神灵，其实佛像的肚子里装的是石膏粉，并不是鸦片。

卷三十九

正月初一的法会照例是盛大的，可能仅次于佛诞日的那一场，图的便是开年见喜。

诵毕了全部的经文，拖音已是大汗淋漓，身上开了锅似的，趔出了大殿。离天亮还有一个多时辰，这是最冷寂最苦寒的一刻。果然，门外的罡风扑面而至，好像给拖音披了一件铁衣，穿上了一双铁靴子。他跟跄着退了回去，站在了后殿的柱子下。隔着窗棂，拖音发现在缜密而广大的夜幕中，有一种发光的物质在游移，在漂泊，从开元寺的周围笼盖过来，麇集在了眼前。倘若是一般的香客，一定会误以为这是佛光，佛祖显了灵，来兑现他们刚才在法会上许下的愿心，不是匍匐磕头，便是战栗诵经，总之是感激上佛的眷顾，及时拔除了这一年的孽障，降赐下了一块期许的福田。拖音在莫高窟的千佛灵岩下驻锡了多年，已经深谙这里的气候，料定这并不是什么圣行妙果，更不是所谓的奇迹，仅仅是后半夜下了一场浓霜，落在了宕泉河两岸，大概是星光反射的缘故吧。念及这一场猝然而来的浓霜，拖音的心几乎要跌落在一条无名的山涧中，知道今天将要登场的这一幕，绝非那么简单。

开元寺的执事跑了一大圈，终于在这个僻静处找见了住持，忙扶住膝盖，喘息了半天。执事道：法师，捐了法会的那几个香客不肯走，一直嚷嚷着要跟你当面辞别，你不妨见上一面，了了他们的心愿吧。拖音的喉咙里焦干，一连诵了几大部经文，目下差不多快虚脱了。拖音答复说：不见了，从子时开始就跟他们面对面地坐在同一个大殿里，在法台上我替佛祖宣喻，下来了，我只是一个穿着袈裟的凡胎肉身，意思也不大，万一让他们失望了，岂不是里外不讨好嘛。拔了今天的头香、捐了大年初一这一场法会的香客们，乃是沙州城里的几家豪门巨户，也一向是开元寺的重要布施者。执事面露难色，委婉地说：唉，这些香客都是拖家带口来的，在河对岸扎下帐篷等了好几天，关键的是，那几位当家人也都七老八十了，还是印光法师生前的故交。闻听此语，拖音不再执拗了，吩咐道：是这，你马上带他们去灶房里，尽快把早饭吃上，起码能喝上一碗热米汤，暖暖身子，我这就去换一下衣裳，送他们一程吧。这个关节上，拖音突然一阵目眩，赶忙扶住了墙，面色煞白。执事也慌了，一把搀住了住持，放弃了先前的主张：法师，你劳碌了这么些天，又念了整夜的经，也该仔细歇缓一下了，我这就送你回禅房吧。拖音拒绝了，感喟道：不了，施主们都是从远路上赶来的，少的走了五六十里，多的则跑了几百里之远，等送完了最后一个香客，我在白天里好好地睡一觉吧。执事出去了一下，拿来了一个蒲团，让拖音坐定后，又递过来一只木盒，释解说：喏，这是一名施主从沙州城捎来的，指定要交给住持，请你亲自打开。

　　木盒很精致，铁锈红的缎面，铜合页，门扣子是象牙白的。在千佛灵岩下的这一片禅林中，开元寺名声最炽，时常有香客们将一些佛典法器送来，祈求开个光，沾个吉，被住持加持一番，所以也见怪不怪。拖音催促说：你打开吧，瞭上一眼，也好趁早还给人家。执事倔犟道：不，那个人再三叮咛，一定要让住持亲自过目，否则也就不灵验了。拖音疲倦一笑，伸手接住了，款款放在了膝头上：唉，真是人上一百，形形色色，究竟是个什么人，敢在佛堂宝殿中乱语三千，不知天高地厚呀？执事笃定道：是这，我刚才随他出了大殿，在山门外取上了这只木盒子，从外貌上看，那家伙应该是一个常年在旷原上讨生活的游击，所以没大没小的，毫无规矩可讲。拖音并不在意，因为天冷，指头上也不利索，解了好几次，也没解开扣子。执事嘀咕道：其实，这个盒子也还不回去了，交给了我之后，游击骑上马便走了，离开了莫高窟。乖乖，那一匹马应该是天赐的神驹，毛色像一幕雪花，蹄子却像祁连山上的豹子，一眨眼就跃过了宕泉河，消失在了对岸。薄暗中,盒子打开了,拖音抓起来一瞧,尖喊了一声,随手抛在了地上,忙合十祷告,诵念起了佛号。

不是别的,原来是两只人的耳朵,一左一右,惨白,干净,好像割下来之后浣洗过似的。

拖音被一种巨大的恐惧攫取了,双目紧闭,瑟瑟发颤,即便是一声声佛号,也解除不了内里的慌乱。执事却不在乎,捡起了两只耳朵,在衣襟上擦了擦,吹净之后,揣在了他自己的口袋里。执事打开了盒子,拿出来一纸短笺,只瞄了一眼,突然惊愕道:法师,这是竺法歌师兄的耳根子,他留下了话,他有话对你讲。拖音汗下如浆,几乎从蒲团上栽了下来。如此狂飙而落的一幕劫难,降临在了开元寺的头上,让这个自小扣心向佛、阅历单纯的住持一下子失了三魂,丢了六魄。执事又催喊说:不错,这就是竺法歌师兄的笔迹,我认得,这肯定是他亲自写下的。拖音不想听,也不敢再听下去了,转身扶住了墙壁,趔到了门端里,打算赶紧离开,一走了之。

天色开始白了,远处的三危山上出现了一层蛋清色。看似没有风,但是一种渗透骨髓的极寒气息,弥散在了宕泉河两岸,笼盖在了千佛灵岩下,让这个旧历的大年初一,从一开始便布满了忐忑与危险。寺墙外的白杨树上,两只早起的喜鹊叽叽喳喳的,像是在拌嘴,又像是在辩经。拖音闭上了眼睛,两手合十,耳食着树上那两个黑衣伴当传下来的嘈杂声,再也控制不住自己的情绪了,一霎时热泪汹涌,肝肠寸断,终于哭出了声。的确,这么些年下来,在开元寺这个方寸之所,拖音算是一只喜鹊,竺法歌算另一只喜鹊,时时怄气,天天斗嘴,简直成了一桌家常便饭,毫无营养。倘若哪一日罢战休兵,无声无息了,僧侣们反而会生疑,觉得比佛陀显了灵还要神奇。竺法歌年长,敦煌本地人氏,加之心思活泛,胆烈心疾,一直控制和经营着庞大的寺产,让开元寺在这一片佛国圣土上一枝独秀,香火炽盛。然而,开元寺毕竟是供养之地,普门赞堂,香客们追求的是出家人的修持禅定,尊崇的是上师的法雨慈云,这就像印光法师生前,在山门上题写的那一副长联那样:乘大悲宏愿广利有情,证本妙觉心常享法乐。于是,在佛法和修为上,拖音又花落莲出,技高一筹,渐渐地坐稳了住持的位子，披住了法师的袈裟，阐经释典，尊奉各路香客，声名远播到整个关外三县。寺里的僧侣们私下里比喻说，竺法歌就像一碗滚油，一点就燃，拖音却像一只木鱼，不敲不响。这么着，一个主内，另一个向外，在磕磕绊绊中一路走来，倒也不曾一朝决袂，从此陌路。拖音从不过问竺法歌的任何一项筹谋，包括对方的行踪，比如这一趟去了何方，去做什么贸易，脚程几日。但是，这一切突然发生了变故，一场喋血事件已然发生。

杨树顶上悄寂了下来，原来飞走了一只喜鹊，另一只也便闭上了嘴。

这就像拖音和竺法歌的关系，见了吵，不见了想，彼此是一双狗皮袜子，缺一不可。拖音知道，自己的脊背后面从此空了，凉了，无枝可栖。竺法歌捎来的东西，分明是在喊冤，也是在求救，拖音却也无力去援手，一切都是业障说了算。一个人的眼泪是淌不完的，倘若悲伤在持续，牵挂在发酵。然而，今天是一个更为特殊的日子，另有一幕重要的课业在等待着这名僧人。临走前，拖音收住了悲戚，叮嘱道：先将竺师兄身上的东西仔细包好，搁在香案上，待我空闲下来后，一定率着大家共同超度它吧。执事尾在了身后，将住持送下了台阶，恋恋不舍。拖音又道：你记住，一俟有了竺师兄的消息，务必要在第一时间告知我，不管何时何地，我一定会顶风冒雪，亲自去接他。瞭见住持已经走远了，执事再也忍不住了，挥着手中的那一页短笺，央告说：法师，竺师兄专门给你留了话，难道你就不想听听么？哪怕听一句也好，或许可以护佑他平安归来呀？

拖音的心头跑过了一阵电流，慢慢地停下了脚步。执事抓住了那一页纸，借着黯淡的天光，模仿起了竺法歌的口气，照本宣科地说：我以前没有听懂佛的话，所以我先派两只耳朵回家，从此世尊降旨，我俱遵奉。无疑，这是一份忏悔之词，也是一次彻头彻尾的皈依，竺法歌开始有了服属，也有了他个人的福田。拖音并不吱声，浅笑了一番，忙拔脚而去，匆忙中趱出了开元寺的后门。

在今日开始之前，拖音只想认真地洗一下脸，用宕泉河里的冰水，激醒自己。

果真，夜里的这一场霜下得很重，千佛灵岩对面的沙丘上，蒙覆着一层白纱状的结晶。河畔的枯草上，也落满了一根根冰针。河流封冻了许久，但冰面上偶尔有热气袅娜，裂开了一条条罅隙，水流汩汩。拖音蹲在岸边，漱了口，净了脸，将每一根指头都搓洗干净后，忽然间有了一种格外肃穆与庄重的感觉。天开始亮透了，抬望中，群山如佛，三危山顶上霞光猎猎，好像替祁连山的这一段余脉，披上了一件金色的袈裟。新的一年肇始了，这个宽大明亮的人世进入了新的一道轮回，生民依旧，稼穑依旧，但迎面而来的一切爱恨与人心，尚待分析。拖音仰看天空时，突然听见了一阵伐冰的声音，忙站了起来，循声趔了过去。

这一时，义庄的当家人索敞正挥着斧头，砍伐着冰块。砍下来一块，便扔在了旁侧的桶子里，两只桶子差不多快满了。冰层下的流水飞溅上来，打湿了索敞的衣裤，湿漉漉地贴在了身上，他不仅不喊冷，相反却大汗淋漓的，干得正欢。拖音不吱声，悄立在对方的身后，默然观察着，心里感喟说：天哪，少东主梵义和孔执臣开的方子见了效，索敞大人终于回还了人间，露出了他原本的峥嵘秉性，一切都恢复如初了。佛法说，追求善道，做有情的业行。这么着，拖音的内里潮起了一份十足的感念，一下子觉出了梵义的不易，以及孔执臣心香泪洒一般的付出，于是对急递社越发地依赖和信任了。

天气刚刚寒凉时，梵义从沙州城内捎来了一封信，请开元寺预备一间隐蔽的客房，声称将有一位古稀老人不日入住，一切务必守秘，云云。接信后，拖音当即判断，这可能是胡家坊的老东主病况有异，或许也开始放命了，孝子梵义没了办法，只好出此下策，打算长途护送到莫高窟来，渴望佛国圣土的护持，期盼沾吉吧。开元寺里最幽静的所在，当属印光法师生前的那一座别院，自打印光脱缁升天后，现任住持拖音便锁闭了这一扇门，里面的落叶铺了一尺多厚。抽了空，拖音亲力亲为，打扫完了庭院，腾空了禅房，粉了墙，糊了仰衬纸，又买了几车祁连山里的红松烧制的木炭，以备御冬。岂料，左等不来，右等不来，这以后就没有了下文。那日晚夕，拖音正在灶房里用斋，一名亲近的小僧跑来相告，说胡施主来了，不愿意入寺，正在白杨树林子里候着哪，烦请住持过去说话。见了面，两个人互通了信息，分头而去。天擦黑时，开元寺的晚课准时开始了，梵音阵阵，诵经声起，别院周围却阒无一人。不一会，梵义和孔执臣各骑着一匹坐骑，率着一辆麻布装饰的车轿，驶停在了别院的门前。瞭见了孔执臣，拖音虽然一阵惊喜，心里头却立刻有了答案，客人并不是梵义的父亲，一定另有其人，因为胡家坊的长媳沈性元没来，这个道理简单得像一碗水。

管家苏食和赶车的伙计下来后，用一副担架将客人抬进了禅房，款款放在了炕上，又抓紧填上了柴火，烧热了炕面。岂料，被子揭开后，一个须发皆白的老者突地醒了，一骨碌翻坐起来，龇着牙齿，面目狰狞，像一只受伤的野兽似的，疯狂地吼喊开来。拖音被一阵恶臭袭击了，猪粪的味道好像一只重锤，打在了他的胃上，险些将肚子里的斋饭吐将出来。基于出家人的礼性，拖音蹙住了鼻子，相帮着梵义，将老者仔细安顿好了，哄唆再三，这才止息了对方的愤怒与不安。苏食带来了全套的起居用品，除了新被子新褥子和新枕头之外，还有几套新衣裳，有单有棉，显然是当天从裁缝铺里取出来的。孔执臣打开了一包药草，灌在了药罐子内，注上水，架在了火炉上，慢慢去熬煎。伙计从外面端来了一大盆温开水，支在了炕头下，孔执臣一边脱着老人的罩衣，一边催喊说：都出去，全都出去，我要给叔父浣洗了。

初冬的暖阳照了下来，西侧的千佛灵岩上日光温煦，一座座窟室敞开着，层叠着，嶙峋着，仿佛一张父亲般苍凉而苦难的脸，打望着这一片谷地，凝视着这新的一年。

梵义坐在廊檐下，竟然有了一种前所未有的宽释感，身心中漫溢着一份罕见的宁静。拖音问说：这位施主是谁？梵义诡笑道：借的，借来的一位叔父，我起码要供养半个月，让他彻底痊愈了。借的？借一个病人干么？拖音狐疑道。这是一个漫长而臃肿的话题，足以将这一世的光阴全部囊括进去，梵义并不打算展开，只简略道：他没病，他囫囵着，他只是羞于面对，所以一再地装疯卖傻，我号出了他的脉，相信我。拖音揶揄说：堂堂的河西司马，不去开山辟路，造福乡邻，居然狠心撂下了急递铺的那一大摊子，冒充起了杏林高手，真让人匪夷所思呀。在这样的世外高人面前，梵义不想申辩，但也不必隐瞒：他没病，倘若他真的有病，那也只是一桩久治难愈的心病，因为他不是旁人，他是义庄的当家人，姓索名敞。思忖一番后，又道：索家叔父的这个症状，乃是敦煌的百病之结，这么些年来，沙州城和城外二十三坊的所有乱象和变局，皆因之而起，所以我这一趟专门借来了他。

那些关于义庄的琐屑传言，拖音也曾闻听过，于是道：这的确是一种病，逃避、遁世、消极，但你应该在沙州城里疗治他，而不是带他躲在这一片山谷中，这对他的病情无补。梵义一时愣怔，目光求告着，等待答案。拖音笃定道：少东主，人世上的病，还需要在热辣辣的人间去疗治，沙州城里才有真正的灵丹神药；实际上，这一座千佛灵岩上的诸神菩萨也早就病下了，所以敦煌乱了，关外三县凋敝萧条，整个国家也走投无路，好像一具重症缠身的病体，难以指望。如此悖逆而冒犯的言辞，自这个僧人的嘴里说出，梵义不仅不吃惊，相反却抚掌大笑，仿佛找见了同道者似的：不错，听君一席言，我这下便踏实了，知道自己这些年的心血并没有白白付出。拖音料想，事情可能真的不那么简单，这个一贯沉静如水、扪心精进的梵义，目下却像一个孩子似的，心花怒放，一定是有备而来。果然，梵义道：敦煌板荡，罂粟遍地，关外三县一派消沉，国家也是满目疮痍，这在我看来，只因为我们民族头顶上的佛龛空了，供养丧失了，无信无义，就像千佛灵岩上的藏经洞一旦流失，整个莫高窟也就失了三魂、丢了六魄似的。拖音激愤道：少东主，那又该如何救治，想必你已经有了一张万全的方子？

这一时，梵义立起了身，躬身一揖：好我的贤弟呀，你还记得印光法师当年在伽蓝密室中，对你我的那一番嘱托么？拖音颔首，笃定道：嗯，披挂起无上慈悲的坚忍甲胄，在黄金的仙途中，我们要结成金刚伙伴的关系，去做有情的业行。梵义唎笑道：所以，我有两件至为要紧的事情，必须仰赖法师你的帮衬，否则，我一个人德行不堪，难以支撑下去。第一件呢？拖音应允道。梵义哀恳说：是这，伽蓝密室在这一世里的使命可以结束了，在孔执臣和许岩楷的苦心经营下，藏经洞中的一部分佛经、文书和卷子，已经安全地截留下了。我想挑一个日子，将它们稳妥地运出沙州城，完璧归赵，交还给莫高窟，交还给这一面千佛灵岩，填满我们头顶上的这一座佛龛，不要再让人世间荒凉下去了。不过，在起程之前，我想邀请你去一趟沙州城，在伽蓝密室里设坛作法，替那些经书宝卷，替这一次的行程郑重加持一番。拖音内里激荡，血脉偾张，但表情依旧平静：另一件呢？梵义答复说：大年初一，待法师做完了新年的法会后，烦请你去给佛像装藏，秘密开光，也好全美了大家的心愿，了却了梵义这一腔子的愁苦吧。拖音愕然道：装藏，装什么藏？梵义赶紧抱拳，只露出了笑脸，却没有轻吐一个字。

　　拖音丢下了对方，兀自一人走掉了。整个下半天，拖音跪在大佛脚下，祷告不止。

　　这半个多月，拖音忙于筹备新年法会，加之保密的缘故，鲜少去别院里探视。从几个亲近的僧侣嘴里，拖音陆续得知，义庄的老掌柜患的主要是寒腿病，不良于行，身上也长满了冻疮，现在睡在了热炕上，伤口已开始溃烂。孔执臣扮演了大夫的角色，天天在擦洗病人的患处，内服外敷，双管齐下，成效很显著。孔执臣隔天开出一张药方，丈夫苏食骑马进城，当天一个来回，便将新买的药草送进了禅房内，从不耽搁。这一趟，梵义一行煞是低调，尽可能地不去叨扰各家寺院，将帐篷扎在了上游的河谷地带，昼伏夜出。不料，前几天，小僧急吼吼地跑来相告，别院内只剩下了那个老病人，其他的几位一概消失了，连上游的帐篷也被拔除干净了，梵义诸人似乎撤回到了沙州城内。拖音掐指一算，除夕夜快到了，大年初一近在眼前。吊诡的是，拖音的心中，竟然滋生出了一种强烈的渴望，巴不得这一日快点到来，让一切都水落石出，见到真章。

　　眼前，索敌伐完了冰块，抄起了一根扁担，将两只桶子挑在了肩上，趔趄着往上爬。这是一道缓坡，夜里又落满了霜，索敌还没走几步，人就软了下去，桶子里的冰块也撒了一地。拖音抢上前去，一边相帮着拾冰块，一边假嗔道：老施主，你刚刚好转，何故这么作践自己，你快回去烤火吧，让我来。索敞痴痴一笑：让我来，我见今个天的香客太多了，烧了水，让大家解解渴吧。拖音道：其实，寺里安排了烧水的僧人，八成是怠工，跑去看热闹了。索敞开心地说：人多，说明开元寺的香火旺，一年的开头，大家都想来沾吉，谁都不容易呀，揣上一个念想的话，这一年便从容了，也就轻快多了。拖音心里一热，用扁担挂住了两只桶子，将重心挪向了自己，再将另一头交给了索敞。

借着初升的曙色，一僧一俗，一老一少，一前一后，两个人抬着担子，说道着闲章，慢慢地蹒跚到了别院的门口。拖音在后面瞭见，索敞的膝关节虽然略显僵硬，步伐滞重，但一切向好，将来生活自理应该也不是问题。寒风中，索敞头顶白雪，一部蓬乱的胡须倔强而生硬，腰杆子煞是吃力，但始终不肯垂下，甚至连一声咳嗽也没有。拖音到底不舍，央告对方快快歇缓一下，双方遂放下了扁担，各自长出了一口气。突然间，索敞扑了过来，一个踉跄，当即跪在地上，环住了住持的大腿，嚎哭道：

"法师，你救救我吧！"

拖音喏喏道："施主，你不必这样，你已经无碍了。"

"嗯，我的确没啥病，我一直囫囵着，我身上的每一个零件都是生铁铸的，根本坏不了。这么些天，我顿顿吃一碗稠饭，睡得也香，不打呼噜，还几次三番地梦见了印光老和尚。实话说吧，这辈子我还从来没有这么舒坦过，享受过。"索敞的颊脸，贴住了对方冰冷的袈裟，有一些假依，也有一点点的胆怯。又道："法师，沙州城我是回不去了，义庄我也回不去了。它们就像两堵高墙，拦在了我的面前，我现在顶多是一只野狗，我叫得再欢，回去了也不会有人扔一根干骨头的。"

"老施主，你是堂堂索门的当家人，谁也拦不住你进城。"

"不，我的路断了，一断再断，彻底绝了。"

拖音劝慰道："路是人开的，也是自己走出来的，除非……"

"唉，我怕我会羞死。"

怔忡着。

"法师，我不怕唾沫，我也不怕旁人戳我的脊梁骨，整个义庄和索门，我现在也有了舍离的念头。"索敞瘫坐在了地上，泪水敷面，喃喃道，"怕只怕，我过不了自己的这个坎，说服不了这颗心。我的确没病，假如说我病了，我就怕将来会羞死，玷污了先人们，成了整个沙州城和关外三县耻辱的典范。我真的快羞死了，你救救我吧，法师！"

拖音弯下腰，将索敞抱在了怀中，朝别院里走去。

那么轻，拖音分明感觉到了，这一副骨骼轻若鸿毛，仿佛根本不存在似的，在自己的怀抱中缱绻着，啜泣着，哀伤到了极点。进了院子，拖音用脚后跟磕上了门板，身后的世界一下子被隔绝了。除了轻，这一具肉身子还格外寒冷，不是冰块的那种刺骨感，而是一个人放弃之后的全盘塌陷，形若废墟，犹如古墓，从无底的洞口中，泛滥出来的一种幽冥气息。拖音站下歇缓时，忽然打了一个激灵，瞭见禅房内灯光漠漠，一种低沉的诵经声隐约传来。这一霎，拖音再也控制不住自己了，抱着索敞，冲到了禅房门口，哀恳道：师父，弟子在。

事实上，这不过是一种幻听，思念日深，难免会有这种奇异的遭际。

在印光法师生命的最后几年，他干脆没有了睡眠，昼夜无明地打坐着，诵经不断。每日清晨，小僧拖音便会准时站在门外，喊一声师父，弟子在，期冀着能打断法驾的劳碌，最好请他出了门，在院子里呼吸一下新鲜空气。岂料，这样的哀恳每每无果，印光既不作答，也不曾停下自己的诵念。拖音折转身子走了，第二天照例来问安。印光寂灭后，拖音锁闭了这一座别院，平时也不敢路过，生怕往日的那一种情绪萦回不散，徒增伤感。

目下，拖音言毕，好像禅房内的诵经声真的停了下来，印光咳嗽了一声，唤他进门。拖音欣喜坏了，抱着索敞推开门，站在了炕头前，却发现先时的一切，不过是黄粱一梦罢了。热炕上见不到法驾，也没有任何一本经书，只有一盏油灯枯涩地亮着，慢慢地烧到了尾声。这一时，拖音忽然顿悟了，不错，刚才的这一幕幻觉，一定是师父的开示，法台的点拨。拖音明白了，赶紧将索敞抱上了炕，款款地安顿妥当了。

拖音给炉子里填了炭块，烧开了一壶水，兑出来一盆子洗脸水。拧干手巾，拎在眼前时，拖音发现一股激荡的蒸气翻卷上来，心思便也回到了这个热烈的人间。热手巾敷在了索敌的鼻脸上，凸显出了一张索门人特有的五官，先前的哀伤和忏悔，寒凉与冷寂，此刻慢慢地冰释了。索敌喃喃道：法师，我从没有洗过这么舒坦的脸，是牛奶么，要么是蜂蜜水？我咋感觉自己的脸皮酥了，嫩了，薄了？拖音失笑着，答复说：老施主，既不是牛奶，也不是蜂蜜，就是一般的水，从宕泉河里打上来的。思想了一番，索敌感喟道：对，一般的水才是最养人的，没有子丑寅卯，也不花里胡哨，其实这跟做人是一个道理，必须脚踏实地，平淡和稳静才是操守，也是这个人世上最大的福报。趁着这个工夫，拖音挑出来一套衣裳和棉靴，一双袜子，一顶帽子，这都是孔执臣带来的，上下簇新。半晌后，拖音揭下了手巾，淘洗完，趁热给索敌擦拭了耳朵、脖子和手。拖音将盆子支在了炕头下，脱下了索敌湿漉漉的鞋子，铰开了袜子，发现冻疮已经愈合。这一双苍老的大脚上曲脉纵横，青筋暴露，仿佛一个人走完了这一世的长路，却不甘心，又踅到了另一幕浩大的光阴中来。拖音将两只脚按在了水盆中，认真地搓洗了起来。

索敌一时惊愕，腾地翻坐了起来，坐在了炕头上，脚上挣扎了几下，渐渐地放弃了。拖音搓洗完了左脚，擦干后，穿上了袜子，将它送进了棉靴内，系上了鞋带子。索敌迟疑道：法师，你可是金贵之身，你怎么能这样伺候老朽呀？拖音抬首，一团笑意地说：小僧缘浅根微，福田薄寡，师父在世时，竟然没有给他老人家洗过一次脚，不过现在好了，总算是了却了这一桩夙愿，没有了遗憾。穿另一只鞋子时，索敌忽然拦住了拖音的手，自己完成了，绑上了鞋带子，慢慢挪下了炕，站在了地上。

这个关节上，别院的木门被叩响了，苏食一个劲地吆喊着。

索敌摇曳了一下身子，惊慌道：法师，少东主来了，今个天是大年初一，梵义说好来接我的，不，来接咱们的。拖音端起了水盆，催喊说：快去吧，你去开门。索敌讶异道：我，我能行么？拖音笃定道：咋不行呀，你以为新鞋子就不认路了，快去吧。

视线中，索敞走得歪歪斜斜的，不过很快就平稳了，找准了脚下的地面。

今年春节的沙州城彻底变了样子，据说各界新疆慰问团要提前抵达。

火神庙的门前，来自不同街巷的一帮老汉晒着日头，说着闲章，话题自然围绕着沙州城旧貌换新颜，以及书记长索乘的霹雳手段而展开。说到了激动处，大家慢慢达成了一致，沙州城堪比西安城和兰州城，至少在这个正月里，此地略胜一筹。这就好比穿上了过年的新衣裳一样，谁都愿意在外面浪达一趟，炫耀一番。银匠街的住户大多是行商，走南闯北惯了，见识颇多，逐一评点说：哼，西安城有啥好的，它是个方城，沙州城也是方城，但西安城是一件大裆裤，走起路来俩卵蛋碰得叮当响，还容易着凉，不如沙州城如此紧凑，像抿裆裤这么保暖。另一人附和道：兰州城也不外如此，它有黄河水，咱们有党河和宕泉河，它有白塔山，我有三危山与鸣沙山，它有五泉，我有月牙泉跟张芝墨池，它有拂云楼，咱有莫高窟的三层阁和这一座火神庙，总之亏死了兰州人，还妄称是省府所在地哪。薛仁贵街上的邻居们听罢了这些老婆舌，深感大而无当，不啻于井蛙之见，遂一针见血地指出：关键是人，人才是这一幕幕光阴中的魂魄所系；呃，紫禁城那么大，风水那么旺，要山有山，要水有水，可偏偏摊上了一个命薄福寡的宣统皇帝，不是照样被冯玉祥踹了几脚，撵出了院子，跑到东三省吃屁喝风去了嘛。又有人作结道：言而总之，自嘉庆末年一直到现在，县衙也好，县府也罢，称知县也行，叫行政长或县长均可，一茬又一茬的父母官像走马灯似的，刮完了地皮，榨净了油水，而后拍屁股走人，好像敦煌是一个窑姐，他们是十足的嫖客。唱叹了一番，这人仰看着天空，双拳一抱：天老爷在哪，天老爷实在看不过眼去，让李肖鹏那个跳舞的杂碎滚蛋了，终于送来了一个眉清目秀的书记长，一位替敦煌顶门立户的儿子娃娃。

这么着，话题渐渐地聚拢在了索乘的身上，每个人似乎都与有荣焉。

嗯，凡革命者也，其实就是当世的人杰，是领头的羊，是带队的大雁，是当先的豹子，也是鹰群中的主宰，看待书记长，应作如是观。一位塾师出身的老叟，之乎者也了半天，竟忘了手里点烟的纸捻子，一下子烫疼了手，这才住嘴。白胡子插话说：的确，倘若书记长长在天上，那一定是云彩里的凤凰，长在树上的话，绝对是一根耀眼的梢子，如今落在了红尘凡世中的敦煌，他就不愧是人里头的人尖子。革命，这个对诸人来讲坚硬而陌生的辞藻，在每个人的心中发酵着，喷薄着，激奋着，却又老虎吃天，说不出一个真谛来。戴石头镜的老者悄语道：是这，我听一个在县府里当差的街坊说，书记长当着下属们的面，举起拳头，在孙中山先生的画像前发了誓，吃了咒，声称他这一辈子不婚不娶，决意将自己的一具热身子捐给革命，捐给领袖，捐给这个国家。依我看呀，这真是硬汉子的作为，实非常人。旁侧里的一个鳏夫匠，天天坐在大十字一带，靠替人代写书信为生，忽然夸张道：迟了，一切都迟了，书记长已经悄悄办完了婚礼，县府里人尽皆知，你们乃马后炮是也。诸人皆惊，纷纷探问说：哎呀，我等真是耳朵里长了驴毛了，这么重大的喜事，居然没有沾上一点点的吉，敢问书记长迎娶的是谁？哪个街巷的，哪个家门的？鳏夫匠仔细道：迎娶来的女方家，并不是沙州城的，更不是关外三县的，而是从内地来的一位女学生，又洋气，又漂亮，就像是从千佛灵岩的窟子里揭下来的一张壁画。据我揣测，书记长之所以能有如此的大手笔，让沙州城改天换地，夫人至少也有一半的功绩。在啧啧的赞美声中，鳏夫匠一拍脑门，恍然道：哎呀，想起来了，终于想起了夫人的芳名。在诸人关切的目光下，又道：夫人姓革名命，号中山信徒，与书记长可谓是郎才女貌，一对神仙眷侣呀。这个关子卖得好，滴水不漏，占尽了上风。鳏夫匠抿笑着，接住了大家孝敬过来的七八根纸烟，统统别在了耳朵上。

在这一系列的谈议中，人们小心翼翼地规避着索门、义庄、玉石扳指、老掌柜、猪圈和罂粟花这些敏感而尖锐的辞藻，唯恐犯忌，触怒了天颜，挫伤了书记长的自尊心，折损了他的革命积极性。当然，大家也生怕周围埋伏着一两个县府的密探，三七不对，便将自己当场锁拿，投进了县监狱。同时，大概为尊者讳，人们的嘴里一般不愿直呼索乘，一概以书记长代称，感觉能与这样的大人物同处一座方城，同在一幕生命的光阴中，一定是缘于不可言说的福报，必当珍惜。

今个天是大年初一，虽然风寒，但日光澎湃，照临着这一座关外名郡。鳏夫匠受了夸奖，一时心热，喊来了卖罐罐茶的担子，人手一碗，大家接续了先前的话题。

不料想，在县初级中学的大门口，一帮戴着顶针、拿着针线或纺锤的妇人，却是另外的一套嘴脸和陈词。上半天还早，昨晚夕娃娃们熬夜闹除夕，睡不到日上三竿的话，打也打不醒来，所以不必急着去当饭婆子。庞亮家的稍微认识一些字，也有威信，率先开腔道：哼，盘古开天辟地，神农遍尝百草，这自古而来放鞭炮就是过大年的一项风景，鞭炮一响，炸了鬼魅，驱了邪祟，上告了天老爷，下告了土地公公，图的便是一个吉利和兴旺。这下可好了，县府里一张告示，沙州城内禁绝了鞭炮，整个除夕夜就像死了一层人，在办丧事似的，连一点点正月里的味道也闻不见。郝炜家的声援道：对呀，屁也是响的，县府有本事的话，不如定做上几万个木头橛子，将人们下头的窍眼全都塞上，那可就省心了。妇人们互视了一眼，纷纷捂住了嘴，失笑开来。周强家的说：的确，县府干的事都是驴粪蛋子表面光，各家店铺的门板和墙面，必须按规定油漆一遍，东北角是绿的，东南角是黄的，西北角是红的，西南角是白的，简直就像缝了一件戏子的衣裳，穿在了沙州城的身上。陈桂林家的也附和道：另外一个，县府派人来敲锣，凡是临街的院墙，勒令户主们一律要用石灰粉刷白，上面还要抹上一行行红颜色的汉字，不是欢迎莅临，便是三民主义，我家的男将迟刷了两天，挨了一顿棍棒，到了现在腿还是瘸的。贾莹家的将针尖在头皮上擦了擦，膏了油，一锥子攮在了新纳的鞋底子上，哀告道：哎哟喂，前半夜里我出门去倒垃圾，整个街道上白光光的，沙州城就像一座正在举丧的大灵堂，却一无孝子，二无灵位，后来有个人喷嚏了一声，吓得我魂都丢了，现在还心慌哪。

这一时，马达木家的回来了，一边系腰带，一边詈骂道：呸，真是池浅王八多，也不知是哪一个杂碎献的计，县府居然将城中心的那几座茅厕全都拔除了，撒个尿还得跑半里路，县府管天管地，难道还要管人们拉屎放屁么？庞亮家的劝慰说：这倒是一个临时性的难题，县府做给各界新疆慰问团看的，怕熏坏了客人，恶心了贵宾，等那一帮子混蛋走了，我保证还会恢复原貌的。郝炜家的插嘴说：哎哟，你可有所不知，别说人们拉屎放屁了，现在就连街上的骡马也夹紧了屁眼，一步一挪，假如让便衣警察发现谁家的牲口当街拉了粪，那可就倒了大霉了，一个粪疙瘩罚一角钱，万一拉了稀，主人不吐血才怪了哪。范宏伟家的打完了一张布坯子，晾在了墙根下，龇牙道：咦，你们猜猜，如今沙州城里少了一样东西，一样很重要的东西，原先家家都有，现在却连一个也不见？妇人们纷纷停下了手，一时间被这个提问给难坏了，脸色也变成了茄子的样子。见众人懵懂，范宏伟家的忽然张开嘴，汪汪汪了几声，以示提醒。这么着，一灯破夜，大家终于反应了过来，原来是狗。沙州城的家犬和野狗已经被警察局捕杀殆尽了，县府声称是为了治安环境，根本没留下一个活口。那几日，街道上到处都在杀狗，向阳的墙头上，挂满了一件件血淋淋的狗皮。据说，有几个属狗的可怜人连惊带吓，一命归西了，连这个春节也没赶上。

一说到狗，一直没吭声的王兵家的和苟喜饶家的一下子哭恓惶了，彼此攀住了胳膊，互相怂恿，互相鼓励，眼泪淌下了三大缸。狗是家里的伴当，不提也便罢了，现在有人明晃晃地说出来，等于戳烂了肝肠，捅破了苦胆，勾起了大家一腔子的心酸。大过年的，反正也闲着，不如先干上一架，回去了再剁肉馅，给娃娃们包酸菜饺子。两个人恨上了范宏伟家的，嘴里的恶痰刚刚攒了一半，仇恨尚未酝酿成熟，却见街道上走过来了一群风骚的娘们。

这一群妯娌分别来自天水坊、陇西坊和平凉坊，平时难得相聚，专门择了今个天，进城来串亲戚的。虽然面子上祥和，但每个人的心里都揣着一张小算盘，打个不停。首要的就是要穿金戴银，从头到脚，一身妥妥的料子，绝不能输给了旁人。这一趟没有了男将在侧，女人们脖子上的链子便丢开了，于是在沙州城内连蹦带跳，大呼小叫，简直是放浪极了。

在城里人的眼中，敦煌二十三坊的百姓是乡下人，是乡里棒子，是乡巴佬。目下，即便她们披红挂绿，一身雪亮亮的颜色，但也改不了一夜乍富、叫花子碰巧吃了一块热酥油的嫌疑。也活该这些妯娌倒霉，刚刚路过了县初级中学的门口时，瞥见两个妇人跳将出来，面色愠怒，一左一右地拦住了大家，开口就骂。

反正，什么话难听，就说什么话。两个人的嘴巴就像囤积了大半年的茅坑一样，口舌又像搅屎棍，乌烟瘴气地骂了大半天，连头顶上的天空也被骂坏了，脸色蜡黄，日光漂泊下来，竟然呈现出了一种屎黄色。半晌后，两个人联袂骂毕了，嗓子也干了，这才消停下来，将尻子放在了板凳上。庞亮家的念过书，也有涵养，探问说：咦，听说文和事老协会给三个坊放了钱，兑现了你们去年种植的鸦片，全部是真金白银，这事当真？对方一个杨排风模样的站了出来，扬着一块花手巾，傲慢地说：对也对，不对也不对。呃，这话咋讲？追问道。杨排风翘起了下巴：是这，连公子和文协会的人挨家挨户地来做工作，心意很诚，这一次放钱只放了大概一两成吧，其余的还挂在账上，答应将来再兑现。庞亮家的揶揄道：才放了一两成呀，那你们岂不是亏死了，辛苦了一整年，做了折本的生意，我都替你们抱屈。杨排风噘嘴说：话可不能这么讲，连公子贵为文协会的领袖，舍了自己的小家，一门心思地为我们三个坊的百姓劳碌，应该体恤他，将来给他塑像，供在土地庙里才是。再说了，反正肉烂在了锅里，现在兑现一两成又咋了，就这一两成，也抵得上我们以前种三五年的庄稼，人得知足，也要懂得感恩，等开了春，二十三坊全部种上了罂粟花，好日子还在后头哪。如此公然的炫耀，轻蔑的口气，让一旁王兵家的和苟喜饶家的简直咬碎了牙齿，恨不得扑上去撕烂她的嘴。庞亮家的噗嗤一笑，反诘道：哎哟喂，别高兴得太早，实话说吧，钱多了也不是一件好事，钱终究是个祸害，一夜乍富了又能咋样，有的人能压住，有的人德行不足，反而会被钱砸死的。杨排风嚯然一笑，露出了一枚金牙，回击道：砸死了也好呀，那总比饿死的强，我宁可躺在金棺材里去哭，也不愿意坐在穷炕头上笑，人活一世，只为了吃喝，这个道理像一碗水那么简单。庞亮家的被挫伤了，红着脸说：哎呀，听说放钱的当天晚夕，平凉坊死了三个兄弟，天水坊死了一对父子，陇西坊倒是没死人，但七条腿断了，十几根胳膊折了，结仇的结仇，另家的另家，这个年怕是过不好呀。杨排风哼了一声，笃定道：这有啥稀奇的，棺材铺大年初一还开着门，化人场三十晚上还点火哪，死人的事天天都有，这位嫂子，你千万别给钱栽赃，玷污了钱的名声，钱就算掉在了屎坑子里，它照样是钱。这么着，庞亮家的败下阵来，灰溜溜地坐在了板凳上，抓起了针线。

青天白日的，这一群城外来的风骚妇人口无遮拦，一说生，二谈死，不是屎，便是尿，这些腌臜至极的言辞，让开年的第一天臭烘烘的，充斥着不祥与污秽。王兵家的张开臂膀，拦住了对方，喝令她们赶紧掉头，总之这条街上容不得乡下棒子。杨排风讥讽道：总算看清楚了，你们是见不惯穷人家的烟囱里冒烟，害上红眼病了，姐妹们，咱们回去吧，沙州城里太憋屈，不如去党河边上透透气。孰料，苟喜饶家的拦在了另一头，强硬道：哼，没那么便宜，你们当街拉了一大堆粪，除非舔干净了再走，否则，我手上的这一把锥子也不是白蜡做的。

这一时，杨排风摸出来一粒黄澄澄的小东西，衔在了指尖上，释解道：嫂子们，认下了吧，这是一颗金豆子，足金的豆子。苟喜饶家的收起了锥子，愣怔道：瓜婆娘，你要干啥？杨排风一笑：不干啥，就买你身后的这条路，我们原回家去，从此不进沙州城的门了，嫂子们菩萨心肠，高抬贵手，放生了吧！言毕，杨排风一甩手，将金豆子扔在了墙根下，而后率着妯娌们，乌泱泱地消失了。

晒太阳的妇人们也不是吃素的，瞄准了金豆子划过来的那一根弧线，突然间就乱了，像一群母狗似的，撅起了尻子，在墙根下撕咬开来。最终，在混乱当中，郝炜家的抓住了那一颗金豆子，急中生智，扔在了嘴巴里，嘎嘣一咬，一下子就碎了。一股炒黄豆的气息布满了口腔，郝炜家的伸出了舌头，让大家查验，但无人相信。此后的许多年内，这件事成了一桩家喻户晓的无头案，众说纷纭，没有形成一个定论，但吞金的女人被街坊们彻底地孤立了。刚开始，郝炜家的自己也不信，一连清洗了半个月的排泄物，自然是一无所获。这个女人从此不再进食了，饿成了一张黄表纸似的，慢慢地瘦死了。

这个过程中，庞亮家的一直坐在板凳上，绣着一只鞋垫子，头也不抬。庞亮家的知道，像这种天上掉油饼的事，鬼才相信哪，不由得失笑了起来。刚笑了一半，一记嘹亮的耳光扇了过来，直接落在了她的鼻脸上，手里的针线也飞走了。庞亮家的举首，瞭见是自己的婆婆，眼泪唰地下来了，表情无辜至极。这一时，小脚婆婆一把薅住了儿媳妇的头发，詈骂道：你个卖裤裆的货，你躲在这达清静了，你男人却在家里砸了个一塌糊涂，快把房子点着了。或许顾忌到了自己的名声，婆婆对邻居们释解道：不得了了，她男人的大烟瘾犯了，非要吃鸦片，我的寿材前几天也被偷偷卖掉了，我现在连死的心都有了。

一下子，县初级中学门口的人们作鸟兽散。日光白花花地照临下来，全都浪费了。

街上驶过了一辆普通的车轿，轿厢前面的帘子挑开着，对面的景致依次进入了眼帘，令人怦然心动。索乘抓住扶手，拔长颈子，一直瞭看着。迎面而来的每一张笑脸，每一声娃娃的啼哭，每一只牲口的欢叫，哪怕就是刚才那一对婆媳的吵闹，也让索乘觉出了这个人世间的珍贵，深感没有辜负了敦煌父老对自己的冀望。在索乘的擘画下，沙州城分成了四块，分别用四样颜色来替代，绿城、红城、黄城和白城。所有临街的大小墙面，均被不同的颜料水粉饰了三遍，白的是石灰，绿的像菠菜，红的如鸡血，剩下的一种像姜黄，迥然有别，一目了然。屋顶和墙头上的枯草被勒令铲除了，风干物燥，防火第一。地面上，几座公用的男女茅厕被拆除了，空气清新。野狗和家犬也统统灭失了，一不伤人，二不吠叫，终于还了百姓们一个巨大的宁静。头顶上，那些家养的鸽子彻底消失，街道上踢毽子的娃娃们，不再喜欢鸡毛，纷纷换上了鸽子的尾羽，好像毽子从此有了灵性，又高又稳。俗话说，人要衣装，佛要金装，沙州城也不例外。有了这一次的革面洗心，重新梳妆，连索乘本人几乎都快认不出来了，有一种梦幻，有一份喜悦，但滋生在心底深处的，却是一种沾沾自喜的成就感。这一时，车轿缓了下来，前头是一个岔路口，人们碰巧路遇，在纷纷作揖，在互道吉祥的话。冷不丁，一个头戴兔脸帽子的娃娃挣开了大人的怀抱，探头嬉笑，递过来一根吃了半截子的冰糖葫芦。索乘当即接在了手里，顺便掏出了一个红包，别在了娃娃的脖领子上。

盯望着这一根冰糖葫芦，索乘的眼角登时湿下了，衔住了两粒滚烫的泪滴，一时鼻酸。半晌后，索乘这才醒悟过来，身后有人，忙敛住了情绪，回头探问说：还剩哪达了，抓紧吧？田虎子答复道：北门，视察完了北门，你也该歇息了。索乘吆喝了一声车夫：去北门。

这一路上，田虎子都在打瞌睡，此刻醒来了，忙将火炉子送过去，关照道：书记长，你赶快烤烤火，这鬼天气，太冷了，八成是三危山上下了雪吧，早上城里头还有一层霜哪。索乘不语，伸手烤着火，一副若有所思的表情。田虎子道：是这，遵照书记长你的批示，全体警员一律取消了休假，一直到元宵节过完，命令方可解除。现在，除了四道城门和城外主要路口的武装岗哨外，其他人等不分马警和步警，直接混编成了三支便衣队，一支交给了文和事老协会，让连公子去使唤，一支在沙州城内流动执勤，维持春节期间的社会治安，保障县府和书记长的绝对安全，另外的一支么，暂时租借给了谭家大院，慢慢去抵账吧。实话说，没有了丁掌柜那五千块大洋的捐款，沙州城顶多就是一个烂窝棚，一个骡马市场，不会像今天这么耀眼，简直输不给莫高窟的壁画呀。索乘讶异地发现，手里的冰糖葫芦开始化了，冻结的红糖在炉火的舔舐下，形成了一根丝，又一根丝，仿佛蛛网似的，掉在了炉膛中，拂上来一股焦煳的气息。田虎子挪了过来，阿谀道：书记长，属下不才，刚才闭目思想了一路，终于参透了长官的良苦用心。属下猜，你之所以挑选了这四样颜色，实则是大有深意，绿色自不必说，指的是春三月，冬麦发了芽，果园子开了花，青草冒了头。红色当然是夏天，戈壁大滩上的火风一旦吹过了党河，苹果和葡萄便熟了，辣子和柿子就像红灯笼，那三个坊的罂粟花田更是燎起了一场大火，铺天盖地的，天老爷也灭不了它。哦，这黄色和白色也大有讲究，一个是金子，另一个是银元，今天是一年肇始的日子，我都有心去舔一下那两面墙，图个吉利，讨个彩头呀。喋喋了半天，索乘始终泥塑着，连一声咳嗽也没有。田虎子一时灰败，摸出来了一个本子，打开道：长官，此番各界新疆慰问团莅临敦煌，将停留半个月,按照你的指示,我已经预订了两所驿馆,提前停业准备了,慰问团正式成员总计有一十三人,加上其他的后勤保障,一共是三十九名,两所驿馆的床铺分上中下三等,分配大概如下……此刻,那一层脆弱的红糖外衣融化干净了,索乘发现原来是一串山楂果,牙齿间突然一阵子酸涩,也不由得打了个激灵。

"咦,你知道革命是什么滋味么?"发问道。

田虎子挠着头皮:"长官,这,这可不是我操心的事。"

"那我告诉你吧,革命是冷酷的,也是酸涩的。"索乘抓起那一串山楂果,拼命咬下了一颗,难过地闭上了眼睛。半晌后,眼睛复又睁开了,一片泪光,索乘将剩下的递给了田虎子,嘻然道:"不,酸涩太轻薄了,这个词不太准确。我现在认为,革命是苦涩的,先苦后甘,一定是这一条道路。"

车轿剧烈地摇晃了起来,听声音,车轮碾过了一片砾石路面。索乘沉吟道:少小离家老大回,乡音未改鬓毛衰,实话说吧,我离开敦煌那么久,在异乡颠沛了许多年,几乎每天晚上都能梦见儿时的沙州城,一旦梦醒之后,想家就想得心口疼,疼得死去活来,无以复加。在这种倾诉的气氛下,田虎子攥着那一根山楂果,发现是坏的,被虫蛀了,但是一种同甘共苦的念头占据了他的脑海,遂张开牙齿,衔住了一颗。索乘并不在意属下,兀自沉浸在了个人的心情中,叨念说:但是,天老爷作弄,命运的驱遣,当然也是因为革命的需要,我此番回来后,竟然失望到了极点,沮丧得真想一走了之,沙州城以及敦煌不该是这么个样子,失败,野蛮,自大,毫无生气,斗志全无,明明是一片蛮荒之所,中国的生锈之地,却又不思进取,安然于这种麻痹和沉沦当中,我的心快烂了,天天在滴血。旁侧里,田虎子咬碎了山楂果,吊诡的是,既不甜,也不酸,似乎吃下了一团棉花似的,可有可无。索乘忽然激愤道:但是,索某人不能走,也不想走,我是喝着党河水长大的,我毕竟还是一个儿子娃娃,敦煌负我,但我决不能负了敦煌,所以我要改造她,让她成为我梦想当中的样子,不输给中国的其他任何一个地域。我发誓,我没有一点点杂念和私心,我的这一番初衷是公义的,也是良善的。

这一时，一阵恶心涌上了嗓子眼，田虎子的脑海中，出现了一根肥腻腻的白蛆，忙摸出了一块手巾，捂在了嘴上，偷偷取走了那一口秽物。索乘苦笑道：不错，我也闻听到了一些闲言碎语，说我这么大动干戈，劳民伤财，只是为了讨好各界新疆慰问团，献媚于那一帮中央大员，这就是我的悲哀，也是我必须付出的代价，但我对这些老鸹的聒噪一概不上心，革命者岂能让一两口恶痰，一阵毒辣的唾沫星子，止住自己铁流般滚滚向前的步伐呢？田虎子颔首，果决地应和着，这是他一贯的秉性，也是这个角色带给他的职业特征与荣光。索乘汗漫滔滔，简直停不下来了：所以，一屋不扫，何以扫天下，我现在必然要将这种社会改造进行下去，沙州城便是我的一亩三分地，也是我的试验田，纵然中伤和谣言满天飞，但我在这一片天际下，甘之若饴，陶然自乐，消化着这种苦涩，营养着我的精神。末了，索乘作结道：况且，我的这一双手是干净的，不曾从百姓的身上盘剥一分一厘，这些社会改造的支出，全靠我自己劝募，我托付了可靠的金主。

田虎子一阵暗喜。在书记长的这一番罕见倾诉中，他终于窥见了一线机会，可以推卸责任，保全自己，为将来埋下一个清白的伏笔。田虎子恳切道：长官，文和事老协会已经兑现了一部分种植鸦片的款项，真金白银地发到了天水、平凉和陇西三个坊的农户们手中，但是连公子他们放的不是钱，而是火药，是炸弹，是凶器，是绳索，也是毒药。目下，因为分配不公，父子失和、兄弟杀戮、夫妻反目的烈性事件屡有发生，先后死了九人，有十几座庄院被纵火烧了，一片废墟，真的令人痛心呀。索乘箍住了双手，比画说：喏，请你切记，我的试验田在沙州城内，至于城外的二十三坊究竟是电闪雷鸣，还是洪水滔天，我并不操心，想必这也是社会改造伴随而来的阵痛，没有代价，何以奢谈革命？田虎子喟叹道：唉，就算在沙州城内，现在也是风气大坏，已经有不少的子弟沾染上了鸦片瘾，地下烟馆一时猖獗，还美其名曰平心定气烟馆什么的，偷盗、抢劫以及杀人越货的案件时有发生，简直是一派乌烟瘴气呀。索乘突然唎笑说：哈哈，你这分明是悲观的腔调，恰恰相反，我坐在县府当中，没发现什么乌烟瘴气，反而嗅闻到了一种格外的芬芳。实话说吧，你不能归罪于罂粟花，罂粟是无辜的，过不了几个月，等城外二十三坊遍地花开的时候，整个沙州城和百姓们都将陷入那一种迷醉当中，也将感激我今天的决断和勇气。田虎子心知，眼前的这个人已经是一匹狂奔的烈马了，身上套着一辆名叫革命的马车，势必裹挟了沙州城，席卷了敦煌，就此踏上一条难以预测的长路。索乘却意犹未尽，释解道：其实，人世上一切美好的东西都充满了芬芳，罂粟是，酒是，钱财是，权力是，男女之道也是，越是珍稀的，芬芳便越是浓烈，但是最芬芳的，我相信莫过于革命，所以我效忠革命。索乘摸了摸口袋，掏出来一页纸，温婉地说：呵呵，我昨天夜里一宿不曾合眼，我填了一首《念奴娇》，专门献给革命的，你不妨看看，不吝赐教吧。

田虎子刚伸出了手，索乘却改了主意，将那一首《念奴娇》扔在了炉膛中，登时焚化了。索乘笃定道：算了吧，我不能文绉绉的，如此软弱的悲情，就像妇人们的缠脚布，简直无助于革命的事业。言毕，车轿也停下了。

北门到了，索乘和田虎子一身便装，立在寒风中，瞭看着街上的景致。左手的墙面是鸡血红，右侧则是菠菜绿，两相对照，令人们的眼睛一时充血，遐思无限。一个雇来的写字匠提着石灰桶，拿着排刷，刚刚写毕了一行颜体大字：关外名郡，春天在望。是呀，一年伊始，希望总会像灰烬中的草根，再次破土萌芽，带来新的念想和期冀，这便是生而为人的一份珍贵。索乘仰看着天空，还来不及感慨，却听田虎子说：长官，你瞧瞧，谁来了！

定睛望去，却见张喜群骑坐在一辆驴车上，载着爹娘老子，迎面而来。

车子停下后，张喜群扔下鞭杆子，跳将下来，抬手敬了一个礼。索乘忙拦下了，彼此都是素服轻衣，身无公务，让对方不必拘礼。目光询问时，张喜群苦笑道：长官，也不怕你耻笑，我家原先在西北角楼下的那一座院子赁了出去，房客一直拖欠着租金，赖账不还。唉，我可服了自己的爹娘，今早上就进了城，讨要租金来了，我马不停蹄地赶过来，幸亏拦在了门外。你说说看，这大年初一的，谁碰上债主谁闹心，就连佛陀和菩萨也都过年去了呀。索乘开心一笑，摸出来两个红包，递给了对方：快拿上，这是我给二老行的一个礼性，瓜子不饱是人的心，你别嫌少。张喜群躲闪着，坚辞不从。索乘假嗔道：快拿上，这是命令，否则……张喜群无奈，接在了手里，鞠上一躬：我爹妈聋了，我代表他们谢谢长官，祝你……一旁的田虎子也抽出了一张钞票，往过来塞，不小心掉在了地上。田虎子怒目道：咋了，书记长的是钱，我姓田的给的是黄表呀？你二棍子现在名声大了，就瞧不起旁人了？张喜群俯身，捡起了那一张钞票，吹净灰尘，塞在了口袋里，照例鞠了躬。这一时，索乘似乎想起了什么，掉头问：呃，对了，你们警察局是如何安置这位大人物的？你们的手上现在捧着张喜群这个杰出的典范，敦煌之楷模，可千万别辜负了他淌下的血，流下的泪，一定要善待他呀。田虎子答复道：长官，你尽管宽心吧，不管咋说，二棍子也是我的救命恩人，我有照顾的义务。索乘盯视着，等待答案。田虎子截铁道：我供着他，我不供观音娘娘，我也要供着二棍子。

像在印证田虎子的说法那样，张喜群忽然握起拳，堵住嘴，剧烈地咳嗽了起来。咳了半晌，这才脸红脖子粗地消停了下来，一脸的歉疚。反正今个天放假，时间都闲荒着，索乘的话也便多了起来，怨怪道：我猜，你这个伤风感冒是去莫高窟还愿时得的，我明明劝过你，可你还是死牛犟板筋，听不来人的好话。张喜群释解说：刚才心里着急，一路上跑来的，没感冒发烧，恐怕是呛的。索乘怜惜地说：嗯，你抽空去县府找我一趟，我那达恰好有半瓶子李肖鹏留下来的抑咳水，进口的，据说很管用。这个关节上，田虎子突然发问：

"二棍子，你那天去莫高窟还愿，可是相当排场呀。"

张喜群狐疑道："呃，出了啥纰漏么？"

"不，一点纰漏没有，甚至也没有一声喧哗和吵闹，从头至尾，你们那一支朝佛的队伍悄静极了，连驾辕的牲口都没撒过疯，一个个好像喂饱了的狗。大概半个时辰吧，你们就走得一干二净了，沙州城的街坊们早上睡醒后，竟也不知道发生过这么一桩大事。"田虎子仔细道来，一方面说给了书记长听，另一方面自然是质疑。又道："啧啧，我也算是开了眼呀，就算以前县衙的天台大人外出巡视时，也比不上你们当时的阵势，一共来了一十九辆车轿，全部是黄呢子装饰的，上面画着符，系了金刚结。临走之前，你们又在急递铺门口摆了香案，献了供品，一个高僧模样的人还设了坛，诵了经。整个仪式简略而完备，速度很快。"

"的确。实话说吧，我一个病秧子，根本禁不起折腾，但我说了不作数。"张喜群苦楚着表情，双手按在了腹部，似乎这一切都是由那一道痛彻的伤口引发的，自己也莫可奈何。又说："唉，我爹妈坊上的乡邻们孽障我、惜疼我、抬举我，不仅派了家里的儿子们来护送，还舍上了过年的钱，购了十几车的香烟烛火。大家一趟子去了莫高窟，烧在了大佛脚下。"

索乘感慨道："田夫故老，家婆穷媳，只有这些人最有深情。"

"可是，名声大了，也不是啥好事呀。"张喜群敛目自省，语气中一团谦逊，"我这回歪打正着，替田兄挨了这一刀子，又承蒙书记长看得起，做了一介典范人物。这不，坊上的邻居们慷慨极了，不是送年货，就是请吃流水席，我爹妈身上的这一套新衣裳，也是大家馈赐的。二棍子何德何能呀，白手享受着大德厚谊，这让我时时愧怍不已。"

"李豆灯死了，但他生前定下的乡规民约还是深入人心，也还活着。"索乘作结道。

田虎子不甘，追问道："二棍子，我就不相信那十几辆车轿上拉的都是香烟烛火、法器供品、经幡纸符。难道，在你去莫高窟上香的幌子下，其他人就没有夹带私货，浑水摸鱼？那些接你的人一阵风地来了，又一道烟地撤走了，好像经过了演练似的，整齐划一，这不能不让我产生另外的念头。"

"田兄，那是去朝佛，可不是去看六合班的大戏。"答复道。

"嗯，等你们全部走光了，出了南门外，我这才醒悟了过来。实际上，那些来接你的精干后生，并不是你爹妈坊上的邻居。"田虎子步步紧逼，一点也不留死角，逼视道，"倘若我没有猜错，那些挽着袖子、衣着一致的年轻人，其实是武和事老协会的骨干。武协会虽然被解散了，但那些人早已被秘密地收编，你二棍子恐怕也是他们其中的一员。"

"哼，这大过年的，你一手赠红包，另一手给我脸上泼粪，你想咋的么？"

"河西司马，你总该知道吧？"

"啧啧，那不过是一个传言，城外二十三坊的屎尿娃娃们也明白，不值得大惊小怪。"张喜群精气陡现，血脉偾张，"河西司马算个尿，我还知道刘关张，知道李元霸和秦叔宝，也听过五鼠闹京都。不过，这大冷天的，我就不说这一折子了，以免牙齿上沾了血，不吉利。"

田虎子讥诮道："二棍子，你脑子没糊涂呀，原先你都是装的。"

"嗯，我的脑子只吃饭，不吃屎。"决绝道。

"看来，我真的比不上河西司马，连二棍子这样的人都能甘心服属，可见他识人断事，技高一筹呀。"田虎子哈着热气，搓着手，喟叹道，"我不能那么干，我不能在半路上截住一支朝佛的队伍，更不敢提兵杀进莫高窟，我不想遭报应，真的。"

张喜群咧笑说："田兄，你别忘了，那一张特别通行证是你亲自开具的。"

"的确，我现在还想再开一张。"

"咦，开给谁？"

"二棍子，我给你三天过年的假，初四日的早上，你归队吧。"田虎子瞥望着索乘，笃定道，"我已经答应过长官，以后要供着你。我不供佛陀和菩萨，也一定会供着你。你去传事室报到吧，那是一份闲差，不用出更，也不必舞枪弄棒，这对你的身体有好处。"

"太好了，我一定当好警察局的看门狗。"张喜群抱拳，口气干脆。

在这个过程中，索乘一直瞭看着对面墙上粉白色的大字：关外名郡，春天在望。越琢磨，索乘的心底里越是滋生出了一股淋漓的豪气，感觉筋骨当中有一种破冰重生的动力，勇武，决绝，摧枯拉朽一般。是的，这一座关外重镇，正在自己的擘画下，改变了样子，修复了精神，一切可期。耳食着旁边的喋喋声，索乘乐见两名属下的斗嘴与攻讦，至于具体的内容，随他们去吧，权当是两只吃了醋的公鸡，一人一嘴的毛。

岂料，偏偏在此刻，张喜群的那一头驴却不争气，尻子一松，拉下来了一堆粪疙瘩，热气澎湃，触目惊心。这一段路归旁边的班超街管辖，瞭见这一突发事件后，胡同口里扑棱棱地冲出来了一伙人，锁住了几个角，将张喜群和驴车围在了当中，喝令二棍子缴纳罚金。张喜群沮丧透顶了，点头答应，新年碰上了这等邪性事，抵赖不得，况且当着书记长索乘和局长田虎子的面，率先垂范必然是一桩美德。

班超街的纠察人员蹲在马路边，掰开了那一堆驴粪，仔细地清点着。这个季节上，牲口大多吃的是干草和麸皮，今天是春节，可能还吃了一些豆渣，嚼下了冰块，所以驴粪不成形。清点了好几遍，一个说是四疙瘩，另一个咬定是六疙瘩，彼此争执不下。这么着，张喜群劝开了双方，将手里的两个红包款款递了出去，认缴了罚金。干完了这些，张喜群轻快地跳上驴车，骑坐在了车帮子上，一甩鞭子，竟然连招呼也不打，扬长而去了。

"长官，你都瞭见了吧，沙州城真是与往日不一样了？"田虎子迎合道。

索乘截铁道："是呀，新政开始了。"

两个人丢下了车轿，迎着渐渐和煦的日光，一边谈说，一边蹓到了大十字一带。街道两侧，那些化装成百姓的警察瞥见田虎子过来时，暗中点了点头，又各自消失了。顾大穗锅盔店这一天歇业，门前的场地上人头攒动，一个河南来的老汉正在耍猴。猴子爬上了三丈高的杆子，坐在天上嗑瓜子。瓜子皮纷落而下，犹如一阵子乱雪，惹得众人耻笑不已。索乘站在烤洋芋的摊子前，挑了一颗刚刚出炉的，指尖剥开了焦皮，一掰两半，撒上了一点盐巴，吃得痛快极了。田虎子怕长官噎着，赶紧去了一趟罐罐茶店，端来了一碗热茶汤，一旁伺立着。

不料想，通往西城门的主街上，突然响起了一阵狂乱的马蹄声，行人纷纷闪避，摊贩们的筐子和桌案也四分五裂，哎哟声不断。两匹快马像一道冬夜的闪电，绕过了街口，疾驰而来。行经田虎子时，马上之人双双跃将下来，一不咳嗽，二不趔趄，显得训练有素，并肩站在了局长的面前，抬手敬礼。跑脱的快马也不曾出现什么意外，因为人群中冲出来了几名便衣，迅速抓住了缰绳，喝停了两头牲口。田虎子心里打鼓，放下了茶碗，目光询问了上去。

"杀人了，死了一个娃娃。"

田虎子谨慎道："仔细说，别连毛带草的。"

"是这，城外的游警刚刚传来的急报，声称义庄的院子里发生了命案，杀死了一个娃娃。现在马警队已经封锁了现场，队长派我们来报告。"显然，这两名外围警察对眼前的书记长索乘一无所知，又补充道，"凶犯杀了人以后并没有潜逃，一直逗留在现场，现在被控制住了，烦请局长去义庄一趟。"

"唉，这个年报废了，真遭罪。知道是谁干的么？"

"索家的大少爷。"

田虎子惊愕道："索，索朗？"

"正是。"

田虎子登时恼怒坏了，挥手斥退了两名传信人，朝前面吆喝说：快，快把马牵过来，耳朵聋了么？这一刻，田虎子的头上着了火，丝毫也不敢怠慢，掏出来一只铁哨子，含在嘴里，打算集结附近的属下们，共赴这一场突发的灾难。孰料，索乘拦住了他，不许吹哨，不许惊扰了过年的百姓们，败坏了大家的兴致。索乘吃完了最后一口烤洋芋，端起茶汤，漱了漱口，而后噗嗤一声，吐在了地上，用手巾擦净了嘴角。索乘交代说：别急慌，咱们先步行出城吧，等到了城外，再骑马也不迟。言毕，索乘埋下头率先走了，田虎子尾在了长官的身后，觉得头顶上的天开始塌落，周围墙上刺目的颜色，也在慢慢地褪净，变得一片灰白。

就算是大年初一，义庄也还是一座废墟，甚至比往日更加荒凉了几分。

午饭前后，墙头屋顶上站满了人，大多是周围坊上的乡邻们，衣裳簇新，鼻脸冻得像柿饼。义庄的门楼下，停放着十几辆骡马车子，路过的行人们也纷纷放弃了走亲戚串门，挤在里头看热闹。现场早就被封锁了，义庄的猪圈已不复存在，被彻底挖开后，形成了深达一丈左右的大坑。在坑口旁边的砾石堆上，横卧着一具死尸，脖颈子几乎被砍断了，只粘连着一些筋肉，身首异处，龇牙咧嘴的。血淌光了。血淌在了这个季节，立刻冻结在了沙石上，好像死者睡在了一块红色的栽绒毯子里。在尸体的脚下，扔着一把杀猪刀，可能是太用劲的缘故吧，刀把子断了，只剩下了一块暗哑的锋刃，依旧烁闪着寒光。看客们指指戳戳的，辨不清究竟是男是女，到底是哪个坊上的人，但至少从鞋帽和打扮上判断，这应该是一个娃娃。半晌后，有一个婆娘眼睛软，一下子哭开了，仿佛心里头捏碎了一颗苦胆。旁边的男将申斥道：哭个锤子呀，大过年的就嚎丧，有你这一年的苦果子要吃。婆娘反诘道：孽障着，那可是一个娃娃呀，还没有活成人哪。男将威胁道：哼，大少爷杀的是他自己生养下的闺女，跟你一个屁的牵扯也没有，快给老子收起你鼻脸上的尿水吧。婆娘诅咒说：对自己的闺女动刀子，他还算个人么，阎王爷的油锅和铡刀在等着他哪。男将发笑道：对，他根本不是人，因为他们是富人，富得流油，你仔细瞧吧，他们把钱真不当钱。婆娘瞭看了一眼，立刻懂了，也就止住了哭腔。

那一具冻僵的死尸横卧着，但手里攥着一块发光的坨子，看成色，应该是老银子。

在猪圈旁边的断墙上，索朗一直颓坐着，浑身上下都是血迹，鼻脸是红的，头发像一蓬野草，落满了煤灰和枯叶。索朗一边咬着手上的冻疮，一边诡笑道：嘿嘿，我杀了索梅，索梅让我给杀了，这个让驴骑了的小娟妇，这个不要脸的臭婊子，真是活该。几名警察前后左右地拢住了索朗，但始终没有难为他，因为这达是义庄，是索门重地，谁都掂得清其中的分量。索朗开始念口诀了：狼叔好，狼叔俏，狼叔是祁连山上的树梢子，更是人里头的人尖子；狼叔好，狼叔俏，狼叔是东海上的龙儿子，也是沙州城里的大王子。刚念了一半，一根鼻涕滑了下来，挂在嘴上。索朗也不在乎，舌头一卷，直接吞了下去，呼噜一声，好像那是一根洋芋粉条。索朗咂巴着舌头，喜兴地问周围的人：这下干净了吧？嘿嘿，杀了这个小娟妇，义庄的门匾又亮了，索梅的血还真的不赖，比胰子强，也比猪鬃刷子要管用，你看头上的牌子亮闪闪的，简直要亮瞎了我的眼睛。絮叨了半晌，见无人应和，索朗的瞌睡上来了，刚偎在了墙上，却瞭见附近的人群豁开了一条孔道，索乘和田虎子堂皇而来。

索朗一时激动，一个蹦子跳下了山墙，张开臂膀拦住了索乘。

嘘，快小声，爸睡着了，正打呼噜哪，你别泼烦他。索朗叮咛道。田虎子怕出意外，刚要动作，索乘却轻咳了一声，制止了他。索朗悄语说：好我的弟弟，你咋才来呀？唉，其实咱们一样命苦，想吃一泡热屎，天老爷却看人下菜，连一根屎橛子也不给，我们白做了一场索门的后人。冻疮开裂了，索朗的指头上脓血交加，却见不到他有丝毫的痛楚，又接续道：弟弟，我实话告诉你吧，原来那个老贼娃子将义庄的金银，全都藏在了猪圈下面，我千想万想，我挖地三尺，可偏偏疏忽了这达，嘿嘿，难怪那个老杂碎天天坐在猪粪上装疯卖傻哪。索乘并不接茬，眼前的这个败类，这个著名的逆子，根本引不起他的共鸣，甚至相反，让他觉得离得很远，彼此之间冰封雪固，充斥着一种深刻的酷寒与敌意。事实上，索朗也根本不需要什么捧场，只想一味地将肚子里的牢骚话刈除干净，不要留下些许的遗憾。索朗诡笑开来，释解说：嘿嘿，索梅这个小娼妇吃里爬外，昨晚夕带着她的相好，她的相好就是胡家坊的胡梵同，连夜把猪圈挖开了，盗走了全部的金银，他们打算私奔，他们想远走高飞。这么着，索朗掉转过身子，指着坑口旁边的那一具死尸，得意道：你瞧，细君没走脱，索梅让我给宰了，这个小婊子的手里还抓着一块老银子，起码有五两呀。

突然间，索乘开腔道：快动手，一绳子给绑了，投进死牢里去。田虎子得令，相帮着几个警察，动作凌厉，立刻将索朗五花大绑，捆扎停当了。索朗在被押解离开之前，忽然瞭见了田虎子脖子上挂着的那一只铁哨子，如见故人。索朗咧嘴说：哎哟，我原先也有一个，也是这样子的，后来就丢了，可能是那一帮老母鸡偷走了吧。田虎子倒也干脆，直接摘了下来，将铁哨子赠给了对方，套在了索朗的脖颈子里。

这个关节上，义庄的门端里驶停下了一辆豪华车轿。帘子撩开后，连公子搀着他寡妇出身的婆娘，踩着下马凳，急吼吼地跑了进来。女人天生就长了一副狗鼻子，抽吸了一口，便嗅见了自己的目标。连夫人惊喊一声，不小心跑脱了脚上的绣花鞋子，然后像一张肉席子似的，扑在那一具死尸上面，尖哭了一番后，迅速晕厥了过去。

连公子趋前，站在了书记长索乘的旁侧，哀告道：哎呀，瓜儿子这一死，我的女人不得活了，她前头丧过男将，今天又亡了后人，这真是一桩人世上的悲剧。索乘讥讽道：你好像很轻松么，卸掉了心上的一块磨盘似的，既然这样，那你当初干么要娶一个拖着油瓶的寡妇呢？连公子抿笑，委婉道：长官，假如文和事老协会的当家人是一个光棍汉，一无家眷，二无子嗣，这如何取信于城外二十三坊的百姓呀？呵呵，我干脆图了个省事，寡妇娃娃一块要，一步到位嘛。索乘听出了一种讽刺，脸色霎时一黑，却被连公子及时察觉了。连公子忽然抱拳，恳切道：长官，你不一样，尊夫人芳名革命，如今端坐在县府大堂，所以你才能这样闲庭信步，一切都挥洒自如。索乘咂摸着这一句奉承话，笃定道：

"今天的这一桩命案，我会给你一个交代的，即便你现在故意不讲。"

连公子探问说："敢问几时？"

"不急，等各界新疆慰问团走了之后吧，这个现在是头等大事。"

"嗯，也好，"连公子嘟哝说，"开了春最好。"

卷四十

距开元寺两里半，也就是千佛灵岩的南翼，崖体直插宕泉河上游，偏偏在这里留下了一个豁口，形成了一个断面。天工神奇，在白昼天，鸣沙山上的沙子会流泻下来，仿佛一道虚弱的陡坡，一入了晚夕，河道上的风便会将沙子重新送上山巅，日复一日地上演着拉锯战，基本上相安无事。崖体脚下的荒地上，原先有一片僧侣们的坟冢，鉴于地下水位逐年上升，至迟在清嘉庆末年，这里便撂荒了，成了这一座河谷地带的死角，无人问津。

离开了别院，一路而来，索敌步履坚实，腋下生风，竟然走出了一身的微汗。

天哪，这是从未有过的感觉，心脏跳突着，骨骼轻快，尤其是脚上这一双新纳的布鞋，简直堪比登云靴，那么高迈，那么随心所欲。索敌暗自吃惊着，讶叫着，不敢拖宕，时时追撵着梵义，生怕河西司马等一干人厌倦自己，放弃自己。开元寺的住持拖音率头，一手摇响了法铃，一手作礼，扪心领首，沿路上诵念着经文，一直不辍。住持换上了一件明黄色的袈裟，背影笔挺，姿态安详，理所当然是今天的主角。在拖音的身后，梵义和孔执臣分列两厢，不疾不徐，照例是一身新衣新裤，英气逼人。少东主的手上端着五谷食盒，上面供着三炷线香，孔执臣却捧着一只青花瓷瓶，里头竟然插着一枝绚丽的白莲花，在如此清寒的天气下，仿佛刚刚绽放了不久。白莲花是绢做的，索敌不知道，但也一点不奇怪。因为在索敌的心目中，开元寺是一个谜，而梵义又是谜中之谜，遑论莲花了，清冰上还会结出牡丹来，他们甚至能使河水倒流，也能喝令山体转向，比如眼前的这一幕事实。

索敞的身后,管家苏食带着一帮子胡家的伙计,扛着香烟烛火,抬着三牲,始终哑默着,各自明白今天是一个大日子,并不仅仅是过年那么简单。

大概半个时辰前,在别院的门口,索敞终于恢复了往日的精神,再世为人了一场。

瞭见梵义下了车轿,索敞疾步上前,抱拳一揖,说了吉祥的话,问候了新年。梵义赶忙跪下,认真地磕了一个头,捧起一封红帖,谦恭道:叔父,一年开始了,让侄儿给你行一个礼性吧。索敞拒绝再三,却见孔执臣、苏食和伙计们纷纷下跪,与少东主同出一辙。索敞难堪坏了,一时失措,但拖音法师用了一种微笑的眼神,示意他从善如流,不要违拗了大家的美意。索敞照办了,如实说:少东主,老朽的病彻底好了,我跟着你回沙州城,跟着你回家吧。孔执臣喜悦道:索家大大,谁说你有了病,呃,你手脚上有个冻疮,难道就能称病么?索敞略显尴尬,心知对方在宽慰自己,便附和道:的确,越老越怕死,越活越娇气,我这点小小的皮外伤,简直不足挂齿,让诸位忧心了。梵义攀住了索敞的胳膊,哀恳道:叔父,在回沙州城之前,咱们先去朝佛吧,初一十五,烧香磕头,这个规矩是不能破的,况且现在是在莫高窟哪。索敞恍惚了一番,觉得这是个深奥的话题,离得太远。不过,索敞很快又瞥见了拖音微笑的暗示,爽快道:走,咱们去佛陀家里串门吧,给上佛拜个年,报一声平安。

梵义毕竟担心索敞的身体,邀他坐在车轿中,免得在寒风中受罪。索敞坚辞不就,再三声言,这是去佛陀家里做客,岂能摆谱,也绝不敢威风八面,只有步行上去,才是一份恭敬。这么着,索敞走出了微醺的汗水,也渐渐地发现了一些不寻常之处。

在宕泉河两岸,在千佛灵岩下的这一座幽谧河谷中,风是看不见的,但风的确存在。因为一种广漠的清寒接天连壤,无所不在,抽走了人世上的最后一丝体温。岂想,在这样的天气下,索敞竟发现有一些面目相似的精干少年,星星点点地散布在了河岸、山顶、倾圮的窟子和白杨树林中,时隐时现,倏忽即逝。这些少年的出现,仿佛一道疏密有致的樊篱,锁住了这一块地域,封住了南北的孔道,显然是有意为之。地上铺着一层重霜，始终未化，但冻结的泥土上，留下了铁锹铲除过的痕迹。这条路是新辟的，不太宽，刚好能容纳一辆马车的身位，杂沓的辙印烙印在了地面上，重重叠叠。索敞思想，前不久，也可能就在几天之前吧，一定有一支浩浩荡荡的车队驶过了这达，满载物资，所以车辙才这么复杂。这一时，众人来到了山崖的豁口处，拖音停住了，梵义和孔执臣紧随上前。

举目眺望，这一面断裂的巨大崖体上沙砾密布，岩石堆积，像极了一尊正在冥思默诵的坐佛。冬日的阳光笼盖在上面，竟也荒凉至深，一无表情，二无应和，亘古地跌坐着，瞭看着宕泉河两岸的四季和流水，不发一语。与千佛灵岩的其他地带一样，这一段砾崖上早就开凿了不少的窟子，窟子呈上下三层，杂乱无序，窟口也大小不一。或许是蒙尘日深的缘故吧，这一眼眼洞窟灰头土脸的，像惊愕的嘴巴，又像哭干的眸子，被抛弃在了这一片风沙之所，寂然而寐了这么多年。索敞煞是生疑，按理说，敦煌的百姓来莫高窟朝佛，一般都是在大佛脚下，焚香许愿，磕头祷告，但眼前这么个陌生的场合，既无佛像，也不见一张香案，心里头不由得开始打鼓。不过，另一个声音告慰说，既然是梵义安排的，那一定有少东主的道理，自己不能添乱，也不许聒噪。果然，梵义的双手箍成了一只喇叭状，吆喊道：

"乔果，快下来迎接。"

"来了。"

话音未毕，在山崖的最顶层，一个长发飘飘、面目俊朗的青年跑出了洞窟，危险地站在了栈道上，向下招手。索敞一时错愕，揉了揉眼睛，盯看了半晌后，这才确认对方是从坐佛的心口窝里跑出来的。或者说，那一座窟子恰巧开在了坐佛的心脏部位。乔果干脆极了，抛下来一根粗绳，自己却像猴子似的攀住了绳索，眨眼之间，便滑降到了地面上，一道烟地跑了过来，冲着梵义躬身一揖，说了吉祥的话。

"你个猴子，哥托付你一件事。"梵义道。

乔果硬朗地点头。

"喏，这位是索家大大，脚上的鞋子不太合适，栈道也太陡，恐怕爬不上去。"梵义掸了掸索敞肩上的灰尘，转而道，"老掌柜，乔果是侄儿辈的,你就放心使唤,让他把你背上去吧。这个贼疙瘩呀,身上有的是力气。"

不待索敞拒绝,乔果动作凌厉,不由分说地将索敞扛在了脊背上,簌簌而去。

索敞闭上了双目,觉得自己就像一片树叶,一根羽毛,慢慢地腾跃而起,漾荡在了空中,一切都身不由己。乔果仿佛一头豹子,连喘息声也没有,沿着崖壁上坎坷的栈道,左突右拐,一骑独行。索敞闻听见了流沙的响动,一幕幕日光拨弄着崖壁的粗糙动静,白杨树干枯的枝条擦剐着天空的刺啦声,以及脚下的这一条宕泉河矬紧了身子,冰块簇拥的低沉嗓音。索敞思忖道,老了老了,却变得这么娇气,这么不堪,居然让大家如此劳碌和辛苦,这无论如何都是一件愧疚之事。又思想说,人抬人,抬出高人,僧抬僧,抬出高僧,可自己究竟何德何能,耕了什么样的福田,种了什么样的因果,竟然被梵义诸人这么抬举,如此礼遇?对,这就是抬举,也是礼遇,梵义毫无条件,甚至像一位年轻的护法神那般,对自己疗心治疾,呵护备至,一路陪护到了新的一年,又送到了这一片佛国圣土之境。渐渐地,索敞的内里潮起了一股感念的汁液,一种报答的决心尤为迫切。

这一时,乔果已经登临了崖壁的顶层,钻进了那一座坐佛心口地带的窟子里,矮下身,将索敞款款地放在了地上,嘟囔了一句:大大,你稍候,我去接少东主。窟口上拂过了一阵疾风,索敞料知,这一头豹子下山去了。

四壁间阒寂无声,没有点灯,一种洪荒大野般的黑暗笼盖下来,斥退了外界的杂音和光线。索敞不敢睁眼,蹙着鼻子,嗅见了一种新鲜的泥土、石灰水、油漆和草木的味道,好像这达刚刚收了工,人去屋空。索敞伸出手,挪着脚步,一直探摸着,但每次抓上一把,空气就从指缝中泻光了,两手虚空,一无所有。索敞不甘,又去抓,又去抱,但结果却很一致,最终搂住的只是他自己。不错,这是一项熟悉的游戏,也是索敞个人的发明。在过去那么些年的囚禁岁月中,唯有靠着它,凭着这一份愚蠢而轻薄的欢乐,索敞才没有疯掉,也不曾变傻。手伸出去时,索敞的脑海中往往有一个假想的目标,要么是仇家,要么是伴当。在那一座孤绝的地坑中,仇家和伴当其实一样的亲热,一样的稀罕。悲哀的是,自始至终,这两样都没有出现,反而构成了索敞内里深处一种致命的心病,除了虚空,还是虚空,无人敢来援手。目下,斗转星移,人世更迭,趁着这么个间隙,索敞居然重拾了这个天真的游戏,脚下蹒跚着,朝前摸索不停。

天哪,索敞的手突然停下了,不是墙壁,而是抓住了一块砖石。

分明是一块炼砖,棱角显著,敦实有力。再探摸时,又发现了一块,又来了一块,左右蝉联,上下层叠,中间用泥浆勾勒着,似乎筑成了一座宽大而厚重的整体。不是仇家,也不是伴当,但这足以让索敞欣慰开来。毕竟,这跟小娃娃抓周一样,没有空手而归,而是抓住了一个实实在在的依靠。喜悦一番后,索敞便想知道答案,慢慢地睁开了眼睛。

这一霎,太阳投进来了一束光线,恰巧敷在了佛祖的圣颜上,三洲感应,震悟大千。

登时,索敞一下子钉住了,血脉止息,声音全无。在炼砖砌筑的一座法台上,趺坐着一尊丈余高的释迦牟尼彩色塑像。佛祖敛目沉静,结印天下,一派庄严光华。冬天的日光温煦柔软,仿佛一匹来自江南的丝绸,从河西三郡,从玉门镇,从安西,从三危山一带拂荡过来,路经千佛灵岩时,奇迹般地馈赐下了一团光亮,穿过窟口,投在了塑像的颜面上,向索敞降示了佛祖的嘉许,包括嘴角上那一丝莲花般的笑意。日光匍匐,洞窟内的一切若隐若现。索敞激动地仰看着,瞭见在藻井之下,那一束光芒犹如坚强的支护、巨大的柱梁,支撑起了这一片天地。神态,索敞立时想起了这个词。的确,上佛用了一张灿烂的表情,单独开示了索敞,并在这一刻,彻底赦免了他过去的一切。

几乎在一瞬间,那一匹发光的丝绸被抽走了,日头西移,光芒杳然,洞窟内黯然了下来。

但是,索敞已经不惧了,有了刚才的这一幕照临,好像每一根指头都睁开了眼睛,熟知窟内的万物。索敞的手按在了法座上,贪婪地吸吮着混杂了泥土、石灰水、油漆和草木的气息,仿佛只有它们,才能让狂躁的心渐渐地稳静下来，也才能一洗曾经的耻辱与不安。薄暗中，索敞瞭见自己的胡子白了，头发白了，鸡皮蛙脸的，但整个样子却像一个婴孩，依偎在佛陀的膝下，将身心和盘托付了出去，有了记挂。不错，这不单单是一座砾石崖壁上的窟子，这应该是一具温暖的宫房，遮护着她的胎儿，营养着她的后人。索敞暗忖，一个人不会只出生一次，一定还有另外的一次，让你脱胎换骨，革面洗心，甚至比第一次的降临人世更为要紧。这么思想时，索敞忽然闻听见一种异样的声音，从周遭的窟壁间渗透了出来，咚咚咚的，时断时续。

捣地鬼，这个腌臜的声音又来了，弥漫在头顶。

索敞一度认为，随着义庄的败落，后人们的离散，以及自己无颜于敦煌的那一番装傻卖痴，捣地鬼绝不会再来纠缠了，一定撇下了他，去另寻一个可以咂骨吸髓的目标。因为一个人倒霉到了极点，猪嫌，狗不爱，连神仙也会厌弃的。目下，捣地鬼再次现身了，像一堆缠麻，但索敞已然没有了恐惧，相反却生出了一份好奇心，打算一探究竟。索敞循着声音，绕过了佛像和法座，在窟子的底端，竟意外地发现了一个洞口，忙矮下身子，钻了进去。

原来，这里头别有洞天。

索敞的眼睛适应下来后，瞭见头顶上开了一扇锅盖大的天窗，日光像白色的沙子洒了下来，视野中雾蒙蒙的。墙面上坑坑洼洼，砾石嶙峋，铁锨和凿子的痕迹历历在目，偶尔还残留下了尚未铲除干净的泥壁，以及先前大小不一的壁画。壁画很脏了，带着烟熏火燎的迹象，旁边的龛笼上有一盏油灯，灯是灭的，捻子还在，但灯油枯尽了。地上有一座灶坑，碗碟上落满了灰土。墙根下砌着一面土炕，被子和枕头也浸满了油腻，看不出本相。索敞料想，这八成是工匠们起居的场所吧，虽说外面寒天冷地，眼前却有一丝意外的暖意。这个关节上，一个苍郁的声音问：呃，你来了呀？索敞惊了一大跳，定下神来，目光逞摸了半天，这才发现一个人正跪在地上，竟被自己忽视了。嗯，我来了，我跟梵义来的，初一十五，这是朝佛的好日子，索敞忐忑道。对方说：灶台上有罐罐茶，沏了不久，你暖一暖吧。索敞依言，慢慢摸到了土炕旁，坐了下来，果真瞭见了半碗墨汁般的茶汤,却没有伸手。事实上,那个人并不是刻意下跪,而是正在干活,举起手里的一把榔头,敲打着铁砧子上的一片金属。咚咚咚,索敞终于宽释了下来,原来捣地鬼就是他,他就是捣地鬼呀。

索敞忆想起了一句老话,破山中贼易,破心中贼难,困扰了自己多年的难题,竟然是这么一个不堪的答案,令他突然有了一丝悬浮,感觉无法相信。榔头起落着,带着一种节奏,敲击的那一霎那,更多的是谨慎,而没有劈柴人和打铁匠的鲁莽与冲撞。谜底一旦揭破后,索敞的话便多了起来,探问说:敢问,你这是在做啥?对方答复说:嗐,我在打箔片,今早上刚发现,这一片简直太厚了,还得再敲打几百下吧。索敞蓦地来了兴趣:依我看,这一片已经足够薄了,吹上一口气,它恐怕能飘到十几里地之外,那么究竟薄到什么地步,才叫一个薄呀?对方停了停,将榔头上的一块棉毡重新箍紧了,笃定道:哦,三十张箔片,也比不上一根头发丝厚,那就叫薄了。索敞疑惑道:嗯,那么像你手上的这一片,你一共敲打了多少下?对方又开始了,咚咚咚的,回答说:三万两千下,不能少,但也不能过。闻听了这个令人咂舌的数字,索敞艰涩道:老人家,你这辈子打了多少箔片?你这么干,你不觉得孤单么?对方表情皆无,淡然道:一辈子打了多少,我倒没有记住,但这十六七年间,我打下的箔片,至少有十里路那么长吧,因为我把一块狗头金打完了,就等着今天的这个日子。

"狗头金?"讶异道。

对方颔首:"对,梵义施舍的一块狗头金。我炼完之后,没有了杂质,现在是足金。"

"那么,用这些金箔干啥?"

"供养。"

这个苍冷的老者埋下头去,一边打制,一边绍介。原来,制作金箔先后有十二道工序,先是鉴定黄金配比,化金条,然后拍叶,做捻子,落金开子,沾金捻子,打金开子,装开子,炕炕,打了细,出具,最后才是切金箔。在喋喋声中,索敞一下子恍悟了过来,咧笑道:对呀,佛要金装么,这肯定是给外面的佛像贴金上彩用的,看来，佛祖也未能免俗呀。岂料，这句话激怒了对方，断喝道：住嘴，不许乱语，这可是在窟子里。榔头落了下去，直接砸在了指头上，老者哎哟一声，蓦地抬起了头来。这一霎，索敞发现，对方分明是一个瞎子，两个眼眶内早已枯干了，嵌着一坨坨死肉，甚至连一丝光亮也不见。这一榔头真够呛，疼得老者将指头塞进了嘴里，五官扭曲，一时间痛楚极了。索敞瞭见，对方的颊脸上长满了麻子，不，不是麻子，而是一个个坑窝，带着陈年的锈迹，颜色很深。老者吸吮了一番，将指头吐了出来，原来是指甲盖飞了，鲜血喷涌。老者挣了挣身子，扶住墙壁，款款地立了起来，一步一挪，往灶坑边走去。索敞吓呆了，魂魄飞离，钉在了地上，瞭见老者佝偻着腰身，双臂探摸着前方，几乎像一根角尺似的，无法舒展。天哪，老者的手掌上一定长了眼睛，他居然准确地摸见了灶坑，抓了一把柴灰，敷在伤口上止血。干完了这些，老者拎起茶壶，给自己倒了半碗茶汤，喉咙一响，一饮而尽。

　　索敞再也收不住泪水了，仓鼠街上的那一幕罪恶，自己这么些年的坎坷遭际，生离，或者死别，人世上的星星灭灭，起起落落，在他的心中突然发酵开来。索敞带着忏悔的口气，抢上前去，攀住了老者的胳膊，哀告道：弦子哥，你其实认出我来了，肯定认出来了，但你始终不吭气，还把我当一个人那么看待，你这是何苦哪？薄暗中，郭弦子捉住了对方的手，恓惶道：的确，我认出来了，不过是用我的鼻子认出来的，我忘不了你的味道。索敞内里的苦胆被戳破了，哀恳道：唉，那你认出来的话，你刚才就该啐我一口唾沫，吐我一脸的痰，把我撵出去才是，可你没有，你还给我沏了茶，这么宽谅我。郭弦子道：老掌柜，你错了，这达是佛祖的领域、菩萨的地盘，我只不过是莫高窟的一个仆人，我没有理由撵你走，我也是被上佛收容下的。索敞婆娑着泪眼，捧住了那一只青紫的手，叨念说：我当时中了邪祟，在仓鼠街上我就是一个魔鬼，我不知咋了，当时兽性大发，竟然伤害了你，我后来的遭遇，全都是报应。顿了顿，又道：事发后，我偷偷地打听过许多回，得知你是胡家坊老东主的伴当，你是弦子哥之后，我连死的心也有了，我现在说再多的话，其实也于事无补，我只求你赏给我一个惩罚，能让我心安下来，不要再狼狈了。郭弦子止住了悲戚，或者说，这么多年的伤痛与磨折，已经在他的身上消化干净了，反而劝慰道：老掌柜，你和我，我们都是从血泊中走过来的人，也是从大患难中走过来的，但是现在在莫高窟，在千佛灵岩上，在佛祖和菩萨的身边，你最好啥也别说了，因为一个人经历的那些连毛带草的痛楚，不值得一提，对今天也根本无益。

手丢开了，索敞颓坐在炕头上。眼泪不听话，眼泪有自己的主意，决堤而下。

这一时，郭弦子佝偻着身子，抓了一把碎劈柴，填在了灶坑里。灶火本来是冷的，但郭弦子噘起嘴一吹，一团明火噗地站了起来，摇曳不停。郭弦子在罐罐里下了一把茯茶，注了水，架在了炉口上。索敞忍不住了，探问道：弦子哥，你离开了沙州城，难道这么多年，你一直就在这个苦寒之地，干你的老本行么？郭弦子点头：嗯，一个人的命就是一把锁子，我的命将我拴在了莫高窟，我的锁子锈死了，这辈子再也打不开了。索敞哀告道：我的也锈死了，早就锈死了，这一世的光阴里，你没有活好，我也活得落怜，差一点就成了关外三县，成了沙州城里的一个笑话。岂料，郭弦子抬起那一张伤痕累累的鼻脸，有眼无珠地说：不，我不抱怨，就算这一把锁子困住了我，让我动弹不得，我也知足了。茶水滚开后，郭弦子熟练地倒出了半碗，递给了客人，一切都行云流水，仿佛他的手指上真的长了一双眼睛似的。又笃定道：嗯，也不怕老掌柜你失笑，我虽然残了，也废了，但上佛眷顾，我有窟子可挖，有佛像可塑，也有壁画可绘，我昼夜无明地在洞子里沾吉，我不能抱怨，冒犯了这一份天老爷赐赠的恩遇。郭弦子也给自己添了茶汤，咂巴着嘴，好像这是一碗陈年佳酿，让他胸中毫无块垒：再说了，乔果现在也出息了，懂事了，一直孝顺我，我也对得起他死去的亲娘。乔果在青海的热贡和塔尔寺学完了本事，又跟着我在这一座窟子里干了整整十年，狠吃的，我身上那一点点鸡零狗碎的手艺，几乎被他全套拿走了，他如今成了我的小师傅，我得看他的脸色，听他的话，不过我乐意。郭弦子本是一个束身讷言之人，可不知道咋了，忽然间打开了话匣子，差不多将这一生的话喋喋了出来，貌似说给了客人听，实际上却是在告慰自己。这一番尊奉了天命、充斥着骄傲之色的肺腑之词说罢，郭弦子的嘴干了，腰身又塌了下来。不幸的是，三日之后，这一位在莫高窟的历史上寂寂无名的老工匠，于后半夜无疾而终，享寿六十九岁。

刚才从灶坑里漾起来的那一股柴烟，沿着墙壁，慢慢地升到了头顶。临到了天窗一带时，柴烟忽然一个趔趄，身不由己地被吸附了出去，说明鸣沙山上的风很大，天气极冷。索敞觉得应该做些什么了，忙蹲下来，搀住了郭弦子，哀恳说：弦子哥，我给你行一个礼性吧，你的这一碗茶，你的这一席话，足够我活下去的了，我不虚此行。说罢，索敞摸遍了浑身上下，竟然连一个铜板也没有，这才想起自己是落难之人，唰的一下红了脸。郭弦子听见了，揶揄道：老掌柜，你不必客气，你掏钱干啥，我不需要钱，况且在莫高窟也花不出去。索敞尴尬至极，发愿说：是这，义庄里头埋着我的钱，等我回到了沙州城后，我会兑现这句话的，弦子哥，我实心给你行一个礼性，你和乔果至少可以修缮一下洞子，将来住得舒坦一点吧。这一时，郭弦子罕见地笑了：呵呵，修缮，你一个明眼人，难道就瞭不见么？这几堵墙已经被我铲除干净了，原先这里面的泥胎和塑像，也被我一把火烧光了，填埋在了河岸边的坑里，又压上了几吨重的石头，镇妖辟邪，求得清明。半晌后，郭弦子肃穆下来，再道：

"不为别的，因为这是一座诅咒窟。"

索敞头一次闻听，愕然道："诅咒窟？"

"唉，不提也罢。总之，这样的诅咒窟是当年心怀歹念的人恶意开凿的，不管是里头的塑像，还是彩绘与图画，大多是蛇蝎的毒汁，畜生的腔调，不值得一听。"茶壶被柴烟熏黑了，郭弦子从地上抓起一把沙子，慢慢地擦拭起来，越擦越亮。索敞真的怀疑，他并不曾瞎掉，或者说，他的眼睛瞎了，但他的心一直亮着，仿佛腔子里揣着一盏灯台，永不枯灭。郭弦子喟叹说："其实，也不能怪当初开凿的那些人，早年间的战乱、流离和灾难实在太多了，百姓们命如草芥，生死一线，就算他们恼怒了，绝望了，发下了毒咒，挖开了如此阴险的窟子，那也不过是一只只蝼蚁般的抱怨，帝王将相听不见，世上的光阴也听不见，即便听见了也无济于事。"茶壶终于亮了，一派簇新，好像刚刚从镟铁铺子里买回来的那样。郭弦子截铁道："明日一早，我就跟儿子搬出去，我要封了这个洞子，让它从这个人世上彻底消失。"

"窟子封了，但诅咒呢？"探问说。

"嗯，不要紧，实话告诉你吧，少东主梵义和执臣女侄已经预备好了，今日开始筹办，一切都滴水不漏。原先藏经洞中成百上千的佛经、文书和卷子，历经劫难，九死一生，已经悉数运抵了莫高窟，这几天将秘密安置在这个洞子里，然后封死天窗，砌住洞口，让它从此与世隔绝，获得一个无上的清凉与宁静。"郭弦子饮下了最后一滴茶，开怀道，"呵呵，这些千年的经书宝卷，本就是世上最光明最正义的法器，驻锡在了这个洞子内，也算是敦煌的一桩幸事。况且，我还在外面开了一座新窟，锁住了诅咒和邪祟，一切都太平无恙了。老掌柜，刚才有一缕日光进来了，正在给佛窟开光，你肯定瞧见了吧？"

索敞恳切道："是的，我瞻望了上佛的神态。"

"所以，这就是大家的供养，包括你，还有我。"

"哎哟，老朽是一个罪孽深重的人，承蒙不弃。"索敞赶紧抱拳，躬身一揖，哀告说，"我明白了，这其实是另一座藏经洞。她就在千佛灵岩的心口上，就在莫高山的腔子里。她恰恰是敦煌的三魂六魄所在，也是整个关外三县父老百姓最大的福田。"

"老掌柜英明，哪怕将来魔高一尺。"

索敞朗笑道："呵呵，那至少还有天地之间的道高一丈吧。"

这个关节上，洞口外传来了杂沓的脚声，显然是梵义诸人上来了。

此前，瞧见乔果背着义庄的当家人，像一头豹子似的，攀上了千佛灵岩，梵义心下大悦，刚打算率着孔执臣等人上山时，突然间横生了枝节，一下子被绊住了，耽搁不少。

莫高窟下寺的东侧，也就是王圆箓道长的太清宫隔壁，早年间筑了一座石桥。石桥是用祁连山上的条石铺就的，相当简易，即便在夏季，也只允许零星的骡马和香客们通行，对车轿之类的概不开放。石桥的维护和修缮大多在冬天，由各个寺轮流担任，在此期间，车马与行人一律涉冰过河，安危自负。不料想，偏偏在此刻，石桥附近传来了一阵阵激烈的响铃声，随后便是争吵和谩骂，将千佛灵岩下的这一片圣土搞得乌烟瘴气，也将这开年的第一天玷污了。梵义登时心情败坏，赶紧让管家苏食去打探一趟，就地处置，务必不要搅扰了佛国和僧侣们的清净，但内里深处，已是预感不祥。

不一时，苏食从宕泉河畔的白杨树林子里跑了出来，身上沾着几片落叶，相告说：来了一辆六马车轿，气势很轰动，被咱们的人拦在了桥头，所以发生了口角，各不相让。梵义哦了一声，仿佛这一切早有预料，尽在把控当中。事实上，为了今天的这一幕仪礼，梵义筹谋了良久，前一日晚夕，便将急递社的外围成员们，撒在了宕泉河两岸，连夜驻扎。那一帮精干的少年人连除夕夜都放弃了，但无人埋怨。在关外三县，尤其是在沙州城内外，当风雨如磐、一种令人窒息的气候催逼而来时，梵义除了以静制动之外，也丝毫不敢懈怠，秘密地编织出了一张弥天大网，时刻枕戈待旦。敦煌文和事老协会易主，武和事老协会离析而散，来自二十三坊的成员们纷纷飘失，形如一盘散沙。恰是在这个时候，梵义遴选和招纳了一小批骨干，让这些血脉旺盛、筋骨犹在的少年人，集结在了急递社的大纛下，有备无患。苏食却道：我刚才去放行了，原来是一场误会，少东主，你的故交来了，酒泉的洪门。闻听此言，梵义一下子恼了，呵斥说：哼，这么招摇，你再去一趟，勒令他们将车轿停在桥头上，步行过来。苏食面露难色：是这，我刚才观察了车轿，车身很重，想必洪门也带来了不少的供品，最好谅解一下远路上的客人吧。梵义哑默了，这个理由无法驳斥。

六马车轿驶了过来，款款停在了崖壁下，梵义竟有些自责，觉得多虑了。

牲口的蹄子上，一律绑着毡垫，口鼻上套着皮抽抽，颈项下的铜铃已经被摘掉了，车夫也收起了鞭杆子，悄无声息。梵义禁不住赞叹，不愧是洪门，一切都知书达理，井然有条，找不出一丝瑕疵来。眼前的六匹良骏，毛色黝黑，筋脉怒显，简直就像从张芝墨池里捞出来的那样，犹如一根根树桩，也仿佛一块块沉铁，不动声色。梵义是经见过世面的，但像洪门的这一座奢华而阔大的轿厢，却是头一次碰见，心下暗自一惊。车框上漆色艳丽，描画着一道道云水图案，轿身居然是用一张张雪豹皮装饰的，斑点横陈，黑白分明。果然，车身很重，地上的辙印煞是刺目。女人毕竟心细，鼻子也尖，孔执臣蹒跚了过来，悄语道：少东主，八成不妙呀，这可是来者不善的派头，你要仔细才是。梵义宽慰道：不必忧心，洪门是我下了红帖邀来的，我要兑现自己的诺言，他们如此炫耀，恐怕也是因为格外重视这一天，重视得过了头而已。这么着，孔执臣哑默了，梵义唯恐这位女伴当不快，忙低语道：执臣，早上太忙，我忘了给你拜年了，现在也不晚，我补上吧？孔执臣莞尔，手一张：咦，那我的压岁钱呢？梵义颔首道：小意思，或许还有更好的礼物哪。

寒冷像一件件铁衣，披挂在身，但谁也不曾跺脚，失了礼仪，因为客人在即。

紧随六马车轿而来的，同样是洪门的一群少年人，羊皮夹袄，千层布鞋，头上扣着毡帽，腰间束着一根铜扣皮带，干散得像一只只鹞鹰，身手矫捷。少年们撩开帘子，搬出来几件家什，很快便在千佛灵岩下支起了一张几案，摆下了一桌清供。洪门的确财大气粗，供的是一尊象牙佛，金碗里盛了净水，金瓶中插着几朵莲花。莲花却是用十足的银子打制的，叶子薄如蝉翼，花蕊中镶着颜色各异的宝石。摆设停当后，一个少年又从车上搬下来一把太师椅，安置在了供桌旁。椅子上铺着一张完整的金鹿子皮，皮张熟得很好，柔软，蓬松，毛色在日光下烁烨光华。悄静了半响，六马车轿内忽然传出了一阵阵咳嗽声，痰音很重。帘子打起后，少年们蜂拥上前，一边摆好了下马凳，一边去搀扶当家人。梵义一直兀立着，既没有上去迎接，也不曾率先开口，但内里深处，仍旧滋生出了一份激动的波澜。毕竟，盼这个日子盼得太久了，恐怕心上都快磨出了老茧子吧。

洪皮海下了车，身子趔趄着，赶忙扶住了左右，这才稳静下来。

这一霎，梵义简直惊呆了，戳在地上，半天也回不过神来。在酷寒的日光下，洪皮海老了，老得不成样子，花白的头发已经枯干，犹如一蓬乱草。下颌上的胡须业已凋零，瘦得像一把锥尖，擀面杖似的脖子僵硬着，浑浊的目光中布满了不安与恐惧，瑟瑟发抖。梵义的心中失声道：天哪，这难道是洪家哥哥么？这难道是当年在肃州城下佯装卖洗脸水，不分寒暑，专门迎候自己的那个魁伟汉子么？这难道就是我率着性元，从南方奔丧回来，在酒泉城探视过一趟的洪门当家人么？梵义的脑子里轰鸣不已，瞭见洪皮海身体垮了、精神塌了，一种生而为人的气象，正在逐渐地从他的肉体中逃逸，试图将他变成一副无足轻重的皮囊，让他慢慢地冷却下去。梵义猜度，洪皮海的身上一定发生了惊天的变故，要么山崩海立，要么天塌地陷，除此无他。纵然预感不祥，也几乎悲哀到了极点，但梵义横下了一条心，这一日，头等重要的事情乃是供佛，其余的暂且按下不论。这个关节上，洪皮海也瞭见了对面的梵义，突然露出了满嘴的黄牙，咧笑一番，挣开了左右，疾步而来。

不料想，胡家坊的几个贴身随从发现了异常，从斜刺里扑将上去，叉住了洪皮海，貌似在搀扶他，实际上却是搜身。酒泉城来的一帮少年不干了，抢上前来，加入了战团，一时间撕扯在了一块，脸红脖子粗地开始吵嚷。一方是油膏，另一方则在举火，双方攻讦不下时，少年们登时翻了脸，不是解开了铜扣皮带，便是摸出了刀子，事态一下子僵持住了。梵义的内心黑了下去，但鼻脸上依旧挂着一副喜悦的表情，吆喊说：平昌叔，宋少群，麻四，你们快退下吧，洪门的主子来了，岂有这样待客的道理，说出去的话，简直丢了敦煌的人。胡家坊的尚可新气坏了，争辩道：少东主，这达可是莫高窟，是千佛灵岩，佛祖和菩萨们正在山上过年哪，洪门这是来拜年呀，还是来刨锅头的？麻四接续道：况且，这达是佛国圣土，自古而来，一概禁绝任何凶器入内，洪门既然名盖河西一线，不可能不知道这一点规矩，现在如此挑衅，看来他们是不想做客了。梵义并不打算理论，这些聒噪的陈词，根本无助于眼前。这么着，梵义赶紧上前，抱拳一揖，道了吉祥的话，顺便也拜了年。

"义主。"

洪皮海回了礼，忽然哽咽开来。

"洪家哥哥，你从远路上来，一路上劳顿了。梵义本想出城三里，站在路边恭候你的，却听说你率着子弟们，早就进入了敦煌，进入了沙州城。无奈之下，我也就失了礼，还望你多多宽谅呀。"梵义绵里藏针，既表达了善意，同时也点了穴，指责了对方的不当。又款笑道："也好，新年伊始，头一天就见到了哥哥，我很开心。"

"接到义主的红帖，我不敢怠慢。"

"哦，我的红帖是半个月前发出的，可据我了解，洪门的子弟们大概在收秋前后，就已经撒在了关外三县。想必，哥哥早已料到了今日的事情，先期动作了？"梵义忆想一番，感喟道，"多年前，梵义承蒙不弃，在肃州的洪门当座上宾，受尽了礼遇，此后一直诚惶诚恐，难以忘恩。我曾经答应过，等将来给佛像装藏时，一定要邀请洪门的当家人在场，见证这一幕。如今万事皆备，哥哥你也来了，我要兑现我当初的诺言。"

"义主，有你的那一封红帖就够了，何必繁文缛节，头头是道，非要让我亲见呢？"

"请吧，咱们上山。"

"不，义主。"断然道。

梵义伸手攀住了客人的胳膊，哀告道："哥哥，你错喊了许多年，洪门真正的义主不是我，而是义庄的索门。现在索家大大就在山上，就在洞子里，你应该上去认他才是。"往事般般，一种疼痛的念想，忽然攫住了梵义。又说："我当年只是一个向义庄借马的少年，也是头一次下河西，结果误打误撞，被洪门抬举到了今日。我惭愧，我辜负了诸位的信任。"

"少东主是义主，河西司马是义主，梵义更是整个洪门的恩人。"洪皮海沧桑道。

梵义问说："哥哥，难道非要折煞我么？"

"也好。"

言毕，洪皮海突然捉住了梵义的手，朝崖壁下的那一张桌案走去。众人纷纷闪避开来，退在了一旁，不敢跟随，料知这两位当家人一定有要事相商。梵义不肯相信，对方鸡皮蛙脸的，简直赢弱极了，但扣住自己的那一只手却野蛮有力，指甲皮几乎嵌在了肉里，一味地拖行着。洪皮海的颠顶与无礼，令梵义大为不快，但转念一想，这个性情陡变的汉子，或许有他难以启齿的苦楚和不堪，不妨饶他一马，且听下文。立在供桌前，洪皮海拈起了三炷香，点燃后，款款地递给了旁边的梵义，他自己也如法炮制，举香祷告。这么着，两个人行礼如仪，奉完了各自的香火，又扑腾跪在蒲团上，认真地磕下了三个头。梵义起身时，却瞭见洪皮海趴在了蒲团上，已然是泪下如雨，难以自持，哭得连声音都快断了，鼻涕眼泪落满了前襟。这一系列的异状，清晰地印证了孔执臣先时的话，洪门这一趟是来者不善，善者不来呀。嚎哭了一番后，洪皮海好歹收住了悲戚，挣扎着站起来，再一次攥住了梵义的手，将后者按坐在了那一张金麂子皮装饰的太师椅上。

　　大天白日的，况且又是在千佛灵岩脚下，梵义不敢放肆，正打算起身时，却见洪皮海撩起了罩衣，慢慢地跪在了眼前，双手搂住了自己的腿，哀恳道：叔，老侄儿给你请安了，也给你拜年了。梵义的心里咯噔一下，仓皇道：洪家哥哥，你何出此言，你这些连毛带草的话，让我以后如何活人呀？洪皮海苦涩道：叔，以往你一直称呼我是哥哥，我也拿你当贤弟，我其实很明白，你在抬举我，也在帮衬着整个洪门上下，但那是灾难的事，我走了火，我犯了忌，我不成体统，所以今日在头顶上佛祖和诸位菩萨的见证下，我必须改口，认了你的户头。急递社的伴当和洪门的少年们纷纷退远了，梵义求援似的盯望着孔执臣，但后者忽视了，正在和丈夫苏食低头说话。洪皮海再道：多年前，家父还活着，当着洪门上百口子人的面，他老人家和你义结金兰，烧了黄表，换了生死帖，从那一刻开始，你的骨头就老了，珍贵了，你就是我叔父辈的人，我必须执这个礼。原来如此，梵义苦笑说：唉，他老人家当初那样做，只是为了鞭策一个少年，给少年以血勇，赐少年以胆量，如此僭越了礼数的事情，上佛不曾悦纳，我自己也没有当真，岂料过了这么多年，哥哥你怎么又旧事重提呢？洪皮海的双目中，渐渐地聚合起了一股精气，好像有一盏灯被秘密点亮了，快慰道：叔，你有所不知，这当然也不能怪你，你远在敦煌，消息不畅。是这，当年的肃州城和河西一线的人，谁不知道家父是一位心高气傲之人呀，一般的才俊与少年，根本入不了他老人家的法眼，更别说请进洪门，待为上宾了。其实，那些年家父让我在肃州城下摆了摊子，天天卖洗脸水，只因为他老人家在冥冥当中相信，他要等的那个少年人还在结缘的路上，还在兑现的途中。结果天遂人愿，你刚巧骑马下河西，终于被我给发现了。梵义始终怔忡着，陷入在了无边的忆想中，如此稀薄的往事，仿佛擦过了戈壁干滩上的小风，虽然激不起弥天的沙尘，但足以让人心思迷乱。洪皮海畅想道：哎呀，你真的不清楚，你在洪门逗留的那些天里，家父是何等的欢喜，简直像换了一个人似的，要么嘴里唱着秦腔戏，要么上树剪枝，要么出去放羊，有一回竟然还担着水桶，挑来了甘泉水，说要专门为你熬茶。叔，义主是一码事，但你是家父另一座坛场上的伴当，我相信凭着他老人家的一世精明，不可能看不出其中的破绽，但他佯装不提，害怕你拒绝，所以才将错就错地找了那么一个借口，将你当成了索门的人。停顿一番后，洪皮海两手合十，哀告说：叔，那一年在肃州城中，你带来的意外欢喜，替家父增了寿数，也给他老人家留下了念想，几年后，因为不小心摔了一跤，他的肋巴骨摔折了，这才下了世。不过，家父在咽气之前，特意交代过，等后事办完半年之后，才允许洪门给敦煌方面发一封白帖，让少东主清楚，也让你这一位换帖兄弟知道他走了，魂归道山。梵义唏嘘道：唉，接到白帖后，我才明白一切晚矣，就去了净土寺，点灯供香，超度了一番他老人家的亡灵。恨只恨，我一直千头万绪地忙碌着，分身无术，始终也没能去一趟酒泉城，趴在他的坟头上嚎哭一场，尽一尽孝心。洪皮海恍然一笑，笃定道：叔，想必这正是他老人家的用意吧，家父知道你太忙，你在策马东西，你在这一条河西大道上奔波，所以不忍打扰，只觉得他那一桩死亡的事情分量不够罢了。梵义怆然道：这一份遗憾，时常让我心如刀绞，只怕是这一世的光阴里再也弥补不上了，倘若……洪皮海截停了对方的话，喜悦道：叔，你如今是河西司马，倘若家父泉下有知的话，一定会欣慰不少，毕竟，他老人家当初没看走眼，认准了你就是今天的鹞鹰，是敦煌的儿子娃娃，也是整个关外三县的柱梁。

对这些喋喋的赞誉之词，梵义并不上心，搀住了洪皮海：洪家哥哥，你起来说话吧，这么多的人看着，你让我情何以堪么！梵义趁机站了起来，离开了那一只荒唐的太师椅。不承想，洪皮海却跪着，膝行而来，再次停在了梵义的脚下。

这么着，洪皮海从怀中掏出来一册卷子，双手呈递给了梵义。梵义犹豫着，末了还是接住了，打开一瞧，却是《河西水经注》。不错，这一份出自莫高窟藏经洞的传世图志，恰是由急递社出资，莫高窟印经院刻制印刷，装订成册，而后免费分发，风靡于四郡两关之间的。孔执臣说过，无论是大型的商团和骆驼队，抑或是贸易路上的零客与飞行游击们，四处打问，纷纷求购，莫不以拥有这一册卷子为荣。甚至在黑市上，它的单价已经炒到了令人咂舌的地步。洪皮海仰看着梵义，接续道：叔，这一册《河西水经注》足以说明，你不单单是河西司马，而今你也在敦煌称了王。你来瞧，沙州城以南，包括祁连山两麓和青海柴达木之境，虽说人烟稀少，贸易不昌，但仅凭着你控制了当金山口这一条南下的路，你就扼住了他们的喉咙。往西，从敦煌至哈密，甘新大道是明面上的事，但私底下，密布在旷原和戈壁上的那些秘径与孔道，则是另一条蛛网般的通途。你结交广泛，人脉深厚，你在敦煌放烟，哈密王便可以在猩猩峡以西举火，东西呼应，左右夹击。东面的方向上，承蒙叔一直看得起，洪门肝脑涂地，在所不辞，早已替急递铺打通了酒泉、张掖和武威三郡，连兰州城和西安城也有了可靠的落脚点，一气贯通，一呼百应。叔，老侄儿没念过几本书，但记得《易经》上有云，往来不穷谓之通，推而行之谓之通，你既然总绾了敦煌全境的交通线，就等于掐住了整个河西的命脉，攥住了关外三县的呼吸，所以叔即便不曾称王，但你俨然已是一代王侯的实质，实力和气象是明摆着的。半晌后，梵义苦笑道：洪家哥哥，我诚心发去了一封红帖，本想邀你来莫高窟做法事，可真没料到，这大过年的，你却给我灌了这么多的米汤；你这些不打粮食的话，趁早少说为妙吧。洪皮海梗着脖子，倔强地说：叔，这并不是洪门一家的看法，此乃河西走廊沿线上所有行商坐贾的共识，老侄儿斗胆，不过是转述一遍罢了。

毕竟是上门的客，梵义也不便发作，遂掉转了身子，继续保持着一张僵硬的笑脸。

这个关节上，梵义突然发现，洪皮海在刚才讲述的过程中，拿着一枚石子，已经在地上画出了一幅简约的地图。泥壤被划开了，冻结的寒霜在慢慢融化，每一根笔画、每一根线条都如此清晰，一目了然。以沙州城为中心点，洪皮海在东西两翼，包括南部的祁连山一带，写满了大小不一的字迹和符号。作为洪门的当家人，自然是无一处漏失，也没有任何的错误，但偏偏沙州城以北的整个疆域，却未著一字，空白一片。梵义的心里登时打了鼓，心说坏了，这可能是因果来了。果然，瞭见梵义开始低头注目，洪皮海便膝行上前，抓住一枚石子，在广袤的空白地带，写下了一颗斗大的字：胡。

梵义一笑：哥哥，你此番前来，一不朝佛，二不供香火，却做了一名画匠，我实在不明白，你究竟是给梵义开光呀，还是要传授圣人的教化？洪皮海指点着地上的图案，答复说：喏，这达是三叔的地盘，从沙州城往北，包括万里墙城、马鬃山和龙首山两侧，这统统是三叔的势力范围，老侄儿未曾涉足过，所以也不敢孟浪，更不敢指手画脚。三叔，三叔是谁？梵义狐疑道。这一时，洪皮海云开雾散地说：哎哟，三叔就是梵海呀，胡家这一门你居长，梵同老二，梵海位三。老三都是搅屎棍子，你既然是我的叔父辈，假如不尊称梵海一声三叔，他一定会怨怪整个洪门的。梵义灰败地说：哥哥，你错了，你大错特错了，胡家只有我和弟弟梵同，没有一个叫梵海的，更是门风端正，忠义守信，与那些土匪和街上的二流子毫无瓜葛。洪皮海扔掉了石子，腾地站了起来，笃定道：俗话说，打断了骨头连着筋，毕竟，你们三兄弟乃是一母所生，热身子里都淌着胡家的血脉，谁不知道，梵海其实是你河西司马放出去的一匹猎犬，将整个北疆全部封锁严密了，旁人很难找到一口吃食呀。这种砸锅倒灶的口气，令梵义恼恨至极，一时间便想驱逐了对方，一拍两散。但是，仰看了一眼头顶，千佛灵岩上森严的佛窟与沉敛的表情，又让梵义悄静了下来，知道这达并不是造次之地。

"洪家哥哥，你这一趟究竟所为何来？"

"我向梵义叔借一样东西。"

梵义探问说:"什么?"

"借一条路。"

"笑话。"震惊像一块断裂的崖石,突然间滚落下来,激起了内心的万丈烟尘,轰鸣不已。梵义虽然早有布局,也掌握了不少的线索,但一切尚在秘密进行当中。目下,对方竟然赤裸裸地伸手索要,又仗着过去那一种割不断的情分,先抑后扬,公开摊牌,一下子打乱了梵义的整盘棋局。梵义一边思谋着对策,一边回话:"洪门势大名显,威震河西,这一趟从酒泉城到敦煌,开来了一辆如此显赫的六马车轿,门下的子弟们也悉数出动了,大兵压境。敢问哥哥,这一路上恐怕没人拦挡,一路通畅吧?"

"少东主,这种路我不感兴趣,我要借另外的一条路。"

"罂粟之路?"

洪皮海先是愕然,而后又喜悦道:"叔,你答应下了?"

"呵呵,是你答应别人在先,你空口无凭,转过身又向我来讨要,让我去兑现。"梵义清楚,脸已经撕破了,一切都摆在了明面上,只有直面应对,或许还能找见一个不错的结局。又道:"整个冬天,天水、平凉、陇西三个坊的鸦片农户们闹得不可开交,不仅包围了文和事老协会,还围堵住了连公子的府邸,要求兑换这一年的辛苦钱。可好,火药桶快要爆炸的时候,洪门的六马车轿却慷慨地拉来了一车真金白银,深夜投进了谭家大院,交纳了定金。表面上看,这不仅替那些幕后之人解了围,也让三个坊的百姓们过了一个富裕年,但实则祸害了大家,招来了灾难,这个坑将越挖越深,敦煌也将万劫不复。哼,我不是一个糊涂匠,哥哥你背走了牛头,难道还想让我认这个赃么?"

"不愧是河西司马,什么都逃不过你少东主的眼睛。"抱拳道。

"对不住,我让你失望了。"

"少东主,咱们可以利润分成,或者你全部拿走,洪门一分钱也不要,我现在就敢发咒。"洪皮海突地怆然了起来,哀恳道,"因为,洪门并不是冲着鸦片的贸易来的,我也不稀罕。这条路我只借这一次,然后就完璧归赵。"

"哼，路只要开开了，就绝不止走一次，这道理简单得像一碗水。"梵义截铁道。仰看着头顶上这湛蓝的天际，光阴飘失，生如幻象，仿佛上苍也噙着一颗颗疼痛的泪滴，梵义思忖说：自己跟酒泉洪门的这一世情义，或许到此为止了，一别两宽，各自安好吧。但本着君子交绝不出恶语的古训，梵义仍客气地说："洪家哥哥，我让你失望了，我手里并没有你想要的那一条路，你去别处再借吧，告辞了。"

"你有，你只是宁可玉碎，也不愿意瓦全。"吼喊道。

"但愿如此。"

"少东主，你有三迫。"

闻听此语，梵义突然停下了脚步，折转过身子，目光逼视了上去。

"事有三迫，以敦煌为号。"洪皮海终于使出了撒手锏，亮出了真章，款然道，"我刚才说过，梵海是少东主放出去的一匹猎犬，在这个人世上，没有比自己的亲弟弟更值得信赖的人了。十几年间，梵海的那一支土匪武装劫富济贫，替天行道，号称绿林义军，几乎将整个北疆全都收入了他的囊中。但事实上，真正的主心骨却在沙州城内，与急递社一脉相承，当家人便是少东主你，这便是以敦煌为号。"

梵义矢口否认："急递铺挣的是生死钱，游击们靠腿脚吃饭，与土匪毫无关联。"

"不，绝非没有关联。"既然说破了，洪皮海也便没有了遮掩，一杆子戳到了尽头，"少东主，投递邮品和其他的任何贸易一样，但凡有一点点的利润，你做得，旁人也照样可以做得，这是生意场上的规矩。你们的急递铺红火起来之后，河西四郡上的买卖人眼红耳热，先后投下了不少的成本，纷纷往这个行当上挤，打算分一口饭吃。活该他们倒霉，因为一旦上了路，无论东西，也不管南北，荒滩戈壁上明明有路，头头是道，却怎么也走不通，走不出去，好像天地之间让鬼打了墙似的。结果，倒闭的倒闭，破产的破产，整个关外三县，只有少东主你的急递铺一家独大，完全垄断了这一门生意，独裁了这一条贸易的线路。"

"敢问，你这是在算我的伙食账，还是指责我挣下的每一分钱都很肮脏？"

"不，少东主，我是来借路的，我有求于你，我岂敢指责呀。"洪皮海伸出了脚尖，擦剠着地面，将刚才画下的那一幅地形图，一寸一寸地擦掉了，感喟道，"我佩服你，换了是我，倘若我也有那么一个绿林弟弟的话，我照样这么干，我也会独裁了这条路，一迫，再迫，三迫，只以敦煌为号，唯少东主马首是瞻。"

"梵义愚钝，这莫须有的三迫，还请哥哥开示在下，也好让我长个见识？"颔首一揖。

"是这，关外三县以沙州城这一片绿洲为核心，少东主在此坐镇，手下不仅有一票精干而剽悍的游击，原先武和事老协会的子弟们也服属了你，做了外围成员。梵海的那一支武装占据北疆，游荡于万里墙城、马鬃山和龙首山之间，飘忽不定，骁行无常，但一直保持着引弓待发的状态，随时能够大举南下，与少东主形成夹击之势。"洪皮海盯望着梵义，感慨道，"哎呀，胡家的兄弟们个个身具班、霍之才，倘若光阴倒流的话，大概可以出将入相，成为股肱之臣，只可惜三迫这样的兵法，现在明珠暗投，只能用在了贸易的身上。"洪皮海掰着指头，细数说："所谓三迫者，无非就是根据季节的变化，贸易的涨落，以及敦煌当地的时局，将关外三县扎成一只口袋。口袋的松紧，完全由少东主说了算，一旦敦煌点灯，则北疆闻警而动，相互策应。"

"一迫呢？"探问道。

"这一迫，就是梵海发兵下山，越过查干淖尔一线的水站和腰站，将穿过北部的商团、驿使、零客、驼队、马帮和游击们统统攥下来，只有穿过敦煌这一片绿洲，才能勾连西东，接通贸易。不过，这个时候只是攥住了口袋，并没有扎绳子，也是最宽松的策略。"

"那么，二迫呢？"

"兵临沙州城下。所有的坐贾行商只有这一条孔道可走，所以急递铺买卖红火，因为只有这一家铺子可以传递贸易的消息，也可以急递紧缺的物资。到了这个阶段，口袋扎住了，但绳子还没有绑成死疙瘩。"

梵义突然抖擞了精神，接过话茬，慨然道："洪家哥哥，这大天白日的，你红嘴白牙地讲了半天，原来都是晚上的梦话。你刚才所谓的一迫二迫，纯属虚妄之词，梵义不曾想过，更不可能去干，所以你和谭家大院，包括文和事老协会的人，不必如此血口喷人，也不能如此卑劣地构陷急递铺。"到了这个关节上，梵义一方面惦记着千佛灵岩上的法事，另一方面，做出了此生当中最为艰难的决定之一，便是跟酒泉的洪门割袍断义，从此陌路。梵义截铁道："洪皮海，倘若梵义还是一个儿子娃娃，还是敦煌的子孙，那我实话告诉你吧，我只干了一件事情，至今让我自负和骄傲的事情。我点了灯，我放了烟，梵海的确看见了，也明白了。梵海率着他的那一伙子绿林人士，在西边堵截住了猩猩峡口，在东侧切断了酒泉城直达敦煌的线路。我扎住了关外三县这个大口袋，越扎越紧，到了今天我也不想松手。"梵义盯望着对方阴晴不定的表情，蓦地潮起了一种惜疼和怜悯，又释解道："我真的很开心，迄今为止，梵义没有放走过一枝罂粟，也不曾让一两鸦片流出敦煌，我要让它们全部捂在这个口袋里，沤烂，变臭，彻底断了那些人的邪念和财路。不过，在这个过程中，梵义并没有戕害贸易，骆驼队还在走，商团照样在赚钱，零客和游击们仍然络绎于途，但梵海撒下的那一张大网依旧有效。你虽然看不见它，但它一定能嗅闻到你的异常，不会姑息你，也绝不会对你网开一面的。所以，我很抱歉，我只能让你空手而归了。"

"少东主，你的这一席肺腑之言，算是承认了么？"洪皮海也矍铄了起来。

"嗯，如果你加罪与我的话，不错，这就是我的答案。"一切都已濒临破灭的时刻，心是凉的，目光寒战。梵义又道："实话说吧，三迫原本是我跟弟弟梵海的一个口头约定，我没有动念，我也不会启用。而今，我只有这么一个鱼死网破的最后手段。"

洪皮海一揖："少东主，你干么这样宁折不弯呀，况且这鸦片的利润……"

"打住吧，再说也无益。"拔脚离开之前，梵义心里忽然一软，相劝道，"谭家大院一共有两只鞋，一只是文和事老协会的连公子，另一只看来就是酒泉的洪门。不过，我奉劝你一句，鞋子一旦穿烂了，就只能扔掉,谁也不会怜惜它。"

"可惜,我已经被谭家大院穿上了,我想脱,但我现在无能为力,因为我有热孝在身。"

"怎么?"愕然道。

这句问话像一根尖刺,捅破了洪皮海的泪眼,一时间泪水滂沱,不可遏止。洪皮海浑身发抖,挣扎着除下了单薄的罩衣,里面却是一套雪白的孝服。这还不算,洪皮海又掏出了两样东西,一个是孝帽,戴在了头上,另外则是一束乱麻,捋了捋,缠在了腰际,果然是一副标准的孝子模样。这一瞬,梵义冷静了下来,恍然觉悟,先前彼此之间所有的对话和争执,不过是一种痛苦的铺垫,现在才到了致命的关节上。洪皮海这个人太在乎面子,或者说,洪门已是一副骆驼架子,哪怕死了,也始终不肯塌下来,露出原形。梵义的目光询问着,一把攀住了对方的胳膊,生怕他摔落在地,有个什么闪失。岂料,洪皮海格开了梵义,扑腾跪在地上,一头磕了下去,咚的一声,好像额头快碰碎了。半晌后,洪皮海头也不抬,泣告说:

"少东主,家父的尸骨被盗了,我这么做,实出无奈。"

梵义悚然:"灵骨被盗了?"

"嗯,他老人家仙逝多年,谁也不曾料到,现在又遭此劫难,等于死了第二回。秋末时,洪家在酒泉城外的祖坟被盗挖了,家父的尸骨就此遗失。刚开始,我还以为是几个丧尽天良的蟊贼所为,不过是为了讹一笔钱。我除了私下里打探之外,还秘密悬赏,指望着有一个好的结果。你知道,这种耻辱是不能公开的,我带着这一辆六马车轿,拉上一口棺材,跑遍了整个酒泉和嘉峪关,但至今一无所获。"洪皮海越哭越沉重,几不能语,膝行过来,再次抱住了梵义的双腿,"少东主,人靠着一腔子精神活着,我原本并不是这个样子,我还抱着最后一线希望,期盼着找到家父的尸骨,重新入殓,好让他老人家落土为安。但是,昨日晚夕,我接获了一封最后通牒,警告我说,假如今个天我没能从少东主你的手上借来一条罂粟之路,空手回去的话,他们就将鞭尸,将家父挫骨扬灰,一把火烧掉。"

"哥哥,这一切都因为谭家大院么?"

"不，我不能告诉你。"

梵义迫切道："事到如今了，灵骨遗失，你自己也一夜白头，难道你还要隐瞒下去么？哥哥你在明面上，梵义现在也站在了明面上，如果你不坦言相告的话，梵义无法帮你，老人家的灵骨也将石沉大海，永无落葬的那一天。"瞭见洪皮海一再摇头，坚辞不说，梵义又问："你刚才承认了，你是谭家大院的一只鞋子，除了他们，我实在想不出另外的黑手。"

"叔，家父可是你的换帖兄长，割头的大哥，看在他老人家的脸上，你借我一条路吧？"洪皮海又开始磕头了，哀恳说，"我发誓，我只借这一次，我只押运这一趟鸦片。只要迎回了家父的那一具骨殖，我一定完璧归赵，从此不再跨进敦煌半步。"

"皮囊破了，谁也捧不住淌下来的水。路一旦开开了，灾难必定降临整个河西一线。"

洪皮海仰首，泪眼婆娑地说："叔，你独木难支，你根本斗不过他们的。"

"幸亏我是石头，不是鸡蛋，我碰一下谭家大院又能如何？"

"哼，丁荣猫和汤世瓶那两个乱贼，也只是一对棋子，他们只负责种植罂粟罢了。"思忖了一番，洪皮海艰涩地说，"叔，其实酒泉、张掖和武威三个郡，已经陆续开始换种鸦片了，但因为农户们不谙此道，所以产量不大，烟质不佳，价钱也就上不去。真的，他们早就这么干了，可只有你至今还蒙在了鼓里头，扛着老先人们留下的所谓遗训，食古不化，恪守教条，想当然地以苍生为重，惜疼这一方水土。再说了，你跟梵海合计了这么些年，精心编织的那一幕大网，只能拦得住丁荣猫和汤世瓶这样的小鱼小虾，却根本阻止不了外头的野兽和牲口，你斗不过他们。"

梵义恍然道："酒泉驻防团？"

对方点头。

"一定是他们，国民革命军酒泉驻防团。"梵义猜中了，但脊背上同时孵出了一层冷汗，有些虚弱，也有一丝乏力。这个噩耗般的消息，让头顶上猎猎的日光，一瞬间变成了一匹匹缟素，披挂在了梵义的身上，跟洪皮海一致了起来，内心举丧，哀鸣不已。梵义探问说："哥哥，你究竟是谭家的一只鞋，还是驻防团派来的说客？"

"哼，都一样。"

"这话咋讲？"

"实际上，谭家大院也不过是娼妇、婊子和窑姐，真正数钱的老鸨，才是酒泉方面。狗日的国民革命军，不过是一群带枪的乌合之众罢了。他们既想卖身，又要给自己立牌坊，所以只能暗地里走私货物，买卖鸦片，敲诈当地，壮大自己的势力，而对这个国家毫无裨益。"洪皮海喋喋着，一种针刺般的疼痛抽搐在了颊脸上，"唉，也不知怎么泄露出去的，驻防团获知了洪门跟少东主的关系，所以盯上了你们急递铺，又威胁了我。我揣着你发来的红帖，又带着一大笔定金，连夜进入了谭家大院，跟那帮杂种见了第一面。"

梵义沉思了半晌，探问说："昨晚夕的那一封最后通牒，是如何交到你手上的？"

"呃，我当时在客栈，半夜被叫醒了。"显然，洪皮海尚未从那一幕震惊中解脱出来，"那封信是犬子交给我的，跟以前一样，上面照例没有落款。"

"是屏风？"

点了点头。

"洪家哥哥，屏风在哪达，我现在要见他？"梵义急迫道。

孰料，洪皮海不语，目光朝着那一辆六马车轿，努了努嘴，轻叹一声。梵义瞭看着远处，发现洪门带来的那一帮子弟并未离开，而是紧贴着那一座雪豹皮装饰的轿厢，锁住了各个角度，肩胛耸立，眉目警觉，大有一番护主迎敌的架势。不错，这些人的身上都揣着各种利器，梵义甚至嗅闻见了枪支弹药的味道，尤为可疑的是，那个躲在轿厢里不肯示人的家伙，可能才是最为棘手的目标。一念至此，梵义的身上突然开了锅，仰看了一眼肃穆而广袤的千佛灵岩，迅速明白了孰轻孰重。这么着，梵义和缓了表情，搀起了洪皮海，叮咛道：

"是这，哥哥你和屏风，包括酒泉城来的所有人，立刻退出莫高窟，退出宕泉河两岸。这达是佛国圣土，无上禅林，容不下夹枪带棒的恶念之人，更见不得一丝血腥。"梵义抖落了浑身的寒意，决绝地说，"记住了，距莫高窟三十里外，靠近三危山的方向，有一座庄子叫穆家寨。下半天，大概吃夜饭之前吧，我要见洪屏风一面，哥哥你务必告知他。"

洪皮海一时激动，低语道："老侄儿明白，今天是朝佛的日子，其他的我一概守秘。"

"唉，我终于兑现了给义庄的诺言。"

"我也要兑现洪门当年的承诺，我不能食言。"说着话，洪皮海从怀中掏出来一块铜镜，双手奉上。铜镜约莫有一个巴掌大，阳面平坦如砥，光可鉴人，阴面镌刻着一尊线描的佛像，抚膝而坐，神思飞扬，凸凹处布满了零星的绿锈，仿佛走过了上千年的坎坷光阴。又道："叔，此乃洪门许给索家窟子的一份供养，我如今没脸上去见证，也没脸去见老义主了，装藏的时候，还要多多拜托你。"

岂料，就在交接的一刹那，铜镜突然滑脱了，啪的一声，摔在地上，碎成了几瓣。洪皮海色飞骨惊，一时失措，被这一种巨大的凶兆攫取了，无助地盯视着梵义，绝望至极。梵义一笑，俯下身子，将碎片悉数拾起来，吹净了灰土，劝慰道：

"镜子碎了，但它还是镜子。"

"老义主。"

洪皮海尖嚎了一声，跪在千佛灵岩下，朝着那些蜂巢般的窟子，磕了头，合十祷念了一番。末了，洪皮海起身走了，日光打在他的身上，地面上竟然没有影子。

卷四十一

在窟子的底端，瞭见义庄的当家人矮身趃出了洞口，梵义扑将上去，抱紧了索敌。

这一老一少谁也没有开腔，互相搂抱着，立在了薄暗中。在崖壁下，在河岸边待得太久，梵义几乎快冻僵了，身心麻木，此刻投进了索敌的怀中，忽然被一种深沉的暖意裹挟起来，感觉对方的每一根胡子都是烫的，好像刚从火炉子里拔出来的铁扦子。梵义的头伏在了索敌的肩胛上，依偎着，摩挲着，犹如多年之前面对父亲那样。索敌呼应着，彻底敞开了心胸，接纳了这个曾经倔强的少年，如今壮美的汉子。索敌的手抚在了梵义的脊背上，轻轻拍打着，告慰着，似乎将一种冥冥当中的生气，灌输在了对方的体内。半晌后，梵义歇缓了过来，哀恳道：大大，我快撑不住了，我要散架子了么？索敌回说：不，你好端端的，你是热身子，我也没有变冷。梵义又道：我怕我坚持不住，我怕我会半路上突然垮掉呀！索敌用颊脸贴住了梵义，仔细道：放心吧，你垮不了，不管这个人世扔给你多少的劫难，你不是一个人在扛，咱们爷父俩一起来担当。梵义分明听见了这位九死一生的老人清晰的心跳，仿佛自己在胡家坊的高房子上，匍匐于病榻前，寻找到的爹老子的声息那样，生怕弄丢了。梵义的迟疑，引起了索敌的不快，究问道：咋了，你嫌我老了，扛不动了？未待对方应答，索敌突然格开了他，两只痊愈不久的粗手，一下子捧住了梵义的双腮，咧笑说：贼疙瘩，你可千万记住，咱爷父俩绝对不能做亏本的买卖，你是一张羔子皮，太金贵，我反正是一张老羊皮了，不管啥时候，你先把我给兑了，你别舍不得呀。梵义点了点头，嘴里却说：叔父，我的肩膀可能不硬，也或许扛不住许多的天命，但有一副担子我从来不卸，也决不让人，因为我怕自己背上不忠不孝的恶名，你的话可以听，但不能照你的话去干。

蓦地，索敵瞪大了眼睛，假嗔道：你个狼吃的，你个瓜娃子，你知不知道，我这一辈子比你多一件法器，多了一份传家的宝贝？梵义撇嘴，一脸的轻笑。这么着，索敵冷不丁捉住了梵义的手，截铁道：少东主，义庄有一件血衣，从先人们手上传下来的一件血衣，老朽不才，但自信这一根脖颈子还是硬的，这一颗头颅捐与不捐，只凭你一句话吩咐！梵义思想一番，笑说：叔父，目下最轻巧最省事的便是掉一颗脑袋，手起刀落，一了百了，但难就难在捐不出去，还要让你一天天苟且地活着，这才是真正的屈辱和羁绊。这句话所深藏的奥义，索敵并没有听懂，执拗道：少东主，义庄的这一件血衣，迟早要穿在索家后人的身上，老朽等着你的吩咐，你随时可以差遣我，我决不会皱一下眉头的。梵义探问说：敢问叔父，你为啥这么信任我，不惜将义庄最让人断肠的机密告诉我，又打算为我披一次血衣哪？索敵拈着白雪雪的胡子，慨然道：少东主，自从多年前，你跑来向义庄借马，我便从那个少年人的身上发现，你不只是为了家事，你绝对是为了公义，为了敦煌，所以我信你，信到了现在。梵义咂摸着这个词，呢喃道：对，就是为了信。

洞口内传出了一阵窸窣的声音，郭弦子像一只冬眠的动物，佝偻着腰身，艰难地挪了出来。索敵赶紧搀住了他，怕他磕了碰了。梵义道了吉祥的话，还不忘替病中的爹老子转达了问候，又拜了年。郭弦子笑说：哎呀，你们爷父俩刚才就像一对小老鼠，简直吵死我了，我在窟子里待得太久了，我的耳朵很尖。索敵敷衍道：弦子哥，洞中方一日，世上已千年，我刚跟少东主在谈新年的打算哪，你这位老神仙就别搅达了。郭弦子沉吟道：是呀，人抬人，抬出高人，僧抬僧，抬出高僧，世上的所有人，莫不是靠一腔子精神活着，比如今个天要给佛像的肚子里装藏，这也是一种抬举嘛。索敵揶揄道：弦子哥，装了藏之后，佛像就等于有了灵气，有了智慧，有了无边的法力，正式坐入了人世间，开始普度苍生，护佑四方，那么等一下我陪着你一起磕头吧。孰料，郭弦子掐了一把索敞，答复道：呵呵，塑匠给爷不磕头，爷的底细我知道，你自己尽管去磕，我在旁边替你数着。

如此风趣而机巧的闲章，从两位长者的嘴里风轻云淡地流泻出来，一定说明刚才在这个别洞内，消泯了恩怨，铲除了仇意，彼此之间放下了这一生的芥蒂。薄暗中，郭弦子和索敞犹在斗嘴，一个的口里像含着冰糖，另一个像抹了蜂蜜水似的，互相在戴高帽子，不吝言辞地夸赞对方。目睹了此刻，梵义的内里忽然潮起了一股酸楚的汁液，思忖说，天老爷眷顾，这分明就是上一辈子人的光阴，曾经火烫的光阴，但眼下他们越走越远，越走越稀，如今已接近了日落黄昏的阶段。可惜了，可惜爹老子不在，仍旧玉山颓倒、病程绵远地躺在胡家坊的高房子上，不能亲自来打一声招呼，跟老伴当们戏谑一番，这无论如何都是一种令人坐卧不宁的缺憾。盯望着郭弦子残破的身子，枯槁的五官，一派暗无天日的双目，又念想起这个忠义之人偏居一隅，率着后儿子乔果，在长达十数年的时间里，一斧一凿，一刀一锨，掏挖出了这么庞大的一座窟子，且塑像立佛，雕梁画壁，即将兑现了胡氏一门的诺言。这一时，梵义的心中炽烈翻滚，灵感乍现，觉得自己应该去做一桩无上的功德了。

这么着，梵义攀住了郭弦子和索敞，诡谲地说：二位大大，新年了，让侄儿给你们行一个礼性吧。索敞讥讽道：省下吧，我这么一大把岁数了，还没听说过小的给老的给压岁钱。郭弦子也撇嘴道：少东主，乔果这么些年的吃喝用度，包括求师学艺的费用，全部都是你们胡家按时按点地支付的，从来不曾迟过一天，也没少过一分一厘，再说了，我用掉了你整整一大块狗头金，我未必能瞧得上你现在要孝敬的那一点零碎钱。这一唱一和的答复，让梵义更加笃信，自己的这个念想如此英明，又格外妥当。梵义开怀道：呵呵，原来你们两个老亲家是一双狗皮袜子呀，早就在这个窟子里串谋好了，单等着我这个愚笨的侄儿来把话说开，把窗户纸捅破么？什么亲家，哎呀，你嘴里又开始不打粮食了？索敞狐疑道。郭弦子一时哑默，但身上有一种鲜明的激动，战栗不止，想必他已经猜中了答案，仿佛被一种自天而降的幸福突然抓住了。

梵义扬起下巴，傲然道：索家大大，咱们敦煌的一支曲子里说，天留下了日月，草留下了根，人留下了子孙，佛留下了经。嗯，趁着今个天开年，该来的也都来了，当着大家的面，侄儿要兑现这谣曲中的后两项，一者，了却了家父的诺言，另一个则是让你们结成亲家，永世相好下去。言毕，梵义击了击掌，窟口外有人立时送进来了一簇簇灯火，照亮了四壁。

虽说整个窟子尚未完工，有待完善，但目下的一切，已然是金碧辉煌，美不胜收。

十几盏油灯陆续架在了龛笼上，在如水的灯光中，穹顶之下的壁画熠熠生辉，有的覆了金箔，有的等待上彩。藻井一带，也就是四壁上部，描画了绕窟一周的天宫伎乐。中壁则是佛说法图，以及释迦本生、因缘、佛传故事画。下部却是环窟一遭的金刚力士与装饰图案。整个画壁上弥漫着一股草泥和颜料的气息，潮气十足，似乎还挂着零星的水珠。

窟子中央，一根中心柱顶天立地。

中心柱四面凿龛，上塑释迦牟尼佛趺坐像。坐像外套汉式对襟大襦状袈裟，袈裟低回于腹前，手结说法印，造型清秀，形体匀称，庄严稳重。佛像身后饰有火焰纹背光，两侧刻画着供养菩萨和飞天。龛楣外沿装饰有连续的忍冬纹，其状若火焰。楣中雕刻着缠枝忍冬和连绵的莲花，莲花中有化生童子，不一而足。

塔柱的左右和背面，各开了上下两龛，塑有禅定佛像，上层均为一佛四菩萨，下层则是一佛二菩萨。背后的下层龛内，塑造了一尊释迦苦修像。释迦趺坐，手作禅定印，腰身佝偻，头颅前倾而低垂，颧骨突出，两颊瘦削，皮肉松弛，形容憔悴，轻薄的袈裟紧贴在了干瘦枯槁的肉体上，透露出嶙峋的肋骨。听见孔执臣诸人的声音，梵义拔脚离开时，不由得盯望了一番塔柱背后的这一尊受难像，惊愕地发现，释尊没有双目，眼眶中只有两个深邃而粗糙的黑洞，状若瞎子。梵义又瞄了一眼郭弦子，便什么都明白了，硬是将一股酸楚压在了舌根下，打算由自己去消化干净，不要败坏了今日的主题。

索敞却懵懂着，尾在了梵义和郭弦子的身后，绕过了塔柱，站在了明亮的窟子前厅。

这一时,孔执臣和拖音法师上前,问候了郭弦子,相继拜了年。梵义瞭见,窟口外守着苏食和乔果,以及从胡家坊带来的尚可新、麻四、平昌叔和宋少群,便对孔执臣悄语道:让他们开始吧,将所有的经书宝卷,按照包袱皮上的编号,依次从上面缒下来,全部存放在别洞的龛笼上,注意防潮。孔执臣一笑:亏你想出了这么个法子,不过也好,上佛赐赠的经书宝卷,就应该自天而降,从天窗里缒下来,避免沾染上红尘中的污浊之气。梵义叮嘱说:千万记住了,等一下封闭那座洞子时,一定要仔细,将来万一再来一个王圆箓的话,岂不是功亏一篑。孔执臣答复说:放心吧,炼砖和灰浆已经全部备好了,即便有十个王道长兴妖作乱,也绝对撬不开那一扇门。言罢,孔执臣出去了一趟,交代完毕后,又折身返回。

"大大,这是一部佛经,请你供养吧。"梵义双手奉上,躬身一揖。

索敞怔忡道:"少东主,我不合适,你先来吧。"

"是这,这一部佛经是执臣花了整整大半年的心血,无明无昼,以敦煌义庄,以你老人家、索朗哥哥和索乘弟弟的名义仔细抄写下的,无一字缺失,也无一处纰漏,拖音法师已经审看过了,堪称完美。"卷子被一匹黄色的锦缎包裹着,系了一根红颜色的束绳。梵义恭顺地捧着,催促说:"大大,时候不早了,等你率先供完,大家也供完了之后,拖音住持还要做一场法事,诵经装藏哪。请吧,你老人家先请。"

不料,索敞却后几步,悚然道:"不,我不够格,我以前是个罪人,十足的罪人。"

"大大,切莫乱语。"

"少东主,你对我的好,我死也记得,但是你别难为我,别出我的洋相。"哀告道。索敞的拒绝来得真实而激烈,面红耳赤,一点也容不得旁人劝慰。说急了,索敞先朝着佛像,又对着梵义和孔执臣,相继深鞠了一躬:"老朽明白,少东主你这是在兑现诺言。想当年,令尊古道热肠,慨然允诺,发愿要建这么一座家窟,但那是冲着索门的老先人们去的。我辈庸碌,实在是不足挂齿,不仅没有给义庄添彩,反倒是佛头泼粪,带来了无尽的耻辱和笑料。"索敞瞄了一眼窟口,脚下探摸着,恳切道:"少东主,你务必收回你的话,马上收回。呃,这个窟子离地面有七八丈,我这一件老羊皮活够了,义无再辱。"

梵义道:"大大,这座窟子是寄在义庄名下的,并非你个人。"

"义庄也不配。"

"不,这话就另说了,千万不能偏颇。"梵义仰看着穹顶,但见藻井之下莲花缠枝,飞天翩跹,遂忆想道,"我记得李豆灯大人在世时说过,当年的义庄,那是何等的繁华,何等的高邈而脱俗,它不单单是一家庄院,它还是敦煌的筋骨,关外三县的魂魄,也是一座河西大道上的精神殿堂,更是这一片绿洲上的老先人们,细心塑造出来的一介典范,历代珍罕,举世无匹。"斟酌一番后,梵义避重就轻地说:"虽然造化弄人,世道悲凉,目下的义庄已不复当年的兴旺,但只要老人家你在,有这一座新开的窟子为凭,索门仍然会复活,这一介典范肯定将涅槃重生,一如从前。"

索敞被这一席话慴服了,止住了脚步,忐忑道:"梵义,我从来没这样想过,我可能太自私了,我原以为义庄现在的败局,是天老爷的意思,我这一辈子也走不脱呀。"

"但是,天老爷说话也会走火。"

"少东主,不管咋样,老朽今个天给你下话了,这一座窟子我根本扛不住,也无法扛。"索敞牙齿很硬,坚不吐口,"不过,下山后,我要马上返回沙州城,我可以重建义庄,让它比以前更阔气,更漂亮。我有的是钱,我这一辈子积攒下的钱财,全都埋在了猪圈下面,索朗那个贼娃子费尽了心机,至今连一个麻钱也没找见。"

"大大,你误会我了。"

梵义的鼻脸上,挂着一副失望的表情,兀自摇了摇头。这一时,孔执臣站了出来,接住了梵义手中的那一部经书,再次恭顺地捧给了义庄的当家人。索敞畏惧着,躲闪着,似乎自己面对着一盆炭火,进退难料。这么着,孔执臣朗笑道:

"我倒有一个不错的主意,不如捐了。"

诸人一愣。

"是的，干脆就将这一座窟子捐给敦煌，捐给莫高窟，捐在千佛灵岩上吧。嗯，一座窟子毕竟太孤单了，假如捐了出去，让它跟这一面崖壁上成百上千的佛窟比邻而居，那自然是最好不过的归宿。上佛也说过，一滴水的流向，应该是河流，一片叶子的理想去处，当然是森林，这可能就是天道，也是生生不息的缘故吧。"事实上，这么些年来，在沙州城最幽暗的地底下，在昼夜轮替的伽蓝密室内，在烦冗而漫长的抄录生涯中，孔执臣的脑海里，早已酝酿出了一篇锦绣文章。这种汗漫的想法，在日复一日的光阴中，渐渐地研磨成了一颗明亮的珍珠，凝结成了一种清晰的坚忍，让这一名异乡的女子，持续走到了今日，终于脱口而出了："从前的那些窟子，不外是一家一姓，一门一族，其实跟自家的祠堂和锅台没什么两样，乞求着财富，惦记着名望，不过是有钱人家的一份雅兴罢了。但是，敦煌真正的赞堂在哪达？关外三县的父老们，属于他们的福田又在何处？"

"诸位，佛不在西方，菩萨也不在天上，敦煌的赞堂和福田就在这达，头顶上的这一座窟子便是。"这一霎那，梵义拊掌大笑，"是这，有请拖音法师当场见证，就照执臣刚才的意思，将这一座窟子捐出去，挂在莫高窟，挂在千佛灵岩的户头上，从此供养下去吧。"

"我一百个同意，老朽解脱了。"索敌呼应道。

拖音两手合十，早已是潸然泪下，情难自禁，一直在诵念着佛号，梵音四起。

"执臣，既然捐了，这就不再是一门一族的家窟了，至少得有一个名字吧？"梵义盯望着孔执臣，彼此的颊脸上，挂着一种心知肚明的表情，仿佛早就有了默契，也有一套事先拟定妥当的说辞。又探问说："野鸡无名，草鞋无号，终归也是一件令人缺憾的事。执臣，你可是家学深厚，腹有辞章，你干脆起一个响亮的名字吧？"

"义窟。"

梵义击掌，喝彩道："太好了，这个最贴切不过，也容易记住。"

"一切以义庄的名义发愿捐献的，是谓义窟。"

孔执臣截铁道。

"哎哟，老朽还是中了计。"

恭敬不如从命，索敬牢骚了一句，忙接住了那一只明黄色的包袱，趋前几步，将佛经供奉在了法台上，然后纳头便拜。这种皆大欢喜的局面，顿时感染了在场的每一个人，梵义和孔执臣也依次上前，奉上了各自的心意，煞是庄重，煞是肃穆。梵义并没有忘记酒泉洪门的嘱托，将那一块破裂的铜镜仔细地拼贴完整，暂时复原后，包在了干净的布匹中，留待下一刻。这个关节上，拖音法师踩着一架梯子，独自攀上了塔基，绕到了中心柱的背后，在郭弦子一声声的指引下，开始给塑像的肚子里装藏。藏者，脏也。犹如一个人有了五脏六腑，三魂六魄，才有了生命的气息与热烈那样，此时装入的所有物品，也一定是人世上最稀罕的宝贝与最卑微的念想，比如那一块破裂的铜镜。

藻井之下，梵义和孔执臣并肩而立，几乎屏住了呼吸，不敢眨眼。

是的，义窟即将完工，新的藏经洞幽深广大，正在叠山砌海，累累堆积，将成千上万的佛经、文书和卷子依次储藏，然后封门闭户，将它璧还给千佛灵岩，交给这一片佛国圣土，与其他林林总总的佛窟融为一体，不显山，不露水，泯然于尘世，等待将来的有缘人。多少年的筹谋与孜孜以求，换来了眼前的这一幕，两个人谁也不愿意错失，谁都想抓住这珍贵的一刻。旁侧里，索敬的激动显而易见，牙齿一直在打架，但并不是寒冷所致。窟口外，冬日的阳光像风一般掠过，吹响了漠漠的崖壁，吹响了整个河谷地带。

岂料，宁静很快被打破了，索梅揪住了乔果的耳朵，一路吵嚷着，从窟子外面闯将进来，站在了孔执臣的面前。孔执臣暗笑，思忖道，狼吃的，这个天不怕地不怕的死丫头，前不久刚刚跟着运输经书宝卷的车队，偷偷转运出了沙州城，投在了这个再生之地，你却瞧瞧，才来了没几天，她就开始作威作福，如此地指东戳西了。恐怕是揪疼了，乔果咧着嘴，呜里哇啦地哀叫着，但索梅一直不肯丢手，愠怒弥漫在了颊脸上，倒把她自己给气坏了。

索梅呵斥道：快，快把你的爪子伸开，让姨娘检查一下呀？乔果偏着脑袋，始终抗拒不从，目光瞥望着一旁的爹老子，求援似的。但郭弦子始终不语，一直在黑灯瞎火地笑着，笑得很开心。索梅的手上使了劲，又听见了一阵惨烈的嚎叫声，数落道：你个贼疙瘩，你分明就是属核桃的，非要砸开了才能吃，上一次姨娘来莫高窟，见你的两只爪子害上了漆疮，她惜疼你，千思万想地配了药，今个天终于带来了，你却不识抬举，不往伤口上抹，你想逞哪一门子的威风呀？孔执臣清楚，索梅所言不虚，漆疮是画匠们因为常年接触了矿物质颜料，害上的一种皮肤病，一旦发作起来，不仅伤口溃烂，更是奇痒无比，为此寻了短见的也时有所闻。乔果申辩道：哎哟，好我的小姑奶奶，小母夜叉，我正在山顶上忙着搬运经书，我的手上擦了药膏的话，岂不是会玷污了经书宝卷嘛。闻听此语，索梅的脸上登时开了花，急忙松开了手，逼问说：你刚才叫了我个啥？你拣前一个说，再说一遍呀？

众人在场，乔果也碍于面子，实在是羞于复述刚才的那一句腻歪话，乖乖地伸开了手。索梅喜不自禁，打开了药囊，搓了一疙瘩新疆长棉，蘸上药膏，仔细地涂擦在了伤口上。孔执臣轻叹一声，在心里感天谢地了一番，终归是替索梅高兴，知道这个身世悲苦的闺女，好歹熬过了那一段不堪的岁月，而今有了一个和平的归宿。孔执臣抚摸着她的脸蛋，索梅也孩子气地搂住了姨娘的脖颈子，千般惆怅，万种心事，迅速化入了穹顶之下虚无的空气当中。视野中，只有壁画上的一列列香音神翩然飞过，撒下来了一幕馨香的花瓣，也仿佛降赐下了一阵温煦的雨露。这是开年的第一日，谁都应该小心翼翼的。

但是，梵义打破了这个时刻。

梵义清楚，像眼前这样千载难逢的机会一旦失去，即便开挖了一座义窟，哪怕供养了一座新筑的藏经洞，自己也将功不抵过，一世无果。这么着，梵义突然指着地上的蒲团，喝令道：来，快来，你两个赶紧跪下，给老大人们磕头吧。索梅怔忡着，狐疑不解，孔执臣推了一把，将她送上前去。这个关节上，索梅盯视着眼前那一位须发皆白的老者，若有所思，仿佛在哪达见过，却又一时间找不见窍门。同样，索敌也不错眼珠子，打量着这个大眼、浓眉、团脸，长着一对酒窝的女娃子。一种天然的气息，一份冥冥当中的亲近感，让索敌踟蹰了上去，伸出手，指了指对方的脖颈子。索梅乖巧，立时会了意，忙将一串佛珠摘了下来，双手捧着，恭敬地递给了索敞。索敞抓在了手心里，看也不看一眼，只是一味地摩挲着、战栗着。渐渐地，一种澎湃的记忆呼啸而来，席卷了索敞，嗳嚅道：瓜女子，你不是出门去要饭了么？你今个天要上了么，你吃饱了没有？索梅揩着泪水，一把攥住了对方的袖子，嘟哝说：你不臭了，你原先天天坐在猪圈里，猪粪糊了你一身，你现在终于洗干净了，胡子也洗白了。索敞答复说：瓜女子，没有猪粪去沤肥，你能要上一碗热饭么？索梅再也绷不住了，哇的一声，扑进了对方的怀中，听见爷爷嘀咕说：哎哟，好我的细君，我的肉蛋蛋，你以前尿了我一身，到了现在我还没有干透哪。

旁侧里，乔果跪在了蒲团上，先朝着郭弦子叩了头，喊了一声爹。末了，乔果挪转了身子，正打算向义庄的老人家请安时，耳朵却被揪住了。索梅嗔怪说：贼疙瘩，这是我爷爷，你拜的哪一门子的神仙呀？乔果皱起了眉头，咧嘴道：你爷爷便是我爷爷，不信了你问一声他？索敞笑而不语，将手里的那一串佛珠，仔细地戴给了乔果。

梵义冲着孔执臣努了努嘴巴，两个人悄然踅出了义庐，不忍打扰眼前的这一幕。

崖壁上端，苏食正率着一帮子人，围着那一扇天窗，干得热火朝天。

孔执臣并不操心，那是男将们的事情，知道一捆捆佛经、文书和卷子，正在被安妥地送进洞子里，璧还给了千佛灵岩，交在了莫高窟的心脏地带。剩下的事其实简单多了，无非是彻底封闭这一座新式的藏经洞，将这一桩敦煌境内最机深的秘密延续下去。不过，一想起沙州城内的伽蓝密室空了，这些年孜孜矻矻的劳碌，昼夜无明的抄写，以及天天担惊受怕的生涯即将结束，孔执臣既有一份巨大的解脱感，随之而来的，也是一种隐约的失落，一种乏力与惶然。往昔里，伽蓝密室仿佛一颗钉子，挂住了孔执臣和梵义的全部念想，让人围着它转，让人须臾不离，也让人扪心呵护不已。转运经书宝卷的那一日，也就是这一颗钉子被连根拔起的一刹那，孔执臣虽然也是抽心一疼，但因为太过仓促，那一番刺痛的感觉并不明显。目下，当伽蓝密室彻底空了，油尽灯枯，一切都将凉下去的时候，孔执臣的内心不由得潸然一片，瑟瑟发寒，声嗓中也塞了一团秋后的枯草似的，几不能语。

出了义窟后，两个人择了一面向阳的半坡，先后坐了下来。

此刻，这是冬日里最温煦的时辰，日头像一炉刚刚启封的炭火，照着颊面和额头，照着地上的沙子与落叶，也照着人世上的般般心事。无风，亦无尘，整个莫高窟的南北谷地，包括鸣沙山和对面的三危山，干净得像一幅卷轴。有人在宕泉河畔伐冰，几个童子在冰面上打陀螺、滑冰车。远处红墙绿瓦的禅林里，钟磬声声，寺顶上凝滞着一幕幕香火的轻烟。偶尔，有几只沙雀子在头上掠过，翅膀擦剐空气的声音吓人一跳，好像一张纸被撕破了那么尖厉。但是在这一种明亮的天气下，寒冷结成了疙瘩，在呼吸之间，悄悄蹿上了人们的腿脚，占据了身体，进而控制了意志，告诉你说，这本来就是严酷的冬天，过分的欣喜或许是一种罪过。

孔执臣从恍惚中挣脱了出来，发现身边无人，梵义竟不见了，沙堆上只留下了一块屁股印子。唉，这个猴子转世的，一点也不老实，不知又有什么新把戏了。刚怨怪完，孔执臣瞭见梵义正站在千佛灵岩下，连蹦带跳的，一边朝自己招手，一边大呼小叫。喊急了，生怕孔执臣听不见，梵义又摘下帽子，抛在了空中。帽子像一只黑色的大鸟，张开了耳翅子，忽上忽下，即便是一块石头，也能被惊醒。孔执臣当即答应了，踩着崖壁上陡峭而蜿蜒的沙石栈道，战战兢兢地下降到了地面上，已然是花容失色，汗水涔涔。梵义一道烟地跑了过来，眉飞色舞，遥指着远处的一片林子，相告说：走，快走，我带你去见识一下新鲜。

这片林子以银白杨木为主，夹杂着一些榆树和白桑树，树下伴生着沙拐枣、麻黄、白刺、甘草和冰草等。在这个季节上，万木萧索，叶片杳然，只剩下了干枯的虬枝，张开了战抖的手臂，支撑住了头顶的天际。林子可能是周围的寺产，平日里保护得不错，没有牲口的糟践，也鲜有人出没，地上积攒的落叶足足有一尺厚，金箔一般，与白蜡杆子似的银杨形成了显著的区别。走了半晌，梵义仍旧喋喋着，蹦蹦跳跳，不停地夸耀着他所谓的新鲜之事。孔执臣撇了撇嘴，不屑道：哼，我知道你要让我去看什么，你也不是少年人了，咋咋呼呼的，小心打扰了莫高窟的清静。梵义嬉皮笑脸的，挨了这么一顿训，却并不长见识，顽劣道：执臣，那你说说看，我究竟要带你去见识啥？倘若你猜对了，我一定有赏，君子一诺，我绝对兑现。孔执臣笑问：哎呀，难得少东主破财，假如你输了，你能兑现什么呀？梵义思忖道：十元钱？或者，带你去沙州城的百蝠庄，给你扯一匹时髦的江南料子？要么，等今年开春后给你放大假，准许你带上苏食叔回一趟焉支山，去凉灯村里转转？这一时，孔执臣冷下了表情，凝重道：

"梵义，如果你这回输了，你务必要答应我一件事。"

"决不反悔。"

"是这，今天离开莫高窟，回到了沙州城之后，你一定要连夜解散急递社，铺子也要关张停业，从此甩开这一条危险的路，大家一块洗手不干了，另觅他途吧。"孔执臣的这一番陈词来得突然而坚定，似乎早就有了一篇深思熟虑的腹稿，又决绝道，"至少，我请求你不要再抛头露面，在这个红尘凡世上随心所欲了。你应该待在胡家坊内，一方面侍奉双亲，一方面和性元白头偕老，看着一双儿子长大成人，去求得自己这一生的圆满。"

一时间，梵义目瞪口呆，愣怔道："执臣，你这一腔子的话所为何来？"

"不，我不知道，我只不过是预感太坏，太糟糕了，也或许是昨晚夕一夜未眠，睡得不好吧。"孔执臣一味地摇头，好像在拼命地挣开一场梦魇，"少东主，你答应我，现在就答应！你记住，急递社不光是你一个人，你的肩膀上还扛着兄弟们的性命，挂着其他伴当的魂魄。你稍有闪失，这一船的人都会被一竿子打翻的。"

梵义探问道："执臣，这急递社是弟兄们心心念念的产物，也是这些年来，大家在一起流血流泪挣出来的一块牌子，路走得正，也走得远。目下又恰巧到了顺风顺水的时候，岂能砸锅倒灶，说撂下就撂下，说解散就解散呀？"

"少东主，见好就收吧，你也该放下了。"哀恳道。

"放不下。"

"呃，只要有念想，就没有什么放不下的。"

"你的话很灾难，执臣。"

"梵义，你错了，灾难的不是我的这些话，虽然它并不悦耳，也不中你的意，但我必须掏出心窝子，因为我也是当初结社邑义的一员，盟过誓，吃过咒。"这一时，孔执臣的脑海中，闪现出了晌午的那一幕：一辆散发着死亡气息的六马车轿；雪豹皮上的灰白斑点，犹如赌博场上的骰子，充满了不测；那一群酒泉洪门的子弟，一个个揣着凶器，气焰熏天；尤其是当家人洪皮海哭了又笑，笑了又哭，反复无常的一系列举止，简直令人生厌。这诸多的疑点，仿佛一大把碎针，撒在了孔执臣的内里深处，让其坐卧不宁，情绪灰败。凭着女人的敏感，孔执臣笃信，梵义一定碰上了一个大坎，急递社如今也站在了一道生死难料的门槛上。又道："少东主，现在还来得及，赶紧丢手吧，解散吧，否则一切都将悔之晚矣。"

"哼，妇人之见，我既然扛了起来，岂可一扔了之，让天下人笑话。"

孔执臣哀告说："因为你在冒险，你在玩火。"

"急递社替天行道，自然是危险缠身、暗夜举火了，这并不稀奇，也不可怕。"

"你太骄傲了。"申斥道。

"嗯，骄傲本来就是一个儿子娃娃的基本品性，我也无法幸免。"

"梵义，总之我预感不好，我知道你太犟了，我也说服不了你。"孔执臣的声气渐渐地衰微了下去，仿佛这林中的落叶，一旦离开了枝头，便是起手无回的路程。又恳切道："我只祈盼着，你别让性元在后半辈子里流泪，她太善良了，她太无辜，你千万不能伤害她。当然，我也不想落泪，我现在一看见白杨树的眼睛，我就心惊肉跳，可你偏偏带我来这达。"

梵义苦涩一笑："执臣，谁说我要让你看这些泪眼的呀？错了，你全错了。"

的确，这一片仙女般的银白杨，素洁，干净，高高挑挑地兀立着。离开了夏天和秋季，寒冷收走了全部的叶子，罡风举着斧头，砍掉了多余的枝条，令它们滞留于此地。但是，银白杨并不因此哀怨，依旧磊落，依旧挺拔，似乎知道在这一座静谧的山谷中，悲痛和隐忍才是第一美德。枝条被砍斫后，留下了大大小小的疤痕，像极了人们的眼睛，昼夜张看着，迎风落泪。敦煌当地人将其称为泪眼，在一些吉祥的节点上，一般是视而不见，避讳得紧。梵义料知孔执臣有了误会，刚才的那一番争执和辩解，多么荒诞，又多么无聊，于是心生急迫，打算抓紧揭开这一桩谜底。梵义伸手讨要一块干净的手帕。孔执臣身上没有，忙解下了自己的头巾，交给了对方。这一霎，一股莫名的风袭来了，突然吹乱了孔执臣的鬓发。倏忽间，仿佛让这个哀伤的女人衣袂飘举，简直妩媚极了。

梵义在林子里三兜四转，终于挑中了一棵阔大的银白杨，跃跃欲试。唉，真是猴子转世的，一刻也不消停。孔执臣在心里数落了几句，话还未毕，但见梵义果真就像一只猴子，嘴里叼着那一块头巾，噌噌噌地爬上了大树，一眨眼的工夫，便骑坐在了一根枝杈上。梵义挥舞着头巾，呜里哇啦地乱叫一气，仿佛他此刻做了天王，称霸了整个天空似的。孔执臣不敢仰头，生怕瞥见了头顶上的那些斑斑泪眼，遂扣下心来，隐约地闻听到了一阵阵清凉的钟声，从远处的寺顶上漾荡而起，想必是又一场法会开始了。

突然间，梵义从树顶上坠了下来，一屁股跌坐在了落叶上，疼是疼，却哈哈大笑。

梵义催喊不停，孔执臣也从惊骇中清醒了过来，忙发足狂奔，唯恐有个什么意外。梵义是从树上跳下来的，半天也挣扎不起来，双手捧着那一疙瘩头巾，递给了对方。孔执臣跪在松软的落叶上，失声道：你呀，你快吓死我了，我的魂都飞了。梵义诡谲地笑着，哄唆说：快，快把头巾揭开，轻一点，小心别碰碎了。孔执臣依言，拈住了一角，一层又一层，将虚拢的头巾完整地打开后，发现梵义的手心里，竟然藏着一小块冰疙瘩。冰疙瘩并没有被冻实，带着枝枝杈杈的冰晶，有棱有角，有经有脉，仿佛一滴水在深冬的夜晚掉了队，被一阵极寒给抓住了。

"快瞧，冰蝴蝶。"

"蝴蝶？"

"嗯，我刚才从一个树洞里请出来的，只有蝴蝶，没发现蜻蜓。确切地说，这只是蝴蝶的遗蜕，来不及羽化升天，就被天老爷留在了这达，躲在了树上。"梵义喜悦极了，似乎自己建立了一桩不世之功，"执臣，除了三危佛光、宕泉秋水、佛窟显圣之外，这样的冰蝴蝶，乃是莫高窟和千佛灵岩附近难得一见的奇迹，一般人自然没这个资格，更没有缘分来目睹呀。"这一霎，孔执臣被这样的渲染所陶醉，立刻俯身过来，两个人打头碰面，鼻息可闻，一起盯看着。梵义小心地说："执臣，你有福了，这是新年新兆头。我就不给你压岁钱了，只送你这一只冰蝴蝶吧。"

孔执臣喃喃道："只怕是太贵重了，我接不住这一份天赐。"

"其实，你最有资格。"

"咋说？"

"嗯，这就像你的名字一样，你才是整个莫高窟的头号功臣，你也是这一面千佛灵岩的忠孝之女，你还是第二座藏经洞的窟主和供养人，所以……"梵义捧着那一只冰蝴蝶，支在了对方的眼前，笃定道，"从今个天开始，敦煌的精魂终于回来了，菩萨们也睁开眼睛醒了，坐镇在了这一片山谷当中，这达重新成了关外三县真正的福田，也成了父老百姓供养的圣土。其实，这个礼物是天老爷赐赠给你个人的，我只不过是捎了一句话，转告给你罢了。"

孔执臣讶异道："你来瞧，它这么透明，翅膀绚烂，好像刚刚睡着了似的。"

"它一定醒着。"

"为什么？"

梵义徜徉道："因为它才过了一个夏天，一个秋季，它还只是一名少年，它绝不会善罢甘休。执臣，到了现在，我终于理解了家父当年叮嘱的那句话，去做一个精良而纯明的儿子娃娃，不要被眼前这个污浊横流的人世淹没，更不能同流合污，枉费了自己这一生的大好光阴。"梵义盯视着手心里的这一幕奇迹，心有所动，又道："执臣，我敢保证，等一会它就飞走了，化成一滴水飞走了，它不飞远处，只能回到脚下的这一片福田圣土当中，等待人世间下一个开花的季节。"

"少东主，我懂了。"

"嗯，其实你一直就懂，只不过……"嘉许道。

孔执臣凝眸说："是这，我收回我刚才的话，什么放下呀解散呀，那简直是一派轻巧之词。倘若不经过一遭，不亲身经历，有些事情，有些天道和大义，人是决计放不下的。"渐渐地，那一只冰蝴蝶融化了，刚开始还带着斑斓的颜色，但是化成了水滴之后，遗蜕消失了，分明像是一颗晶莹的泪珠，渗过了薄薄的头巾，无声地掉在了落叶丛中。又道："梵义，你可千万别忘了！"

"女公子，我要记住什么？"

"但愿，你别忘了你少年时的愿心。这些年，你是怎么走过来的，那就原样走下去吧。"

言毕，孔执臣慢慢地立起了身，踩着脚下嘎吱作响的枯叶，向林子外趑去。梵义追了一段路，又折身回来，捡起了地上的头巾，拍打干净后，忙送了过去。日光如雪，太阳西移，崖壁之下已经被一块巨大的阴影笼盖了，寒意更甚。岂料，孔执臣刚系完了头巾，和梵义打算离开时，却闻听到身后的林子里，传来了一阵阵哭声，煞是蹊跷。

转瞬，哭声突然停了下来，两个太清宫的小道士钉在地上，惊愕无比，显然是认出了对面的这二位故人。毕竟是方外之人，一个个眉清目秀，毫无烟火气，咧嘴发笑时，露出了羊脂玉般的牙齿。一个抬手，给另一个的胸膛上捶了一拳。后者揉了揉眼睛，不相信眼前的事实，又趋前几步，目光在梵义和孔执臣的鼻脸上逡巡再三。

终于，两个小道士宽下了心，相率而来，冲着客人们依次行礼。梵义抱拳一揖，说了吉祥的话，拜了年。孔执臣细心，摘掉了其中一个小道士头顶上的落叶，帮他掸了掸灰尘。小道士哽咽地问：恩人，你们是得到消息才赶来的吧？真是一路上劳苦了，这么冷寒的天气，一定遭罪不少吧？另一个同样喜极而泣，愧疚道：唉，师父这么一病，害得你们二位也过不好年，今个天可是大年初一呀。显然，太清宫的住持王圆箓道长最近抱恙，恐怕是病得不轻。孔执臣圆通深沉，慈心于世，当即接过了话茬：对对对，一听见师父玉体欠安，我们着实也坐不住了，这不刚刚才赶到莫高窟么，走吧，咱们抓紧去下寺，给师父请个安吧！

梵义的心上搁着事，对孔执臣耳语了一番，转身问小道士说：你们两个刚才要去哪达，哭得那么伤心？一个答复说：恩人，我俩正打算去宕泉河对岸拾鞋子。梵义一怔：拾鞋子？拾什么鞋子？另一个抢话说：师父的鞋子，一双布鞋罢了。大天白日的，梵义根本听不得这样的胡言乱语，迅速拉下了脸，目光如炬地盯望着。小道士抠着头皮，狐疑道：怪哉，也真是怪哉，一连三天，下寺里竟出了这样的蹊跷事，由不得人不信，师父可能是在施展法术，给弟子们降示什么吧，但具体降示了什么，谁也猜解不透。另一个绍介说：是这，每天晚夕，我们伺候师父上了炕，吹灯歇息前，明明将师父的那一双布鞋摆在了炕头下，但是天一亮，鞋子便不翼而飞了，房前屋后转了个遍，干脆寻不见。伴当又道：我们也就算了，缘浅根微，修行不够，只好听师父的盼咐了。哎呀，师父果然厉害，一定是获得了诸位天尊的无上法力，他老人家只冥想了一阵子，便说出了鞋子的准确位置。另一个补充说：更奇迹的是，一连三天，鞋子都被洗得干干净净，晾晒在了宕泉河对岸的那一块阳坡上，也就是大佛对面的河岸边。末了，小伴当满脸羞愧地说：恩人，刚才我不应该撒谎，现在不是去对岸拾鞋子，我俩就想去看个究竟，打探一个明白，那一块阳坡上到底有什么样的因缘。

登时，梵义的心里失笑开来，本想申斥几句这样的怪力乱神之语，但转念一想，切莫伤害了这两个弟子对道长的一片孝心，也不愿当众败坏了大家节日的喜悦。梵义指了指孔执臣，对小道士们哄唆说：时候不早了，快去下寺吧，别让师父等得太着急了，这位女施主心里有数，她知道鞋子是怎么一回事，让她在路上给你们仔细说故事吧。孔执臣尚未反应过来，便被两个小道士一左一右地叉住了，欢天喜地地朝着太清宫的方向上走去。

事实上，梵义也未曾料到，仅仅隔了两年零四个月，道长王圆箓羽化升天后，太清宫的弟子们恰恰是根据这一场降示，在宕泉河右岸，在千佛灵岩对面，在那一片晾晒过鞋子的阳坡上，筑起了一座墓塔，落葬了这一位来自湖北麻城，自称平生灰心名利，一心修行的坎坷道人。墓塔形似喇嘛塔，在莫高窟一带殊为独特，迄今犹存，世称道士塔。

半响后，瞭见孔执臣诸人消失了，梵义突然心急如焚，撮起指头，含在了唇间，打了一声刺耳的呼哨。这一刻，从宕泉河畔出现了一匹快马，疾驰过来。梵义像鹞鹰似的，一下子跃上了马背，拨转马头，朝着河道下游的方向上一路狂奔。

进入穆家寨时，梵义知道自己该做些什么了。

恰是夜饭时分，但穆家寨里炊烟断绝，不见鸡飞狗跳，也听不见人的声息。穆家寨原本是一座热闹的庄子，扼守在莫高窟通往沙州城的半途中，每家每户在宕泉河畔有一块田地，只种菜蔬，不打粮食，专门给过路的商团和行旅贩卖吃喝，日子倒也滋润。岂料，从前些年开始，祁连山突然翻了脸，每年夏天都要发几次脾气，将洪水派遣了下来，淹没了两岸，硬生生地将熟田变成了生地，长出来的洋芋不像洋芋，茄子不像茄子，大家的生计像一炷燃香被掐断了，没了指望。穆家寨的当家人骑着一头叫驴，转遍了敦煌境内，终于在北大湖旁边的盐碱地上发现了一片泥壤，于是举寨西迁，从此安顿了下来。当家人的理由很堂皇，声言说：以前靠山，咱们就吃山，现在靠了水，那咱们就吃水吧。

寨子陆续搬空了。满目中，只剩下了残墙断壁，砾石横陈，不见一根梁木，也看不见一星火光，整个庞大的废墟苍凉凉的，形如一片断了香火的墓地。在毗邻三危山的这一块垭口上，罡风如今才是真正的主人，一统天下。莫高窟的塑匠和画匠们时常感喟说，哎哟，咱们学了一辈子的本事，到头来，其实还抵不上一缕风的手艺。不信了你去四处瞧瞧吧，风可以把一座山捏塑成坐佛，也能够将一片湖水吹成干滩，风可以在戈壁滩上廊开一条路，也能够把南下的大雁，哈哈，扔回到俄境一带。听话的人刚一摇头，匠人们便拿出了一个真实的例子来做范本，比如说月牙泉。月牙泉也就巴掌大的那么一片水，在白昼里，沙子几乎快要填埋了它，可一旦入了夜，风来了，风心生不忍，将湖底的沙子悉数捞了出来，照旧是澄澈无比，千年不枯，所以敦煌的老话说，莫高窟是人工的，但月牙泉却是神赐的。这时候，落日已经消遁了，一种冬日的暮色从三危山上滑落下来，笼盖在了穆家寨的头顶。

梵义策马进入了寨子里，身上早已开了锅，口舌间喷射着一幕幕白雾。胯下的坐骑也不例外，汗水蒸腾，扬鬃曳尾，哧哧地打着响鼻。走了不多远，坐骑突然停下了，四个蹄子像铁柱般地戳在了地上，警觉地探望着周围。梵义的手抚在了马颈上，诧异地发现它在发抖，皮毛簌簌的，像扎了一把干针似的，显然被一种极深的恐惧抓住了，畏惧不前。梵义安慰道：哎呀，好我的伴当，这不是去吃席，当然也不是上法场，有我在哪，我寸步不离你。这一时，罡风来了，剥离着旁边的断墙泥壁，漾起了一小股一小股的烟尘，仿佛发白的绳索，挂在了空气中。扑棱棱一声，一只打瞌睡的老鸹醒来了，翅膀一张，蹲在了天上，仿佛一介穿黑衣的僧侣，应该轮到它今晚夕值更吧。梵义吆喊道：洪门在么？洪家哥哥，你摆的是八卦阵，还是唱的空城计？话音未落，左右两侧的山墙上，腾地站起来了几个精练的后生，低声传话，一路报给了寨子的深处。这么着，一支火把狂奔了过来，洪门的人接住了缰绳，开始在前头引路。

蘸了玉门石油的火把味道很臭，挂不住油汁，火星子掉了一地。

很快，连人带马，梵义就被带到了寨子中央一座废弃的庄院外。凭着记忆，梵义记得这便是穆家寨寨主当年的家，占尽了上风水，虽然人去屋空，但气势仍然不塌。院门大敞，或者准确地说，干脆就没有院门，只有一排洪门的子弟来去逡巡，比狗还要警觉。梵义骑坐在马背上，瞭见庄院内早已支起了一座阔大的帐篷，帐中灯火通明，亮如白昼，一股股浓郁的奶茶香扑鼻而至，诱引得他饥饿无比，肚子里一阵阵怪声。帐篷下停着一具华丽的棺木，松鹤交织，云水图案。棺盖斜搭着，盖板上插着九根两寸长的冥钉，仿佛是一副星宿的形状，但具体意味着什么，梵义也无从知晓。棺材的龙头下，供奉着酒泉洪门上一世当家人的灵位,香烟缭绕,供品俱全,两翼则是密密麻麻的经幡,写满了各种各样的画符。按着敦煌当地的风俗,这分明是出殡前夜的架势,似乎只等着新一代的主子一声令下,便可以起灵发丧了。梵义思忖,果然是世家子弟,河西豪门,一切都弄得滴水不漏,有板有眼,单等着自己来上钩,一头栽进这一口陷阱里。梵义艰涩一笑,心中潮起了一股酸楚的汁液,明知道这寨子内外危机四伏,杀气重重,却已经由不得他了。这一刻,梵义陡然生出了一丝无力感,一种拳头来了棉花挡的极度虚弱,因为这根本不算孤身犯险,究其实,这叫愚蠢,也叫自以为是。

岂料,梵义刚要抬身下马时,门外的几个后生泼喇喇地扑将过来,左右夹住了他。薄暗中,后生们假装在搀扶客人,一只只手却趁机蹿摸了上去,俨然是在搜身,甚至连马褡子也不曾放过。梵义按捺着性子,重新坐在了马背上,立意已决,不管今晚夕天塌地陷,还是山崩海立,自己决不会踩在穆家寨的土地上。不错,原本应该将计就计,立刻滚鞍下马,嚎哭上一场,先绕着棺木泪水涟涟地走上三趟,而后伏在老人家的灵位前,一边追思,一边奉香。毕竟,在那一个太过遥远的旧日子里,他老人家不计规矩,蔑视条陈,一意孤行地拉拽着一名当时的少年人,换了金兰帖,磕了结义头,彼此成了这一世里的亲兄热弟。每念及此,梵义都会被一种巨大的恩宠包围,并将他老人家归于上位,与印光法师、李豆灯大人、丰鼎文山长和自己的父亲一道并列,仰慕日深,尊崇得紧。但是目下,梵义干脆放弃了下马吊丧的念头,不是因为后生们刚才的鲁莽,却纯粹是为了激怒一个人。

在寒夜将临之际,谁先动怒,谁就率先失败。梵义料定。

果然,洪皮海披麻戴孝地闯了出来,断喝说:不要无礼,大人来了,你们统统靠边站。后生们纷纷停下了手,但脸上的愠怒并未消退,相反则用抱怨的眼光盯看着洪皮海,只怪他多管闲事。梵义兀坐着,不肯下马,更不可能入帐,赏脸去喝一碗奶茶,这让洪皮海大为意外。木讷了片刻,洪皮海的膝盖一软,跪在地上,仔细地磕下了三个头:叔,老侄儿迎你来了,外头风寒,下人们也不懂规矩,你就宽谅了吧?叨念再三,梵义却并不接茬,用袖子捂住了口鼻,因为火把的味道更臭了。

这个关节上，帐篷内踱出来了一介少年人，面色煞白，衣裳华美，十根指头上戴满了金器。少年人可能在傍晚前后丢了个盹，刚刚被吵醒了，咧开嘴打哈欠时，瞭见了眼前的这一幕，突然间精神陡振，仿佛被灌进了一股子生气似的。少年人疾步过来，尾在了洪皮海的身后，跪下磕完了头，哀告道：世爷，侄孙洪屏风给你请安了。这一大家子人六神无主，在荒郊野地里候了整整大半天，就等着你来拍板，你来定夺了。

这个人来了，就在眼前，就在马下。梵义瞥望了一眼，提醒自己。

洪屏风跪伏在地上，再道：世爷，还请你原谅侄孙刚才的怠慢吧，不是我故意的，只因为世爷刚从莫高窟过来，带着千佛灵岩上的祥瑞，身披佛光，上下金灿灿的，一时间让人睁不开眼睛，所以……梵义暗忖，这真是一根好口条，上来便给自己灌米汤，戴高帽子，可惜枉费了他的这一番心机。见梵义丝毫不动弹，一副高高在上的样子，洪屏风又道：世爷，我老祖宗的寿材就在帐篷里，神主牌也在里头，你跟他老人家乃是结义的兄弟，割头的伴当，恳请你下马过来，哪怕点个香，烧个纸，也不枉了二位这一世的患难交情。天哪，梵义险些被打动了，但刚刚抬起的屁股，却被另一种更为深沉的使命按了下去，仍旧兀坐在马背上，不露声色。这么着，洪屏风瞭见劝说无果，遂膝行而来，停在了坐骑下，将自己的整个脊背弓了下去，乞求说：世爷，屏风的这一具肉身子愿意给你当下马凳，这是侄孙的荣幸，请你移步下来，里头暖和，也好说话嘛。

梵义的怀里忽然动了动，手抚在了心口上，发现跳得更厉害了。薄暗中，梵义系住了领口下的两颗扣子，这才踏实下来，答复道：公子，久慕大名，只可惜缘悭一面，今个天相见，你果然是一表人才，伶牙俐齿，不愧是酒泉洪门将来的主子呀。闻听此话，洪屏风忽地站直了，伸手去抓缰绳，却被梵义轻轻格开了。那一瞬，洪屏风的眼睛亮了，喜悦道：世爷，老祖宗在世时，经常说起你老人家，你不单单跟老祖宗是换帖的兄弟，你还是整个洪门的义主，侄孙一直盼着给你磕头，现在终于了却了这一桩夙愿。梵义道：公子，真是对不住了，咱们就这样站着说话吧。我只有半个时辰，你务必要宽谅在下，我一不能下马去喝奶茶，二者，也不能去给他老人家奉香烧纸，这一份愧疚，我将来一定会补上的。念及这一份知遇之恩，梵义似乎有点哽咽，眼睛里一湿，但很快就收住了。洪屏风狐疑道：世爷，这是为何？本是一家人，关门好说话，你瞧，这一座帐篷可是专门为你搭起来的呀。梵义仰看着广袤的星空，以及三危山上那一线蜿蜒而黝黑的山脊，喟叹道：公子，你有所不知，我刚刚从莫高窟过来，我的鞋子上还沾着千佛灵岩下的圣土，我舍不得丢掉，我要把它款款地带回去，好让沙州城的百姓们分享，让他们一个个沾吉。这是一个硬朗的道理，几乎无法反驳，但洪屏风内心不甘，阴鸷地说：世爷，你如此颟顸，这么不讲情面，莫非你真的看不起酒泉洪门，拿这些人，拿我当草包一样看待？梵义苦笑道：的确，你说对了。

这个关节上，一直趴在脚下的洪皮海不干了，怨怪道：屏风，你不得无礼，听你世爷的话。梵义突然暴怒了，呵斥道：闭嘴，这是我跟令公子之间的事，容不得你侄儿辈的人插嘴。洪皮海一头雾水，无辜地张看着，嗫嚅道：叔，你大人不记小人过，你就……梵义讥讽道：你呀，你真是一个糊涂匠，看来你只能做一个傀儡，你只有下跪的份了。这么着，梵义拉开了左右两侧的马褡子，又将自己浑身的口袋掏了个遍，两手空空地伸给了洪屏风，沮丧道：

"抱歉了，我这一趟没能给你捎来，让你失望了。"

对方愣怔道："世爷，捎来什么？"

"你要的东西呀。"

"什么东西，我要的？"洪屏风茫然道。

"路。"

"路？什么路？"

梵义笃定道："罂粟之路，让你丧心病狂的路，一条绝路。"

够了，盯视着洪屏风那一副灰败的表情，骨节乱响的握拳，战栗的牙关，梵义知道这个人已经被彻底激怒了，他心里的那一张算盘也被打乱了。洪屏风的喉咙深处滚过了几声惊雷，但没有嘶喊出来。恰巧有几名后生护主心切，纷纷拔出了利器，跑上来助阵，这给了他一个用武之地。洪屏风矬紧肩膀，下盘一沉，一个扫荡腿横空而出，便撂翻了这一干人。犹不罢休，洪屏风用膝盖压住了其中一位的脑袋瓜，一顿乱拳砸下去，直接开成了一座大染坊，让对方的鼻脸立刻错了位，筋骨断裂，血肉模糊。打完后，洪屏风拾起地上的砍刀、匕首、棍棒和长鞭，一股脑地扔在了院墙下，煞是不屑。穆家寨里暮色沉沉，一片死寂，唯有周围的火把劈剥燃烧着、炸裂着，将一些火星子淌了下来，驱赶着血腥和寒气。

　　目睹此状，梵义高高在上地鼓起了巴掌，掌声单调极了，半天也歇停不下来。洪皮海趴着，拽住了儿子的裤腿，央告他规矩一点，不得犯上作乱，却被洪屏风一脚踹开，就地打了几个滚，哎哟不止。梵义喟叹道：哎呀，洪门毕竟是洪门，难怪洪家的这一块牌子如此灿烂，在河西走廊上威震东西，黑白通吃，屏风刚才的这一套本事，简直是身手不凡，摧梁折柱，在下的确开了眼界，见识了真人。洪屏风怒气未消，傲然道：世爷，鉴于这是在你敦煌的宝地上，侄孙顾忌你老人家的面子，手上留了几分力气，否则，穆家寨便是这几个狗儿子的葬身之地。话音未落，洪屏风突然抬手，一枚飞镖从袖筒内闪电般地射了出来，掠过诸人的头顶，噗的一声，钉在了墙头上那一只黑老鸹的身上。黑老鸹扇了扇翅膀，一头栽落下来，死得无声无息了。梵义并不吃惊，只是有些暗自担心，手按在了心口窝上，摩挲了一番。洪屏风探问说：世爷，你老人家如此赞赏洪门，刚才又不吝言辞，夸奖了侄孙这一点点鸡零狗碎的本事，敢问世爷，那你现在应该瞧得起酒泉的洪家了吧？梵义朗声大笑，朝着空中一抱拳，慨然道：唉，实话让你知道吧，我景仰的是过去的洪门和当家人，至于现在的你这一辈，恐怕还入不了在下的法眼，所以我最好省下一点唾沫吧。洪屏风苦笑道：世爷，这有啥区别么？我姓洪，我本来就是他老人家的长孙，至于将来……这一时，梵义呸的一声，断喝道：狼吃的，你也敢讲自己姓洪，还是洪门的少主子么？你根本不配，你就是一个十恶不赦的逆子，人人得而诛之的败类。其实，洪屏风的怒火一直未灭，对方的这一席话，无异于兜头泼上了一桶子火油，再次燎原了起来。洪屏风按捺着性子，压抑道：哎呀，世爷或许误会了什么，所以成见如此之深，这当然是侄孙的大不敬了，屏风先祈求你老人家的宽谅，容我慢慢地释解吧。这个关节上，一股渗入骨髓的悲凉笼盖了梵义，一时鼻酸：

"我且问你，你老祖宗的灵骨呢？"

"丢了呀。"脖子一梗。

"唉，天老爷作孽，堂堂的洪家竟然被人掘了祖坟，挖了阴宅，破了风水，又盗走了先人的尸骨。这令人发指的勾当，一般的蟊贼干不出来，恶鬼干不出来，官府也怕报应。"梵义逼视着对方，沉声道，"灵骨失窃了，倘若去了地藏寺，或是埋在了自家的庄稼地里，也不失为一份慰藉，可偏偏没有。到了现在，开年的第一天，他老人家的亡魂和一把干骨头，仍然下落不明，流落在这个荒凉的人世上，支离不堪，孤苦无助。真的，一念想起我这个结拜的老哥哥，我的心快要碎了，恨自己不能替他老人家去分担一点点痛苦，我真是该死。"

洪屏风躬身道："世爷，你的大恩大义，侄孙替老祖宗心领了。"

"不必了，你本来就是贼喊捉贼。"

"这话咋说？"

"因为，刨坟绝户，盗走老祖宗灵骨的恰恰是你洪屏风，而不是别人。"梵义终于说破了，揭开了这个盖子，也就顾虑全无，索性一竿子戳到底，"控制了那一堆灵骨，这只是第一步，而后才能实施你的一石二鸟之计。第一，你仗着我跟洪门这一世的情义，要挟你爹老子洪皮海，赫然带着一口棺木，大兵压境，妄想从我的手中借一条路，罂粟之路。如此一来，你不仅借机发了财，还蹚开了西去的门户，控制住了关外三县，又趁机剿灭了急递社，从此一家独大，肆无忌惮，称霸整个河西一带。"

洪屏风阴笑说："嗯，人称世爷是河西司马，果然名不虚传。那第二点呢？"

"自古结社邑义，不管哪一门、哪一族，这第一天条便是不与官府合作，社内兄弟友爱，扶贫助困，唯恐招了安、纳了降，成为朝廷的鹰犬之后，反过来欺压百姓，祸害一方。不料想，你却拿着洪门的这一块金字招牌，与酒泉驻防团暗中勾结，沆瀣一气，终于做了一条走狗。"梵义汗漫滔滔的，这些憋在心里许久的话，此刻竟像垮塌的堤坝，一时间惊涛拍岸，喷涌而出，"河西沿线上的驻防团，虽然号称国民革命军，但实际上却是被一个个小军阀所控制，他们需要罂粟，需要上等的鸦片，也需要走狗，企图让自己坐大，拥兵自重，将来与中央分庭抗礼。不幸的是，你甘愿做了他们的一双鞋子，让驻防团穿在了脚上。"

"哼，恐怕是半斤八两吧，急递社也在跟官府合作，也是一双鞋罢了。"洪屏风质疑道。

"君子坦荡，岂是小人可以猜度的。"

"世爷，假如侄孙没有猜错的话，你刚才的那一番陈词，多半是偷窥了索乘那个疯子的告密信。一定是这样的，你们的指责和口气几乎如出一辙。"洪屏风自然也是有备而来，阴郁道，"妈的，索乘一直在向南京政府告发当地的驻军，敦煌驻防营隶属于酒泉，所以这个贼从来不走军邮，只靠你们急递铺这一条线，与外界联络。世爷，这也就是索乘没有连锅端掉急递铺，让你们逍遥到了现在，将敦煌，将关外三县弄得密不透风，几近于一个独立王国的缘故。彼此吧，和气才能生财，河西司马跟索乘也不过是一双狗皮袜子，谁也离不开谁。"

梵义愤怒道："放屁。我急递社满门上下，自信是干净的，仔细你的话。"

"干净？干净到被索乘那个疯子利用？干净到你们一直监视他，偷窥他的告密信？"洪屏风喋喋着，沮丧极了，"真是笑话，目下的中国，居然还有世爷你这样的人以干净自况，的确是荒唐走板呀。实话说吧，索乘的那些告密信被急递铺投邮后，在南京城里转悠了一大圈，又通过军邮落在了酒泉驻防团的手上，所以那个疯子只是竹篮打水罢了。"

"索乘是一个革命者。"

"哼，革命者才最是疯狂。"

"你也不例外。你不但是疯子，你还是一个罪孽缠身的逆子。"

洪屏风一抱拳："世爷，我这一切做得如此周详，又如此机密，敢问你是如何看破的？"

"若要人不知，除非己莫为。"这一刻，梵义冷静了下来，知道震怒即是悬崖，不能上了对方的道。梵义斟酌一番，笃定道："公子，根据有三例，你仔细听好了。去年入冬，也就是沙州城落下第一场雪的那天，你指使自己的手下，在警察局和急递铺的门前公然抢人，抢的人恰恰是索梅。你很清楚，所谓的索朗指控我弟弟梵同奸淫一事，不过是一场构陷，一幕精心设计的把戏。倘若你当时得了手，我会认你的面子，急递社自然也会领洪门的这个情，那么你再来问我借路的话，我便没有了任何拒绝的余地。如果你失了手，则可以趁机嫁祸给急递铺，让田虎子和整个警察局将枪口对准我们，你却收了渔人之利，正反两面，你都不会吃亏。可惜了，人算不如天算，天老爷的手里有一张算盘，它绝不是一般人能打响的。"

洪屏风喟叹道："唉，天不助我，老天胜我半子，我还折了两个弟兄。"

"你又连累了旁人，那个卖药的小贩也被杀了。"

"那是个意外，他挡了疯子的路。"

"这么着，你一计不成，再生一计，于是对准了急递铺的飞行游击们。"梵义的脑海中，浮现出了蒋斧那一张气急败坏的脸，以及游荡在罡风深锁、天地寒彻的北疆地带，陈小喊的那一副孤绝的身影，心头蓦地一疼，"你劫走了蒋斧和卡利班押运的那一批货物，故意留下了线索，摆下了迷魂阵，让人误以为那是陈小喊干的，企图借此引发游击们的内讧，让急递社全盘崩溃。呵呵，你差一点就得逞了，我也险些上了你的当。"

洪屏风怨怪道："可惜了，运气没站在我的这一边。"

"你错了，这不是运气，这是显而易见的天意。"梵义的手按在了心口上，似乎又发现了那一种异动，摩挲不止，"结社邑义，义字当先，这一颗字浩大如天，也重于祁连山。这是生而为人的正信，更是一个儿子娃娃应有的本分，蒋斧知道，陈小喊自然也知道。"

"我走了眼，我活该。"

"于是，你后来便彻底疯狂了，走上了一条不归路。你盗挖了自家的祖坟，掳走了老祖宗的灵骨，反过来要挟你爹老子，爷父们连夜投靠了谭家大院，交了定金，等着路开。你的每一手棋可谓是下得相当精明，十分精彩，又鉴于我跟老祖宗在这一世里的磕头交情，扬言过了今日，你再不遂愿的话，就要鞭尸辱骨，逼迫我让步。"洪皮海跪在地上，已然被梵义所说的这一幕真相吓瘫了，六神无主，满目泪水。梵义又道："公子，我来问你，酒泉洪门这一趟杀来的人马，无一例外，全部入住在了大十字旗门西侧的灯市驿馆。但是从除夕当天开始，驿馆内并无任何一个陌生人出入，那这一份所谓鞭尸的最后通牒，你是如何得到的？"

洪屏风执拗道："世爷，大过年的，也许是有人趁乱塞进来的吧。"

"你撒谎。我告诉你，这可是在敦煌。"

"世爷，俗话说，伸手不打上门的脸。酒泉洪门从老祖宗的那一辈子上就接待过你，到了如今，它仍旧是急递铺的一座转运站，彼此也是贸易上的联手。此番，我们爷父二人光临敦煌，河西司马不赏一碗热茶也就罢了，难不成还要撵我们滚蛋，驱逐我们么？"洪屏风的手抚在了腰间，按住了一支短枪，"好吧，胡梵义，我知道多说也无益。是这，洪门跟你的交情，就到今日为止，你去宽处歇缓吧。我们爷父们也要连夜开拔，去找老祖宗的灵骨哪。"

梵义哈哈大笑："不必了，已经找到了。"

"找到了？"一惊。

"对，找到灵骨了。"笑毕，梵义突然抱拳，对着陡峭而深邃的夜空躬身一揖，"灵骨俱全，并没有丢失任何一件。但是，因了你这样的后人无情无义，欺师灭祖，类似的事情以后保不准还会上演，所以我擅自做主，替我那个可怜的老哥哥收尸送终，明日午时，在酒泉城外的化人场一把火烧掉，然后由急递社的兄弟们，再给他老人家起一座坟。"

洪屏风沉声道："姓胡的，你是如何找见那一堆烂骨头的？"

"这个简单，北疆一带有一支绿林人士，领头的恰好也姓胡，名叫梵海。梵海割下了一个贼和尚的耳朵，他全盘招认了，而后又领着一帮子绿林好汉和游击，很快就找见了老祖宗的灵骨。"到了此刻，谜底即将揭开，梵义也终于宽释了许多，"屏风，总算你天良未泯，干下了这一桩令人发指的勾当后，你害怕天打雷劈，遭了报应，并没有去糟践那一堆灵骨。你从莫高窟的开元寺订了一尊佛像，将灵骨藏在了法座之下，企图消自己的孽，灭个人的罪。可你万万没有料到，那个贼和尚竺法歌在恭送佛像去酒泉城之前，本想两头吃红，暗度陈仓，但他实际上只是谭家大院扔出去的一颗棋子，打算投石问路，佛像的肚子里装的是石膏粉，并不是鸦片。"

"唉，我懂了，这是天老爷在绝我的路，我不会甘心的。"喟叹道。

梵义笃定道："可惜你不懂，你也不会懂。"

"胡梵义，那我问你，为什么你一直引而不发，一让再让，现在才连毛带草地说出来，让我颜面尽失，毫无退路？"洪屏风的疑惑像一座生锈的磨盘，难以开启，也难以透彻。又道："上半天，在莫高窟，在千佛灵岩下，我爹老子哭也哭了，头也磕遍了，始终不曾打动你，你也不吐露半个字。如今在穆家寨，为何你却换了一个人似的？"

"因为，我在等一个伴当。"

"伴当？"

"对，我的好伴当，下半天它才从酒泉城飞回来的。"说着话，梵义解开了胸前的扣子，一只鸽子扑棱棱地跃了出来，站在了他的手背上。梵义抚弄着羽毛，截铁道："酒泉城那边传来了话，急递社的兄弟们和绿林人士，已经在化人场搭好了灵棚，全部都披麻戴孝，打算今晚夕给我的老哥哥守灵，天亮了再送他上路。"

洪屏风咆哮道："姓胡的，你无权这么做。"

"狗日的，你最好记住了，天老爷还醒着，我这叫替天行道。"答复说。

这个关节上，洪屏风突然身子一拧，撩开了衣裳，试图拔枪。不料想，一枚弹丸却从夜色沉沉的穆家寨中破空而出，犹如一枚飞矢，直接击中了洪屏风的门牙，登时血流如注，惨叫声起。手里的短枪掉在了地上，洪屏风抱着鼻脸，一边哀嚎，一边从脚下拾起了门牙，又捡起了那一颗弹丸，这才发现是生铁铸造的，像麻雀蛋。疼痛抓住了洪屏风，他晕眩地打着摆子，对着虚无的穆家寨，呼号道：好汉，既然来了，你就干脆露个脸吧，别让我吃哑巴亏呀！又哀求道：我在敦煌人生地不熟的，求你下凡一趟，教我如何做人吧！

梵义豁然一笑，扯开了衣襟，将鸽子款款地送入了怀中，系好了扣子。梵义松开了缰绳，从墙上拔下来一根火把，照亮了洪屏风，叮嘱道：公子，我刚才说过了，要仔细你的腔调，在敦煌境内切不可乱语三千，菩萨们醒着，上佛醒着，天老爷的眼睛也睁开着哪。言毕，梵义纵马离开了穆家寨，火把逆着风，拉出来了一面泼喇喇的旗子。

瞭见洪门这一世的交情走远了，那么决绝、孤单和悲愤，洪皮海这才从巨大的震惊中清醒了过来。洪皮海的手探摸着地上的那一把短枪，抓在了手里，颠三倒四地盯看了好几遍，显然对此一无所知，便泄气地扔掉了。洪皮海挣扎着爬到了门端里，扶住门框，摇曳着站起来，深一脚浅一脚地朝帐篷内走去。这一时，插在棺材盖板上的九根冥钉亮闪闪的，一幅神秘的星宿图案横陈于眼前，像一份召唤，也像一种归宿。洪皮海哭了，脚下加快了节奏，用尽了这一生最后的力气，一个蹦子扑将上去，将其中的一根冥钉，插入了颅骨当中。

另一厢，洪屏风跪坐在地上，表情塌陷，疼痛地抽搐着。洪门的子弟们早就忽略了身后的帐篷和当家人，纷纷拢了过来，探看伤情。其中一个打开了皮囊，央告说：少掌柜，赶紧吃一点鸦片吧，鸦片膏是灵药，可以去疼止血。洪屏风熟练地用食指剜下来一块，涂擦在了牙花子上，立刻被一种惬意的清凉慑服了，血也慢慢地止住了。末了，洪屏风悄语道：

"游隼呢？咱们的游隼呢？"

伴当们狐疑着。

"是这，马上放飞了游隼，连夜去给酒泉驻防团报信，催他们即刻去郊外的化人场，缉拿急递社的游击和北疆的土匪们，务必要一网打尽。"洪屏风啐了一口血唾沫，切齿道，"狼日下的，我偏就不信，我的游隼还跑不过他们敦煌的肉鸽子。"

半个时辰后，在距沙州城七八里的地方，梵义迎面碰上了管家苏食。

苏食的后头另有两匹快马，紧急勒停了，原来是张喜群和南春山。瞭见少东主安然无恙地归来，已然脱险，苏食噙着泪水，叨念了一番阿弥陀佛。傍晚前后，孔执臣、义庄的索敞和急递社的外围子弟们返回了沙州城，苏食放心不下，便临时搬来了两个警察前来援手。梵义突然轻松了下来，大笑说：苏食叔，这一趟你居功至伟，我代表急递社，奖给你一块大大的功牌吧。苏食纳罕时，却见梵义从怀中掏出来了一只鸽子，心下恍然，赶紧接住了，搂在了心口窝上。哎呀，这本来就是我的哑巴伴当，下半天才飞回莫高窟的，但愿它没有误了少东主的大事。苏食谦逊道。梵义却夸赞说：不，你千万别小瞧了它，它可不是哑巴。

一干人拨转马头，相率而行，朝着沙州城的方向上疾奔。

寒冷不再了，满天的星星仿佛炉口上漾荡出来的火星子，照亮了前路。两侧的戈壁大滩闪逝而过，连空气仿佛也是烫的，充满了开年第一天的喜庆。这一刻，梵义其实并不知道，有一只游隼从夜空中窜了出来，黝黑地滑向了北方，带着噩兆与咒语，开始了分庭抗礼，也开启了杀戮的一幕。对于急递社和梵义来讲，这是一个决定性的夜晚，但时间并不慷慨，公义和良知也未曾站在敦煌的这一边。渐渐地，梵义跑热了，索性踩住马镫，立在了马背上，扯开声嗓，朝着旷野深处大喊：

"梵海，你个小贼疙瘩，这就是你的三迫么？"

"不错，恰是三迫。"苏食的坐骑贴了上来，口气热烈地说，"少东主，梵海派来的那一支绿林好汉，一直盯死了洪门的人，从灯市驿馆跟到了莫高窟，又跟到了穆家寨。呵呵，想必他们刚才不错吧？"

卷四十二

　　进入正月底，为了迎接各界新疆慰问团的到来，索乘掀起的这一场革命运动，向着纵深化发展。其中尤为扎眼的一个特征，便是强行统一了沙州城内各家店铺的门头，不管你售卖什么，经营若何，一律称之为：铺子。于是，皮革铺子、香油铺子、棺材铺子、纸火铺子、热凉面铺子、馒头花卷铺子、锅盔铺子、酱醋铺子、鞋袜铺子、针线铺子和杂货铺子等，全部是墨字的榜书，千人一面地站在了街道两侧，难分彼此。也就怪了，这一年正月里生下的娃娃们也多，懒惰的父母们害怕费脑子，干脆用铺子二字来冠名后人。这么着，左侧的牛铺子一哭，右侧的王铺子必然呼应，这家的陈铺子一打喷嚏，对面的贺铺子可能要发烧。一时间，铺子飞满了天，人们的表情上装满了买卖，越发蔼然了，也越发地和气了，而这恰好就是革命所需要的。

　　一辆车轿驶停在了路边，帘子打起后，丁荣猫率先走了下来，立在地上。天色晴明，日光如洗，空气中连一粒沙尘也不见。丁荣猫手搭凉棚，仰看了一眼头顶上的门匾，知道到了。汤世瓶也踅了下来，小拇指塞在牙齿缝里抠了半天，终于抠出来了一星肉渣子，拈在指甲尖上盯看了半天，相信这是中午醉仙楼的一顿酒宴留下的。汤世瓶蹊跷道：哎呀，我刚才在车上睡着了，可能喝多了的缘故，干么下车呀？丁荣猫努了努嘴：嗯，这不二月二快到了么，趁着现在人少，咱们先把脑袋拾掇干净，也好走一趟远路。汤世瓶豁然了，开怀道：就是，这一趟上查干淖尔，往返至少要半个多月，不管咋说，先让龙抬了头吧。

　　这达原先叫牛恒立剃头坊，革命之后，改成了理发铺子，但待诏仍是牛恒立，换汤不换药罢了。闻听了门外的脚步声，待诏掀开了棉门帘，招呼客人们进去，返身将门扇锁闭了。谭家大院的二位落座在了躺椅上，摊开身体，瞭见天窗上挂着一幕白花花的日光。日光漂泊下来，又缓慢地匍匐在了各自的怀中，他们忽然间被一阵惺忪席卷了，哈欠四起。汤世瓶叮嘱道：老规矩，你忙你的，我们先打个瞌睡，修面剃头一样也别少，总之亏不了你的。丁荣猫在旁侧里说：老汤，你第一个剃吧，我中午灌了大概有一斤半，我现在困得像一头牛，我先梦一会儿周公爷。汤世瓶失笑开来，对着待诏说：你听听，丁掌柜还是这么谦逊，你姓牛，你们牛家有这么富态的大人物么？未及待诏答复，丁荣猫已经发出了沉重的鼾声，让汤世瓶的内心凉了一大截，知道舔尻子舔错了，舔在了痔疮上。待诏从炉子上提了一壶开水，浇在脸盆中，丢进去了半块土胰子，拿起一只猪鬃刷子开始打沫子。汤世瓶抽了抽鼻子，猜不出胰子究竟是羊脂做的，还是猪油捣出来的，反正有一丝略甜的味道。

待诏哎哟一声，将指头含在了口舌中，吮了吮。待诏一向稳静，但今个天却特别异常，不仅举止慌乱，目光也尽量躲闪着，从不敢正视客人一眼。汤世瓶不快了起来，申斥道：你的爪子咋了，让革命割掉了么？待诏被这句话惹笑了，回说：差不多吧，不是革命割掉的，革命他爹老子上半天来剃头，我不小心滑了一刀，结果就见了红。索敝？你是说义庄的老掌柜晌午来这达剃头了？汤世瓶惊问道。待诏点头说：对呀，一个死了多年的老货，突然坐在了铺子里，当时周围没有人，我还以为是阎王爷派人来销我的伙食账哪。盯望着待诏那一双老气横秋、瘦骨嶙峋的爪子，汤世瓶一扫倦意，直脱脱地说：哎呀，你就别鸡尻子里闪电了，你放开了讲，给我说道说道义庄的事吧，反正闲着也是闲着。

牛恒立的理发铺子里平时人多嘴杂，各路消息纷至沓来，汇总了不少。

据绍介，这个春节上，义庄又有了新的举动。老财东索敝提着点心包包，早出晚归，拜访了索氏一族在城内外的主要亲房们，邀请他们出面，戮力一心，共襄盛举。这些亲房在义庄最鼎盛的年月中，并没有沾上一点点光，相反却被索敝疏远得紧，如今面对老当家人的再三哀求，面子上首肯了，其实是带着看笑话的心态，纷纷袖手旁观。天哪，重修义庄，这谈何容易！亲房们私下里串谋在了一块，各摆各的道理，各讲各的肺腑，很快就形成了鲜明的两派。反对者陈诉说，万万不可，在索敞的这一世里，简直把索家上几辈子先人的脸丢尽了，让大家夹着尾巴做人，天老爷已经惩罚了义庄，那就不要再去叫醒一个瞌睡中的人，更不能纵虎归山。诸位别忘了，义庄的大少爷目前还被关押在县府的大牢中，这个贼娃子一旦被宽释了，绝对还是一条疯狗，六亲不认的。拥护的一派却说，毕竟，一笔写不出两个索字来，打断了骨头还连着筋，尤其在这个紧要三关上，不能落井下石，让外姓人戳咱们索门的脊梁骨。这么着，两条明晃晃的理由摆在了桌面上。第一，二少爷索乘当下主政敦煌，炙手可热，他所倡议的革命运动正在遍地燎原，沙州城内外风气一新，这便是例子。可怜了索乘，孤身一人，一直寓居在县府的院子里，有家难回，此番重修义庄，谁敢断言这不是索乘在背后拿的主意？第二，至于重修的资金么，索敞大人并不曾化缘，也没有劝募，还是那一句老话，瘦死的骆驼比马大，人家啐一口唾沫就是金疙瘩，无须众人犯难。

果然，初七日，重修大典在义庄的废墟上准时进行。

索门的亲房们心生不忍，纷纷带上了各自的礼性，这家是一根椽子，那家是一车炼砖。到了义庄一瞧，门前清水泼街，门楼上的那一块匾额虽然旧了，破了，油漆剥落，但已经被浣洗干净，散发着一种老派人家的沉敛光泽。索敞特地请来了城隍庙的小型社火队，除了锣鼓铙钹，另有旱船、铁杏子和妖婆子，从天麻麻亮时就开始了表演，引得附近坊上的邻舍们都来围观，站满了房前屋后。锣鼓歇停后，在原先的猪圈一带，索敞让人搭起了一道帐幕，开始挖掘义庄历年来积攒下的宝藏，一时间镬头凌乱，铁锹飞舞。邻舍们咬紧了牙齿，不愿相告，其实这一座被回填了的猪圈，早就被盗挖过了，大少爷索朗还因此杀过一个瓜娃子。瓜娃子不是别人，恰恰是文和事老协会的会首连公子的后儿子。这件事尚无下文，这一堆火还不曾熄灭，所以谁也不敢做老婆舌，以免引火烧身。猪圈被挖开了，越挖越大，深达丈许，索敞的视野中不是沙子，便是层叠坚硬的砾石，竟然连一枚麻钱也看不见。此后的几日，帐幕在庄院的不同方向上依次竖了起来，义庄内部坑连坑、洞接洞，几乎体无完肤了，只剩下了索敞暂时栖身的那一间柴房。面对众人复杂的目光，索敞笃定地说：金子会走的，金子有灵性，金子一定还在，就在索门的脚底下哪。

终于，有关长子索朗的不齿行径，传进了索敞的耳朵里。

择上一日，索敞穿着一套干净的衣裳，挎着一只从社火队借来的腰鼓，站在了县府的门前。索敞敲上一阵子鼓，然后用双手箍成喇叭状，朝衙门里吆喊：二儿子，你不管你爹老子了么？你不管你哥哥了么？难道你忍心丢下整个义庄，你专门去升官发财了么？县府里的人慑于他的身份，赶紧雇上一辆车轿，亲自送到了义庄，生怕有个闪失。隔天，索敞又出现了，连喊了数日，声嗓哑了，声嗓里咳出了血来。此事未果，索敞又更换了策略，带着一只铜锣，站在了警察局的门口，连番吆喊说：大儿子，我的金子呢？我的金子被你挖走了吧，你居然给我连一颗金豆子也没留下么？传事室的警察张喜群跑将出来，劝慰道：别喊了，省下一点唾沫吧，索朗如今被关押在了死牢里，死牢在地底下，你就算喊破了天，他也不知道你在叫魂哪。于是，索敞肃静了下来，回头瞭见敦煌六合班的班头，刚刚从街巷口趔了出来。

班头乃是故交，耐下性子闻听完了义庄老掌柜的不堪心事，献计道：这个不可强攻，只能智取，智取才能劝孝，让他们陆续回心转意，重新服属在你老人家的膝下，你也好颐养天年嘛。索敞反诘说：哎哟，你别弹牙齿了，怎么智取？我日弄下的罪人，我难道还不清楚他们两个的秉性么？班头慷慨道：是这，恰好是正月里，我干脆免费送你一台大戏《义乳母》吧，就在义庄的院子里上演，向后人们劝孝。这个关节上，索敞突然正色道：不，要演的话，你就给我演一出《重耳回国》吧，在我余下的光阴里，我要正式做一回人，我要堂堂正正的。

当即，六合班的班头意气勃发，站在岔路口上，扯起了声嗓，哼唱开来：重耳提衣跪河岸，过往神怪听我言。舅氏与我来分辩，全怪重耳失检点。旧物已随流波去，重耳无法再收还。我今对天发誓愿，诸臣劳苦记心间。倘若中途有了变，后世子孙永不堪。

猪鬃刷子缭绕着，将胰子沫打在了汤世瓶的下巴和两腮上，又在鼻脸上苫了一条热腾腾的手巾。听到这达，汤世瓶简直失笑死了，彻底丧失了睡意。待诏说：上半天时，索敞来剃了个大光头，光得就像一只吹起来的猪尿脬。隔着手巾，汤世瓶含糊地说：快二月二了，他也想龙抬头，估计是太晚了，索敞只能等下一世了。待诏却道：索敞剃光了头，因为他晚上要拜师，拜六合班的班头为师，正式做关门弟子。拜师？他那个老胳膊老腿的，难道他想亲自登台唱一出《重耳回国》么？汤世瓶险些笑晕了。

不，他们打算唱的是《敦煌禁烟》，索敞的鬼主意，六合班的全套人马。有人插话道。

汤世瓶回头一瞥，瞭见连公子从后门闪身而入，带进来了一股子寒气。小人，但凡是小人，连走路也没有一丝脚声，仿佛阴曹地府里逃出来的一介鬼魅，汤世瓶虽然这么暗忖，语气上却异常热烈：禁烟，禁什么烟？哼，这难道不是冲着谭家大院，冲着你连公子的文和事老协会来的么？连公子落了座，抹掉手套，但没有摘下头上的毡帽，答复说：这个戏是书记长特批的，我刚从县府里出来，亲眼看见索乘签了字，准许六合班在开春后上演，他还以个人的名义，捐助了一笔钱，答应在首演时去给演员们披红哪。汤世瓶激愤道：这个狗儿子，他索乘的这一场革命运动，毕竟是谭家大院资助的，现在他这么干，岂不是扔下碗碟骂娘，撂下筷子刨锅头么？连公子拍了拍对方的肩胛，示意他消消气，释解说：老汤，这就叫革命，这也便是书记长索乘的高明之处。我连某人当了一辈子的破喇叭，直到如今才算活明白了，百姓们图的无非就是一场热闹，是一个响声，是一句高调子，至于具体的实惠么，最好还是落在官府，落在咱们自己的口袋里，千万不要声张。如此嚣张的口气，伶俐的牙齿，令汤世瓶突感不快，决定要立刻灭一灭对方的气焰，遂探问说：瓜儿子的后事办妥了吧？哎呀，真是太惨了，娃娃还没有来得及好好活人，就被义庄的大少爷给宰了，天老爷也不忍心呀。连公子答复说：办妥了，一切都办妥了，瓜儿子烧成了一碗灰，让我统统倒在了粪坑里，等开了春就可以肥田了。汤世瓶再问：对了，你那个寡妇婆娘一定哭恓惶了吧？白发人送黑发人，这可是人世上剖心挖肺的事情之一，你得仔细劝一下你女人，让她想开了才是。连公子沉郁道：老汤，其实我也没劝她，我只给她喝下了一碗哑药，又切开了她的脚脖子，抽掉了那两根白生生的脚筋，如今她天天躺在炕上，安静得就像一只枕头。闻听此话，汤世瓶的牙齿开始上下打架了，这一方面是鼻脸上的手巾凉了，另一方面，则是一股莫名的寒冷攥住了他。

待诏蹲在窗台下，搬出来一块弧形的磨石，一边洒水，一边磨着一把剃刀。

连公子淘了一块热手巾，换在了汤世瓶的鼻脸上。汤世瓶睁开眼，以为对方在讨好自己，便欣然领受了，咧笑说：等一下你也剃个头吧，二月二的那天，咱们肯定去了北疆，先把各自的龙头抬起来，讨一个喜兴嘛。连公子的手按在了对方的肩膀上，慢慢地揉搓着，这简直像一个意外的红包，一份新年的礼性，让汤世瓶惬意极了。连公子站在身后问：听说，查干淖尔那一带水草丰茂，风景绝佳，又是北线的商团和驼队的必经之地，十分热闹，只可惜我还没去过。汤世瓶绍介道：对了，渥洼池你是去过的，打个比方吧，假如渥洼池算一成的话，那么查干淖尔就是十成，这一趟去了，一定会让你开眼。连公子喟叹道：唉，这个季节上，去了恐怕也是白搭，一旦过了二月二，沙丘就开始流动了，到处是陷阱，别说七八个人，就算你是一支骆驼队，万一掉进去，也将落得个尸骨无存的下场。汤世瓶呵斥道：呔，仔细你的话，出门之前，我最忌讳听见这样的抱怨，丁掌柜也是。连公子却不理会，执着于这个话题：老汤，我刚才路过大十字时，看见墙上贴了一张山西会馆的悬赏。去年秋上，一支晋商在马迷兔让流沙给淹掉了，埋了整整一冬，现在他们重金招募人手，打算去起获尸骨，所以我格外担心。汤世瓶不悦地说：哼，那是他们活该，该死的娃娃尿朝天，命里带来的结局。连公子附和道：对，这话在理。

剃刀磨好了，不过这才是第一道工序。门框上拴着一根生牛皮，黝黑、陈旧，待诏扯起来，将刀刃贴在了皮革上，又继续开光。刺啦刺啦的声音,好像周围的墙皮在大面积剥落。

连公子探问说:另外,我还担心一点,那个贼游击挑了二月二这么个日子,一定是有缘故的,就算北疆的土匪们想买这一批枪支弹药,总不可能不怕流沙,担这么大的风险吧?汤世瓶鄙夷地说:你多虑了,开了春,山里的道路才能解冻,土匪们下山放风,顺便成交了这一桩买卖,他硬他的腰杆子,咱挣咱的光明钱,两不耽搁。至于那个陈小喊么,一是醉鬼,二是丧家之犬,再加上他缺了两根手指头,实在是不足挂齿。连公子的手始终未停,又是按摩,又是松骨,仿佛要从汤世瓶的这一具皮囊中,挖掘出一些真正的东西。又问说:老汤,跟咱们这一次来交易的土匪,究竟是从哪个山头上下来的,总不会是胡家坊的那个瘸鬼吧?当初丁掌柜答应了陈小喊,也不知是出于什么盘算,这明摆着是一步险棋,傻瓜也会看出来的,对吧?汤世瓶呻唤着,肉体的酥软和松快,以及对即将来临的北疆之行的向往,让他彻底放下了架子和警觉,答复说:哎哟喂,你眼睛里吹进了一粒灰尘,可千万不要怨怪鸣沙山上的沙子,关外三县的土匪多如牛毛,丁掌柜凭着这一批稀罕的枪支弹药,无非是想结交一支绿林好汉,为谭家大院所用,以后替咱们去劈山,去筑桥,开一条罂粟之路罢了。呃,退一万步讲,就算是胡家坊的那个瘸鬼来买枪,彼此又没有新仇旧恨,只要买卖在,钱的话谁都能听懂。闻听此言,连公子的手登时停了下来,喟叹道:的确,不过是一桩买卖而已,这下子我就放宽心了。说着话,连公子摘下头上的毡帽,扔在了汤世瓶的怀中。

汤世瓶蓦地睁开了眼睛,抓住那一顶牛皮毡帽,只瞄了一眼,心下大骇:公子,你吓我一跳,你这是啥意思么?连公子努了努嘴,款笑道:老汤,你最好招子放亮一点,你再仔细瞅瞅吧。汤世瓶刚挣扎着坐起来,却被对方摁住了,又跌回在了躺椅中。这一刻,待诏给刀刃开完了光,递给了连公子。连公子举起剃刀,搭在嘴巴上,哈了一口热气,然后将锋刃贴在了汤世瓶的下巴一带。汤世瓶瑟缩着,浑身骤然一紧,分明听见剃刀开始说话了。连公子用指头绷住了对方下巴上的一块皮肤,慢慢运刀,先是刈除了一小撮发黄的胡须,接着刮净了一层虚张声势的沫子。土胰子的气味很腥,也有点令人反胃。连公子叮嘱旁侧里的人：老牛，我以后来的话，你务必要用羊脂的胰子，我讨厌猪油，我尤其讨厌长了猪脑子的家伙。

老汤，看清楚了吧？我知道，你现在有一肚子的疙瘩，那我帮你一个一个解开吧，你最好乖乖的，我第一次扮演待诏的角色，我的手很生。连公子撸下了刀刃上的一团脏沫子，指头一弹，射在了墙壁上，又弯下腰去运刀：是这，这一顶毡帽是我从一个野游击的手里抢来的，他当初不肯，结果我把他装在了麻袋里，在党河上砸开了一个冰窟窿，扔下去喂了鱼，只留下了这个东西。查遍了关外三县，像这种硝石熟下的皮张，像这样的做工和形状，只能出自北疆的查干淖尔，或者说，这就是蔡家口子的帽子坊制作的。你知道，查干淖尔一带是胡家坊的三儿子在称王，蔡家口子便是那个瘸鬼的心口窝，他插一杆旗，鹰也飞不过去。那天夜里，同样是一名游击路过沙州城，恰巧给谭家大院捎来了一封信，游击的帽子掉在了马下，是你拾起来交给他的，你替他遮掩了，你帮他补住了漏洞，但你的行为第二次暴露了你自己。这一时，剃刀走到了颊脸上，汤世瓶的腮帮子抽搐着，一根咬筋跳突不停。这是很危险的反应，几乎让连公子操碎了心，于是重新拿起了猪鬃刷子，将胰子沫打了足足三遍，统统敷在了汤世瓶的鼻脸上。连公子嘘了一声，示意对方悄静，又道：老汤，你这个人太马虎了，虽说你一贯热心辣肠，但稍不检点，便容易给人留下把柄。比如陈小喊进入谭家大院的那个晚夕，他那一批枪支弹药明明是一个诱饵，是从北疆的胡梵海那达借来的，在挖一个坑，在搭一座陷阱，这个连麻眼人都能看穿的小把戏，你却偏偏扑了上去，打算跟那个贼游击串谋一气，坐地分赃，出卖丁掌柜和连某人，然后霸占谭家大院。连公子忽然失笑开来，盯视着汤世瓶的眼睛，笃定道：真是抱歉，陈小喊只能给你三成赃墨，再多的话他也给不了，因为他缺了两个指头，他当时只举起了三根。

这个过程中，汤世瓶的嘴里一阵子咸腥，也不知是舌头打碎了牙齿，还是牙齿咬破了舌头，脑子里恍惚一片血海，波澜不已。连公子自责道：唉，看我这个烂记性，我竟然想不起陈小喊的哪一只手残了，左手呀，还是右手？汤世瓶抬起了右手，思忖一番，又迅速放下了，换成了左手。这么着，待诏抓住了汤世瓶的右胳膊，用一根麻绳仔细地捆绑在了躺椅上，而左手也被连公子捉住了，动弹不得。连公子用剃刀拨拉着左手的指头，从头数到了尾，又从后数到了前，终于挑中了无名指和小拇指。汤世瓶点头道：对，陈小喊丢掉的就是这两根，错不了的。连公子懊丧地说：哎呀，我得画一个记号，免得我等一下记不清了，又开始乱语，惹得老汤你不痛快。汤世瓶欣快地答复说：没关系的，连公子的赏识，便是敦煌文和事老协会的嘉奖么，这个道理简单得像一碗水。

得到了当事人的首肯，连公子便用寒冷的剃刀，在两根手指上各画了一个记号。记号并不明显，刚开始只是一道切口，白肉咧开了小嘴，吐出来一些似是而非的液体，后来就变成了猩红色的东西。连公子将汤世瓶的左臂放了下去，悬吊在躺椅旁，待诏同样用一根麻绳绑住后，在下面摆了一只干净的脸盆。奇怪的是，如此一来，汤世瓶居然彻底安静了，不仅脑子里的血海一派静谧，包括这么多年的劳碌、奔波、挣扎和嘶喊，突然间生了锈，成了一大堆斑驳的往事。天窗上的日光依旧雪亮，缓慢地照临下来，匍匐在了身上。汤世瓶心说，其实这样也好，阳世是旁人的，沙州城也是旁人的，日子更是敦煌的，自己只不过是一个闯入者，从来不曾获得过，也就无所谓失去了。一念至此，汤世瓶便道：哎呀，真是对不住了，我实在没有演好，两次都被你们给看破了。连公子捏住了他的鼻子，刮着上唇的短髭：咦，你到底演了啥？汤世瓶回说：人，我演不了人，我干的都是魔鬼家的家务事，我把自己这一世的光阴全糟蹋了。连公子反诘道：老汤，你的这话我另有看法，至少目前来讲，你好歹也干了一件积德的勾当。我刚才从索乘书记长的嘴里得知，县长李肖鹏和瓦姑娘在上海成婚了，婚礼办在了一座老教堂，现在他们伉俪二人正坐着海轮，去了南洋度蜜月。汤世瓶眨了眨眼，一粒幽冥的火星子在眼底里迅速熄灭了，哀恳道：这样也好，瓦姑娘其实是一个聋障人，她怕冷，她一直在打算南下，俄境一带留不住她，敦煌也留不住，这下子她一定遂了愿。连公子惜疼地说：只可惜，你这个毡博士将她一路扛了下来，从北疆扛进了沙州城，如今鸡飞蛋打了。汤世瓶安慰道：你真的别难过，手里抓住一把沙子的话，终究也会流光的。

这一时，颊面已经修完了，开始了剃头。

不是待诏往日的那种温柔方式，贴着头皮，仔细地削发，一剃一大片，甚至带着一阵阵的清凉，也有一丝隐约的快感。目下的这种剃法，竟然是一把薅起了几根毛，手起刀落，在根子上刈除了，粗暴，简单，不讲道理。这完全是麦客子的做派，一切都似曾相识。

汤世瓶苦笑道：丁掌柜，你咋上手了，你替我龙抬头，我可生受不起呀？丁荣猫哀告说：老汤，你千万别怨怪我，我很久也没抓过镰刀了，手上不免有些生疏，我掌握不住轻重呀。闻听着头顶上簌簌簌的声音，汤世瓶喟叹道：的确，人误地一时，地荒人一年，有些事情就得趁早，我现在最担心的是开了春，城外二十三坊的地里，是不是全部安排妥当了？丁荣猫相告说：你就放宽心吧，二十三坊的父老们早就身上开了锅，心里着了火，家家户户急得直淌汗，党河两岸的田间地头也肥得在冒油水，单等着过了清明之后撒种子了。旁侧里，连公子插话说：哎呀，文和事老协会如今是连轴转，忙得连个放屁的工夫也没有，截至昨晚夕，已经发放了十九个坊了，可惜只剩下了两麻包罂粟种子，我的头简直快大了。这么着，汤世瓶心生愧疚，汗颜道：哎哟，还是要说一声对不住，二位这么忙碌，还要出远门，上一趟查干淖尔去，我打搅了你们呀。丁荣猫淡然地说：不去了，查干淖尔的计划取消了。

不去了，咋就不去了呢？汤世瓶惊得抬起了尻子，却被连公子一把压住了。又道：丁掌柜，你明明答应了陈小喊，买枪的对家也找到了，二月二在查干淖尔碰面，这可是板上钉钉的约定，你不能走火，不能说话不算数吧？剃刀贴在了汤世瓶的腮帮子上，丁荣猫轻轻一滑，将一坨油腻腻的断发抹在了伴当的皮肤上。丁荣猫哀戚道：老汤，你指望不上陈小喊，也指望不上胡家坊的那个土匪瘸子了，你跟我的仇今日结下，咱们下一世里亲兄弟明算账吧，因为胡梵海和陈小喊他们，已经被包了饺子，干脆顾不上你了。汤世瓶愕然道：包了饺子，他们全死了么？丁荣猫笃定地说：对，他们被酒泉驻防团包了饺子，连锅端掉了。连公子也附和道：这个正月里，去酒泉城串亲戚的人们陆续回来了，坏消息满天飞，沙州城里人心惶惶，只有你老汤天天躲在谭家大院里，一问三不知。汤世瓶苦楚地笑了笑，万念俱灰，瞥见剃刀过来时，忙肃静了表情，将脑袋送了上去。

这个关节上，连公子踱了过来，站在汤世瓶的面前，从口袋里摸出来了一张《国民日报》，款款打开后，展示给了伴当。午饭时，连公子去了县府拜会书记长，索乘一边吃着捞面，一边翻看着报纸。末了，连公子要借，索乘干脆送给了他。现在，连公子抖落了报纸上面粘着的一粒胡萝卜丁、一粒冻豆腐、一根黄花菜，再次放低了，好让对方看清楚。汤世瓶虽然胆怯剃刀，但极度的好奇心让他挣扎着身子，瞭见了那一行黑色的标题：关外三县胡氏匪首已被击毙。丁荣猫薅住了几根头发，发现剃刀比先前更锋利了，这让他越发地开心。

其实，死一个土匪头子不足为怪，急递铺的游击们这下也搭了进去，几乎全军覆灭，这才是最蹊跷的，连公子感喟道。丁荣猫乜斜了他一眼：听说，土匪瘸子和游击们是被洪门的老太爷勾走的，他们本来打算上坟，结果上了当，既没有重新落葬了老太爷的尸骨，却把自己一个个地送进了化人炉，统统死在了大年初二，没过完这个年。

这一时，连公子发现报纸上还粘着一粒肉渣子，遂慢慢地抠了下来，抿在了舌尖上，原来是辣子籽。连公子抽着冷气，剖析道：唉，这个结局像一碗水那么清晰，比起国民革命军酒泉驻防团而言，胡家三儿子的那一支草头军，简直连一颗鸡蛋也不如，游击们更是手无寸铁，听说死得很惨，全部都被打成了肉筛子，拾也拾不起来了。剃刀抵达了脖颈子一带，汤世瓶自觉地垂下了脑袋。丁荣猫讶异道：老汤，你狗日的居然长了这么大的一颗痦子呀，你的命好，这可是大富大贵的本钱！汤世瓶坦承道：相士和卖卜的也说过，这叫马上封侯，我以前还迷信过，心存不甘，倘若现在还这么不识相的话，那我的脑子里一定灌进了猪屎。丁荣猫接续道：不瞒你说，洪屏风也有这么一颗痦子，但比你的大，也比你的亮，你这是黑的，他却是朱砂色。汤世瓶哀叹道：难怪么，一定是洪门的少掌柜冲了我，冲了我的运势和前程，让我失败到了目下的这个地步。呃，丁掌柜，这一次你终于和酒泉的洪门联上了手，也有了驻防团这个靠山，谭家大院一河的水开了，你在敦煌也彻底站稳了脚跟，我真是佩服你呀。渐渐地，汤世瓶的目光开始发虚，有一点点缥缈，一阵阵眩晕，脑子里的那一片血海差不多渗光了，露出了底部嶙峋的乱石，错杂的根须，几乎接近于枯竭。丁荣猫答复说：老汤，这不仅仅是谭家大院的水开了，说到底，其实是敦煌的路开了，马上就开了。汤世瓶赞同道：对，这下敦煌的路开了，谁也拦不住你了。

路开了，敦煌的路彻底开了。这句话像一张旧时的皇榜，挂在了每个人的表情上，显赫一时，好像大家纷纷中了状元，同殿为臣似的。

待诏是个实诚人，对这些话题了无兴趣，趴在躺椅下，用手拨拉着地上的碎头发，收集在了一起。连公子踹了他一脚，叱问说：老牛，你没皮没臊地干啥呢？待诏回说：这叫送亡灵，趁着这位掌柜的还没咽气，我先送他一程。他这是横死，我得打扫干净，以免邪祟留在了我的铺子里。言毕，待诏将那一把头发投进了炉膛中，哗地一亮，又赶紧压上了一只水壶。迷蒙中，汤世瓶嗅闻到了一股焦煳的味道，似乎觉得自己飘升了起来，顺着墙角上的烟筒，泻了出去，一下子瘫在了沙州城广大的空气中，几近于透明。不过，就在即将飘失的那一霎，汤世瓶模糊地瞭见，从北门上冲进来了一匹快马。汤世瓶拼尽了最后的力气，伸手去抓时，这才发现那匹马无鞍无鞯、无缰无绳，颈鬃绽放着，猎猎飞扬，犹如一团滚烫的罡风，擦身而过，便知道对方不是来接自己的。汤世瓶嘟哝了一句：雪花豹，你是雪花豹。

丁荣猫停下了手，将剃刀交给了待诏，叮嘱说：喏，还剩下半个头没剃，你帮人帮到底吧。待诏合上了剃刀，答复说：其实也不必剃了，离二月二还有几天哪，让他去那边剃吧。丁荣猫款笑说：这倒也是，亏你这个老贼娃子能想出来。

连公子打来了一盆清水，递上了手巾。丁荣猫仔细地净了手，又顺便擦了擦衣襟和肩膀，用手巾掸了掸鞋面，拾掇停当了。连公子探问说：丁掌柜，咱们这样空手白脸地去拜访不合适吧，我干脆去称一些点心，再买上一些补品？丁荣猫拦挡说：不必了，洪屏风的门牙才刚刚镶上，听说天天在喝米汤，买了他也嚼不动。咱们走吧，天色不早了。

临出门前,连公子戴上了那一顶查干淖尔风格的毡帽,忽然想起了什么,诡笑道:丁掌柜,你猜猜沙州城的人们,现在如何称呼胡家坊的那个能人?丁荣猫一怔,目光询问着。连公子咧笑道:河西死马,哈哈,堂堂的司马大人,如今也不过是一匹死马罢了。丁荣猫撩起了门帘,并不曾接话。

需要补记的是,敦煌和平解放后,大概在一九五一年夏季,中国人民解放军驻敦煌骑兵团二连副连长叶惟元,率部赴哈尔腾草原一带进剿"仁义救国军",击毙要犯及土匪特务百余名,其中包括了丁荣猫和连公子。

大概到了夜饭的时候,理发铺子的门板再次被叩响了。

听见声音,待诏从墙角里站了起来,将躺椅一侧垂下来的那一只左手送回去,款款地搁在了汤世瓶的肚子上,而后抖开了一条剃头用的油布,将客人苫得严严实实,密不透风。待诏从口袋里摸出来一小撮羊毛,撒在了躺椅下的盆子里,然后吹灭了窗台上的油灯。

半晌后,待诏端着那一只脸盆踅出了门,站在街道上,瞭见事先约好的采买人迎了过来,在自己的领口上别了几张钞票,然后仔细地接住了盆子。对方喜兴地问说:恭喜呀,今天家里是过寿,还是替娃娃办满月?待诏答复说:哎呀,来了不少乡下的亲戚,简直快把我吃穷了,整整宰了两只大羯羊,连一根骨头也没剩下。采买人蹙住鼻子,在盆子的上方嗅闻了一番,首肯道:真不错,这个红油着实新鲜,肯定是当天的,不过羯羊的东西有点腥膻,只有花椒和桂皮才能压得住这种味道。

瞭见采买人走远了,待诏忍不住追问了一句:喂,听说你们把家猪油饼店的生意很火,以后财源广进呀!对方扬声道:托你的福,生意还凑合,你有空也来吃吧。这一时,待诏突然抓住了喉咙,一屁子坐在地上,猛地张开了嘴,狂呕开来。

追思前贤,砥砺今人。这是今日典礼的主旨之一。

丰鼎文山长是突然殁的,因为客死他乡,敦煌方面来不及应对,只派出了一支迎灵的队伍,在玉门镇接住了骨灰,返回后草草落了葬,大小祭奠,一概从简。去年夏季,丰鼎文接获了张掖薤阳书院的一封请柬,邀请他去讲学,犹豫再三,最后还是应承了下来。下半年诸事繁杂,鸣山书院一方面重修藏书阁,另一方面又开始了答辩季。丰鼎文白天在外奔波,入了夜,又在撰写一份关于《儒典》的讲稿,往往在公鸡打鸣、东方既白时,方停下笔来,休憩片刻。临行前,丰鼎文就有便血的现象,人也消瘦不堪,一副寡落落的样子,嘴角也挂不住口水了。弟子们连番劝告,有几个还哭出了声,直言说,最好取消了这一趟出行,将来再议吧。末了,还是山长自己做了决断,声称他除了讲学之外,也想去祁连山深处的薤阳书院看看,仔细休养上一段。如今想来,山长的另一句话饶有意味,充满了玄机。丰鼎文当时说:变乱初定,国家渐呈康复之态,我出去透透气也好,等这一趟归来后,我决不再东渡半步,敦煌就是我的终老之地,你们大家可以替我见证。一行人踏上了远赴河西的长路,不料想,半路上就发生了重大变故。

驶抵了张掖地界的高台县,照例要休整上一日。早起后,随行的弟子们在客栈内蹑手蹑脚的,不敢吱声,知道先生后半夜才熄的灯,一定又在完善那一份讲稿。午饭时,弟子们终于害怕了,跃窗而入,但一切都已晚矣。丰鼎文趴在那一张炕桌上,早就咽了气,口鼻流血,胳膊下的那一沓文稿被鲜血淹没,热身子变成了冷身子,已经发硬了。弟子们不敢懈怠,分别给敦煌和薤阳书院发去了白帖,报告了这一噩讯。双方都派来了得力的人手,会合在了高台县,当即组成了一个料理后事的班子。按照关外三县读书人的习俗,客死异乡的人是不能将遗骸运回去的,一般是就地焚化,只捎上一坛子骨灰,引领亡灵回家。薤阳书院自知这一切皆因他们而起,所以愧疚至深,包办了所有的后事。山长段子杰率着一支张掖大佛寺的僧侣团来了,连做了三天三夜的法事,并用祁连山里最好的松木,搭建了一座焚化台。待丰鼎文的骨灰抵达了敦煌的鸣山书院时,头七已经过了两天。

到了三七时,鸣山书院弟子们的悲哀终于爆发了,停了课,罢了食，打算集体服丧，守孝到百日。鉴于山长一辈子致力于河西一带的教育事业，桃李天下，德高望隆，名盖四郡两关，弟子们向敦煌县府发去了一封请求函，吁请以政府的名义，为丰鼎文先生勒石刻碑，追记生平，光照后世。书记长索乘乃是敦煌子弟，自小在当地开蒙，对丰鼎文也是充满了极大的景仰，当即签发了命令，并拨出一笔专款，购置了一块上好的昆仑石料，专门营造墓碑。索乘另外又签署了一份文件，决定在山长百日祭奠的当天，隆重立碑，予以嘉奖。索乘本人不仅亲自出席，还将代表敦煌各界主祭，并发表一个缅怀性质的演说。这么着，鸣山书院的气氛和缓了下来，藏书阁也加快竣了工，不仅是弟子们，包括沙州城内外的耕作百姓以及工商父老们，对即将来临的这一幕典礼期待万分，扣心翘望着。

　　提前三日，莫高窟开元寺的住持拖音法师便率着诵经班子，入住在了鸣山书院，昼夜无息，一趟趟地超度着亡灵。也许是天地感应，山川同悲，祭奠日的当天，整个敦煌上空密布着沉重的铅云。从万里墙城和北大滩上刮来的罡风，一阵紧似一阵，腾起了书院身后整个沙山上的烟尘，犹如一道道灰黄色的挽幛，挂在了墙头屋顶。虽说这也是进入了春天的迹象之一，但前来吊唁的四乡八村的百姓宁愿相信，天老爷哭了，天老爷等一下肯定要嚎啕一场，将满腔子的泪水哭下来，变成一匹匹鹅毛大雪般的缟素，铺在山下，以示哀悼。下半天时，祭奠仪式准时在鸣山书院的关外礼堂拉开了帷幕，首先由拖音法师主持了一场简短的法会，接着是学子们轮番发言，要么追思先生的恩德，要么面对山长的画像发愿，有两三个甚至哭晕在了讲堂上，被当即抬了下去，紧急疗治。索乘书记长的演说自然是最后压轴。在此之前，来自张掖的段子杰代表河西沿线上的各家书院致辞，不承想，这却是一篇冗长而乏味的发言，连索乘也听得在打瞌睡。梵义矮下身子，偷偷溜了出去，突然间觉得寒气料峭，罡风袭面，口鼻中灌满了沙尘。

　　梵义是上午来的，一直熬到了现在，脑子里浑浑噩噩，眼前的这一幕幕情景，虽然很近，但又隔得老远，引不起他的一丝共鸣。游魂，梵义心里知道，自己其实是一介游魂，没有喜乐，也没有悲伤，就像一只断了线的风筝，也像一叶飘萍，身不由己罢了。梵义昏蒙地绕过了小礼堂，蹒跚到了书院的灶房前，瞭见急递社的一名外围少年奔了过来，拽住了自己的手。

冷不丁来了这么多的宾客，书院实在难以招架，于是降低了水平，只供应两样吃食，一个是热花卷，一个是小米汤。进了饭堂，少年很快就端来了一碟子花卷，一大碗米汤，另有腌洋姜和酸萝卜，搁在了凳子上。少年哀告道：少东主，你抓紧垫一点吧，你已经好几天不吃不喝了，这样下去的话，身子会垮掉的。梵义蓦然清醒了，回说：嗯，的确饿坏了，但就是没啥胃口，我挣扎着吃吧，能吃多少算多少。岂料，一旦动作了起来，梵义便咥得太欢，一口一个花卷。少年咧笑着，变戏法似的掏出了两颗煮鸡蛋，蹲在凳子旁，慢慢地剥好了。梵义不客气，直接吞下去了一颗，又趁着对方不注意，将另一颗强行塞进了少年的嘴里，双方相视而笑。

这个关节上，七八个中年人陆续踅进了饭堂，各自打了米汤，抓上花卷，零零星星地蹲在地上，开始了闲章。梵义闻听是武威一带的口音，便猜想他们可能是凉州书院的代表，便也不在意。其中一个发问说：冯爷，这两年敦煌风水不利，频频出事，目下丰鼎文这一根柱梁又倒下了，你咋个看法？冯爷显然是核心人物，反诘道：话可不能这么讲，别忘了这达有莫高窟，还有千佛灵岩。另一个插嘴道：窟子是死的，佛像和菩萨是泥塑的，可咱们武威有河西最大的文庙，孔圣人在坐镇，或许文脉真的落在了凉州地界。冯爷申斥道：锤子的话，仔细你的舌头。吃喝了一阵子，又有人耐不住了，讥讽道：沙州城的人这回真怂了，纷纷做了缩头乌龟，竟没有一个儿子娃娃站出来，敢去酒泉的城门下收尸，眼见着那一帮绿林人士和游击被悬首示众，简直是一幕人间惨剧呀。旁边的伴当也附和道：听说，那几个冤死鬼是河西司马手下的干将，被驻防团连夜包了饺子，乱枪射杀，给一锅端掉了。于是乎，众人哂笑道：司马者，死马也，什么鸡巴的河西司马，看来也不过是一杆银样镴枪头，徒有虚名耳。冯爷当即恼下了，扔掉了碗筷，断喝说：好好的小米汤，难道喂进了你们的尻子里了？哪一个贼再胆敢满嘴喷粪的话，回去的路上就没有他，我姓冯的也不认他。话音刚罢,诸人赶紧埋下了头,饭堂内立时传出了一阵阵喉咙吞咽的响声。

梵义瞭见,自己带来的那个少年早已怒火满腔,攥紧的拳头几乎快捏碎了,犹如一匹蹲伏的豹子,倘若不是牵拽的话,他恐怕已经扑了上去,闹出了天大的响声。这一时,梵义反倒内里平静,心如磐石。这些外来的辱骂与打击,如此惨烈的言辞和耻笑,并不比沙州城内的飞短流长更刻薄多少,嘴长在旁人的身上,又能奈何?

前日晚夕,妻子性元骑着一头骡子,急死忙慌地从南湖一带回来了,刚进了胡家的大门,发现丈夫帮衬着婆婆胡白氏,正在刮洗高房子上病人的尿褯子,当即长出了一口气,瘫坐在了地上。此前,照着梵义的安排,性元带着两个儿子,一直暂居在南湖,明面上声称是看望舅父来的,实则是为了躲避风头,寻一个栖身之所,连正月里也不曾回来过一趟。关了门,性元一个蹦子投进了丈夫的怀中,又是亲,又是啃,泪水淌下了三大缸,眼睛也哭坏了。性元问说:真的么,酒泉城的事情是真的么?消息传到了南湖,越传越可怕,谁都在说急递铺的游击们全部被枪杀了,还被割下了头,吊在了城门楼上,已经烂了,臭了。梵义强忍着不安,一味地哄唆着妻子,拍着腔子说:你瞧,我这不好端端的么?急递铺的当家人是我,他们擒贼也要先擒王,我如今安坐在中军帐里,怎么就瞭不见一个蟊贼敢来叫阵呀?性元狐疑道:那蒋斧呢?卡利班呢?昆莫、项楚、茹老二和李无亏他们呢?梵义苦笑道:哎呀,游击的命就在长路上,靠腿脚来养活的,倘若他们天天蹲在沙州城里吃干饭,岂不是枉担了自己的名声。性元被暂时安抚住了,但她身上的火并没有灭。

后半夜时,梵义发现旁边的被窝空着,性元不见了。梵义在庄院内寻了几趟,竟一无所获,直到发现牲口槽上的骡子也不翼而飞,这才慌了神。城门打开后,梵义策马进入沙州城,叩开了急递铺的院子,孔执臣提着一只羊皮灯笼,披衣而出,眼睛也是哭坏了的样子。孔执臣相告说:干脆,这几天就让性元跟我睡吧,她的眼泪淌干了,你不能再惹她,毕竟性元是你的妻子,也是小党和小河的母亲,需要随时遮护在我们的身后,以防万一。梵义瞥望着急递铺门板上张挂的那一块停业的告示，内里潮起了一股感念的汁水。在这个坎坷的时刻，在这个晦暝难分的阶段，也只有孔执臣不发问，不悲切，不茫然，替自己默然分担了一部分的重荷。梵义拨马离开时，孔执臣追撵了上来，将灯笼递给了他，叮嘱道：拿着吧，这是最黑的时候。梵义没接，答复说：不必了，最黑的时候，我也认得路。闻听此话，孔执臣竟然果决地吹灭了灯笼，一个人萧瑟地站在院门前，目送着梵义。

末了，梵义拽住少年的手，走出饭堂，站在了漫天的沙尘中。

关外礼堂内的仪式仍在继续，门口和窗台上挤满了人，听声音还是段子杰在喋喋不休。梵义不打算去凑热闹了。真正的悲伤一定不是在大庭广众之下，而是在内心深处，在那个提前离场的人身上。恰巧，饭堂对过的那一面坡地，正是山长丰鼎文的墓地，此刻人们都跑去听会了，这达空空荡荡的，除了满目中的沙尘。少年欲跟过来，却被梵义拦挡下了，示意自己无碍，只想单独安静一下。

踱进了墓园，梵义这才恍然起来，这一片原先是学子们辩论经籍的地方，当属整个鸣山书院内最好的区域，与远处的沙山，仅隔着一片红柳林和白杨树，也是敦煌绿洲的南部边际。在丰鼎文这一任上，他大胆革新了教育方式，唾弃了读哑巴书、写哑巴文章的旧习，极力推行面对面地辩论与探讨，风气为之一新。用山长生前的话说，理越辩越清，经越辩越明，天下的莘莘学子在高声诵读的那一霎那，天老爷也将肃穆，也会支起耳朵谛听，也必定动容。山长还讲，所谓的气吞山河，首义一定是腹有诗书，勤于思考，如此才能够长鲸吐纳，风虎云龙，让你的诵读和辩论之声音，去掀起沙山上的阵阵狂澜。几十年来，鸣山书院所创立的春秋二季的辩论大典，业已成为关外三县一个响当当的招牌，也是它领袖于河西走廊沿线上各家书院的最深层次的原因。如今，山长丰鼎文下世了，弟子们不忍舍离，择了这一块宝地，落葬了先生的骨灰。从此书声有情，朝夕相伴，想必也是最好的归宿吧。

隆起的坟丘旁，躺着一块昆仑石镌刻的墓碑，上面缠裹着一条大红色的被面，密不透风，实在看不见上面的碑文。丰鼎文得享高寿，按照当地的习俗，这是喜丧，所以周围也见不到一点点悲戚之色。等一下，关外礼堂内的仪式将转移至墓园，开始隆重立碑。梵义趁早来了，抚摸了碑石后，盘坐在坟堆旁，抓起一把坟头上的沙子，随手扬撒在了头顶上。在一阵阵细密的落沙中，梵义默默地叨念说：先生，晚生来看望你了。

兀坐了片刻，梵义忽然有些失笑，忆想起了那一个酷热的夏日，在沙州城的南门下，在一座凉亭内，山长白髯飘飘，援管落墨，不厌其烦地写下了沙子沙子沙子，差不多写出了十万颗沙子，只为了开示一个后生，滞留住他，让他免于当晚的那一场劫难，也保全了藏经洞中的那一批经书和卷子。目下，先生魂归道山，长眠在此，他的坟头上同样笼盖着一层厚厚的沙子。这是从鸣沙山上吹拂下来的五色沙，晶莹剔透，亮若宝石。梵义思忖道，作为敦煌人，沙子可能是最经久不息的宿命，生在沙窝窝里，跑在沙坡坡上，活在沙海海中，哪怕死了，也要睡在沙坑坑底下，寸步不离这一块恩养之地。梵义又在头顶上扬撒了几把沙子，在窸窣的沙雨中，伏下身子，给丰鼎文认真地磕了三个头。梵义起身欲走，却闻听身后传来了一阵缓慢的脚步，回头一瞥，瞭见了县警察局局长田虎子，正蹒跚了过来。

梵义继续盘坐着，闭上了双目，真是不想看见此人那一副得意的嘴脸。

嗯，刚才在礼堂内，我就瞭见了你，我真的很吃惊，田虎子开腔道。梵义答：在敦煌，没有什么可吃惊的事，包括千佛灵岩上佛祖显圣，包括莫高窟一带的圣行妙果，至于这凡俗的人世，其实也有道理可寻。田虎子抓起一把沙子，指尖摩挲着：少东主，你看起来很平静，身上没有一点点慌乱，你真是沉得住气呀。梵义的手抚住了那一块碑石，发笑说：我不像你，我真的不慌乱，因为我的心里有一块镇纸，它压住了我，我也服属了它。镇纸，什么镇纸？田虎子狐疑道。梵义答复说：因为我信，所以我才平静。田虎子被这个拗口的答案折磨着，仿佛陷在了一堆缠麻当中：信？你究竟信什么？梵义笃定地说：哦，是这，除了家里的那些店面，除了急递铺，我还有更为要紧的事情要做，这个你自然不懂。

田虎子趿了过来，立在梵义的身畔，指尖不停地拈起沙子，撒在了对方的头上。田虎子道：少东主，虽然我不清楚你们的勾当，但我从来就没信任过急递铺的人，你们一向是异己分子，在敦煌干着一些秘密的罪恶。梵义忍受着头顶上的侮辱，傲然道：姓田的，你错了，那不叫罪恶，那才是一条正信的道路，我们廓开的，我们也守住了它。田虎子揶揄说：那天，我答应让二棍子去莫高窟朝佛，但你们的那一支车队离开急递铺的时候，我便后悔了，后悔得要砸腔子，我知道你们得逞了，要不是畏惧佛祖动怒，菩萨怪罪，我才不管他妈的莫高窟禁不禁绝凶器，我一定会带兵杀进去的。梵义默念了一句佛号，首肯说：幸亏呀，幸亏那一点点善念保住了你，让你福田犹在，苟活至今。田虎子阴笑道：少东主，你知不知道，我其实完全可以剿灭急递铺，铲除你这个河西司马，把你手下的飞行游击们也全部抹平，一个不剩？梵义淡然道：你别虚伪了，你现在不是已经在动手么？田虎子咬着牙齿，愤懑地说：哼，我之所以没有荡平急递铺，只有一个原因，那就是孔执臣，因为书记长索乘对孔执臣这个女人抱有好感，另眼相待，我当然不能去冒犯了自己的顶头上司。

闻听此语，梵义的心中忽然朗笑开来，赞誉道：一枝最美的鲜花，不管插在供桌上，还是摆在了人世间，它一定都是最美的鲜花，这并不奇怪。田虎子同意这个看法，嘴上却啧啧道：不过，书记长已经献身了革命，索乘迎娶的太太就是革命，他根本不需要孔执臣这样具体的女人，他只是在暗地里默默欣赏罢了。坦白地说，我很尊敬他的这种风度，所以我不能打碎他的这个梦。梵义反诘道：那你实话告诉我，你一心想铲除我，干么不动手，难道只会像现在这样撒沙子么？田虎子回说：少东主，你的可怕之处就在于，你此前一味地隐忍着，以静制动，以退为进，没有暴露出一丝一毫的破绽来，让人抓不住你的什么把柄。梵义款然一笑：对了，我告诉过你，我心里装着一块镇纸。

手里的沙子用完了，田虎子意犹未尽，又从坟头上抓起一把，慢慢地撒了下去。沙粒像一根燃烧的线香，漾起了细小的烟尘，落在了梵义的头顶上。

少东主，我这样喂你沙子，你竟然连眼睛也不睁一下么？田虎子欣快道。梵义蔼然说：我不必睁开了，因为我干脆看不起你，又何必认清你的那一张嘴脸哪。田虎子并没有被激怒，沙子撒得更快了：少东主，你太骄傲了，你骄傲到了连死也不怕么？罡风更猛烈了，袭面而来，梵义觉出了颊脸上的一丝微痛：天道无亲，难与善人，死当然可怕，但更可怕的是继续活下去，在自己的这一幕大光阴中不要跌倒，不要颓丧，守住一生的正信，这也是一个儿子娃娃起码的担当。田虎子阴鸷道：少东主，你的确太骄傲了，但你知不知道，为了今个天替丰鼎文山长立碑，我将警察局的人马全部调了过来，现在鸣山书院已经被控制住了，只要我一声令下，便可以当场拿获你？梵义反问道：然后呢，然后给我强加上一个通匪的罪名，投进大牢，你好去邀功请赏？田虎子一脸轻蔑，啐着嘴里的沙子：呵呵，根本不用那么泼烦，因为你本来就是土匪的长兄，土匪的长兄，自然也不是什么省油的灯，你脱不了干系。梵义的心登时沉了下去，半晌无语。这一刻，田虎子占了上风，越发地倨傲起来：少东主，我突然改了主意，我想放你一条生路，让你下山，让你回到沙州城去。梵义呵呵一笑：姓田的，你这么放生我，绝非出自你的善念。你这是逼迫着我去一趟酒泉城，去给弟弟和伴当们收尸，将他们的头颅带回家，你想看见我心碎，从此一蹶不振。田虎子感慨道：的确，这恰恰是我的本意，少东主果然是少东主。

沙子终于撒完了，田虎子拍了拍巴掌，一时间轻快了许多。

梵义顶着头上的一堆沙子，突然睁开了双眼：长官，你上完香了？田虎子一下子敛住了表情：上香？咦，我上什么香了？梵义指了指头顶，开怀道：长官，你刚才一直在给我上香，我心领了，不过我只取其中的三炷，剩下的你拿走吧。言毕，梵义一个狮子甩头，将沙子悉数卸下了头顶，恢复了先时的样子。梵义抿笑说：长官，谢谢你的三炷香，有了这佛法僧三宝，哪怕刮再大的沙尘，我也要去一趟酒泉城。

礼堂那边传来了警察集合的哨子声，好像典礼结束了。田虎子不敢懈怠，整衣理冠，丢下了梵义，拔脚而去。梵义起身，朝着丰鼎文的坟丘深鞠了一躬后，迅速走出了墓园。

少年跟了过来，料知梵义打算下山，忙在头前引路。鸣山书院的门前，百姓们袖着手，扎着堆，被警察拴起来的一根绳子拦挡下了，只准出，不许进。梵义兀立在漫天的沙尘中，等着少年去牵马，却不曾想，一回头瞥见了开元寺的拖音法师和执事。梵义赶忙迎了上去，双手合十，道了吉祥的话。为了这个百日的祭奠，拖音劳碌了好几天，面色萎黄，嘴唇干瘪，在如此恶劣的天气下，竟然只穿着一件棉布的薄袍，连个帽子也没戴，形色煞是仓皇。风沙太大，脱口的话都被刮干净了，彼此听不清楚。梵义拥着拖音法师，小跑了一段，最后站在了书院围墙下的一个拐角里，这才缓过了劲来，相视一笑。

此刻不在寺里，又加上对拖音天然的亲近感，梵义便也稍显放肆，揶揄说：法师，一个出家人本该沉静内敛，泰山崩于前而不变色，但像你刚才这么狼忙地跑了出来，实在是有失颜面吧？拖音的颊脸唰的一下红透了，反诘道：哎呀，堂堂一位少东主，竟然孤寒寡瘦地站在这达望天，也不知是风动了，还是心动了？梵义忍住笑，接续道：按理说，一个僧人应该是青皮白面，斩落六根，却没想到你竟然还蓄了几根胡子，看来你念了这两天两夜的经，脸也忘记洗了吧？拖音答复说：彼此彼此，少东主的胡子也是一堆乱草，麻雀都快坐了窝呀。旁边的执事见他俩打趣逗乐，一时间急得直跺脚。拖音趁机支开了对方，顺手取下了执事肩上的一只布袋子，搂在了怀中。

"少东主，我马上下山，我要去一趟沙州城的大十字。"

梵义不解，瞥望了一眼书院。

"是这，我刚刚接到了执事的报信，说师兄竺法歌从北疆一带回来了，正在沙州城内。"当着梵义的面，拖音不愿提及竺法歌的耳朵被割掉之事，口气黯然地说，"我曾经答应过，只要他回来的话，不管多远，也不论白天黑夜，我一定要去迎他，我不能食言。"

"原来如此，君子一诺嘛。"梵义首肯道。

"哦，我猜想会在典礼上碰见你，所以给你捎来了一样东西。"拖音打开了布袋子，掏出来一个信皮，递给了梵义，"少东主，这是印光法师脱缁前留下的最后一幅墨宝，可谓是他老人家的绝笔。师父曾经交代过，一定要将它装藏，留给将来的人。那天在义窟里给佛像装藏时，我多了个心眼，觉得应该先给你看看。喏，你打开吧。"

梵义依言，在墙根下展开了。唐纸不大，却是两行熟悉的小楷墨字，俨然出自印光法师的手笔，遂叨念了出来："心不逃离，体奔何益。"瞄了几眼，梵义复又折叠起来，塞入信囊，揣在了自己的身上，探问道："师父的这八颗字，究竟是啥意思么？"

"师父当时说过，将来的人会参悟，也会遵奉的。"拖音补充道。

"将来的人？"

这个关节上，拖音忽然激动开来，猛地捉住了梵义的手，握在了他冰冷的掌心里。拖音说："少东主，咱们的藏经洞已经彻底封闭了，乔果真不错，照着弦子叔生前的筹谋，在那一面别洞的泥墙上描绘出了一整块壁画，现在与外面的义窟浑然一体，毫无破绽。"一时间，拖音的快乐显而易见，不容置喙："少东主，大功告成了，剩下的事情就是你和我要守好它，守住这莫高窟的三魂，守住敦煌的六魄，一辈子供养下去。"

梵义也被感染了，忆想起了那一句旧话："嗯，在黄金的仙途中，我们是金刚伙伴。"

"对，还要披挂起无上慈悲的坚忍甲胄。"拖音慨然道。

风沙汹涌，眼见着气候越发地恶劣了起来，梵义二话不讲，迅速除下了自己的那一件长皮袄，强行穿在了拖音法师的身上，又摘下皮帽子，扣在对方的头上，替他系紧了帽翅子。少年牵着马小跑了过来，梵义将坐骑让给了法师。拖音也不推辞，跃身上去，一下子骑稳当了。执事没了辙，只好眼巴巴地盯看着，一脸的失望。意外的是，梵义忽然不想走了，并不曾跨上另一匹坐骑，而是叮嘱少年一路陪护，务必要将拖音法师送至沙州城的大十字，不得有误。临别前，梵义又交代说：你记住，放下法师后，你抓紧去一趟急递铺，让苏食尽快赶到大十字一带，与我会合，我随后就到。少年应承下了，又抱拳道：少东主，你还有别的吩咐么？梵义思忖一番，笃定道：你再去一趟家里的皮革坊，麻四和平昌叔应该在那达，今天是进货的日子，让他们也赶快撂下手里的活计，在大十字等我，我们连夜去一趟酒泉城。少年一怔：去酒泉城呀？梵义截铁道：对，你去传我的话，吩咐他们带好远路上的装备，这一趟时间不会太短。少年衔命，拨转了马头，率先奔下了书院门前的那一道长坡。梵义拍打着自己的坐骑，吆喊一声，用目光送别了拖音。

梵义掉头，疾步走向了围墙下的拐角，瞭见那个蹲着的人忽地站了起来。

先时，闻听了身后的那一声轻唤，梵义便知道事情来了。梵义趋上前去，抱拳一揖：冯爷，在下胡梵义，前来受教。冯爷还上一礼，开怀道：哎呀，真是好眼力，不愧是堂堂的河西司马，名不虚传。呃，老朽冯天明，目下担任着武威凉州书院的总教一职，幸会少东主了。梵义见其一身磊落，语气铿锵，便也亲热了许多：难怪么，冯爷贵为总教，阅人无数，自然不会认错了晚生。冯爷捋须，目光上下逡巡，仔细地打量了几遍梵义，颔首道：刚才在饭堂中，我便认出了少东主，因为你的肩膀上，扛着不凡的气象，头顶上携带了一轮叱咤的风水。这些辞藻近乎阿谀，梵义苦笑道：冯爷，你从千里路上赶过来，总不会是专门给我戴高帽子，来灌米汤的吧？

这么着，冯爷突然攀住了梵义的胳膊，凝眸道：少东主，你的人还活着，并没有死绝，我想告诉你的就是这句话。梵义一怔，感觉膝盖一下子塌了，忽地蹲在了地上。冯爷悄语道：少东主，刚才人多眼杂，我怕走漏了风声，所以急死忙慌地追出了门，差一点就撵不上你了。顿了顿，又释解道：是这，犬子冯证在酒泉谋生，恰巧就是驻防团里的一名火头军，我路经酒泉城时，儿子特地来客栈里看我，与我同榻而眠，唠叨了大半夜的内幕，给我着实透了一个底细。梵义不停地战栗着，拽住了对方的衣襟，哀恳说：他们还活着，这是真的么？冯爷如实相告道：一大半死了，当时被驻防团包围后乱枪射杀的，但至少有两个人还活着，这句话我可以拍着自己的心口窝，向你保证。这是一个惨烈的答案，梵义虽然痛彻到了极点，但生的消息，仍旧像一只无畏的灯盏，点进了他的心中。迎着剧烈的风沙，梵义仰看着天空，伸开了双臂，呼告说：他们还活着，天老爷呀，起码还有两个人活着，并没有死绝，这是你降赐的福报么，天老爷？

待梵义稍事平静后，冯爷接续道：枪杀之后，人和牲口的尸体被冻在了酒泉城郊外的化人场,因为过春节,军爷们也唯恐避之不及,怕沾上晦气。后来驻防团在清理现场时,这才发现走脱了一个人,一个缺了两根指头的人,包括他胯下的那一匹坐骑,据说叫什么雪花豹。梵义内里一热,陈小喊,这个孤绝而英勇的名字,犹如一块滚石,在他的心中轰鸣不已。冯爷再道:少东主,另一个活着的人是个哑巴,听说他没有舌头,他当时只是负了一点点伤,军爷们见他三棍子打不出一个屁来,便假装释放了他,打算借机从他的身上打开一个缺口,找见他另外的同党。不承想,这个哑巴竟然也是一条狠汉子,壳子很硬,偏偏不离开酒泉城。那几日,哑巴天天跪在了酒泉城的门楼下,据说在给那几颗示众的首级守灵,从早至晚,哭得一塌糊涂,撕心裂肺。梵义抽心一疼,不仅仅替伴当们曝于风沙之中的头颅难过,更为卡利班这个结义的异姓弟弟揪心万分。冯爷又道:十一日,也就是元宵节之前,这个哑巴竟然鬼使神差地弄到了一桶子火油,像一只猴子似的,爬上了城门楼,将火油浇在了那一堆首级上,举了火,事先给酒泉城放了天灯,提前过了一个正月十五,还差一点将城楼彻底烧掉。疼痛一旦到了极点,也就无所谓疼痛了。梵义的脑海中,一片夜空被熊熊的烈焰照亮,连头顶上的全部星宿也统统融化了,泌下来了一种难以割舍的心悸,一份深刻的罪愆感。梵义哀告说:后来如何了,那个哑巴后来呢?冯爷的眉头也不皱,嘻然道:哎呀,孙悟空一个筋斗十万八千里,谁还能拿得住他那一只猴子呀。

　　至此,横马骁行了将近十九年,掌控了河西一线,在整个关外三县疾风骤雨般的急递社,开始突然凋零,走向了命运的末路。在驻防团的那一场精心屠杀中,偶然幸存下来的两名飞行游击,由此飘失在了北疆一带的广袤烽烟当中,隐姓埋名,衔悲蛰伏,直到下一个篇章的开始。无疑,那是另外的一幕讲述。

　　这一刻,冯爷介绍已毕,但梵义的内里疑窦丛生,探问道:冯爷,我尚有一事不明,此番急递社和北疆的绿林人士会合,打算重新安葬酒泉洪门的老当家人,这一切完全机密,驻防团又是如何获知这一情报的呢?冯爷口气干脆:游隼。梵义瞠目道:游隼?冯爷答复说:一只从敦煌飞回去的游隼,夹带了这个消息,犬子冯证就是火头军，还奉命给游隼犒赏了一块马肉，所以应该错不了。梵义登时惊出了一身冷汗，料定这一切乃洪屏风所为，自己更是脱不了致命的干系。一时间，梵义强忍着巨大的罪愆感，又恍然道：我明白了，在清理现场时，一定有我们内部的人在场，否则绝不可能指认出陈小喊和雪花豹。冯爷老练地说：不错，初五当天，谁向你告了假，谁就是内鬼。梵义拔起身子，匆忙间撂下了凉州书院的客人，迎着一阵阵激烈的罡风，朝坡下走去。

走了不久，梵义瞭见南春山从附近的红柳林子里蹉了出来，牵来了一匹快马。

卷四十三

沙州城的街道几乎空了，尤其在大十字附近。

去鸣山书院看热闹的人们尚未返回，那些留在家里的纷纷闭门落锁，坐在热炕上，一边嗑麻子，一边筹谋着开了春之后的各项营生。谁也无心于门外的特大沙尘暴，好像这家伙是一个烂酒鬼，是一介败家的女婿，死生由命去吧。大十字一带的店铺全部上紧了门板。沙子打在了门窗上，簌簌而下，仿佛一只蹚过了沙山的鞋子，半天也倒不干净。急递社的少年将拖音法师一路护送到了旗门下，犹记得少东主的再三托付，掉头而走，去喊自己人了。拖音骑在马背上，像一扇不小心被打开的窗子，一直趔趄着，摇曳着，始终也关不上。

法事进行的半途中，开元寺的执事从关外礼堂的小偏门里进来，给住持耳语了一番。闻听竺法歌从北疆回来了，拖音的身上立时开了锅，着了火，再也坐不住了。佛前弟子，同门师兄，竺法歌纵然有千般的罪孽，万种的业障，如今他毕竟丢掉了两只耳朵，遭了那么大的劫难，拖音身为一寺之主，不能袖手不管，也绝不可能输了礼性。执事绍介说：法师，我已经让人给城里头捎了话，先请竺法歌师兄在驿馆里稍歇，避过白昼里的灾难天气，等天黑之际，大家在大十字的旗门下见面，然后一起连夜回莫高窟去。拖音回说：你心思缜密，如此安排最是恰当不过，但我有一言在先，我既然许诺了师兄，我就必须去兑现，哪怕风沙再大，气候再恶劣，也只当是上佛在试探我的决心。这么着，拖音不告而辞，知道诵经班子令人放心，居然连外套也忘了穿，一口气跑出了鸣山书院。在执事看来，区区一个竺法歌的归来，并不值得如此隆重和夸张，住持也根本没有道理亲自远迎。谁不明白竺法歌就是开元寺的一个刺头,专门跟拖音对着干呀。这家伙此番回来,犹如一颗巨石投进了湖中,指不定还要兴起多大的风浪。但是,拖音此时的喜乐格外由衷,眼见着劝说无效,执事便也住了嘴。

幸运的是,在书院的门口,拖音邂逅了急递社的梵义,结果客随主便,借了少东主的坐骑,提前赶到了目的地。拖音不识马,但凭着刚才一路上的狂奔,他料定这是一匹良骏,四蹄像蛟龙,脊椎如山梁,筋存怒脉,快似箭矢,本来两个时辰的距离,现在才用了不到一半。快马歇停在了旗门下,打着响鼻,浑身热气蒸腾。拖音骑坐着,一遍遍地瞭看着大十字一带,发现天色渐渐地昏暗了下来,一派晦暝难分的样子。

实际上,天色是被这一场春天的强沙尘混淆的,离天黑还有一段时间。

管家苏食一道烟地驶来了,坐骑还没停稳,人却已经翻身跃下,站在了拖音的跟前。苏食是带着两匹快马赶来的,另外一匹的脊背上驮着生牛皮卷、水囊和干粮袋,此乃标准的游击行头,也是即将踏上远路的一个信号。苏食伸手,牵拽住了梵义的坐骑,仰看着拖音,吼喊说:法师,你快点下来躲一躲吧,我在这达等,千万别吹坏了你呀?拖音断然道:苏食叔,你去躲你的,仔细歇缓上一阵子,等少东主来了,你们还要连夜赶往酒泉城哪。苏食出于义气,执拗道:喏,旁边的这条胡同里有一家灯市驿馆,法师你先进去喝茶烤手吧;你只要报上少东主的名字,自然会有人接待你,我不打紧的,我恰好跑热了,我想凉快凉快。拖音欣快道:呵呵,那好吧,咱俩一起凉快,我念了两天两夜的经,骨头都快锈死了。苏食还要相劝时,却突然僵住了,因为眼前出现了奇怪的一幕,让他的脊背上孵出了一层冷汗。

这一刻,从天津会馆的巷口中,驶出了一辆橡皮轮子的马车。

马车上装满了新鲜的麦草,堆砌着,层叠着,足足有三丈多高,左右捆扎着绳子,摇摇欲坠。马车朝着旗门而来,虽说还有一段距离,但罡风已经拂来了密密麻麻的寸草,搅乱了目光,打得拖音和苏食的颊脸上生疼,赶紧偏过头去,闭了一阵子眼睛。在这样的天气下,没有人会顶风出门,如此糟蹋麦草,除非他的脑子瓜了,除非他有另外的企图。

　　一念至此，苏食丢下了拖音法师，张开双臂，迎着马车跑去，试图拦住对方。这个关节上，苏食一眼认出了那两个赶车的家伙，戳着指头大骂道：平昌，麻四，你们两个驴日的快停车，小心老子销了你们的户头，听见没有？马车泼喇喇地冲了过来，蹄子在麻石板上擦出了一丛丛火星子，几乎快失控了。苏食断喝道：反贼，老子这下非要抽你们一顿鞭子，才能解了我今天的恨。就在马车碾压过来的一刹那，苏食矬下了身子，一骨碌滚将出去，听见车轴咔嚓一声断了，木屑四溅，声若裂石。

　　车子倾覆了，前头的辕马也摔落在地，挣脱不开羁绊，咴咴地哀鸣着。

　　拖音忘了跑，也忘了闪避，更不明白眼前发生了什么，还误以为是沙尘的缘故，让马车迷失在街道，出了事故。拖音打算去施救，踩住马镫子刚下来，却冷不丁瞭见马车的另一侧，跑出来了几名锦衣华服的青年，扇形地散开后，将自己拢在了中央。这几个家伙提着短枪，阴笑着，进逼而来。管家苏食吓傻了。不错，当中的那一位恰恰是酒泉洪门的少掌柜，当初他带着卡利班去抢救舌头时，彼此曾有过一面之缘。苏食愣怔着，喉咙干涩，发不出一点声音，感觉腿脚上灌满了铅水。

　　洪屏风喝问道：喏，你们看清楚了么，是他吧？胡家坊的老伙计平昌答复道：他就是梵义，错不了的，我敢拿性命作保。拖音法师不明就里，解开了下颌边的扣子，张开了左右的帽翅子，将一张熟悉的面孔暴露了出来。旁侧里的麻四也站上前，确凿地说：少掌柜，他就是胡梵义，这匹马也是他的，他刚从鸣山书院那边赶回来。

　　枪响了。一排子子弹呼啸而去，开元寺的住持突然像一本破碎的经书，血肉横飞。

　　洪屏风犹不甘心，摸了摸自己的门牙，跨前一步，仔细地开了两枪，打烂了拖音法师的五官。这一时，旗门下的坐骑也受了惊，人立而起，蹄子踢踏着。洪屏风慢慢地踅了过去，抚了抚快马的鼻门和颈鬃，而后将枪管戳入快马的耳朵中，扣响了扳机。轰的一声，梵义的坐骑像一堵高墙那样垮了，崩塌在了地上。洪屏风掉头，率着手下，又将管家苏食包抄住了。

苏食面色蜡黄，嗫嚅道：麻四，平昌，这是为啥么？平昌从袖子里抽出来一把短刀，不敢抬头，答复说：唉，我做下人做够了，我也想出人头地。苏食探问道：胡家坊待你们不薄，少东主更是拿你们当自家人对待，是天老爷瞎了，还是你们不害怕报应？麻四也从腰间拔出来了一把明晃晃的匕首，突然顶在了管家苏食的肚子上，哀告道：苏食叔，一旦做了反贼，就没有了退路，你千万别怨怪我，下一世里，我麻四继续给你牵马拽镫、跑前忙后吧。言毕，麻四和平昌前后夹击，分别将刀子送进了苏食的肉体中，撂翻了这个管家。

见事情成了，洪屏风也不客气，当即开了枪，给两个反贼各自送上了一颗铁沙枣。

撤退前，洪门的手下点着了马车上的麦草，风助火势，一下子燎原开来，映亮了整个大十字。辕马被炙烤着，疼痛难忍，却又挣脱不开缰绳的束缚，只好拖曳着燃烧的马车，在沙州城的街道上狂奔。后来，辕马碰死在了火神庙门口的石狮子上，当场殒命。或许是火神爷心生不忍，亲自出面，熄灭了那一车的火焰，所以并未酿成全城的灾难。

暮色沉降时，梵义疾步走进了灯市驿馆。

驿馆的主事突见梵义，猛地一下怔住了，手上的羊皮灯笼晃了晃，半天后才稳住了身子。梵义面色如铁，不知如何开口，瞭见主事这般的错愕和慌乱，赶紧接住了灯笼。主事是南湖舅舅的二儿子，年岁略长，和梵义是表兄弟，为人敦厚，寡言少语，一个老实疙瘩罢了。当初表哥来沙州城里谋事，梵义恰好布局了这家靠近大十字的驿馆，便委托他去打理。主事缓过了神，刚打算开口绍介什么时，却被梵义粗暴地拦挡下了，朝里头努了努嘴。主事相告说：右手的第二间，苏食叔怕是快不行了，顶多也就半个时辰吧。梵义的身上登时开了锅，急迫地想见管家一面。主事又补充道：驿馆里今天只有一个客人，他没耳朵，你放宽心吧。

刚才在旗门下，梵义已经查看了惨案的现场，除了平昌叔和麻四的两具尸首外，自己的坐骑也被击毙了，变成了一副冷身子。梵义拾起了地上的几枚弹壳，替拖音法师揪心不已，但处在这个关节上，他又茫然无措，不知道究竟发生了什么。梵义猜想，一定是酒泉洪门的人大开杀戒，冲着自己来的，然而当洪屏风他们发现找错了目标后，肯定恼羞成怒，于是掳走了拖音法师，日后再向急递社要将，向整个敦煌宣战。甚至，梵义幼稚地思忖，拖音乃一介出家人，谅洪屏风也不会难为他的，因为在河西走廊和关外一带，即便是最凶恶的土匪，也有起码的底线，恪守着四不杀的原则：僧人不杀、妓女不杀、老妇人不杀、娃娃不杀。梵义带着这一份稀薄的念想，踟蹰于街头，瞭见天空像一块巨大的磐石，悬在了头顶，摇摇欲坠。这个春天的残暴开始了，这个春天以一场强沙尘开始了摧枯拉朽的序幕。悲伤的是，这个时候的梵义依旧一无所知。

罡风打毛了目光，暮色狰狞，梵义突然发现不远处的墙根下，忽地立起来了一匹马，咴咴地嘶叫了几声。梵义当即辨识了出来，这是管家苏食的坐骑，忙发足跑上前去。岂料，苏食的快马丢开了他，兀自走了，朝西侧的胡同里走去，俨然是在带路。梵义不敢声张，拽起了另一匹蜷卧的快马，相跟了上去。这么着，灯市驿馆到了。主事慌忙从门内迎了出来，梵义嗅闻到了一股浓重的血腥气，果然在灯笼的映照下，发现表兄的衣襟上鲜血淋漓，心说，坏了坏了，苏食叔一定是凶多吉少。

这一刻，管家苏食仰躺在热炕上，口鼻流血，气息衰微，脸色仿佛一张黄表纸。梵义将羊皮灯笼挂在头顶的钩子上，膝盖一软，跪在了炕沿下，一把捉住了苏食的手。在阳世上蹒跚了一生、劳碌了一辈子的苏食，被最后的一束光阴照亮了，惨烈一笑：少东主，你咋来了？你不该来的，你赶紧走吧。梵义料知大势已去，嘴上却哄唆说：苏食叔，你不能这样走，你不能自私呀，我爹老子还没答应你，胡家坊也不曾销了你的户头，你得活着。管家挣了一口气，疲惫道：我乏了，我也累了，我现在就想睡觉，我已经管不住你们这些贼疙瘩了，你们要仔细听话，守好自己，不要给胡家抹黑。梵义点头应承着，再三哀告说：叔，你先歇缓一下吧，等外面的风沙小了，我送你回胡家坊去，高房子上的那一面大炕，足够你们老兄弟俩躺着了，我以后哪达也不去，我专门服侍你和我爸吧。这个关节上，苏食的眼眸突然一亮：

"梵义，你记住了，打死你也不能回胡家坊去。"

一怔。

"第一，不要回家去。再一个，你赶紧离开沙州城，离开敦煌吧。"苏食的手抖索不停，想掐一下梵义，却又没有了力气，叮嘱道，"你记住，洪门是冲着你来的，洪门的背后有谭家大院，有田虎子，有索乘，还有整个县府和酒泉驻防团，你是绝对斗不过他们的。"血水四溢着，嘴角上的沫子陆续破灭了，苏食抽搐着肩胛，挣扎道："是这，拖音法师已经替你死了，洪门认错了人，开错了枪。梵义，古有赵氏孤儿那一折子，我刚才还算清醒，我已经让驿馆里的伙计们，拉着拖音法师的法体，去胡家坊报丧了。"

梵义一刹那傻掉了，犹如五雷轰顶："去了胡家坊？去报我的丧？"

"是的，所以你得离开，你必须马上消失。"

"叔，你昏了头么？"这一霎，梵义五内俱焚，肝肠骤断，脑海中登时浮现出了爹娘老子的身影，出现了妻子性元那一张惊恐而憔悴的颊脸，心绪败坏地说，"胡家坊倘若真以为我梵义被杀，那我爸就不得活了，我娘也不得活，性元一定会哭死的，疼死的。"

管家倔犟道："那也强似你现在被杀。你是一个儿子娃娃，你别忘了你的诺言！"

"我没有诺言，我只想做一名孝子。"

"唉，你个贼疙瘩，你已经开了一座义窟，已经筑了一座藏经洞，你不去守着，难道你想反悔么？"苏食先自哭下了，泪水满面，不是因为痛，而是源自一种失望，"少东主，既然拖音法师可以为你去死，你干么不能替他活着？我突然改了主意，你是离不开敦煌的，你干脆去莫高窟，去开元寺吧。"

"叔，你这是为我好，但你的话推敲不得。"一再申辩。

苏食满含着热泪,悁惶道:"你个贼疙瘩,我的鞭子呢?趁我还活着,我要当面听你吃一句咒,发一声愿,否则我死不瞑目,死了我也不消停。"

"我做不到,我也不想去做。"哀恳道。

"梵义,你的翅膀虽然硬了,但你的心还不会活人,你真是瓜呀,你让我太失望了。"一股股血水从嘴角上渗了下来,显得有气无力,苏食忽然被呛住了,咳嗽声也渐渐地衰微了下去。梵义慌了,赶紧从身上摸出来了一条手巾,想给管家擦拭一下,却发现手中多了一样东西。一张唐纸,原来是印光法师生前的绝笔,那两行清晰的小楷墨字,突然呈现在了梵义的眼前:心不逃离,体奔何益。苏食又嗫嚅道:"唉,我这一辈子心太软,我还没有真正动过一次鞭子哪,我有负于胡家坊,我也愧对你爹娘老子,你们这三个小贼,我一个也没有管教好。"梵义凝看着那八颗墨字,蓦地忆想起了在鸣山书院的门前,拖音住持转述的那一句话:将来的人,一定会参悟的。这么着,梵义猛地下跪,再次捉住了管家的手,恳切道:

"叔,我答应你了,我现在当面吃个咒吧。"

"你应承了啥么?"

"我去莫高窟,我去千佛灵岩,我将来一定守住该守的一切。"截铁道。

在弥留的最后时刻,管家的脸慢慢地偏了过来,盯看着梵义,托付道:"少东主,等一下出城时,泼烦你去一趟急递铺,给孔大小姐捎一句话吧,就说我苏食对不住她。"

"我一定告诉小婶子,一定。"

"少东主,她不是你小婶子,从来都不是。"

梵义一时惊骇。

"少东主,孔大小姐可不是一般的人,她的心在天上,其实她从来就不在这个人世间。"管家咧笑开来,那一种生离死别的表情,显得如此惬意,又那般踏实,"执臣还是一个黄花闺女,我从来没动过她一根指头,我也不敢,但我这辈子太知足了,真的知足了。"

言毕,炕头上一派死寂,连一声喘息也闻听不见。梵义哑默着,伏下身子,刚磕下了第一个头,便感觉自己爬不起来了。

看眼下的情形,这一场春天的强沙尘,恐怕不会停歇下来。

罡风从万里墙城和马迷兔的方向上吹来,一马平川,又将大量的沙子抛撒下来,落在了沙州城的房前屋后。沙子一旦积攒多了,便沿着倾斜的屋瓦,簌簌而下,形成了一幕流动的沙帘,逶迤不去。梵义站在屋檐下,收住了泪水,挑着一只羊皮灯笼,瞭看着眼前的这一情景。沙子,沙子沙子,还是沙子沙子沙子,梵义的心几乎快被掩埋了,窒息了似的。但是,沙子落在了心头,又被拌上了一股股的眼泪和酸辛,淬火而生,逐渐炼成了一块沉默的砖石,压住了内心的狂躁与不甘。梵义明白,这一块砖石其实叫镇纸,叫隐忍,也叫置之死地而后生。因为自己一旦迈出了第一步,那就是起手无回,再也没有了退路。一念至此,梵义心意已决,穿过了屋檐下的那一幕沙帘,朝门口走去。

岂料,这个关节上,开元寺的竺法歌出现了,身后跟着驿馆的主事,彼此都愣住了。

"阿弥陀佛,"半响后,竺法歌嘻然而乐,赶忙却后几步,扔下肩膀上的那一只包袱,两手合十,哀告道,"师弟,不,拖音住持,贫僧何德何能,在这么糟糕的气候下,劳顿法师你亲自赶来接我,贫僧真是罪莫大焉呀。"

"幸会。"梵义还了一礼。

"住持,这天黑得太早了,原来是沙尘在作怪呀。我刚刚睡起来,正准备去大十字的旗门下跟法师会合,却不料想法师你找上门来了。"竺法歌的喜悦煞是由衷,上下盯看了一番梵义,"哎哟,这结冰的天气,法师怎么就单衣薄衫的,你也不怕着凉发烧么?"

梵义将羊皮灯笼递了过去,直率道:"你仔细认一下我吧!"

"不,我不,"这一时,竺法歌突然捂住了双眼,瑟瑟发抖,哀求说,"住持,你别给我赠花,我害怕,我不能执花,我已经遭到了报应,我不想再受第二茬的罪了。"

"这是灯笼,不是花。"梵义狐疑道。

"灯笼里也有花。"

"请问，你到底怎么了？"追问说。

"住持，灯花也是花，我害怕极了。我因为冒犯了天意，违拗了上佛的意志，我才丢掉了两个耳朵。你瞧瞧，我现在没有耳朵，我干脆听不见你的话，但我可以从你的嘴皮子上，猜出大概的意思来。"竺法歌摘下了僧帽，两只耳朵果然不翼而飞了，只在耳眼的附近，留下了两粒黄豆般大小的肉瘤。又忏悔道："我的前半生是恶煞，作恶多端，这一趟回到开元寺后，我一定潜心修佛，革面洗心，还要仔细地辅佐住持你，也好弘扬佛法，光大山门。"

瞭看着竺法歌那一副残破的五官，梵义恓惶地说："让你受苦了。"

"哎呀，你看你，师弟你不必自责，你是开元寺堂堂的法台，千万不能像一个妇人那样掉眼泪。"竺法歌仍旧是粗手大脚的性格，声嗓粗陋，动作夸张，"师弟，你有所不知，师父印光在世时，曾告诫过我一句话。师父当时说，你竺法歌虽然是释门子弟，你拿刀枪剑戟，你拿笔墨纸砚，我一点也不稀奇，但将来你一定不要执花，任何花也碰不得，切记。"

"那你如何答复的？"梵义探问。

"唉，我当时太鲁莽了，牙齿很硬，脖子也不弯，我根本不以为然。我对师父说，你不让我碰花，那拈花一笑又如何讲？"这一时，竺法歌吐了吐舌头，扮了个鬼脸，接续道，"师父对我开示说，拈花一笑，那是佛陀的圣行，上佛拿得，你竺法歌一定不能拿。"

"那么，后来你拿了？"

"所以报应找到了我。"

"你执的什么花？"梵义追问。

"哎呀，狗日的罂粟。"

闻听此语，梵义将灯笼收了回来，嘴搭在了气口上，吹熄了火苗。黢黑中，驿馆的主事趸了过来，悄语道：少东主，不，拖音法师，时候不早了，你听，警察在大十字一带吹哨子哪，恐怕等一会就要戒严了。梵义沉郁道：掌柜的，你千万记住了，明日一早，你务必要将苏食叔的尸身子送到急递铺去，当面交给孔执臣。主事一愣，反问说：不回胡家坊了？梵义笃定地说：你交给孔执臣，让小婶子亲自发丧。

这个关节上，竺法歌打开了地上的包袱，挑出来一件自己的袈裟，一顶僧帽，唐突地跑将过来，不问三七，直接披在了梵义的脊背上，又替他扣紧了帽子。竺法歌喜兴地说：

"走吧师弟，咱们连夜回开元寺去。"

梵义突然双膝如木，知道人世上有一种悲凉的衣裳，一旦披上了它，将再也脱不下来了。这种衣裳不是别的，名叫袈裟。

索朗坐着囚车，被押送到临洮坊的地头时，已经是下半天了。

午饭刚过，天空就毛起了一阵子小雨。雨不大，仿佛牛毛似的，下了大半天，连墙皮也没有下湿，依旧死眉夯眼的。从敦煌县警察局开出来的一支特别执刑队，一律是高头大马、荷枪实弹，簇拥着一辆囚车，先是在沙州城里转了一趟，鸣锣示众，而后驶出了西门，朝目的地而来。消息很快就传遍了城外的二十三坊，人们撂下了饭碗，连草帽也忘了，洪水般地涌向了临洮坊的大田里，争睹这一幕枪决的现场。清明已过，撒在地里的罂粟花籽正在破土，酝酿着这一年的花事。目下，这一场缭绕的春雨降临后，党河岸边的沙土突然间酥松了，色泽泛黑，好像可以一把攥出油水来。这一阵子，农户们除了驱打麻雀，防止啄吃了花籽外，基本上闲得发慌。枪决索朗的消息传来时，人们先是一怔，不肯相信，紧接着就像有人喂来了一勺子新鲜的酥油，于是张开嘴赶紧吞掉，内里一下子舒坦多了。

文和事老协会兑现了承诺，先于天水、平凉和陇西三个大坊，将罂粟花籽提前发放到了其他的坊上，临洮坊自然在列。囚车驶过了庄子，一路开到了党河边，视野忽然开阔了，河风拂荡，眼前有一层隐约的绿意，或许是不远处的杨柳带来的。田虎子骑在马上，目光逡巡了一番周遭的地形，点头说：到了，就这达吧，这达平坦一些。警察们打开了囚笼，索朗自己跳下了车，讶异地瞭看着田间地头上乌泱泱的人群，蓦地失笑了出来：干啥么，今晚夕要办露天舞会么？田虎子回说：哎呀，舞会不过是李肖鹏和瓦姑娘的鬼把戏，书记长不喜欢那一套，今个天给你唱的是一折子秦腔戏，大少爷一定要端庄一点。索朗活动着肩胛骨，诘问道：唱的哪一折子，六合班也来么？田虎子道：嗯，唱的是《辕门斩子》，也可能是《息争记》，等一下就有了分晓，不急。实际上，田虎子在这一刻里也没有把握，天知道这一幕是不是索乘故意设计的，专门吓唬吓唬这个败家子。索朗却满不在乎，揶揄道：呵呵，索乘唱《辕门斩子》的话，他还没这个资格，倘若是《息争记》，打算劝和兄弟关系的，那我一定赏他这个脸。阶下之囚，居然口出狂言，田虎子是绝不会姑息这一种嚣张的，遂断喝道：绑了，先押过去，扔在刑场上。警察们手脚凌厉，动作干脆，用一根麻绳将索朗捆了个结结实实，左右叉住，踉跄了十几米之后，将其撂在了一座粪堆上。

雨丝毛毛的，空气煞是清冽。前头的党河一片悄静，没有风，当然也没有浪。

索朗趴在粪堆上，身上的那一阵疼痛过去后，索性放弃了挣扎。在这个优良的天气里，索朗终于走出了县府的地牢，天开地阔，人世上也亲亲热热的，但这种陶然的心情，很快就被击碎了。索朗蹙了蹙鼻子，恶劣地说：姓田的，你竟然让老子趴在了一堆粪土上，你简直太辱没了义庄，小看了索门的子弟吧？田虎子哎呀一声，夸张道：对不住大少爷了，我刚才吩咐了这一帮驴日的，交代他们务必要捎来一套新被子和新枕头，结果他们给忘了，委屈你将就一下吧。索朗的鼻子仔细分辨完，相告说：哎哟，这可是一堆鸡粪呀，像米汤一样稀，味道也不如马粪。田虎子附和道：也许是猪粪，沤了一个冬天了，没撒完，还在发酵当中，谁知道呀。索朗喟叹说：狗日的，要是羊粪蛋就好了，羊粪蛋松软，躺在上面的话，也不至于骨头这么硌，难受死我了。田虎子哀恳道：大少爷，你就忍一忍吧，很快就完了。再说话时，周围已经没有了声音，索朗回头一瞥，发现田虎子骑着马走了，去接书记长索乘了。

这个关节上，一群麻雀落了下来，挑挑拣拣的，在粪堆上寻找着可口的东西。

索朗盯看着眼前的这一只小麻雀，指头蛋大的脑袋，灰突突的羽毛，好像穿了一双鹅黄色的靴子，蹦蹦跳跳的。索朗探问说：喂，你是刚下下来的吧？你看你，这个人世上有啥好的，你偏偏投了胎，下到了凡间，我开始替你难过了。小东西雀跃着，左啄一口，右叼一嘴，对索朗的呵护毫不表态。索朗接续道：哎哟，你爹老子呢？你娘老子呢？你快去喊它们来，我要美美地拾掇一下它们，它们为啥要生你，让你到这一幕光阴中来受罪？不巧的是，一只大人状的麻雀斜刺里飞了过来，惊走了小的，款款地落在了索朗的面前，翻箱倒柜地刨着粪土。立时，索朗气大了，训斥道：你呀，你可千万记住我的话，老要有老的尊严，长也有长的样子，你作为一家之主如此狼冗，你让小的们咋想，你让娃娃们咋活么？麻雀屙下来了一粒屎，白花花的，气味有点酸。索朗闭上了眼睛，灰败地说：算了，权当我放了一个屁，我这辈子连自己都没有收拾住，活成了一摊烂泥，我也没资格数落你。

　　自始至终，沙州城和二十三坊的人们兀立着，打望着粪堆上的索朗。大家发现，囚禁了几个月之后，义庄的大少爷胖了，也白了，脸色像一张桑皮纸，挺挺括括的。可惜的是，这么一副好皮囊，今个天就要报销了，即将被一梭子子弹射穿，打成一只烂麻袋的样子。正当啧啧声四起的时候，书记长索乘骑在一匹高头大马上，率先走下了那一面坡地。连公子和田虎子也摇曳在马背上，尾在后面，一律肃杀着脸，好像每个人都欠了他们一块金子似的。

　　三匹马停在了田野中央，并头而立，十米开外，便是当日需要被执刑的人犯。

　　索乘擦了擦鼻脸上的水汽，侧目道：连会长，你瞧，那个歹徒杀了你的瓜儿子，我现在代表敦煌县府，正式给你一个交代，枪决了他，一命抵一命吧。连公子内心踏实，竖起了大拇指，探问道：不过，杀人要搬出法典，更得师出有名，书记长你难道不宣读一份杀人的告示，让在场的父老们周知么？索乘轻蔑道：不必泼烦了，趁着天气凉快，先杀了再说吧。倘若真的需要一纸告示的话，明天再补，而后派人张贴在四个城门上，晓谕敦煌全境。连公子当即让了步，称誉道：书记长不愧是革命者，一向雷厉风行、爱民如子，在下实在应该时时效仿，为二十三坊的父老们鞠躬尽瘁才是。索乘虚笑了一番，冲着田虎子点了点头。田虎子纵马上前，拔出了短枪，下令道：各就各位，举枪，预备。

两名警察冲了上去，叉住了索朗。后面的行刑队员们抬起枪口，瞄准了他的后脑勺。

这个关节上，连公子却节外生枝，喊了一声停。田虎子放下了胳膊，目光张看着索乘，询问意见。索乘也是一时错愕，暗忖道，莫非连公子善心大发，打算放下屠刀、立地成佛了不成？连公子攥紧了缰绳，靠拢过来，讪笑道：

"书记长，我觉得这样子杀掉的话，的确不够精彩。"

索乘探问说："咦，连会长难道有更大胆的想法？"

"是这，本协会决定在今年的上半年，再给县府资助一笔款项，邀请书记长出面张罗，加强县府与二十三坊的沟通合作，在罂粟花开的季节上，予以全面的武装保护。"连公子摸出来一张银票，塞在了索乘的口袋中，接续说，"书记长所倡议的革命运动，正在如火如荼，关外三县已是一派新生的气象。这项捐助，只当是文和事老协会对革命的声援吧。"

"你直接说吧，别绕弯子了。"

连公子款然道："听说书记长枪法不错，可否让连某人开开眼？"

"让我去杀？"

"嗯，本来就是你亲自签发的执行令呀。"

上半天时，索乘趴在桌子上正在办公，传事室的张喜群抱着一摞子函件进来，挑出了其中的一封，绍介说：兰州来的，好像是省府的急件。索乘头也不抬，催说：你打开看看，上头又有什么指示，我简直要忙疯了，各界新疆慰问团前不久抵达了酒泉，我得复查一遍接待方案，千万不能捅了娄子。张喜群拿起剪刀，铰开了信封，上下阅看了一遍，相告道：不来了，客人们不来了，他们早在十天前就到了新疆，专门绕开了敦煌。索乘惊跳起来，摇晃了一番：不来了，谁不来了？张喜群将信瓤子递了过去，绍介道：你自己瞧吧，各界新疆慰问团在半个月之前，由酒泉驻防团护送，沿着北线出发，穿过巴里坤一带，已经抵达了首府迪化，把咱们给闪下了。索乘气坏了，吼喊道：妈的，既然闪了咱们，那省府还放什么屁，发什么急件？这难道不是羞辱我，给敦煌的革命运动泼冷水么？张喜群捧着那一页信瓤子，念出了声：鉴于敦煌境内凶案频发，治安混乱，民怨沸腾，县府负有失职之罪，特给予地方当局及主要责任人记过处分一次，予以惩戒，着令整改，以观后效。

张喜群走了之后，索乘将自己锁在了房间内，失败攫取了他，愤怒也点燃了他。事实残酷而冰冷，这一纸处分决定，无疑是迄今为止，索乘革命生涯中的重大挫败，此前付出的一切，如同竹篮打水一场空。说不定，他已经成了整个甘肃官场上的笑料，成了一介反面的典范。渐渐地，索乘将这种失败的根由，首先归咎在了长兄索朗的头上，要不是这个狗日的杀了一个娃娃，敦煌的名声也不会这么坏，后来的一系列杀戮也不会因此大规模爆发。在痛苦的煎熬中，索乘终于梳理出了自己的对策。是的，只有更疯狂，更血腥，更暴力，才是一个革命者应有的反击，也才是一名军人必须具备的品质。这么着，索乘签发了对哥哥的枪决令，又派人赶紧去邀请连公子，一同来到了临洮坊。

索乘当即下了马，将缰绳交给了田虎子，点了点头。田虎子朝着行刑队员们一挥手，喝令收队，腾出了位置。牛毛细雨弥漫在了眼前，就像天老爷扔下来的一根根线香，水做的线香，供在了这一片春天的泥壤上。索乘拔出手枪，疾步上前，将枪口戳在了哥哥的太阳穴上。

索朗被捆缚着，嘴唇上沾满了黝黑的粪土，侧目瞭见了弟弟。索朗道：妈的，绳子扎得太紧了，杀猪也不是这个法子，弟弟，你让我松活一些吧？索乘俯下身，解开了绳扣，抽掉了绳子。索朗一下子舒坦极了，撅起尻子，四肢摊开，完整地趴在了粪堆上。索朗诘问道：弟弟，你怎么只戴了一个白手套呀，你应该戴一双的？索乘冷然地说：这有啥区别么？索朗一时嘻然：哎呀，你是读书的秀才，你的手是捉毛笔的，你的手也是干革命的，千万要仔细才是，你不爱惜手，手也就不会听你的使唤，这个道理简单得像一碗水。闻听此言，索乘用牙齿咬住了手套，干脆抹了下来，揉成一团，掷在了索朗的眼前。索乘咔嚓一声上了膛，重新瞄准了哥哥。

"弟弟，我心里有一个谜，你实话告诉我吧？"

"请讲。"

"那一年，你不告而辞，你离开了义庄，离开了爹娘老子和我，走得那么突然。你一定遇到了一个过不去的坎，所以才逃走的。你把我一个人孤零零地留在敦煌，于是就有了今天，有了这么个糟糕的结局。"索朗笃定道。

索乘抬望着天空，仓鼠街上的那一幕，仿佛犹在眼前："我没有逃，我其实一直都在。"

"你明明逃走了，你将义庄的苦难留给了我一个人，让我担上了。"

"闭嘴，"索乘被激怒了，一脚踩住了哥哥的腰眼，愤懑道，"我当初离开这个罪恶的家庭，我去参加革命，只不过是为了找见自己的命运，我不想被义庄淹死，就像你现在这样。"

"呃，那你找见了么？"

索乘截铁道："我还在找。"

"弟弟，没用的，你找不见，你以后永远也找不见了，我发誓。"索朗惬意地趴在粪堆上，挥手赶开了一群苍蝇，又道，"因为，天老爷馈赐给索门这一辈子人的血衣，马上就要让我披上了，谁也抢不走它。我穿上正合身，我也愿意穿。"

"那不叫血衣，那是你的罪孽。"反诘道。

"一样，其实都一样。"

"哼，你的罪孽，今天要由革命来清算，这跟义庄无关，也和索门那一个腐朽的家庭牵扯不上。"这一时，远处的连公子稍显不耐烦了，开始干咳，声音像一个索命鬼似的。索乘不曾搭理。在索乘的心目中，连公子仍旧是一介鸡鸣狗盗之徒。又接续道："或者说，革命需要一个人捐出头颅，拿来祭旗，拿来祭刀，恰巧你碰上了，你最合适。"

索朗一笑："你的革命还大把大把地花钱，还需要偷鸡摸狗，所以你挖开了义庄的猪圈？"

"那全是赃墨，革命当然要起赃，要悉数没收了。"

"唉，我冤枉了那个瓜儿子。"

"但是，革命会记住他的，他可能是敦煌最小的烈士。"

这一霎，索朗突然一骨碌站了起来，款款解开腰带，掏出了那一件男人的家什。索乘猝不及防，但出于人道主义的目的，便也容忍下了。在激烈的溺尿声中，一线发黄的液体浇在了粪堆上，让清冽的空气浑浊不已。索朗尿毕了，一边打着战栗，一边系腰带：

"弟弟，你要打头么？"

点头确认了。

"哎呀，你别打我的头吧，我怕疼，我也怕脑浆散了花，弄脏了这一块罂粟花地。"索朗拱了拱脊背，展示给索乘，"反正你是我弟弟，我走个你的门子，想必你也不会拒绝。是这，你干脆打我的后心吧，你最好瞄准一点。"言毕，索朗摊开了四肢，像一只癞蛤蟆似的，撅起尻子，款款地趴在了粪堆上，倔强地盯看着远处的党河一带。

枪响了。一群麻雀炸了群。

这一霎，索朗突然张开了大嘴，一股激荡的血水喷射了出来，仿佛一幕柔软的帘子，挂在了阴沉的天际下。迷离中，帘子被细密的雨水击碎了，分崩离析，溅落在了田野上。奇怪的是，那些针尖大小的血滴纷扬而下，所到之处，一片片猩红色的罂粟花拔地而起，猎猎飞舞，逐渐地漫延开来，淹没了敦煌二十三坊，也吞没了整个党河上游。

在这个猩红色的傍晚降临之前，索朗决定独自死掉。

夜色中，索乘只身一人，徒步穿过了临洮坊。

坊中一片悄寂，大人娃娃们都跑出去看热闹了，除了几只土狗，藏在墙角里狂吠。路过临洮坊的旧戏台时，索乘瞭见在一盏羊皮灯笼的薄光下，有两个人正在排练。敦煌六合班的班头拉着二胡，弦索不断，如泣如诉，而义庄的当家人索敞长髯飘飘，有板有眼，开口哼唱起了一段新式的戏文。索乘忆想起来了，这个戏叫《敦煌禁烟》，当初还是他签字批复的。

据《甘肃文史数据》记载，民国时期，甘肃乃中国六个毒害最严重的省区之一，亦是西部毒品的重要产区和集散地。彼时，虽说国家统一，其实内部分崩离析，甘肃境内的各路军阀分别割据一方，扩充军队，拥兵自重。因民穷财尽，遂开放了烟禁，冯玉祥、马步芳、马步青等部也积极插手其中，形成了贩运的主要势力，致使鸦片价格大涨，原来的一二钱纹银一两，迅速飙升到了十一两纹银以上才能购得一两。逐渐地，鸦片贩运由四个群体来把控：一是商号，商号自然是军阀控制或有大官僚背景的，一般人不敢染指；二是马帮，主要是临夏和陇南方向；三是驼队，目标在包头和张家口一线；第四则是军队，随着驻防地点的不断变换，从而实施大规模的运销，一度垄断了市场。

著名记者范长江在路经甘肃时，如此记载道：肥美之田野中，以鸦片最为主要……烟果林立，叶陌相连，农家妇女和儿童多在烟林中工作，辛辛苦苦，采此毒汁。

这一刻，在昏暝而单调的戏台上，索敞收住姿势，停下了哼唱，又念白道：唉，一口口洋烟两口口灰，把一个好人抽成了洋烟鬼。索乘忽然来了兴趣，拾起一只小板凳，坐在暗处，张开了耳朵。

卷四十四

这一连串的枪声，连滚带爬，跌落在了胡家坊的院子里。

胡恩可躺在高房子上，双目圆睁，气息短促，一直盯视着对面墙上的那些墨字，心绪缥缈。墙皮已经旧了，剥落了，露出了里头的土坯、麦茬和灰浆。但比墙皮更旧的，却是印光法师当年馈赠的墨宝，发黄了不说，整个纸面上也是水渍点点，或许是漏雨的缘故吧。惟有一愿在，能呼观世音。看了半晌，胡恩可忽然心生疑惑，一下子焦灼了起来。咋了，这些原本好端端的字，怎么就跌倒了，人摞人、字叠字，挤成了一团呀？

事实上，这么些年来，缠绵于病榻之上的胡恩可，虽说也病状稳定，吃喝规律，有妻子胡白氏和儿媳性元在悉心伺候着，但久病床前，万般难言，真正的伴当和亲人，其实只有这一副对子了。在春秋更迭、昼夜轮替当中，胡恩可早就退出了人世上的这一幕光阴，离群索居，仄身无语，不抱怨，不欣喜，不抗拒。遗憾的是，因为当初走得太急了，一只脚挂在了阳世的门槛上，一直挣脱不开，始终那么勾连着，简直就像生了锈似的。

每天，日光从党河一带，从鸣沙山一线拂荡而来，跃过了窗户，投在了对面的墙壁上，将一切都抚旧了，弄皱了。在漠漠的天光中，恰是靠着印光法师的这一句偈语，胡恩可才可以苍茫度过，跟这些墨字你中有我、我中有你，彼此之间耳鬓厮磨，称兄道弟，几乎结下了金兰之谊。天杀的，现在这些伴当摔倒了，栽了跟头，鼻青脸肿的，胡恩可岂能袖手一旁？人抬人，抬出高人；僧抬僧，抬出高僧。虽说这一间高房子等于寒窑，哪怕伴当们一个个寂寂无名，但胡恩可的确不忍，只想去扶一把，拉拽一下。这么着，胡恩可憋住了一口气，试图站起来，但这一具肉身子不听使唤，依旧像一块老磨盘那样，纹丝不动。

正当胡恩可束手无策，急成了一捧灰的时候，元神袅娜而出，站在了头顶上。

先时，在那一具肉身中，元神像一粒种子，一直安眠着，不知人世上已是沧海桑田，斗转星移。现在，元神睡醒了，睡饱了，打了一个长长的哈欠，伸了伸懒腰，忽然觉悟到了自己的使命。元神贴在了墙上，一寸，又一寸，慢慢地爬将过去，这才发现，原来是张挂那一幅墨字的钉子掉了。掉了一颗钉子，另一颗还牢固着，所以那些墨字才头重脚轻，耷拉在墙上，犹如壁虎似的。元神飞离下来，落在了地上，去捡那一根生锈的钉子时，却发现自己毫无力气，比棉花还绵软，比空气还空虚。一时间，元神颓丧极了，想起性元刚刚出了门，正在下高房子，不妨喊她来帮一下手。这天午饭时，性元煮了一碗羊奶，在奶汤里打了一个鸡蛋花，喂完病人后，又给公公换了尿褥子，擦洗了一番身子，端着脸盆里的脏水下去了。将近二十年，这样的一日三课从未间断过，刻板得就像寺里的一只木鱼，准时敲响。元神瞭见了门帘下方的一道罅隙，刚要闪身出去时，一梭子激烈的枪声，从党河岸边灌进了窗口。

门外哐当一下，脸盆摔掉了，水声四溅。紧接着是性元的啜泣，好像一只落单的兔子，一定又坐在台阶上哭鼻子哪。这个季节上，城外二十三坊的田野里时有枪声，田虎子率着全体警员，分片负责，对那些胆敢毁坏罂粟花的家伙一律格杀勿论，就地枪决。稍事平静后，元神借着一束光线，飘出了窗外，一下子被风裹挟着，扶摇而上，矗立在了胡家坊的上空。

举目下界，性元哭毕，乖乖地拾起了脸盆，打了水，蹲在高房子下的一片阴凉地里，开始搓洗发黄的尿褥子。从头到脚，性元的身上瞭不见一点点别的颜色，基本上被黑布笼盖着，这是关外三县寡妇们的装束，一般人见了，也会远远地避开，不敢招惹，更不想沾上晦气。在牡丹树的旁侧，胡白氏也圪蹴在阴凉下，正在打布坯子。墙根下晾晒着一排打好的，色彩斑斓，仿佛要结一件百衲衣似的。胡白氏已经老塌了，视力早也麻掉了，但手上却长了眼睛，一旦蜜蜂和蚊蝇干扰过来，她扬起一支拂尘，抽打一下空气，然后又稳静了下来，继续抹糨糊。在隔墙的马院中，胡家的几名老伙计正在修理农具，一辆马车的轮毂出现了裂痕，需要加固一根钢条，打几个铆钉。这个活最费劲了，没有一天半日的，休想拿得下来。后来，大门开了，隔壁的沈戴氏端着一只瓦罐，蹒跚到了胡白氏的跟前，声称自己的浆水酵好了，芹菜的浆水，想请亲家母尝一尝。胡白氏麻着眼睛，连连自叹，不敢吃，牙会酸死的。一旁的性元却冲了过来，举起瓦罐便喝。浆水滴滴答答的，洒在了衣襟上，倒也显不出脏来。

一切都像从前那样，只不过胡家的院子也开始旧了，屋顶上栖满了蒿草，摇曳不已。

这个关节上，一股清亮的风，从西藏和青海的方向上吹来，吹过了祁连山，吹过了莫高窟和千佛灵岩，一路抵达了党河岸边。突然间，元神被抬升了起来，漾荡得更高了，几乎快摸见了那一丝云彩，吓得身后的一只花老鹰色飞骨惊，一个蹦子就不见了。元神挂在了天上，瞭见下界里的敦煌一半明黄，一半猩红。明黄的是广阔的沙山，而猩红色的则是连绵不绝的罂粟花田，犹如一道道血水般的波浪，汹涌来去，毫无停歇的迹象。

在一阵阵令人迷醉的馨香中，元神思想了片刻，觉得趁着这个机会，去探望一下人间阳世，也不失为一份慰藉，一种宽释。这么着，元神将那一具热身子留在了高房子内，留在了胡家坊，驭风而去，天马行空，开始了胡恩可在这一幕光阴中最后的漫游。

前半夜时，急递铺的院门被叩响了，如果它还叫急递铺的话。

敲了三遍，竟无人来应。开始敲第四回时，院子里传来了簌簌簌的脚声，隔着门扇道：天亮了再来买吧，打锅盔的师傅不在，鸡还没叫哪。外面的却说：你把门开开，开开了再说吧。里头的人威胁道：你到底是谁，小心我喊人了？这一时，只听外面的人发笑说：执臣，我是沈性元，你想把我冻死呀？快开开门。

的确太冷了，屋檐上挂着一排排冰溜子，干枯的树枝擦剐着寒冷的空气，好像一根用了三十年的破扫把，正在打扫着天庭。门开了，果然是性元，一身的黑，穿了好几年的寡妇装，现在也舍不得脱。瞭见性元两股战战，牙齿也在打架，几乎快冻成了一张皮子，孔执臣立时除下了自己的外套，披在了性元的脊背上，又拉拽上她，打算去屋子里烤火。性元却不肯，腿脚上灌了铅似的，催喊说：执臣，快去换衣裳，我专门给你带来了一匹马，咱们现在就走，时间不等人呀。孔执臣怔忡道：哎哟，好我的性元，天黑得像老鸹，沙州城也四门落锁，你这是去拜哪个庙呀？性元哀告说：不是拜庙，你赶快跟我去一趟世兴堂，病人很泼烦了，万一大出血的话……究竟咋么？你快说清楚，是不是胡家坊的大大发病了，要紧么？孔执臣截断了性元的话，催问道。性元诡笑说：我公公还那样，躺在高房子上一问三不知，我连夜来请你出山，却是另外的病人。

　　孔执臣消除了紧张，但倔强又暴露了出来：性元，你千万别难为我，这件事我办不到，我早忘光了，我不懂什么医术。性元坦率道：执臣，你从来就不曾忘掉过，当初你不想染指，你委屈自己，不就是为了成全世兴堂嘛。孔执臣苦笑说：你多虑了，我没有委屈自己，忘了一身轻，我反倒踏实多了。性元依旧是那一种脾性，咄咄逼人地说：你瞧，我爸故去也有些年成了，世兴堂沦落到了今日，不看病，只卖药，显然成了一个空架子。依我的想法，不如执臣你去坐堂，我沈性元给你打下手，说不定呀，将来的那个红火劲，赛过当初沈先生在世时。孔执臣哀恳说：性元，你的美意我心领了，但我做不到，也不想做，我只想安静下来，教附近的几个娃娃念书，饿不死就行了。岂料，性元的火一下子被点着了，张目道：咦，寡妇咋了？你是寡妇，我也是寡妇，难道男将们死绝了，女人就该哭鼻子上吊么，天下哪有这样的章程？孔执臣揶揄说：性元呀，你的唾沫真不值钱，倘若你不在乎梵义的话，干么穿了好几年的黑衣裳？你的心思我最懂。性元戏谑说：我穷得穿不起，我揭不开锅了，我养活不了小党和小河那两个贼疙瘩了，所以我才请你出山，咱们姐妹俩重开世兴堂，干脆在敦煌闹出一个天大的名声来。见对方执拗不堪，孔执臣忙撩起了门帘，打算避而不谈。

"执臣，这个病人想见你。"性元使出了撒手锏。

"唉，我无亲无故的，除了你性元，我两眼一抹黑，你就别费心了。"

"她喊你姨娘，她姓索，她叫索梅。"

霎时，孔执臣忽然活了，惊喊道："索梅在哪达，她怎么了？"

"哈哈，执臣你快当姨奶奶了，先恭喜你呀。"性元扬起了下巴，觉得如此轻易地拿下了对方，也算是奇功一件。又傲然道："这闺女是夜饭前从莫高窟送来的，现在就躺在世兴堂里，她一直在喊肚子疼，越喊越疼。依我的经验，羊水恐怕快破了，顶多在后半夜吧。"

"快去请收生婆呀？"

"找了，城里的产婆子们全都找遍了，也不知咋了，天老爷今日可能在降赐人，没一个闲荒的。"性元诡谲一笑，"你是做姨娘的，反正我知会你了，你自己掂量吧。"

孔执臣唰地红下了脸："性元，你知道的，我可没经验。"

"走吧，有我在哪。"

这么着，性元赚走了孔执臣，也为世兴堂的将来，打开了一条复兴的生路。

酒泉城外的屠杀，以及沙州城大十字旗门下的枪杀案发生后，急递铺难以为继，濒临关张。办完了苏食的葬礼后，孔执臣在店铺外挂了一块停业的告示，整整蜗居了半年，甚少在街市上露面。孔执臣清楚，急递铺乃是整个关外三县的焦点话题，有关河西司马胡梵义和飞行游击们喋血街头的事件，点燃了大家的热情，膏肥了众人的口舌，一时间难以消泯。那一段，每天在门缝上窥视的眼珠子，没有一千，少说也有八百，随便用刀子一刮，便能刮下来一脸盆油，喂三条狗也不成问题。好在入了秋之后，敦煌二十三坊的鸦片大丰收，家家放炮，户户设宴，人们的兴趣渐渐地转移了，急递铺便成了一则陈旧的往事。有一天，一对来自河州的东乡父子敲开了门，打算赁铺面，开一家干面锅盔店。事实上，孔执臣的生活捉襟见肘，已经陷入了困顿，一听价钱合适，当即答应下了。除了锅盔店之外，孔执臣还尝试着教书，先是隔壁邻舍的几个小子，后来名声传开后，一条街上的鼻涕娃娃们成了她的启蒙弟子，生计暂时无虞了。光阴磨人，几年之后，人们只知道这个院子里住着一位冷面少语的寡妇，书教得好，人也干净利落，对于其他的细节则钳口禁声，一概不提。

目下是冬天，二九的天气，哈气成霜，屋顶上的瓦叶子几乎快冻裂了。

性元和孔执臣相率出门，各自跨上了坐骑，拨马而去，蹄铁在麻石路面上留下了一阵阵轻脆的敲击声，转瞬消失了。这个关节上，胡恩可的元神被吵醒了，瞭见在黢黑的街道上，一簇簇火星子绽放着，一定是马蹄子留下的，仿佛在指示着他，喊他赶紧。先时，元神一直贴在门板上，昏昏欲睡。时候尚早，公鸡也没叫，打锅盔的师傅还没来，但门端里的炉子不曾死灭，好像专门留给那些孤魂野鬼烤火用的。元神是人间的，自然喜欢世上的一切风吹草动，瞭见又有了一个凑热闹的机会，瞌睡一下子丢光了，忙拔身而起，追撵了上去。这么着，胡恩可的元神凌波微步，踩着那一串即将熄灭的火星子，一路呼啸，终于跟上了那两匹快马。元神一伸手，抓住了孔执臣胯下的那一根马尾巴，顿时轻快了起来。

沿路上，性元绍介说，索梅是夜饭前由开元寺的车轿送来的，早上就在莫高窟喊肚子疼，这六十多里长路上的颠簸，一准是动了胎气，恐怕要生产了。自打和乔果婚配后，索梅嫁鸡随鸡，一直和丈夫生活在千佛灵岩下，不是修补塑像，便是描画佛壁，甚至没进过一趟沙州城。可以讲，除了诸位菩萨，除了窟子里的般般仙女外，索梅是那一座山谷中唯一的女人。车轿进入了沙州城，车夫发觉情况不对，索梅差不多晕死过去了，忙四处打问附近收生婆的家。索梅拼着最后的一丝力气，指着斜对过的世兴堂，让车夫将她送进去。恰巧快到了年底，性元遵了母亲沈戴氏的吩咐，来到城里给世兴堂的伙计们结算今年的工钱，乍见了索梅的面，一下子想起了弦子叔，眼泪便收不住了。索梅躺在热炕上，喝了红糖开水，虽然情况稳定下来了，但疼痛仍不见减缓。没娘的娃，天照应。索梅央告着，说她想见姨娘一面，想得眼睛里能哭出血来。性元究问再三，你姨娘是谁，你哪达来的姨娘？我还不清楚你的根脉呀！这么着，索梅说出了孔执臣的名字，道出了原先急递铺的地址。闻听此话，性元当即拦下了伙计和车夫，催他们赶紧去准备两匹快马。性元煞是不客气，声言说，你们谁也请不动那位孔大小姐，只有我去，我去了也得求情下话，还不一定哪。

孔执臣哽咽了一路，内里当中愧疚连连，觉得真是对不住索梅的依恋，辜负了这个闺女的深情。但是，在这一幕兵荒马乱的光阴中，世事坎坷，孔执臣自顾不暇，业已卑微到了难肠当中，即便偶尔忆念起了索梅，却也是抽心一疼，难以援手。性元打着马，并不了解孔执臣此刻的心思，一味地喋喋着，催问说：执臣，我当面告个状，你管不管乔果，倘若你不管的话，我就替弦子叔，替梵义，今个天撕了他的嘴？孔执臣张看着，狐疑不堪。性元气呼呼地说：哎呀，你瞧瞧那个贼疙瘩，索梅的肚子那么疼，他不亲自陪着来，竟然使唤了幵元寺的一个车把式，天寒地冻地送来了，这万一路上出了事，那可就泼烦大了。孔执臣宽慰道：兴许，乔果脱不开身吧，比如描绘壁画时，你稍一耽搁，原先调好的颜料就毁了，颜料可都是大价钱，一块青金石等于一疙瘩金子哪。性元一下子冒了火，横鼻子竖眉的，反诘道：啧啧，你居然还替那个没良心的东西说话呀？哼，到底是那些烂木头破棉花的泥像重要，还是索梅肚子里的娃娃要紧，这是连瓜娃子都懂得的道理，亏你还这么偏心。孔执臣不想争辩，于是敷衍道：都重要，一样重要。性元嫣然一喜：这就对了么，尽管照佛陀的话去听，但不能照佛陀的话去做，人才是最珍贵的。

进了世兴堂，性元将孔执臣送入了睡房，又抓紧闭上了门，掉头去灶房里烧开水。这一时，门内传来了孔执臣的嚎哭声，相反，索梅却在咯咯咯地大笑，嚷喊着姨娘。性元暗忖说，一对冤家，这就叫冤家。

鸡叫头一遍时，索梅下下了一个儿子，浑身囫囵着，没一点缺陷。

索梅累坏了，疲沓地躺在枕头上，盖了两床被子，呼吸轻微。月子娃被温水浇洗了一遍，包在事先准备好的一件新褥子中，偎在了索梅的臂弯下，像一块玉器。拾掇完了炕上炕下的秽物，孔执臣简直快散了架，坐在炕沿上，一边歇缓，一边盯望着酣睡中的母子俩，嘴角上现出了甜馨的微笑。的确，就像性元先时讲的，人才是一幕幕光阴中最为珍贵的，无法替代。谁能够想得到，昨天的那个小乞丐，还披头散发的，还满街乱窜的，一转眼，她居然做了母亲，有了这么一个白白胖胖的后人，从此生死有依，不再落单。孔执臣思想，这个人世上最大的恩义与奇迹，莫过于生命的到来，无论是一朵花、一只飞鸟，抑或是一个孩子，都带着一番奥秘，一种千回百转的因果，令人难以逆料。孔执臣正在抹眼泪时，门咿呀开了，性元端来了一碗米汤，几个花卷，催喊她快吃，别饿着了。

不饿，真的不饿，装了一肚子的高兴，哪能吃得下去呀，孔执臣婉拒道。性元也不再相让，搁下了吃食，抿笑道：女公子，我说得不错吧，你从来就没忘掉过，瞧你刚才接生时的那一股麻利劲，孔大先生的平生绝学一定寄在了你的身上。孔执臣捉住了性元的手，掰着指头，一根一根地细察，粗糙，苍白，生满了茧子，全然没有了胡家坊少奶奶的那一份滋润和贵气。这一刻，孔执臣明白自己该干什么了，遂仰看着对方，笃定道：性元，我可以答应你，但我有一个条件。性元一怔：好我的执臣，别说一个条件，你即便说出十个八个来，我也满口答应，只要世兴堂重新开张，我连眉头也不会皱一下的。孔执臣嘻然道：哎呀，既然世兴堂要开门大吉了，你这个女掌柜还穿着如此扫兴的衣裳，这成何体统！说着话，孔执臣抢上前去，三两下，便革除了性元的那一身黑衣裳，随手扔在了门背后。

"姨娘，你们是干姊妹吧？"索梅醒了，发问道。

"反正都是你姨娘。你只管乖乖地躺着，这个月子里有两个姨娘在哪。"性元答。

"嗯，那就请姨娘们给娃娃赐一个名字吧？"

"细君，姨娘刚才出门太急，也来不及带什么礼性，实在是惭愧，随手摘下了墙上的这个东西。你瞧瞧，你还认得么？"孔执臣从口袋中摸出来一只香囊，递在了索梅的眼前，又道，"喏，这是你当初赠送给姨娘的，我一直舍不得丢，见了它就好像见到了你一样。"

索梅接住了，嗅闻一番："不香了，香气早跑光了。"

"不，香气还在。"

"在哪达？"

"就在敦煌，在关外三县，在整个河西走廊上。你虽然闻不见它，但香气无所不在，天天都有。"孔执臣的内里，潮起了一道道翻卷的波澜，徜徉道，"这里头原先填的是一种香草，装的是一份念想，但它可不是一般的香草，它叫君子。因为，只有君子才会芳草四溢，也才能留取丹心照汗青，不辜负自己做一个儿子娃娃。"

性元催问说："那名字呢？"

"就叫香君吧。"

果决道。

"香君，太好了。"索梅喜悦极了。

突然间，从万里墙城和马鬃山的方向上，传来了一阵阵沉闷而剧烈的轰鸣声。恰是鸡叫二遍的时候，沙州城一带的上空，闪下了霹雳，拉响了冬雷，一派末日将临的情景。性元当即吓坏了，瞭见仰衬纸纷纷炸裂，门窗嘎吱作响，灰尘像泼过来的一车车沙子，笼盖在了头顶上。孔执臣扑了上去，将月子娃和索梅埋在了自己的身体下，悲哀地闭上了眼睛。

据新华出版社出版的《敦煌市志》记载：民国二十一年（一九三二年），十二月二十五日晨六时，地大震，历时约十分钟，地震五次，声如牛吼，树木摇摆，人惊外出。自西北向东南，倒塌民房百余间，死伤上千人。

当日傍晚，沙州城内的乱象稍微平息后，人们从地震的恐慌和惊愕中逃脱出来，又面临着一个生铁般寒冷的冬夜。胡恩可的元神缭绕在天上，觑见下界里的街巷两侧废墟一片，柴烟滚滚，有的人在烤火，有的人在挖掘尸骸。哭声像坚硬的土坯和沙石，被一镢头一铲子地刨了出来，弥漫不散。几辆马车上拉着白皮棺材，驶出了北门，前往郊外的化人场。世兴堂是一砖到顶的，安然无恙，但为了稳妥起见，伙计们在院子里搭起了一座帐篷，架了煤火，全部转移了进去，继续避难。瞭见这一点时，元神宽释了下来，却已是疲惫不堪。

薄暮中，一匹快马穿过了南门，举步难行，似乎失去了方向。发现马上之人乃是乔果时，胡恩可的元神便来了精神，慢慢地从柴烟中垂降下来，抓住了缰绳。马是最灵性的牲口，知道有人在引路，心下大喜，于是跟着元神，深一脚浅一脚地穿过了街巷，停在了世兴堂的门前。乔果终于反应了过来，一个蹦子跃下了马脊，狂呼着索梅的名字，扑进了帐篷内。胡恩可的元神突然被一阵强烈的酸楚攫取了，怅望着阴霾紧锁的夜空，叨念说：弦子哥，你这下有了后人，你甘心吧，你就闭眼吧。

整个晚夕，孔执臣在一盏油灯的帮衬下，始终待在世兴堂的书房内，仔细整理着地上凌乱的书籍和方子。余震喋喋不休，仰衬纸和门窗仍在发抖，沈破奴生前积攒下的那些宝贝，从架子上摔落了下来，一地狼藉。孔执臣知道，这不光是沈先生一生的心血，它也是敦煌的财富，现在传到了自己的手上，岂能轻易地辜负。在孔执臣看来，这些发黄的医书和斑驳的药方，不能就这样暗哑地落满灰尘，渐渐死灭。它必须重见天日，必须悲深愿重地去医世疗心，度化生灵，完成自己在这一幕光阴中的宿命。念想至此，孔执臣忽而有些后快，幸亏今日答应了性元，没有把话说绝，关闭了这一扇生门。孔执臣当即决定，明天一早，世兴堂就开门营业。因为大灾当前，沙州城内外肯定有不少的难民，这无疑是考验自己的一刻。

这个关节上，书房的门开了，灯苗矮了一下。乔果萧索地进来后，掩上门扇，疾行几步，蓦地跪在了孔执臣的眼前。孔执臣愣怔着，未及发问，却听乔果悲哀地说：

"姨娘，出事了，出大事了。"

孔执臣哑默着，手伸了过去，扶住对方。

"是这，我熬了一整夜，今早上画完了最后一笔，刚走出义窟下了山，打算进城来陪索梅时，脚底下就地震了。"恐惧仍盘桓在这个年轻父亲的身上，瑟瑟发抖，接续道，"土地爷这么一发难，结果走了山，整个千佛灵岩摇晃不止，毁坏了不少的窟子和栈道。"

"咱们的义窟呢？"急迫道。

"那半拉山，从豁口开始的整个一座崖壁，一眨眼的工夫，统统塌陷了下来。"乔果语不连贯，吃力地用手比画着，惊颤道，"咱们的义窟被毁了，藏经洞彻底被埋了，埋在了崖壁的心脏地带，恐怕再也挖不出来了。"乔果擦着额头上的汗水，艰难地站了起来，补充道："姨娘，我离开莫高窟之前，开元寺的拖音法师也刚刚勘查完了现场，法师专门让我给你捎一句话，让我一定当面告诉你。"

"什么话？"

"让你放心。"

孔执臣恼怒道："放心？山都塌了，心血全毁了，那个贼和尚还让我放心？"

"对，原话就是这样的。"乔果忆想了一番后，又道，"当时，拖音法师站在宕泉河边，瞭见整个崖壁走了山，他居然还很喜乐。我在一旁听得很清楚，法师自语说，这下子，终于把莫高窟的，还给了莫高窟，也把千佛灵岩的，彻底交给了千佛灵岩。"

对于这句话，孔执臣再也熟悉不过了，因为这恰是她本人讲过的。

不巧的是，性元咋咋呼呼地进了门，手上端着一只热气腾腾的大海碗，嚷喊说：快来吃红鸡蛋，一人两个，吃了红鸡蛋，大家一起沾沾吉吧。这一时，胡恩可的元神站在书桌上，发现鸡蛋皮是红曲染过的，鲜艳欲滴。

光阴催迫，连义庄地上的土都已经酥透了。

午饭时，索乘自己掏了钱，让部下们采买了一车板材，并租借了一套工具，卸在了义庄的院子里。满目中，义庄残垣断壁，焦枯一片，疮痍遍地，形如一座庞大的废墟。靠近原先马院的一间柴房，似乎还有些许的人气，这正是义庄的老当家人索敞栖身的所在，但他天天去唱戏，此刻周围也阒寂无人。下半天快结束时，索乘蹒跚着进来了，抓起一块砖，刚握在了手上，砖却碎了。索乘又攥住了一把土，土竟然是酥的，被日光和风沙摧毁的缘故吧。瞭看了一阵子，索乘挽起袖子，打算锯下几根木条，先将窗子钉住，别那么漏风透雨的。拉锯的那一刻，索乘兀自笑出了声，觉得自己彻底复活了，胳膊像一根牛腿，充满了精神。

两个月前，索乘率部从河西走廊一线返回敦煌。因为出征大捷，这些日子，他其实一直处于休假状态，身上的枪伤也已经痊愈了，基本无碍。虽说闲荒着，索乘甚至一度产生了去打猎的念头，但天天瞭望着远处的祁连山，却总是迈不开步子。打猎只是个借口，索乘就想试试，左臂上的骨头是否安好，一如从前。当初在倪家营子围剿红军时，被一颗子弹洞穿了胳膊，血水像喷泉似的，狂泻一地，索乘当即晕死了过去，但是醒来后，他仍旧跳下了担架，率着自己的突击大队冲了上去。战役结束后，随军的医官检查再三，结论是骨头没事，动脉血管幸亏也没有大的麻烦，所以免去了截肢的恐惧。打猎未遂的另一重原因，在于现任县长戴敬山天天拿着电报纸跑过来，传达省府和军方的指令，让索乘时刻待命，准备前往兰州城参加祝捷大会，接受正式嘉奖。戴敬山也是满面春风，与有荣焉，声称将亲自陪同索乘下一趟河西，回去探望一下舅父大人。洵不虚言，戴敬山的舅父乃时任兰州市副市长。索乘心知，戴敬山这一次将有去无回，开始仕途高升了。果然，半年后，兰州人氏马凤鸣接管了整个敦煌。

一九三六年十月，中国工农红军第一、第二、第四方面军，于甘肃会宁成功会师后，红四方面军总部率第九军、第三十军、第五军及骑兵师、妇女先锋团等，西渡黄河，执行宁夏战役计划。由于战局之变化，后组成了"西路军"，转战河西走廊，承担了在河西建立根据地并接通远方（苏联）的重任。是时，红西路军两万一千八百多名铁血将士，在天寒地彻、罡风紧锁的极端条件下，凭靠着内心的信仰，面对国民党马步芳、马步青等部十余万敌人的围追堵截，血战到底，历时四个多月，激战百余次，纵横千余里，歼敌两万五千余人，有力地策应了河东主力红军的战略行动。这一幕幕惊心动魄、惨烈悲壮的战事，在中国革命史、世界军事史上实属罕见。但是，因敌我之力量悬殊，红西路军也付出了惨痛的代价。翻过年的夏末，仍有不少的红军战士隐姓埋名，流落在河西和关外三县一带。

战事开启前，戴敬山奉命，将所属的警察局改编成了国民党敦煌县保安队，由酒泉方面辖制。因为索乘有新式武校毕业生的背景，遂卸任了书记长一职，转任保安队营长兼突击大队大队长。保安队大体上由原先的步警组成，但突击大队则是清一色的马警，谙熟地形，机动迅捷，很是出了风头。这一趟班师返回后，突击大队的实力几乎达到了巅峰，计有轻重机枪十六挺，步枪五百余支。索乘内心傲慢，不免露出了一些马脚，却被戴敬山及时抓住了。有一回，因为拿去街上浆洗的衣裳不太理想，索乘抽了几鞭子卫兵，还关了对方的禁闭。找了个恰当的机会，戴敬山讥讽说：老弟，恭喜你得到了一个新的绰号，你知道现在关外三县的百姓们称呼你什么呀？索乘不解，赶紧询问。戴敬山阴阳怪气地说：索狼，百姓们喊你索狼，我看这个绰号比较形象嘛。索乘涨红了脸，慨然道：在下十分荣幸，有生之年能做革命的一匹狼，这正是我求之不得的。戴敬山却说：嗯，狼固然不错，但它六亲不认，嗜血而疯狂，猎人最喜欢打的头号目标就是狼。这分明是一次警告。自此以后，索乘便收敛了锋芒，夹起尾巴做人，静待着与戴敬山下一趟河西，奔赴兰州城，也好趁机转圜一下彼此的关系。

　　睡到了日上三竿，索乘起来后，蹲在门前的树窝旁开始洗漱。索乘刚抹上牙粉，传事室的张喜群跑了过来，报告说：长官，刚才有一个马车夫捎来了一封信，指定让大队长你亲启。索乘一嘴的白沫，示意属下拆读。张喜群打开了信瓢，浏览完之后，相告说：你的一位故人，约请你在义庄晤面，时间是今日傍晚，只准你一个人前往，否则，他宁可不见。索乘停下了手，喝问说：故人，什么故人？我在关外三县根本没有故人！张喜群检查了一遍书信，答复说：落尾上没有名字，只签了故人二字，但既然对方约你在义庄相见，想必也是以前认得的吧。洗漱完毕，索乘带着巨大的好奇心，认可了张喜群的结论，遂掏出了一沓子钞票，让对方率人抓紧去买一车板材，租一套工具，卸在义庄的院子里。索乘释解说：哎呀，很久都没有做劳动课了，上武校时，我的劳动课还得过满分哪。

　　现在，窗子封死了，几根崭新的木条交叉钉在了上面，煞是刺目。歇缓了片刻，索乘又打算下料，先解一块板材，将门板加固牢靠，这才是最吃力的活。墨斗湿乎乎的，索乘抽出来一根墨绳，固定住一头，返身去另一头时，突然间，一种针刺般的疼痛蓦地爆发了，澎湃而起，半个身子也几乎麻掉了。索乘赶紧蹲在地上，汗下如浆，恍惚觉得天色渐渐地暗沉了下来，比墨斗还黑，比自己的身子还要战栗。半晌后，索乘稍微稳静了，便闻听到了身后的一阵脚步声。

这一串脚步声孤单而响亮，踩着地上的土坯和烂砖，停了下来。索乘凭着一种动物般的嗅觉，料知对方来者不善，不想回头，也不敢回头。索乘暗忖，自己这一次犯下了骄傲的毛病，孤身赴约，显然掉在了精心设计的陷坑中，后悔也是来不及了。这么着，索乘干脆坐在了地上，将整个脊背暴露了出去，探问说：

"你来了？"

"嗯，我来了。"

"哈哈，想不到堂堂的河西司马，竟也如此卑鄙，趁人之危，打算从背后偷袭。好吧，你开枪吧，我保证枪响了之后，你也逃不出敦煌，你得给我陪葬。"索乘苦笑着，又疑惑道，"咦，你还没死呀？那么当年旗门下的那一具尸体，胡家坊的灵棚下躺着的，又会是谁？"

对方咆哮道："你这个疯子。"

"不，我不是疯子，我是一个革命者，也是殉道者。"

"索狼，你别再唱高调了，也别蒙骗自己了。你所谓的革命，不过是让穷苦百姓的人头落地，令国家沦丧，山河支离，服属于一家一姓的利益集团，那顶多是换汤不换药的旧式把戏罢了。你口口声声的殉道，也不过是魔鬼攫取了你的意志，让你像一只饿狼，在河西走廊上残杀红军，疯狂嗜血，企图剿灭这个民族的希望。"在这个痛斥的过程中，索乘分明知道，有一支枪管抬了起来，瞄准了自己的心脏。果然，身后之人詈骂道："索狼，你这个义庄的败类，你亏了整个敦煌的先人，你真是该死。"

索乘突然警觉道："你不是河西司马，你不是胡梵义？"

"我本来就不是。"

"那请教阁下？"

"实话告诉你吧，我是红军的一兵。我们还活着，并没有死绝。"

"红军？"惊愕道。

"正是。中国工农红军。"

"那你是来寻仇的,你干脆开枪吧。"

对方道:"不,我不是寻仇,我专门约你来义庄,只为了道一声感谢。"

"阁下,索某何时替你效过力,牵过马,还请你明示。"

"我之所以暴露了自己,现在公开约你来见面,是因为在我被人构陷、走投无路的那个晚上,你出于善念和信任,援手搭救了我一把,并亲自将我护送出城,避过了一劫。索乘兄弟,这是一份私谊,我记得你的好,我必须当面说一声谢谢。"身后的人有些激动,语气迫切,但他很快就抑制住了这种情绪,接续道,"从公义的一面讲,索乘你现在是我的敌人,你和你的突击大队对红军所犯下的累累罪恶,将来总有清算的一天,我发誓。"

索乘唱叹道:"胡梵同,我真高兴,我没有走眼,我也没看错人。"

"你错了,我并不是你想象的那种人。"

"但是,梵同你至少磊落,你身上有儿子娃娃十足的快意与血性,你今天敢来跟我当面道一声谢谢,就足以令在下死而无憾了。"的确,此乃索乘的肺腑之词,不由得他噙住了眼泪花花,感慨道,"想当初,我带你逃出了这座沙州城,介绍你去南京,去献身革命,报效国家,却也料想不到,你竟然投进了红军的队伍,做了我的对手。实话说,我现在并不后悔,我很开心见到你。"

梵同答复说:"我走的是一条精良的路,纯明的路,你永远也理解不了。"

"咦,依我猜,你身上另有使命。"

"不错。"

"你绝不是亡命的红军,你是刻意从河西那边过来的。"

"嗯,我是奉命来敦煌一带营救伴当们的,伴当就是我的战友,也是我的兄弟姊妹。"梵同坦率极了,毫不隐瞒,又果决地说,"我已经找见了一男两女。这大半年来,他们就躲藏在南湖的庄子里,伤势也好了许多。我最近要带他们走,离开关外三县。"

索乘一皱眉:"别幼稚了,这是生死,不是玩过家家。"

"当然，我就是从河西过来的，我最是清楚，你们国民党早就张开了罗网，举起了屠刀，等着流落的红军战士去飞蛾扑火。但是，倘若我不来闯上一遭的话，我也辜负了自己是一个儿子娃娃，更辜负了自己是一名红军。"梵同绕上前去，站在了索乘的面前，将手中的半截树枝扔在了脚下，揶揄道，"索狼，我没带寸铁，但你已经害怕了，你在发抖。"

薄暮中，索乘知道自己输了一局，反击道："除了道谢，你肯定还有一件事？"

"告辞了。"梵同欲走。

"梵同兄弟，你其实想问我借一样东西，但是囿于你们的信仰与纪律，你又不能开口。"索乘不打算就这么轻易输掉，阴笑道，"我替你说吧，你想问我借一条路，逃跑的路。"

梵同停下了脚步："不，我身上有路，我不必借。"

"笑话，你哪里有路，你有的只是绝路。"

"旷野之路，头头是道。"

"那么，请问你怎么走？"

"你听着，出了沙州城，蹚过关外三县，我会一路北上，越过万里墙城、马鬃山和龙首山，沿着蒙古一线的草原东行。大概在包头一带，我将掉头南下，穿过榆林，然后抵达陕北。"话说至此，梵同忽然咧笑开来，一种陶醉的表情布满了颊脸，"到了陕北，到了延安，我们就回家了，那里是红军的根据地。索狼，可惜你没有福报，你去不了延安。"

"我也替你惋惜，秀才。"

索乘瞥了瞥工具箱，里头事先藏下了一支手枪。

"因为我走不脱了？"

"至少，我不会让你走得这么傲慢，如此地鄙视在下，视我如一粒草芥。"吼喊道。

"索狼，我今天敢来，并非没有一点点准备。实话说吧，我的脊背上绑着五斤炸药，倘若你敢开枪，我乐意现在就跟你同归于尽，让这一腔子的热血，把脚下的这个院子泼红。"梵同咄咄逼人的，盯视着对方，又仔细道，"我约你在义庄见面，就是为了告诉你，索门的老先人们留下的那一件血衣，你穿不起，你也不配穿。"

"那是我们索家的，你一个外人，你没资格指手画脚。"咆哮道。

"你又错了，那一件血衣不仅仅是索门的，它更是敦煌的，也是关外三县和河西走廊的。"梵同仿佛被一场烈焰所笼盖，目光也燎原了起来，"只因为，敢穿那一件血衣的人，不是为自己，也不是为了沽名钓誉，却是为穷苦大众而穿，为了砸碎这个不公义的旧世界而穿。"

索乘冷笑道："哼，这是你们共产党的腔调。"

"这是红军的信仰。"截铁道。

这个关节上，柴房一侧的颓墙外面，忽然传来了一阵哼唱声，原本去唱戏的义庄老当家人索敞提前返回了。争吵声止息了下来，索乘的手丢下枪，离开了工具箱。梵同擦着了火柴，将门框上的一只破羊皮灯笼点着后，挂在了屋檐下，映亮了脚下的板材、锯子和墨斗。这是夏末的夜晚，下弦月犹如一支木桨，划开了银河水，溅起了繁星般的水花，晾晒在天上。无风，无沙，甚至连一声夜鸟的啼叫也没有。闻听着那一声声沧桑的哼唱靠近时，梵同微笑开来，努了努嘴，提议说：索乘兄弟，我来帮你画墨线吧。索乘欣快道：也好。

索敞扶住墙角，慢慢地拐到了柴房的窗台下，惊见了眼前的这一幕，登时钉住了。事实上，索敞的眼睛多半是麻掉了，只知道有人修补了窗户，那几根木条所散发出来的松香，让他的心头霎时一软，趴在了窗台上。索敞刚从附近皋兰坊的戏台上下来，来不及拾掇，此刻仍旧头戴冠冕，手执一把羽扇，衣袍拖曳在了脚下。或许，这一间柴房冷清太久了，也或许这一座义庄的废墟死寂惯了，已是古稀之年的索敞，目睹了灯下的这一番情景，突然间嚎啕了起来，大放悲声，哭得不亦乐乎。但是，索敞还没哭过瘾，声音一下子断了气，因为胡恩可的元神不干了，迅速制止了他的这一种蠢行。

在关外三县漂泊了多年，胡恩可的元神逐渐发现，属于他那一辈子的人凋零得差不多了，他开始人生地不熟，一切都陌生了起来。死亡像一根大扫把，扫把上长着眼睛，专门将他认识的伴当们择走了，葬埋在了地里。在为数不多的几个活人当中，索敞是最有意思的，所以他天天跟着这个老戏子，游街串巷，昏暝度日。天老爷相当公平，或许是为了补偿索敞被囚禁的缺失，于是赐赠下了一种暮年的乐趣，让义庄的老当家人弦索了起来，哼唱不已。索敞的嚎哭，惊醒了在他的肩膀上酣睡的元神，胡恩可嗅见了胡家坊的气息，同样也察觉到了义庄的味道。不错，在羊皮灯笼的辉映下，两家的后人正趴在一块松木板材上，头碰头，肩碰肩，正在解板，一切都仿佛亲爱如初见，热络得像一双兄弟。元神急了，不忍心糟蹋目下的这个场面，一把揪住了索敞的耳朵，开始喊话。胡恩可哀告说：他大大，你别丢人现眼了，你快唱，你给两个儿郎助助兴吧。索敞听进去了，但不知该唱哪一折子。胡恩可提醒说：干脆呀，你就唱《三顾茅庐》。

这么着，索敞收住了哭声，破笑开来，忽然扎起了姿势，羽扇轻摇，漫唱道：将州图展挂在草堂之上，一件件与将军细说端详。曹孟德占天时多有上将，居江北坐许昌广积钱粮。孙仲谋占地利江南为上，遑论他有人和暂时隐藏。必先要取荆州来来往往，用巧计谋西川大动刀枪。坐中原，天时转……

咦，你怎么了，连墨绳也弹不动么？梵同在对面问。索乘的右手固定着墨斗，左手去挑起墨绳时，却抓不住，拽不起来，一股尖锐的疼痛布满了肩胛，生了锈似的。索乘回说：唉，上武校时的劳动课快忘光了，我再试试吧。终于，墨绳挑高了，蓦地松手，一根歪歪斜斜的墨迹印在了板材上，但软弱无力，像蚯蚓一般。索乘不甘，又重复了好几次，不过是板材上多了几条蚯蚓罢了。这一时，梵同站起来，迅速除下了自己身上的汗衫，精脊赤背，嚷喊说：让我来，我来试试吧。梵同抓住了墨绳的腰，引弓开箭，突然间弹射了下去，犹如一根钢鞭劈空飞落，画下了一条笔直的墨线。索乘哑默着，一边挪移着墨斗的位置，一边窥视着梵同，知道自己上了当，又输了一局。妈的，什么五斤的炸药，什么同归于尽，统统扯淡。因为梵同的脊背上光溜溜的，除了一身的肌肉疙瘩，还是肌肉疙瘩。索乘灰败不已，瞭见在爹老子的哼唱声中，那一根墨绳好像敦煌六合班里乐器上的弦子，啪啪啪的，一直在伴奏，始终也停歇不下来。

"对了，还有一件事，我差点忘了告诉你。"

索乘道："你说。"

"呵呵，我专程来向你说一声谢谢，你也应该给我道一声恭喜吧？常言说得好，来而不往非礼也嘛。"梵同俯下身子，拉拽起了墨绳，忽然侧转过来，冲着索乘做了个鬼脸，透露说，"我要结婚了。后天晚上，如果你不迷信，不忌讳，你肯赏脸的话，请你光临醉仙楼，来喝一杯我的喜酒吧。"

"你要结婚？你不逃命了？"愕然道。

"先找一个女人，将来替我缝下一件尸衣，不是更好么？"

"干么在晚上？"

这一刻，梵同终于画完了墨线，在裤腿上擦净了手，仔细道："因为我娶了一个寡妇，这个寡妇就是我的嫂子，她叫沈性元。"言毕，梵同拾起地上的汗衫，搭在了肩膀上，掉头离开了。临走前，梵同又特别丢下了一句话："寡妇在敦煌是没有活路的，性元一样，孔执臣也一样。索狼，我知道你一直偷偷地爱慕着孔执臣，但她现在沦落成了一介寡妇，虽然敦煌的百姓们忌讳这一点，但至少你可以保护世兴堂，你最好替自己留下一份善念吧。"

"我一定会的，我发誓会这样。"索乘明白，自己又输了第三局，眼泪刷地下来了，冷不丁一瞧，泪水居然是黑的，原来是被手上的墨汁浸染过了。索乘追喊说："梵同，看在孔执臣的面子上，也看在你要迎娶寡妇的那个寒酸劲上，我破例宽限给你三天吧。三天之后，我就决不客气了，我会动手，我要将你们红军一趟子赶尽杀绝。"

义庄的颓墙外，夜色像一排排紧密的篱笆，封锁住了回声。

实际上，梵同也不曾作答，甚至连一声咳嗽也没留下。但是，胡恩可的元神从刚才巨大的震惊中清醒了过来，忙追撵而去。他只想问问二儿子，这一桩石破天惊、悖逆纲常的所谓婚姻，究竟是咋回事。

如此枯燥的一夜过去了，竟也没能讨论出一个结论来，拖音法师心生倦怠，将蒲团挪移了一步，靠在佛像的基座下，打起了瞌睡。

迷蒙中，有人在唤他，在拉拽着袈裟。拖音睁开眼，瞭见竺法歌在身后挤鼻子弄眼的，示意法师出来说话。拖音面色一沉，目光怨怪，似乎在说你也不看看这是啥场合。竺法歌丢了一对耳朵，干脆听不见人世上的声音，但法师的这个表情，他仍旧读懂了，遂乖巧地贴了过来，悄语道：住持，一大早就来了两个香客，求见你的面，已经候了有半个多时辰了。拖音断然道：不见。竺法歌又说：女的，两个女香客。拖音哑默着，不再作答。竺法歌犹豫一番，却道：恐怕你非见不可，一位是胡家坊的少奶奶，另一位则是世兴堂的孔执臣。闻听此言，拖音的内里轰鸣不已，山崩海立，天塌地陷，一时间缓不过神来。拖音扶住了旁边的柱子，稳静了片刻，又弯下腰去拾地上的鞋子。拖音叮嘱说：等一阵子，你带她们去我的小佛堂，我一个一个单独见，先见胡家坊的少奶奶，你务必仔细了。竺法歌点头，应命而去。

民国二十一年的那一场地震，不仅让三危山和千佛灵岩走了形，还颠覆了不少的寺院与道观，几乎摧毁了这一座谷地中的大小禅林，迄今生气难觅。劫后的莫高窟，已不复当年的盛况，遍地瓦砾，形势残破，犹如一片紫塞荒漠，乏善可陈。这五六年来，各个寺里的僧侣们离开的离开，圆寂的圆寂，还俗的还俗，一时间山门空旷，赞堂冷清，早已濒临香火断绝的地步。前不久，雷音寺的住持海空老法师捎来了一席话，打算借开元寺的一方宝地，延请附近各家的沙门主事，商讨一下去沙州城内集体劝募的事宜。拖音不敢怠慢，认真筹谋了之后，这才正式发出了帖子。大家于昨日相聚，彼此间惺惺相惜，洒完了各自的眼泪后，开始秉烛而论，夤夜争吵。如此乌烟瘴气了整整一夜，竟然连一颗字也不曾落实在纸面上，拖音的失望可想而知。拖音悄然过去，给海空老法师嘀咕了几句，得到首肯后，这才踅出了佛殿，解脱了自己。

佛堂不大，但清雅肃穆，檀香透迤，专供开元寺的住持个人使用。竺法歌的确灵光，已经摆设了一桌清供。除了一碗净水、一碟子红枣、一本经书和一尊佛像外，也不知从哪达摘采来了一枝紫斑牡丹，插在了净瓶中，洒布下一股股隐约的香气。拖音带着先时的那一份震惊，跟跄着进了门，一屁股瘫坐在了桌前的蒲团上，直觉得眼底里墨黑一团，精气耗尽。拖音猜度，这两位女香客的突然造访，或许带来了噩讯，倘若不是胡家坊的高房子里出了事，那就一定是她们自己遇上了天大的麻烦。这么一念想，拖音忙双手合十，一遍遍地叩念着佛号，祈求在这一刻里，上佛赐赠下无边的加持与开示，以期获取一份无上的金刚法力，来应对门外的这一场劫难和质问。渐渐地，拖音稳静了下来，跌坐端正，整理了一番肩膀上的袈裟，扣心敛目，轻咳了一声。

门帘一挑，性元进来了。

那一阵熟悉的脚声，每走一步，都让拖音抽搐的心脏，仿佛头顶上的那一层仰衬纸，一脚就踩破一个窟窿，漏洞迭出，疼痛莫名。前世今生无限事，悲欣交集已忘言。在这一幕湍急而悲凉的光阴中，水落，未必石出，山高，何曾月小。这一刻，性元浑然不觉，当即跪在了拖音的身后，朝着供桌上的佛像，认真地磕下了三个头。性元挪了挪膝盖，打算向住持请安时，却被拖音伸手制止住了，示意她起来说话，不必拘礼。

"法师，我今晚夕就要走了。临走前，我特意来开元寺，向你讨一卷法旨。"依旧是那个脾气，性元声嗓干脆，口气利落，"有了你的法旨，我也就心安了。"

拖音垂首，黯然道："什么法旨？"

"哎哟，你忘了么，你的忘性可真大呀，那我提醒一下你吧。"性元踱开了几步，相告说，"想当初，你跟着印光法师去了胡家坊，替我和梵义牵线做媒，成全了我们的姻缘，后来还有了两个儿子。我记得这一桩恩德，我记住了你们的好。可如今，印光法师圆寂了，梵义也下世了快十年，我一直在家里守着寡，我现在不想守了，我要嫁人。"

袈裟不再轻盈了，相反却像一件铁衣，罩在了拖音的身上："你说吧。"

"法师，我不嫁别人，我还是嫁给了胡家的儿子。"

"什么？"

"是这，我打算嫁给梵义的弟弟，我的梵同弟弟。"性元吊诡极了，尾在蒲团的后边，拽住了袈裟的一角，讥诮道，"呵呵，和尚你吓坏了吧，你干么在哆嗦？其实，我早就知道会有这么一个结果的，嫂子嫁小叔子，这简直吓破了敦煌人的狗胆，将来沙州城肯定也没有了我们的容身之地，我只能跟着梵同弟弟远走高飞了。法师，我们今晚夕就走，趁着夜黑了走，因为寡妇再嫁只能在夜里，千万不能坏了敦煌的风水，也不能让人碰见了啐唾沫呀。"

"施主，敢问你们去哪达？"

"延安。"

"陕北，那么远？"苦涩道。

这一时，性元好像见到了知音，登时打开了话匣子："对呀，梵同弟弟现在是红军了，他走了那么些年，前几天冷不丁地回到了家里。梵同是带着一桩任务来的，他要营救他的伴当们，将他们活着带出去。关外三县现在被保安团封锁了，河西三郡也让马家军占据着，无路可走。其实吧，这个逃跑的法子是本人先想到的，寡妇再嫁，寡妇坐着一辆黑轿子上路，没有人会来盘查。原本，这不过是演的一场戏，只想安全逃走，但为了我的梵同弟弟，我这下子豁出去了，不如假戏真做，干脆嫁给他算了。哈哈，他那个老光棍，以后有了嫂子的监督，他肯定会规矩，他一定会听话的。"性元喋喋着，仿佛在诉说一桩别人的婚事，又道："法师，你一定想不到，我把这个打算说出来之后，梵同弟弟当场哭下了，但是小党和小河那两个贼儿子却很开明，认可了我这个当娘的想法。"

"他是红军？"

在拖音看来，这个话题比性元的改嫁更为重大。

"对，梵同如今是一名红军。"

"梵同是红军了。"叨念说。

"其实，这是有因果的。梵同之所以当了红军，那是他哥哥梵义当年栽下的种子。"性元肃穆了起来，介绍说，"那一年，我和梵义去了湖北的黄州，去安葬家父的骨灰。当时南方正在闹红，梵义自己就新鲜得不成，要不是当时他的身上戴了孝，他八成也早就做了红军。返回敦煌后，梵义没少在弟弟的面前絮叨。后来梵同被恶人冤枉后，逃出了沙州城，下了河西，一个蹦子跑去了南方，所以就结出了现在的这个果子。"

"不过，那也是一条生路。"

"什么路？"

"红军的路。"答复道。

这个关节上，开元寺的钟声敲响了。在这一年夏天的宕泉河谷地，在莫高窟，在千佛灵岩的万千菩萨和神祇的瞩望中，钟声清凉而悠远，波来荡去，犹如一幕幕天降之水，施洗着这个纷扰而困厄的尘世。闻听了钟声，性元忽然急慌了起来，告辞道：

"法师，我要走了。夜黑之前，我得赶到都护府城堡，去跟梵同他们会合。"

"一路走好，施主。"

"我知道，这句话就是法师赐赠的一卷法旨，我领受了。"性元恳切道。

"不，我没有法旨，我只有这个。"

言毕，拖音伸出手，将供桌上的那一只净瓶取过来，拈出了那一枝紫斑牡丹，递给了身后的性元。性元躬身，合十祷念了一番，款款地接在了手上，一步一步地退出了佛堂。半晌后，拖音挣扎着站了起来，将净瓶中的清水，仔细地泼洒在了地上，垂手肃立。门帘又挑起来了，一幕雪白的日光扑将进来，转瞬而逝，如一道闪电，亦如一切梦幻泡影。拖音瞭见孔执臣走了过来，停在了自己的面前。孔执臣略微含了含腰身，将双手捧住的一只木鱼递送了过来。拖音赶紧迎上前去，将其紧紧地抱在了手中。

"石头木鱼？"

"正是。"

"实心的？"

"不过，即便是实心的，恐怕也有敲响的那一天吧。"答复道。

这一霎，拖音突然泪下如雨，内里潮起了一股感念的汁水，漫溢无际。当年不该种相思，一种一世舍利子。待拖音收住了泪水后，这才发现整个佛堂内空空荡荡的，只有他自己。

不，并非拖音一个人，因为胡恩可的元神扶住了供桌，正在陪着儿子哭。

卷四十五

夕光下，都护府城堡一如从前。

堡子内，性元发现了异常，一抬尻子，便从黑麻布装饰的车轿上跳将下来，呵斥说：哎呀，你们这两个小贼，快把腿脚抬起来，我再伺候你们一趟吧。小河骑在马背上，跷起了大腿，样子像一介少爷羔子。性元扯下来两根细麻绳，一左一右，将儿子的裤腿绑扎结实后，这才宽下了心。返身去抓小党时，却见他纵马跑开了，一道烟地冲出了堡子的门洞，撂下话说：叔叔回来了，我去迎他。半个时辰前，梵同去了附近打探情况，此番回来，或许意味着大家将要动身，驶向北疆，一口气跑到天亮之后，才能歇停下来。性元不敢懈怠，朝墙根下的人招了招手，催喊他们赶紧准备，别再像公鸡似的斗架了，一个个嘴上不饶人的。

张喜群乐呵呵地跑了过来，几乎笑疼了肚子，央告道：性元，你给评评理吧，南春山这个贼刚给自己改了一个名字，他不姓南，他开始姓叶了。性元也是一怔，失笑说：好端端的，你干么不姓南了？南春山倔强地说：你瞧吧，咱们这一趟是北上，一路北上，我嫌原来的名字不太吉利，所以改成了我娘的姓，我现在开始姓叶了。性元问说：姓了叶，那你叫什么呀？南春山得意地说：呵呵，这一趟惟性元你马首是瞻，我干脆就叫叶惟元吧。

性元登时开心坏了，给了对方一个抽脖子，夸赞说：笑纳了，你也做我的弟弟吧，不过现在先欠着，等去了陕北以后，我再跟你换帖，义结金兰。南春山眉眼一挑，快慰道：当然了，今晚夕你是出嫁的新娘子，新娘子说啥，我就听啥。张喜群状告未遂，扯开了声嗓，咆哮道：性元，那我呢，你把我二棍子摆在了什么位置上？性元嘘了一声，指着旁边的车轿说：住嘴呀，仔细你的乌鸦嗓子，红军伤员们正在车上歇息哪，你快别聒噪了。这一时，小河站在马背上，瞭见了堡子外头的动静，急迫道：开路了，我叔在喊咱们出发，大家抓紧呀。

夏夜的天空，北斗七星像一把金勺子，将星光浇灌了下来，照亮了脚下的长路。梵同勒马，伫立在了堡子北侧的那一道沙梁子上，胯下的坐骑踢踏着，长鬃猎猎，骁勇异常。瞭见性元一行从堡子内开拔后，梵同当即率着小党，拨马北向，准备在前头引路。岂料，这个关口上，沙梁子的东西两端，分别驶来了两匹快马，夹击而至，将梵同拢在了中央。左右之人各擎着一支火把，一半是火焰，一半是浓烟，正在放声大笑。

一时间，梵同捕获了伴当们的特有气息，一种生死般的感动攫取了他，遂嘶吼说：小喊哥，卡利班，你们两个老贼娃子，就别蹚这一次的浑水了，拜托二位！陈小喊却道：哎呀，狮子老了，可它毕竟是狮子么，不蹚你的浑水，难道让英雄好汉们去戈壁干滩上踢石头么？梵同不再固执，赶忙抱拳一揖，当即答应下了。卡利班兀自咧笑着，挥了挥手中的火把，用他的那半截子秃舌头，诵念着急递社的一贯口诀：天圆地方，道路洪荒；生死上路，结伴前方。陈小喊也趁机吼喊说：屎哪吒，不，胡梵同你听着，我还是老规矩，我不会免费保驾的，我给你开一个最低的价码吧！

这么着，梵同策马扑上前去，迎着高远而浩瀚的星光，以及一阵阵颗粒状的漠风，扯开了声嗓，狂呼道：白马饰金羁，连翩西北驰。借问谁家子，幽并游侠儿。少小去乡邑，扬声沙漠垂。宿昔秉良弓，楛矢何参差。……长驱蹈匈奴，左顾凌鲜卑。弃身锋刃端，性命安可怀？父母且不顾，何言子与妻！名编壮士籍，不得中顾私。捐躯赴国难，视死忽如归！

半晌后，直到那一股杂沓的烟尘，消失在了沙梁子背后时，胡恩可的元神方从都护府城堡的门洞上头跃了下来，稳住了自己。

借着一丝幽微的碎芒，元神俯下了身子，将地上的辙印，包括一大堆凌乱的马蹄印，逐一捡拾起来，拍打干净，款款地晾晒在了一堵泥墙上。此乃胡恩可在这一世里干下的最后一桩事。干毕了，胡恩可这才明白，原来一个人的元神竟有如此的法力，不由得喜乐开来。突然，夜空中掉下来了一块石头，扑棱棱地滚落在了他的脚下。

　　元神定睛一瞧，不是石头，原来是一只黑老鸹。

一本书打开一个世界

欢迎订购、合作

订购电话：0571-85153371

服务热线：0571-85152727

KEY-可以文化　　浙江文艺出版社　　京东自营店

关注 KEY-可以文化、浙江文艺出版社公众号，及浙江文艺出版社京东自营店，随时获取最新图书资讯，享受最优购书福利以及意想不到的作家惊喜